[法]金丝燕、董晓萍主编
"跨文化研究"丛书(69)

文献与口头

董晓萍 等 著

上海大学出版社
·上海·

图书在版编目(CIP)数据

文献与口头/董晓萍等著. —上海：上海大学出版社,2019.9
("跨文化研究"丛书)
ISBN 978-7-5671-3707-3

Ⅰ.①文… Ⅱ.董… Ⅲ.①风俗习惯-关系-古典文学研究-中国 Ⅳ.①I206.2②K892

中国版本图书馆 CIP 数据核字(2019)第 208933 号

本书合著者：罗珊、徐令缘、高磊、司悦

策　　划　农雪玲
责任编辑　农雪玲
封面设计　缪炎栩
技术编辑　金　鑫　钱宇坤

文献与口头

董晓萍 等 著

上海大学出版社出版发行
(上海市上大路 99 号　邮政编码 200444)
(http://www.shupress.cn　发行热线 021-66135112)
出版人　戴骏豪

*

南京展望文化发展有限公司排版
上海颛辉印刷厂印刷　各地新华书店经销
开本 890mm×1240mm　1/32　印张 21　字数 583 千
2019 年 10 月第 1 版　2019 年 10 月第 1 次印刷
ISBN 978-7-5671-3707-3/I·557　定价 168.00 元

教育部人文社会科学重点研究基地重大项目

"跨文化视野下的民俗文化研究"
（项目批准号：19JJD750003）

教育部人文社会科学重点研究基地重大项目
"中国历代经典名著故事类型研究与数据库"
（结项编号：JJD2019012）

综合性研究成果

教育部人文社会科学重点研究基地
北京师范大学民俗典籍文字研究中心
北京师范大学跨文化研究院敦和学术基金

资助出版

"跨文化研究"丛书编辑委员会

乐黛云、[法]汪德迈(Léon Vandermeersch)、王　宁
程正民、[法]白乐桑(Joël Bellassen)、陈越光、李国英、李正荣
[法]金丝燕、王邦维、董晓萍、王一川、周　宪、赵白生
[英]白馥兰(Francesca Bray)、[法]劳格文(John Lagerwey)
[爱沙尼亚]于鲁·瓦尔克(Ülo Valk)、[日]尾崎文昭

总　序

"跨文化研究"丛书是教育部人文社会科学重点研究基地重大项目"跨文化视野下的汉字、汉语与民俗文化研究"的综合性成果，由教育部人文社科重点研究基地北京师范大学民俗典籍文字研究中心执行，由承担北京师范大学"跨文化学研究生国际课程班"教学任务的中外学者撰写。

跨文化研究事业发端于北京大学，奠基人是北京大学著名教授乐黛云先生，乐先生同时也是中国比较文学专业的开创者，以往中国跨文化研究领域的学者也大都集中于这个领域。在法国，由新一代汉学家金丝燕教授领衔，开拓了跨文化、跨学科和跨文本的学科建设。北京师范大学近年开展的"跨文化"学科建设之不同，在于将这门吸收世界前沿学问并提倡平等访谈的学科向中国学术文化领域全面推进，同时也让中国历史文明与现代人文社会科学研究成果，通过跨文化的桥梁，公之于世和交流于世。这种学科转向是经过长期准备的。

5年来，乐黛云先生、法国著名汉学家汪德迈先生、法国新一代汉学家金丝燕教授、中国传统语言文字学家王宁先生和民俗学家董晓萍教授等联袂投入，将跨文化研究由文学门类，推向中国古代哲学、传统语言文字学、民俗学和科技史学等主要使用中国思想材料研究中国学问的领域，将多元文化发展与跨文化学学科建设整体关联的理论付诸实践。令人欣喜的是，中外学者对此一致响应，现在陆续出版的这套丛书，正是经过各国教授的共同努力，大家从各自以中外不同视角长期从事研究所取得的学术成就中，所精心提炼的一部分研究成果。

我们希望这套丛书能为跨文化学的理论和方法论建设提供砖瓦，也期盼中外高校跨文化学研究的人才队伍不断壮大。

本项工作得到北京师范大学研究生院的长期支持,北京师范大学民俗典籍文字研究中心与北京师范大学跨文化研究院敦和学术基金提供了出版资助,谨此一并致谢!

"跨文化研究"丛书编辑委员会

2019 年 1 月 25 日

目 录

序 言 001

上编 民俗学的内部研究 001

定义、分类原则、个案与问题 003

第一章 《列子》故事群与民俗 005

    第一节 《列子》故事类型编制的思路与方法 005

    第二节 《列子》故事类型样本 006

    第三节 《列子》故事类型的个案研究 024

第二章 《大唐西域记》的信仰故事与民俗 059

    第一节 《大唐西域记》故事类型的编写原则与需要特殊处理的问题 059

    第二节 《大唐西域记》故事类型研究的特点 063

    第三节 对《大唐西域记》开展民俗学内部研究的基本问题 077

第三章 《荆楚岁时记》的农业故事与民俗 090

    第一节 《荆楚岁时记》农业故事类型的编制 090

第二节 《荆楚岁时记》宇宙观知识的分类与内涵　099

第三节 《荆楚岁时记》农业民俗的现代传承　103

中编 以民俗学为主的交叉学科研究　139

定义、分类原则、个案与问题　141

第四章　历史类名著故事研究：《淮南子》　142

　　第一节 《淮南子》的民俗学与相关学科研究　142

　　第二节 《淮南子》故事的采集与故事类型编写　153

　　第三节 《淮南子》历史经典与故事类型双构研究　192

　　第四节 《淮南子》历史观与自然观的现代传承　198

第五章　信仰类名著故事研究：《搜神记》　207

　　第一节 《搜神记》的民俗学与相关学科研究　208

　　第二节 《搜神记》的故事类型编制　235

　　第三节 《搜神记》的信仰故事研究　267

第六章　对话类名著故事研究：《晏子春秋》　272

　　第一节 《晏子春秋》的民俗学与相关学科研究　273

　　第二节 《晏子春秋》历史经典与故事类型双构研究　283

　　第三节 《晏子春秋》的礼治思想与故事类型分布　292

第四节 《晏子春秋》对话体文本的特征　300

第七章　对话类名著故事研究:《水浒传》　318

　　第一节　《水浒传》的民俗学与相关学科研究　320

　　第二节　《水浒传》故事类型的编制原则与方法　338

　　第三节　《水浒传》故事类型样本　342

　　第四节　《水浒传》对话体文本的特征　362

下编　数据库研究与样本　369

定义、分类原则、个案与问题　371

第八章　《淮南子》故事类型数据库编制样本　373

　　第一节　《淮南子》故事类型数据库的编制　373

　　第二节　《淮南子》故事类型数据库3个子库的建设与技术实现　384

第九章　《大唐西域记》故事类型数据库研究　398

　　第一节　佛经故事类型数据库的文本对象与学术价值　398

　　第二节　对佛经故事类型的前期基础研究　399

　　第三节　《大唐西域记》故事类型数据库的编制　404

| 附录 中国历代经典名著 跨文化编目与名文著 本的存藏及经典名著 故事类型个案选集 415 |

附录一　经典名著的跨文化编目与文本存藏　417
　一、法图馆藏《水浒传》的跨文化编目　417
　二、法图馆藏《水浒传》的文本信息　419
　三、法图馆藏《水浒传》序、跋梳理　436
　四、法图馆藏《水浒传》插图描述　472

附录二　经典名著故事类型个案选集　485
　一、《列子》故事类型　486
　二、《山海经》故事类型　522
　三、《荆楚岁时记》故事类型　622

后　记　637

序言

WENXIAN YU KOUTOU

　　当今世界提倡多元文化研究。以往民俗学所偏重的口头民俗研究，在全球化时期的民俗学研究中，正在向以"文献与口头"为两个中心的新方向转型。这里所谓的文献研究，指加强各国民俗学自身经典文献的研究，探索民俗学的主体性研究与多元化研究的统一性。中国是文献大国兼口头民俗大国，拥有参与这场讨论的丰厚资源；而就民俗学的理论建设而言，这也是更高层次的内部研究和交叉研究的结合。目前可以开展的工作是，选择中国历代经典中带有较大社会流行性的名著，从具有民俗学专业优势的故事类型法切入，开展民俗学的内部研究；同时注意在中国整体文化格局中开展民俗学与古典文学、社会学、历史学、宗教学和考古学等其他学科的交叉研究，促进构建中国民俗学的自主话语系统。在此基础上，提出可资跨文化民俗学研究的共享问题，推进中外民俗学交流。

一、研究的定位与目标

本书研究的核心问题是"文献与口头"的关系。这是一个在世界民俗学的发展中提出的普遍问题,无论中外都会遇到。但是,在全球化时期呼吁尊重文化多样性的思潮中,重新提出此点,又因为它已成为国际民俗学界当代面临的前沿难点问题。它已不是纸与口的媒介之争,也不是书斋与田野的方法之较量,而是带有对民俗学的多元格局与统一模式之差异的根本性质的思考。在20世纪60年代人文社科理论革命之后,现在提出的这个问题,还具有新的颠覆性。今天我们已经知道,民俗学是一个国家民族主体性文化的构成之学,也是一门带有现实意义的历史之学;在这个地球上有多少自我文化,就有多少这种民俗学。这不等于不吸收外来文化,但吸收外来文化的目的是调整自我文化,而不会影响到自我主体性文化的构成模式。国无分大小,地无论南北,都是这个道理。中国是世界闻名的历史文明古国,中国学者可以通过扎实而有分量的研究,在这场国际民俗学论争中提供中国经验。

本书主要研究中国历代经典中的故事类型,选择在中国历代经典中兼具较大社会流行性的历史名著,重点在其尚有现代传承线索的诸多著作中,确定研究个案,适当辅以田野作业,开展民俗学的研究;同时在中国整体文化观的框架下开展交叉学科研究。

自20世纪80年代起,国际民俗学界吸收巴赫金的理论,从民俗学的人类学研究倾向转向社会研究方向。进入21世纪以来,国际民俗学界吸收新马克思主义学说,转向各国各地区的民俗学经典理论与经典文献研究,讨论民俗学的主体性研究与多元化研究的统一性。本书是在多年科研的基础上尝试作出的一种回应。

在西方学术界,自19世纪中叶至20世纪,对"文献与口头"的解读,曾经似乎是无解的难题。由于民俗学的诞生曾被理解为口头传统的缘分,加上芬兰历史地理学派的世界影响,西方同行对这个问题争论不休,其实他们偏爱口头,也钟爱文本,故而对两者的关系的评价摇摆不定。本书做中国民俗学关于中国历史经典与故事类型双构的研究,立足本国,也不忽视国际民俗学界的问题。

本书关于"文献与口头"的关系的研究,从实质上说,是一种历史性的研究,它不评价历史文献的优与劣,也不讨论民俗学史上的前人理论的对与错,主要面向中国历代经典与口头故事都有巨大存量又长期互动的历史现象开展研究。

世界有四大古老文明,其他古老文明也有自己的历史经典名著与口头故事,中国并不是唯一。经典名著与故事结构的形式也是多元化的,本书的研究以承认人类多元文化模式的合理性为前提,对中国历代经典名著原典进行释读,再选择个案做实证研究,研究目标有以下三种。

(一)重读历史名著,提升我国民俗学吸收前人遗产的能力

中国历代经典浩如烟海,而历代经典中的名著具有广泛的社会流行性,长期为上、中、下各层文化成员

在不同程度上所接受和分享,里面也富藏民俗。在这项研究上,中国民俗学者所面临的问题,与相邻学科有联系,也有区别。中国民俗学界曾吸收外来观点,用两层文化观的理论,去解释"文献与口头"的关系,特别是肯定口头传统的优越性,但未免顾此失彼,做不到全面解释自我文化中的"文献与口头"的相互依存现象。20世纪末,钟敬文提出中国民俗学派学说,其中有三层文化观,对其加以运用,可以去除两层观带来的弊病。本书的研究,虽然限于个案,但通过研究可以揭示,我国历代经典的产生与流传并未脱离口头资源,口头资源也不会独立地出现,两者的关系不是对立的,而是交互的。中国还有其他种类繁多的多民族、多地区的文化样式,都需要彼此依靠才能共生共进。这样一份灿烂而又独特的自我文化财富就摆在那里,就看中国民俗学者自己怎样去认识。中国民俗学者需要正确地解释它和推介它,这反过来也能提升中国民俗学者自己吸收前人历史遗产的能力,为研究中国优秀传统文化增添不一样的理论贮存。

(二)讲好中国故事,提升建设我国民俗学自主话语系统的能力

本书从民俗学的角度,研究中国历代经典名著中的故事类型,考察经典文献与口头故事双构的关系,需要厘清前面提到的"故事类型"的含义。在本书中使用的"故事类型",不是单纯地指为故事拆解类型,而是由编制故事类型切入,做民俗学的内部研究和交叉研究,具体意义有三:第一,转入民俗学的内部研究。民歌不产生学派,故事产生学派,钟敬文的中国

民俗学派学说的起步，就是对中国故事类型的编制与研究，本书的主要资料是历代经典名著，但也要把故事类型当作工具开展工作。第二，开展民俗文化符号研究。中国历代经典名著对故事的使用已有一套命名，也有自我文化解释习惯，本次从民俗学专业的角度编制故事类型，在专业理论框架下提取民俗文化符号，这是提升民俗学理论程度的必要阶段。第三，开展交叉学科研究。中国历代经典名著与故事类型双构的结构方式与传承理念，不可能单靠民俗学就能解释，但使用故事类型能够改变经典名著的叙事结构，对经典名著产生社会流行性起到关键作用，这是已经发生的历史现象，也会成为多学科参与名著故事类型研究的共同机缘。

在全球化语境下，世界文明古国的文化与其他广泛分布的国家特色文化一样，都在发生重构，在这种情况下，需要考虑民俗学的内部研究与交叉研究相结合的目标是什么。仍以中国历代经典名著与故事类型双构的现象为例说明：以往古典文学、社会学、历史学、宗教学和考古学等，也都涉及故事或民俗做研究，但产生的结果却有两种：① 故事资料虽然多，但并没有提出民俗学的独立问题，民俗学的研究成果反而成为其他学科的补充；② 分析故事的话题虽然多，但由于使用不同学科的理论和方法做解释，所产生的研究话语和学术成果也是分散的，并不能直接解决民俗学的问题。本书的研究需要提高民俗学话语能力，但如何解决民俗学作为单一学科解决不了的问题？从我们这几年的研究看，在分析中国历代经典名著与故事类型双构的现象上，比较合适的做法，是从一开始就提出这种内外研究的明确问题,并采用适用的研究方法。中国大量故事虽已进入历史文献,但它们不管是内生的,还是外来的,都需要依靠自我文化的共有基因去解释,还要依靠自我文化与他者文化交流的文献做考察,因此要自始至终将文献与口头结合考察。在缺乏历史经典文献的国家,就很难开展这类研究。在曾经常年遭受外来侵略之地,如北欧一些国家,也失去了形成连续历史经典的机会。相比之下,中国民俗学富有历史文献资源,这是许多国际同行所不具备的。我们应该在前人创造的这种文献与口头并举的文化结构中,提取中国符号,促进我国民俗学自主话语系统的建设。

(三)加强主体性文化与多元文化的互鉴,提升我国民俗学的对外交流能力

长期以来,海外汉学以中国历代经典和民俗作为认识中国的开端,认真地从事研究,进行东西方文化的比较,形成了自己的问题框架。他们的关注点有两种值得我们反思:第一,中国历代思想家、政治家、史学家、文学家和古代科技史专家等,大都将故事写入本民族史,或者写入本行业史,使之成为自我整体或局部历史的一部分,形成一定程度的社会认同。在社会治理上,也有中央与地方、政府与民间两个系统的互动,灵活地处理多元文化共存形成的问题。这种叙事模式,曾在前现代化时期,在世界各地广泛存在,但现在唯有中国等极少数国家还将之保留下来,成为一种独特资源。中国历代经典名著与故事双构的传承正属于这种优秀资源,但在对它的价值的阐述上,需要中国民俗学者自己发声。第二,当代有很多中国民

俗代表作荣登联合国教科文组织非物质文化遗产名录，阵势不小，但中国人还要自己提升阐释祖先遗产和讲好中国故事的能力，对内加强自我文化保护机制，对外展示和输出中国经验，这样才能达到申报"非遗"的目的。

二、国际学术争论

当代国际民俗学界提出过民俗学研究的一些重大问题，其中比较突出的还是"文献与口头"的关系。应该说，这是一个纠缠民俗学的既老且新的问题。人们总有一个印象，即民俗学专司口头传统研究，然而民俗学又从来没有脱离过历史文献，这是一对矛盾。怎样解决？这就涉及对民俗学传统概念的更新与突破。20世纪六七十年代，在中国和芬兰，在不同的治学传统和理论轨迹下，钟敬文先生与劳里·航克(Lauri Honko)都提出过这个问题。钟敬文撰写了晚清民间文艺学史研究的系列论文，研究的对象正是习惯于使用历代经典又留意于故事的中国知识分子。在他们中间，有的是革命派，有的是改良派，也有的是将民俗表演予以文献化的通俗作者①。不无巧合的

---

① 钟敬文《晚清时期民间文艺学史试探》，原作于20世纪60年代前期，收入钟敬文《钟敬文民间文学论集》（上），上海：上海文艺出版社，1982，第195—211页。钟敬文《晚清革命派作家对民间文学的运用》，原作于1963年8月6日，1981年12月26日订正，收入钟敬文《钟敬文民间文学论集》（上），上海：上海文艺出版社，1982，第262—289页。钟敬文《晚清改良派学者的民间文学见解》，原作于1964年3月17日，1982年1月10日订正，收入钟敬文《钟敬文民间文学论集》（上），上海：上海文艺出版社，1982，第290—353页。

是,劳里·航克当时也在研究芬兰史诗《卡勒瓦拉》的文献化过程,而在芬兰这座世界民俗学大本营中,原本高标的民俗学口头理论与热心历史写本的理论倾向又是相悖的。后来劳里·航克重走印欧文化圈,与印度人一起调查史诗,再次肯定了"文献与口头"互动发展的脉络①。钟敬文和劳里·航克两人都关注这个问题,是因为它贯穿于民俗学多层主体性的学术史之中。

20世纪前半叶,俄罗斯学者在苏联时期,曾就史诗经典文献与故事的关系提出过尖锐的问题。当时庸俗社会学占上风,一些俄罗斯学者追求经典文本的无产阶级性,于是这场讨论又变成了搜集者改编民间作品的良机,学者根据改编的经典,再为艺人量身定做,编写表演故事的内容,借以树立"理想化"的艺人形象。当然这类出版物后来引起了强烈的内部批评②,也引发了多学科的外部讨论③。

在美国,在20世纪30年代至90年代,也有一批了不起的学者站出来,研究历史经典与故事的关系。他们大都出身哈佛大学,有深厚的古典文学、人类学和语文学功底,依靠历史经典做研究。但他们也由于过于熟悉经典,反而对口头传统十分青睐。帕里和洛

---

① Lauri Honko, *Back to Basics*, in Folklore Fellows Network 16, Helsinki: Finland, 1998, p.1.
② Albert Baiburin, *Introduction Remarks*, in St. Peterburg, Peter the Great Museum of Authropology and Ethnography, Russian Academy of Science, 2006, pp.11-19.
③ Eric Laursen, *Topic Voices*, The Villain from Eary Sovied Literature to Socialist Realism, Chicago: Northwestern University Press, 2013.

德师生二人(Miman Parry & Albert Lord)正是代表①。20世纪70年代左右,另一位美国民俗学者道森(Richard M. Dorson)提出了"伪民俗"的概念,旨在抵制"人为"的民俗,但他在做出这种限定的同时,也在某种程度上排斥了人为加工的民俗文献的价值。他认为,故事的文献化应该追溯到格林兄弟,是他们最早发现了故事的市场需求,提供了制造伪民俗的潜在机会。究竟有没有伪民俗与纯民俗的区别②?道森此举引来轩然大波,结果是欧美民俗学者发掘了更多的资料,不再这样绝对地清算真伪民俗的命题,也不再纠结于"文献与口头"的绝对边界③。道森的弟子阿兰·邓迪斯(Alan Dundes)继承老师的衣钵,但也有不一样的看法。他认为,凡是涉及历史经典文献的研究,都应视为交叉学科研究,而不属于民俗学的内部研究。劳里·航克不同,他将历史经典研究视为民俗学内部的研究④,并提出"回归文本"的号召⑤。据他的观察,21世纪的国际民俗学已经到了建设重建文本的时候了。

---

① [美]约翰·迈尔斯·弗里(John Miles Foley)《口头诗学:帕里—洛德理论》,朝戈金译,北京:社会科学文献出版社,2000。另见,[美]阿尔伯特·贝茨·洛德(Albert B. Lord)《故事的歌手》,尹虎彬译,北京:中华书局,2004.
② Richard M. Dorson, *America Folklore and the Historian*, Chicago: The University of Chicago Press, 1971, p.26.
③ Alan Dundes, *The devolutionary Premise in Folklore Theory*, 1967.
④ Hans-Jöka Uther, *The Type's of International Folktales: A Classification and Bibliography*, Helsinki: Part I, 2004.
⑤ Lauri Honko, *Back to Basics*, in Folklore Fellows Network 16, Helsinki: Finland, 1998, p.1.他提倡重回文本的原文是:"My own definition? Probably 'textual ethnography'."

本书根据中国实际,开展中国历代经典名著与故事类型双构的研究。这项工作既不是劳里·航克的问题,也不是阿兰·邓迪斯的思路,而如开头所述,是使用中国资料,开展由故事类型切入的、以内部研究为主的、内外双视角观照的民俗学研究,在当今世界兴起的多元文化研究思潮中,这是更高层次的内部研究,在这个层次上,理解劳里·航克提出的走向"文献与口头"两个中心的新命题,我们也有同感,也可以借鉴。

三、理论结构

本书的研究,根据研究理念、定位和目标,在理论结构上分为三层:一是选择历代经典名著个案,二是编制历代经典名著故事类型与研究,三是阐述经典名著与故事类型双重结构的原则与价值。三层结构互补,形成整体理论。

第一层,选择历代经典名著个案。本书在泛读原典的基础上,确定研究对象,建立可控资料系统。本次研究所选定的历代经典名著,指在改革开放后,在我国高校恢复建设人文社会科学的诸学科期间,在对外开放的氛围中,在老一辈专家学者的带领下,从民俗学、社会学、人类学、古典文学、东方文学、考古学和宗教学等多学科出发,对历代典籍进行点校、校勘、今译,并已开展各自领域的专题研究,所出版的一批著作成果。例如,季羡林等译《大唐西域记》[①],中华书

---

① [唐]玄奘、辩机《大唐西域记》(全两册),季羡林等校注,北京:中华书局,2000。

局编辑出版的"中华经典名著全本全注全译丛书"等①。从这批著作中,本书选择3本名著做民俗学的内部研究,它们是:《列子》《大唐西域记》和《荆楚岁时记》。此外,选择4本名著开展从民俗学的内部研究出发的、民俗学与相邻学科的交叉研究,它们是:《晏子春秋》《淮南子》《搜神记》和《水浒传》。这批名著历史知名度高,社会流行性强,文献与口头交织,思想内容浩繁,不乏中外关注。本书的研究运用钟敬文、季羡林等前辈学者的研究成果②,也借鉴了国际同行的前沿研究著述,既做个案,也适当讨论中西民俗学交流的共享问题。

第二层,编制历代经典名著故事类型与研究。本书为历代名经典名著编制故事类型,探索描述历代经典讲故事的不同形态与叙事结构,分析故事类型所在历史经典名著的上下文,以民俗学的故事类型法,切入民俗学的内部研究;同时注意中国整体文化的观照。季羡林和钟敬文都对古史中的故事有专攻,季羡林使用明清笔记研究猫名故事,钟敬文使用中日历史经典和口头故事研究中日相似猫鼠故事,均属此类。但前人是做经典名著与故事的纵向相似或相异性的

---

① "中华经典名著全本全注全译丛书",中华书局2011年以来陆续出版。这套丛书将历代经典原文、注释与白话翻译结合,适合研究生教学使用。本项目的研究还涉及《论语》《孟子》《列子》《晏子春秋》和《大唐西域记》等著作,参考了其他版本的著作,但主要都是中华书局出版的。

② 钟敬文、季羡林等对中国历代经典的研究著述很多,与本文讨论密切相关的,参见钟敬文《民俗学与古典文学——答〈文史知识〉编辑部同志访问的谈话记录》,收入钟敬文《钟敬文学术论著自选集》,北京:首都师范大学出版社,1994,第591页。季羡林《比较文学与民间文学》,北京:北京大学出版社,1991。

研究,本书借鉴前人成果,但主要做横向研究,即将相同经典名著和同时期经典与故事双构的原则、价值均纳入故事类型进行编制。当然也不可能绝对地划线,也要对历代经典名著的纵向与横向交叉的故事类型双构文本,编写故事类型并开展分析,例如,对《列子》故事类型的编制与研究,就包括研究经典名著使用故事类型的原有命名、进入中国民俗系统后的话语特征,与当代史诗故事群的关联等;对《晏子春秋》和《水浒传》故事类型的编制与研究,通过揭示与分析文本中的对话系统,侧重研究经典名著与故事类型双构的原则与价值。例如,在《晏子春秋》中的君臣对话,在《水浒传》中的农民起义群体中的官民对话,明清两代文人学士李贽、金圣叹和施耐庵的对话等,历史资源都很丰富,而这种研究要落实到文本内部才能看得见。看见什么?看见经典名著如何将故事类型解释成不朽的规则,故事类型又怎样改变了经典名著的叙事结构。如果像以往一些研究那样,只盯着经典名著本身,或者只看到故事类型,让两者不见面,听不见两者在说话,就读不出中国传统文化内部层层交织的思想厚度和文化价值,也看不出两者的历史妙用。

第三层,阐述经典与故事类型双构的原则与价值。本书重点讨论4种原则,即历史原则、对话原则、信仰原则和宇宙观原则。

(1) 历史原则。此指把故事当作自我文化的整体历史或局部历史的一部分,并赋予社会认同的张力,所产生的经典名著与故事类型双赢的效果。这种情况在先秦诸子著作中俯拾皆是。《列子》《山海经》

和《淮南子》都有这种倾向。历史原则的研究,不是真实历史的研究,但历史原则存在于历史之中,并以讲史的方式讲故事。它能对历史人物、历史事件和地方事物产生历史意义,而这种历史意义大于社会功能。这种研究属于民俗学的内部研究,也是一种内部整体文化的思想性研究。

(2) 信仰原则。此指在未必理解为幻想,而是在一种信仰认知的状态下,所搜集和传播的信仰故事,这种故事既被认为是历史上流传下来的地方史,也与祭祀仪式和日常活动结合在一起发挥作用,如玄奘在《大唐西域记》中叙述的西域故事。中国不是宗教国家,这里所说的信仰原则,具有我国历史以来的社会生活模式与文化传统信仰的统一性,故这种研究也属于民俗学的内部研究。当然,中国也部分地接受了外来宗教的影响,如印度佛教的影响,那些受到外来影响的信仰故事,就不仅仅是中国社会生活模式和文化传统中的故事,而且是解释宗教概念和引导人生信仰行为的工具。这方面的研究,属于从民俗学与其他学科交叉研究的范畴,如《搜神记》研究。

(3) 对话原则。此指通过提取历代经典名著中的对话系统,分析经典名著与故事类型共同塑造的君臣角色、官民角色、朝野角色和江湖角色等群像角色,分析多元角色之间的对话,研究我国古代哲学、伦理制度、社会史和生活史的民俗话语线索,其实《晏子春秋》和《水浒传》都有这种文本性质。这类研究属于民俗学的内部研究,也属于民俗学与社会学的交叉研究,有双属性质。

(4) 宇宙观原则。我国长期是一个农业国家,历代经典名著与故事双构的一大特点,是携带中国农业文明框架下的宇宙观要素,包括天人合一观、岁时知识和农业生产生活观,如《荆楚岁时记》。这种研究是民俗学的内部研究,也属于民俗学与农学、文化史和中国科技史学的交叉研究。

以上研究,从总体上说,是一种民俗学的历史性研究。这里重复使用"历史性"的概念,旨在强调主体性研究与文化多样性研究的联系。历代经典名著是特定社会历史条件下的产物,无论社会怎样多元,历代经典与自我文化基因的联系都不会改变。但故事类型不同,故事类型不是与特定社会模式直接挂钩的必然现象,大都属于幻想或想象的产物。将故事类型背后的自我社会模式与多元故事类型做综合考察,是因为人类不能脱离社会而生存,同时也不能离开故事而生存。在这方面,中国历代经典名著与故事类型的长期双栖和传承,给中国民俗学者研究提供了优越的条件。西方历史也给西方民俗学者创造了很多机会,但西方民俗学与中国民俗学的发展路径不同。以美国为例,美国历史曾让美国民俗学者关注神话符号和性文化,美国民俗学者也从民俗史料中获得了很多灵感,但现在已无法直接使用它们①。中国民俗学者不同,中国历代经典名著中与故事类型的双构,从历史上延续到今天,恰恰是中国实际和中国特质,中国民俗学者可以对此展开直接研究,这是其他国家和其他学科的研究都不能代替的。

---

① Richard M. Dorson, *America Folklore and the Historian*, Chicago: The University of Chicago Press, 1971, p.28.

四、分类

本书按照历代经典名著与故事类型双构的关系分类,共分4类:历史类、信仰类、对话类和宇宙观类。历史类,个案对象是《列子》和《淮南子》;对话类,个案对象是《晏子春秋》和《水浒传》;信仰类,个案对象是《搜神记》和《大唐西域记》;宇宙观类,个案对象是《荆楚岁时记》。此种分类,目前仅限于在本书中使用,还有待于在今后的研究中检验和补充。不过需要说明的是,这种分类不是绝对的,例如,在本书的个案研究中,《晏子春秋》也不是不可以放到历史类中,而将《水浒传》列入对话类也是首次,但如果不做民俗学的这种内部分类研究,这些著作就会被尘封在传统的分类之中,它们的经典与民俗双构的经验和价值,就得不到民俗学的有力发掘和阐释。它们纵然有长期的社会流行性,也只能躺在旧书箧里,由于缺乏新视野,而在理论上暗淡无光。此外,从本书分类的功能看,要开展民俗学的内部研究和交叉研究,还会在分类之间产生交叉现象,也会有与以往分类习惯发生的冲突。比如说《晏子春秋》,依民俗学现在的内部研究,它进入对话类研究;依先秦哲学和儒家思想研究的分类,它的浓厚的礼治思想成分,也是哲学史习以为常的研究对象。所以,本书既要履新,也要积极吸收相关学科的研究成果,补充民俗学的研究。孰为主孰为次,视文本而定,再从具体个案的分析中一步步得出结论。

余 论

本项研究还有许多难点需要解决,主要有三:一是以故事类型为工具的方法,二是从民俗学角度研究历代经典的要点,三是做民俗学数据库的价值。

(1) 以故事类型为工具的方法。本书为中国历代经典名著个案编制故事类型,需要解决的问题主要有三:第一,突破以往民俗学的概念,既关注来自田野搜集的口头资料研究,也做历代经典中的口头故事研究。但是,需要承认的是,历史文献中的民俗记载未必都是口头的,也有的是文本流传,还有的是文本口传,如《列子》和《大唐西域记》中的故事,对这些情况都要考虑,不能局限于传统的民俗学概念中不理不睬。关注它们,就能看到不同的上下文,就要求我们避免简单化的研究。第二,从编制故事类型的角度切入研究,也要看到,并不是任何文本都能编制故事类型,如《淮南子》,这时还要结合其他学科的理论与方法,做交叉学科研究。第三,研制数据库,在本书的研究中,不同于理工科的使用,本书主要利用历代经典名著故事类型的数据,增加一个角度,总结出经典名著故事的话语系统。

(2) 从民俗学角度研究历代经典的要点。15 年前,我提出了"文献民俗志"的概念①,但那时是针对田野口头资料提出的新概念,至于如何从民俗学的角

---

① 董晓萍《田野民俗志》,北京:北京师范大学出版社,2003,第8页。

度研究历史文献中的民俗记载,还没有找到可行的途径。更早的时候,20世纪90年代,我跟随钟敬文先生组织编写《民俗学概论》,钟先生安排我研究和撰写第十四章《中国民俗学史略》,其中涉及中国历代名著中的大量民俗文献,以及五四以来民俗学者与相邻学科的古典文学、历史学、语言学和考古学等学者在各自的研究中所使用民俗资料形成的专书研究,但如何从民俗学的基本问题出发,重建问题框架,还没有这个条件;当时还面临如何将以往的分散研究加以整合吸收的问题,也没有做到系统的思考。然而形势变化之快出人意料,今天的世界,眨眼之间,网络信息普及,民俗对外交流已成常态,民俗翻译著作以惊人的速度增加,口头民俗碍于口语的屏障,反而变成少数人的演义,重读历史名著又成了深度文化需求。但怎么读?既然已有不计其数的外部民俗的阅读,包括以上提到的国内多学科阅读,也包括海外汉学的阅读,那么现在就要求民俗学者自己提升学术能力,做内部阅读,开展符合本国社会历史条件的内部研究。本书的研究,使我有了这个机会。在这方面的努力中,对我帮助最大的,是故事类型法和跨文化学。

(3)做民俗学数据库的价值。为什么民俗学可以介入中国历代经典名著研究?因为民俗的特点之一是会讲故事,民俗学理论的核心是故事学,这些特点是由民俗文化本身和民俗学史带来的。本次为历代经典名著做故事类型,并能将之转化为数据,还要得益于数据库方法的运用,在当今全球化、信息化的时代,它使本书同时做民俗学内部研究和交叉研究的目标得到了有力的推动。按照这种程式,口头故事和历代经典都可以使用篇名、目录和经过研究产生的主题词,加以编码和存储,再进行从现象到理论的分析,提高工作的有效性。以往民俗学者也用计算机 Word 办公系统储存故事文件,但查询利用故事的方式,是通过文本解码(decode)做到的,即录入流传地(place of distribution)、讲述人(homogeneous narrator)和民俗志调查(folklore fieldwork)的专业活动资料,或者在有专业人士指导的情况下,对单个文本编制故事类型,再制成电子文档。但是,在数字化普及的时代,民俗学者仅凭以往的经验和知识是远远不够的,问题还在于缺乏对历代经典名著与故事类型的编码和解码的整体理解,缺乏对现代社会故事传播现象的本质的认识。本书开展的数据库研究,在民俗学内部研究和交叉研究整体进行的基础上,将历代经典名著和故事类型的编码与解码连接成同一个系统工作,重新界定 4 个概念,再将之投入数据库编制与应用:① 文献文本,它们具有在同质化社会中历代经典名著与故事整理本发表的通常形式,并已成为学校、公共图书馆和私人书架上的文献读物。② 数字文本,指通过数字技术,对经典名著与故事文本进行再处理,对故事类型在经典中的上下文、社会史和现代传播等同质与非同质的信息,加以整合组装,形成新编码,呈现这批历史遗产在当代社会传播的现状。③ 技术标准,指处理数字文本的音序标准、时长标准和自媒体标准。④ 数字化价值,针对历代经典名著和故事类型业已形成,并获得社会认同的文本,将之转成民俗学者、讲述人、(文化)翻译者和读者可以合作传播与利用的新文本。在新文本中,(文化)翻译者和读者的价值是新增的,这是以往的经典和故事文本所没有的,但又是我们利用现代形式保存和研究优秀传统文化所必须面对的,由此产生的数字文本,能帮助我们观察和思考在非同质的现代社会条件下,"文献与口头"在传播中出现的多元化大循环现象,并处理这种现象,再开展综合研究。

上编

WENXIAN YU KOUTOU

民俗学的内部研究

文 献 与 口 头
WENXIAN YU KOUTOU

/定义、分类原则、个案与问题/

本书的"上编",拟在中国历史经典名著个案中,选择其中具有较大的社会流行性,并且尚有现代传承线索的历史名著中,确定研究个案,在可控资料范围内,运用独具民俗学优势的故事类型法,开展民俗学的内部研究。在"上编"中,主要根据本书研究的历史原则、信仰原则和宇宙观原则,以《列子》《大唐西域记》和《荆楚岁时记》为例,进行个案研究。

历史原则,指把故事当作自我文化的整体历史或局部历史的一部分,并由故事赋予其社会认同的张力,这种情况在先秦诸子著作中俯拾皆是。开展历史原则的研究,不是进行真实历史的研究,但是,历史原则存在于历史之中,以讲史的方式叙述故事。它对历史人物、历史事件和地方事物产生历史意义,有时历史意义大于社会功能。本编的个案研究对象是《列子》。

信仰原则,指在未必理解为幻想而是一种信仰认知的状态下,所搜集和传播的信仰故事，辅以信仰祭祀仪式和日常活动的资料。中国不是宗教国家，信仰原则具有社会生活模式与文化传统信仰的统一性，故这种研究也属于民俗学的内部研究，但中国也接受外来宗教的影响，如印度佛教的影响，而那些受到外来影响的信仰故事，不仅仅是中国生活模式和文化传统信仰故事，也是解释宗教信仰概念和引导人生信仰行为的工具。本编的个案研究对象是《大唐西域记》。但是，这种研究有时也属于民俗学与相邻学科的交叉研究，如以下第五章对《搜神记》的研究。

宇宙观原则。在我国这个长期的农业国家中，历代经典名著与故事双构的一个特点，是携带中国农业文明框架下的宇宙观要素，包括天人合一观、岁时知识和农业生产生活观。本编的个案研究对象是《荆楚岁时记》。

从民俗学内部研究角度，考察这类历史经典名著，主要讨论问题包括：文献与口头的比重，信仰故事的研究要点，以及宇宙观知识类著作的民俗分类等，对这些问题，将在"上编"的以下各章中逐一分析。

第一章 《列子》故事群与民俗

本书将先秦著作《列子》列为历史类经典与故事类型双构的故事进行研究,同类著作还有《庄子》《老子》和《荀子》等。

《列子》①,全8卷,本次共编制故事类型114个。这一类经典名著的古代历史和历史观是通过讲故事的方式完成的。从民俗学内部研究的角度讨论这类著作的一个核心问题是,《列子》中的历史,是把故事当作自我文化整体与局部历史加以撰写的,如伟人从树洞里出生的故事,或者人与骷髅的隔空对话的故事等,这是当时作者的历史观,或者是当时民俗观念中的历史。这种历史没有编年,都是用数个故事穿起来的,其中有些故事的历史叙事还影响至今。

第一节 《列子》故事类型编制的思路与方法

《列子》由先秦汉魏的多种历史文献嫁接而成,此点已被多位学者指出。但是,《列子》与一般经典名著又有所不同,它超越了地理历史的边界,在中国和外国都有流传。季羡林对《列子》文献的印度佛典来源做了研究,钟敬文对《列子》中的工匠鲁班、伊尹生于树洞和骷髅唱歌的叙事等

---

① [战国]列御寇《列子》,叶蓓卿译注,北京:中华书局,2013。

做了早期故事类型学的研究。本章的工作是在前人基础上进行的，但强调在历史原则下编制故事类型，主要以经典与故事类型双构为形态，适当使用当代故事类型编纂的情节法与段落法，对全书中的故事类型编号采用两种方式，一是以章一级编号和章下二级编号的方式编号，二是全书打通统一编号，由此形成两种目录，以展示其历史名著的原貌。在各篇文本内，对所含故事进行采集，按情节单元划分母题，以母题叙事中的中心角色或助手称谓为故事的篇名命名，编制题号，然后撰写情节单元，形成故事类型。故事类型的排序，按原著文本排序的顺序进行。按照民俗学的一般研究方法，同时根据本节研究的重点，对《列子》与中国其他历史著作的故事叙事相似处，或者《列子》故事类型与现代流传故事类型的相似点，同时适当予以补出，形成民俗学的内部研究文本。

第二节 《列子》故事类型样本

本节根据本个案研究的目标，重点选用和列出《列子》中的《天瑞》篇和《汤问》篇编制故事类型。下文中对于所编故事类型的相似类型，包括从前人故事类型著作中查找的同类成果或作者对新搜集资料可编制的平行类型，均以排版缩进形式附出，以使读者能对该类型研究的学术史和资料保存状况有比较全面的了解。

一、《列子·天瑞》故事类型

列子居郑国

①列子住在郑国。②他四十年来未受到赏识。③他在郑国发生饥荒灾害时去卫国。④他教导弟子生不化而化养万物、虚静至上的道理。①

---

① ［战国］列御寇《列子·天瑞》，叶蓓卿译注，北京：中华书局，2013，第2—4页。

阴阳二气

① 列子说,阴阳二气统摄天地万物。② 圣人利用阴阳二气。③ 无形的事物产生有形的事物。①

浑　沦

第一,《列子》。

① 世界先有太易,太易的时候,没有元气。② 到太初的时候,萌发元气。③ 到太始的时候,形成元气。④ 到太素的时候,元气有了形态和性质,混合在一起,叫浑沦。⑤ 浑沦不能被看见、听见和摸到,没有形状和边界。②

第二,其他历史经典名著中的相似"浑沦"类型。

《庄子·应帝篇》:

① 它是中央之神,叫"浑沌"。② 它是一只怪兽,没有五官七窍。③ 宇宙还有南方和北方两个神,分别叫倏和忽。④ 它在自己的领地上招待倏和忽,并不阻挡和责怪它们随意来访。⑤ 倏和忽要报答善良的浑沌。⑥ 倏给浑沌凿七窍,每天凿一个。⑦ 倏凿了七天,把浑沌的七窍凿好了,浑沌死了。

《淮南子》:

① 它是宇宙神,叫"浑沌"。② 它是气状的,没有方向,没有边界。③ 它是无边无际的,没有开始,没有结束。④ 它处于完全自然状态。⑤ 它像一只黄色皮囊,没有五官七窍。⑥ 它不是人,不是兽,它是神。⑦ 它是气状的物质,也叫"太一"。

---

① [战国]列御寇《列子·天瑞》,叶蓓卿译注,北京:中华书局,2013,第4—5页。
② [战国]列御寇《列子·天瑞》,叶蓓卿译注,北京:中华书局,2013,第4—5页。

东方朔《神异经·西荒经》：

① 它是凶猛威武的野兽,叫"浑沌"。② 它没有五官七窍。有肚子,肚子里面有直肠子。它有四只脚,有一身长毛。③ 它住在西部昆仑山上。④ 它性格正直。⑤ 它为有道明君建言。⑥ 它对恶人敬而远之。

第三,现代流传的相似类型。

湖北《盘古斩蟒开天地》：
古时世上只有混沌山上盘古氏。①

山东《舜耕历山下》：
混沌是舜时人。②

黑龙江《佛赫妈妈和乌申阔玛发》：
一个"洪水混沌"为十万八千年。③

吉林《先有老子后有天》：
一个混沌是十万八千年。④

上海《海斗老祖造天地》：

---

① 湖北,《003.盘古斩蟒开天地》,第 5 页。讲述者：周海山。采录时间：1987 年 9 月。采录地点：黄冈县马庙。
② 山东,《016.舜耕历山下》,第 18 页。讲述者：徐臻。采录时间：1986 年春。采录地点：济南市。
③ 黑龙江,《006.佛赫妈妈和乌申阔玛发》,第 15 页。讲述者：关振川。采录时间：1935 年。采录地点：宁安县江东缸窑村。原文为注释。
④ 吉林,《003.先有老子后有天》,第 2 页。讲述者：于连才。采录时间：1983 年 2 月。采录地点：集安县头道镇。

一个混沌就有一千年,一根筹是一万年。①

人与万物的由来

① 阴阳二气中和交会产生人。② 阴阳的精气充溢了天地,化育了万物。③ 天覆育生命。④ 地承载万物。②

骷　髅

第一,《列子》。

① 列子去卫国。② 列子途中在道边用餐。③ 列子的学生看见蓬蒿中有一个百年的骷髅。④ 列子走进蓬蒿看见骷髅。⑤ 列子说,只有他和骷髅才知道,人的生死是一场虚无。③

第二,其他经典名著和民俗学研究中的相似类型。

AT780 会唱歌的骨头(竖琴)

哥哥杀死弟弟(姐姐),将他掩埋了。牧羊人用弟弟的骨头做了一只笛子,笛声诉说了弟弟被谋害的经过,此事真相大白。

其他异文叙述了揭穿谋害人的不同方式,有的是通过竖琴或笛子,也有的是从坟墓中长出树讲述了这个悲哀的故事。④

艾伯华(Wolfram Eberhard)《中国民间故事类型》:

---

① 上海,《001.海斗老祖造天地》,第1页。讲述者:朱国民。采录时间:1987年9月20日。采录地点:九亭乡。
② [战国]列御寇《列子·天瑞》,叶蓓卿译注,北京:中华书局,2013,第4—7页。
③ [战国]列御寇《列子·天瑞》,叶蓓卿译注,北京:中华书局,2013,第7—10页。
④ [芬]安蒂·阿尔奈(Antti Aarne), *The Types of the Folktale*, FFC3. Translated and Enlarged by [美]汤普森(Stish Thompson), FFC184, Indiana University, second revision, 1961. Helsinki, Academic Science, Finland, 1987, fourth printing, p.269.

21. 骷 髅 报 恩

① 有个人在新年的夜里寻找金银财宝。② 他找到了一具骷髅,出于同情便把它埋了。③ 这具骷髅为向他表示感谢,给了他一些有益的预言,这个人由此变富。④ 有人效法,然而他先把骷髅挖了出来。⑤ 这具骷髅给了他一些假的预言,因此他挨了揍。

出　处:

a. 妇女Ⅶ,第 1 册,第 105—107 页(满洲,吉林省)。

附　注:

这个故事跟那些"报恩"故事的表现形式略有不同。[①]

64. 隐 身 帽

① 一个男人从鬼那里偷了一顶隐身帽。② 因为滥用隐身帽,丢了。

出　处:

h. 粤南民间故事集,第 65—66 页(广东)。

没有隐身帽,而是一个男人在一具尸体下边睡了三年,从而能隐身:

广东 h。

附　注:

隐身帽母题作为滑稽故事处理:a. 贪嘴的祖人,第 84—90 页(广东,海丰);b.(广益书局)民间故事Ⅳ,第 84—87 页(地区不详)。[②]

[①] [德]艾伯华(Wolfram Eberhard)《中国民间故事类型》,王燕生、周祖生译,北京:商务印书馆,1999,第 36—37 页。

[②] [德]艾伯华(Wolfram Eberhard)《中国民间故事类型》,王燕生、周祖生译,北京:商务印书馆,1999,第 120—121 页。

148. 三个强盗

① 吕洞宾出于同情想使一个死人复活;他因此与阎王谈话。② 阎王说,一切都是他无法左右的命运。③ 吕洞宾不相信,于是进行了一场试验。④ 吕洞宾让三个在森林里拾柴的人找到了钱。⑤ 一个人用其中一些钱在城里买食物。但是他在食物中下了毒,为使自己得到所有的钱。⑥ 当他回来的时候,其他的人为了分这些钱把他杀死了。⑦ 他们自己也死于有毒的食物。⑧ 于是阎王把生死簿拿给他看,这一切全都记录在其中。

出　处:

a. 民间Ⅰ,第 12 集,第 80—82 页(浙江,温州)。

附　注:

叙述的中心内容似乎流传得很普遍。比如就印度来说参阅:《佛教民间故事》,第 140—141 页;很可能是从印度传到中国的。①

第三,现代口头流传的相似类型。

广东《骷髅报仇》

① 商人背着装了陶制灯盏的布袋出门。② 商人被盗贼误认为背了财宝。③ 商人被盗贼谋害。④ 商人变成骷髅。⑤ 官员路过此地。⑥ 大树被大风刮倒,树下露出骷髅。⑦ 官员发现骷髅。⑧ 官员破案,捉拿凶犯,真相大白。②

---

① [德]艾伯华(Wolfram Eberhard)《中国民间故事类型》,王燕生、周祖生译,北京:商务印书馆,1999,第 230—231 页。

② 钟敬文主编,《中国民间文学集成(广东卷)》编辑委员会《中国民间故事集成(广东卷)》,北京:中国 ISBN 中心,2006,第 1126—1127 页。

新疆《青年斗阎王》

① 青年骑马路过高山。② 高山上滚下骷髅,被他扔掉。③ 高山上滚下人头,被他拾起。④ 人头帮助青年逃过阎王治死的劫难。⑤ 第一次,青年听了人头的话,将羊心丢进炉灶,要将躲在里面索命的大臣烧死。⑥ 第二次,青年听了人头的话,将大树锯倒,将变成小鸟躲在树上索命的大臣赶走。⑦ 第三次,青年听了人头的话,没有伤害驼羔,驼羔送他仙丹,让他再逃一劫。①

后 稷

① 女子踩了天帝的足迹。② 女子感孕而生后稷。③ 女子是后稷的母亲。②

伊尹生空桑

第一,《列子》。

① 女子梦见了神仙。② 女子在空桑中生下伊尹。③ 女子是伊尹的母亲。③

第二,现代流传或民俗学研究中的相似类型。

钟敬文《云中落绣鞋型》

一、樵夫在山中砍柴,以斧头伤了挟走公主或皇姑的妖怪。

二、樵夫与他的弟弟到山中寻觅公主或皇姑,弟弟把她带归,而遗弃哥哥于妖洞之中。

---

① 钟敬文主编,《中国民间文学集成(新疆卷)》编辑委员会编《中国民间故事集成(新疆卷)》(全两册),北京:中国 ISBN 中心,2008,第 1387—1389 页。
② [战国] 列御寇《列子·天瑞》,叶蓓卿译注,北京:中华书局,2013,第 7—11 页。
③ [战国] 列御寇《列子·天瑞》,叶蓓卿译注,北京:中华书局,2013,第 7—11 页。

三、他以异类的助力,得脱离妖洞。
四、经过许多困难,他卒与公主或皇姑结婚。①

艾伯华《中国民间故事类型》:

122. 云中落绣鞋

① 砍柴人在林中用斧子砍伤了一个妖怪,这个妖怪掠走了公主。② 他跟他的兄弟一起去寻找公主;公主得救,他兄弟把他扔进妖洞里。③ 砍柴人依靠其他动物的帮助走出洞穴。④ 经过多次努力,他娶了公主为妻。

出　处:

h. 民间Ⅰ,第12集,第59—64页(浙江,绍兴)。

k. 民俗,第84期(江苏,兴化)。

l. 妇女与儿童,第14册,第168—170页(浙江,义乌)。

对应母题(3):

老鼠、蟹和蛙出于同情把好人从洞中救出:江苏c。

好人搭救龙王(龙太子),龙王使他活下来并把他带了出来:山东g;浙江l,m;江苏k;以及a。②

16. 动 物 报 恩

① 有个人曾帮助过一只动物。

② 当他处于生命危险时,这只动物前来救助。

出　处:

a. 相思树,第105—106页(浙江,富阳)。

---

① 钟敬文《中国民间故事型式》,收入钟敬文《钟敬文民间文学论集》(下),上海:上海文艺出版社,1985,第344页。

② [德]艾伯华(Wolfram Eberhard)《中国民间故事类型》,王燕生、周祖生译,北京:商务印书馆,1999,第203—206页。

b. 同上，第 106 页（浙江，富阳）。

c. 同上，第 107 页（浙江，富阳）。

d. 参见"云中落绣鞋"。①

157. 不见黄河心不死

① 一个穷人总是吹笛或者唱歌。② 有钱的姑娘听见了，并且爱上了他。③ 他也爱她。④ 他因爱而死，死后他的心变成了一块石头或者玉，在歌唱。⑤ 当石头看见姑娘时便死了。

母题（4）—（5）：

姑娘死了。她的心变成了铁。男人看见姑娘的时候，他和他的心都死了：b。

历史渊源：

通过 b 证明，据说唐代就已经出现。

附　注：

围绕 a 的内容编出一句俗语"不见黄河不死心"；参阅"彭祖死了"。②

192. 穷汉娶妻

① 一个穷人由于误解，猜想有钱的姑娘爱着他。② 他请父母去说亲。③ 他必须猜中谜语，或者为婚礼置备珍奇的物品。④ 他得到了她为妻。

出　处：

a. 民间Ⅱ，第 3 号，第 40—42 页（浙江，绍兴）。

b. 民间Ⅰ，第 12 集，第 56—58 页（浙江，绍兴）。

---

① ［德］艾伯华（Wolfram Eberhard）《中国民间故事类型》，王燕生、周祖生译，北京：商务印书馆，1999，第 29 页。

② ［德］艾伯华（Wolfram Eberhard）《中国民间故事类型》，王燕生、周祖生译，北京：商务印书馆，1999，第 238—239 页。

补　充（3）：

猜谜：浙江 a；江苏 e,h；山东 g。

带来珍贵的物品：浙江 b,c,d。

必须把两种谷粒分开（参见"云中落绣鞋"）：f。

扩　展：

龙王被吹笛人的吹奏所感动，拿出了珍宝：浙江 b。

"天问"：浙江 d。

"百鸟衣"：f。①

丁乃通（Nai-tung Ting）《中国民间故事类型索引》：

780D* 【唱歌的心】

有一个人(a)猎人(b)癞痢头男孩(b1)由于单恋着一位大家闺秀而死去。他的心却活着，被制成一只杯子，并唱他自己的悲剧，最后这杯子被人带到那位导致他死去的小姐面前。它唱出一首最后的哀伤的歌曲而(c)破裂了(d)深深地感动了她。或者，(e)这男人是一位技艺精湛的演奏者。这小姐听着他的音乐但当看到这人其貌不扬时，拒绝了他。或者，(f)她的父亲拒绝了他。他因而死去。

780【会唱歌的骨头】

有时泄露机密的东西是从尸体埋葬处取来的一只陶罐子。②

---

① ［德］艾伯华（Wolfram Eberhard）《中国民间故事类型》，王燕生、周祖生译，北京：商务印书馆，1999，第284—285页。

② ［美］丁乃通（Nai-tung Ting）《中国民间故事类型索引》，郑建成、李倞、商孟可、白丁译，北京：中国民间文艺出版社，1986，第240—241页。参见［日］池田弘子《日本民间故事类型与母题索引》，收入《芬兰国际民俗学会通讯》第209号（FFC209），英文版，赫尔辛基：芬兰科学院，1971，第183—185页。董晓萍译，2012。

孔子游泰山

① 他叫荣启期,在郊野行走,穿粗劣的衣服,腰间系着绳索带子,边弹琴,边唱歌。② 他被孔子看见,孔子问他快乐的原因。③ 他说了三件快乐的事:一是成为人,二是成为男人,三是成为读书人。④ 他受到孔子的称赞。①

林类百岁

① 林类将近一百岁时,春天穿皮衣,在麦田里拾麦穗,边干边唱歌。② 孔子看见了,让弟子子贡去与他攀谈。③ 他说有三件快乐的事:一是没有刻意争取时运,反而长寿;二是没有妻子儿女;三是死期将至。④ 他说不怕死的原因是,生死如往返,应该快乐。⑤ 孔子认为他是可以攀谈的人,但尚未达到圆满的境界。②

子贡厌学

① 子贡厌倦学习,对老师孔子说,想要休息一下。② 他的老师告诉他,人生休息的地方是坟墓。③ 他从与老师的对话中认识到,君子在墓中安息,小人在墓中埋葬。④ 他从晏子的谈话中认识到,死亡是德性的复归,故死人叫归人,活人叫行人。③

以虚无为贵

① 列子认为,虚无为贵。② 他被询问这其中的道理。③ 他说,虚是事物的本性,本无贵贱,贵贱是人为的名义,否定人为的名义,就是保持虚无。④ 他说,虚无即道,索取和给予都会丧失道。⑤ 他说,道被毁坏了是不能复原的。④

---

① [战国] 列御寇《列子·天瑞》,叶蓓卿译注,北京:中华书局,2013,第13—14页。
② [战国] 列御寇《列子·天瑞》,叶蓓卿译注,北京:中华书局,2013,第14—17页。
③ [战国] 列御寇《列子·天瑞》,叶蓓卿译注,北京:中华书局,2013,第17—19页。
④ [战国] 列御寇《列子·天瑞》,叶蓓卿译注,北京:中华书局,2013,第19页。

万　物　运　动

① 他是鬻熊,他提出万物运动的规律与变迁的道理。② 世界的变化没有声音和迹象。③ 世界亏损的地方会自动充盈。④ 世界的来来往往互相衔接。⑤ 世界的变化人们感觉不到,就不知道世界的存在。⑥ 世界的变化突然停滞了,再出现发展的结果,人们才知道世界的存在。①

杞　人　忧　天

① 他是杞国人,整天为未知的事情发愁,愁到睡不着觉,吃不下饭。② 他发愁天会塌掉,有人人开导他说,天是气形成的,人的呼吸就是在天中活动,所以天不会塌。③ 他发愁日、月、星会从天的气体中掉下来,开导他的人说,日、月、星在气体中发光,即便掉落也不会伤害人。④ 他发愁地会陷落,开导他的人说,地是土块形成的,人在土块上散步、行走、踩踏和蹦跳,就是在地上活动,地不会陷落。⑤ 他如释重负,开导他的人也如释重负。⑥ 长庐子说,天的虹霓、云雾、风雨和四季都是气形成的,地的山岳、河海、金石、火木都是堆积的实体,它们总归是会坏的,所以人会担忧。⑦ 列子说,天地会不会坏不是我们所能知道的,因此人们不必人为地担忧。②

舜　问　丞　相

① 舜向丞相问"道"可否获得并占有,丞相回答他的问题。② 人的身体是虚无的。③ 身体是天地托付给人的形体,生命是天地托付给人的和顺之气,性命是天地托付给人的顺化之气,子孙是天地赋予人的蜕变的生机。生命、性命和子孙后代都不属于人所有。④ 天地不停地运,这是气的作用,气即大道。⑤ 大道是不能为人所获得并占有的。③

---

①　[战国]列御寇《列子·天瑞》,叶蓓卿译注,北京:中华书局,2013,第19—20页。
②　[战国]列御寇《列子·天瑞》,叶蓓卿译注,北京:中华书局,2013,第20—23页。
③　[战国]列御寇《列子·天瑞》,叶蓓卿译注,北京:中华书局,2013,第20—23页。

齐人善偷

① 齐人富有,贫穷的宋人向他请教致富的道理。② 他告诉宋人自己善偷。③ 他的话被宋人理解为盗窃,宋人便翻矮墙、挖壁洞,入室偷窃,不久被抓获,查出赃物,还被没收了以前积蓄的财物。④ 他向宋人传授善偷的道理,在于天时地利、天地万物都是自然生成的,本不属于人自己,善偷者,顺应天时地利,获得自然物产,这样就不会遭受祸患。至于家庭的金银财宝、粮食布帛,都是人为积攒的,盗窃者就会被判罪。⑤ 宋人还是不明白,便去请教东郭先生。东郭先生认为,人是偷盗了阴阳二气中和之后形成的,人对天地之气的偷盗有公私两种,齐人的偷盗符合公道,便没有遭受灾祸;宋人的偷盗出于私心,所以被判罪。①

二、《列子·汤问》故事类型

女娲补天

① 从前天地没有穷尽,四海之内,四方边荒,没有极限。② 但既然是物,就有不足之处,所以女娲补天。③ 她采炼五色石修补天空的缺损。④ 她折断大龟的四肢支撑四极。②

共工与颛顼争帝

① 共工与颛顼争帝失败。② 他很生气,一头撞在不周山上。③ 他撞坏了擎天柱,弄断了系地绳。④ 从此天空和日月星辰都向西北倾斜,大地和江河向东南方塌陷。③

归 墟

① 归墟在勃海东面几亿万里的地方,是海洋下面的一个深谷,水深

---

① [战国] 列御寇《列子·天瑞》,叶蓓卿译注,北京:中华书局,2013,第24—26页。
② [战国] 列御寇《列子·汤问》,叶蓓卿译注,北京:中华书局,2013,第115—121页。
③ [战国] 列御寇《列子·汤问》,叶蓓卿译注,北京:中华书局,2013,第115—121页。

无底。② 天上的银河和地上的流水都灌注到这里。③ 归墟没有因此增高或减退。①

五 座 山

① 五座山在大海中,分别叫岱舆、员峤、方壶、瀛洲和蓬莱。② 山上的顶部有九千里平地,山与山之间相隔七万里,每座山方圆三万里。③ 山上有金玉楼台,有珍珠宝玉般的树木,有味道鲜美的花果,有雪白皮毛的飞禽走兽。④ 山上的花果人吃过之后长生不老。⑤ 山上住着神仙和圣人。⑥ 山上的人们在空中飘飞,相互往来,人数不可胜计。⑦ 山下没有根基,随海水漂移。⑧ 天帝命禹强指挥15只大鳌抬头,顶住五座山,以免仙山漂到西极,让神仙圣人失去住所。⑨ 禹强将大鳌分成三组,各组之间六万年交换一次,这样五座山才安定下来,不再漂走。②

龙伯之国巨人

① 他是龙伯之国的巨人。② 他抬脚没几步就来到了五座山。③ 他在五座山钓鱼。④ 他一次钓了6只大鳌,背在肩上带回自己的国家,用龟甲占卜。⑤ 岱舆、员峤两座大山失去了大鳌的背负,漂流到北极,山上的神仙圣人失去了住所。⑥ 天帝听说后,勃然大怒,削减了龙伯之国的版图,缩短了龙伯之国的人的身高。③

椿 树

① 上古的时候有大椿树。② 它以八千岁为一春。③ 它以八千岁为一秋。④

---

① [战国]列御寇《列子·汤问》,叶蓓卿译注,北京:中华书局,2013,第116—121页。
② [战国]列御寇《列子·汤问》,叶蓓卿译注,北京:中华书局,2013,第116—121页。
③ [战国]列御寇《列子·汤问》,叶蓓卿译注,北京:中华书局,2013,第116—122页。
④ [战国]列御寇《列子·汤问》,叶蓓卿译注,北京:中华书局,2013,第116—122页。

天池鲲鹏

① 终北国的北边有一片溟海,叫天池。② 天池中有大鱼。③ 鱼背宽数千里,长数千里。④ 鱼的名字叫鲲。⑤ 天池有一种大鸟。⑥ 鸟的翅膀如天空无边的云彩,身体也跟翅膀一样大。⑦ 鸟的名字叫鹏。⑧ 大禹看见了鲲鹏,伯益为它们命名,夷坚记载了它们。①

愚公移山

① 愚公年近九十岁,家住太行山和王屋山的对面。② 两山挡住了他和家人的出路,他决心率家人把山削平,开通道路。③ 他带领儿孙三人挖山,把土块运到渤海边上。④ 邻居京城氏家的寡妇有个遗腹子,刚刚换牙,也来帮忙。⑤ 他们一年走一个来回。⑥ 河曲老人智叟劝阻愚公不要挖了,说这个计划不可能实现。⑦ 愚公的决心不动摇,他回答说,就算自己挖不完,后面还有子子孙孙,无穷无尽,可以继续挖下去,而山不会再增高了,总有一天可以挖平。⑧ 天帝被愚公感动,派夸娥氏的两个儿子下凡,背走了两座大山。②

夸父追日

① 夸父追赶太阳。② 他追到隅谷的时候,口渴了,便去喝黄河和渭河的水。③ 他把黄河和渭河水喝干了,还不解渴。④ 他又向大泽奔跑,去喝水,结果半路就渴死了。⑤ 他丢下的手杖,被他的膏血浸润,生长出大片的桃林。桃林覆盖方圆数千里。③

大禹失途终北国

① 大禹治水迷路,来到终北国。② 这里没有风霜雨露、没有动植物、没有瘟疫,土地丰饶,气候温和。③ 国土中央有山,像陶罐;山口有穴,穴中

---

① [战国]列御寇《列子·汤问》,叶蓓卿译注,北京:中华书局,2013,第117—122页。
② [战国]列御寇《列子·汤问》,叶蓓卿译注,北京:中华书局,2013,第123—125页。
③ [战国]列御寇《列子·汤问》,叶蓓卿译注,北京:中华书局,2013,第125—126页。

有泉水涌出,泉水香过兰草,味同美酒。泉水分四道水流,倾注山下,浇灌全国每个角落。④ 人们性格温和,心地柔美,没有争夺,没有猜忌。⑤ 老少同居,君臣和睦,男女一道游玩,无需媒妁和聘礼。⑥ 沿河居住,不耕田也不收获,不织布也不穿衣,不夭折也不痛苦,百岁方死。⑦ 风俗好歌,整天歌声不绝。人们结伴而行,轮番唱歌。⑧ 人们用泉水洗澡,皮肤光洁滋润,身上的香气十多天才能散去。⑨ 周穆王游历时到达终北国,三年流连忘返。⑩ 管仲劝齐桓公去终北国,被隰朋阻拦,管仲认为隰朋是没有见识的人。①

小 儿 辩 日

① 两小儿争论太阳距离的远近。② 小儿甲说,太阳初升时离地最近,因为早晨的太阳大如车盖;中午时离地远,因为午间的太阳小如盘子。③ 小儿乙说,太阳初升时离地远,因为早晨的太阳冷;中午时离地近,因为午间的太阳热,好像把手伸进热水里。④ 小儿的争论被孔子听见了,孔子无法判断两人的对错。⑤ 小儿嘲笑孔子不像知识渊博的人。②

扁 鹊 换 心

① 名医扁鹊为甲、乙两人治病,甲为鲁国的公扈,乙为赵国的齐婴。② 他诊断说,甲的病是心强而气弱,故擅长谋略而缺乏决断;乙的病是心弱而气强,故缺乏谋略而过于专断。③ 他的治疗方案是将甲和乙的心对换一下,甲、乙都同意。④ 他为甲、乙做了换心手术,术后甲、乙恢复正常,各自回家。⑤ 他的甲病人去了乙家,乙的妻子儿女不认识甲,拒绝甲留在家中生活;乙病人去了甲家,甲的妻子儿女不认识乙,也拒绝乙留在家中生活。⑥ 他的甲、乙两病人的家庭去打官司,要求他出庭作证。⑦ 他说明手术的经过,两家停止了争吵。③

---

① [战国] 列御寇《列子·汤问》,叶蓓卿译注,北京:中华书局,2013,第127—129页。
② [战国] 列御寇《列子·汤问》,叶蓓卿译注,北京:中华书局,2013,第131—132页。
③ [战国] 列御寇《列子·汤问》,叶蓓卿译注,北京:中华书局,2013,第134—135页。

韩娥善歌

① 有一个叫韩娥的女子,擅长唱歌和哀哭,远近闻名。② 她去齐国,途中粮食吃完,便唱歌求食。她走后,声音绕梁三日不绝,当地人还以为她没有离开。③ 她来到一家旅店,店里人欺负她,她长歌哀哭,全乡人都很悲伤,三天吃不下饭。④ 她返回这里时,为乡亲们唱歌,全乡老少都情不自禁地随歌声起舞。⑤ 她的歌声和哭声直到今天都在被当地人模唱。①

高山流水

① 伯牙善于弹琴,子期善于欣赏,两人是一对好朋友。② 伯牙奏琴的含义总能为子期所领悟,两人达到默契的程度。③ 伯牙弹琴要登临高山,子期便赞叹泰山的巍峨。④ 伯牙弹琴要聆听流水,子期便赞叹江河的汪洋。⑤ 伯牙弹琴在泰山避雨,子期便了解朋友的遭遇。⑥ 伯牙对子期说,有了你这样的知音,我无法在琴声中隐藏自己的心声。②

木匠偃师

① 它是一个木偶倡优,由木匠偃师制造,送给周穆王当礼物。② 它能走、跑、俯、仰,跟真人一样。③ 它的脸被掀开,可以唱歌,合乎音律。④ 它的手被抬起,可以跳舞,合乎节拍。⑤ 它眨眼勾引周穆王的侍妾,被周穆王看见了,周穆王很生气,要杀偃师。⑥ 它被告知是木偶,并非真人。⑦ 它被拆开机关,五脏六腑和皮骨筋毛一应俱全。所有器官都是用皮革、木块、油漆、胶和各色颜料制成的,组合起来,即可恢复原样。再拿掉它的心脏,便不会说话;拿掉它的肝脏,便双目失明;拿掉它的肾脏,便不会走路。⑧ 周穆王夸奖偃师的技能,命副车载木偶回官。③

---

① [战国]列御寇《列子·汤问》,叶蓓卿译注,北京:中华书局,2013,第138—139页。
② [战国]列御寇《列子·汤问》,叶蓓卿译注,北京:中华书局,2013,第139—140页。
③ [战国]列御寇《列子·汤问》,叶蓓卿译注,北京:中华书局,2013,第140—143页。

鲁班造云梯

① 班输制造了木头的云梯。② 墨翟制造了会飞的木鸟。③ 两人听说偃师造倡的事,再不敢谈论技艺。④ 他们从此守着规和矩过一辈子。①

甘蝇善射

① 甘蝇、飞卫和纪昌是师徒三代人,皆善射。② 甘蝇刚一拉弓,还没等射箭,便野兽趴下,飞鸟落地。③ 飞卫的箭艺又在老师甘蝇之上。④ 纪昌跟飞卫学射,被告知先学不眨眼的功夫。⑤ 他回家看妻子织布,看了两年,到了锥尖刺到眼眶也不眨眼的地步,他去报告老师。⑥ 他被告知再练眼力,要练到视小为大、视细为粗的程度。⑦ 他回家后,以牛毛拴虱悬于窗口,看了三年,看到的虱子像车轮一般大。⑧ 他以牛虱为靶射箭,一箭射穿虱子的心,而拴虱子的牛毛纹丝不动,他去报告老师。⑨ 他被老师肯定已掌握了射箭术。⑩ 他认为自己本领大了,要射杀飞卫。飞卫用荆棘的刺尖抵挡他的飞箭,分毫不差,他彻底折服,再拜师为父。⑪ 他们师徒二人发誓不把射箭的绝技传给外人。②

造父学御

① 造父拜泰豆氏为师,学习驾御。② 他处处事师谦卑,但过了三年,还是没能从老师那里学到任何东西。③ 他没有任何怨言,态度更加谦卑,于是老师向他传授御术。④ 他跟老师学踩木桩,三天便掌握了这种技能。⑤ 他跟老师学驭术,将踩木桩的心得用在控制马上,做到手、心、缰绳、嚼子、吆喝与马速协调一致。⑥ 他被老师告知说,最高的驭术就是心神安闲、身体端正、操纵马匹合乎节度。③

---

① [战国]列御寇《列子·汤问》,叶蓓卿译注,北京:中华书局,2013,第141—143页。
② [战国]列御寇《列子·汤问》,叶蓓卿译注,北京:中华书局,2013,第143—145页。
③ [战国]列御寇《列子·汤问》,叶蓓卿译注,北京:中华书局,2013,第143—145页。

来丹复仇

① 来丹的父亲被黑卵杀害,来丹决心为父报仇。② 他向孔周借用宝剑,传说这种宝剑即便背在孩子的身上也吓退敌人。③ 他被孔周告知说,确有三把祖传宝剑,但都不能用来杀人。第一把宝剑叫含光,刺入人体而不觉察;第二把宝剑叫承影,刺入人体而不觉疼;第三把宝剑叫宵练,刺入人体而伤口随即愈合,没有血痕。④ 他不听劝阻,借来第三把宝剑复仇。⑤ 他对仇人连砍三剑,仇人醒来后,感到腰酸咽痛而已。⑥ 他对仇人的儿子连砍三剑,儿子醒来后,感到身疼体僵而已,还说他向自己招手三次。①

锟铻剑

① 它是一种稀有的宝剑,长一尺八寸,削玉如泥,锋利无比。② 它是周穆王在率军攻打西北戎族时所得。③ 它是西北戎族向周穆王进贡的礼物。④ 皇子认为此剑是传说,萧叔认为皇子不应怀疑真实的东西。②

火浣布

① 它是一种稀有的布匹,要在火中清洗,从火中取出后,清洁如新。② 它是周穆王在率军攻打西北戎族时所得。③ 它是西北戎族向周穆王进贡的礼物。④ 皇子认为此布是传说,萧叔认为皇子不应怀疑真实的东西。③

第三节 《列子》故事类型的个案研究

20世纪20年代,芬兰学派推出了一元化的故事类型研究法(简称AT)④,此法曾屡试不爽,风行多年。与此同时稍晚,钟敬文与俄罗斯学者

---

① [战国] 列御寇《列子·汤问》,叶蓓卿译注,北京:中华书局,2013,第147—151页。
② [战国] 列御寇《列子·汤问》,叶蓓卿译注,北京:中华书局,2013,第151页。
③ [战国] 列御寇《列子·汤问》,叶蓓卿译注,北京:中华书局,2013,第151页。
④ [芬] 安蒂·阿尔奈(Antti Aarne), *The Types of the Folktale*, FFC3. Translated and Enlarged by [美] 汤普森(Stish Thompson), FFC184, Indiana University, second revision, 1961. Helsinki, Academic Science, Finland, 1987, fourth printing.

普罗普(Vladimir Propp)分别提出了非 AT 故事类型系统,并各自进行了早期的理论构建。从世界民俗学研究系统看,由于有了他们的著述,产生了非 AT 的故事类型编制与研究系统,形成了多元化与一元化民俗学的早期对峙。在漫长的 20 世纪中,他们还都产生了世界级的影响:一个在东方,钟敬文的故事类型,被德国的艾伯华(Wolfram Eberhard)、美国的丁乃通(Nai-tung Ting)、日本的关敬吾和韩国崔仁鹤等所编制的中、日、韩故事类型所使用,艾伯华还因为直接使用了钟敬文的故事类型,在 20 世纪 30 年代就将中国故事类型送入 AT,后来丁乃通的中国故事类型著作也是在 AT 序列出版的[①]。这种影响直接决定了东亚国家故事类型编制与研究的格局,也对西方同行认识中国故事产生了间接的影响。一个在西方,法国社会人类学者列维-斯特劳斯(Claude Levi-Strauss)和芬兰民俗学巨匠劳里·航都受到普罗普的影响,他们反过来也总结普罗普对西方人文社会科学研究(包括民俗学)的贡献,称他为"结构主义现象学大师"。

钟敬文与普罗普一生不曾谋面,但两人在研究对象、研究问题和学术观点上有很多相似之处。本节拟讨论他们两人都曾涉足的故事类型"会唱歌的心"研究。"会唱歌的心(原意为'会唱歌的骨头',singing bone)",这个类型在《列子》中已记录,即"骷髅说话"。这是一个位置突出却很少被研究的类型,但它的流传并未因为学者的用功不足而稍减。把这个类型放到中华历史文明的框架下观察,还会发现,在其他书面文献中也有记载,而且在内地省市和新疆都有流传。它的体裁经常转移,在神话、传说、动物故事、生活故事、史诗、说唱等不同分类之间的作品中转换。它的特点是有一个能发声的物质实体(身体的一部分如骨头或心脏,或者是乐器),能开口说话,能伴随各种信仰仪式表演,带有故事的自然体裁和民俗体裁混合的形式。为方便研究起见,以下姑且将"骷髅说话""会唱歌的

---

① 关于丁乃通与关敬吾编制故事类型与钟敬文编制故事类型的关系,参见钟敬文《中日民间故事比较泛说》,收入钟敬文《民间文艺学及其历史》,济南:山东教育出版社,1998,第 180—181 页。

心"和"会唱歌的骨头"三个同体异称的说法都称为"会唱歌的心"。

一、研究的问题与延伸

从资料方面说,我国"会唱歌的心"的类型,在 AT 系统中的记载中凤毛麟角。早期芬兰学派的 AT 少量收录了中国故事,但编制 AT 的西方学者对中国故事的实际内容并不了解,所以即便提到也闪烁其词。在学术史上,芬兰、俄罗斯和中国学者都对这个类型有过研究,不过研究的结论各异。重新整理这段学术史,能为民俗体裁学的建设提供史鉴,同时,使用新疆《玛纳斯》史诗故事群的资料,重新研究这个类型,还能有不少新的发现。

(一)芬兰、俄罗斯和中国故事类型如何在 AT 中相遇

将"会唱歌的心"的英文写法全部译成中文,应该是"会唱歌的骨头(竖琴)[singing bone (harp)]"。钟敬文早年使用中国文献也编制过这个类型,有两种:一种是"骷髅呻吟式",即骨头开口说话;一种是"吹箫型",即心变成石头唱歌。艾伯华根据钟敬文的研究结果再行翻新,将"骷髅呻吟式"扩展为"骷髅报恩",将"吹箫型"改为"不到黄河心不死",后来业内大都叫作"会唱歌的心"。这些都是几乎与 AT 同步的中国故事类型和相关研究。

AT 的编制者在它的出处部分说明,在众多记录者和研究者中,有两位重要人物,即德国的格林兄弟(Wilhelm Grimm & Jakob Grimm)和芬兰的隆洛德(Elias Lonnrot)。他们都是经典民俗学的奠基者,当时德国民俗学与芬兰民俗学的思想联系十分密切。

从结构上说,AT780 可分为 3 层:① 身体的一部分(骨头或骷髅、心脏)发声,② 人工物发声(乐器、陶器、杯子),③ 自然物发声(石头或玉石)。AT 分别给了它们 3 个编号,即 780、780B 和 780A。这是由不同国家、不同文化内部的叙事差异造成的。

在 AT《索引》部分,对这个类型的资料来源和编制结构做了增订,补

充了俄罗斯和中国的故事类型,新增了AT"100""1694"和"163"3个编号,这样该类型共有6个编号,不过这时艾伯华命名的"会唱歌的心"还没有被收进来。

以下是AT《索引》中的增订版"会唱歌的心"的原文:

> 会唱歌的骨头(竖琴)揭发谋害者,780-780B,780A;谋害者是一头醉醺醺的狼,狼背叛了主人,100;被谋害者是一个带路人(他的同伴向他喊救命),1694;谋害者是一头狼,163。①

该类型在《索引》中分为4层,各层的母题相对集中,国别分布数量不等。

第一层,AT编号780、780B、780A,它们都是原有编号,不过母题命名已有改变,都写作"会唱歌的骨头(竖琴)揭发谋害者",流传国家和地区有19个,分别是:芬兰、爱沙尼亚、拉脱维亚、荷兰、苏格兰、爱尔兰、英国、法国、西班牙、意大利、罗马尼亚、斯洛文尼亚、捷克、俄罗斯、土耳其、印度、日本、美国、非洲。在这些国家和地区中,有17个位于印欧文化圈中;有1个在亚洲,即日本;还有非洲,未提具体国家。

第二层,AT编号100,母题为:"谋杀者是一头醉醺醺的狼,狼背叛了主人",流传国家和地区有德国、芬兰、爱沙尼亚、拉脱维亚、立陶宛、爱尔兰、法国、西班牙、西班牙的加泰罗尼亚地区、俄罗斯、希腊、美国印地安人聚居区,共有12个欧洲国家和地区,加上美国印第安人聚居区。

第三层,AT编号1694,母题为:"被谋害者是一个带路人(他的同伴向他喊救命)",流传国家为拉脱维亚、法国、俄罗斯、印度、中国,共有欧亚

---

① [芬]安蒂·阿尔奈(Antti Aarne), *The Types of the Folktale*, FFC3. Translated and Enlarged by [美]汤普森(Stish Thompson), FFC184, Indiana University, second revision, 1961. Helsinki, Academic Science, Finland, 1987, fourth printing, p.580.其中,关于"谋杀者是一头醉醺醺的狼,狼背叛了主人",见AT100,在第42页;关于"被谋害者是一个带路人(他的同伴向他喊救命)",见AT1694,在第480页;关于"谋害者是一头狼",见AT163,在第60页。

第四层，AT编号163，"谋害者是一头狼"，流传国家为立陶宛、拉脱维亚和俄罗斯，有3个东欧国家。

在这4层中，都有"俄罗斯"，还增补了俄罗斯民俗学的新资料，如俄罗斯学者阿法纳西耶夫的著作，普罗普撰写《故事形态学》用到了它。在这里AT编制者使用了艾伯华的《中国民间故事类型》中的第64号和第148号。从这条信息可知，芬兰学者很早就通过艾伯华知道了中国有故事类型，但他们为什么没有选择距第148号很近的第157号"会唱歌的心"？今天已不得而知。不妨猜想一下，艾伯华给这个类型起名叫"不到黄河心不死"①，会让西方学者怎样的一脸懵懂，100多年前，中国与芬兰的文化距离好比地球和月球，让芬兰学者去理解中国的"黄河"与男女爱情的关系，应该比登月球还难。对中国学者来说，艾伯华的介绍是否准确，或者今天看他的工作会带给我们什么感受，我们也将在后面用实际资料来讨论。不管怎样，AT的编制对俄罗斯和中国的民俗学者都产生了强烈的刺激，只不过在AT主宰的时代，中国学者的声音是很微弱的。这种中西差距有多大？仅从AT780看，在上述4个分层的同类故事的国家分布数据中，西方国家的故事最多，东欧国家的故事较少（包括俄罗斯），中国的故事最少，只有一本书，还是由德国人编写并从德国输入的，这显然并不符合中国故事海洋般藏量的实际，也不符合当时中国故事类型研究在亚洲领先的实际。隔膜之深，终将消除，俟待来日。

（二）非西方中心的研究

中国"会唱歌的心"的故事类型的书面原文记载出现很早，地方异文也十分丰富。中国历史文献藏量巨大，社会发展悠久，又拥有多地区和多民族文化，不同文化之间有统一传统又绚烂多姿，在这种社会文化环境中，"会唱歌的心"的形式与内容都有中国特色。与西方同类故事相比，中

---

① [德]艾伯华(Wolfram Eberhard)《中国民间故事类型》，王燕生、周祖生译，北京：商务印书馆，1999，第238页。

国的这个故事类型可与之比较,其中有跨文化背景的资料还能直接为世界故事类型增添文本,但从总体上说,它们在中国文化传统和地方社会中生存发展,更适合从"文化间距"上呈现特征。

从到目前为止我们所能搜集到的中国历史文献和口头资料看,对这个故事类型的形式划分,与钟敬文早年的划分一样,仍分为"骸骨说话"和"骨头唱歌"两种形式。如果尝试将形式分析与思想对话和社会对话的内容分析结合,概括该类型的中国叙事特征,可为"代神"与"代人"两个亚类型。

从理论上说,这个类型值得研究的问题是,角色是"骨头",是一个符号,兼具两个亚类型,即起源亚型(骨头代神)和现实亚型(骨头代人)。又因为这两个亚型系列拥有"骨头"共同符号及其故事与信仰文化,所以我们又能找到它的民俗单元,发现它的民俗体裁所在。它的民俗单元不是孤立的,有4个生命指示物:① 骨头或骷髅,② 民族乐器(笛子、竖琴、冬不拉、马头琴),③ 树(坟墓上长出的树、通神的树、会说话的树),④ 手工器具(陶碗、石头、杯子)。4个指示物的民俗单元的资料丰满,结构清晰,可以深入研究,让我们充满研究的兴趣。

在"会唱歌的心"的中西类型中,开口说话或唱歌的骨头都是一个信仰对象,即"代神"。所谓"代神",是指有确定形象、有命名和有思想观念的某神,神代替骨头发声。在西方故事中,这个神是耶稣基督;在中国故事中,这个神是儒释道思想的混合形象。故事中的骨头已非人类,但它是宗教世界、民俗信仰和现实世界的中介。它是引导人类接受神谕的物质实体,用普罗普的话说,是从"别一个"或"别的"国家来的,"这个国家或者远在天边,或者在山高水深之处"①。它是神奇的报信者。

在中西相似故事类型中,对骨头的解释有差别,造成类型形式的结构不同。比较前面分析的 AT780 和芬兰与瑞典共有的"北博滕的地方文

---

① [俄]普罗普(Vladimir Propp)《故事形态学》,贾放译,北京:中华书局,2006,第45页。

本"可见,那里最初该类型的叙事在 AT780 中没有宗教,到了半个世纪之后,在"北博滕的地方文本"中才有了"基督教"的说法。追问基督教进入该文本的时间,又不能以口头文本与教义文本之间的间隔年份做简单计算,而是要将之放到文本所在的社会文化中分析。

据于鲁·瓦尔克(Ülo Valk)研究,基督教的教义文本与爱沙尼亚的口头文本交叉的时间是在 13 世纪,引来爱沙尼亚的故事类型也发生变化,主要有两点:① 基督教教义反对天神撒旦,神界中已不承认撒旦的存在,将它视为魔鬼。但在民俗叙事的口头文本中,基督教所不接受的对象,从背叛的天神变成了人间的儿童,这个儿童又可以经过接受洗礼的方式重返基督教的大家庭,而撒旦是回不去的。② 应该洗涤原罪的不是儿童,而是儿童的父母。儿童不是邪恶的形象,而是站在社会边缘的弱者。他有普通人的人格,他有时还站在路边摇树枝,提醒父母涤除原罪;他是一个可视的民俗形象①。有没有基督教教义被民俗化的文本呢?后芬兰学派的研究告诉我们,有。在芬兰和北欧其他一些国家,当地与基督教相区别的儿童民俗仍然保留至今。在这种儿童民俗中,所有夭折儿童的灵魂都被认为能变成奇异人物,成为人类的助手。故事还给儿童赋予奇异命名,使儿童能获得自己的性格。这种命名带着这个故事类型在后世社会中继续发展②。

西方同类故事研究的宗教学传统深厚,所关注的问题也很不同。他们关注基督教文本与民俗口头文本对待"原罪"的思想差异。

于鲁·瓦尔克认为,所以这类讨论都涉及民俗体裁的研究,民俗学者可以通过对"民俗体裁的互文性"观察发现,民俗体裁可以"涵盖口语文本与书写文本之间的各种复杂关系,包括民俗母题与基督教《圣经》之间、民俗传承和书写传统之间的关系等。通过研究能发现,互文的结果,呈现了

---

① [爱沙尼亚]于鲁·瓦尔克(Ülo Valk)《信仰、体裁、社会:从爱沙尼亚民俗学视角的分析》,董晓萍译,北京:中国大百科出版社,2017,第 19 页。

② Juha Pentikaine, *Legend is a part of life*, in Anna-Leena Siikala, ed. *Study in Oral Narrative*, Gummerus kirjapaino oy Jyvaskyla, 1989, p.174.

一种与以往不同的宇宙观,它的内容是民俗信仰与基督教元素的混合物"①。

于鲁·瓦尔克在这里没有提到"会唱歌的骨头",但他对这个类型的基本分析观点和研究方法是清楚的,也在北欧学者中间具有代表性。

二、钟敬文与普罗普对话"会唱歌的心"

钟敬文与普罗普一生不曾谋面,但两人在研究对象、研究问题和学术观点上却有很多不谋而合之处。由于学术史和翻译等原因,直接做比较研究有困难,但可以做他们的思想对话研究。程正民曾首先用这种方法,开辟了钟敬文与巴赫金比较研究的新课题,发掘了中俄现代文化科学学说与民间文艺学研究的内涵②,这给我们以重要启发。

开头提到,钟敬文与普罗普创建了非 AT 系统的故事类型研究模式,现在要指出的是,在这个非 AT 的模式中,包括"会唱歌的心"。德国学者艾伯华曾套用钟敬文的该类型编制了新的母题文本,被 AT 吸收,写入 AT 的《索引》部分,被用来补充 AT。普罗普在个人著作中对"会唱歌的心"的研究也很充分,提出了成套的"功能项"概念与研究方法,以下集中讨论钟敬文和普罗普关于"会唱歌的心"的研究观点。

(一) 从钟敬文的研究看普罗普

在中国资料中,关于"会唱歌的心",有书面文本和口头文本两种,最早的书面文本记载见于《列子》,距今已有千年以上。钟敬文早在1927—1928年就向中国读者介绍过 AT780 型,包括"1) 精灵唱歌(骸骨呻吟式)"和"3) 身体的一部分唱歌(吹箫型)"两种。后来国内又搜集到不少

---

① [爱沙尼亚]于鲁·瓦尔克(Ülo Valk)《信仰、体裁、社会:从爱沙尼亚民俗学视角的分析》,董晓萍译,北京:中国大百科出版社,2017,第 21 页。

② 关于本小节的标题《钟敬文与普罗普对话"会唱歌的心"》,是作者受到程正民的启发而拟,参见程正民《文化诗学:钟敬文和巴赫金的对话》,收入程正民《巴赫金的文化诗学》,北京:北京师范大学出版社,2001,第 235—256 页。

关于这个类型的资料。现在全国很多省份的故事集成中都有这个文本①,又以新疆史诗故事群为最。

钟敬文是第一位将西方"会唱歌的心"型引进中国,并根据中国资料,创制了两个亚型的中国相似类型的中国民俗学者。1927年,钟敬文从英国民俗学者班恩(Charlortte Sophia Burne)的《民俗学手册》中获得了印欧故事类型的文本,并参考日本学者冈正雄的日译文,与友人杨成志合作翻译《印欧民间故事型式表》出版②,这份类型表共有70个类型,其中的"第十五则 杜松树式"和"第五十四则 骸骨呻吟式"互补,就是AT780型的"1)会唱歌的骨头"③。

1928年,钟敬文又发表论文《中国印欧民间故事之相似》④,对"杜松树式"做了初步研究。这个类型与后芬兰学派研究的"小孩骷髅唱歌型"比较接近;钟敬文还对"骸骨呻吟式"做了研究,这个类型与《列子》保存的文本和后世流传的"会唱歌的心"有部分重叠之处。以下是钟敬文编制的同型故事类型:

第十五则 杜松树式

一、一继母恶其继子,因杀死他。

二、怪异的景象随着来,小孩灵魂回生:第一次变成树,第二次变成鸟。

三、继母受惩罚。

---

① "故事集成",指钟敬文主编《中国民间故事集成》,自1984年至2009年历时近30年完成。这是本书使用的主要资料,书中会经常提到。作者在没有使用该书直接引文的情况下,为方便讨论起见,使用这种简便的说法。

② [英]库路德(Rev. S. Baring-Gould)编、约瑟·雅科布斯(Joseph Jacobs)修订《印欧民间故事型式表》,钟敬文、杨成志译,1927年冬完成,中山大学民俗学会小丛书之一,广州:中山大学语言历史研究所印行,1928。参见[英]查·索·博尔尼(Charlortte Sophia Burne)《民俗学手册》,程德琪、贺哈定、邹明诚、乐英译,上海:上海文艺出版社,1995。

③ 董晓萍《钟敬文与中国民俗学派》,北京:中国社会科学出版社,2017,第161页。

④ 钟敬文《中国印欧民间故事之相似》,收入钟敬文《钟敬文民间文学论集》(下),上海:上海文艺出版社,1985,第240—244页。

这和曹植《令禽恶鸟论》中所记伯奇化鸟的故事甚形似。小孩灵魂回生,第一次变成树,第二次变成鸟,这和蛇郎故事中,蛇郎的妻子给伊的姊妹弄死后,灵魂不散变成鸟,又变成竹一节的说法也很相近。①

第五十四则　骸骨呻吟式

一、兄弟(或姊妹)以羡望或嫉妒杀了别个。

二、经许多日后,死尸的一片骸骨给风所吹,宣告了暗杀者。

前人笔记中,常有和这类近之故事的记载,在民间口头传述中,也有这种被谋害者自己泄案的型式,虽然他(或伊)的宣告,不一定与风吹骸骨相同。②

AT780"会唱歌的骨头"型的口头文本于他的视野中再次出现是在他的晚年,在钟敬文主编的《中国民间故事集成》中,收有他的故乡广东的一篇同类故事,属于 AT780 之"2)人工物唱歌(乐器、陶器、杯子)"。故事讲,商人背着布袋出门,袋子里放着陶制灯盏。盗贼误认为商人背的是财宝,将其谋害。官员路过某地,看见商人的骸髅,当即破案,真相大白③。

从文本表面看,钟敬文对"会唱歌的骨头"的翻译与所编制的同类类型都是民俗叙事,没有信仰内容,其实不然,中国很早就有代神的文本,不过这个"神"不是基督教的教主,而是中国土生土长的道教和印度来的佛教。我们在本章第二节中已提供了《列子》收录这个类型的资料,讲列子看见"骨头"后与弟子百丰对话,将骨头解释为道家思想的指示物④。

---

① 钟敬文《中国印欧民间故事之相似》,收入钟敬文《钟敬文民间文学论集》(下),上海:上海文艺出版社,1985,第243—244页。

② 钟敬文《中国印欧民间故事之相似》,收入钟敬文《钟敬文民间文学论集》(下),上海:上海文艺出版社,1985,第243—244页。

③ 钟敬文主编,《中国民间文学集成(广东卷)》编辑委员会编《中国民间故事集成(广东卷)》,北京:中国ISBN中心出版,2006,第1126—1127页。

④ [战国]列御寇《列子·天瑞》,叶蓓卿译注,北京:中华书局,2013,第7—10页。

季羡林曾提出,《列子》疑似印度佛典的《生经》等的抄本,他还举出好几篇中印文献做对照说明①,其证据似无法反驳。钟敬文在中日学者早年做洪水故事比较研究时也曾使用过《列子》,后来钟敬文在个人著述中也曾对这部书多次使用②,他也谈过《列子》的伪托之嫌,但认为这不妨碍用它的资料做研究,钟敬文的这种看法与季羡林的观点并不矛盾。不管怎样,《列子》是一种汇集多元文化成分的历史著作,版本很可能不"纯",但也可能是因此而成为保存自我与他者故事的特殊资料本。

在中国佛典文献中,骨头的"代神"是树,这个类型见于西藏佛经《于阗国授记》,在这个类型的叙事中,由树发出声音,给人类以神谕。僧人模仿,诵经失误,树停止发声③。

为什么是"代神"而不是"代人",这部佛典文献讲得很清楚,神树能代替佛祖发声,人的声音不能与神的声音混合。这时我们应该再次想起季羡林对印度佛典影响中国故事的预判,也应该想起1500年前唐玄奘路过新疆播撒佛教思想的可能性。《大唐西域记》的《烈士池》中就有噤声故事。在这类故事中,有佛教的思想,也有儒家的影响,就是都讲不能随意选择生死。它否定出世,肯定入世的价值④。季羡林的弟子蒋忠新和王邦维都对这个故事做过不少研究⑤。不过在此需要说明一下,《烈士池》的故事并非不是源自新疆,它是印度故事,不过它的作者是唐玄奘,唐玄奘是把新疆故事与印度故事都收入《大唐西域记》的人。在新疆故事中,

---

① 季羡林《〈列子〉与佛典》,收入季羡林《比较文学与民间文学》,北京:北京大学出版社,1991,第78—91页。
② 钟敬文《中国的水灾传说》,收入钟敬文《钟敬文民间文学论集》(下),上海:上海文艺出版社,1985,第163—191页。另见钟敬文主编《民间文学概论(第二版)》,北京:高等教育出版社,2010,第123—148页。
③ 段晴对《于阗国授记》与新疆考古文物和毛毯故事的关系做了研究,参见段晴《新疆洛浦县"山普鲁"的传说》,《西域研究》2014年第4期,第1—5页。
④ 季羡林、张广达等《〈大唐西域记〉今译》,西安:陕西人民出版社,2008,第131—132页。
⑤ 蒋忠新《〈大唐西域记〉"烈士故事"的来源和演变——印度故事中国化之一例》,原载《民间文艺季刊》1982年第2期,第81—92页。王邦维《一个梦的穿越:烈士故事与唐代传奇》,《文史知识》2014年第9期,第107—113页。

神树发生的故事也很多,但那些神祇也不一定都指佛教神,也可能是其他宗教神在发出指示。

"会唱歌的心"长久流传,除了宗教意义,还有文化传统使然。AT类型中的"2) 人工物唱歌(乐器、陶器、杯子、动物皮或内脏的加工物)"和"3) 身体的一部分唱歌(心或由心变成的石头)",其故事原型的人工物和身体某一部分的含义,都是人心的指代物,而不是祈神通灵,此为"代人"。这是通过人工物或身体指代物自己发声,揭示某种价值观和社会意义。从历史典籍和口头传统资料看,"代人"的母题都要比"代神"的母题产生要晚,所反映的具体社会的文化差异也大。很多中国同类故事的亚类型都涉及对现世社会的直接认识,反对无为无谓的生命态度,强调生命的责任和权利,也有的描述将自我生命融入他者的美好。这种亚类型的共同特点是骨头变形为各种隐身或化身形象,向主人示好,成为主人的助手。对这种亚类型的定性,同在1928年,钟敬文命名为"报恩",普罗普命名为"施与者"。

钟敬文创制的第二个同类的类型叫"吹箫型",原文如下:

吹 箫 型
第二式

一秃子(癞痢头),平日爱吹箫。

某阔人的小姐闻而害相思病。

她看见他的相貌便死了思恋之心。但秃子又因之相思了。

他死后,化为一颗怪石或怪玉。

后来,这石或玉,获见小姐,即消灭。①

在AT相同类型中的"2) 人工物唱歌(乐器、陶器、杯子、动物皮或

---

① 钟敬文《中国民间故事型式》,收入钟敬文《钟敬文民间文学论集》(下),上海:上海文艺出版社,1985,第353页。

内脏的加工物)"和"3)身体的一部分唱歌(心或由心变成的石头)",在钟敬文的类型中合二为一,而且是"代人"型。艾伯华模仿这类型编写了一个相似类型,又自编了一个新名《不见黄河心不死》,但"代人"的性质不变①。丁乃通的中国故事类型著作出版较晚,也收录了同类类型:

  780D*【唱歌的心】·有一个人(a) 猎人(b) 癞痢头男孩(b¹)由于单恋着一位大家闺秀而死去的牧童。他的心却活着,被制成一只杯子,并唱他自己的悲剧,最后这杯子被客人带到那位导致他死去的小姐面前。它唱出一首最后的哀伤的歌曲而(c) 破裂了(d) 深深地感动了她。或者,(e) 这男人是一位技艺精湛的演奏者。这小姐听着他的音乐但当看到这人其貌不扬时,拒绝了他。或者,(f) 她的父亲拒绝了他;他因而死去。②

丁乃通还有一处是对池田弘子的模仿。先看池田弘子原文:

780 会唱歌的骨头

作者评注:

  在流传地区46 的一个异文中,代替唱歌的骷髅的是一只陶碗。在中国的一个异文中,有说明该类型原委的情节,在该情节中,一只碗或一个陶制品是用掩埋死者地点的黏土做的(E633;D251)。在凶手肩挑这种器皿沿街叫卖时,一位著名的法官包公文拯(999—1063)正好路过,陶碗开口含冤,揭发了凶手。这是在中国流传的聪

---

① [德]艾伯华(Wolfram Eberhard)《中国民间故事类型》,王燕生、周祖生译,北京:商务印书馆,1999,第 238—239 页。
② [美]丁乃通(Nai-tung Ting)《中国民间故事类型索引》,郑建成、李倞、商孟可、白丁译,北京:中国民间文艺出版社,1986,第 241 页。参见[日]池田弘子《日本民间故事类型与母题索引》,收入《芬兰国际民俗学会通讯》第 209 号(FFC209),英文版,赫尔辛基:芬兰科学院,1971,第 183—185 页。董晓萍译,2012。

明的法官故事圈中的一个故事。以上故事是 1950 年一个中国朋友告诉我的。①

再看丁乃通的文本：

780【会唱歌的骨头】·有时泄露机密的东西是从尸体埋葬处取来的一只陶罐子。②

当然丁乃通使用的资料是中国故事文本。不管怎样，中国的同类故事都强调观照"他者"的人生追求，将自我与他者合为一体，物我两忘，达到人生的美好境界。

到目前为止，我们还很少提到"会唱歌的心"的一个要素，就是被害人的要素。在 AT 里，他"是一个领路的主人（他的伙伴向他喊救命）"，AT 正是在这条信息中将艾伯华《中国民间故事类型》中的第 64 号和第 148 号两条信息引入这部世界索引的。艾伯华在第 64 号中讲："一个男人在一具尸体下边睡了三年"，这个"尸体"就是"骷髅"，我们已经知道钟敬文早年做过"骸骨呻吟式"的类型，现在艾伯华灵光一现，又使用了钟敬文的"广东、海丰"家乡的资料。现在我们看到这个第 64 号与"骨头"和"唱歌"没有丝毫联系，AT 把它拉入 AT780 是牵强附会，艾伯华其实没有帮上中国什么忙。艾伯华在第 148 号"三个强盗"中，指出这个类型中的"谋害人"这一点③，当时中国还有其他学者也注意到了。普罗普在分析俄罗斯的"会唱歌的心"时也提到过"谋害者"，而艾伯华说这个类型"很可能是

---

① ［日］池田弘子《日本民间故事类型与母题索引》，收入《芬兰国际民俗学会通讯》第 209 号（FFC209），英文版，赫尔辛基：芬兰科学院，1971，第 183—185 页。董晓萍译，2012。

② ［美］丁乃通（Nai-tung Ting）《中国民间故事类型索引》，郑建成、李倞、商孟可、白丁译，北京：中国民间文艺出版社，1986，第 240 页。参见［日］池田弘子《日本民间故事类型与母题索引》，收入《芬兰国际民俗学会通讯》第 209 号（FFC209），英文版，赫尔辛基：芬兰科学院，1971，第 183—185 页。董晓萍译，2012。

③ ［德］艾伯华（Wolfram Eberhard）《中国民间故事类型》，王燕生、周祖生译，北京：商务印书馆，1999，第 230—231 页。

从印度传到中国的",还说印度《佛教民间故事》中有类似故事①,这是他个人的意见。他多次引用中印佛典文献与故事互存的文献,这是他的长处。

在 20 世纪 30 年代,钟敬文向艾伯华提供了"骸骨呻吟式""吹箫型"和"燕子报恩"等自制故事类型文本,艾伯华不久后编写了"骷髅报恩"型②。他在"出处"中,出示了第一份引用资料,就是"妇女 VII",即《妇女与儿童》第 7 期,这是钟敬文主管并寄赠他的书刊之一③。他在"附注"中说明,"这个故事跟那些'报恩'故事的表现形式略有不同"。艾伯华分析这个类型时,使用的资料来自"吉林省",现在新疆故事卷的骷髅报恩故事又提供了另一佐证④。

在被普罗普打碎分析的"会唱歌的心"中,在其功能项"九、灾难或缺失被告知"里面,有普罗普编制的第 6 个功能,被他简述为:"该当送命的主人公被秘密放走……杀了一只动物来充数,以便弄到肝和心来作为人已被杀的证明"⑤,我们拿来对照以上新疆故事的"5)青年听了人头的话,将羊心丢进炉灶,要将躲在里面索命的大臣烧死",能看到新疆故事与俄罗斯故事在此点上有相似性。

(二)从普罗普的研究看钟敬文

本书已多次提到普罗普,他是民俗学领域的结构主义大师。他在《故

---

① [德]艾伯华(Wolfram Eberhard)《本书使用的参考文献》,[德]艾伯华(Wolfram Eberhard)《中国民间故事类型》,王燕生、周祖生译,北京:商务印书馆,1999,第 459 页。

② [德]艾伯华(Wolfram Eberhard)《中国民间故事类型》,王燕生、周祖生译,北京:商务印书馆,1999,第 36—37 页。

③ 钟敬文《我与浙江民间文化》,董晓萍整理,收入钟敬文《话说民间文化》,北京:人民日报出版社,1990。钟敬文在该书第 147 页写道:"《妇女与儿童》,娄子匡主编,我给以赞助,出八期。这是在原来一份招登广告的杂志《妇女旬刊》的基础上,更名兴办的。主要刊载民俗资料,也有些理论文字。后来娄子匡嫌《妇女与儿童》的名字不太好,就从第八期后改作《孟姜女》,两者其实是一码事。《孟姜女》出五期,抗战前夕停止。"

④ 钟敬文主编,《中国民间文学集成(新疆卷)》编辑委员会《中国民间故事集成(新疆卷)》(全两册),北京:中国 ISBN 中心,2008,第 1387—1389 页。

⑤ [俄]普罗普(Vladimir Propp)《故事形态学》,贾放译,北京:中华书局,2006,第 35 页。

事形态学》中提出了一个理论界从未采用过的新颖方法,即按照"中心角色"分类,让角色承担功能,再从功能中抽取功能项,功能在功能项下自由组合,再由功能项携带功能分层搭建故事结构。他告诉我们,所有的故事文本和故事情节单元都是现象,从现象到理论是一个从单纯文本到混合体的复杂过程,通过他的研究把以往 AT 中的两个文本构成要素"流传地区"和"文献来源"勾连为一体考察,也把对 AT 类型的研究做成了一个方法论框架。他的理论和方法在过去的整整一个世纪中间都产生了巨大的影响,连芬兰学派都为之称服。

普罗普在《故事形态学》中对阿尔奈 1911 年版的 AT 分类法提出了严厉的批评[①]。阿尔奈采用了俄罗斯学者阿法纳西耶夫的故事集,普罗普也采用了阿法纳西耶夫的同一本书[②]。但普罗普的观点不同,他沿用了维谢洛夫斯基在 1913 年提出的对母题与情节关系的疑问[③],认为 AT 只提出了母题与情节的一般性划分原则,却没有将两者区分开来。他这个问题的出发点是十分关键的。我们看他的学说的要点是:口头文本的母题是民俗形象单元,研究者需要为这个形象单位设定一个概念,同时也是一个指示物,即"中心角色",才能接下去进行研究。口头文本的情节是民俗流动要素单元,情节充满了变化,时刻处于只有组合的状态之中。芬兰学派把母题与情节混编为一个类型,做成了单一模式,就给民间文学的理论分析设置了障碍。这样就无法解决两个问题:一是母题的变化小,情节变化大,如何建立统一的表达式?二是 AT 把情节单元做成单一模式,不能拆句,变成最小单位,这样就无法处理口头文本的多元模式文本[④]。

---

① [俄]普罗普(Vladimir Propp)《故事形态学》,贾放译,北京:中华书局,2006,第7页。
② [俄]普罗普(Vladimir Propp)《故事形态学》,贾放译,北京:中华书局,2006,第2、21页。
③ [俄]普罗普(Vladimir Propp)《故事形态学》,贾放译,北京:中华书局,2006,第11页。
④ [俄]普罗普(Vladimir Propp)《故事形态学》,贾放译,北京:中华书局,2006,第11页。

如何克服 AT 情节单元法的弊病呢？用普罗普的学说分析，芬兰学派的不足在于提前预设框架，造成"分类不是在描述之后，而是描述在先入为主的分类框架中进行"[①]，这样就把民俗文本的分析给简单化了。普罗普说，在这个世界上，到哪里去找到那么简单的故事文本呢？"结构单纯的故事只是农民所特有的，而且是很少接触文明的农民"，但是，"我们只要一越出绝对原汁原味的故事的界限，麻烦就开始了。阿法纳西耶夫的集子在这方面是绝好的材料"[②]。在普罗普的方法论中，有"中心角色"的核心概念，有围绕这个概念的指示物，就能重新处理母题和情节的非平衡现象，直面复杂，解开乱麻。按照他的分析，中心角色位于叙事的表层，但比较稳定，大都是母题的符号；功能是角色的行动[③]，位于叙事的深层，由情节推进和执行，流动性大。但功能又不是平列的，还可以分为基本功能和具体功能，其中，基本功能相对稳定，具体功能易于流动，具体功能辅助基本功能。在口头叙事中，基本功能与具体功结合并发挥作用的那个层面，就是功能项，功能项的构成与排序有自己的内部逻辑。在此，我们要指出，普罗普构建的"内部逻辑"指在同质文本范畴而言。在这个范畴内，他做了 4 个假设：① 功能是故事中的连续要素和稳定要素，② 故事的已知功能项是有限的，③ 功能项的内在秩序总是同一的，④ 所有故事异文的构成都是单一类型[④]。他还提示，即便在同一文化内部也有"整个体裁的同化和交叉的情况，那造成的就是有时十分复杂的混合体"[⑤]。他的学说从建立概念、构建逻辑、设定假设，到提出方法步骤，再到整体分

---

① ［俄］普罗普（Vladimir Propp）《故事形态学》，贾放译，北京：中华书局，2006，第10页。
② ［俄］普罗普（Vladimir Propp）《故事形态学》，贾放译，北京：中华书局，2006，第96页。
③ ［俄］普罗普（Vladimir Propp）《故事形态学》，贾放译，北京：中华书局，2006，第18页。
④ ［俄］普罗普（Vladimir Propp）《故事形态学》，贾放译，北京：中华书局，2006，第18—20页。
⑤ ［俄］普罗普（Vladimir Propp）《故事形态学》，贾放译，北京：中华书局，2006，第97页。

析,完成了自己的结构主义理论体系。

普罗普对神奇故事的研究包括"会唱歌的心",他对于该类型的4个功能项进行了阐述,它们是:"九、灾难或缺失被告知","十一、主人公离家","十二、主人公经受考验","十三、主人公对未来赠与者的行动做出反应"和"十四、宝物落入主人公的掌握之中"①。

我们阅读这4个功能项的篇章可见,普罗普所说的"会唱歌的心",已经按照他提出的故事功能可以拆分和组合的思维逻辑和工作方法,被他打乱拆解,他将之切分为最小单位的有机要素。他再从最小单位中提取新的意义单位,将之抽象为功能项,在功能项的层面上,进行结构形式的理论研究。研究者要具体找到某个类型,需要循着他的方法框架找到最小单位的有机要素,再做功能项的组合,该类型才能再现出来。例如:"会唱歌的心"的情节单元,被放入"十二、主人公经受考验",普罗普将骨头发声的功能归类为"垂死者或死者求助"②。"唱哀歌"的情节单元,被放入"九、灾难或缺失被告知",普罗普将以唱歌宣告灾难信息的功能概括为:"这一形式上的杀害(唱歌的是活下来的弟弟等人),施魔术驱赶、偷换所特有的。灾难因此而为人所知。"③普罗普将骷髅遇到报恩对象的新情节单元的主人公命名为"赠与者",将之放入"十一、主人公离家",将新主人公为受害者提供帮助的功能概括为:"新人物进入了故事,他可以被称为赠与者,或者用更为准确的说法,是提供者。通常是在树林里、路上等地方偶然碰到他。"④

如何将位于底层的功能和位于第二层的"功能项"系统联系起来做分析呢?我们再看"会唱歌的心",普罗普的办法是做第三层,即建立符号系统。例如,他将位于功能项"十二"中的最小单位有机要素"死者求情"的

---

① [俄]普罗普(Vladimir Propp)《故事形态学》,贾放译,北京:中华书局,2006,第33—45页。
② [俄]普罗普(Vladimir Propp)《故事形态学》,贾放译,北京:中华书局,2006,第37页。
③ [俄]普罗普(Vladimir Propp)《故事形态学》,贾放译,北京:中华书局,2006,第35页。
④ [俄]普罗普(Vladimir Propp)《故事形态学》,贾放译,北京:中华书局,2006,第36页。

功能用俄文字母 Д3 表示，然后指出，如果将 Д3 从功能项"十二"中提出来，去与功能项"十四"的 3 个 Z 字打头的最小单位有机要素的"转交""发现"和"现象"的 3 个功能组合，也就是说，用 Д3 去组合"Z1 转交""Z5 发现"和"Z6 显现"，形成 4 个最小单位的有机要素 Д3＋Z1＋Z5 Z6 的序列，再到"十二"＋"十四"的 2 个功能项层面上做抽象归纳，就能看到"求助者——赠与者——提供者"的逻辑脉络，骷髅遇害真相大白的故事类型就可以还原如初了①，普罗普认为，用这种方法"从整体上可以判定一些变体与另一些变体有着宽泛的替代性"②。我们能看到，在普罗普的研究中，故事类型的功能都是现象，现象是汪洋大海。学者要观海，就要找到船，在海上航行。船就是功能项。但这还不够，还要给不同的海域和不同的航船编号，编号就是符号。将在不同海域行驶的不同航船编为航班，再由航班路线驶向目标。这套方法的实质，用普罗普自己的话说，就是"在做直接分析时这项功能被分解为各个组成部分，但对于我们的目的来说这无关紧要"③，他的目的是要研究故事，而不是讲故事，这是普罗普的方法比芬兰学派的 AT 更有理论性的地方。

钟敬文在 1927 年、1928 年发表"骸骨呻吟式"译文和 1928 年发表"吹箫型"等同类型研究文章的时间，跟普罗普发表神奇故事研究成果的时间十分相近。两人的差别是，钟敬文没有继续做故事形式研究，而普罗普不但做了形式研究，还发明了结构分析法。钟敬文走的是内容研究路线，这使他的学术研究节奏要慢下来，补充文化学理论和大量的文献史料，去辅助他完成故事内容分析的目标。4 年后，1932 年，他发表了研究中国天鹅处女型故事类型的论文④，一举成名，但这时与他同道的是日

---

① ［俄］普罗普（Vladimir Propp）《故事形态学》，贾放译，北京：中华书局，2006，第 37、42 页。
② ［俄］普罗普（Vladimir Propp）《故事形态学》，贾放译，北京：中华书局，2006，第 42 页。
③ ［俄］普罗普（Vladimir Propp）《故事形态学》，贾放译，北京：中华书局，2006，第 59 页。
④ 钟敬文《中国的天鹅处女型故事》，收入钟敬文《钟敬文民间文学论集》（下），上海：上海文艺出版社，1985，第 36—73 页。

本学者,不是普罗普。普罗普的学说尽管震惊世界,但从本质上说,他还是一个在纸面上做文章的民俗学者。他说,要把注意力放在文本上,"转向单个的文本。该图式如何运用于文本的问题,对图式而言单个故事是什么的问题,只有在文本分析中才能找到解答"①。他的本钱是文本,还不是文化。

早期芬兰学派、钟敬文和普罗普都属于经典民俗学时代,那个时代的学者所抱有的科学精神和科学研究态度令人肃然起敬。对这个时代的认识论和方法论的特点,乐黛云曾指出:"认真决定了公式、定义、区分和推论,它叙述的是一个可信赖的主体,现在也要去'认识'一个相对确定的客体,从而将它定义、划分、归类到我们已有的认识论的框架之中。"今天是反思经典民俗学的时代,怎样看待以往的认识论和方法论? 在此仍借用乐黛云的话:"互动认知的思维方式强调主体和他者在认知过程中都有所改变并带来新的进展。"②

当代民俗叙事学的研究表明,各国故事都是在自我与他者文化的多元社会中生长的,在学者予以多元文化的分析后方显出争奇斗艳,民俗体裁学的研究不能忽视这个规律而只做纸面游戏。

结 论

中西故事中的"骨头"的概念不同。西方故事中的骨头的本质是神或"代神",中国故事的骨头的实质是"人"或"代人",这种概念的差别与各自宗教传统和民俗信仰的差异有关。西方路德宗教改革后,对原罪的意义有所解放,故事中用孩子的声音表达了这种变化,一些骨头成为带有原罪的灵魂,可以通过皈依基督教得到拯救。在基督教教义民俗化的故事中,

---

① [俄]普罗普(Vladimir Propp)《故事形态学》,贾放译,北京:中华书局,2006,第59页。
② 乐黛云《差别与对话》,收入《民俗典籍文字研究》2017年第18辑,北京:商务印书馆,2017,第26页。

保留儿童民俗,这给家庭民俗的传承留下了余地。

在中国故事中,骨头的实质是代人。虽然骨头处于生死两界的边缘,但也是神人交流的中介,能将中国的儒释道的爱人文化融合在一起。在前人的研究中,以《列子》为例,钟敬文和季羡林的研究都已为后学拓荒,特别是在解释宇宙观的故事类型方面,钟敬文与季羡林的讨论正好反映了这方面资料的丰富性和研究空间的庞大。普罗普同时期在俄罗斯研究了这个类型,将之列入 31 个功能项中的 5 个(九、十一、十二、十三、十四)。20 世纪 30 年代以后,直至 20 世纪 70 年代,又有艾伯华、池田弘子和丁乃通陆续加入这场讨论,所涉及的故事原型也都是"1 和 3",没有超出钟敬文的发现范围。季羡林因 20 世纪 40 年代讨论《列子》而间接地涉及这个类型的研究。它们都是前人奠定的基础。但这还不够,不补充《中国民间故事集成》也不行。

另外,对历史资料和新补充的资料,还要用现代文化科学的理论和方法做连续解释。AT 虽然是经典民俗学的代表性方法,能够描述故事文本的国家分布状况,但相同文化内部的故事本文之间也有地方的和民族的差异,AT 却在处理这些差异上无所作为。近年维护文化多样性的呼声日高,尊重文化差异的重要性已经体现出来,于是经典的 AT 被束之高阁,无从落地。普罗普功能项学说为故事文本的文化学阐释提供了一条思想隧道,他的公式也很漂亮,但已没有再生的余地,因为文本的社会结构和文化承担者被他抽空了,公式就成了纸面假设。

三、《列子·天瑞》"伊尹生空桑"与"地下世界"型研究

在史诗故事中,往往会有"地下世界"的主题,也叫"地下的生活""别的国家"或"别的地方",主要讲英雄在迎战敌军途中坠落地下,在地下生活多年,完成英雄伟业,再返回地面,继续战斗。

对"地下世界"故事类型的研究,涉及对以往民俗分类概念的重新界定,主要是对英雄史诗叙事分类的突破。在这方面的研究上,中西史诗学

界是有差别的。西方史诗学界将史诗分类为创世史诗和英雄史诗,在此姑且称为"二分法",研究的范围也限定在神话、传说和英雄故事作品中。按照这种二分法框架进行研究,史诗中的天庭世界和地上世界的叙事是重点,地下世界的叙事被划入动物故事等其他分类,远离史诗。但是,在东方国家民族的史诗中,包括中国和西亚,史诗中是"三分"的,即有天庭世界、地上世界和地下世界。本书从中国实际出发研究史诗,就要根据其三分原貌分析史诗,但如此就要处理比较复杂的学术史遗留问题,即要将动物故事、爱情故事和妖怪故事都纳入史诗分析范畴,形成史诗故事群研究,而这样一来,就要打乱从前民间文学作品的分类。但在今天全球视野下的跨文化研究兴起之时,这种突破已成趋势。

本节主要使用我国世界"非遗"《玛纳斯》的史诗故事资料,运用适合这种资料系统研究的民俗体裁学的理论与方法,开展这项研究。为什么要选择《玛纳斯》个案做分析?原因有二:第一,不是说动物故事、爱情故事和妖怪故事就不能独立成篇,但从我国史诗看,动物故事、爱情故事和妖怪故事是与史诗捆绑在一起叙事的。在《玛纳斯》中,英雄甚至与故事中的动物同体异形,被直呼为"熊大力士"或"狮子大力士";野兽与美女都心甘情愿地给英雄当助手。如果学者硬要把动物、美女和妖怪从史诗中清除出去,净化英雄神坛,那么史诗也就不成其为民众的史诗了。第二,有助于认识中西史诗学的差异。西方宗教神学一度支配西方史诗学,在这种标准文本中,英雄是从天上降落人间的,他或他们在人间完成伟业后,或者返回天庭,或者留在人间当神。中国是非宗教国家,纵然有佛道之学和外来宗教影响,但并未出现宗教统领史诗的局面,《玛纳斯》的很多故事还在中国文化传统中和在新疆地方社会中都得到了很好的保存。尤其需要指出的是,《玛纳斯》的天庭世界叙事不突出,而地上世界与地下世界的"通道"叙事十分丰富。这个神奇的"通道"和地下世界的生活正是英雄用武之地。

我国通往地下世界的通道叙事尤有特点。我国是大陆国家,承担通道叙事的英雄角色,是能够进入地表层的"土"与"水"以下的地下世界的传奇人物。他们就在今生今世穿越地表层,毫发无损地建功立业,而不是轮回转世的新面孔,也不是来世托生的上辈人。通道的名称叫"地洞(地缝)"或"水道"。英雄要借助爬"神树"、登"高山"、乘"大鸟"或放"绳子",才能成功地进入通道,然后他有一系列的神行壮举,往来于两个世界之间,象征在人间世界不可能完成的事情会在地下世界完成。在天庭世界的叙事中,英雄要从地上到达天庭,同样也要以大树或高山为梯,以大鸟为飞行器,以绳子为动力加载工具,才能达到目的,英雄的穿越手段并无二致。由此可见,地下世界的象征意义与天庭世界的象征意义是同等的隐喻。有差异吗?有。差异在哪里?在于谁是主宰者。坐在天庭世界的宝座上的主宰者,是耶稣基督教主,独一无二。而地上世界和地下世界的主宰者是英雄和英雄团队,还有野兽朋友和公主,他们合力打败妖魔鬼怪,返回地面,建设家园。总之,三分叙事的史诗故事结构整体中,民俗思维发挥得淋漓尽致,因此更值得关注。

本节的研究重点是在以往较为缺乏讨论的地下世界叙事部分展开讨论,主要对以往缺乏研究的钟敬文与普罗普在这方面研究的学术思想开展研究。

(一)钟敬文与普罗普的对话背景与价值

20世纪20年代初AT系统问世后,钟敬文和普罗普各自编制了本国的故事类型。两人的研究成果分别发表于1927和1928年,这是一种时间上的巧合。但是,两人都不满足于AT,都根据本国的故事资料编制了本国的故事类型,开创了本国的故事学研究。中国与俄罗斯的文化传统都博大精深,与AT新颖而简单的研究方法相比,是一对矛盾,这对这两位当时还都很年轻的学者来说,AT既是强大的吸引,也是强烈的刺激。他们很快出版的研究著述,不能说十分成熟,但从世界故事研究系统看,正是由于有了他们的著述,才产生了非AT故事类型系统,并足以与当时占据主流地位的AT并行,形成了多元化与一元化两种标准的早期对峙,这种工作的学术价值之重大、学术文化影响之深远,是很难用其他工作去代替的,所以他们的国际影响至今不能消减。

由于各种条件的限制,要全面研究钟敬文与普罗普很难,但可以从两人同时创建非 AT 系统的工作开始比较,这是可以做到的。此外,所谓"对话",就要做"互视"的研究,即从他们本人的著作和引用资料的实际出发,做彼此间的观点与方法上的比较,这样也能避免执主观之词,影响研究结论的正确性。

以下根据本节的研究问题,集中讨论他们对"地下世界"的研究观点和方法,这方面的研究尚未有人涉猎,但我手边的资料比较充分,也容易说透。

(二)从钟敬文的研究看普罗普

在普罗普出版《故事形态学》的同一年,钟敬文发表《中印欧故事类型之相似》一文,其中谈到"地下世界"。他在这篇论文中提到,英雄在离开"地下世界"时,曾得到兽、鸟或鱼的帮助,才"得逃脱或成功",故将之命名为"兽鸟鱼式"。

第四十八则 "兽鸟鱼式"

一、一人施恩于地上的一匹兽,空中的一只鸟,水中的一条鱼。

二、他陷入于危险,或从事工作。

三、他以报恩动物的帮助,得逃脱或成功。

我两三年前,曾记录过一篇《小龙报恩及猫犬鼠仇杀的故事》(见《文学周报》),里面情节,与这个型式大略相近,虽然它在故事上的形态是"混合的"(Diffision)。又《齐谐记》中董昭救蚁故事,亦颇与此式同。①

1928 年,钟敬文又发表了关于地洞母题的故事类型编制模型"云中落绣鞋"型。在这个类型中,将地洞母题、地下通道母题、杀死妖怪母题和英雄救美的母题粘连在一起,在本节中,暂称之为结构链。

---

① 钟敬文《中印欧民间故事之相似》,收入钟敬文《钟敬文民间文学论集》(下),上海:上海文艺出版社,1985,第 243 页。

1931年,钟敬文发表了长篇研究论文《中国的水灾传说》,使用中国历史典籍《列子》《楚辞》《吕氏春秋》《尚书大义》《楚辞章句》《述异记》和《搜神记》等系列文献,提出,最早地记载树生人母题的古书是《列子》。《列子》还记录了一条到达婴儿伊尹出生地点的水道,伊尹的母亲正是经过这条水道,才到达了一棵大树的位置。后来伊尹的母亲变成了桑树,伊尹就生在树洞里。关于该母题,钟敬文最早从民俗学角度指出,这是一个地下世界"通道"的叙事:

　　《列子》自然是一部后人杂凑成的书。这不但是指的现存本(即晋人编纂的)为然,就是《汉书艺文志》所著录的那个较初期的本子,恐怕在某种程度上也是如此。但我们不能因此就断定其中全没有先秦的古记录(或古传述),尤其是关于神话和传说方面的。倘我们相当地肯定这个前提,那么,对于它所载关于伊尹的传说,当做可信的传说史料看,也许不是太不合理的吧。关于这传说的语句,见于现存本的第一篇——《天瑞》,那是:
　　伊尹生乎空桑。①

　　他还指出,后世的《尚书大义》已经将《列子》过分简约的讲述变成明明白白的"树洞"故事,原文称"桑穴":

　　伊尹母孕,行汲水,化为枯桑。其夫寻至水滨,见桑穴中有儿,乃收养之。②

　　在此为《列子》编制故事类型如下:

---

① 钟敬文《中国的水灾传说》,原作于1931—1932年,收入《钟敬文民间文学论集》(下),上海文艺出版社,1985,第164—165页。
② 钟敬文《中国的水灾传说》,原作于1931—1932年,收入《钟敬文民间文学论集》(下),上海文艺出版社,1985,第164—165页。

伊尹生空桑

① 女子梦见了神仙。② 女子在空桑中生下伊尹。③ 女子是伊尹的母亲。①

从钟敬文的研究中,能看到对地上世界与地下世界的通道成因的解释。民间还有一种说法,是"地陷"出湖,这方面的最早记载见于《搜神记》。

现本《搜神记》,自然已非干宝氏的原书,但证以唐宋古书所引,其大部分的材料,必出自原著是无疑的(其中有拉杂地抄入别的古书的地方,如第六、第七两卷,全抄《续汉书》《五行志》,前人已经指摘过;但大部分,仍是辑录自前世类书所引的——即等于"辑佚"性质)。所以,除了一部分外,大都不妨信为晋代人的记述。在这二十卷书中,关于我们所要论述的水灾型传说,竟有三则记录。第一则,见于第十三卷。其文云:

由拳县,秦时长水县也。始皇时,童谣曰:城门有血,城当陷没为湖!②

钟敬文写作此文的背景是,他当时正与日本学者铃木雄健、小川琢治讨论中国的洪水故事,此文是他在讨论之余所撰写的。这是我国首篇关于"地陷"母题的论文,至于他为什么会写这篇文章,他自己有个声明,我把它抄在这里:"伊尹母亲化空桑的故事,小川琢治氏虽然述及,但他的原意似只想说明它和治水的禹王之关系。所以,他在这故事的上面没有什么发挥,自然也更无较详尽的'下文'。现在,我却要以这故事来做这篇小文论述的起点。这工作颇像有些给他的文章作'补充',虽然我在拈到这

---

① [战国]列御寇《列子·天瑞》,叶蓓卿译注,北京:中华书局,2013,第 7—11 页。
② 钟敬文《中国的水灾传说》,原作于 1931—1932 年,收入钟敬文《钟敬文民间文学论集》(下),上海文艺出版社,1985,第 166、169 页。

么一个'主题'时,尚未拜读过他的大作;而这意思(补充他的缺漏)其实也始终不是我所曾萦心的。"①也许正如钟敬文所说,此文是他个人的副产品,他的正产品是与日本同行研究洪水故事。他的副产品发现其实相当重要,他再走一步,就是地下世界研究,但是他与之擦肩而过了。尽管如此,他把"水道""地洞""杀死妖怪"和"英雄救美"等有意思的问题留给了后人,他有开辟之功。

就本文的研究对象而言,钟敬文当年从《列子》和《尚书大义》中发现了"桑穴"故事之后,即便没有再做地下世界研究,仅就"桑穴"母题本身看,对它的研究价值也需要重估。为什么? 因为这个母题还活着,它是长命的叙事。在我国的柯尔克孜族史诗《玛纳斯》的叙事中,也有这种树神,它用乳汁哺育人类。在维吾尔族史诗《乌古斯可汗传》的唱诵中,有一位英雄团队中的将士之妻,她在树洞中生下儿子。据说这类母题在突厥语系中并不稀见②。

AT 提到过,艾伯华的《土耳其故事类型》有此母题,但语焉未详,这里就不讨论了。不过,在他此前编制的《中国民间故事类型》中,可以看到他对钟敬文创制的"云中落绣鞋"类型全文模仿。他3次引用钟敬文的"云中落绣鞋"都做了标注,可见他对这个类型的重视。他又将龙宫母题"扩展"进来,但他始终没有使用地下世界的概念,这也许与他不研究史诗有关,也许是不研究史诗的人就无法看清故事分类与体裁的矛盾。

(三)从普罗普的研究看钟敬文

劳里·航克提出民俗体裁学理论之后,国际民俗学界都在用。他指出,世上没有学者所说的纯粹民俗分类,无论从享用民俗的民众看,还是从

---

① 钟敬文《中国的水灾传说》,收入钟敬文《钟敬文民间文学论集》(下),上海:上海文艺出版社,1985,第163—166、169—170页。
② 热孜万古丽·依力尼亚孜《维吾尔族英雄史诗〈乌古斯汗传〉母题的现代传承》,北京师范大学2016年8月"跨文化学研究生国际课程班"新疆学员论文,第8页,指导教师:古丽巴哈尔·胡吉西,打印本。在第8页中,依力尼亚孜引用17世纪中亚史家阿布勒孜《突厥世系》一书描述了这个故事。

民俗学者的田野调查发现看,都找不到这样的例子①。我们赞同劳里·航克的观点。普罗普是受到劳瑞·航克的极大关注的。普罗普在研究俄罗斯神奇故事时,已经发现了"地下世界"型,他建立了31个功能项,其中有10个直接提到它,这个数量占功能项总数的1/3。它们是:"十五、主人公转移,他被送到或被引领到所寻之物的所在之处","十六、主人公与对头正面交锋","十八、对头被打败","十九、最初的灾难或缺失被消除","二十一、主人公遭受追捕","二十三、主人公以让人认不出的面貌回到家中或达到另一个国度","二十五、给主人公出难题","二十八、假冒主人公或对头被揭露","二十九、主人公改头换面","三十一、主人公成婚并加冕为王"②。在这些功能项中,普罗普把英雄进入地下世界的诸多角色功能和行为功能统统都编进来。他用他的办法,也将地下世界的复杂母题排序结构讲得清清楚楚,我做了几个摘要放在下面,以便举例说明:

十五、主人公转移,他被送到或被引领到所寻之物的所在之处

① 他在空中飞翔。骑在马背上。被鸟驮着,化作鸟的形象,乘飞船,坐在飞毯上,伏在巨人或精灵的背上,乘坐鬼的车,被鸟驮着飞有时还伴随着一个细节:在路上需要喂它,主人公随身带着一头牛和其他的东西。② 他在陆地或水中行驶③。⑤ 他使用固定不动的通行工具。……他拽着绳索往下降,等等。④

---

① Lauri Honko, *Folkloristic Theories of Genre*, in Lauri Honko & Anna-Leena Siikala ed. *Study in Oral Narravive*, Helsinki: Gummerus Kirjapaino oy Jyvaskyla, 1989, p.13.
② [俄]普罗普(Vladimir Propp)《故事形态学》,贾放译,北京:中华书局,2006,第45—59页。
③ [俄]普罗普(Vladimir Propp)《故事形态学》,贾放译,北京:中华书局,2006,第45页。关于普罗普功能项的使用,本书为集中讨论问题起见,在不影响读者了解原著的前提下,暂且省略原来每句后的编号。
④ [俄]普罗普(Vladimir Propp)《故事形态学》,贾放译,北京:中华书局,2006,第46页。

十八、对头被打败

⑤ 兹米乌兰藏在树洞里,他被杀死了。①

十九、最初的灾难或缺失被消

⑥ 运用宝物摆脱贫穷。神鸭下了金蛋,自动摆上食物的桌布以及遍地是金的马也属于此类。⑩ 被囚者获释。马撞破牢门,放出了伊万。②

二十一、主人公遭受追捕

⑤ 追捕者师徒将主人公吞下去。母蛇妖变成一位姑娘来诱惑主人公,然后又变成了一头母狮子想把伊万吞下去。③

二十三、主人公以让人认不出的面貌回到家中或达到另一个国度

① 到家。主人公落脚在某个手艺人那里:金银匠、裁缝、鞋匠,给手艺人当徒弟。④

二十五、给主人公出难题

交出东西和制造东西的难题:送药……一夜之间建起一座宫殿。建起一座通往宫殿的桥。⑤

二十九、主人公改头换面

② 主人公造出一座奇妙的宫殿。他自己以王子的身份在宫殿里走

---

① [俄]普罗普(Vladimir Propp)《故事形态学》,贾放译,北京:中华书局,2006,第47页。
② [俄]普罗普(Vladimir Propp)《故事形态学》,贾放译,北京:中华书局,2006,第49页。
③ [俄]普罗普(Vladimir Propp)《故事形态学》,贾放译,北京:中华书局,2006,第51页。
④ [俄]普罗普(Vladimir Propp)《故事形态学》,贾放译,北京:中华书局,2006,第54页。
⑤ [俄]普罗普(Vladimir Propp)《故事形态学》,贾放译,北京:中华书局,2006,第55页。

动,姑娘觉得一觉醒来身在奇妙的宫殿里。①

三十一、主人公成婚并加冕为王

① 或者一下子获得未婚妻和王国。②

从普罗普的角度看,英雄进入或离开"地下世界",有因有果。需要反复提到的是,普罗普讨论这种因果,也不是佛教轮回观和道家无为观,而是另一种民俗思维方式,这是他的工作特点。普罗普的观点能帮助我们认识到,在"地下世界"类型中,有一批同类民俗单元,对它们的价值判断,并非用"是"或"不是"来界定,而是要考察各种叙事母题之间如何"转换"③,具体说,考察英雄怎样从地上世界转到地下世界,再从地下世界转到地上世界。"转换"的条件,不是"求助",而是"交换"④。关于"交换",有的是机会的交换,如英雄的朋友先把公主从洞中拉上去,再把英雄拉上去;有的是技能的交换,如青年当工匠,学手艺,回来娶亲;有的是人与动物的交换,如救了树上的小鸟,鸟王帮助英雄飞出地洞;有的是人与植物的交换,如英雄爬上金树,离开地下世界;有的是人与仙药的交换,如英雄吃了受伤的小鼠疗养的三叶草,治愈了自己摔断的筋骨。

普罗普提出的"交换"原则值得讨论,对于中国史诗故事研究尤其如此。为什么?因为"交换"与"求助"是根本不同的思路。"交换"是双向的,立等可见;"求助"是单向的,需要长时间的约束。"交换"旨在获得平衡,"求助"旨在破除危机。

---

① [俄]普罗普(Vladimir Propp)《故事形态学》,贾放译,北京:中华书局,2006,第57页。
② [俄]普罗普(Vladimir Propp)《故事形态学》,贾放译,北京:中华书局,2006,第58页。
③ [俄]普罗普(Vladimir Propp)《故事形态学》,贾放译,北京:中华书局,2006,第45页。
④ [俄]普罗普(Vladimir Propp)《故事形态学》,贾放译,北京:中华书局,2006,第48页。

普罗普找到了分析大型叙事的角色和功能的一套方法。按照他的方法，研究者要了解英雄进入"地下世界"是一个"初始情景"，这个初始情景的叙事场景有"长辈离家、禁令、对头（狼）的骗人劝说，破禁，家庭成员被劫走，告知灾难，寻找，杀死敌人"，破解这种文本的具体过程"可以以三种方式进行：1. 根据同一标志的不同变体（树木可分为阔叶林和针叶林）；2. 根据同一标志的有无（有脊椎类和无脊椎类）；3. 根据互相排斥的标志物（哺乳动物中的偶蹄类和啮齿类）。在同一种分类法的范围内，方法可以按照类、体和变体或其他层级变换，但每一层级要求方法的首尾一贯和形式划一。"①

关于普罗普对地下世界的总体研究观点，我们用普罗普的话概括为以下要点：

第一，英雄通常寻找的对象都在"另一个""别的"国家。这个国家或者远在天边，或者在山高水深之处。②

第二，英雄找到了一条地下通道并用上了它。③

第三，数个故事人物迅速交替行动，一下子获取所寻找的对象。④

第四，有很大数量的功能项是成对排列的……另有一些功能项是分组排列的……可以预测的是：关于故事的亲缘关系问题，关于情节与异文的问题，均可借此获得新的解答。⑤

---

① ［俄］普罗普（Vladimir Propp）《故事形态学》，贾放译，北京：中华书局，2006，第97页。

② ［俄］普罗普（Vladimir Propp）《故事形态学》，贾放译，北京：中华书局，2006，第45页。

③ ［俄］普罗普（Vladimir Propp）《故事形态学》，贾放译，北京：中华书局，2006，第46页。

④ ［俄］普罗普（Vladimir Propp）《故事形态学》，贾放译，北京：中华书局，2006，第48页。

⑤ ［俄］普罗普（Vladimir Propp）《故事形态学》，贾放译，北京：中华书局，2006，第59页。

在对中国历史文献相关记载的研究方面,钟敬文的关注点不是"交换",而是"报恩"和"互助"。我们看到,他从这些书面文本中的洪水神话、报信者和洞穴救公主等资料出发,研究属于地下世界类型的一些要素。在他的观点中,在缺乏资源和遇到危机的情况下,依靠整合弱小力量,发挥集体智慧,也可以战胜强敌,度过危机①。季羡林也有这种看法,他以对中国颇有影响的《五卷书》为例指出,书中有一系列"弱者与强者斗争而获得胜利的故事",在他举述的这些例子中,有画眉战胜大象、乌鸦战胜毒蛇、兔子战胜狮子、鸽子、老鼠、羚羊和乌鸦战胜猎人等②。当然,钟敬文做的是定性研究,普罗普做的是定性兼定量研究。

普罗普与劳瑞·航克所处的研究时代和环境更加不同,但他引领了劳里·航克③。普罗普所得出的理论假设、基本概念、假设和结论,成为劳里·航克提出民俗体裁学的问题的基础。

钟敬文与普罗普的研究都涉及地下世界,但他们的研究均以故事为主,属于单一体裁研究,都还没有来得及将故事学与史诗学做综合研究。当然,普罗普和钟敬文的文本分析并不是支离破碎的,而是强调整体性的。普罗普曾提出:"正确分析一个故事并不是容易做到的,这里需要相当熟练的技巧和习惯。……阿法纳西耶夫的集子在这方面是绝好的材料,但大体上也提供了同一图式的格林兄弟的故事,就显得不那么纯粹和稳定。无法预料所有的细节,还应该考虑像故事内部因素的同化一样,还有整个体裁的同化和交叉的情况,那造成的就是十分复杂的混合体。"④钟敬文也讲过体裁的"混合"问题,但他的工作又要求具备处理中国口头文本与书面文本双料的娴熟知识,这也不容易做到。钟敬文的另

---

① 如钟敬文对"猪哥精"一类故事的研究,参见钟敬文《读〈三公主〉》,收入钟敬文《钟敬文民间文学论集》(下),上海:上海文艺出版社,1985,第455—456页。
② 季羡林《印度寓言和童话的世界"旅行"》,收入季羡林《比较文学与世界文学》,北京:北京大学出版社,1991,第121页。
③ Lauri Honko, *The Real Propp*, in Anna-Leena Siikala, ed. *Study in Oral Narrative*, Gummerus kirjapaino oy Jyvaskyla, 1989, pp.162–173.
④ [俄]普罗普(Vladimir Propp)《故事形态学》,贾放译,北京:中华书局,2006,第96页。

一观点比此观点更重要,即通过对地下世界通道的研究,进行"中外传说的比较",分析中西叙事的差别,指出用西方的上帝说对天庭世界的塑造叙事,"向中国这一系统的故事之进程中去追寻……似颇难找到它的行迹":

> 现在只问:这传说和中国水灾系的传说(即本文所论述的),究竟在形态上有着怎样的"共相"和"异相"呢?希伯来人的这传说中,有两个颇可注意之点:(一)故事的构成,是含有极大的宗教意味的(即上帝"惩恶奖善"的观念);(二)故事所解释的事件,是被认为全世界的、全人类的。这两个要点,也许不全是传说初产生时(有人说,世界洪水的传说,恐怕和上古冰河的融决有关系。倘这话可信,那末,其产生期必很早了)的本来成分,而是在这民族(或另一民族)文化达到了某阶段时所渗进去的。然而,这里似不容许我们来过问这些较迂远的问题。把上举两点显著的观念,向中国这一个系统的故事之进程中去追寻,在第一阶段的伟人产生神话上,似颇难找到它的形迹。①

钟敬文的研究结论属于前人的工作,但至今仍有意义。这一结论与本节讨论的中西史诗的差异的本质是相同的。对他的这个观点,过去讲得少,现在有必要再次强调。

最后我们需要考虑一个问题,就是在新疆史诗故事群的发祥地,在守护《玛纳斯》的柯尔克孜族人民中间,他们如何看待"地下世界"?特别是在现代社会,柯尔克孜人也要用现代人的眼光看世界,他们又怎样解释本民族史诗中的"地下世界"用词?以下引用新疆师范大学柯尔克孜族民间文学专业硕士研究生艾力努尔·马达尼论文的一段文字来说明:

---

① 钟敬文《中国的水灾传说·七 中外传说的比较》,收入钟敬文《钟敬文民间文学论集》(下),上海:上海文艺出版社,1985,第185—186页。

英雄入地母题在突厥语民族民间文学中大量存在，例子不胜枚举。英雄所入的"地下"，在汉语译文中一般都译作"地牢"、"地狱"或"冥府"。但在突厥语系中，"地下"的基本用语是"jeraste"，其中，"jer"是"地"之意，"aste"是"下、下面"之意，"jer, aste"的直译就是"地下"，整个词的意思都没有"地牢"、"地狱"之意，更没有"冥府"之意。在突厥语民族叙事文学中，英雄成年后大多都有进入地下的经历。英雄入地母题广泛地存在于民间文学作品之中。柯尔克孜族史诗《艾尔托西图克》中的英雄艾尔托西图克，在众多英雄业绩中，最引人注目的一个是他到地下世界历险的经历。史诗《艾尔托西图克》中英雄与七头妖婆展开激战，七头妖婆斗不过英雄，节节败退，托西图克穷追不舍。七头妖婆施展魔法，大地开裂，英雄艾尔托西图克落入地下，在地下生活了整整七年。在各种动物朋友的帮助下，艾尔托西图克战胜了种种妖魔，并被大鹏鸟驮上地面，返回世间。①

艾力努尔·马达尼用自己本民族的语言解释"地下世界"一词并没有"地狱"的意思，只指大地的"下面"。对她和她的民族而言，英雄是否有地下世界的经历，不仅关系到史诗是否完整，而且还是他们断定英雄素质和史诗魅力的一个条件。站在史诗故事外部的学者，面对这样来自文化内部的回答，有任何辩白力吗？没有。

小 结

研究历史类经典名著与故事类型的双构文本，主要问题是：历史文献与口头故事的比重是怎样的？比如为什么民俗学者很容易将《列子》中的故事认作口头资料？这是因为它们与后世流传的口头故事有相似之

---

① 艾力努尔·马达尼《神话史诗〈艾尔托西图克〉变体的母题分析与现代传承》，2016年北京师范大学"跨文化学研究生国际课程班"学员论文，指导教师：古丽巴哈尔·胡吉西，打印本，第9页。

处,那么关注它们的焦点,究竟是文化价值,还是社会功能?从研究看,在某些文本中,其故事类型与祖先历史混合在一起,如《列子》保留的"伊尹空桑"文献和地下世界型故事。有的故事类型是民族史的组成部分,如《玛纳斯》史诗和"骷髅唱歌型"故事。在某些文本中,叙述故事类型就是叙述行业史,如《列子》中叙述的我国东部的大工匠鲁班造云梯的故事,与西部地区的木匠偃师造歌舞木人的故事,它们的叙事活动延续到现代,而当时的社会景象却早已被人们忘记。本节没有详细分析它们的历史性特征,因为里面涉及不少传统工艺技术活动,需要另外做专题研究,详见我的另一本书《跨文化民间叙事学》①。

研究历史类名著故事类型,要保留原著原有的文化比喻。《列子》中的一些文献与故事,和印度佛经文献与故事相似,但故事的相似不等于文化的相似。例如,印度佛经故事有印度佛教文化的比喻,《列子》故事有中国的儒释道文化的比喻,即便故事的比喻有某些部分的相仿,也不等于文化的比喻完全相同,而没有文化比喻的故事却是不存在的。本章注意对历史文献、口头故事、民俗史和社会史做综合研究,解读这些文化比喻,再从故事类型切入,探索民俗学内部研究的专题成果。

---

① 董晓萍《跨文化民间叙事学》,北京:中国大百科出版社,2019。

第二章 《大唐西域记》的信仰故事与民俗

《大唐西域记》是我国信仰类历史经典与故事类型双构的代表作,但民俗学者过去很少涉猎,原因是受到传统民俗学概念的限制,主要有4点:民俗学一向以研究口头资料为主,而《大唐西域记》是历史文献;民俗学以研究集体性民俗为主,而《大唐西域记》是个人著作;民俗学研究民俗信仰,而《大唐西域记》讲庙堂佛教;民俗学关注本土知识,而《大唐西域记》写中外见闻。改革开放40年来,我国学术界解放思想、打破禁忌,开辟了跨文化研究的新空间。在民俗学的国际同行中,也逐渐将"本土化"与"国际化"的矛盾逻辑转化为全球化时期的共性问题,在新的学术氛围中,从民俗学的角度研究《大唐西域记》,已成为一种可能。

本章的工作是为《大唐西域记》编制故事类型,由此切入,借鉴前人研究《大唐西域记》的成果,也适当采用唐僧取经故事类型的现代口传资料,建立信仰类故事研究的方法和类型撰写框架,然后开展民俗学的内部研究。

第一节 《大唐西域记》故事类型的编写原则与需要特殊处理的问题

《大唐西域记》[①],唐高僧玄奘及弟子辩机撰,成书于唐贞观二十年

---

① 季羡林等《大唐西域记校注》(上),北京:中华书局,第5版,2009,第112页。

(646),由1000多年前玄奘从中国到印度取经所途经之地的山川地理、宫殿民宅、中外语言、宗教信仰、佛教经典、寺庙文物等风土人情和口头故事构成,信息覆盖今中国的新疆地区,以及印度和吉尔吉斯斯坦、哈萨克斯坦、乌孜别克斯坦、阿富汗、伊朗、巴基斯坦、尼泊尔、孟加拉和斯里兰卡等国,这是一部由中国僧人撰写的"西游记"。

《大唐西域记》全12卷,本次共编制故事类型374个。在这次编制过程中,参考使用了钟敬文主编的《中国民间故事集成》,共使用了30个省146个县的604个文本,对《大唐西域记》中的大雁、鸽子、大象、兔子、龙马、鹿、蚕、王子饲虎、五百罗汉与僧人采宝等12个类型的故事进行了初步的查询和分析①,共搜集到相似故事类型128个,相关故事类型476个;我们也使用了季羡林等翻译的印度佛经故事资料,再将两者作对比研究。

一、编写原则

本节根据个案自身的特点,对原著的故事类型编写原则做大体交代,还要讨论一些必须特殊处理的问题,也为进一步开展原著的民俗学内部研究打下基础。

给《大唐西域记》编写故事类型,在原则上,要以作者玄奘的逻辑为最初依据,以其原著12卷和各卷中的主次标题为序,进行故事篇名的命名。本次共进行三层结构的命名,即地理地名索引标题、民俗叙事主题标题和宗教信仰故事篇名标题。

第一层,地理索引标题。季羡林已做了这样的工作。他主持的《大唐西域记校注》,即以原著各卷的卷次标题和卷下地理纪程的国名标题为标题,未做任何改动②。本章依循此例,在卷次标题和国名标题下,编制故

---

① 在北京大学东方文学研究中心于2014年6月至7月举办的全国研究生暑校期间,董晓萍指导北师大民俗学专业研究生罗姗、王文超、刘修远参加了故事查询并编写故事类型的初步训练,参加这次工作的研究生还有:林加、傅韵蕾和高磊。
② 季羡林主编"中外交通史籍丛刊",包括《大唐西域记校注》在内,中华书局,1985。

事类型题目,做到故事类型标题与其所在历史文献原著的地理标题相一致,以方便将故事类型与原著对照查询。例如,原著开首的卷次标题为《卷第一　三十四国》,卷下的纪程国名标题是《阿耆尼国》,本章将这两级标题照录,用作故事类型的目录标题,并用粗体字加黑,起到索引作用。故事类型在此标题下制作,如《大唐西域记》第一卷,做故事类型的索引标题如下:

卷第一　三十四国
阿耆尼国
（以下是故事类型。）

原著在卷次标题和国名标题下,有的还有三级标题,但在全书中,这种情况并不统一,有的有三级标题,有的没有;已有三级标题的分类也不统一,有的以地名分类,有的以寺院分类,也有的以文献分类的习惯分类,划分标准各异。从我们对各卷故事类型分布的统计看,也与是否有三级标题没有直接关系,我们看一下《窣利地区总述》,它有5个三级标题,但故事类型只有1个。再看一下《缚喝国》,它没有三级标题,但有两个故事类型。在这种情况下,是很难将三级标题作为故事类型的索引标题的,故本书在编制故事类型目录时,放弃使用原著的三级标题。

第二层是民俗叙事主题标题,此指原著中有一个比较鲜明的特点,即记载地理区域内的沿途民俗风情和相关故事,叙事风格浑然一体。地理是民俗的先导,没有地理就没有民俗。地理民俗是旅行者的记录,旅行者对地理的惊讶大于对历史的惊讶。地理是外来者生存和发展需要适应的第一要素,而信仰是旅行者最为需要的心理要素。民俗是识别地理的文化标志。地理和民俗不需要语言帮忙,但故事需要,旅行者能听懂别人的故事,就需要听懂别人的语言。民俗是地理的外衣,故事是民俗的内衣。

本书编制故事类型时尽量纳入原著的这一特点。我们在工作中也切实感受到,《大唐西域记》中的"记",不仅是记载地理,而且也记载民俗,作者是将民俗作为地理的一种标志加以记录的,因此应该将这个特点保留下来。对这一层标题下的故事类型进行编制,与传统民间文艺学编制纯故事类型的理解有所不同,我们是强调从民俗学视角切入的,在编制故事类型时,按原著对地方民俗描述的时间过程和民俗要素排列,确定情节单元的次序排列,再写下来。例如,在《卷第一》中,有国名标题"屈支国",在此标题下,我们对原著提供的该国民俗,按故事情节单元编写的方法,编制了情节单元。各故事类型的题目,按"中心角色"原则拟定,各篇故事之下皆标明原著出处:

卷第一　三十四国
屈支国
屈支国人

① 他们是屈支国人。② 他们的土地产葡萄、石榴、梨、枣。③ 他们的婴儿出生后,用木板箍住头部,防止头形变扁。④ 他们的管弦乐器、音乐和舞蹈都是诸国中最好的。⑤ 他们的风俗俭朴,短发,戴巾帽,食杂三种净肉。①

民俗主题标题下的故事类型,显然不是传统意义上的民间故事,但正是由于玄奘的佛教思想和旅行经历,给他这本信仰类著作增加了地理文化色彩和民俗知识,如《卷第二　三国》中的《六时》。

六　时

① 一年分为渐热、盛热、雨时、茂时、渐寒和寒时六个季节。② 一天分八时,白昼四时,夜晚四时。③ 它们都是古印度的时间习俗,也称六时。②

这些描述都被玄奘纳入其本人佛教职业生活的整体描述中。

---

① ［唐］玄奘、辩机《大唐西域记》,《卷第一　三十四国》,董志翘译注,北京:中华书局,2013,第 34—35 页。
② ［唐］玄奘、辩机《大唐西域记》,《卷第二　三国》,董志翘译注,北京:中华书局,2013,第 102—104 页。

第三层,宗教信仰故事篇名标题。此指按原著宗教信仰故事的史料,按信仰故事情节单元的写法,编写故事类型。本章恪守民俗学的出处原则,在每篇故事的后面,以季羡林等对《大唐西域记》的今译本为底本,一律标示《大唐西域记》原著的出处,如《屈支国》的"昭怙厘二伽蓝"中有"佛足"故事类型,编写如下:

佛　足

① 它是佛的大脚印在一块玉石上踏过的印迹。② 它置于东昭怙厘寺的佛堂中。③ 它在斋戒的日子里大放光芒。①

除地理地名索引标题外,宗教信仰故事篇名标题和民俗叙事主题标题的编制,均以其中心角色为线索,两者的编纂原则保持一致。

第二节　《大唐西域记》故事类型研究的特点

《大唐西域记》是中国佛教历史经典名著的代表作,其信仰故事特点有五:一是以行程为书写逻辑的地理民俗故事集,二是以佛教思想为内容的宗教故事集,三是以章回连环为串联的套式故事集,四是采用印度民俗资料发展的中国本生故事集,五是国家和地方的佛教知识与祭祀仪式资料集。围绕这些特点展开民俗学的内部研究,有助于提取该著的信仰研究要点,重新评价该著的民俗学价值。

一、以行程为书写逻辑的地理民俗故事集

玄奘在《大唐西域记》中使用沿途采集的民间故事。他在一路上听到

---

① 季羡林、张广达等《〈大唐西域记〉今译》,西安:陕西人民出版社,2008,第24页。

不少街谈巷议的故事,他把它们搜集起来,以行程路线为书写逻辑进行撰写。这样形成的原著体例,是将地理行程的地名与故事"混搭"在一起写进书里,成为一部纪程实录。

在原著中,我们能看到,玄奘本人对这类佛教故事的描述有比较统一的格式,例如,他先用五个字"闻诸土俗曰",说明这个故事是他从当地人口中搜集来的①,这样的表述共15处。接着他复述了这些口头故事的梗概。用现代人的眼光看这位古代的求学者,对他的不忘故事讲述人的行为,仍要不免发一点感慨。我们在编制这类故事类型时,遵照他原来的行文原则,在故事类型的开头单元中,撰写了对应的句子:"这是听当地人讲的一个民间风俗故事",作为情节单元的第一句,一并保留他的处理方法。例如:

天神与山神的对话

① 这是听当地人讲的一个民间风俗故事。② 在蔽多伐剌祠城一带,地震时山体滑坡,行路危险。③ 天神要在山中住下,山神就震动山体和山溪,伴作地震,向天神发难。④ 天神告诉山神,如尽地主之谊,天神可赐财宝,山神答应。⑤ 天神惩罚山神。此山增高后,旋即倒塌。②

玄奘的这种记录,也让我们看到他所建立的口头文本与"蔽多伐剌祠城"的地名知识的关系。

玄奘善于使用佛院志书与僧讲故事。在印度佛寺佛院接触过史志典籍和书中的故事,他对这类佛教故事采用转述的方式搜集下来,再采用统

---

① 玄奘原著多处有"闻诸土俗曰"的字样,如《迦毕试国》的两例,参见董志翘译注《大唐西域记》,北京:中华书局,2013,第88、94页,在本书中的故事类型篇名分别为《26 天神与山神的对话》和《31 旧王妃寺》。其他见第134、160、545、574、654、688页。个别处也说"闻诸耆旧曰""国俗相传""土俗相传""印度相传",这应该是玄奘向印度老人搜集故事的自我记录,见第146、250、352、491、496、561、706、740页。

② 季羡林、张广达等《〈大唐西域记〉今译》,西安:陕西人民出版社,2008,第19页。

一的格式写进书里。他先说5个字"闻诸先志曰"①,接着讲这些志书故事的梗概,全书采用这种处理方法的共14处。例如:

窣堵波舍利

① 据前人记载,窣堵波佛塔的舍利变化神奇。② 这是如来的骨肉舍利,有一升多。③ 佛塔有时浓烟滚滚,烈火熊熊,似乎要被烧毁;但不久又自动熄火,烟消云散。④ 人们看见舍利化成白珠旗幡,环表柱而上,升入云天,再盘桓降落。②

研究信仰故事类型时,从"据前人记载"开首,作为信仰故事叙事的第一句,能保留他的写法,也能找到民俗学研究的视角。

二、以佛教思想为内容的宗教故事集

玄奘笃信佛教,由此出发,笃信相关佛教的神话传说。他在写佛教故事时还有一个特点值得注意,就是他对印度当地的佛本生故事做了特别标注,将这些故事和他标注的地方归纳起来,成为宗教信仰故事集。

(一)印度佛本生故事

佛本生故事在印度《五卷书》和《佛本生故事》中有记录,玄奘则提供了自己在7世纪的实地采集资料。例如,在《卷第三 八国》中,他使用了一则佛本生故事资料,他将该故事放在第三卷的一节中,将此节命名为《尸毗迦本生》。

---

① 玄奘原著多处有"闻诸先志曰"的字样,其中《迦毕试国》的例子,参见[唐]玄奘、辩机《大唐西域记》,《卷第一 三十四国》,董志翘译注,北京:中华书局,2013,第92、505、508页,在本书中的故事类型篇名为《30 窣堵波舍利》。其他同样的表述见第133、147、191、192、368、409、416、654、659、674、740页。类似的说法有"国志曰""彼俗书记谓"等,见第205、255页。

② 季羡林、张广达等《〈大唐西域记〉今译》,西安:陕西人民出版社,2008,第16页。

尸毗迦本生

① 他叫尸毗迦王,是如来菩萨变的。② 他在无忧王的佛塔修行,此塔位于窣堵波,在摩愉寺向西六七十里。③ 他在佛塔里割下自己身上的肉,从老鹰嘴下赎回了鸽子。④ 他求到了佛果。⑤ 此塔也叫赎鸽塔。①

现在我们看一下《佛本生故事》中的同类故事:

尸毗王本生

① 菩萨转生为尸毗王的儿子,长大成为尸毗王。② 他沉思自己的施舍,已经施舍身外之物,也可以施舍自己的身上之物,包括心脏、血、肉、眼睛和整个人。无论是谁,凡有乞求,我都施舍。③ 帝释天化成瞎眼的婆罗门老人考验他,向他乞求一只眼睛,他剜下眼睛给老人。④ 帝释天给他恢复了双眼,是"真知慧眼",能看穿一切。⑤ 他更加努力施舍,念偈颂曰:"在这人世间,施舍最宝贵;施舍凡人眼,获得神仙眼";"你们吃饭时,不要忘施舍;倘若能如此,死后可升天"。②

玄奘曾特意标明了这个故事来自印度,今天将他的文本与印度的文本对看,我们知道他的叙述是认真的。他讲佛教认真,讲信仰故事也认真。

再如《卷第六 四国》中的《雉王本生故事》:

雉王本生故事

① 它是一只野鸡王,是如来修菩萨行时的化身。② 它在森林起火时,对林中栖居的飞禽走兽充满悲悯之心。③ 它振翅入河取水,飞到森林上空,一点点洒水扑火。④ 它被帝释天嘲笑说,森林火大,你身躯渺

---

① 季羡林、张广达等《〈大唐西域记〉今译》,西安:陕西人民出版社,2008,第58页。
② 郭良鋆、黄宝生译《佛本生故事》,北京:人民文学出版社,1985,第340—348页。

小,岂能扑灭?它回答说:以天帝之力,想做的事情没有不成的,却空口观望灾难,这是谁的罪过呢?它无暇多说,继续奋力取水救火。⑤ 天帝被感动,捧水遍洒森林,熄灭火灾,林中生命得以保护。⑥ 它救火处不远有佛塔,现在被命名为"救火塔"。①

如果将玄奘讲的这个故事与中国的精卫填海、愚公移山故事相比,就能看到两个影子:在战胜灾害上,取水救火的雉王与精卫互为影子;在事在人为的信念上,愚公、智叟与帝释天互为影子。

(二)僧侣搜集故事

佛本生故事在印度《五卷书》和《佛本生故事》中有记录,在中国有汉译佛经故事,玄奘的功劳是提供了个人在旅途中亲手搜集的资料,给名著信仰故事在当时的流传地提供了地标。如《卷第三 八国》中的《大石门及王子舍身饲虎处》故事:

大石门及王子舍身饲虎处

① 他是摩诃萨埵王子。② 他在大石门附近看见了老虎。③ 他看到老虎饿得没有一点力气,心生悲悯。④ 他用竹片刺自己身体,流出血来,让老虎喝。⑤ 这里的土地和草木略带红色,好像被血染过,踩在地上如芒刺在背。⑥ 人们对王子饲虎的故事无论信与不信,无不悲伤。②

汉译《佛经故事》中的同类故事《王子舍身救虎》:

王子摩诃萨埵

① 国王有三个儿子,最小的儿子是摩诃萨埵。② 三个王子一起到森林里玩耍,看见一只老虎饿得要死,已无力喂养两只幼虎。③ 摩诃萨埵

---

① [唐]玄奘、辩机《大唐西域记》,《卷第六 四国》,董志翘译注,北京:中华书局,2013,第376—377页。
② 季羡林、张广达等《〈大唐西域记〉今译》,西安:陕西人民出版社,2008,第64页。

自愿投身饿虎,献出躯体,让老虎活下去。④ 王后梦见三只鸽子在森林里嬉戏,一只老鹰捉住最小的鸽子吃了。⑤ 王后把梦告诉国王。国王说,谚语讲,鸽子就是儿孙,感到不祥之兆。⑥ 小王子摩诃萨埵因为舍生救饿虎,转生兜率天,得到好报。⑦ 国王一找到小王子死去的地方,痛哭不已。⑧ 小王子变成天神,站在空中,向父母报平安。他劝慰父母早觉悟,多做好事。①

玄奘笃信佛教,搜集佛教信仰故事,所搜集的故事又成为佛教思想信仰的传播资料。

三、以章回连环为串联的套式故事集

玄奘用佛典故事的连环套原则处理文献与口头资料,在写佛经文献时,用大故事套小故事,将文献与故事组合起来,拥有一个共同的主题,形成严密的信仰故事文集。

在《卷第二 三国》的卷下,有《健驮逻国》的标题,在这个标题下,他写了一个大故事。在这个大故事之下,又有3个小标题,这3个小标题下面便是3个小故事组。在各小组故事中,又有更小的故事。再如,在《卷第七 五国》中,玄奘写了《象、鸟、鹿王本生故事》,但这不是一个故事,而是3个鸟兽变形故事,3种鸟兽由玄奘排序,连环组成不同的信仰故事。例如,在《卷第七 五国》中的《象、鸟、鹿王本生故事》第一组信仰故事如下:

象、鸟、鹿王本生故事(一)

① 它是六牙象王,是如来修菩萨行的化身。② 它发现猎人假装穿袈

---

① 王邦维选译《佛经故事》,《十五、贤愚经》,北京:中华书局,2009,第153—157页。

裟,拉弓捕杀它。③ 它崇敬袈裟,就自己将象牙拔下来,交给猎人。①

与第一组故事对应的《佛本生故事》如下:

六 牙 本 生

① 菩萨转生为象王的儿子,带领八千只大象,住在喜马拉雅山的金洞里。② 王后派猎人布陷阱,射毒箭,象王中箭。③ 猎手要象牙,又够不着,象王就帮助猎人锯牙,把象牙送给他。②

第二组故事:

象、鸟、鹿王本生故事(二)

① 它是如来修菩萨行时的化身。② 它发现世人不知礼法,就变成鸟,来到拔牙塔附近,与猕猴、白象一起提问。③ 三方的问题是,谁先看见榕树,谁就先讲自己的事迹。④ 它们按各自讲述的故事,排长幼的秩序。⑤ 如来这样教导人们知上下尊卑,皈依佛法。③

与第二组故事对应的《佛本生故事》如下:

鹧 鸪 本 生

① 三个伙伴是鹧鸪、猴子和大象。② 它们住在喜马拉雅山山坡的一棵大树下。③ 它们选老大。④ 大象说,当它是幼象时,大榕树还是小树,树枝刚好碰到它的肚皮。⑤ 猴子说,当它是幼猴时,大榕树还是树苗,它坐在地上能吃到树梢的嫩芽。⑥ 鹧鸪说,在它拉粪便的地方,长出大榕

---

① 季羡林、张广达等《〈大唐西域记〉今译》,西安:陕西人民出版社,2008,第129页。
② 郭良鋆、黄宝生译《佛本生故事》,北京:人民文学出版社,1985,第348—359页。
③ 季羡林、张广达等《〈大唐西域记〉今译》,西安:陕西人民出版社,2008,第129页。

树,它在还没有这棵树的时候就知道它了。⑦ 鹌鹑当老大。①

第三组故事:

象、鸟、鹿王本生故事(三)

① 森林里有两个鹿群,各五百头。② 国王狩猎群鹿,菩萨鹿王出面请求,允许两个鹿群商量,各鹿群按日轮流交纳一头鹿,保证国王每天能吃新鲜的鹿肉,鹿群也能延续生命,国王答应。③ 菩萨鹿王自愿代替一头怀孕的母鹿去死。④ 国王听说此事,感叹鹿尚懂放生,便下令罢黜交活鹿规定,放生所有的鹿。⑤ 国王把打猎的树林施舍为鹿群居所,叫"施鹿林",此为"鹿野"地名的由来。②

与第三组故事对应的《佛本生故事》如下:

榕 鹿 本 生

① 菩萨投胎为鹿,是金鹿,住在森林里,叫榕鹿王。森林里还住着另一只鹿,也是金鹿,叫枝鹿。它们各有自己的鹿群。② 国王号令天下捕鹿,供他享用鹿肉。③ 人们把森林中所有的鹿赶进御花园,供国王选用,王宫每天射杀鹿食用。④ 国王留下两只金鹿。⑤ 菩萨与枝鹿商定,在各自的鹿群中,每天轮流交出一只鹿供膳,避免滥杀造成更大的伤亡,双方同意。⑥ 轮到怀孕母鹿去死,它去请求菩萨缓期,菩萨答应了。⑦ 菩萨代替怀孕母鹿去死,被厨师认出,向国王报告,国王从菩萨口中明白代死的理由。⑧ 国王敬仰菩萨的慈悲之心,赦免鹿群。菩萨带领鹿群回到森林。⑨ 国王恪守菩萨的教诲,不伤鹿群,积德行善。⑩ 群鹿恪守菩萨的

---

① 郭良鋆、黄宝生译《佛本生故事》,北京:人民文学出版社,1985,第25—26页。
② 季羡林、张广达等《〈大唐西域记〉今译》,西安:陕西人民出版社,2008,第129—130页。

教诲,不伤人类的谷田。①

玄奘对这类佛经故事加以改造和提升,表达个人潜心习佛的理想和决心。下面的故事多少能说明他的想法和写法:

故城及大天王本生故事

① 他曾在一座故城作轮转王,号为"摩诃提婆"。② 他在这里为众菩萨、人、天大众广说本生故事,修菩萨行。③ 他有轮王七宝的业报,作四大洲之王,目睹世事沧桑,领会一切无常的道理。④ 他无心帝王之位,舍国出家,入僧修佛。⑤ 现在故城已成旧城,城市荒芜,人烟稀少。②

我们能看到,玄奘在处理圣俗朝野资料时,特别是在使用印度原有的佛本生故事和个人游方采集资料上,将宗教信仰、书面文献、口头资料和地理地名加以整合。他将其中的各种故事环环相扣,清晰地介绍了印度佛教的历史、变迁和社会基础,也传达了他的观察、分析与信仰。

玄奘重视记录中印双向交流的故事,为《五卷书》和《佛本生故事》补充了新的异文,如《卷第十二 二十二国》中的《鼠壤坟传说》故事:

鼠壤坟传说

① 这是听当地人讲的一个土俗故事。② 它是鼠王,身体硕大,形状像刺猬,毛如金银。③ 它带着它的鼠群住在沙漠中,沙漠距瞿萨旦那国的王城有一百五六十里。沙漠中间的路上有个土堆,那是老鼠挖洞的土堆积而成的。④ 它在瞿萨旦那国遭受匈奴侵略的时候率群鼠前来相救。⑤ 它托梦给瞿萨旦那王,让国王出兵,明天会战,定能取胜。⑥ 它带领群鼠咬断了匈奴军队的所有马鞍、衣服、弓弦、佩甲的勾带,使匈奴丧失了战

---

① 郭良鋆、黄宝生译《佛本生故事》,北京:人民文学出版社,1985,第8—11页。
② 季羡林、张广达等《〈大唐西域记〉今译》,西安:陕西人民出版社,2008,第139页。

斗力。⑦它使匈奴军队大为惊恐,匈奴首领被斩杀,瞿萨旦那国获胜。⑧瞿萨旦那王建造祠庙,举国上下世代祭祀,向鼠感恩。⑨民俗敬重老鼠,人们路过鼠洞旁边时,都下车快走,拜礼敬献,用衣服、弓箭、香花食物诚心进献,祭祀求福。没有祭祀鼠的人,就会遭遇灾害。①

对照《五卷书》中的《老鼠嫁女》故事:

第十三个故事(第三卷)

①他是一个净修院的僧侣和族长。②他从鹰嘴里救下一只小老鼠,把它变成一个女孩,对妻子说,把它当作女儿养大。③女儿十二岁时,他要把她许配给门当户对的人。④他要把女儿许配给太阳,但太阳怕云。⑤他要把女儿许配给云,但云怕风。⑥他要把女儿许配给风,但风怕山。⑦他要把女儿许配给山,但山怕老鼠。⑧他把女儿许配给老鼠,女儿很乐意,说老鼠是自己的同类。⑨他把女儿变回老鼠,把她嫁给老鼠。②

玄奘了不起的地方,是将佛寺僧讲与故事类型两种套式糅合在一起,形成释迦牟尼菩提树成佛的主题信仰故事。这是全书的核心部分,见于《卷第八 一国》中。印度佛陀于"正觉山"和"菩提树下"成佛,这一宗教史料享誉世界,是佛教史中最有权威性的事件③,玄奘将之撰写成一个主题鲜明的章节,本书尽量体现这个特点。例如,以《正觉山及佛成道》统一拟定篇名,以说明它们是一个系统。此外,在这22篇的主题编号上,进行了特殊处理。我们采用了两种形式,一是按全书统一标准为该主题编制

---

①[唐]玄奘、辩机《大唐西域记》,《卷第十二 二十二国》,董志翘译注,北京:中华书局,2013,第732—733页。
②季羡林译《五卷书》,北京:人民文学出版社,1958,重印本,2001,第288—293页。
③关于释迦牟尼菩提树下成佛的22个主题故事,详见[唐]玄奘、辩机《大唐西域记》,《卷第三 八国》,董志翘译注,北京:中华书局,2013,第492—525页。

题首号,例如,标题《42　正觉山及佛成道(二十二)》,"42"就是这个题目在全书《目录(I)》中的序号。二是按本故事类型在该主题内部的实际进行编号,以上标题中的"(二十二)"正是这样编制而成,并列为该标题的题末序号。这些故事环环相扣,史地关联,清晰地介绍了印度佛教的历史与变迁,表达了玄奘的观察、分析与信仰。

四、采用印度民俗资料发展的中国本生故事集

《大唐西域记》的佛本生故事核心情节有4个,兹讨论其中在中国影响较大的3个,分别是采宝型、蚕神型和龙王与龙女型。

(一) 采宝型

《卷第十一　二十三国》中的《斋僧与采宝》:

大 海 采 宝

① 他们是佛教的斋僧,有一万八千人,受到僧伽罗国王宫的供养。② 他们每天到王宫旁边的大厨房托钵领饭,餐后各回居所。③ 他们近年因国内政乱、没有国君,失去了供养的制度。④ 他们的国家靠近大海,国王亲自祭祀,神仙呈上海中奇宝。⑤ 国人和士子都来采宝,根据各人的福报不同,所获的宝贝也不同。⑥ 国人通过采宝交纳赋税。①

(二) 蚕神型

蚕神型故事在中国影响很大,玄奘在《卷第十二　二十二国》中的《麻射僧伽蓝及蚕种之传入》篇中,就记录了他听到的这个故事。

---

① 季羡林、张广达等《〈大唐西域记〉今译》,西安:陕西人民出版社,2008,第218—219页。

麻射僧伽蓝及蚕种之传入

① 她是东国的公主,被远嫁印度。② 她接到印度遣使的暗示,请她将蚕种带到印度。③ 她在麻射寺种桑养蚕,建立了蚕神庙。④ 她把桑蚕传到印度。①

艾伯华在《中国民间故事类型》中收录了中国的对应故事:

蚕

① 某人离家去服兵役。② 妻子等待了很久,出于思念,她许诺,谁能把她的丈夫给送回来,她就把女儿嫁给谁。③ 马把她的丈夫接回。④ 当这匹马想娶这个女儿的时候,它反倒被杀。⑤ 马皮被绷紧晒干。⑥ 当女儿经过马皮并开口骂它的时候,马皮起来反抗,把这个姑娘紧紧裹住,带着她飞到一棵树上。⑦ 蚕就是这样变来的。②

玄奘听到的故事说,蚕是从中国传到印度的。艾伯华搜集到的故事说,蚕是从印度传到中国的,蚕神是菩萨。两人的观点多少能促进我们对信仰故事扩散范畴的思考。

(三)龙女型

《卷第十二 二十二国》中的《龙鼓传说》:

龙鼓传说

① 她是大河中的龙女,由于龙王丈夫去世,河水断流,使附近国家

---

① 季羡林、张广达等《〈大唐西域记〉今译》,西安:陕西人民出版社,2008,第254页。
② [德]艾伯华(Wolfram Eberhard)《中国民间故事类型》,王燕生、周祖生译,北京:商务印书馆,1999,第85页。

的农田灌溉废止。② 她在国王祭河求水时踏浪而来,告诉国王断流的原因,是她需要重新选择一位贤明的大臣当夫君,代替龙王管理河水,而不是国王有过失,也不是像罗汉说的那样,是龙王的过失。③ 她看中了一位大臣,大臣便主动向国王请命前往,以利恢复国家水利灌溉。④ 国王答应了这位大臣的请求,为大臣祈福和修建了佛寺。⑤ 大臣白衣白马,去往龙宫。马踩水不沉,走到河心时,水自动分开,大臣入水。⑥ 白马很快浮出,载大臣送来的一面龙鼓和一封信。国王按信中的说明,将龙鼓悬挂都城东南,每有敌军来犯,龙鼓会自动震响,发出警报。⑦ 该国的河床恢复水流,供应灌溉。⑧ 龙鼓后世不在,继以新鼓,至今悬挂。①

这个印度故事好像中国的西门豹治水,又有所不同,统治河水的是女性,而不是龙王,也不是其他水中恶怪。祭祀河神的方法不是杀生,而是合作,这种佛教信仰值得留意。

五、国家和地方的佛教知识与祭祀仪式资料集

玄奘搜集信仰类故事,同时搜集国家与地方的佛教知识、佛学传承和佛教仪式资料,这方面的内容大体可分五类:

(1) 对国家与地方佛教知识和法事仪式的记录;
(2) 对佛学传承过程的记录;
(3) 对往生、现世和来世生命观与转化形式的介绍;
(4) 对印度佛典故事和口头资料的介绍;
(5) 对佛教寺院土地供养传统的介绍。

---

① [唐]玄奘、辩机《大唐西域记》,《卷第十二 二十二国》,董志翘译注,北京:中华书局,2013,第737—739页。

兹以五百罗汉僧故事类型为例,说明玄奘介绍国家与地方佛教知识、佛教仪式和佛学传承的故事资料的方法。

五百罗汉僧传说

① 有五百罗汉僧和五百凡夫僧,都受到无忧王的敬仰,给予同等供养。② 凡夫僧摩诃提婆有学问而违背圣教,追随者众。③ 无忧王不能区别凡圣。④ 无忧王要把全部僧人都沉入恒河杀掉。⑤ 五百罗汉僧运用神力,凌空飞翔,栖隐山中。⑥ 无忧王听说,向他们谢罪,请他们回去。⑦ 五百罗汉不再返回。⑧ 无忧王给五百罗汉建立了五百座僧院,并把自己的国家都施舍给他们。①

艾伯华在《中国民间故事类型》中提供了中国相关故事,但不是五百罗汉,而是十八罗汉:

十八罗汉的来历

① 十八个强盗抢劫时从一个动物那儿听说,它是被放逐过动物生活的,因为它原先在过人的生活时干了一件小小的坏事。② 他们害怕了,变得虔诚起来,最后成了十八罗汉。②

再看一下季羡林对五百罗汉故事变迁的观点:

这些故事,虽然最初是在印度制成的,但是它们的影响却绝不限于印度。随着小乘佛教的传布,它们首先传到斯里兰卡。五世纪初,中国著名的和尚法显访问斯里兰卡的时候,他看到了供养佛牙的游行大会:"王使夹道两旁作菩萨五百身已来种种变现……"所谓"菩萨

---

① 季羡林、张广达等《〈大唐西域记〉今译》,西安:陕西人民出版社,2008,第66页。
② [德]艾伯华(Wolfram Eberhard)《中国民间故事类型》,王燕生、周祖生译,北京:商务印书馆,1999,第217页。

五百身",就是指的菩萨过去转生五百多次的故事,数目与现在巴利藏中的《佛本生故事》相同,可见在五世纪初的时候,佛本生故事在斯里兰卡已经是家喻户晓了。①

玄奘对佛教寺院供养传统知识的传播也是通过讲故事的方式进行的,如上文提到的《卷第十一 二十三国》之《斋僧与采宝》,再对照汉译佛典中的相关故事:

大 意 淘 海

① 儿子出生就会说话,发誓要布施天下,父母给他取名叫大意。② 他17岁时去大海采宝,父母答应了。③ 他采宝返回路过大海时,被海神骗走4颗明月珠。④ 他决心舀干大海,找回珠宝,布施给人民。⑤ 四大天王被感动,从天上下来帮忙,把海水舀走三分之二。⑥ 海神还回4颗宝珠。②

中国古代采宝故事是讲西域商人到中国寻找宝贝。经玄奘之手,印度的采宝故事却是另一种类型:采宝不是说谎盗骗,也不是刀兵相加,而是国王、僧侣和百姓通过佛教的力量,采集自然物产,供养寺院。当然,对翻译文本的解读,还要加强双语及跨文化研究。

第三节 对《大唐西域记》开展民俗学内部研究的基本问题

本书不做中印佛学比较研究,而是讨论《大唐西域记》研究所能促进解决的民俗学禁区的基本问题,这也是我们所说的内部研究的一个目标。

---

① 季羡林《关于巴利文〈佛本生故事〉(代序)》,郭良鋆、黄宝生译《佛本生故事》,北京:人民文学出版社,1985,季羡林代序,第2—3页。本章对季羡林所引的法显文字做了删节。
② 王邦维选译《佛经故事》,《十六、佛说大意经》,北京:中华书局,2009,第207—212页。

为达此目标，本节需要拟设几个概念来辅助完成这一任务，它们是：口头文本（与书面文献相对）、地名知识（与本土知识相关）、宗教信仰（民间信仰与正统佛教交叉）、翻译文本（梵语与汉语佛教文献翻译和民间用语同构）和民俗价值（涉及民俗学研究民俗文化认同的方法）。在《大唐西域记》的研究中，它们曾经笼罩着层层迷雾，现在可以变成民俗学者感兴趣的信仰故事研究对象。

一、口头文本与集体或个人作者

在本章中，口头文本，指玄奘向中印人民和宗教人士采集的口头故事。季羡林赴德留学前已接触到口头文本的西方理论与方法论。当时他还是清华大学的学生，给他讲课的是一位美国教授，叫詹姆森（Raymond D. Jameson）。詹姆森在讲义中介绍了19世纪德国格林兄弟发明的比较民俗学方法和芬兰学者发明的故事类型学方法。钟敬文与季羡林晚年曾就此进行过对话，事后钟敬文写的文章中说：

> R.D.詹姆森是一位出生在美国的、卓有声誉的民俗学者，三十年代曾经在北京清华大学西方语言文学系任教。像后来我国学界知名的学者，如于道泉、季羡林诸先生，都曾受教于詹教授。①

詹姆森在讲课中说，德国的本菲于1859年出版了两卷本的梵文版《五卷书》，验证了格林兄弟的观点，但本菲又说《五卷书》是文学而不是民俗学作品②。詹姆森还说，故事类型学的方法，"对于人类和民族的演变，

---

① ［美］詹姆森（Raymond D. Jameson）《一个外国人眼中的中国民俗》（*The Three Lectures on Chinese Folklore*），田小杭、阎苹译，上海文艺出版社，1995，钟敬文《序言》，第3页。
② ［美］詹姆森（Raymond D. Jameson）《比较民俗学方法论》，田小杭、阎苹译，上海文艺出版社，1995，第103—123页，特别是第108—109、111页。

对于观念和文化的发展都能作出解答,民俗学研究的价值对我来说似乎就在这里"①。季羡林晚年时曾表示,他不同意本菲关于《五卷书》的某些观点:"在比较文学发展的初期,民间文学与比较文学之间的关系是密不可分的。就以德国为例,在19世纪中叶,梵文学者本发伊(Theodor Benfey)发表了他的名著《五卷书:印度寓言、童话和小故事》……而《五卷书》中的故事几乎都来自印度民间文学。"②《五卷书》是印度古典佛经故事集,在这类文献上,民俗学的核心问题是采用这些口头故事的个人作者与集体创作的关系。

格林兄弟曾提出著名的集体创作论,当时他们称集体为"民众",后来遭到了激烈的批评。据多方研究,没有任何故事是被集体共同创造出来的。钟敬文20世纪40年代已提出,从理论上说,故事可能有最初的作者,但这只能是某个异文或某一阶段的作者③。20世纪60年代,《故事的歌手》的作者阿尔伯特·洛德(Albert Lord)提出,故事的每次讲述都有即兴成分,可将这种即兴文本称为"初始文本(the original)",而故事本身并没有定本④。很多学者接受了洛德的观点。20世纪70年代末,路斯·芬涅干(Ruth Finnegan)等人经实证研究,又对洛德的理论提出了挑战,他们指出,即便是现场即兴创作,也往往是将口头故事与书面文献相混合的,两者之间的关系,没有像洛德说的那样泾渭分明,也没有明显的互动现象,他们还对洛德提出的书面文学破坏口头文学的看法表

---

① [美]詹姆森(Raymond D. Jameson)《比较民俗学方法论》,原载《清华周刊》三十一卷464号,夏善昌校,收入北京师大中文系民间文学教研室编《民间文艺学参考资料》,第一集(上),田小杭译,内部资料,1982年3月编印,第259页。

② 季羡林《比较文学与民间文学》,北京:北京大学出版社,1991,第1页。在这段话中,季羡林所译"本发伊",即本章所说的"本菲"(Theodor Benfey)。

③ 钟敬文20世纪40年代在香港执教时已对"集体性"观点持怀疑态度,他当时吸收了日本民俗学的观点,主要根据中国历史文献的实际,提出了个人的质疑。参见钟敬文《民间文学》(第一册),未刊讲义,原作于1948年,董晓萍主编《钟敬文全集》,第七册,北京:高等教育出版社,2018。

④ Albert Lord, *The Singer of Tales*, Harvard Studies in Comparative Literature 24. Campridge Mass, 1960; see also Lord, "*Oral Poetry*," in Alex Preminger, ed., *Encyclopedia of Poetry and Poetics*, Princeton, Princeton University Press, 1965, pp. 591-593.

示怀疑①。现在看来,民俗学者已认识到"作者(authorship)"的概念是有多重含义的,民俗学者最初关于集体创作与个人作者的关系的界定只是一种假设,而与其密切相关的口头创作与书面文献的关系问题,也远比民俗学者的想象要复杂得多。

詹姆森所说的芬兰学派使用的故事类型,有2 500个故事编号,其中有500个编号是在印欧文化圈中产生的,里面有不少是佛本生故事,约占总数的20%。

玄奘是成功记录口头故事和同时撰写历史文献的个人作者,在民俗学者后来认识到的个人与集体、口头与文献的混合现象上,他的《大唐西域记》也都没有"跳出三界外",因此值得研究。图2-1是据初步统计得出的他在书中使用故事类型的结果。

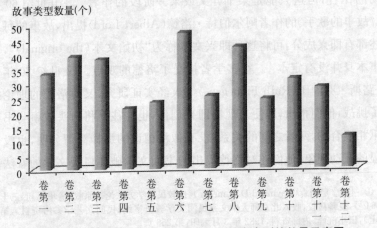

图2-1 玄奘在《大唐西域记》中使用故事类型的数量示意图

现代民俗学对德国的比较民俗学和芬兰的故事类型学方法还有新的批评。比如,德国比较民俗学曾认为,找不到故事原型就无法解释口头故事。实际上,在世界多元文化环境中是很难确定故事原型的。芬兰学派

---

① Ruth Finnegan, *Oral Poetry: Its Nature, Significance and Social Context*, Combridge, Cambridge University Press, 1977.

曾认为,用异文法可以考察故事的变迁,现在看来,这一命题同样不可靠,因为所有类型的整体都在变动,不仅是异文变动,连原型也在变动,所以用异文法确定故事的变迁有随意性①。这些来自多元文化的研究进展都告诉民俗学一个信息,即单一的口头资料研究会有很多不确定性,而将口头资料与书面文献结合起来研究可以降低风险。我们不能说,玄奘当年已知道怎样规避风险;我们只能说,玄奘很早就做了这种结合的工作,而民俗学者今天还能看到这种著作,为什么不能趋前之并亲近之?

二、地名知识与本土知识

在本章中,地名知识,指玄奘从中国到印度取经和弘扬佛法沿途记录的地名、地理形貌和地名故事。玄奘撰写的《大唐西域记》目录,以行程为序,依次编排卷名和国名,共 12 卷,10 余万字,提供了丰富的地名知识。例如,在《卷第十 十七国》中的《伊烂拿钵伐多国》一节,写了伊烂拿山的地理地势、伊烂拿钵伐多国的民俗和二百亿比丘的故事;在《瞻波国》一节,写了瞻波国的四至风光、民俗和瞻波国祖先的由来的故事;在《迦摩缕波国》一节,写了迦摩缕波国的民俗和拘摩罗国王会见玄奘的故事。玄奘将在同一历史时期内的、分布在不同地理环境中的故事,带着个人观察、主观信仰和身体体验的经历,仔细地写下来,还将自己使用的书面文献和口头资料的出处都做了注明,此举放在 1 000 多年前,堪称稀见。他真是一位极能吃苦的上层知识分子,所以才能完成这种异常艰苦的工作。

玄奘这些记述覆盖了很多国家,故不能简单地等同于今天所说的"本土知识",但它们都有十分准确的地名,故可以说是历史上的地名知识。

现代民俗学者十分关注地名知识,对它的研究,能改进传统民俗学研究方法的诸多不足。它有两种建设性:一是建立地名知识(place-lore)类

---

① 阿兰·邓迪斯(Alan Dundes)提出"变异母题"(allomotif)的假设,航柯(Lauri Honko)批评这样编写类型有随意性,研究结果也不可靠,参见 Lauri Honko, *Folkloristic studies on meaning: An introduction*. In *Arv: Scandinavian Yearbook of Folklore*, vol.40, 1986.

型,针对全球化侵蚀同质社会地盘及其历史记忆的弊病,转向关注地理地点对于保存历史记忆和传统知识的重要性,并对这类民俗开展共时性的比较研究①。二是可以拟建口头故事传承的生态类型,通过考察故事是否具有符合本国生态文化环境的文本,判断这种故事是否具有活态形态。它强调故事类型与自然环境、文化空间和民俗承担者生活的整体共存性,将这种故事称作"有机异式"(organic variation)②,以此来克服以往芬兰学派方法的随意性。民俗学发展到今天,再回头评价玄奘的《大唐西域记》,它正是一种共时民俗记述的范本。在我国曾经长期相对封闭的封建时代历史上,民俗史志文献比比皆是,但绝大多数都是历时性的民俗记述,很少见到这种共时性的民俗记录,《大唐西域记》真是稀缺品。玄奘怀着宏大的慈悲心怀,对长途出国旅行所见各种文化一一耐心记录,包括记录无相同基因的社会人群的共时民俗,他创造了一部地名知识民俗志。

三、宗教信仰、文化分层与生命观

在本章中,宗教信仰,指玄奘用说故事的方式撰写正统佛学及其国家与地方信仰,但这里有3种说法需要重新界定:

首先,对皇家寺院高僧作者的界定。民俗学以往将上层文人著作与民间文学视为对立物,但用这种方法做分析往往产生理论上的混淆,因为上层文人著作不一定都与民间文学对立,民间文学也不一定都比上层文人著作优越。钟敬文曾指出,历史上的很多上层经典名著都化用了民间文学,使其作品颇具生香活色③。玄奘是贵族高僧,又出色地记录了民间

---

① Lauri Honko, Senni Timonen and Michael Branch, *The Great Bear: a Thematic Anthology of Oral Poetry in the Finno-Ugrian Languages*, poems translated by Keith Bosley, Helsinki, 1993.

② Lauri Honko, ed. *Thick Corpus, Organic Variation and Textuality in Oral Tradition*, Finnish Literature Society, 2000.

③ 钟敬文《民间文学》,未刊讲义,原作于1948年,董晓萍主编《钟敬文全集》,第七册,北京:高等教育出版社,2018。

文学,对他的精神世界的养成,季羡林曾有一段评价:

> 魏晋南北朝一直到隋唐许多义学高僧都出身于名门大儒的儒家家庭。他们家学渊源,文化水平高,对玄学容易接受。……玄奘的情况很相似。①

在我国五四以来的民俗学史上,将民间文学与民众地位相捆绑,并作为学术问题和社会问题的现象,与外来影响有关。托尼斯(Ferdinand Tönnies)的城乡二元论,韦伯(Max Weber)的传统权威与激进权威论,涂尔干(Emile Durkheim)的有机团结与无机团结论,罗伯特·莱德费尔德(Robert Redfield)的小传统与大传统论等,都在这种外来影响的范围之内。然而,玄奘却给了我们一个不能简单捆绑的范例。玄奘去印度的时代,今天所谓的城乡二元史、工业化史和殖民史统统都没有开始,他不过是一个满怀学习理想的僧人,他的仆仆道途是追求信仰之旅。他不是去掠夺别人的城市财富和工业财富,也不是把自己的大国文化强加在别的大国或小国头上。他是去学习别人的好东西,同时也介绍自己的好东西。这种出发之所获,便是双方文化的精华,是和颜悦色的跨国文化交流。

其次,对高僧在《大唐西域记》中所收民间文学作品的性质的界定。从鲁迅到钟敬文都说过,在民间故事与民间绘画中,都有相当一部分是宗教和贵族故事主题。但是,民俗学以往没有做出令人满意的分类,因而还不能概括中国文学文化的整体性质。

最后,对高僧阐述正统佛教信仰故事的价值界定。现代民俗学已从对民俗事象的整体研究,转向对个人经历、超现世信仰和生命观的研究,这一研究的学术途径,正是故事研究与宗教信仰研究之间的转化。玄奘的《大唐西域记》用说故事的形式,阐述他的正统佛教信仰,无一不是在展示这种转化。当然,他本人是在坚守他的学问信仰,与我们现在讨论的现

---

① 季羡林等《大唐西域记校注》(上),北京:中华书局,第5版,2009,第104页。

代民俗学毫不沾边,但就宗教信仰与生命观的联系而言,这却是他本人和整个人类从古到今都一直在苦苦追寻的问题。世界上没有什么比回答生老病死的生命信仰更有生物与社会的双重属性。生命是生理现象,信仰是社会现象,它们古往今来都是在故事中叠合的,所以玄奘在《大唐西域记》中谈到的这类问题,不会因唐代距今千余年而消失,相反因人类的永恒关怀而价值常在。如果说故事与宗教信仰之间有某种变化,那么这种变化也不体现在生命延续上,而体现在故事与信仰的符号意义的构造上。在全球化到来之前,它们在同质信仰系统中起作用,共同产生权威性;在全球化到来之后,它们在异质信仰系统中起作用,变成可以对外展示和表演的仪式和活态故事。《大唐西域记》与今天的信仰生态环境和故事形态不可同日而语,但它能让身处全球化前后两个信仰系统中的现代人,使用这部历史文献,降低对故事与信仰的密切关系评估的风险。

四、翻译文本与精神性文本

从民俗学角度研究《大唐西域记》,有一个敏感词是"翻译文本"。在本章中,所谓翻译文本,指玄奘对印度故事和佛经文献的翻译过程与成果。在现代民俗学的研究中,相对而言,与它对应的概念是"精神性文本(mental text)"。以下讨论在这个概念上绕不过去的两个具体问题:

一是事后记录的可靠性。《大唐西域记》是事后记录的[①],季羡林曾明确地说,它是玄奘在回国一年后写成的。就算上面谈到的玄奘对各种故事、信仰和民俗事象的记述统统都有现代研究价值,可是,这种事后记录的文本可靠吗? 这在民俗学的争论中是一件大事。曾有3种看法:一是事后记录的是世代记忆的故事,是可靠的,格林兄弟就持这种看法[②];

---

① 季羡林等《大唐西域记校注》(上),北京:中华书局,第 5 版,2009,第 111—112 页。季羡林说,玄奘于贞观十九年(645)返回长安,回国一年后,写完《大唐西域记》。

② Murray B. Peppard, *Paths through the Forest, a Biography of the Brothers Grimm*, New York, Holt, Rinehart and Winston, 1971, p.61.

二是不可靠,原因是书面记录会破坏口头故事的原貌①;三是早期故事搜集依靠耳听手写,必然有删节,故仍需要事后做整理,因而这种文本是可靠的。需要说明的是,现代民俗学已转为承认事后记录的可靠性,因为了解到学者和民众表演者双方都有事后处理文本的现象。问题不在时间上的先后顺序,而在口头文本与书面文献的互补和两者互动的方式,为此,现代民俗学建立了"精神性文本"的新概念,来解释这种现象,它是指故事的讲述人拥有整个文本意识,但现场讲述都是片段的,需要事后整理,在事后整理时会附上个人的记忆和思考。这个概念将口头与文献放到一个整体文化生态系统中去解读,对我国的历史民俗学研究是大有用处的。玄奘自然不会从现代方法论上考虑他的做法,但我们可以使用这种现代方法,沿着玄奘的注释线索,去重读《大唐西域记》中事后记录的大量故事,发现它们的活力。

二是文化翻译的创造性。用中文翻译外国故事是有很多困难的,如怎样将母语转成外语,或者怎样用外语标记母语,有时翻译者绞尽脑汁也找不到合适的对译用语,玄奘在翻译佛经故事中肯定也会遇到这类问题。如此经翻译之手,故事原文要想一字不差地保留,几乎是不可能的。季羡林对玄奘在《大唐西域记》中运用的翻译本领有极高的评价,说他以文化交流为宗旨,善于创造变通,达到了译必传神的境界②。

关于对文化翻译的解释,季羡林认为,应该将佛教故事的翻译与佛教信徒的游方、传经、譬喻与宣讲看成是同一个过程③。王邦维提出,"可以从历史以及文化交流和互动等角度来考察"这种翻译的内涵与价值④。

---

① 朱自清《中国歌谣》,香港:中华书局,重印本,1976,第64页。
② 季羡林等《大唐西域记校注》(上),北京:中华书局,第5版,2009,季羡林《玄奘与〈大唐西域记〉——校注〈大唐西域记〉前言》,第108页。
③ 关于玄奘将个人学佛求法与传承佛教相结合的人生经历,参见季羡林等《大唐西域记校注》(上),北京:中华书局,第5版,2009,季羡林《玄奘与〈大唐西域记〉——校注〈大唐西域记〉前言》,第102—120页。
④ 王邦维《语言、文本与文本的转换:关于古代佛经的翻译》,《清华大学学报》2013年第2期,第93、100页。

从民俗学角度看玄奘的文化翻译,则要与玄奘在思行合一中创造"精神性文本"的活动过程相联系。这是一种宗教、故事和民俗相关联的形式,玄奘的创造正在于他随时转换以上3种文本,去揭示其整体文化意义。在这里要区分两层意义:一是文本的、形式的意义,它们可以在书面文献中解读出来;二是转换文本形式的意义,它们要在翻译者向本土听众传递的过程中产生。玄奘回国一年后写成《大唐西域记》,对于这两层意义的存在,不仅明确,而且还能有所把握。

五、民俗价值与社会准入

在本章中,民俗价值,指故事对讲述人本身的社会文化重要性。它在玄奘向本土听众传递的过程中产生,也在信仰故事被传递的文化生态环境中产生。

民俗价值的本质是提供社会准入。所谓社会准入,指故事对于承担者自身具有社会文化重要性,因而拥有传承的社会基础;换句话说,社会准入体现了民俗承担者本身看来最重要的价值观。季羡林研究《大唐西域记》的印度历史文化背景是讨论"印度准入",他与钟敬文的对话是讲"中国准入"。无论讨论哪种准入,都需要使用中印人民口头流传的故事资料。所谓相似故事类型,指《大唐西域记》书面记载的故事,在中印故事类型中都有民间口头文本,并且有的看上去高度相似;所谓相关故事类型,指《大唐西域记》书面记载的故事,在中国有相关的民间口头文本,但大多只是主题相关,在母题上有一定差异或较大差异。

可以肯定地说,玄奘在《大唐西域记》中记载的一些故事在后世中印人民中间是有所传诵的,但后世相传的故事未必与玄奘讲的一致,后世在中国流传的故事也未必都是中印跨境之物,而纠缠于这种考察是没有结果的。其实,不管故事从哪里来、到哪里去,哪个是原型、哪个是异文,都要融入当地文化生态环境,获得社会准入,才能落地生根,这就是我在上一章中说的"文化比喻"的含义。有了文化比喻的故事,才能标志当地民俗和历史的双重价值,这样的书面文献与口头资料的比较研究也才会对《大唐西域记》的综合研究产生补充意义。

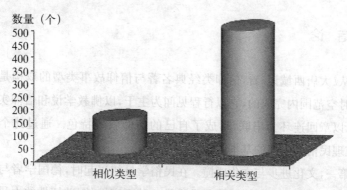

图2-2 《大唐西域记》书面记载故事在中国现代
口头资料中的相似和相关类型比较示意图①

从图2-2看,在我国多地区多民族中,故事承担者有民俗价值的多样性,其故事的社会准入状况也是多种多样的。从这个角度研究《大唐西域记》,对民俗学有两个理论拓展点:一是帮助民俗学区分两种体裁的价值,即主位体裁价值,也就是故事讲述人的看法,以及客位体裁价值,也就是玄奘的看法。本·阿莫斯(Dan Ben-Amos)强调通过主位视角分析民俗价值观;劳里·航克对主、客位价值都很看重,认为要找出两者的可识别点,再作分类②,弥补民俗学以往分类的缺失。二是民俗价值决定社会流行性。信仰故事的生态状况依靠社会流行性,社会参与程度越高,信仰故事的流行性就可能越大。而信仰故事获得社会流行性的特征是具有功能性母题,《大唐西域记》告诉我们,中印相似信仰故事侧重寺院供养的功能,中国相关信仰故事侧重劝善报恩的功能,如老虎报

---

① 由董晓萍提供数据,赖彦斌绘制,在此向赖彦斌致谢。
② Miroslav Hroch, *Social Preconditions of National Revival in Europe: a Comparative Analysis of the Social Composition of Patriotic Groups among the Smaller European Nations*, Cambridge, 1985. Eric Hobsbawm, *Nations and Nationalism since 1780: Programme, Myth, Reality*, Cambridge, 1990.

恩、大雁报恩、鸽子报恩、鹿报恩和兔子报恩等;两者的功能不同,源于两者的民俗信仰价值观不同。

结 论

从《大唐西域记》看,信仰类经典名著与信仰故事类型的双构是在特定的时空范围内完成的,它以行程见闻为主干,以佛教学说和信仰实践为主线,以章回连环为串联,形成了自己的信仰叙事特色。通过此个案研究,梳理民俗学内部的基本问题,大体有三:

第一,文化进步与文化碰撞。在民俗学最初兴起时,德国学者与芬兰学者分享了另一个同感,即文化进步是一种否定性的、破坏性的力量。当时西方所谓的文化进步指工业化造成的人性异化,因此引起学者们的不满,并让他们眷恋逝去的历史。荷马史诗的研究者托马斯·布莱克维尔(Thomas Blackwell)甚至说,荷马一定生活在一个风土人情"没有受到任何外来因素干扰的、纯朴的","连语言也完全没有被现代文化污染的"时代,荷马是幸运的[1]。鼓舞格林兄弟走上民俗学道路的欧洲浪漫主义运动开创者之一的赫德的学说,也发生在德国文化"进步"之前。中国民俗学者受到这种思想的影响,也曾对"外来文化"的影响忧心忡忡[2]。但是,让我们惊讶的是,几乎所有突破僵局的文化研究,都是在中外学术撞击中发生的。在《大唐西域记》中,我们经常能看到玄奘的被撞击的心理,但这不妨碍他对大唐文明的骄傲,也不妨碍他对印度佛学的崇敬。在不同的古老文明之间,别人有的与你没有的撞击,别人先进的与你后进的撞击,便能产生新的思想创造,这是《大唐西域记》所告诉我们的道理。当然,即便在千年前的唐朝,跨文化的交流也有主动和被动两种,玄

---

[1] Peter Burke, *Popular Culture in Early Modern Europe*, London, Temple Smith, 1978, p.286.
[2] 常惠《我们为什么要搜集歌谣》,《歌谣》周刊,第2号,1922年12月24日出版;《歌谣》周刊,第3号,1922年12月31日出版。

奘是从主动开始的,他通过自觉的碰撞、强力的吸收和再创造,取得了巨大的文化成就。

第二,民俗学研究的本土化与国际化趋势。《大唐西域记》研究的国际化非自民俗学始,但从民俗学角度关注该著的研究却与民俗学兴起和印欧文化圈研究关系密切,而欧洲民俗学者曾通过这条"学术路线"取得不少理论和方法论上的收获。21世纪的世界到处都在呼吁文化多样性,民俗学要怎样国际化呢?《大唐西域记》与相关中印故事研究的启示是,作为中国学者,还要注意中印亚欧文化圈内部的问题,季羡林等学者对《大唐西域记》的研究创建了一个应该关注的范例。钟敬文与季羡林的讨论开辟了这个空间。

第三,关注信仰故事类型的发展趋势。中国是非宗教国家,但不等于没有信仰故事类型。研究结果告诉我们,在网络信息时代,信仰故事类型与媒介文化、信息文化混合传承,扩大了传播的范围。但如果开展民俗学研究,则不能把更多的逻辑分析放进这类民俗叙事中。

第三章 《荆楚岁时记》的农业故事与民俗

《荆楚岁时记》是我国传统农业民俗文献及其岁时故事的代表作,在本书的研究中,列入宇宙观类个案。该著以全年12个月为序,逐月描述农业生产生活,连缀成书,共编制41个故事类型。

对《荆楚岁时记》进行故事类型编写,并开展民俗学内部研究,要解决一个问题,即从前对它的研究,是将民俗学研究与故事类型研究分开做的,但这并不符合原著的叙事结构。本书的个案研究改变原有的做法,重新按原著的体例开展研究,主要做两种工作:一是将月令民俗与月令故事资料合并为一个整体,编定目录大纲;二是对原著进行故事类型的编制与研究。民俗学研究这类文本的问题是:19世纪以来,受到文化进化论的影响,主要是受到弗雷泽、弗洛伊德的影响,民俗学者主要关注岁时民俗,有时也把岁时民俗看成神话①,但缺乏对宇宙观的整体研究。现在应加强整体研究,在宇宙观研究的问题框架下,把岁时民俗、神话等具体问题研究推向深入。

第一节 《荆楚岁时记》农业故事类型的编制

从民俗学角度研究《荆楚岁时记》中的农业故事,编制故事类型,

---

① Alan Dundes, *Folklore Matters*, The University of Tennessee Press, 1989, p.1.

要对原著中的农业故事进行识别,将农业故事放到历史文献的上下文中,对两者共同描述的文化现象进行总体考察,也对两者共同解释的文化含义进行总体归纳,然后将故事文本分类分解,再编制故事类型。

本节使用民俗学内部研究方法开展研究,这与使用民间文艺学的方法有所不同。民间文艺学的方法关注故事类型本身,尽量摘除故事类型的形式以外的东西。民俗学的方法是从《荆楚岁时记》历史文献的整体出发,对历史文献中原真记载的岁时民俗、岁时岁时故事和农业生产生活思想做整体考察,并在整体研究后,制作故事类型,而不是人为地将三者分开,这是民俗学和民间文艺学的方法的区别。当然,用民间文艺学的方法研究和制作故事类型,对有些历史文献是适用的,但不适合分析《荆楚岁时记》这类历史文献。《荆楚岁时记》采用了大量故事叙事文本,描述和解释地方岁时生产生活,但如去除它的地方生产生活内容,它的故事就不会进入国家知识系统被印行发布;而如去除它的故事描述和解释,它的生产生活也就没了人间烟火,连它讲述的民俗也难辨真假。用民俗学的方法,从宇宙观整体研究的角度,对岁时故事的文本做故事类型的编制,有助于呈现中国古代岁时历史文献的整体特征。

一、使用版本、编制故事类型的方法与样本

《荆楚岁时记》,今存明刻何允中辑"广汉魏丛书"本,姜彦稚据此本为底本,并参照其他明清刻本,将之重新辑校成书。本章是在姜彦稚辑校本的基础上开展工作的,该著提供了对宗懔原著中的岁时文献和岁时故事两部分的校注文本,还提供了一份辑校者自编的《荆楚岁时记》"岁时活动"索引[1],结构完整,符合本章的研究目标。

---

[1] [梁]宗懔《荆楚岁时记》,收入"风土丛书",姜彦稚辑校,长沙:岳麓书社,1986,《索引》,第103—115页。

（一）使用版本的侧重点

本章对《荆楚岁时记》故事类型的编制，以姜彦辑校本为底本，主要做了两件事：一是将原著中的岁时文献与岁时故事视为一个整体，编定故事类型目录；二是对原著中的岁时故事进行情节单元编写。

（二）故事类型编制方法

第一，建立索引标题。此指按原著使用的阴历月令的十二月排列次序，编定一级目录。另使用了辑校者编辑的《索引》中的"岁时活动"部分，将其中的节点词语和岁时活动词语抽取出来[①]，按十二月别，进行简化排序，编为二级目录，同时对原著个别误订之处做了修改和调整。例如，原著将二月的立春习俗列为一条，误订在一月之中，这显然是不对的。原著将"立春日"及其条下"戴彩燕"至"秋千"等7个词语，编在"正月初七"之后，这显然是原著条目刻印出现错乱[②]。在这次编制岁时故事类型时，我们对这些误订之处做了复原工作，如将"立春日"及其条下"戴彩燕"等词条纳入二月，放在"二月八日"之前。

对辑校者在《索引》中所开列的岁时活动词语，而宗懔原著并未引用故事者，我们就不再使用该《索引》词语，以维护宗懔原著的整体性，避免产生不应有的人为变动。我们通过建立索引目录，希望为读者查阅、核对原著，了解原著岁时与故事的整体结构形态，以及使用本书的故事类型索引，都能提供方便。

第二，建立故事类型标题。以原著已收录故事为底本，在上述"第一"所列索引标题下，逐月编写故事类型。每月编写故事类型的数量，根据原著所引故事文献数量而定，也要根据每个故事文献中所包含的故事类型的实际，进行认定。以下是样本。

---

① ［梁］宗懔《荆楚岁时记》，收入"风土丛书"，姜彦稚辑校，长沙：岳麓书社，1986，《索引》，第103—105页。

② ［梁］宗懔《荆楚岁时记》，收入"风土丛书"，姜彦稚辑校，长沙：岳麓书社，1986，第12—14页。另见该书《索引》第103—104页，校注者依原著将"立春"及其条下7个词语编在"正月初七"之后，这显然也不合适，故在故事类型目录中没有使用这种排列。

（三）编制故事类型样本

姜彦稚据原著对《荆楚岁时记》的"二月"的编目，全文如下：

二月八日
　行城事

本节编定的"二月"岁时行事和岁时故事类型的目录如下：

二月八日行城事

　⑰ 佛祖生日 ⑱ 太子成佛

在这个样本中，"行城事"，是原著中的二月行事，并且仅此一条。此外，"佛祖生日"和"太子成佛"，是本章根据原著在"行城事"后面附出的、而很少有人谈及的岁时故事，所编制的两个故事类型，"佛祖生日"和"太子成佛"分别是这两个故事类型的标题。在两标题前面，分别冠以"17"和"18"，是指各自故事类型的编号。本章在"二月"条下，给了两个编号，指据宗懔原著在该月收入的岁时故事，本章所能编制故事类型的实际数量。

　故事篇名与编号。这里所说的故事篇名，由我们根据"中心角色"原则自拟，故事篇名就是上述所说故事类型的标题。

　本章对原著故事的编号，在索引标题下，采用两种形式，一是按月别编号，二是全书打通编号。上面的样本中的"17"和"18"，便是全书打通编号；而如按月别编号，它们都应该在"二月"的索引标题下，编号"④"和"⑤"。

　关于"月别编号"，本章所编制目录如下：

一月

正月一日放爆竹、燃草、造桃板著户、五熏炼形、贴画鸡、贴门神、

令如愿

① 山臊 ② 桃板 ③ 绛囊丸药 ④ 门户挂鸡 ⑤ 门神 ⑥ 如愿

正月七日戴头鬓

⑦ 西王母戴胜

正月十五祭蚕神、祠门户、祭蚕神、迎紫姑

⑧ 蚕神 ⑨ 张夜祭蚕 ⑩ 紫姑神

正月夜禳逐鬼鸟

⑪ 获鸟

正月末日夜芦苣火照井厕

⑫ 照井厕

正月晦日送穷

⑬ 送穷鬼

二月

立春日施钩、打毬球、秋千

① 施钩之戏 ② 踢蹴鞠 ③ 打秋千

二月八日行城事

④ 佛祖生日 ⑤ 太子成佛

三月

三月三日流杯曲水之饮、作龙舌𩛩

① 三日曲水

寒食禁火三日

② 介子推

四月

候获谷鸟

① 获谷

四月八日迎八字之佛、乞子

② 荆楚迎佛 ③ 九子母神

五月

① 小儿失之

五月五日竞渡、采杂药、系五彩线

② 赛龙舟 ③ 妇人染练

夏至节食粽

④ 筒粽

六月

六月伏日作汤饼

① 汤饼

七月

七月七日夜乞巧、守夜

① 七七天河会

七月十五日供诸佛

② 目连救母

八月

八月十四日点天灸、为眼明囊

① 华山采药

九月

九月九日茱萸囊系臂、登山饮菊酒

① 仙人费长房

十月

十月朔日为黍臞

① 秦岁首

十一月

冬至日作赤豆粥

① 共工氏有不才子

十二月

十二月八日驱疫、沐浴、祭灶神

① 王平子驱傩 ② 金刚力士驱傩 ③ 颛顼三子 ④ 灶神祝融 ⑤ 灶神苏利 ⑥ 黄犬祭灶

十二月留宿岁饭

⑦ 去故纳新

关于全书打通编号,以一、二月为例,本章所编制目录如下:

一月

正月一日放爆竹、燃草、造桃板著户、五熏炼形、贴画鸡、贴门神、令如愿

① 山臊 ② 桃板 ③ 绛囊丸药 ④ 门户挂鸡 ⑤ 门神 ⑥ 如愿

正月七日戴头鬓

⑦ 西王母戴胜

正月十五祭蚕神、祠门户、祭蚕神、迎紫姑

⑧ 蚕神 ⑨ 张夜祭蚕 ⑩ 紫姑神

正月夜禳逐鬼鸟

⑪ 获鸟

正月末日夜芦苣火照井厕

⑫ 照井厕

正月晦日送穷

⑬ 送穷鬼

二月

立春日施钩、打毯球、秋千

⑭ 施钩之戏　⑮ 踢蹴鞠　⑯ 打秋千

二月八日行城事

⑰ 佛祖生日　⑱ 太子成佛

第二节　《荆楚岁时记》宇宙观知识的分类与内涵

宇宙观类历代经典名著与故事类型双构的特征是,呈现中国长期农业文明中形成的天人合一宇宙观、岁时知识和农业生产生活观念,这方面的宇宙观知识是一个综合系统。

一、农业生活知识

以下是在原著"六月"条下编制岁时故事类型的样本。在原著"六月"条下,有一条岁时文献,原文为:

六月伏日,并作汤饼,名为辟恶饼。①

读者仅凭这一条文献,要了解六月与食汤饼有何关系、用汤饼"辟

---

① ［梁］宗懔《荆楚岁时记》,收入"风土丛书",姜彦稚辑校,长沙:岳麓书社,1986,第41页。

恶"是什么意思,其实是不可能的。读者对此只能猜测,在一般情况下,还会因为"辟恶"二字的字面的引导,将汤饼想象为五月端午节的五彩线之类的避邪物。这时只有再看宗懔原著所附的岁时故事,才能对汤饼的意思有一个完整的理解。下面是根据这个岁时故事制作的故事类型:

伏日作汤饼

① 他叫何晏,脸色特别好。② 他在伏天食汤饼,脸色更加明亮白皙。③ 他用手巾擦汗,面色依然皎白。④ 他不靠涂脂擦粉,而是靠吃汤饼,保持好肤色。⑤ 他的秘方被众人了解,人们都在六月入伏食汤饼。⑦ 据说这个风俗魏代就有了。①

现在我们将"六月伏日作汤饼"的原著岁时文献与岁时故事合起来看,便会恍然大悟,原来汤饼的功效与一般望文生义的猜想正好相反。

在这里,不能不提到宗懔原著的辑校者姜彦稚,他做了出色的工作。他编辑了一份《荆楚岁时记》的岁时活动《索引》,提供给学者和读者共享。倘若没有这份《索引》,本章要编制月别索引和全书打通索引,就要困难得多。不过,《索引》未收故事部分,也没有收入辑校者本人校勘和补充的一些岁时故事,略显遗憾。在辑校者的认识中,大概也认为只有历史文献才是正宗,将其择要开条并列入《索引》,只是锦上添花而已,而那些岁时故事则是可以被历史文献覆盖的,或者被列为从属资料,但是这样一来,辑校者的努力就不够彻底。我们本次在《索引》中,增加了故事类型的相应开条,目的是使这份《索引》可以全面发挥功能。例如,在《索引》"七月"条下,有两条七夕节的词条,兹抄在下面:

---

① [梁]宗懔《荆楚岁时记》,收入"风土丛书",姜彦稚辑校,长沙:岳麓书社,1986,第41页。

> 七月七日夜
>
> 　　乞巧
>
> 　　守夜。①

按此《索引》，查宗懔原著的词条，能找到3条对应的岁时文献，原文为：

第1条

　　七月七日，为牵牛、织女聚会之夜。

第2条

　　牵牛星，荆州呼为河鼓，主关梁；织女星则主瓜果。

第3条

　　是夕，妇人结彩缕，穿七孔针，或以金、银、鍮石为针，陈瓜于庭中以乞巧。有喜子网于瓜上，则以为符应。②

需要指出的是，辑校者在对原著的校勘中，对于"七夕节"，补充了《拟天问》《夏小正》《史记》《神仙传》《春秋斗运枢》和《风土记》等10余种岁时生活故事资料③，却在《索引》中又将之统统省略了，其实这些岁时故事正是七夕岁时文献和岁时活动的组成部分。

我们将《荆楚岁时记》记载的"七夕节"岁时故事编制成以下类型：

---

① ［梁］宗懔《荆楚岁时记》，收入"风土丛书"，姜彦稚辑校，长沙：岳麓书社，1986，第105页。

② ［梁］宗懔《荆楚岁时记》，收入"风土丛书"，姜彦稚辑校，长沙：岳麓书社，1986，第42、44页。

③ ［梁］宗懔《荆楚岁时记》，收入"风土丛书"，姜彦稚辑校，长沙：岳麓书社，1986，第42—46页。

七七天河会

① 每年七月七日是七夕节,传说牛郎织女在天河上相会。② 前晚下雨,称为洒泪雨,那是牛郎织女的眼泪。③ 当晚下雨,称为洗车雨。④ 当晚女人结彩线,在庭院中穿七孔针,乞巧。⑤ 当晚人们皆看织女。⑥ 当晚洒扫庭堂,露天设宴,陈时令瓜果,布撒香粉,祭祀牛郎织女。⑦ 当晚人们守夜,向二星神许愿,如银河中有白气,或者有五色光,见者跪拜,可以得福。①

我们的这些工作,旨在展现将岁时文献与岁时故事结合使用的途径和必要性,呈现中国古代岁时历史文献的整体特征。而编制故事类型是一项基础性的工作,完成这项工作,有助于开展其他系列研究。

二、农业生产知识

宇宙观类历代经典名著与故事类型的双构保存了中国长期农业文明中形成的天人合一宇宙观、岁时知识和农业生产生活观念的综合知识。在《荆楚岁时记》中,对这种宇宙观系统的传达,以农业生产知识为主,辅以农业生活知识,其叙事文本的结构,大体与阴历的月令结构相符。各月的故事类型数量分布,以岁末的腊月和年首的正月为多,把农民的农业生活(包括生产民俗信仰)对农业生产的作用,放在十分突出的位置上,把农民与农业合一,每月的故事类型也与当月的农民行事关联,这个特点十分突出。例如,原著中的年终月份,多有农民祭祀故事类型;年首的月份,多有农民居室、婴儿和男女交往风俗的故事类型;年中的夏秋月份,多有农民消灾故事类型。此外,还有农民如何虔诚利用山水资源的故事类型。这些都是我国宇宙观类农业文明中的古老故事类型。

宇宙观类历史著作个案研究的关注点:第一,岁时是自然的,故事是

---

① [梁]宗懔《荆楚岁时记》,收入"风土丛书",姜彦稚辑校,长沙:岳麓书社,1986,第42—45页。

人为的,岁时故事类型的叙事,将自然与人文结合,将农民与农业结合,构成地方史。第二,岁时中的官方礼制是王定的,岁时故事的随风流传是民间活动,岁时故事将官民生活共同描写,构成地方文化小传统。第三,岁时是集体践行的社会钟表,故事是知识理性的文艺载体,岁时文献著作的刻印出版,是有感情也有理性地将传统农业文明社会的宇宙观概念和知识推向全国,延及后世,形成一种建构性历史遗产。

第三节 《荆楚岁时记》农业民俗的现代传承

我们近年对《荆楚岁时记》历史文献所覆盖的湖北松滋地区进行了田野调查①。据湖北省松滋县志编纂委员会编《松滋县志》记载:"松滋在新石器时代已经开始原始的农、牧业生产。"②从《禹贡》看,今天的松滋市属于古荆州之域。"宋代,荆州仍称江陵府,属荆湖北路,领县八,松滋列第五。元朝,荆州改称中兴路,隶河南江北行中书省,改松滋为鸠兹。明洪武年间,改中兴路为荆州府,属湖广布政司,复名松滋,属荆州府。清沿明旧制。民国元年(1912年),裁荆州府,松滋属省直辖。新中国成立后,属湖北省荆州地区行政公署。"③1996年5月18日撤县建市,名松滋市。

松滋地形西高东低,以枝柳铁路为界,西部为鄂西山地,东部为丘冈平原,兼有山地、丘冈、平原、湖泊等多种地貌类型,被称为"六山一水三分田"④。在良好的自然资源支持下,松滋的农业发展历史悠久,种类多样,粮食作物以水稻为主体,小麦、大麦次之,蚕豆、豌豆又次之,苞谷、高粱、红薯等作物种植较少。除粮食作物外,松滋地区盛产棉花、油菜、柑橘、茶

---

① 本次调查时间是2014年至2016年。田野调查访谈问题设计与论文指导:董晓萍,调查人:北京师范大学松滋籍学生刘倩,初稿执笔者:刘倩。
② 湖北省松滋县志编纂委员会编《松滋县志》,湖北省松滋县印刷厂,内部发行,1986,第50页。
③ 湖北省松滋县志编纂委员会编《松滋县志》,湖北省松滋县印刷厂,内部发行,1986,第50—51页。
④ 湖北省松滋县志编纂委员会编《松滋县志》,湖北省松滋县印刷厂,内部发行,1986,第53—54页。

叶,桃、李、杏、梨等落叶果树也被广泛种植。由于市内水域较多,淡水养殖业也得到了较好的发展。新中国成立后,松滋市的农业生产发展较快,猪牛羊肉总产量和棉花总产量进入全国百强县市,曾先后被国家确定为优质商品粮生产基地、优质棉生产基地和长江上中游水果开发基地。松滋市保留了许多传统农业民俗,比较完整地传承了当地的传统宇宙观知识,当然也有变迁。

对于《荆楚岁时记》所记叙的农民与农业生产知识,在本次田野调查中列为重点,但《荆楚岁时记》也有一个明显的不足,就是缺乏对"农村"环境的描写。这个缺项,需要借助地方志补充。《荆楚岁时记》作为我国岁时文献的母本,其优势与不足,延续到后世所有岁时文献中,这是其体裁的基因问题。我们要研究宇宙观类历史著作,就要有明显的方法论意识,将岁时文献、地方志与口头资料共同构成资料系统,并开展整体研究。

一、宇宙观知识传播的岁时渠道

根据1986年《松滋县志》记载,直至20世纪80年代,在这片荆楚旧地,上元、清明、端午、七夕、中元、中秋、除夕等传统岁时节日仍十分流行,人们届时举行丰富多彩的活动,祈年禳灾、祭祀祖先,以求农业丰收、农民家庭平安。以下重点谈端午、七夕、中元、重阳、春节等5个传统节日民俗的传承现状。

(一)端午节

从古至今,端午节都是荆楚地区在一年中较为重视的节日,据《荆楚岁时记》记载:

五月五日,谓之浴兰节。①

---

① [梁]宗懔《荆楚岁时记》,收入"风土丛书",姜彦稚辑校,长沙:岳麓书社,1986,第34页。

此日当地至今有踏百草、斗百草、采艾、菖蒲泛酒、竞渡、采杂药、系五彩丝等习俗,这些习俗在各代地方志中都得到了或多或少的体现,尤其是最具特色的"竞渡"习俗,从明清到当代的地方志都有记录。

明嘉靖元年(1522)初刻的《湖广图经志书》记载:

> 郡志,屈原以五月望日赴汨罗,士人追至洞庭,不见,因鼓棹争归,竞会亭上,习以相传为竞渡。①

清乾隆二十二年(1757)《荆州府志》记载:

> 是日竞渡,楚俗咸同,而江津龙舟尤盛。②

民国十年(1921)《湖北通志》引《艺文类聚》曰:

> 屈原以是日死于汨罗,人伤其死,所以并将舟楫以拯之,至今为俗之竞渡是其遗迹。③

当代出版的《湖北民俗志》也有关于竞渡的记载:

> 赛龙舟是端午节期间湖北各地广泛举行的一项重要民俗活动。据说,此项活动是仿照当年屈原投江后,人们争先恐后地划着船去救他的情景而进行的。④

---

① [明]薛纲纂修,吴廷举续修《湖广图经志书》,明嘉靖元年(1522)刻本,北京:书目文献出版社,影印本,1991,卷六第25页。
② [清]叶仰高修,来谦鸣、施廷枢纂《荆州府志》,清乾隆二十二年(1757)刻本,武汉:湖北人民出版社,影印本,2002,卷十七第6页。
③ 吕调元、刘承恩修,张仲炘、杨承禧纂《湖北通志》,民国十年(1921)刻本,南京:凤凰出版社,影印本,2010,卷二十一第46页。
④ 李德复、陈金安主编《湖北民俗志》,武汉:湖北人民出版社,2002,第486页。

端午竞渡的习俗历经千余年的发展,在人们的时代传承中逐渐稳定下来,成为荆楚地区代表性的地方文化活动之一。端午其他习俗如采艾草和菖蒲、系五彩丝等也流传下来,《湖北省志·民俗》记载:

> 五月五日清晨,人们出外采艾蒿和菖蒲,插于门楣,悬在门框,以驱毒避病。①

《湖北民俗志》记载:

> 据说,五色丝线象征五色龙,佩戴之可以驱邪气,避瘟疫,保人健康长寿。此俗今尚存。②

从荆楚地区当地的方志记载可以看出,端午习俗在荆楚地区的传承比较稳定,几项重要的民俗活动基本得到了保留。旧时端午节的节点有3个,五月初五为头端阳,五月十五为大端阳,五月二十五为末端阳③,人们在这3个日子都要举行纪念活动,后来逐渐固定为在五月初五日过节。

关于端午节的来历,松滋地区流传较广的版本是为了纪念投江而死的爱国诗人屈原。松滋人民在这一天会举行龙舟竞赛,红、白、黄3条龙舟在江中你追我赶,竞争激烈,两岸人声鼎沸,呐喊助威,好不热闹。据农民熊胜云说,现在当地农村还有看获胜龙船颜色来预测年成的说法:"要是黄龙划赢了年成就好,红龙划赢了年成就差。"④关于划龙舟的来历,有

---

① 湖北省地方志编纂委员会编《湖北省志·民俗》,武汉:湖北人民出版社,2002,第219页。
② 李德复、陈金安主编《湖北民俗志》,武汉:湖北人民出版社,2002,第472页。
③ 被访谈人:唐传福,1952年生,农民,小学文化,访谈者的舅外公。松滋市八宝镇东岳村人。访谈者:刘倩。访谈时间:2016年5月3日。访谈地点:松滋市八宝镇东岳村唐传福家。
④ 被访谈人:熊胜云,1936年生,农民,访谈者的外公,小学识字水平,松滋市八宝镇王家渡村人。唐传淑,1940年生,农民,访谈者的外婆,不识字,松滋市八宝镇王家渡村人。访谈者:刘倩。访谈时间:2016年5月2日。访谈地点:松滋市八宝镇王家渡村熊胜云家。

的说法是人们争相划船到江上打捞屈原的尸体,后来逐渐演变成龙舟竞赛。另一种说法是,屈原投河以后,龙飞过来,带他升天,为了纪念他,人们就仿造龙的形象,扎成龙船到河里去划,象征着去救屈原升天。① 划龙舟的习俗到20世纪八九十年代在松滋地区都十分盛行,最近20多年来松滋河水位下降,划龙舟的活动逐渐减少,黄全峰表示:"现在都在荆州地区搞比赛,各个县市每个组织一到两个队,到荆州去比,每年一次。松滋都不搞了。"②

除了划龙舟,松滋人民在端午还有吃粽子的习俗,以纪念屈原,农民刘大浩说:

> 那个鱼一般是藏在芦苇里面的嘛,把芦苇采来,包上糯米,就是民间最好吃的东西,扔到河里让鱼吃,就不吃屈原的身体了。③

插艾也是松滋地区的端午习俗之一,农民熊胜云说:

> 五月初五赶早不得亮,就去有艾蒿的位置割回来,在门上面一边插一根。以后如果身上痒,或者女人生了小孩下身不舒服,用那个艾蒿泡水洗就蛮好。④

---

① 被访谈人:刘大浩,1962年生,访谈者的大伯,农民,高中学历,松滋市八宝镇东岳村人。黄全峰,1963年生,刘大浩,松滋市委办公室主任,大学学历,松滋市八宝镇东岳村人。访谈者:刘倩。访谈时间:2016年5月4日。访谈地点:松滋市八宝镇东岳村刘大浩家。

② 被访谈人:刘大浩,1962年生,访谈者的大伯,农民,高中学历,松滋市八宝镇东岳村人。黄全峰,1963年生,刘大浩,松滋市委办公室主任,大学学历,松滋市八宝镇东岳村人。访谈者:刘倩。访谈时间:2016年5月4日。访谈地点:松滋市八宝镇东岳村刘大浩家。

③ 被访谈人:刘大浩,1962年生,访谈者的大伯,农民,高中学历,松滋市八宝镇东岳村人。黄全峰,1963年生,刘大浩同学,松滋市委办公室主任,大学学历,松滋市八宝镇东岳村人。访谈者:刘倩。访谈时间:2016年5月4日。访谈地点:松滋市八宝镇东岳村刘大浩家。

④ 被访谈人:熊胜云,1936年生,农民,访谈者的外公,小学识字水平,松滋市八宝镇王家渡村人。唐传淑,1940年生,农民,访谈者的外婆,不识字,松滋市八宝镇王家渡村人。访谈者:刘倩。访谈时间:2016年5月2日。访谈地点:松滋市八宝镇王家渡村熊胜云家。

农民刘大浩认为,插艾的习俗也与屈原有关:

> 像屈原那种人,本身是很伟大的诗人,又是政治家,为什么会投河呢?就是说有妖魔鬼怪起了作用,他应该有那种胸怀是不应该投江的,当然后来把他美化了说他是忧国忧民,民间的说法就是妖魔鬼怪把他迷惑了,作祟,他才投河,所以说在端午的时候为了纪念屈原,留住屈原这样的人物不受妖魔鬼怪的侵袭,那就插艾蒿来辟邪,这是主要目的。当然从现在科学来说,它能够驱蚊,蚊子也可以属于妖魔鬼怪这个范围之内,它是吸血鬼嘛,所以说这艾蒿就起这么个作用。①

吃粽子和插艾的习俗在松滋地区从古代一直流传至今,吃粽子的习俗比较普遍,一些家庭已经没有了端午插艾的习惯。

据农民罗胜英介绍,新中国成立以前,农民生活困苦,端午节这天要提上吃食,给地主送节,称为"送端阳"②。新中国成立后,此俗消失,松滋人民改为在端午这天给老人送节,农民唐传福说:

> 拿粽子,烟呐酒啊,给老人送去。老人就要把姑娘女婿接回来玩,还穿新衣服,去看龙船。③

由此可见,当代端午节又增添了孝敬老人、阖家团聚的新意义。

---

① 被访谈人:刘大浩,1962年生,访谈者的大伯,农民,高中学历,松滋市八宝镇东岳村人。黄全峰,1963年生,松滋市委办公室主任,大学学历,松滋市八宝镇东岳村人。访谈者:刘倩。访谈时间:2016年5月4日。访谈地点:松滋市八宝镇东岳刘大浩家。
② 被访谈人:罗胜英,1933年生,农民,不识字,访谈者的舅外婆,松滋市八宝镇大桥村人。访谈者:刘倩。访谈时间:2016年5月3日。访谈地点:松滋市八宝镇大桥村罗胜英家。
③ 被访谈人:唐传福,1952年生,农民,小学文化,访谈者的舅外公。松滋市八宝镇东岳村人。访谈者:刘倩。访谈时间:2016年5月3日。访谈地点:松滋市八宝镇东岳村唐传福家。

(二) 七夕节

七夕"乞巧"的习俗也在当地代代相传中保留下来。《荆楚岁时记》记载：

> 是夕，妇人结彩缕，穿七孔针，或以金、银、鍮石为针，陈瓜果于庭中以乞巧。有喜子网于瓜上，则以为符应。①

清代，荆楚地区的人们依旧保留着七夕"乞巧"的习俗。清乾隆二十二年(1757)《荆州府志》记载：

> 妇女是日以彩缕穿七孔针，陈瓜果于庭以乞巧。有喜子网瓜上为得巧之验。②

民国十年(1921)《湖北通志》则载：

> 凡乞巧者亦陈瓜果庭中，罗拜天孙，守望五色云气，谓之看巧云，见者以为得巧。③

近年出版的《湖北省志·民俗》也有这样的记录：

> 是日夜，姑娘媳妇们在户外星月之下陈设瓜果等贡品，向织女祈祷，请她指点和帮忙提高飞针走线的技术，以使自己心灵手巧，此谓"乞巧"。④

---

① [梁]宗懔《荆楚岁时记》，收入"风土丛书"，姜彦稚辑校，长沙：岳麓书社，1986，第44页。

② [清]叶仰高修，来谦鸣、施廷枢纂《荆州府志》，清乾隆二十二年(1757)刻本，武汉：湖北人民出版社，影印本，2002，卷十七第7—8页。

③ 吕调元、刘承恩修，张仲炘、杨承禧纂《湖北通志》，民国十年(1921)刻本，南京：凤凰出版社，影印本，2010，卷二十一第48页。

④ 湖北省地方志编纂委员会编《湖北省志·民俗》，武汉：湖北人民出版社，2002，第220页。

如今在松滋市,农历七月初一至十五都是"过月半",在松滋人看来,七月初七是月半里老亡人和新亡人回来时间的分界线,很少把它当成节日来过,不过七月初七鹊桥相会的故事在松滋地区还是有流传的。农民刘大浩说:

> 七月初七是鹊桥会,西方有个情人节,所以就把七夕定为了中国的情人节,是这么对接来的。①

但松滋人没有保留乞巧的习俗。

(三)中元节

七夕过后不久便是中元节。《荆楚岁时记》记载:

> 七月十五日,僧尼道俗悉营盆供诸佛。②

清光绪六年(1880)《荆州府志》记载:

> 中元日具酒馔献祭先祖,乡村宰牲尝新,父老子弟群聚宴会,谓之过月半。寺观作盂兰会,钟鸣达旦,江干灯火荧荧如繁星。③

民国时期,此俗在荆楚地区仍然流行。民国十年(1921)《湖北通志》记载:

> 今俗以中元节为鬼节,咸设饮馔,焚冥袱以祀其先期行之,姻族

---

① 被访谈人:刘大浩,1962年生,访谈者的大伯,农民,高中学历,松滋市八宝镇东岳村人。黄全峰,1963年生,松滋市委办公室主任,大学学历,松滋市八宝镇东岳村人。访谈者:刘倩。访谈时间:2016年5月4日。访谈地点:松滋市八宝镇东岳村刘大浩家。
② [梁]宗懔《荆楚岁时记》,收入"风土丛书",姜彦稚辑校,长沙:岳麓书社,1986,第46页。
③ [清]倪文蔚、蒋铭勋修,顾嘉蘅、李廷鉽纂《荆州府志》,清光绪六年(1880)刻本,南京:江苏古籍出版社,影印本,2001,卷五第7页。

亦以楮币相助。荆宜二郡尤重此节,谓之过月半。女之出嫁者,皆迎归饮福,或遍邀亲故,群聚宴会,谚云年小月半大,可知其所崇尚矣。寺观僧道自朔日始为盂兰会,或为人家建设水陆道场,夜皆剪纸为莲花灯,注油燃之,汎于水者曰河灯,置于陆曰路灯,谓以照幽魂。①

一直到现代,中元节供佛祭祖的习俗在荆楚地区仍然十分盛行,《湖北省志》之《民俗卷》记载:

> 农历七月十五是中元节,又称七月半。上元节至此日,刚好过去半年,故民众相信此日是年初升天之龙再回大地之日,且正值麦收季节,故以此日为祭祀死者、悼念祖灵的恰当节日。中元节以祭祀亡灵为中心,亦称"鬼节",亦是"收获祭"之意的农耕礼仪。一些富家,这天晚上还举行施斋供僧和诵经超度的佛事活动,此称"盂兰盆会"。②

中元节至今是荆楚人民一年中较为重视的节日之一。当地农民的解释是:"七月十五是叫云南大会,在七月十五这一天,就到云南去开会,开完会之后就烟消云散了。但是呢从七月初一到七月十五是可以和亲人在一起的。"③月半有不同的过法,熊胜云回忆:

> 七月初七新月半,七月初十老月半。家里死了人的就过新月半,从初七过到初十,当年没死人的就过老月半,从初十过到十五。④

---

① 吕调元、刘承恩修,张仲炘、杨承禧纂《湖北通志》,民国十年(1921)刻本,南京:凤凰出版社,影印本,2010,卷二十一第48页。
② 湖北省地方志编纂委员会编《湖北省志·民俗》,武汉:湖北人民出版社,2002,第221页。
③ 被访谈人:刘大浩,1962年生,访谈者的大伯,农民,高中学历,松滋市八宝镇东岳村人。黄全峰,1963年生,松滋市委办公室主任,大学学历,松滋市八宝镇东岳村人。访谈者:刘倩。访谈时间:2016年5月4日。访谈地点:松滋市八宝镇东岳村刘大浩家。
④ 被访谈人:熊胜云,1936年生,农民,访谈者的外公,小学识字水平,松滋市八宝镇王家渡村人。唐传淑,1940年生,农民,访谈者的外婆,不识字,松滋市八宝镇王家渡村人。访谈者:刘倩。访谈时间:2016年5月2日。访谈地点:松滋市八宝镇王家渡村熊胜云家。

中元节当天，所有亲戚朋友都要相聚一堂，同时，还要"叫亡人"①，也就是邀请死去的亲人回来一起"吃饭"。松滋还有"年小月半大"②的说法，对于过月半极为重视。

（四）重阳节

据《荆楚岁时记》记载，九月九日重阳节这天，荆楚地区的人民有登高饮宴、佩茱萸、饮菊花酒的习俗，时至今日，这些习俗基本得以保留。

清光绪六年(1880)《荆州府志》记载：

重九日，蒸糕饮菊酒插茱萸以辟恶，登高览胜。③

民国十年(1921)《湖北通志》记载：

今俗于九日酿重阳酒、造茱萸酱、蒸粉面为糕以相饷遗。士大夫载酒登高，或延宾为赏菊会，庭列数十百盆，层叠相次，谓之菊山。④

民国二十六年(1937)《松滋县志》也有记载：

是日士人登高饮酒，啸咏为乐。⑤

《湖北民俗志》记载了当代湖北地区的重阳节习俗：

---

① 被访谈人：罗胜英，1933年生，农民，不识字，访谈者的舅外婆，松滋市八宝镇大桥村人。访谈者：刘倩。访谈时间：2016年5月3日。访谈地点：松滋市八宝镇大桥村罗胜英家。

② 被访谈人：刘大浩，1962年生，访谈者的大伯，农民，高中学历，松滋市八宝镇东岳村人。黄全峰，1963年生，松滋市委办公室主任，大学学历，松滋市八宝镇东岳村人。访谈者：刘倩。访谈时间：2016年5月4日。访谈地点：松滋市八宝镇东岳村刘大浩家。

③ ［清］倪文蔚、蒋铭勋修，顾嘉蘅、李廷鈸纂《荆州府志》，清光绪六年(1880)刻本，南京：江苏古籍出版社，影印本，2001，卷五第7页。

④ 吕调元、刘承恩修，张仲炘、杨承禧纂《湖北通志》，民国十年(1921)刻本，南京：凤凰出版社，影印本，2010，卷二十一第49页。

⑤ 杨传松修，杨洪纂《松滋县志》，民国二十六年(1937)铅印本，松滋县志编纂委员会办公室，影印本，内部发行，1982，卷五第18页。

每年到了阴历九月九日,人们都佩戴茱萸、外出登高、饮菊花酒以避灾,久而久之,遂演成重阳节习俗。此俗今尚存,近年来,在湖北各地,人们把敬老、娱乐的内容置于重阳节中,使重阳节增加了新的内涵。①

重阳节当日的旧俗得以保留,同时也增添了新的节日内涵。

据熊胜云、唐传淑、罗胜英等几位老人回忆,松滋人以往不太重视九月初九这个节日,但是有"三月三九月九,无事不打江边走"②这样的谚语。熊胜云说:"以前都不过,现在国家经常到那天了宣传一下,敬老。"③如今重阳节又叫敬老节,松滋人在这天会去看望老人,表示尊敬。

(五)春节

春节是中国最隆重的传统节日,荆楚地区也如此。从腊月开始,人们就在为过年忙碌准备着。春节期间有一系列丰富多样的节俗活动,其中的一部分被人们延续保留下来,至今仍在荆楚地区传承着。

先看千余年前《荆楚岁时记》的记载:

> 岁暮,家家具肴蔌,谓宿岁之储,以迎新年。相聚酣饮,请为送岁。④
> (正月初一)于庭前爆竹。⑤
> 长幼皆正衣冠,以次拜贺。⑥

---

① 李德复、陈金安主编《湖北民俗志》,武汉:湖北人民出版社,2002,第491页。
② 被访谈人:熊胜云,1936年生,农民,访谈者的外公,小学识字水平,松滋市八宝镇王家渡村人。唐传淑,1940年生,农民,访谈者的外婆,不识字,松滋市八宝镇王家渡村人。访谈者:刘倩。访谈时间:2016年5月2日。访谈地点:松滋市八宝镇王家渡村熊胜云家。
③ 被访谈人:熊胜云,1936年生,农民,访谈者的外公,小学识字水平,松滋市八宝镇王家渡村人。唐传淑,1940年生,农民,访谈者的外婆,不识字,松滋市八宝镇王家渡村人。访谈者:刘倩。访谈时间:2016年5月2日。访谈地点:松滋市八宝镇王家渡村熊胜云家。
④ [梁]宗懔《荆楚岁时记》,收入"风土丛书",姜彦稚辑校,长沙:岳麓书社,1986,第57页。
⑤ [梁]宗懔《荆楚岁时记》,收入"风土丛书",姜彦稚辑校,长沙:岳麓书社,1986,第1页。
⑥ [梁]宗懔《荆楚岁时记》,收入"风土丛书",姜彦稚辑校,长沙:岳麓书社,1986,第2页。

再看清同治八年(1869)《松滋县志》的记载：

> 除夕,贴桃符,写春联。祀神及祖先毕,尊卑序饮,曰团年酒。是夜爆竹声达旦,少长不寐以守岁。①
>
> 正月元日,夙兴,长幼以序拜祖先上下神祇,子弟拜尊长,饮屠苏酒,然后里人更相造拜,市皆阖户。是日不洒扫,取蓄藏也。朔之三日,爇楮币,送祖先,祭门神。②

民国十年(1921)《湖北通志》中也记载：

> 今俗除日作炊必备数日之餐,谓之压甑饭,亦曰隔年陈,即宿岁饭。特不弃街衢,掷屋扉耳。是日具酒馔祀先毕,阖家聚食。③
>
> 今通以纸印二神像贴门扉,谓之门神。无悬索者,画鸡仙木桃棒亦罕用。④

《湖北省志·民俗》中记载湖北现代春节习俗的传承：

> 祭祖敬神之后,摆上丰盛的筵席,全家老小围坐一起,举杯痛饮,品尝佳肴,互相祝愿。⑤

下面是《湖北民俗志》的当代记载：

---

① [清]吕缙云、李勖修,罗有文、朱美燮纂《松滋县志》,清同治八年(1869)刻本,南京：江苏古籍出版社,影印本,2001,卷一第43页。
② [清]吕缙云、李勖修,罗有文、朱美燮纂《松滋县志》,清同治八年(1869)刻本,南京：江苏古籍出版社,影印本,2001,卷一第41页。
③ 吕调元、刘承恩修,张仲炘、杨承禧纂《湖北通志》,民国十年(1921)刻本,南京：凤凰出版社,影印本,2010,卷二十一第51页。
④ 吕调元、刘承恩修,张仲炘、杨承禧纂《湖北通志》,民国十年(1921)刻本,南京：凤凰出版社,影印本,2010,卷二十一第43页。
⑤ 湖北省地方志编纂委员会编《湖北省志·民俗》,武汉：湖北人民出版社,2002,第225页。

过年之俗,据说与古代驱妖逐怪有关。传说古代有一种叫"年"的山鬼,每年阴历腊月三十晚上出山到村里伤害村民、牲畜,人们只好关上大门躲在家里。后来,人们发现"年"有三怕,即怕火光、怕声响、怕红色。于是,人们便于三十晚上,在大门口贴上红对联,在家门口烧起篝火,在篝火中燃烧竹竿,发出"噼里啪啦"的声响。"年"来后,见村中火光闪闪,爆竹声震耳欲聋,家家门上红色刺眼,便扭头逃回山里去了。①

春节时,家家户户在两扇大门上贴门神像,以辟邪驱魔,招财进宝,保一家平安,是过春节的一项习俗。②

荆楚地区的人民在共庆团圆的同时,将这些过年习俗较为完整地保留了下来。老一辈农民还记得旧时松滋地区春节习俗很多,腊月二十四小年开始,打糕码元,为过年做准备:

> 那以前的年货,不是什么东西都是买来的,是自己在屋里做的,杀猪宰羊,都是在小年。等到三十除夕,就一起团年。以前都是在三十打扫卫生的,现在演变了,都是在三十以前就把卫生打扫干净,腊月三十晚上就团年,团年之后就去纪念老人。③

老一辈人在除夕夜要"出行"。熊胜云解释说:"出行就是找三根芝麻杆子,扎一个发火的发把,在上头烧纸,再就放鞭炮,等于是除旧岁。出行完了进屋跟家神菩萨拜年,那时候屋里都供了有家神的。"④新中国成立

---

① 李德复、陈金安主编《湖北民俗志》,武汉:湖北人民出版社,2002,第442页。
② 李德复、陈金安主编《湖北民俗志》,武汉:湖北人民出版社,2002,第443页。
③ 被访谈人:刘大浩,1962年生,访谈者的大伯,农民,高中学历,松滋市八宝镇东岳村人。黄全峰,1963年生,松滋市委办公室主任,大学学历,松滋市八宝镇东岳村人。访谈者:刘倩。访谈时间:2016年5月4日。访谈地点:松滋市八宝镇东岳村刘大浩家。
④ 被访谈人:熊胜云,1936年生,农民,访谈者的外公,小学识字水平,松滋市八宝镇王家渡村人。唐传淑,1940年生,农民,访谈者的外婆,不识字,松滋市八宝镇王家渡村人。访谈者:刘倩。访谈时间:2016年5月2日。访谈地点:松滋市八宝镇王家渡村熊胜云家。

后,"出行"的习俗逐渐在松滋消失,人们的春节过得更加简洁,三十以团年、守岁和祭拜祖先为主要活动,除此之外,还有踩高跷、划旱船、跳狮子、打莲花落子、贴春联①。正月初一开始出门拜年,互贺新春。"初一、初二拜年,初一拜父母,拜男方父母,初二拜女方父母。这个拜过以后,初三就可以走亲访友了。"②

二、宇宙观知识传承现状

从田野调查看,《荆楚岁时记》中记载的农业生产民俗和农民生活大都传承下来,不过也有很多民俗都发生了变化,或者完全消失了,以下重点以《荆楚岁时记》记载较多的岁首与岁尾民俗说明。

(一)正月节日饮食习俗

《荆楚岁时记》中记载了相当丰富的正月农闲时期的农民生活民俗,如正月一日的农民日常活动,除了上面提到的几种外,还有以下活动,现在或消失,或传承:

> 进椒柏酒,饮桃汤。进屠苏酒,胶牙饧,下五辛盘。进敷于散,脚却鬼丸。各进一鸡子。造桃板著户,谓之仙木。③

> 熬麻子、大豆,兼糖散之。④

---

① 被访谈人:刘大浩,1962年生,访谈者的大伯,农民,高中学历,松滋市八宝镇东岳村人。黄全峰,1963年生,松滋市委办公室主任,大学学历,松滋市八宝镇东岳村人。访谈者:刘倩。访谈时间:2016年5月4日。访谈地点:松滋市八宝镇东岳村刘大浩家。

② 被访谈人:刘大浩,1962年生,访谈者的大伯,农民,高中学历,松滋市八宝镇东岳村人。黄全峰,1963年生,松滋市委办公室主任,大学学历,松滋市八宝镇东岳村人。访谈者:刘倩。访谈时间:2016年5月4日。访谈地点:松滋市八宝镇东岳村刘大浩家。

③ [梁]宗懔《荆楚岁时记》,收入"风土丛书",姜彦稚辑校,长沙:岳麓书社,1986,第2页。

④ [梁]宗懔《荆楚岁时记》,收入"风土丛书",姜彦稚辑校,长沙:岳麓书社,1986,第5页。

>　帖画鸡,或斫镂五采及土鸡于户上,悬苇索于其上,插桃符其傍,百鬼畏之。①

>　又以钱贯系杖脚,回以投粪扫上,云"令如愿"。②

上述习俗,在后世的荆楚地方志中,几乎找不到相关记录。《湖北民俗志》中提到了绛囊丸药、门户挂鸡的传说,但也表示"此俗今已不存"③。

正月七日是人日,据《荆楚岁时记》记载:

>　以七种菜为羹。剪彩为人,或镂金薄为人,以贴屏风,亦戴之头鬓。又造华胜以相遗。登高赋诗。④

此俗后来一直流传,至清代地方志仍有记载。例如,清康熙二十四年(1685)《荆州府志》:

>　人日剪彩为人,贴屏风上,亦戴之头鬓。董勋曰:"像人入新年,形容改,从新也。"⑤

清光绪六年(1880)《荆州府志》:

>　人日以七种菜为羹,剪彩为花胜以相遗,此节明代诸藩宫中作

---

① [梁]宗懔《荆楚岁时记》,收入"风土丛书",姜彦稚辑校,长沙:岳麓书社,1986,第6页。
② [梁]宗懔《荆楚岁时记》,收入"风土丛书",姜彦稚辑校,长沙:岳麓书社,1986,第8页。
③ 李德复、陈金安主编《湖北民俗志》,武汉:湖北人民出版社,2002,第445、451页。
④ [梁]宗懔《荆楚岁时记》,收入"风土丛书",姜彦稚辑校,长沙:岳麓书社,1986,第9页。
⑤ [清]郭茂泰等修,胡在恪纂《荆州府志》,清康熙二十四年(1685)刻本,南京:江苏古籍出版社,影印本,2001,卷五第4页。

之,士民家不然。①

但到了民国时期和当代,在当地地方志中就再也找不到对"人日"习俗的记录了。

(二) 节日信仰习俗

荆楚地区正月十五日的传统信仰习俗较多,主要有祀门户、祭蚕神和迎紫姑②。《荆楚岁时记》对这些习俗都有记载。从文献与口头资料看,这些信仰习俗的后世变迁如下:

1. 祀门户

"祀门户"的信仰,清康熙二十四年(1685)的《荆州府志》中记载:

> 望日祭门,先以杨插门,随杨枝所指,仍以酒脯及膏粥插箸而祭之。③

其余年代的地方志中没有谈及此俗。

2. 祭蚕神

民国十年(1921)《湖北通志》还提到过"祭蚕神"的信仰习俗:

> 作豆糜加油膏,今惟随州志云有此俗,他县则通于是日屑糯米为粉团食之,谓之元宵果,一名元宵团,无复以豆粥供者。④

---

① [清]叶仰高修,来谦鸣、施廷枢纂《荆州府志》,清乾隆二十二年(1757)刻本,武汉:湖北人民出版社,影印本,2002,卷十七第3页。

② [梁]宗懔《荆楚岁时记》,收入"风土丛书",姜彦稚辑校,长沙:岳麓书社,1986,第15—18页。

③ [清]郭茂泰等修,胡在恪纂《荆州府志》,清康熙二十四年(1685)刻本,南京:江苏古籍出版社,影印本,2001,卷五第4页。

④ 吕调元、刘承恩修,张仲炘、杨承禧纂《湖北通志》,民国十年(1921)刻本,南京:凤凰出版社,影印本,2010,卷二十一第43页。

但从这条看,以豆粥祭蚕的习俗,在荆楚地区,至民国时期已发生变化,由"豆糜加油膏"变成局部地区流行的糯米粉团。

3. 迎紫姑

"迎紫姑"的信仰习俗在地方志中记录较多,如清乾隆二十二年(1757)《荆州府志》:

> 元夜迎紫姑,卜问农歉。①

民国二十六年(1937)《松滋县志》:

> 元夜迎紫姑,卜问丰歉及尊长寿数,谓之请七姑。②

当代《湖北民俗志》还提到当地有请七姐的习俗,这条资料很珍贵:

> 旧时,请"七姐"之风在湖北有些地方比较流行,此俗今已不存。③

从这些文献看,自《荆楚岁时记》之后,迎紫姑的习俗在荆楚地区又流传了千年以上,直到当代才在某些地方志里中断了记载。但据我们从另一些地方志和田野调查资料中获知,在湖北乌江西交界地带,在湖南、四川、广西一带,民间仍有请七姐的习俗流传,一般用于民间医疗等信仰活动。在晚清和民国时期川东一带对该习俗的记载中还说:"妇女有七姑娘

---

① [清]叶仰高修,来谦鸣、施廷枢纂《荆州府志》,清乾隆二十二年(1757)刻本,武汉:湖北人民出版社,影印本,2002,卷十七第 3 页。
② 杨传松修,杨洪纂《松滋县志》,民国二十六年(1937)铅印本,松滋县志编纂委员会办公室,影印本,内部发行,1982,卷五第 16 页。
③ 李德复、陈金安主编《湖北民俗志》,武汉:湖北人民出版社,2002,第 464 页。

卜,即《岁时记》所谓紫姑神也。"①

4. 其他正月禁忌

从前在松滋,正月期间有各种禁忌,农民熊胜云回忆说:

> 三十的晚上贴关门纸,门背后贴纸,到了初三的晚上就拿出去烧。洗脸水洗澡水,从三十的晚上开始就不能倒在地上,用一个桶装着,到了初三把关门纸一撕一烧,初四的水就可以倒出去了。就是不能得罪地脉龙神,就是地下的神,那三四天里头,要保证它的心情,这也都是听老人讲的。到了初三才能下堰清衣裳,还要三叠纸三炷香插在水边头,这是表示敬水神菩萨,那时候没自来水,不能在屋里清。三十的还有这么个讲究,三十的做了饭,不到初四的早上不能拿米,初四是米的生日,过了初四才能到缸里拿米。②

新中国成立后,这些禁忌习俗逐渐被人们淡忘。正月主要是人们走亲访友、互相拜年的日子。正月十五元宵节是过年的最后一天,松滋人在这一天吃元宵、看花灯。

(三)节日娱乐与相关农业生产生活的计划知识

荆楚地区岁时节日不乏民间娱乐活动,但这些娱乐不是单纯的游戏竞技,而是与传统农业社会中的岁时观念和年度生产生活计划相混合,这种民俗其实就是农民宇宙观的百科知识仓库。以下仍按《荆楚岁时记》的节日排序说明。

---

① 引自《云阳县志》,清咸丰四年刻本和民国二十四年本,详见董晓萍《说话的文化》,北京:中华书局,2002,第 26 页。
② 被访谈人:熊胜云,1936 年生,农民,访谈者的外公,小学识字水平,松滋市八宝镇王家渡村人。唐传淑,1940 年生,农民,访谈者的外婆,不识字,松滋市八宝镇王家渡村人。访谈者:刘倩。访谈时间:2016 年 5 月 2 日。访谈地点:松滋市八宝镇王家渡村熊胜云家。

1. 立春

立春,是春节之后较为重要的一个岁时节日,节俗活动多。《荆楚岁时记》记载:

> 立春之日,悉剪彩为燕戴之。亲朋会宴,啖春饼、生菜。贴"宜春"二字。或错缉为幡胜,谓之春幡。①

除此之外,还有"施钩之戏"②"打毬、秋千之戏"③等娱乐活动。清康熙二十四年(1685)《荆州府志》中尚有记载:

> 立春日悉剪彩为燕戴之,贴宜春字于门,为施钩之戏。以绠作篾缆相胃,绵亘数里,鸣鼓牵之。按公输游楚,为载舟之戏,退则钩之,进则强之,名曰钩强。遂以钩为戏起此。④

民国十年(1921)《湖北通志》中延续记载了打毬、打秋千的习俗,但活动日期已发生了变化:

> 打毬乃儿童游戏之常,不必定在寒食。《麻城志》言,寒食架秋千。此盖旧习。谷城人则于上元为之,他邑无闻。⑤

《湖北省志》之《民俗卷》对立春日的迎春生活习俗有如下记载:

---

① [梁]宗懔《荆楚岁时记》,收入"风土丛书",姜彦稚辑校,长沙:岳麓书社,1986,第12页。
② [梁]宗懔《荆楚岁时记》,收入"风土丛书",姜彦稚辑校,长沙:岳麓书社,1986,第13页。
③ [梁]宗懔《荆楚岁时记》,收入"风土丛书",姜彦稚辑校,长沙:岳麓书社,1986,第14页。
④ [清]郭茂泰等修,胡在恪纂《荆州府志》,清康熙二十四年(1685)刻本,南京:江苏古籍出版社,影印本,2001,卷五第4页。
⑤ 吕调元、刘承恩修,张仲炘、杨承禧纂《湖北通志》,民国十年(1921)刻本,南京:凤凰出版社,影印本,2010,卷二十一第45页。

长期以来,湖北农村形成了一些立春习俗。接春,或称迎春。旧时,是日,家家户户在香案上摆上茶叶、豆类、芝麻、谷麦种子,在瓶中插上梅花或常青树枝,贴"宜春"、"迎春接福"等帖子,以迎接春天的到来。此外,还给天地敬香、望门外磕头,祈求当年风调雨顺,五谷丰收。①

立春日中的游艺活动,如拔河、踢球、秋千,已不限于立春当天,现在成为荆楚地区常年进行的民间体育和民间游戏种类。

2. 社日

社日是人们祭祀社神、祈求丰年的日子。《荆楚岁时记》记载:

社日,四邻并结综合社,牲醪,为屋于树下,先祭神,然后飨其胙。②

清乾隆二十二年(1757)《荆州府志》记载:

社日,村农醵钱祀社神,街市各坊,建醮演戏,每岁二月初二、八月初二,皆然。即春祈秋报之意。③

民国十年(1921)《湖北通志》将《风土记》与民国记载做对比,对长期传承的社日民俗和发生的变迁都有不同程度的记录,如下面谈到祭祀社神的"旧俗"和今俗:

---

① 湖北省地方志编纂委员会编《湖北省志·民俗》,武汉:湖北人民出版社,2002,第227页。
② [梁]宗懔《荆楚岁时记》,收入"风土丛书",姜彦稚辑校,长沙:岳麓书社,1986,第23页。
③ [清]叶仰高修,来谦鸣、施廷枢纂《荆州府志》,清乾隆二十二年(1757)刻本,武汉:湖北人民出版社,影印本,2002,卷十七第4页。

《风土记》云：荆楚于社日以猪羊肉调和其饭，谓之社饭，以葫芦盛之相遗于人，以敦故旧之情。今施郡人亦多作社饭社米饷亲故，其饭亦蒿和米杂肉糜炊之，盖旧俗也。结综社会牲醪者谓四邻皆出牲醪，综合以为会。长阳志言社神生日，每家出酒肉合席聚饮，即其遗制。惟社必逢戊，今则通于二月二日祀之。秋社或于八月二日，或九月重阳或十月朔日，各县初不尽同。①

当代《荆州地区志》记载：

二月初二，俗称"土地菩萨生日"，八月初二（一说初三和初八）为"土地婆婆生日"。届时乡民"做土地会"，由"土地庙所辖"之村民轮流将土地菩萨接至家中"祝寿"。有求子者，为其做绣花鞋，盖大红头巾并在庙前竖两根桅杆敬香火。春天称"春社"，秋天称"秋社"，有春祈秋报之意。上述习俗建国初即消失。②

荆楚地区祭祀社神，原来都在农历二月，以春社为主，后来又有了秋社。祭祀的对象，原来是社神，男性；后来又有了社神之妻，女性。社神还与佛祖菩萨组合，人称"土地菩萨"，负责土地管理和人口管理。当被问到二月二的习俗和传说时，一些七八十岁的老人家比较了解，出生于20世纪五六十年代的几位访谈对象却表示没有或很少听过此节日。据农民罗胜英回忆，农历二月初二为土地公的生日："你在哪里生的，在哪里长大的，就属于什么土地，要庆土地公的生日。"③ 庆贺的方式，主要是在各地的土地屋边，

---

① 吕调元、刘承恩修，张仲炘、杨承禧纂《湖北通志》，民国十年（1921）刻本，南京：凤凰出版社，影印本，2010，卷二十一第45页。
② 荆州地区地方志编纂委员会编《荆州地区志》，北京：红旗出版社，1995，第814页。
③ 被访谈人：罗胜英，1933年生，农民，不识字，访谈者的舅外婆，松滋市八宝镇大桥村人。访谈者：刘倩。访谈时间：2016年5月3日。访谈地点：松滋市八宝镇大桥村罗胜英家。

人们拿着香纸,用两个碗装着鸡蛋茶,去敬香、磕头,参拜土地公。① 农民老夫妇熊胜云和唐传淑对另一种祭拜方式印象更为深刻:在二月初二这天,由道士和尚在庙宇祠堂里做法事,人们去庙里参拜,打醮演戏,为土地公庆贺生辰②。社神管理人口,自然也管理婚俗。荆楚人家办喜事,都要到土地神面前磕头,罗胜英回忆:

> 哪家生了孩子,就敬土地,给土地磕头,也是敬鸡蛋茶,有的是插旗子,还有的就给土地扯块布,戴在土地头上。③

人们用这种方式表示对土地公公的感谢和崇敬。熊胜云和唐传淑表示,大年三十也要敬土地老爷,给土地敬茶敬酒,供奉牺牲祭品,以求土地保佑。从大年三十一到正月十五,要按"早四晚三"的频率打磬,取"亲戚平安"之意,这也是敬土地爷的一种仪式。④

这些习俗一般流行于新中国成立前,新中国成立后这些习俗在松滋逐渐消失,知道的人越来越少,但也有个别信仰土地神的老人家会在二月二这天拜土地,给土地上香磕头以求保佑。

3. 佛祖生辰

农历二月八日,传说为佛祖生辰,也有的说法是在农历四月初八。《荆楚岁时记》记载:

---

① 被访谈人:罗胜英,1933年生,农民,不识字,访谈者的舅外婆,松滋市八宝镇大桥村人。访谈者:刘倩。访谈时间:2016年5月3日。访谈地点:松滋市八宝镇大桥村罗胜英家。
② 被访谈人:熊胜云,1936年生,农民,访谈者的外公,小学识字水平,松滋市八宝镇王家渡村人。唐传淑,1940年生,农民,访谈者的外婆,不识字,松滋市八宝镇王家渡村人。访谈者:刘倩。访谈时间:2016年5月2日。访谈地点:松滋市八宝镇王家渡村熊胜云家。
③ 被访谈人:罗胜英,1933年生,农民,不识字,访谈者的舅外婆,松滋市八宝镇大桥村人。访谈者:刘倩。访谈时间:2016年5月3日。访谈地点:松滋市八宝镇大桥村罗胜英家。
④ 被访谈人:熊胜云,1936年生,农民,访谈者的外公,小学识字水平,松滋市八宝镇王家渡村人。唐传淑,1940年生,农民,访谈者外婆,不识字,松滋市八宝镇王家渡村人。访谈者:刘倩。访谈时间:2016年5月2日。访谈地点:松滋市八宝镇王家渡村熊胜云家。

二月八日,释氏下生之日,迦文成道之时。信舍之家,建八关斋戒,车轮宝盖、七变八会之灯。至今二月八日平旦,执香花绕城一匝,谓之行城事。①

在后世地方志中,唯有民国十年(1921)《湖北通志》提到此俗:

每值会期,数百里外皆络绎奔赴,填山塞谷,争相朝谒。楚人信鬼而好祀,盖至今犹然矣。②

其余方志均没有提到。在松滋市,几位被访谈人也没有提到这个节日,都说在二月初八这天没有进行相关的活动。

4. 上巳
农历三月三日是上巳节,据《荆楚岁时记》对当日活动的记载:

士民并出江渚池沼间,为流杯曲水之饮。③
是日,取鼠曲汁和为粉,谓之龙舌䉽,以厌时气。④

到清代,上巳节的节俗内容有所增加,清乾隆二十二年(1757)《荆州府志》记载,人们在这一天悬挂荠菜、放风筝、踏青泛舟。

上巳,悬荠菜于门。荆人好作风鸢之戏,谚云杨柳青放风筝。是

---

① [梁]宗懔《荆楚岁时记》,收入"风土丛书",姜彦稚辑校,长沙:岳麓书社,1986,第21页。
② 吕调元、刘承恩修,张仲炘、杨承禧纂《湖北通志》,民国十年(1921)刻本,南京:凤凰出版社,影印本,2010,卷二十一第44页。
③ [梁]宗懔《荆楚岁时记》,收入"风土丛书",姜彦稚辑校,长沙:岳麓书社,1986,第26页。
④ [梁]宗懔《荆楚岁时记》,收入"风土丛书",姜彦稚辑校,长沙:岳麓书社,1986,第28页。

日游人踏青泛舟,东至白云塔,西至龙山太晖观,看花修禊,登山临水,亦一胜游也。①

到了民国,这些习俗发生了变化,只留下划龙舟,未见其他。如民国十年(1921)《湖北通志》记载:

《拾遗记》云,江汉之民至暮春上巳之日,禊集招祇之祠,或结五色纱囊,盛食沉于波中以食蛟龙,水虫畏之,不敢侵食也。此亦禊饮之事。龙舌料或即所以食蛟龙者。②

到现代,曲水流觞、做龙舌料的习俗消失,反而放风筝和踏青的习俗仍有流传。《湖北民俗志》记载:

旧时人们于上巳节时,在河流、溪水转弯处放置酒杯,让其顺流而下,酒杯停在谁的面前,就由谁取饮,谓之"流觞"。此俗今已不存。③

《湖北省志·民俗》记载:

是日,男女老少结伴而出,游山玩水。文人骚客舞文弄墨,赋诗作画。少男少女追逐嬉戏,尽兴欢乐。并在这天放风筝,进行比赛。④

清明节的时间与三月三相近,人们很重视,但对上巳节的印象已经淡

---

① [清]叶仰高修,来谦鸣、施廷枢纂《荆州府志》,清乾隆二十二年(1757)刻本,武汉:湖北人民出版社,影印本,2002,卷十七第5页。
② 吕调元、刘承恩修,张仲炘、杨承禧纂《湖北通志》,民国十年(1921)刻本,南京:凤凰出版社,影印本,2010,卷二十一第45页。
③ 李德复、陈金安主编《湖北民俗志》,武汉:湖北人民出版社,2002,第485页。
④ 湖北省地方志编纂委员会编《湖北省志·民俗》,武汉:湖北人民出版社,2002,第215页。

漠,不再有相关的习俗活动记录。

5. 寒食

据《荆楚岁时记》记载:

> 去冬至节一百五日,即有疾风甚雨,谓之寒食。禁火三日,造饧大麦粥。①

传说寒食禁火的习俗与介之推有关,在本地清代民国地方志中,对这种寒食禁火习俗提及不多,但转向清明祭祖习俗。清乾隆二十二年(1757)《荆州府志》记载:

> 清明祀先祖,男女挈榼相望,绮纨角胜,歌哭迭应,楮钱满陌,更以纸幡标坟头以识之,多寡识子孙之盛衰。②

民国二十六年(1937)《松滋县志》记载:

> 清明祀先祖,以纸幡标坟垄。楮钱满陌,歌哭迭闻。前后三日修墓,谓无禁忌,惟清明日忌扫墓。③

20世纪80年代发行的《松滋县志》记载:

> 三月清明祭祖。旧俗除焚香烧纸外,另在坟上插上纸幡。清明

---

① [梁]宗懔《荆楚岁时记》,收入"风土丛书",姜彦稚辑校,长沙:岳麓书社,1986,第23页。
② [清]叶仰高修,来谦鸣、施廷枢纂《荆州府志》,清乾隆二十二年(1757)刻本,武汉:湖北人民出版社,影印本,2002,卷十七第5页。
③ 杨传松修,杨洪纂《松滋县志》,民国二十六年(1937)铅印本,松滋县志编纂委员会办公室,影印本,内部发行,1982,卷五第17页。

前后三日都可以修墓,清明这一天则不能动土。①

2002年出版的《湖北民俗志》记载:

　　古时,寒食节与清明节日期相近,寒食节的一些民俗活动往往延续至清明,久而久之,寒食节和清明节混在一起,清明节也就成了民间祭祀祖宗、踏青游玩的一个节日。②

2002年同年出版的《湖北省志·民俗》记载:

　　寒食节在清明节的前一天,旧时此日人们不生火,吃冷食。据说这一习俗是为了纪念春秋时代的介之推。相传春秋时代,晋国公子重耳在流亡途中,贫病交加,介之推割下自己腿上的肉熬汤给他喝,使其渡过了难关。后来重耳回国做了国君,即晋文公,封赏随他流亡的重臣时,唯独忘了介之推。介之推便归隐故里,后为避晋文公背母进山躲藏,晋文公为感恩,久寻不见,便下令烧山,逼他出来,以为他这个孝子一定会出山,谁知介之推与母"抱木而烧死",终不肯出。晋文公为了纪念他,便下令每年这一天全国禁止烟火,家家吃冷食。所以这天叫寒食节,又叫禁烟节。此俗现今已无,唯节日观念还保存着。③

与地方志中记载的情况相似,清明祭祖是松滋人民长久以来遵循的传统习俗。被访谈的农民都提到,到清明这一天,松滋人一定要"扫墓插

---

① 湖北省松滋县志编纂委员会编《松滋县志》,湖北省松滋县印刷厂,内部发行,1986,第702页。
② 李德复、陈金安主编《湖北民俗志》,武汉:湖北人民出版社,2002,第500页。
③ 湖北省地方志编纂委员会编《湖北省志·民俗》,武汉:湖北人民出版社,2002,第217页。

青,纪念祖先"①。

6. 浴佛节

《荆楚岁时记》记载:

> 四月初八,诸寺各设斋,以五色香汤浴佛,共作龙华会,以为弥勒下生之征也。②

荆楚地区人民相传于这天"迎八字之佛于金城,设幡幢鼓吹,以为法乐"③,"长沙寺阁下有九子母神。是日,市肆之人无子者,供养薄饼以乞子,往往有验"④。在后世的地方志中,四月八日浴佛多有记载,而八字之佛、九子母神的说法,却几乎消失。清乾隆二十二年(1757)《荆州府志》记载:

> 四月八日浴佛,寺刹作龙华会。⑤

民国时期,浴佛节的习俗有了新的变化,佛祖生日与驱逐虫害联系到了一起。民国十年(1921)《湖北通志》记载:

> 近各邑作浴佛会,多以南烛叶渍米为饭供之,谓之青精饭,亦曰乌米饭。寺僧亦作以饷檀越,谓之送福,盖旧典也。是日人家以红纸

---

① 被访谈人:熊胜云,1936年生,农民,访谈者的外公,小学识字水平,松滋市八宝镇王家渡村人。唐传淑,1940年生,农民,访谈者的外婆,不识字,松滋市八宝镇王家渡村人。访谈者:刘倩。访谈时间:2016年5月2日。访谈地点:松滋市八宝镇王家渡村熊胜云家。
② [梁]宗懔《荆楚岁时记》,收入"风土丛书",姜彦稚辑校,长沙:岳麓书社,1986,第30页。
③ [梁]宗懔《荆楚岁时记》,收入"风土丛书",姜彦稚辑校,长沙:岳麓书社,1986,第30页。
④ [梁]宗懔《荆楚岁时记》,收入"风土丛书",姜彦稚辑校,长沙:岳麓书社,1986,第30页。
⑤ [清]叶仰高修,来谦鸣、施廷枢纂《荆州府志》,清乾隆二十二年(1757)刻本,武汉:湖北人民出版社,影印本,2002,卷十七第6页。

书俚语,交加贴壁间,或以黄色纸书佛字,谓之嫁毛虫,亦云嫁毛娘。不知何始,而竟成通俗。①

民国二十六年(1937)《松滋县志》记载:

相传以四月八日嫁毛娘,剪纸条作十字形粘壁间,书四语云:佛生四月八,毛娘今日嫁,嫁到山中去,永远不归家。不解何意。②

到现代,"嫁毛虫"的习俗已不见记载,但还有"浴佛"的习俗,见《湖北省志·民俗》:

浴佛节是农历四月初八。相传这天是释迦牟尼的生日。为了纪念佛祖的生日,这天佛寺诵经,并用香水擦洗佛像。故此日称"浴佛节"。是日,僧侣们还精制青精饭相互赠送,此称"浴佛会"。在民间,这一天人们打扫积尘,用黄纸书写一个大"佛"字贴于墙壁,以祈佛避灾降福。③

从田野调查看,对于浴佛节,被访谈农民都表示此俗不存。

7. 夏至

在《荆楚岁时记》中,食粽原本为夏至习俗,屈原投江的故事也发生在夏至,但在当地明清地方志的记载中,屈原投江的故事和食粽习俗都与端午节合并在了一起。清康熙二十四年(1685)《荆州府志》记载:

---

① 吕调元、刘承恩修,张仲炘、杨承禧纂《湖北通志》,民国十年(1921)刻本,南京:凤凰出版社,影印本,2010,卷二十一第46页。
② 杨传松修,杨洪纂《松滋县志》,民国二十六年(1937)铅印本,松滋县志编纂委员会办公室,影印本,内部发行,1982,卷五第17页。
③ 湖北省地方志编纂委员会编《湖北省志·民俗》,武汉:湖北人民出版社,2002,第217页。

> 五日以竹筒贮米投于水,以祭三闾大夫,盖用沿于楝叶五丝为蛟龙所惮之说,故后人作粽焉。①

此说延续下来,民俗信仰也跟着传承,当代《湖北省志·民俗》记载:

> 相传吃粽子也是为了纪念屈原。楚人为了不使鱼虾食屈原,就把粽子投入河中让鱼食之,以保全屈原的尸骨。但也有说,把粽子投入河中是给屈原吃。后来,每逢端午,人们就不再把粽子投入河中,而是自己吃掉,以示对屈原的纪念。②

在松滋地区,吃粽子的习俗发生在端午节,传说是为了保全屈原的尸骨不被鱼食。而夏至仅代表一个农业节气,没有相关的民俗活动。

8. 冬至和腊日

十一月冬至日,《荆楚岁时记》记载荆楚地区人民有"作赤豆粥"的习俗,民国十年(1921)《湖北通志》记载:

> 近此俗无复沿袭者矣,然各属颇重此节,里党群相拜贺。③

此后鲜有记录。

农历十二月八日为腊日,据《荆楚岁时记》记载,荆楚地区腊日有击鼓逐疫、祭祀灶神的习俗。民国十年(1921)《湖北通志》记载:

---

① [清]郭茂泰等修,胡在恪纂《荆州府志》,清康熙二十四年(1685)刻本,南京:江苏古籍出版社,影印本,2001,卷五第4页。
② 湖北省地方志编纂委员会编《湖北省志·民俗》,武汉:湖北人民出版社,2002,第219页。
③ 吕调元、刘承恩修,张仲炘、杨承禧纂《湖北通志》,民国十年(1921)刻本,南京:凤凰出版社,影印本,2010,卷二十一第50页。

逐疫即古傩礼，今各俗相沿，制多不同。有于新正及立春前数日为之者，有春秋再举，或于端午前后里党相赛者。①

逐疫习俗在当代慢慢消失，击鼓习俗也多有变化。1995年出版的《荆州地区志》记载：

腊月初八，农民在村头击鼓作戏，谓之"击鼓催春"，所谓"腊鼓鸣，春草生"，京山农村尤重此俗。今多以此日送肥下田替代。②

在清代地方志的记载中，荆楚民间在腊日还有吃腊八粥的习俗，此俗延续至今。清同治八年（1869）《松滋县志》记载：

腊八日调粥名腊八粥，以竹枝扫舍宇。③

当代《湖北省志·民俗》记载：

旧时，每年到了阴历十一月，各寺庙僧尼便走街串巷，托钵沿门募化"腊八米"。到了阴历腊月初八这天，各寺庙用大米及各种杂粮煮"腊八粥"供佛和自食，有些信佛之人，到寺庙中进香礼佛，取回供佛之粥让家人食用，以祈福弥灾。民间也有不少人于是日煮腊八粥，阖家聚食，或者馈赠亲友邻里。④

---

① 吕调元、刘承恩修，张仲炘、杨承禧纂《湖北通志》，民国十年（1921）刻本，南京：凤凰出版社，影印本，2010，卷二十一第50页。
② 荆州地区地方志编纂委员会编《荆州地区志》，北京：红旗出版社，1995，第819页。
③ [清]吕缙云、李勗修，罗有文、朱美燮纂《松滋县志》，清同治八年（1869）刻本，南京：江苏古籍出版社，影印本，2001，卷一第43页。
④ 湖北省地方志编纂委员会编《湖北省志·民俗》，武汉：湖北人民出版社，2002，第494页。

祭灶的习俗在各地方志的记录中,多见于腊月二十三或二十四日,而不在腊日。清康熙二十四年(1685)《荆州府志》记载:

> 二十四日俗号为小年,人家悉以竹枝扫户宇,更易桃符,夜具酒馔果饵祀灶。①

民国十年(1921)《湖北通志》记载:

> 祀灶则各属皆于小除日或廿三日举行,先以竹枝扫户宇,弃其尘垢于道旁,谓之送穷。至夜,陈果饵及饧并具刍豆,焚疏祭之饧以胶神牙。刍豆祠神谓之送司命,亦曰醉司命,无用腊八日者。②

民国二十六年(1937)《松滋县志》记载:

> 廿四日为小年,以竹枝扫户宇,谓之打唐尘。前一夜具酒茗祀灶神。③

至此有的说法是小年夜祭灶,也有说法是小年夜前一晚祭灶,当代比较盛行的是前一种,《湖北省志·民俗》记载:

> 是日晚,家家户户点灶灯,供茶果,在灶前焚香磕头。传说,这天灶王爷上天奏事,主户祈求灶神在玉帝面前多多美言,以保下界清泰平安,降福于民,即"上天言好事,回宫降吉祥"。④

---

① [清]郭茂泰等修,胡在恪纂《荆州府志》,清康熙二十四年(1685)刻本,南京:江苏古籍出版社,影印本,2001,卷五第 5 页。
② 吕调元、刘承恩修,张仲炘、杨承禧纂《湖北通志》,民国十年(1921)刻本,南京:凤凰出版社,影印本,2010,卷二十一第 50 页。
③ 杨传松修,杨洪棻《松滋县志》,民国二十六年(1937)铅印本,松滋县志编纂委员会办公室,影印本,内部发行,1982,卷五第 18 页。
④ 湖北省地方志编纂委员会编《湖北省志·民俗》,武汉:湖北人民出版社,2002,第 224 页。

松滋地区如今没有保留冬至和腊日的相关习俗，在以往的传统中，祭祀灶神也发生在腊月二十四小年夜，祭祀的方式是"点锅灯"，农民熊胜云介绍道：

> 在锅里点个灯，保佑人一年上头眼睛明亮些的，这是敬司命公和司命菩萨，锅灯是从二十四的一直点到正月十五的。①

司命也就是松滋民间灶神的一种称谓。新中国成立后，祭灶的习俗在松滋地区地方志中记载不多。

三、宇宙观知识的变迁

《荆楚岁时记》有正月送穷的故事：

> 《金谷园记》云：高阳氏子廋约，好衣敝食糜。人作新衣与之，即裂破，以火烧穿着之，宫中号曰"穷子"。正月晦日巷死。今人作糜，弃破衣，是日祀于巷，曰"送穷鬼"。②

后世地方志中鲜有提及此故事者，唯当代《湖北民俗志》有记载：

> 有些地方在阴历正月初五，人们敬过财神菩萨之后，剪一纸人弃之于门外。有些地方则于阴历正月下旬，将屋内打扫出的尘土垃圾弃之于水中，以此送出穷鬼，求得富裕。此俗今已不存。③

---

① 被访谈人：熊胜云，1936年生，农民，访谈者的外公，小学识字水平，松滋市八宝镇王家渡村人。唐传淑，1940年生，农民，访谈者的外婆，不识字，松滋市八宝镇王家渡村人。访谈者：刘倩。访谈时间：2016年5月2日。访谈地点：松滋市八宝镇王家渡村熊胜云家。
② [梁]宗懔《荆楚岁时记》，收入《风土丛书》，姜彦稚辑校，长沙：岳麓书社，1986，第21页。
③ 李德复、陈金安主编《湖北民俗志》，武汉：湖北人民出版社，2002，第443页。

正月夜驱逐鬼鸟,也是南朝荆楚地区的传统故事,故事中的女主人公被称为"天地女",民俗学者将她的故事归为"天鹅处女型"。

按《玄中记》云:"此鸟名姑获,一名天地女,一名隐飞鸟,一名夜行游女,一名钩星。衣毛为鸟,脱毛为女,好取人女子养之。有小儿之家,即以血点其衣以为志,故世人名为鬼鸟。荆州弥多。"斯言信矣。姑获夜鸣,闻则揿耳。①

据《荆楚岁时记》的文本,女主人公还被称为"获谷"。

四月也,有鸟名获谷,其名自呼。农人候此鸟,则犁杷上岸。②

阴历五月是传说中的恶月,《荆楚岁时记》中提到"忌曝床荐席,及忌盖屋"③,并记载了"小儿失之"的故事:

《异苑》云:"新野庾澄寔,尝以五月曝席,忽见一小儿死在席上,俄而失之,其后寔子遂亡。"④

此故事在地方志中少有提及。

农历六月习俗不多,《荆楚岁时记》中记载"六月伏日,并作汤饼,名为辟恶饼":

---

① [梁] 宗懔《荆楚岁时记》,收入"风土丛书",姜彦稚辑校,长沙:岳麓书社,1986,第19页。
② [梁] 宗懔《荆楚岁时记》,收入"风土丛书",姜彦稚辑校,长沙:岳麓书社,1986,第29页。
③ [梁] 宗懔《荆楚岁时记》,收入"风土丛书",姜彦稚辑校,长沙:岳麓书社,1986,第33页。
④ [梁] 宗懔《荆楚岁时记》,收入"风土丛书",姜彦稚辑校,长沙:岳麓书社,1986,第33页。

何晏以伏日食汤饼,取巾拭汗,面色皎然,乃知非傅粉。①

清康熙二十四年(1685)《荆州府志》写了"汤饼",也称作"辟恶饼":

> 伏日作汤饼,食名为辟恶饼。②

民国十年(1921)《湖北通志》中又出现了"汤饼""辟恶"的字样:

> 其伏日作汤饼辟恶惟蕲州、安陆二志尚有此说。③

但在当代地方志中,已无"汤饼"习俗的记录。

阴历八月一日,据《荆楚岁时记》记载,此日点"天灸",可治眼疾,这是一种民间医疗习俗。与之相关的是"华山采药"的故事:

> 弘农邓绍尝以八月旦入华山采药,见一童子执五彩囊承叶上露,皆如珠满囊。绍问:"用此何为?"答曰:"赤松先生取以明目。"言终便失所在。今世人八月旦作眼明袋,此遗象也。或以金薄为之,递相饷焉。④

在后世记录中,此俗日期几经变化,民国十年(1921)《湖北通志》记载:

> 朱水点额今俗于五月端午行之,无用是日者。秋节馈遗皆以菱

---

① [梁]宗懔《荆楚岁时记》,收入"风土丛书",姜彦稚辑校,长沙:岳麓书社,1986,第41页。
② [清]郭茂泰等修,胡在恪纂《荆州府志》,清康熙二十四年(1685)刻本,南京:江苏古籍出版社,影印本,2001,卷五第4页。
③ 吕调元、刘承恩修,张仲炘、杨承禧纂《湖北通志》,民国十年(1921)刻本,南京:凤凰出版社,影印本,2010,卷二十一第47页。
④ [梁]宗懔《荆楚岁时记》,收入"风土丛书",姜彦稚辑校,长沙:岳麓书社,1986,第47页。

藕月饼诸物,好事者更于饼上嵌以五彩花卉,不复作眼明囊。①

《湖北民俗志》记载:

旧时,八月十四日早上,人们用眼明囊盛取百草上的露水洗眼,还将眼明囊作为礼物互相赠送。此俗今已不存。②

关于阴历十月为岁首的历法,在《荆楚岁时记》中仍有记载:

十月朔日,家家为黍臛,俗谓之秦岁首。③

此历法在当地后世地方志中没有找到相关记录。

在松滋地区,以上关于正月送穷、正月逐鬼鸟、四月候获谷鸟、五月"小儿失之"、六月作汤饼、八月"华山采药"的故事,已鲜有现代流传,相关习俗记载很少,在口头传统中也几乎没有得到保留。

四、荆楚地区宇宙观知识系统的一般特征

经过对《荆楚岁时记》和荆楚地区地方志所记载的民俗事象的调查,可以看出荆楚地区传统地方农业生产生活知识传承的一般特征。

《荆楚岁时记》以12月为序,记载传统地方农业生产生活知识,反映了荆楚人民对天人合一、农业生产生活合一的群体认识。我们说这是一套宇宙观知识,就是因为在这套知识系统中,以"天鸟""获鸟""天方"为代

---

① 吕调元、刘承恩修,张仲炘、杨承禧纂《湖北通志》,民国十年(1921)刻本,南京:凤凰出版社,影印本,2010,卷二十一第49页。
② 李德复、陈金安主编《湖北民俗志》,武汉:湖北人民出版社,2002,第490页。
③ [梁]宗懔《荆楚岁时记》,收入"风土丛书",姜彦稚辑校,长沙:岳麓书社,1986,第49页。

表的自然观,与农民的社会观是结合在一起的,自然观社会观互为结构,互相控制。人们年复一年地奉行这种知识,重复这些活动,将传统宇宙观世代传承下来,形成荆楚地区的文化传统。比如中元节的习俗传统到今天仍然十分盛行,松滋地区如今仍有"年小月半大"的说法。五月初五悬艾、饮雄黄酒以辟恶的习俗如今在荆楚地区也有所保留,松滋人"五月初五赶早不得亮,就去有艾蒿的位置割回来,在门上面一边插一根"。《荆楚岁时记》中提到的赛龙舟、食粽等习俗一直延续至今,纪念屈原的故事在荆楚大地广为流传。这种宇宙观知识强化了当地人民的集体信仰和共同情感,也成为荆楚岁时活动继承与发展的强大内在动力。

结 论

千余年前宗懔在书中所记载的文献范围是荆楚地区,而不是全国;所描述的农业生产生活是以汉族为主,兼及当地其他民族,而不是有意识地记录多民族岁时活动史。我们了解这个前提,对于理解这类著述的研究价值和限定都是有意义的。本个案研究的问题尚有以下几点:

第一,在中国传统农业社会中,在农业社会宇宙观框架内所形成的民俗,有不同的分类,包括岁时民俗(solar folklore)、民俗信仰(folk believe)、仪礼民俗(ritual folklore)、民俗节日(folklore festival)和日历节日(calendar festival)等,对此需要区分,并要做仔细的分类研究。

第二,在现代化时期,记载宇宙观知识的历史经典和故事类型正在成为衰落的民俗现象。

第三,宇宙观类文本引用的故事、歌谣和谚语等,在其作品中出现的是作者采集、体验和撰写的信息;在作品后面出现的,是社会信息或社会变迁的信息。

第四,宇宙观类经典名著与故事类型双构有三重意义:一是农民和农业传统知识的意义,二是地方民俗知识的意义,三是故事类型的意义。这种文本传递历史文化要素,也有社会功能。

中编

WENXIAN YU KOUTOU

以民俗学为主的交叉学科研究

/ 定义、分类原则、个案与问题 /

  本书的"中编",把握中国整体文化观,面对我国上中下三层文化互动互渗的长期历史现象,开展民俗学与古典文学、社会学、历史学、宗教学和考古学等多学科的交叉研究。
  本书"中编"研究的主要对象,是历史类、对话类和信仰类的著作。
  历史类,研究经典名著与故事类型的双构中,所能产生真实历史效果的原因。本部分的研究个案是《淮南子》。
  对话类,研究经典名著与故事类型的双构中,以对话体的方式,由故事叙事改变历史叙事结构的过程,经典从此拥有了一种民俗意义上的治理模式。本部分的研究个案是《晏子春秋》和《水浒传》。
  信仰类,研究经典名著与故事类型的双构中,在一种信仰认知的状态下,所搜集到的日常信仰资料。本部分的研究个案是《搜神记》。
  "中编"尝试使用不同文本,从不同角度,考察文献与口头故事转入文化主体化的过程,以及由此产生的社会凝聚力。

第四章　历史类名著故事研究:《淮南子》

美国民俗学者曾提出,印第安人有对历史与故事不加区分的观念①,但《淮南子》②讲历史和故事还不止讲三皇五帝、周武郑王的历史,还讲天地自然、风雨雷电、动物植物、手工技艺、生老病死等各种问题,比印第安人的情况更为复杂。《淮南子》与《山海经》重复的地方很多,共同特点是天地自然、历史与故事合为一体。

第一节　《淮南子》的民俗学与相关学科研究③

《淮南子》全 21 卷,又称《淮南鸿烈》,成书于西汉前期,作者是淮南王刘安及其门客,该著在保存和传承我国传统文化方面具有重要的地位和巨大的学术价值。

本章主要梳理《淮南子》的民俗学与古典文学和其他相关学科交叉研究的要点,从不同学科对《淮南子》的研究入手,搜集、整理《淮南子》的研究成果,并按照上述学科对相关研究成果进行分类。需要说明的是,这种

---

① Peter Berger and Frank Heidemann ed. *The Modern Anthropology of India*, 2013.
② [西汉]刘安撰《淮南子》,陈广忠译注,北京:中华书局,2012。
③ 第四章第一节至第四节的初稿执笔者为高磊。

分类方式存在着一定的交叉,本章主要根据研究者的主要理论视角对相关研究成果进行分类,将以往学者从学科分界的视野下对《淮南子》的研究资料进行搜集、整理和再研究,以期进一步体现《淮南子》文献本身的特点,推进对《淮南子》民俗思想的深入理解。

一、《淮南子》的民俗学研究

运用民俗学的理论与方法研究《淮南子》,要关注作者在这部著作中阐述历史观的三个特点:一是原著使用一套自我命名系统,解释自我文化的历史;二是原著使用一套民俗知识,解释自我文化的范畴;三是原著完整地介绍二十四节气,为了解当时和后世农业社会治理中的施政、农事、祭祀、渔猎、刑法、军事等历史事件和人文活动提供了主要依据。

(一)原著使用一套自我命名系统、解释自我文化的历史

《淮南子》中有大量故事类型讲述人口来源、民族起源和文化起源,这为中华民族的自我识别和社会认同提供了早期依据。值得注意的是,此著还使用了一套带有强烈民俗色彩的命名系统,来为那些创世神灵冠名。作者通过讲述这些命名的来历和它们的创世故事,解释自我文化的历史。钟敬文主编《民间文学作品选》就使用了《淮南子》的这套命名系统,例如,使用了《第六卷 览冥训》中的"女娲补天"和"嫦娥奔月",《第八卷 本经训》中的"羿射十日"和《第十九卷 修务训》中的"神农"[①]。钟敬文使用最多的是《淮南子》"女娲"的叙事,用来从事民俗学的内部研究,创造了女娲个案研究的范例。他在《洪水后兄妹婚再殖人类神话》一文中,以"兄妹婚"和"洪水"两个故事类型为主线,分析《淮南子》作者的历史观:

> 那位补天造人的大女神女娲氏,后来被传为伏羲的妹和妻,

---

① 钟敬文主编《民间文学作品选(第二版)》,北京:高等教育出版社,2010,第3、5、7、8页。

而且为今天有些学者所指实为洪水后卜妹结婚再殖人类的这一类型神话的女主人公的,在《淮南子》(西汉初年著作)中被描写为遭洪水大破坏后的宇宙秩序建立者(包括她用石灰堵塞洪水的活动)。①

这种历史不是真正的历史,而只是一种历史性的叙事,但它能产生很强的凝聚力,能吸引内部文化群体将女娲供奉为民族共同的始祖母。钟敬文从20世纪30年代就注意到《淮南子》的这种能量,他的著名论文《论民族志在古典神话研究上的作用——以〈女娲娘娘补天〉新资料的为例证》,对此讲得很清楚:

仍以《淮南鸿烈》为例证。这书的主旨虽然是效法自然的道家思想,那些参与编纂的人却是富于文采之士,或者说,他们是有文采的道学家。因此,他们笔下的神话、传说,不但渗入道家的种种思想(例如嫦娥的窃药奔月,成为仙人等),而且在许多地方也把它文学化(藻饰化)了。例如关于女娲建立伟大功业之后接着的那一段描述……这些已经够藻饰了。但是下面更加描绘得淋漓尽致。"……(女娲)乘雷车,服驾应龙,骖青虬,援绝瑞,席萝图,黄云络,前白螭,后奔蛇,浮游消摇,道鬼神,登九天,朝帝于灵门,宓穆休于太祖之下……"。②对古典神话研究的首要任务,是从那里去探究和阐明古代人民对自然现象和社会现象的思维、想象(艺术才能)及其所反映的社会、文化的性质、形态等。③

---

① 在这段文字中,钟敬文原注:《淮南子·览冥训》,《淮南鸿烈集解》,商务印书馆,1923年。详见钟敬文《洪水后兄妹婚再殖人类神话》,收入钟敬文《民俗文化学:梗概与兴起》,董晓萍编,北京:中华书局,1996,第232页。
② 钟敬文原注:见《览冥训》。"驾"为衍字。"瑞"应作"应"。高诱注云:"殊绝之瑞应,援而致之也。""萝图",前人注为"车上席",或疑"席"为"饰"字之误。"帝",上帝;"太祖",是"道之太宗"。
③ 钟敬文《钟敬文民间文学论集》(上),上海:上海文艺出版社,1982,第160—161页。

钟敬文认为,要研究《淮南子》,不能只依靠民俗学,还要依靠古典文学去分析这种想象性的思维和历史文化现象。

我们再看《淮南子》,书中所呈现的这种命名式的为自我文化写史的现象还是很普遍的,大体有:① 关于人类起源和日月山川起源的历史性命名与故事,如"女娲补天""共工怒触不周山""嫦娥奔月""后羿射日""大禹治水"等。② 关于历史人物的命名与故事,如"商汤""周文王""周武王""周公旦""姜太公""孔子"等。③ 关于文化起源和文化符号的历史性命名与故事,如"刻舟求剑""麒麟斗日月食""鲸鱼死彗星出""蚕咡丝商弦绝"。④ 关于黄老、道家、天道历史性命名与故事,如"阳燧见日,燃而为火""方诸见月,津而为水""虎啸谷风至""龙举景云属"和"贲星坠勃海决"等。

根据《淮南子》的实际内容,研究它的自我文化历史观,还要开展其他方面的研究。社会治理是自我文化历史的一部分。《淮南子》认为,贤能的君主和臣子能安邦定国,暴虐的君主和奸佞的臣子将使王朝覆灭。《淮南子》为了讲述和说明这样的道理,就以历代君王和臣子的故事为载体,如尧、舜、禹等贤能君主的故事,周公、姜太公等贤达臣子的故事,夏桀、商纣、周幽等暴虐君主的故事等。《淮南子》中《第九卷·主术训》就专门讲君主的治国之道。将《淮南子》中的这类故事从主题上进行分类,主要可以分为"贤君能臣型"和"暴君奸臣型"。

儒释道思想是自我文化的历史成分。仅从道家思想看,《淮南子》是一部以道家思想为主体的典籍,多以故事为载体,阐发道家思想。我国神话具有零碎化的特点,神话分散在不同的典籍之中。《淮南子》中的神话故事与其他典籍相比较,主要的特点就是其中的道家思想色彩。比如,前文提到的《览冥训》讲女娲的故事之后,有这样一番评论:女娲乘坐雷车,驾着应龙,逍遥自在,在鬼神引导下,登上九天,拜见天帝,在大道的祖先旁休息。在刘安及门客们的评述中,把女娲描绘成一位逍遥自在的道家女神,这个故事还显示出将女娲神仙化的倾向。

(二)原著使用一套民俗知识、解释自我文化的范畴

《淮南子》是搜集和贮藏民俗文献的宝库,其内容涉及物质生产、生活

民俗、人生仪礼、民间信仰和民间技艺等一套民俗知识,钟敬文主编的《中国民俗史》(先秦卷)中,借助《淮南子》,对民间造车的知识与技术做了分析。

《淮南子》关于奚仲造车的记载,见《修务训》:

> 昔者仓颉作书,容成造历,胡曹为衣,后稷耕稼,仪狄作酒,奚仲为车,此六人者,皆有神明之道,圣智之迹。①

钟敬文主编《中国民俗史》(先秦卷):

> 制车工艺的出现和迅速发展是机械制造技术上的重大进步。古代文献中多有关于制车技术起源的传说,常见的有黄帝造车和奚仲作车两说。……战国晚期以来的文献如《世本》、《墨子·非儒下》、《荀子·解蔽篇》、《吕氏春秋·君守篇》、《淮南子·修务训》、《论衡·对作篇》、《说文解字》等都有奚仲作车的记载,此说的成形似乎还早于黄帝造车之说。由于目前的考古发现未见商以前车辆的信息,黄帝造车的传说受到人们的怀疑。②

此外,《淮南子》中的"仓颉作书""容成造历""胡曹为衣""后稷耕稼""仪狄作酒",连同"奚仲为车",都属于这一类民间技术创造及传说的认识。

《中国民俗史》(先秦卷)在介绍先秦物质生产民俗、物质生活民俗、人生礼俗、民俗信仰、民间工艺和民间歌舞艺术等的内容中都涉及了《淮南子》的记载,比如对吴越地区文身习俗与生产劳动、宗教信仰之间关系的分析:"吴、越地区的剪发文身习俗的产生是与当地的自然生活条件有一

---

① [西汉]刘安撰《淮南子》,陈广忠译注,北京:中华书局,2012,第1142页。
② 钟敬文主编《中国民俗史》,晁福林《先秦卷》,北京:人民出版社,2008,第395页。

定关系的。《淮南子·原道训》载'九嶷之南,陆事寡而水事众,于是民人被发文身以象鳞虫',说明文身乃是为了'水事'劳作的需要。"①再如,《中国民俗史》(汉魏卷)对《淮南子》记载的民间饮食的分析,指出:"汉魏时人们使用炙法来烹制的食物种类非常多,《淮南子·齐俗训》曰:'今屠牛而烹其肉,或以酸,或以甘,煎熬燔炙,和有万方,其本一牛之体。'可见炙是西汉时牛肉的基本做法之一。"②从这段记载中可以看出,《淮南子》可用于研究西汉饮食民俗。

(三)原著完整地介绍了二十四节气,为揭示农业社会治理的科学与人文内涵提供了依据

《淮南子》中包含大量的自然观知识,其中的一个重要贡献,是首次全面介绍了二十四节气。钟敬文主编的《民俗学概论》之《第八章 民间科学技术》,从民俗学的角度,对二十四节气的概念和内涵做了详细说明:

> 中国用的则是阴阳合历。中国传统历法的基本元素是日、气、朔三点。"日"就是一昼一夜,古代采用干支纪日,从甲子到癸亥,六十干支日名循环使用。"气"分"中气"和"节气"两种。人们确定从冬至点开始到下一个冬至点为一回归年。一回归年中有二十四"气"。从冬至开始,每隔一个气,如大寒、雨水、春分、谷雨、小满、夏至、大暑、处暑、秋分、霜降、小雪、冬至等十二气为"中气"。而小寒、立春、惊蛰、清明、立夏、芒种、小暑、立秋、白露、寒露、立冬、大雪等十二气为"节气"。"朔"是日、月的黄道经度相同的时刻。每两朔之间的时间称为一个"朔望月",十二个朔望月即为一个历年。它的时间长度与回归年有一个差数,不到三年便相差达一个月。为了不使其与回归年脱节,必须在历年内增加一个月,这个月就叫"闰月"。这就是阴历

---

① 钟敬文主编《中国民俗史》,晁福林《先秦卷》,北京:人民出版社,2008,第172页。
② 钟敬文主编《中国民俗史》,郭必恒《汉魏卷》,北京:人民出版社,2008,第122页。

年(农历)与阳历年(公历)的时间不相同的原因。元旦为阳历年之始,春节(正月初一)为阴历年之始。①

我国传统农业社会中的施政、农事、祭祀、渔猎、刑法、军事等离不开人们对自然的认识知识的总结,二十四节气正是这样一套宝贵的智慧结晶。

《淮南子》的自然观是一种农业历史环境中的时间意识的产物,是由强烈的"农时"意识带动自然观的发展。张中平分析了《淮南子》全面介绍二十四节气的原因:"露天的农业生产对自然气候条件过度依赖,知天顺时才能掌握农业生产的主动,从而有了'农时'意识,即'以事适时'(《吕氏春秋·召类》),表现在技术上,'指时系统'随之出现。"②他还提出,与此前历史条件下的"指时系统"相比,《淮南子》的这种由农业历史观派生的自然观的特点,可总结为"四定":一是定型,是指二十四节气名称与顺序的定型,《淮南子》所载二十四节气的名称和顺序,与后世完全相同,并历经2 000多年基本没有改变;二是定位,即二十四节气的天文定位,《淮南子》按"斗转星移"的原则,根据北斗星斗柄指向来准确推算二十四节气日期;三是定理,《淮南子》以阴阳二气的消长为理论依据,对二十四节气的气候意义和运行机理做了准确的描述,如认为冬至、夏至分别是阴阳二气盛衰转换的枢纽等,这是对我国气候意义上季风的最早认识;四是定历,治历明时,将节气与气候、物候、农事进行合理的联系,是对我国传统的阴阳合历和古代农时系统的一次重要完善。他强调,这是"农时理论在农业生产中的一次成功应用"③。当然《淮南子》的自然观不止二十四节气知识,还涉及相关"天文、物理、化学、农学、医药、水利、气象、物候、地理、生物进化、乐律、度量衡等诸方面的科技成果,成为其宇宙自然观的重要组

---

① 钟敬文主编《民俗学概论(第二版)》,北京:高等教育出版社,2010,第165页。
② 张中平《〈淮南子〉气象观的现代解读》,北京:气象出版社,2014,第74页。
③ 张中平《〈淮南子〉气象观的现代解读》,北京:气象出版社,2014,第76页。

成部分"①。《淮南子》的这种特点,为对其进一步开展民俗学研究提供了学术条件。

二、《淮南子》的交叉学科研究

本节主要讨论《淮南子》的其他学科研究,具体包括《淮南子》的哲学思想研究、历史学研究和自然观研究,并搜集和梳理相关学科的研究成果。

(一)《淮南子》的哲学思想研究

胡适在《淮南王书》一书中,指出"道家集古代思想的大成,而《淮南王书》又集道家的大成。道家兼收并蓄,但其中心思想终是那自然无为而无不为的'道'"②。胡适认为,道是本体,但道只是假设,不是真实存在,"道的观念只是一个极大胆的悬想,只是一个无从证实的假设"③。马庆洲在《六十年来〈淮南子〉研究的回顾与反思》一文中指出,"胡适《淮南王书》重在阐发《淮南子》中所蕴含的哲学思想,成为第一部专事《淮南子》思想研究的著作,在《淮南子》研究的历程中有开山之功"④,对该书做了很高的评价。胡适从"论'道'""无为与有为""政治思想""出世思想"和"阴阳感应的宗教"等方面论述《淮南子》所体现的哲学思想。

徐复观在《两汉思想史》一书中,从学术背景、时代背景、儒道思想等多方面对《淮南子》进行分析,认为该书的思想主要以儒道两家为主,不应只看到是道家思想的集结。作者认为,"《淮南子》中所大集结的当时思想,乃是来自当时抱有不同思想的宾客,在平等自由中,平流竞进,集体著作的结果。绝非是出自道家一家的思想性格或企图"⑤。

---

① [西汉]刘安撰《淮南子》,陈广忠译注,北京:中华书局,2012,前言,第5页。
② 胡适《淮南王书》,长沙:岳麓书社,2011,第9页。
③ 胡适《淮南王书》,长沙:岳麓书社,2011,第11页。
④ 马庆洲《六十年来〈淮南子〉研究的回顾与反思》,《文学遗产》2010年第6期,第137页。
⑤ 徐复观《两汉思想史》(第二卷),上海:华东师范大学出版社,2001,第177页。

冯友兰所著《中国哲学史新编》一书，从"气的理论""天人关系的理论""形神的理论""认识论和辩证法思想""人性论"和"社会、政治思想"等多方面，对《淮南子》所体现的哲学思想进行分析①。他认为：《淮南子》"在学术上发展了道家思想"②，提出了"倾向于唯物主义的宇宙形成论"③；在天人关系的问题上，《淮南子》"发挥了先秦道家学说中的天道无为而自然的思想"④，并作出新的解释；《淮南子》批判了面对自然消极"无为"的思想，对"道家的因循自然的思想作了积极的解释"⑤。这都说明《淮南子》在继承先秦道家思想的同时，又有新的发展。

冯友兰所著《中国哲学史》强调《淮南子》这部典籍与以往著述相比，在哲学思想上的重要进步，是其对宇宙发生论的叙述。他认为，《淮南子》"有系统之宇宙论，对于天地万物之发生，皆有有系统的解释"⑥。如《淮南子·俶真训》中所记载的：

> 有始者，有未始有有始者，有未始有夫未始有有始者；有有者，有无者，有未始有有无者，有未始有夫未始有有无者。所谓有始者，繁愤未发，萌兆牙蘖，未有形埒垠无无蠕蠕，将欲生兴而未成物类。有未始有有始者，天气始下，地气始上，阴阳错合，相与优游竞畅于宇宙之间，被德含和，缤纷茏苁，欲与物接而未成兆朕。有未始有夫未始有有始者，天含和而未降，地怀气而未扬，虚无寂寞，萧条霄霏，无有仿佛，气遂而大通冥冥者也。⑦

这里体现了古人对"宇宙发生"的认知，《淮南子》对宇宙发生的系统

---

① 冯友兰《中国哲学史新编（第二册）》，北京：人民出版社，1964，第143—177页。
② 冯友兰《中国哲学史新编（第二册）》，北京：人民出版社，1964，第143页。
③ 冯友兰《中国哲学史新编（第二册）》，北京：人民出版社，1964，第146页。
④ 冯友兰《中国哲学史新编（第二册）》，北京：人民出版社，1964，第150页。
⑤ 冯友兰《中国哲学史新编（第二册）》，北京：人民出版社，1964，第155页。
⑥ 冯友兰《中国哲学史》（上），上海：华东师范大学出版社，2000，第292页。
⑦ ［西汉］刘安撰《淮南子》，陈广忠译注，北京：中华书局，2012，第54—56页。

解释还可见于《第七训·精神训》中：

> 古未有天地之时，惟像无形，窈窈冥冥，芒芠漠闵，澒濛鸿洞，莫知其门。有二神混生，经天营地，孔乎莫知其所终极，滔乎莫知其所止息，于是乃别为阴阳，离为八极，刚柔相成，万物乃形，烦气为虫，精气为人。是故精神，天之有也；而骨骸者，地之有也。精神入其门，而骨骸反其根，我尚何存？是故圣人法天顺情，不拘于俗，不诱于人，以天为父，以地为母，阴阳为纲，四时为纪。天静以清，地定以宁，万物失之者死，法之者生。①

冯友兰对《淮南子》中有关宇宙形成的记载进行论述。实际上，这种哲学思想与古人观察日月星辰的思维方式密切相关，对《淮南子》的哲学研究也要加入自然科学的视角。冯友兰对共工怒触不周山神话的解释未免偏颇，他认为，"中间忽插'共工与颛顼争帝'一段神话，与前后文皆不类。盖淮南宾客之为别一家学者所加入也"②。从民俗学的角度来说，上述记载可以被认为是初民对宇宙生成的认识，而共工怒触不周山的神话，也是初民对宇宙认识的一部分。

张岱年在《中国哲学史》一书中，除强调《淮南子》的宇宙生成观，还强调书中体现的历史观。他认为，"（《淮南子》）认为社会历史总是因时而变、制宜而适的，'先王之制，不宜则废之'，'苟利于民，不必法古；苟周于事，不必循旧'，坚持了进化历史观"③。任继愈主编的《中国道教史》认为，"《老子》、《庄子》、《列子》、《淮南子》等书都是学术著作，不是神学经典。但在道教的理论上却紧紧依托于道家"④。《淮南子·地形训》"食气

---

① ［西汉］刘安撰《淮南子》，陈广忠译注，北京：中华书局，2012，第337—338页。
② 冯友兰《中国哲学史》（上），上海：华东师范大学出版社，2000，第292页。
③ 张岱年《中国哲学史》，北京：中国大百科全书出版社，2010，第44页。
④ 任继愈《中国道教史》，北京：中国社会科学出版社，2001，第13页。

者神明而寿,食谷者知慧而夭,不食者不死而神"①等,这些都是道教可以直接吸收的思想资料。

陈广忠认为《淮南子》"融黄老道家的自然天道观、儒家的仁政学说、法家的进步历史观、阴阳家的阴阳变化理论以及兵家的战略战术等各家思想精华为一体"②。王巧慧的《〈淮南子〉的自然哲学思想》介绍《淮南子》中记载的天文学思想、地理学思想、农学思想、物理学思想和化学思想等自然哲学思想③,并分析了《淮南子》自然哲学思想产生的机制和动力。

总之,《淮南子》是一部以道家思想为主体,融合儒家、法家、阴阳家、兵家等各家思想的历史典籍,在中国哲学史、思想史上都占有重要的地位。

(二)《淮南子》的历史学研究

历史学研究《淮南子》的成果较多,其中涉及民俗思想和史料。顾颉刚在《汉代学术史略》④中主要介绍了在阴阳五行学说之下发生的 3 种政治学说,即五德说、三统说和明堂说。"明堂说"在《淮南子·时则训》中有所记载。《淮南子》第五卷《时则训》记载了 12 个月中节气、物候、星宿、祭祀、农业、政事等的变化,这是古代人民生产劳动的智慧,也是国家治理的主要依据,如书中对孟春之月的记载:

> 孟春之月,招摇指寅,昏参中,旦尾中。其位东方,其日甲乙,盛德在木,其虫鳞,其音角,律中太蔟,其数八,其味酸,其臭膻,其祀户,祭先脾。东风解冻,蛰虫始振苏,鱼上负冰,獭祭鱼,候雁北。天子衣青衣,乘苍龙,服苍玉,建青旗,食麦与羊,服八风水,爨萁燧火。东宫

---

① [西汉]刘安撰《淮南子》,陈广忠译注,北京:中华书局,2012,第 213—214 页。
② 陈广忠《淮南子》(前言),[西汉]刘安撰《淮南子》,陈广忠译注,北京:中华书局,2012,第 3 页。
③ 王巧慧《〈淮南子〉的自然哲学思想》,北京:科学出版社,2009。
④ 顾颉刚《汉代学术史略》,北京:东方出版社,1996。

御女青色,衣青采,鼓琴瑟,其兵矛,其畜羊,朝于青阳左个,以出春令。布德施惠,行庆赏,省徭赋。①

孟春祭祀"户"神,祭祀用的牺牲都用雄性,受到民间信仰的影响。又如孟春正月禁止砍伐正在生长的树木,不能捣毁鸟巢、不能捕杀怀胎的麋子,不要捕捉幼鹿和产卵的动物,不要聚集大众修筑城郭,要掩埋裸露在外的尸骨等,都会对民众的生活、行为产生影响。顾颉刚对《淮南子》历史观的分析,已指出其与古人观察天文地理的思维方式关系密切,并注入现代历史学研究的思想。

第二节 《淮南子》故事的采集与故事类型编写

本节主要讨论《淮南子》的故事类型编写。首先,以故事的采集为前提,包括《淮南子》文本中的故事采集以及相关故事的现代口头传承资料采集两部分;其次,编写《淮南子》的故事类型,依次交代故事类型的编写原则、特征和样本;最后,对《淮南子》历史经典与故事类型双构的价值与意义进行分析。

一、《淮南子》故事的采集

《淮南子》的故事采集主要是以历史文献和现代口头传承两种资料为对象,以此反映相关故事的历史文献记载与口头传承状况。

(一)历史文献中的故事采集

本节以《淮南子》中记载的"后羿射日"故事为例,利用前人研究成果,搜集故事资料。《淮南子》记载:

逮至尧之时,十日并出,焦禾稼,杀草木,而民无所食。猰貐、凿

---

① [西汉]刘安撰《淮南子》,陈广忠译注,北京:中华书局,2012,第239—243页。

齿、九婴、大风、封豨、修蛇,皆为民害。尧乃使羿诛凿齿于畴华之野,杀九婴于凶水之上,缴大风于青邱之泽,上射十日,而下杀猰貐,断修蛇于洞庭,擒封豨于桑林。万民皆喜,置尧以为天子。①

钟敬文主编的《民间文学作品选》引用了《淮南子》中对后羿射日的记载,从民俗学和民间文艺学的角度,开展《淮南子》故事的搜集和研究②。钟敬文在《民间文学概论》中指出:

> 汉代淮南王刘安及其门下士所编纂的《淮南子》,出于先秦,秦汉间又有增益,并非一时一人所撰的《山海经》,魏邯郸淳的《笑林》,晋代干宝的《搜神记》和南朝梁任昉的《述异记》等书,大量辑录了我国古代的神话、传说和故事,是研究我国上古历史和民间文学的重要的文献。③

在先秦两汉的大量历史典籍中,《淮南子》是受到民俗学者重视的文献之一。这部典籍和当时的其他同类文献一样,"大量辑录了我国古代的神话、传说和故事"。钟敬文主编《民间文学概论》的《第八章 神话和民间传说》中指出:

> 目前,古籍中记述神话较多的有《山海经》、《楚辞》、《淮南子》等,在《国语》、《左传》及《论衡》等书中也保存有片段材料。材料虽少,但仍可以看出我国古代神话体系是庞大的、内容是丰富的。④

钟敬文主编的《民间文学概论》和《民间文学作品选》引用的神话例

---

① [西汉]刘安撰《淮南子》,陈广忠译注,北京:中华书局,2012,第393—394页。
② 钟敬文主编《民间文学作品选(第二版)》,北京:高等教育出版社,2010,第5页。引自[西汉]刘安撰《淮南子译注》,陈广忠译注,吉林文史出版社,1990,第352页。
③ 钟敬文主编《民间文学概论(第二版)》,北京:高等教育出版社,2010,第107页。
④ 钟敬文主编《民间文学概论(第二版)》,北京:高等教育出版社,2010,第127页。

子,如尧舜神话①、鲧禹神话②、后羿神话③、黄帝造车神话④,都在《淮南子》中有所记载。《民间文学作品选》是《民间文学概论》的配套教材,该书收录《淮南子》神话4则,包括:《女娲》《嫦娥奔月》《羿射十日》和《神农》,它们分别选自《淮南子》中的《第六卷 览冥训》《第六卷 览冥训》《第八卷 本经训》和《第十九卷 修务训》。

钟敬文主编的《民俗学概论》,在《第五章 岁时节日民俗》《第九章 民间口头文学(上)》和《第十章 民间口头文学(下)》都提到《淮南子》⑤,如引用《淮南子》中的歌谣记载,"今举大木者,前呼邪许,后亦应之"⑥"扣盆拊瓴,相和而歌,自以为乐矣"则语出《淮南子·精神训》⑦。该书对中秋节发展演变的介绍,也使用了《淮南子》中的资料:"汉代《淮南子·览冥训》中就有了姮娥(即后来的嫦娥)窃食不死药成仙奔月、化成蟾蜍的神话。"⑧

前人对《淮南子》民俗民间文学史料的使用,有助于本书对《淮南子》故事的搜集和理解。

(二)现代口头传承的故事采集

钟敬文主编的《中国民间故事集成》⑨,搜集整理和收录了相当一批《淮南子》的现代口传资料⑩,本节主要使用的篇目有:《中国民间故事集成·安徽卷》中《泥妈娘娘补苍天》故事,《中国民间故事集成·湖南卷》中《女娲补天造人》故事,《中国民间故事集成·云南卷》中《女娲娘娘》故事,《中国民间故事集成·甘肃卷》中《女娲补天》《女娲射鹰补天》故事和《中

---

① 钟敬文《民间文学概论(第二版)》,北京:高等教育出版社,2010,第137—138页。
② 钟敬文《民间文学概论(第二版)》,北京:高等教育出版社,2010,第130—131页。
③ 钟敬文《民间文学概论(第二版)》,北京:高等教育出版社,2010,第130页。
④ 钟敬文《民间文学概论(第二版)》,北京:高等教育出版社,2010,第131页。
⑤ 钟敬文主编《民俗学概论(第二版)》,北京:高等教育出版社,2010。
⑥ [西汉]刘安撰《淮南子》,陈广忠译注,北京:中华书局,2012,第634页。
⑦ [西汉]刘安撰《淮南子》,陈广忠译注,北京:中华书局,2012,第366页。
⑧ 钟敬文主编《民俗学概论(第二版)》,北京:高等教育出版社,2010,第109页。
⑨ 钟敬文主编《中国民间故事集成》,北京:中国ISBN中心,2008。
⑩ 关于钟敬文主编《中国民间故事集成》,本节主要使用北京师范大学数字民俗学实验室与文化部民族民间文艺发展中心合作制作的中国民间故事集成省卷本电子本。

国民间故事集成·河南卷》中《女娲炼石补天》故事等。整理这部分现代口传资料,与《淮南子》所记载的"女娲补天"故事相比较,可见现代口承"女娲补天"故事的几个特点。

1. 女娲补天与女娲造人情节结合

《淮南子》所记载的"女娲"故事主要情节,只有"补天",没有"造人"。在《中国民间故事集成》中,女娲补天的情节与女娲造人的情节粘连流传。现代口承资料中记载的故事情节要比《淮南子》文献记载的故事情节更为丰富。比如,《中国民间故事集成·安徽卷》中有《泥妈娘娘补苍天》故事、《中国民间故事集成·湖南卷》中有《女娲补天造人》故事和《中国民间故事集成·云南卷》中有《女娲娘娘》故事。以下编制故事类型:

泥妈娘娘补苍天
(怀远县)

① 她是女娲大神。② 她坐在河边,用黄泥造人。③ 天地塌陷,洪水泛滥,山火蔓延,野兽出没。④ 女娲采集石子,修补苍天,拯救人类。⑤ 她用石钉修补苍天,石钉变成星星。⑥ 她将最后一颗石钉掉落在天河边,被神龟吞下,神龟变成龟状小山,楚国卞和在龟山中采得和氏璧。⑦ 她用天河中的冰代替最后一颗石钉,修补西北方向的天。⑧ 她补好苍天,堵住洪水,扑灭山火,让子孙过上安宁的生活。①

女娲补天造人
(常德县)

① 盘古开天辟地,砍断天柱,天向西北方偏。② 她是盘古的妹妹女娲。③ 她把黄泥放在炉中,炼成五色石,修补苍天。④ 她用剩下的黄泥

---

① 采录者:钱厉。采录时间:1993年5月。采录地点:怀远县天河一带。《中国民间故事集成》全国编辑委员会、《中国民间文学集成·安徽卷》编辑委员会编《中国民间故事集成·安徽卷》,北京:中国ISBN中心,2008,第7页。

捏成人。⑤她向泥人吐气,泥人成活。①

女娲娘娘
(藏族·中甸县)

①她是女娲,大地上只有她会说话。②她坐在河边,用手捏泥巴造人。③火神与水神争斗,致使天地塌陷,洪水泛滥,怪龙吃人。④她与怪龙恶战,制服怪龙。⑤她用大虾的四只脚撑天,长脚撑住东边的天,短脚撑住西边的天。⑥她修炼五彩石补天,填地,排走洪水。⑦她死去,人们纪念她修建女娲宫。②

现代口传故事资料中女娲叙事,基本上保留了《淮南子·览冥训》中的记载线索,比如女娲炼五彩石补天,女娲止住洪水等。在《中国民间故事集成·安徽卷》中《泥妈娘娘补苍天》的故事中,女娲补天落下的石钉变成和氏璧,将神话与传说故事黏合在一起。

2. 女娲用冰、天浆、鹰和身体等补天

《淮南子》所记载的"女娲补天"故事史料中,女娲用五彩神石补天。在《中国民间故事集成》中,女娲补天的工具增加,不仅有石头,还有石钉、水、冰、五彩云、头布、鹰和自己的身体等,存在着很多异文。比如,《中国民间故事集成·安徽卷》中《泥妈娘娘补苍天》故事,《中国民间故事集成·甘肃卷》中《女娲补天》《女娲射鹰补天》和《中国民间故事集成·河南卷》中

---

① 讲述者:唐万顺,男,77岁,常德县灌溪乡中兴桥村农民,私塾;唐贵成,男,49岁,常德县灌溪乡中兴桥村农民,私塾。采录者:唐孟元,男,常德县石板滩乡中学教师。章伯光,男,常德县文化馆文学专干。采录时间:1986年9月。采录地点:常德县灌溪乡。《中国民间文学集成》全国编辑委员会、《中国民间文学集成·湖南卷》编辑委员会编《中国民间故事集成·湖南卷》,北京:中国ISBN中心,2002,第21页。

② 采录者:马祥龙(藏族)。整理者:谷子徐、荣灿。采录地点:中甸县。《中国民间文学集成》全国编辑委员会、《中国民间文学集成·云南卷》编辑委员会编《中国民间故事集成·云南卷》,北京:中国ISBN中心,2003,第68—69页。

《女娲炼石补天》,都有这种异文再生产现象。兹编制故事类型如下:

女娲补天
(天水市北道区)

① 她是天神女娲。② 她创造人类。③ 她和孩子在河边洗澡,天空出现黑洞,天塌地裂。④ 她用海边的大石填补天塌下的窟窿,黑洞变小。⑤ 她用自己的身体补上最后一块窟窿,人们得救。⑥ 她再也不能到地上。①

女娲射鹰补天
(张家川回族自治县)

① 她是女娲。② 她决心修补大鹰撞破的天。③ 她修炼神箭,射下大鹰。④ 她将大鹰拉上天空,补上天洞。⑤ 人们为了纪念女娲,修建女娲庙。②

女娲炼石补天
(安阳县)

① 她是女娲。② 她炼五彩石,修补老鳖弄破的天。③ 她修炼的五彩石不够,用冰凌堵住天空的西北角。④ 她在修炼五彩石的地方住下。⑤ 她炼石留下的炉渣堆成山,玉帝派青龙放凉气使山清凉。③

---

① 讲述者:张天喜,男,67岁,农民,不识字。采录者:董喜军,男,38岁,农民,高中。熊进元,男,40岁,干部,高中。采录时间:1987年5月。采录地点:天水市北道区南河川乡。《中国民间故事集成》全国编辑委员会、《中国民间故事集成·甘肃卷》编辑委员会编《中国民间故事集成·甘肃卷》,北京:中国ISBN中心,2001,第6—7页。

② 讲述者:闫进村,男,24岁,初中。采录者:杨根荣,男,38岁,太阳乡文化专干;毛鹏举,男,36岁,回族,县文化馆干部。采录时间:1987年。采录地点:张川县太阳乡侯吴村。《中国民间故事集成》全国编辑委员会、《中国民间故事集成·甘肃卷》编辑委员会编《中国民间故事集成·甘肃卷》,北京:中国ISBN中心,2001,第7页。

③ 讲述者:赵金和,男,36岁,安阳县磊口乡清凉山村人,曾任教师,中专。采录者:牛化法,男,28岁,安阳县磊口乡目明学校教师,大专。采录时间:1987年4月7日。采录地点:安阳县磊口乡目明学校。《中国民间故事集成》全国编辑委员会、《中国民间故事集成·河南卷》编辑委员会编《中国民间故事集成·河南卷》,北京:中国ISBN中心,2001,第17—18页。

盘古开天女娲补天
（土家族·吉首市）

① 她是女娲。② 远古时候，天地混沌。③ 盘古用斧头砍出天地，砍穿了天，天地冒水。④ 她被玉皇大帝命令补天。⑤ 她炼石补天，没有补好。⑥ 她炼出五彩云，把天补好。①

女娲娘娘炼冰补天
（海安县）

① 她是女娲。② 盘古开天辟地，东南和西北缺两块。③ 她炼成五色冰补西北天。④ 她用头布补东南天。②

《淮南子》原有的命名系统对采集现代口传故事具有至少两个作用：一是历史类经典著作与现代口传故事的命名可以共通使用，这批经典命名并没有另外转化为民俗命名，这也许与这批命名主要是神名有关；二是从现代口传故事资料可以研究普通人的思维、文化概念和地方知识进入经典知识系统的历史样貌与多元文本。

二、《淮南子》故事类型编写原则与步骤

在本小节中，为《淮南子》编制故事类型，有两层含义：第一层，开展民俗学的内部研究，运用故事类型法，为《淮南子》编制故事类型。第二层，开展民俗学与相关学科的交叉研究。《淮南子》与其他先秦汉魏著作

---

① 讲述者：黄德裕，土家族，手工业者，初识字。采录者：杨启良，土家族，教师，中专；吴生琳，苗族，教师，中专。采录时间：1986年6月。采录地点：吉首市。《中国民间文学集成》全国编辑委员会、《中国民间文学集成·湖南卷》编辑委员会编《中国民间故事集成·湖南卷》，北京：中国ISBN中心，2002，第5页。

② 讲述者：陈锦彪，男，73岁，海安县建设乡渔民，不识字。采录者：钱瑞斌，干部。采录时间：1985年7月。采录地点：海安县陈锦彪家。《中国民间文学集成》全国编辑委员会、《中国民间文学集成·江苏卷》编辑委员会编《中国民间故事集成·江苏卷》，北京：中国ISBN中心，1998，第4页。

一样,原著已有自己的命名系统,并分布在各卷中。我们通过这次的工作,以卷首提要的方式,再现原著命名系统,呈现我国历史经典的古老命名与自我历史链接的文化习惯,再通过与自我文化联系,同时在民俗学理论框架下,提取《淮南子》故事类型的篇名与母题样本,为进一步认识历代经典名著与故事类型双构的内涵打下基础。

(一) 运用民俗学方法为《淮南子》编制故事类型的步骤

在初期阶段,我们做两项工作:① 在把握《淮南子》原著原意的基础上,对原著中被压缩的故事进行拆解,即把一个个相对独立的节段中所缩紧的数个故事释放出来,分别编制类型,同时对每个被释放出来的故事逐一做注释,标明出处,这样可以通过查找注释,找到原连环套故事在原著中的节段位置,复原经典名著与故事类型双构的原貌,再行结合上下文做研究。② 对《淮南子》与中国其他历史著作的叙事相似的故事类型,或者是《淮南子》故事类型与现代流传的故事类型的相似文本,予以适当补出,形成专供民俗学或其他相关学科使用的专题研究文本,扩大对《淮南子》的现代利用。

第一,拆解原著中被压缩的故事后编制故事类型。

如《第六卷·览冥训》:

> 夫燧之取火于日,磁石之引铁,蟹之败漆,葵之向日,虽有明智,弗能然也。①

以上节段,压缩了"燧之取火于日""磁石之引铁""蟹之败漆"和"葵之向日"4个故事,将之释放后,编为4个故事类型,每个类型附注释,具体如下:

(1) 阳燧取火。

① 事物的发展具有常理。② 他是燧人氏。③ 他将木头对着太

---

① [西汉]刘安撰《淮南子》,陈广忠译注,北京:中华书局,2012,第313页。

阳摆放。④ 他在木头上钻木孔产生木屑,木屑经过钻凿发热。⑤ 他让太阳长时间照射热木屑产生火苗。⑥ 他取到了火种。①

(2) 磁石吸铁。

① 事物的发展具有常理。② 它是一块磁石。③ 它被放到铁器的中间或埋藏铁器的地方。④ 它把铁器吸附到自己身上。②

(3) 蟹之败漆。

① 事物的发展具有常理。② 它是螃蟹,可以横向爬行。③ 它在油漆上面爬行。④ 它不断爬行,防止油漆凝固。③

(4) 葵之向日。

① 事物的发展具有常理。② 它是葵花。③ 它吸收阳光生长。④ 它的花盘朝着太阳扭转方向。④

我国历史经典名著对故事资料压缩使用,是汉语和汉字书写中的常见现象,即将之文言化⑤。在这种历史经典著作中,被压缩的是汉语的字数,而原著使用的是文言。文言是我国古人记录故事的通用载体,文言又通过后世的历代印刷以原貌保留至今。文言未被压缩,否则经典就不成

---

① [西汉]刘安撰《淮南子》,陈广忠译注,北京:中华书局,2012,第313—314页。
② [西汉]刘安撰《淮南子》,陈广忠译注,北京:中华书局,2012,第313—314页。
③ [西汉]刘安撰《淮南子》,陈广忠译注,北京:中华书局,2012,第313—314页。
④ [西汉]刘安撰《淮南子》,陈广忠译注,北京:中华书局,2012,第313—314页。
⑤ 如前文所述,关于文言文的讨论,董晓萍受到法国汉学家汪德迈的启发,汪德迈通过文言文研究中国儒家思想,认为文言促进了中国上层典籍中的理性思维的发展,论述得相当精辟。不过汪德迈还认为文言记载中国神话故事是失败的,对于此点,董晓萍持不同意见。当然汪德迈的研究重点不在这里。另见[法]汪德迈(Léon Vandermeersch)《跨文化中国学》,北京:中国大百科全书出版社,2018,第65—76页。

其为经典了。今天我们还能获得很古老的中国故事文本,这是文言的功劳,口头的言语就做不到。但为什么又说故事被压缩了?这是我们用现代流传的相似故事记录本去对照古代文言文,便总以为文言文是短的。这里还有一个方法问题,即认为可以通过古今故事之间的相似类型或同类类型的对照,去寻找故事的传播史,但这是现代民俗学的一种假设,它来自西方。对中国民俗学而言,在近百年中,部分地接受了西方民俗学的现代科学,也接受了这种假设。有了这种假设,可以为建立中国民俗学的整体资料系统提供新方法,有助于提升田野中得来的言语性质的口头故事的地位,还产生了历史学与民俗学交叉研究的新成果,如顾颉刚对孟姜女故事的研究①,以及本书"上编"提到的钟敬文对《列子》的研究。但我们也不能否定文言的作用。记录故事的文言文不是单纯的故事载体,而是中国人的思维载体。在《淮南子》中阐述的大量中国古代哲学思想、自然科学史思想等,都是通过文言文保存的,是通过文言文向后世社会各阶层文化成员传输的。需要指出的是,中国文言文的这种功能十分中国化,口头故事的功能不能代替它。这里的问题是:作为中国民俗学者,在编制历史经典名著中的故事类型时,如何体现文言文的这种功能?我们的做法是,民俗学的所谓故事类型法,在传统意义上,指情节单元法,简称"情节法"。现在我们还应借鉴当代民俗学的段落法,即把故事情节单元之外的自我文化中的思维财富,用增加"思想段"的方式,予以补入。例如,以上被拆分编制的 4 个故事类型,属于原著中的同一个哲学思想小系统,我们在每个故事类型前面,都补入了原著上下文的哲学观,即"事物的发展具有常理",而哲学观就是一根"线",把 4 个故事曾经"穿"为一个节

---

① 对顾颉刚的孟姜女故事研究在民俗学和历史学中的双重地位,参见钟敬文《建立中国民俗学派》,董晓萍整理,哈尔滨:黑龙江教育出版社,1999,第 18 页,钟敬文说:"在中国现代民俗学史和民间文学运动史上,有一篇文章,恐怕至今仍然是最有分量的,那就是顾颉刚先生的《孟姜女故事研究》。"另见顾颉刚本人对在孟姜女故事研究中使用文献与口头双构资料的自我评价,详见顾颉刚《顾颉刚民俗学论集》,钱小柏编,上海:上海文艺出版社,1998,第 93—178 页。关于对钟敬文使用《列子》《山海经》《淮南子》和《楚辞》等历史典籍分析中国故事类型的全面研究,参见董晓萍《跨文化民俗体裁学》,北京:中国大百科全书出版社,2018,第 88—100 页。

段。现在对于本书的研究而言,就是同时运用情节法和段落法,把经典名著与故事类型两者给"穿"起来。

从总体上说,在整个"中编"部分,都在不同程度上使用了情节法和段落法相结合的方法编制故事类型,研究的思路是一致的。例如,为《晏子春秋》编制故事类型,要用情节法,也要用纳入君臣对话资料的段落法,再用原著所具先秦儒家伦理观,将数百个故事类型分门别类地"穿"起来;为《水浒传》编制故事类型,也使用情节法和段落法,将官民之间与隔代文人点评本之间的各类对话互补互看,将这种对话类名著的故事类型有机地"穿"起来。我们为历代经典名著编故事类型,不是要把原著的经典与故事严丝合缝的文言节段给打散,让故事类型散落一地,无处归置。本书面对中国文献实际做研究,承认口语与文言文的双重价值①。

第二,利用民俗学或其他相关学科交叉研究成果编制故事类型。

从民俗学的角度说,为《淮南子》编制故事类型,不吸收古典文学研究成果是不行的。从古典文学的角度说,缺乏民俗学知识,单纯用上层文化的理性思维去解释《淮南子》中的神话故事,也会产生误解。比如,游国恩等编写的《中国文学史》引用《淮南子》,曾用阶级斗争的观点讨论书中的后羿射日神话,今天我们已经知道,这种方法不可取。但神话毕竟有文学渊源,民俗学者对古典文学也不能因噎废食,而要适度交叉,发展彼此,具体有二:① 使用段落法,保留原著命名系统,再从中提取和编制故事类型;② 使用情节法,从民俗学类型法提取故事,再补充民俗学和古典文学研究的其他同类篇目,编制故事类型,然后共同呈现,形成经典名著与故事类型双构的故事类型样式。以下是样本。

---

① 本处参考了汪德迈的观点。关于汪德迈对中国文言文的讨论,见[法]汪德迈(Léon Vandermeersch)《中国教给我们什么?》,[法]金丝燕译,香港:香港中文大学出版社,2019,第7—9、13—14、21—23页。

第一卷 原 道 训

其一,使用段落法。

《原道训》,主要探讨道之起源,通过列举掌握"道"之精髓的神话传说人物,如伏羲、神农等,说明只有掌握"道"的精髓和规律,才能适应社会、自然的发展。本训共编制故事情节单元36则。按照主题分类,可分为"神祇故事类""人物传说类""贤君能臣类""暴君奸臣类""技艺超众类"和"自然感应类"。"神祇故事类"主要包括"伏羲""神农""共工怒触不周山""共工与高辛争帝"等。其中,"人物传说类"主要包括"越王翳逃山穴""蘧伯玉年五十""子夏""许由"等。"贤君能臣类"主要包括"伊尹"。"暴君奸臣类"主要包括"夏鲧作三仞之城"。"技艺超众类"主要包括"冯夷""大丙""詹何""娟嬛""后羿""冯蒙子""造父""离朱""师旷"等。"自然感应类"主要是指讲述按照自然规律发展的事物的故事,主要包括"萍树根于水""木树根于土""鸟排虚而飞""兽蹍实而走""蛟龙水居""虎豹山处""两木相摩而燃""金火相守而流""圆者常转""窾者主浮"等。

其二,使用情节法。

1. 三皇伏羲

① 他是伏羲。② 他是远古的三皇之一,掌握"道"之精髓。③ 他用道安抚天下百姓。④ 他做出的事情符合道的规律。⑤ 他发表的言论和德相通。⑥ 他的德泽惠及万物。①

2. 神农尝百草

① 他是神农。② 他是掌握"道"之精髓的远古帝王。③ 他用道安抚天下百姓。④ 他做出的事情符合道的规律。⑤ 他发表的言论和德相通。

---

① [西汉]刘安撰《淮南子》,陈广忠译注,北京:中华书局,2012,第2—5页。

⑥ 他的德泽惠及万物。①

关于在民俗学与相关学科交叉研究视野下编制故事类型形成的双构样式,仍以原著中已有的"神农"命名为例,补充交叉学科研究成果及其故事类型如下:

附:钟敬文主编《民间文学作品选》中引用"神农"史料的故事类型:

神农尝百草

① 他是神农。② 他教导百姓播种五谷,察看土地情况,因地制宜。③ 他品尝百草和水泉,指导百姓避开有害的,接近有益的。④ 他一天遇到有毒的植物和水源七十次。②

再如为《淮南子》中的"羲和浴日"编制故事类型:

大 丙

① 他是大丙。② 他擅长驾驭之术。③ 他用六条云霓作马,乘坐雷公的车。④ 他行走在微气中,奔驰在太空中。⑤ 他驾车踏过霜雪没有留下痕迹,日光照射没有留下影子。⑥ 他随着扶摇、羊角大风飞行。⑦ 他穿过高山大川,踏上昆仑山巅。⑧ 他推开登天大门,进入天帝宫廷。③

附:钟敬文主编《民间文学概论》中引用"羲和浴日"史料的故事类型:

---

① [西汉] 刘安撰《淮南子》,陈广忠译注,北京:中华书局,2012,第2—5页。
② 钟敬文主编《民间文学作品选(第二版)》,北京:高等教育出版社,2010,第8页。[西汉] 刘安撰《淮南子》,陈广忠译注,北京:中华书局,2012,第1118—1121页。
③ [西汉] 刘安撰《淮南子》,陈广忠译注,北京:中华书局,2012,第7—8页。

羲和浴日

① 她是羲和。② 她和帝俊生下十个太阳儿子。③ 她的儿子们住在东方汤谷的扶桑树上。④ 她带上太阳儿子,驾上车,从东方汤谷出发,向西运行,在悲泉等地点休息。⑤ 她出发前,在咸池中,给太阳儿子洗澡。①

下面是采用民俗学的类型法和交叉学科方法编制的另几组故事类型样本:

第二卷 俶真训

其一,使用段落法。

《俶真训》,将上古历史分为"至德之世、伏羲氏、神农黄帝、昆吾夏后、周室之衰五个阶段"②,讲述贤君与暴君的故事,说明"争斗不休,道德沦丧,失去人性的根本"的古训③。本训共编制故事情节单元19则,主要分为"神祇故事类""人物传说类""暴君奸臣类""发明创造类"和"技艺超众类"。其中,"神祇故事类",主要包括"伏羲""神农""黄帝"。"人物传说类",主要包括"公牛哀转病""许由""方回""善卷""披衣"。"暴君奸臣类",主要包括"剖贤人之心""析才士之胫""醢鬼侯之女""菹梅伯之骸"。"发明创造类",主要包括"奚仲造车"和"舜之耕陶"等。"技艺超众类",主要包括"逢蒙""造父""伯乐"。

其二,使用情节法。

---

① 钟敬文主编《民间文学概论(第二版)》,北京:高等教育出版社,2010,第128—129页。
② [西汉]刘安撰《淮南子》,陈广忠译注,北京:中华书局,2012,第54页。
③ [西汉]刘安撰《淮南子》,陈广忠译注,北京:中华书局,2012,第54页。

6. 伏　羲

① 他是伏羲。② 他的道德纯厚宽广。③ 他受到人民称颂。①

7. 神　农

① 他是神农。② 他使事物具有法规条理。③ 他治理天下,但不能使百姓和谐。②

8. 黄　帝

① 他是黄帝。② 他使事物具有法规条理。③ 他治理天下,但不能使百姓和谐。③

第三卷　天 文 训

其一,使用段落法。

《天文训》,主要介绍宇宙起源、变化,日月星辰、气象物候等古代天文知识,使用"气""阴阳"等道家观念,讲述宇宙形成的过程,通过"共工怒触不周山"等神话,解释天地、星辰、水土的由来,将神话、方位、五行等观念结合,介绍自然现象。本训共编制故事情节单元 29 个,可归为"自然感应类",包括"阳燧见日,燃而为火""方诸见月,津而为水""虎啸谷风至""龙举景云属""麒麟斗日月食""鲸鱼死彗星出""蚕呵丝商弦绝"和"贲星坠勃海决"等。"神祇类",如"羲和浴日"。

其二,使用情节法。

---

① ［西汉］刘安撰《淮南子》,陈广忠译注,北京:中华书局,2012,第85—87页。
② ［西汉］刘安撰《淮南子》,陈广忠译注,北京:中华书局,2012,第85—87页。
③ ［西汉］刘安撰《淮南子》,陈广忠译注,北京:中华书局,2012,第85—87页。

1. 宇宙形成

① 天地没有形成的时候,混沌不分。② 空虚无形中产生宇宙。③ 宇宙中产生大气,清轻的大气变成天,混浊的大气凝结成地。④ 天地合成的精气变为阴阳。⑤ 阴阳聚合之气变为四季。⑥ 四季的消散之气变为万物。⑦ 阳气积聚热气生成火,阴气积聚寒气生成水。⑧ 火的精气变为太阳,水的精气变为月亮,日月的过甚之气生成星辰。①

2. 共工怒触不周山

① 他是共工。② 他和颛顼争夺帝位。③ 他发怒碰倒了西北方的不周山。④ 他撞折撑天的柱子,拉断系地的绳子。⑤ 西北方的天高起来,日月星辰移向西方。⑥ 大地向东南方倾斜,水流尘土归向东方。②

附:钟敬文主编《民间文学概论》中引用"共工与颛顼争帝"史料的故事类型:

共工与颛顼争帝

① 他是共工。② 他与颛顼争夺帝位。③ 他失败后很气愤,用头撞断撑天的不周山。④ 天向西北倾倒,地向东南倾斜,日月星辰落向西方,江河湖水向东奔流。③

27. 羲和浴日

① 太阳从东方的汤谷升起,在咸池洗澡,在扶桑枝下拂过,称作晨明。② 太阳升上扶桑枝头,称作朏明。③ 太阳到达曲阿山,称作旦明。④ 太阳到达多水的曾泉,称作早食。

---

① [西汉]刘安撰《淮南子》,陈广忠译注,北京:中华书局,2012,第103—105页。
② [西汉]刘安撰《淮南子》,陈广忠译注,北京:中华书局,2012,第103—105页。
③ 钟敬文主编《民间文学概论(第二版)》,北京:高等教育出版社,2010,第128—129页。

⑤太阳到达东方的桑野,称作宴食。⑥太阳到达衡阳山,称作隅中。⑦太阳到达昆吾,称作正中。⑧太阳到达鸟次山,称作小环。⑨太阳到达悲泉,称作县车。⑩太阳到达女纪,称作大还。⑪太阳到达渊虞,称作高舂。⑫太阳到达连石山,称作下舂。⑬太阳到达悲泉,羲和停止为太阳驾车,拉车的六条龙休息,称作悬车。⑭太阳到达虞渊,称作黄昏。⑮太阳到达蒙谷山,称作定昏。①

附:关于钟敬文主编《民间文学概论》中引用"羲和浴日"史料的故事类型:

羲 和 浴 日

①她是羲和。②她和帝俊生下十个太阳儿子。③她的儿子们住在东方汤谷的扶桑树上。④她每天驾车轮流带上一个太阳儿子,从东方汤谷出发,从东向西运行,在西方悲泉休息。⑤她每天出发前,在咸池给太阳儿子沐浴。②

第四卷 地 形 训

其一,使用段落法。

《地形训》,依次介绍自然地理、经济地理、人文地理等内容,是"研究古代地理学的重要文献,也是黄老道家自然天道观的有机组成部分"。本训共编制故事类型46个,可分为"自然感应类"和"神祇故事类"。其中,"自然感应类",包括人类、鸟类、毛类、鱼类、龟类及三类植物的变化规律,

---

① [西汉]刘安撰《淮南子》,陈广忠译注,北京:中华书局,2012,第145—147页。
② 钟敬文主编《民间文学概论(第二版)》,北京:高等教育出版社,2010,第128—129页。

如"羽者生于庶鸟""毛者生于庶兽""鳞者生于庶鱼""介者生于庶龟""日冯生阳阏""根拔生程若""海间生屈龙"等。"神祇故事",如大禹治水、夸父为林等。本训记载的海外三十六国可与《山海经》相比较。

其二,使用情节法。

5. 扶 木

① 它是扶木。② 它在东方的阳州。③ 它是太阳升起之地。①

6. 建 木

① 它是建木。② 它在南方都广山。③ 它是天神上下之地。④ 它在日中时没有影子。⑤ 它在呼喊时没有回声。②

7. 若 木

① 它是若木。② 它的末端挂着十个太阳。③

17. 夸父为桃林

① 他是夸父。② 他丢弃自己的马鞭。③ 他变为桃林。④

附:钟敬文主编《民间文学概论》中引用"夸父逐日"史料的故事类型:

夸父逐日

① 他是夸父。② 他体型高大。③ 他追赶太阳,渴死在

---

① [西汉]刘安撰《淮南子》,陈广忠译注,北京:中华书局,2012,第204—205页。
② [西汉]刘安撰《淮南子》,陈广忠译注,北京:中华书局,2012,第204—205页。
③ [西汉]刘安撰《淮南子》,陈广忠译注,北京:中华书局,2012,第204—205页。
④ [西汉]刘安撰《淮南子》,陈广忠译注,北京:中华书局,2012,第225—227页。

路上。④ 他临死前把手杖抛在荒野,长出广阔的桃林。①

第五卷 时则训

其一,使用段落法。

《时则训》和第四卷《地形训》有相似之处,讲述自然情形、人类适应自然、利用自然的道理,指出统治者应顺应自然、社会规律,治理国家。本训将神话、五行、方位、信仰等观念综合在一起讲故事。本训共编制故事类型18个,可分为"神祇故事类"和"科学技术类"。其中,"神祇故事类",包括"颛顼""少昊""蓐收""玄冥""祝融""大禹""黄帝"等。"科学技术类",包括"绳墨""水准""圆规""秤杆""矩尺"和"秤锤"等。

其二,使用情节法。

5. 灶 神

① 他是灶神。② 人们在孟夏四月、仲夏五月祭祀他。③ 人们祭祀他时将肺放在前面。②

6. 黄 帝

① 他是黄帝。② 他统治中央。③

---

① 钟敬文主编《民间文学概论(第二版)》,北京:高等教育出版社,2010,第131页。
② [西汉]刘安撰《淮南子》,陈广忠译注,北京:中华书局,2012,第251—253、255—257页。
③ [西汉]刘安撰《淮南子》,陈广忠译注,北京:中华书局,2012,第259—261页。

第六卷 览冥训

其一,使用段落法。

《览冥训》,描述自然界和人类及事物之间的关系。在本训中,共编制故事类型 41 个,可分为"神祇故事类""人物传说类""贤君能臣类""暴君奸臣类""自然感应类""技艺超众类"和"歌声音乐类"。其中,"神祇故事类",包括"女娲补天""嫦娥奔月""黄帝治天下"等。"人物传说类",包括"武王伐纣""挠戈返日""雍门子以哭见于孟尝君"等。"贤君能臣类",包括"太公并出武王功立""武帝治国"。"暴君奸臣类",包括"纣王无道左强在侧""夏桀治国"。"自然感应类",主要讲"物类之相应",包括"东风至酒湛溢""蚕哾丝商弦绝""画随灰月运阙""鲸鱼死彗星出""阳燧取火""方诸取露""磁石引铁""解之败漆""葵之向日"。"歌声音乐类",包括"师旷奏白雪之音""庶女叫天"等。"技艺超众类",包括"蒲且子连鸟""詹何骛鱼"等。

其二,使用情节法。

1. 武王伐纣

① 他是周武王。② 他在孟津渡黄河讨伐商纣王。③ 波浪之神发起冲击,狂风大作,不能分清人马。④ 他左手举起黄钺,右手挥动白旄,怒斥波浪之神。⑤ 他讨伐纣王意志坚定。⑥ 狂风停止,波涛平息。①

附:艾伯华《中国民间故事类型》中"93. 同河神搏斗Ⅱ"的故事类型:

---

① [西汉]刘安撰《淮南子》,陈广忠译注,北京:中华书局,2012,第 304—306 页。

93. 同河神搏斗Ⅱ

① 一个河神制造灾难。② 受了伤害的男人到河里去,与河神斗争。③ 他成功了。①

34. 女娲补天

① 她是女娲。② 古时候,四方撑天的柱子倒塌,九州大地裂开,上天不能覆盖大地,大地不能承载万物,大火蔓延,洪水漫流,猛兽吞食人民,凶鸟捕食老弱。③ 她熔炼五彩神石,补好苍天。④ 她斩断鳌足,四极立定。⑤ 她杀死黑龙,解救人民。⑥ 她积聚芦灰,堵塞洪水。⑦ 她乘着雷车,驾着应龙,登上九天,在灵门朝拜天帝。⑧ 她在"道"旁休息。②

附:钟敬文主编《民间文学概论》中引用"女娲补天"史料的故事类型:

女娲补天

① 天塌地裂,山火蔓延,洪水泛滥,凶禽猛兽出来吃人。② 她是女娲。③ 她熔炼五色石补天。④ 她把大龟的四只脚斩断,竖在大地四方,撑住天。⑤ 她杀死危害人们的黑龙。⑥ 她用芦草的灰堵塞洪水。③

附:钟敬文主编《民间文学概论》中引用"女娲造人"史料的故事类型:

---

① [德]艾伯华(Wolfram Eberhard)《中国民间故事类型》,王燕生、周祖生译,北京:商务印书馆,1999,第 154 页。
② [西汉]刘安撰《淮南子》,陈广忠译注,北京:中华书局,2012,第 323—326 页。
③ 钟敬文主编《民间文学概论(第二版)》,北京:高等教育出版社,2010,第 128 页。

女 娲 造 人

① 她是女娲。② 她用掺水的黄土造人,但速度太慢。③ 她用粗绳在泥浆中搅和,把泥浆洒在地上,产生人群。①

附:艾伯华《中国民间故事类型》引用"女娲"史料的故事类型:

洪 水 6

① 没有说明发大水的原因;女妖怪使洪水消退了。

出 处:

a. 淮南子(地区不详)。

其余古代零散的洪水传说参见 A.屈恩的著作。②

2. 嫦 娥 奔 月

① 他是后羿。② 他向西王母求得长生不老药。③ 他的妻子姮娥偷吃仙药,奔上月宫。④ 他不能再得到仙药。③

附:艾伯华《中国民间故事类型》引用"嫦娥"史料的故事类型:

163. 嫦 娥

① 射手羿在与人比赛时,射掉了 12 个月亮中的一个。② 羿命令他的妻子不要打开一个药瓶。③ 他不在的时候她把药吃了。④ 由于害怕他,她向上飞,飞到了月亮里,现在她

---

① 钟敬文主编《民间文学概论(第二版)》,北京:高等教育出版社,2010,第 130 页。
② [德]艾伯华(Wolfram Eberhard)《中国民间故事类型》,王燕生、周祖生译,北京:商务印书馆,1999,第 95 页。
③ [西汉]刘安撰《淮南子》,陈广忠译注,北京:中华书局,2012,第 333—335 页。

还在那里。

出　处：

a. 民间Ⅰ,第10集,第82—83页(浙江,绍兴)。

b. 搜神记(地区不详)。

c. 威廉：民间故事,第45页(山东)。

d. 多雷ⅩⅡ,1186(地区不详)。

e. 淮南子,览冥训(地区不详)。

附　注：

这个神话看来今天也只有通过文学作品保留生命力,不再有自己的生命力了。出处b—c全都没有射12个月亮的母题,而有射10个太阳的母题,然而与嫦娥没有关系。在b—e中嫦娥吃了不死之草。现代文本a在这里把两个不同的东西混在了一起：(1)羿射10个太阳与同样古老的关于存在12个月亮的神话(过去的出处没有报道它的结尾)混在一起。(2)偷不死之草的古老母题与"月桂"的母题思想混在一起,桂花在某些夜晚从月亮落到地上,具有美好的品质(比如,在袁枚的《子不语》续篇,第41页中提到过)。

历史渊源：

可以证明最迟自公元前2世纪神话的中心思想(见上)便已出现了,然而似乎更早得多(《庄子》中便已提及)。①

3. 后羿射日

① 他是后羿。② 尧的时候,天上出现十个太阳。③ 庄稼烧焦,草木干死,百姓没有食物,猰貐、凿齿、九婴、大风、封豨、修蛇,危害人民。

---

① [德]艾伯华(Wolfram Eberhard)《中国民间故事类型》,王燕生、周祖生译,北京：商务印书馆,1999,第245页。

④ 他在畴华之野杀死凿齿。⑤ 他在凶水之上杀掉九婴。⑥ 他在青丘之泽射死巨鸟大风。⑦ 他射落十个太阳。⑧ 他杀死狻貐。⑨ 他在洞庭湖斩断修蛇。⑩ 他在桑林活捉封豨。①

附：钟敬文主编《民间文学概论》中引用"后羿射日"史料的故事类型：

后 羿 射 日

① 他是后羿。② 他是神箭手。③ 天上出现十个太阳，大地干旱。④ 他手持彤弓素矰，射落九个太阳，消除旱灾。②

附：艾伯华《中国民间故事类型》使用"后羿"史料编制的故事类型：

67. 十 日 并 出

① 很久以前，同时在天上升起十个太阳，大地干裂了。② 英雄射下九个太阳，或者把它们压到山底下。③ 只有一个太阳逃出。④ 它藏在了一种野菜之下，作为感谢，这种野菜至今还受到太阳的保护。

出　处：

a. 娃娃石，第1—4页（江苏，云台山）。

b. 威廉，民间故事，第36页（根据封神演义和西游记）（地区不详）。

c. 多雷ⅩⅡ，1183（地区不详）。

d. 论衡（福克Ⅱ，171；福克1906，269；福克1907，52）（地

---

① ［西汉］刘安撰《淮南子》，陈广忠译注，北京：中华书局，2012，第393—394页。
② 钟敬文主编《民间文学作品选（第二版）》，北京：高等教育出版社，2010，第130页。

e. 山海经ⅩⅤ,2b(地区不详)。
　　f. 淮南子Ⅷ,3b(地区不详)。
　　g. 庄子Ⅱ,7(威廉,第18页)(地区不详)。
　　h. 萨维纳,苗,第243—244页(苗族、畲族,中国南方)
　　i. 威廉,第45页(山东?)。
　　流传地区:
　　旧中国以及现代中国的中部和南方;中国南部的非汉族人。①

　　在本部分中以《览冥训》"女娲补天""嫦娥奔月"和《本经训》"后羿射日"故事为例,补充利用钟敬文、艾伯华的研究成果,重新建立资料系统。
　　钟敬文对《淮南子》的重视对艾伯华有启发作用②。钟敬文在以上3个故事的出处中都是直接引用《淮南子》的。从钟敬文主编的《中国民间故事集成》看,现代社会流传的女娲故事仍在中国全境流传。艾伯华在研究中使用了钟敬文的研究成果。

第七卷　精　神　训

　　其一,使用段落法。

　　《精神训》,主要讨论"精"与"神""心"与"形"的概念和概念之间的关系,认为"心与神是人的精神,形与气是人的肉体",人的精神、心气、形体是密不可分的,它们之间互相依赖,互相影响。本训共编制故事类型

---

　　① ［德］艾伯华(Wolfram Eberhard)《中国民间故事类型》,王燕生、周祖生译,北京:商务印书馆,1999,第123页。
　　② 关于艾伯华对钟敬文故事类型研究成果的使用,参见董晓萍《跨文化民间文艺学》和《跨文化民俗学》,北京:中国大百科全书出版社,2016、2017。

27个,分为"神祇类""贤君能臣类""暴君奸臣类"和"人物传说类"四大类。其中,"神祇类"包括"开天辟地型"和"天体型";前者有"开天辟地",后者有"日中有踆乌""月中有蟾蜍"的日、月天体故事。"贤君能臣类",包括"尧""禹""晏子""杞殖""华周""季扎""子罕""务光"等。"暴君奸臣型",包括"仇由""虞君""晋献公""齐桓公""胡王"等。"人物传说类",包括"毛嫱""西施""颜回""子路""子夏""冉耕"等。

其二,使用情节法。

1. 开天辟地
① 天地没有出现时混沌不分。② 阴阳二神开天辟地,产生阴阳二气。③ 阴阳二气离散为八极。④ 阴阳二气相互作用产生万物。⑤ 杂乱之气成为虫,精微之气成为人。①

2. 日中有踆乌
① 它是乌。② 它住在太阳中。③ 它有三只脚。②

3. 月中有蟾蜍
① 它是蟾蜍。② 它住在月亮中。③

11. 晏 子
① 他是晏子。② 他受到崔杼弑君的胁迫。③ 他被要求与崔杼合盟。④ 他对国家忠诚。④

---

① [西汉]刘安撰《淮南子》,陈广忠译注,北京:中华书局,2012,第336—338页。
② [西汉]刘安撰《淮南子》,陈广忠译注,北京:中华书局,2012,第339—341页。
③ [西汉]刘安撰《淮南子》,陈广忠译注,北京:中华书局,2012,第339—341页。
④ [西汉]刘安撰《淮南子》,陈广忠译注,北京:中华书局,2012,第362—363页。

第八卷 本经训

其一,使用段落法。

《本经训》,主要研究国家治理的常法,认为执政者应当掌握"道",按照自然、社会规律治理国家,并利用"太清之治、至人以及容成氏、尧舜治世与衰世、晚世、桀纣治世"等故事,说明上述道理。本训共编制故事类型14个,主要分为"神祇类""暴君奸臣类""发明创造类"和"人物传说类"。其中,"神祇类",包括"天地合和""后羿射日""共工振滔洪水""大禹治水"等。"暴君奸臣类",包括"暴君夏桀""暴君商纣"。"发明创造类",包括"仓颉造字""伯益作井""周鼎著倕"。"人物传说类",包括"公输班""王尔""西施""毛嫱"等。

其二,使用情节法。

1. 公 输 班
① 他是公输班。② 他是古代的巧匠。①

2. 王 尔
① 他是王尔。② 他是古代的巧匠。②

10. 后 羿 射 日
① 他是后羿。② 尧的时候,天上出现十个太阳。③ 庄稼烧焦,草木干死,百姓没有食物,猰貐、凿齿、九婴、大风、封豨、修蛇,危害人民。④ 他在畴华之野杀死凿齿。⑤ 他在凶水之上杀掉九婴。⑥ 他在青丘之

---

① [西汉]刘安撰《淮南子》,陈广忠译注,北京:中华书局,2012,第381—384页。
② [西汉]刘安撰《淮南子》,陈广忠译注,北京:中华书局,2012,第381—384页。

泽射死巨鸟大风。⑦ 他射落十个太阳。⑧ 他杀死猰貐。⑨ 他在洞庭湖斩断修蛇。⑩ 他在桑林活捉封豨。①

第九卷 主 术 训

其一，使用段落法。

《主术训》，讲君王治理天下的道理，认为君王应该按照自然、社会规律治理国家，实行"无为而治"，要爱惜民力、任人唯贤，依靠百姓的力量治理国家，安民、富民，使国家长治久安。本训共编制故事类型77个，可以分为"神祇类""贤君能臣类""暴君奸臣类""发明创造类"和"歌声音乐类"五大类。"神祇类"，包括"神农""伏羲""大禹治水""尧""舜"。"贤君能臣类"，包括"孙叔敖恬卧""蘧伯玉为相""商汤圣主""周武圣主""伊尹贤相""豫让"等。"暴君奸臣类"，包括"齐庄公好勇""倾楚好色""齐桓公好味""虞君好宝""胡王好音""纣杀王子比干"等。"发明创造类"，包括"稷辟土垦草"。"歌声音乐类"，包括"荣启期一弹""邹忌一徽""宁戚商歌车下""延陵季子听鲁乐"等。

其二，使用情节法。

1. 神农氏

① 他是神农氏。② 他是上古部落的首领。③ 他以仁诚之心治理天下。④ 他每月按时考察下情，按时品尝新谷。⑤ 他以公心教育万民，百姓朴实端正。②

---

① ［西汉］刘安撰《淮南子》，陈广忠译注，北京：中华书局，2012，第393—394页。
② ［西汉］刘安撰《淮南子》，陈广忠译注，北京：中华书局，2012，第421—422页。

第十卷 缪 称 训

其一,使用段落法。

《缪称训》,论述儒家"仁""义"思想与道家"道""德"思想的关系。本训共编制故事类型 101 个,可分为"神祇类""人物传说类""贤君能臣类""暴君奸臣类""歌声音乐类"。其中,"神祇类",包括"黄帝""大禹"等。"人物传说类",包括"即鹿无虞""中行缪伯手搏虎""僖负羁""赵宣孟"等。"贤君能臣类",包括"后稷广利天下""弘演直仁而立死""莞夷吾""百里奚"等。"暴君奸臣类",包括"虞公见垂棘之璧""鲁酒薄而邯郸围"等。"歌声音乐类",包括"侏儒""瞽师""申喜闻乞人之歌"等。

其二,使用情节法。

1. 黄 帝
① 他是黄帝。② 他说依照天的威德,和上天元气相通。①

2. 即 鹿 无 虞
① 他是虞人。② 他是主管禽兽的官员。③ 他帮助逐鹿,鹿进入林中。②

3. 后稷广利天下
① 他是后稷。② 他为天下子民谋利益。③ 他从不自我夸耀。③

---

① [西汉]刘安撰《淮南子》,陈广忠译注,北京:中华书局,2012,第 506—507 页。
② [西汉]刘安撰《淮南子》,陈广忠译注,北京:中华书局,2012,第 507—508 页。
③ [西汉]刘安撰《淮南子》,陈广忠译注,北京:中华书局,2012,第 510 页。

第十一卷 齐俗训

其一,使用段落法。

《齐俗训》,介绍不同地域、时代的礼俗制度,强调要"以道齐俗"。本训不仅记载大量的故事,还保留了对先秦社会礼俗的丰富记录。本训共编制故事类型88个,可以分为"神祇类""人物传说类""贤君能臣类""暴君奸臣类""技艺超众类"和"礼乐制度类"六类。其中,"神祇类",包括"尧之举舜""颛顼之法""禹葬会稽之山""大禹治水"等。"人物传说类",包括"盗跖之邪""西施""毛嫱"等。"贤君能臣类",包括"桓公取宁戚""鳌负羁之壶餐""赵宣孟之束脯""管仲""伊尹兴土功"等。"暴君奸臣类",包括"糟丘生乎象箸""炮烙生乎热升"等。"技艺超众型",包括"欧冶之巧""扁鹊以治病""造父以御马""羿以之射""倕以之斫""伯乐知马""韩风知马""秦牙知马""管青知马"等。"礼乐制度类",包括"曾参之美""孝己之美"等。

其二,使用情节法。

1.曾参之美

① 他是曾参。② 他是孔子的学生。③ 他拥有美名。①

38.扁鹊以治病

① 他是扁鹊。② 他得到道。③ 他用道治病。②

39.造父以御马

① 他是造父。② 他得到道。③ 他用道驾驭车马。③

---

① [西汉]刘安撰《淮南子》,陈广忠译注,北京:中华书局,2012,第566—568页。
② [西汉]刘安撰《淮南子》,陈广忠译注,北京:中华书局,2012,第600—603页。
③ [西汉]刘安撰《淮南子》,陈广忠译注,北京:中华书局,2012,第600—603页。

40.羿以之射

① 他是后羿。② 他得到道。③ 他用道射箭。①

56.鲁般以木为鸢

① 他是鲁般。② 他用木头制造飞鸟。③ 他的木鸟飞了三天没有落地。②

第十二卷 道应训

其一,使用段落法。

《道应训》,研究"道"在各个方面的具体应用,认为"道"是万事万物的本源,是自然、社会发展的规律,存在于一切事物之中。本训主要通过讲故事的方式阐述"道之所行,物动而应"的道理。本训共编制故事类型66个,主要包括"神祇类""人物传说类""贤君能臣类"和"暴君奸臣类"。"神祇类",包括"尧之佐九人""舜之佐七人"等。"人物传说类",包括"白公问于孔子""墨子为守攻""夫差"等。"贤君能臣类",包括"惠子为惠王为国法""田骈以道术说齐王""惠孟见宋康王""宁戚欲干齐桓公""大王亶父居邠""子发攻蔡""晋文公伐原"等。"暴君奸臣类",包括"白公胜得荆国""司城子罕相宋"等。本训与《淮南子》其他各训相比,故事文本完整,譬喻生动,将文言与口语结合起来传达"道之所行,物动而应"的哲理。

其二,使用情节法。

---

① [西汉]刘安撰《淮南子》,陈广忠译注,北京:中华书局,2012,第600—603页。
② [西汉]刘安撰《淮南子》,陈广忠译注,北京:中华书局,2012,第611—613页。

11. 孔　　丘

① 他是孔子。② 他没有土地被称为素王。③ 他没有官职被称为尊长。④ 他使天下人得到安乐与利益。①

12. 墨　　翟

① 他是墨子。② 他没有土地被称为素王。③ 他没有官职被称为尊长。④ 他使天下人得到安乐与利益。②

第十三卷　氾论训

其一,使用段落法。

《氾论训》,以"道"为核心,阐述"博说世间、古今得失,以道为化,大归于一"的道理。本训共编制故事类型102个,可分为"神祇类""历史人物类""文化发明类""礼乐制度类""贤君能臣类""暴君奸臣类""技能超众类"和"歌治类"。其中,"神祇类",包括"尧""舜""禹"等。"历史人物类",包括"高皇帝""苌弘""季襄""陈仲子"等。"文化发明类",包括"伯余作衣"。"礼乐制度类",包括"舜不告而娶""文王舍伯邑考而用武王""文王十五而生武王""鲁昭公有慈母而爱之""周公""神农无制令而民从""唐有制令而无刑罚""虞有制令而无刑罚"。"贤君能臣类",包括"伯成子高辞为诸侯而耕""文王两用吕望、召公奭而王""楚庄王专任孙叔敖而霸""文王处歧周之间"。"暴君奸臣类",包括"齐简公释其国家之柄""郑子阳刚毅而好罚""湣王专用淖齿而死于东庙"。"技能超众类",包括"欧冶""猗顿""薛烛庸子""臾儿""易牙""羿除天下之害死而为宗布"等。"歌治类",包括"秦青""韩娥""薛谈""侯同""曼声""禹以五音听治"等。

---

① [西汉]刘安撰《淮南子》,陈广忠译注,北京:中华书局,2012,第642—644页。
② [西汉]刘安撰《淮南子》,陈广忠译注,北京:中华书局,2012,第642—644页。

其二,使用情节法。

1. 伯余作衣

① 他是伯余。② 他是黄帝的大臣。③ 他揉搓麻皮织成绳子麻线。④ 他用手指牵挂经纬把条条分开。⑤ 他教人们制作衣裳。⑥ 后人根据他的原理制成织布机。⑦ 百姓可以掩蔽身体抵御风寒。①

2. 舜不告而娶

① 他是舜。② 他没有告诉父亲就娶二妃。③ 他的做法不符合古代礼制。②

49. 尾生与妇人期而死之

① 他是尾生。② 他与女子约会。③ 他们相约在桥下见面。④ 女子还没来时,发水了。⑤ 他守信站在桥下。⑥ 他被淹死。③

第十四卷 诠 言 训

其一,使用段落法。

《诠言训》,用"道"解释自然与社会观,认为天、地、万物都产生于"太一",人类的自然观与社会观要包容,要相互顺应,要道法自然而不是相反。本训共编制故事类型 27 个,分为"神祇类""历史人物类""贤君能臣类""暴君奸臣类"和"歌治类"。"神祇类",包括"羿死于桃棓""大禹治水""尧有圣名""舜修之历山"等。"历史人物类",包括"武平暴乱""汤平暴乱"等。"贤君能臣型",包括"泰王亶父""皋陶听狱制中""周公殷臑不收于前"等。"暴君奸臣型",包括"桀""纣"等。"歌治类",包括"舜弹五弦之琴"。

---

① [西汉]刘安撰《淮南子》,陈广忠译注,北京:中华书局,2012,第716—719页。
② [西汉]刘安撰《淮南子》,陈广忠译注,北京:中华书局,2012,第719—721页。
③ [西汉]刘安撰《淮南子》,陈广忠译注,北京:中华书局,2012,第748—751页。

其二,使用情节法。

11. 舜修之历山
① 他是舜。② 他在历山耕田。③ 四海之民跟从他的教化。①

12. 文王修之歧周
① 他是周文王。② 他在歧周治政。③ 天下随之转移风俗。②

第十五卷 兵 略 训

其一,使用段落法。

《兵略训》,讨论军事问题,认为战争起源于社会生存斗争,获取战争胜利的根本是"有道",依"道"而行,争取民心,不战而胜,才是战争最大的赢家。本训共编制故事类型 23 个,可以分为"神祇类"和"历史人物类"。其中,"神祇类",包括"黄帝与炎帝战""颛顼与共工争"等。"历史人物类",包括"武王伐纣""陈胜起义""吴王夫差"等。

其二,使用情节法。

1. 黄帝与炎帝战
① 他是炎帝。② 他兴起火灾。③ 他和黄帝在涿鹿大战。④ 他被黄帝擒住。③

2. 颛顼与共工争
① 他是共工。② 他制造水害。③ 他和颛顼发生争夺。④ 他被颛顼

---

① ［西汉］刘安撰《淮南子》,陈广忠译注,北京:中华书局,2012,第 803—805 页。
② ［西汉］刘安撰《淮南子》,陈广忠译注,北京:中华书局,2012,第 803—805 页。
③ ［西汉］刘安撰《淮南子》,陈广忠译注,北京:中华书局,2012,第 846—849 页。

杀死。①

附：钟敬文主编《民间文学概论》中引用"共工与颛顼争帝"资料的故事类型：

共工与颛顼争帝

①他是共工。②他与颛顼争帝位。③他失败，用头撞断撑天的不周山。④天向西北倾倒，地的东南倾斜，日月星辰落向西方，江河湖水向东奔流。②

第十六卷 说山训

其一，使用段落法。

《说山训》，认为自然观与社会观两者的"道""其多如山，因以名篇"。本训共编制故事类型56个，可以分为"技艺超众类""礼乐制度类""歌治类""贤君能臣类""暴君奸臣类""寓言说理类"。"技艺超众型"，包括"詹公善钓"。"礼乐制度类"，包括"曾子攀枢车""孔氏不丧出母""曾子立孝"。"歌治类"，包括"老母行歌而动申喜""瓠巴鼓瑟""百牙鼓琴""介子歌龙蛇"等。"贤君能臣类"，包括"陈成子恒之劫子渊捷""比干以忠靡其体"等。"暴君奸臣类"，包括"白公胜之倒杖策""夏桀"等。"寓言说理类"，包括"人有嫁其子""东家母死""楚王有白猿""郢人有买屋栋者""郢人有鬻其母"等。

其二，使用情节法。

---

① ［西汉］刘安撰《淮南子》，陈广忠译注，北京：中华书局，2012，第846—849页。
② 钟敬文主编《民间文学概论（第二版）》，北京：高等教育出版社，2010，第128—129页。

1. 詹公善钓

① 他是詹何。② 他擅长钓鱼。③ 他钓到千年的鲤鱼。①

2. 曾子攀柩车

① 他是曾子。② 他很孝顺。③ 他攀扶柩车送丧。④ 他的孝举使拉灵车的人感动哭泣。②

第十七卷 说林训

其一,使用段落法。

《说林训》,以道家的思辨精神说明天下万物之理众多,均应依"道"而行,守道而治,顺道而变。本训共编制故事类型 33 个,分为"技艺超众类""贤君能臣类""暴君奸臣类""历史人物类""寓言说理类"。其中,"技艺超众类",包括"羿""造父""王子庆忌"。"贤君能臣类",包括"汤放其主而有荣名""管子以小辱成大荣"。"暴君奸臣类",包括"崔杼弑其君而被大谤""纣醢梅伯""桀辜谏者"。"历史人物类",包括"吕望使老者奋""项托使婴儿矜""秦通崤塞""柳下惠见饴""盗跖见饴""献公之贤""叔孙之知""西施""毛嫱""晋阳处父伐楚以救江"等。"寓言说理类",包括"刻舟求剑"。

其二,使用情节法。

1. 刻舟求剑

① 他是乘船的客人。② 他将剑落入水中。③ 他在船舷边刻了记号。④ 他下船后到船舷边上的记号处寻找自己的剑。③

---

① [西汉]刘安撰《淮南子》,陈广忠译注,北京:中华书局,2012,第 913—915 页。
② [西汉]刘安撰《淮南子》,陈广忠译注,北京:中华书局,2012,第 913—915 页。
③ [西汉]刘安撰《淮南子》,陈广忠译注,北京:中华书局,2012,第 972—973 页。

2. 彭 祖

① 他是彭祖。② 他活到八百岁。①

3. 女 娲

① 她是女娲。② 她在黄帝的帮助下生出阴阳。③ 她在上骈的帮助下生出耳目。④ 她在桑林的帮助下生出胳膊手指。⑤ 她每天变化七十次制造人类。②

第十八卷 人 间 训

其一,使用段落法。

《人间训》,认为拥有"心""术""道"者,才能处理好自然、社会与历史的关系。本训共编制故事类型76个,可分为"贤君能臣类""暴君奸臣类""历史人物类""寓言说理类"。其中,"贤君能臣类",包括"孙叔敖损之而益""晋文公将与楚战城濮"。"暴君奸臣类",包括"晋厉公益之而损"。"历史人物类",包括"扁鹊""商鞅支解""李斯车裂"。"寓言说理类",包括"害之而反利者""利之而反害之""有功而见疑""有功而见疑""宋人好善""塞翁失马,焉知非福""螳臂当车"等。

其二,使用情节法。

2. 扁 鹊

① 他是扁鹊。② 他是名医。③ 他治好各种疑难杂症。③

---

① [西汉]刘安撰《淮南子》,陈广忠译注,北京:中华书局,2012,第 976 页。
② [西汉]刘安撰《淮南子》,陈广忠译注,北京:中华书局,2012,第 985—986 页。
③ [西汉]刘安撰《淮南子》,陈广忠译注,北京:中华书局,2012,第 1036—1037 页。

25. 塞翁失马，焉知非福

① 他住在长城一带。② 他擅长术数。③ 他家的马跑到匈奴那边，邻居过来安慰，他认为这是好事。④ 他家跑走的马带回一匹胡地骏马，邻居过来祝贺，他认为这是一件坏事。⑤ 他的儿子从马背摔下，折断大腿，邻居过来安慰，他认为这是一件好事。最后他的儿子因为腿跛没有参加战争。⑥ 他和儿子保全性命。①

第十九卷 修 务 训

其一，使用段落法。

《修务训》，强调教育、学习，劝勉自强，周济百姓。本训共编制故事类型 55 个，可以分为"神祇类""贤君能臣类""历史人物类""文化发明类""技艺超众类""寓言说理类"。其中，"神祇类"，包括"神农尝百草""尧""舜""大禹治水""禹生于石""契生于卵"。"贤君能臣类"，包括"商汤"等。"历史人物类"，包括"伊尹负鼎""吕望鼓刀""百里奚转鬻""管仲束缚""楚欲攻宋""钟子期死，伯牙绝弦破琴"等。"文化发明类"，包括"仓颉作书""容成造历""胡曹为衣""后稷耕稼""仪狄作酒""奚仲为车"。"技艺超众类"，包括"史皇产而能书""羿左臂修而善射"。"寓言说理类"，包括"楚人烹猴""邯郸乐师""鄙人得玉""和氏璧"等。

其二，使用情节法。

41. 奚仲为车

① 他是奚仲。② 他掌握道理，具有才智，留下业绩。③ 他制造车子。②

---

① ［西汉］刘安撰《淮南子》，陈广忠译注，北京：中华书局，2012，第 1054—1055 页。
② ［西汉］刘安撰《淮南子》，陈广忠译注，北京：中华书局，2012，第 1142—1143 页。

第二十卷 泰族训

其一,使用段落法。

《泰族训》,对全书做理论总结,集中讨论自然法则、社会规律和天人关系等内容,提倡黄老道家观念。本训共编制故事类型94个,可分为"历史人物类""技艺超众类""贤君能臣类""暴君奸臣类""神祇类"和"文化发明类"。其中,"历史人物类",包括"赤松""乐羊""晋献公伐虞""田子方"。"技艺超众类",包括"宋人有以象为其君为楮叶者"。"贤君能臣类",包括"大王亶父处邠""宓子治亶父""孔子为鲁司寇""小白奔莒"。"暴君奸臣类",包括"灵王作章华之台"。"神祇类",包括"大禹治水""黄帝"。"文化发明类",包括"神农作琴""夔作乐""仓颉造字""汤作囿""仪狄造酒"。

其二,使用情节法。

11. 尧治天下

① 他是尧。② 他治理天下,政教平和,泽惠百姓。③ 他被四岳推举舜。④ 他把两个女儿嫁给舜,观察舜的治家能力。⑤ 他把统治百官的重任托付给舜,观察舜治国的能力。⑥ 他让舜进入森林,舜面对风暴不迷失方向。⑦ 他把九个儿子嘱托给舜。⑧ 他向舜赠送美玉。⑨ 他把天下传给舜。①

第二十一卷 要略

其一,使用段落法。

---

① [西汉]刘安撰《淮南子》,陈广忠译注,北京:中华书局,2012,第1184—1186页。

本训是全书的纲要,简要概括各章的主要内容,对诸子百家学说做了整体阐述。本训共编制故事类型13个,可以分为"神祇类""历史人物类""贤君能臣类""暴君奸臣类"。其中,"神祇类",包括"伏羲为六十四变""大禹治水"。"历史人物类",包括"周室增六爻""孔子""墨子""齐桓公""齐景公""申不害""秦孝公"。"贤君能臣类",包括"周文王""周武王""周公旦"。"暴君奸臣类",包括"商纣王"。

其二,使用情节法。

1. 伏羲为六十四变

① 他是伏羲。② 他将八卦演变为六十四个卦象。③ 他追溯万物本源。①

第三节 《淮南子》历史经典与故事类型双构研究

本节从民俗学的角度,从历史类的分类,研究《淮南子》,重点关注《淮南子》历史观系统,包括作者在书中传达的历史观和当时民俗文化中的历史观。本节从《淮南子》文本实际出发,主要讨论其双构结构中的历史观,也讨论在这种历史观中所包含的仙道观和自然观。

一、《淮南子》双构文本的历史观

《淮南子》双构文本的历史观,主要体现在两个方面:自我文化的历史认同观,核心是崇尚贤达帝王和文化英雄;自我历史的变动观,核心是对自我文化与其他文化兼容的观点。

---

① [西汉]刘安撰《淮南子》,陈广忠译注,北京:中华书局,2012,第1261—1264页。

（一）崇尚贤达帝王和文化英雄的历史观

《淮南子》的双构文本，使用自我文化的命名系统，叙述了大量的"贤君能臣型"故事和"暴君奸臣型"故事。作者有崇尚贤达帝王的儒家思想，也有崇敬文化英雄的民俗思想，这使作者很容易将经典名著与故事化为一体讨论。作者将文化发明与腐败挥霍相比，赞美文化英雄。大多数贤明帝王与文化英雄的形象拥有共同的古老命名和故事类型，这使这类叙事更加流行，既是历史，也是现象，如周文王、周成王和周康王。

武 王 伐 纣

① 他是周武王。② 他讨伐商纣王。③ 他散发粮食，发散钱财。④ 他扩大王子比干的墓地，旌表贤人商容的闾里。⑤ 他朝拜商汤的宗庙，释放被囚禁的箕子。⑥ 他让天下人安居乐业，亲近贤德之人。⑦ 他志向宏大。①

文王周观得失

① 他是周文王。② 他考察得失变化，观览利弊关系。③ 他把尧舜昌盛、桀纣灭亡的道理记载在明堂。④ 他的智慧周全。②

周 成 王

① 他是周成王。② 他继承周文王、周武王的大业。③ 他恪守明堂制度，观察存在、灭亡的迹象，考察成功、失败的变化。④ 他说圣人之道，行仁义之路。⑤ 他的行为方正。③

周 康 王

① 他是周康王。② 他继承周文王、周武王的大业。③ 他恪守明堂

---

① ［西汉］刘安撰《淮南子》，陈广忠译注，北京：中华书局，2012，第492—496页。
② ［西汉］刘安撰《淮南子》，陈广忠译注，北京：中华书局，2012，第492—496页。
③ ［西汉］刘安撰《淮南子》，陈广忠译注，北京：中华书局，2012，第492—497页。

制度，观察存在、灭亡的迹象，考察成功、失败的变化。④ 他说圣人之道，行仁义之路。⑤ 他的行为方正。①

《淮南子》的《第九卷·主术训》，通篇讲帝王治理社会的道理，也指出化成文化，践行仁义的重要性。

（二）变迁的历史观

《淮南子》对儒家思想和先秦时期的其他诸子思想有兼容观点。伏羲、女娲、尧舜和后羿等人物，都在《淮南子》的多个卷次中反复出现，作者将美好的自然与社会观念都放在他们身上，没有时间的变化，也没有标准的变化，这就是一种理想化的思想兼容状态。作者也用这种兼容观划分历史分期，如在《第二卷·俶真训》中，把自我的文化历史分为5个时期，分别是"至德之世""伏羲氏""神农黄帝""昆吾夏后"和"周室之衰"，这5个时期的承续关系，不是今天所说的先进与落后，或者愚昧与文明，而是讲符合既定标准的历史就是好历史，不符合既定标准的历史就是坏历史。这种历史观与社会观综合，就是所谓的"崇古通变"史观。那么，作者怎样表达历史变迁呢？主要是通过批评人性不古的民俗世风变化来表达。《淮南子》借助上古神话传说中的人物伏羲、女娲、尧舜和后羿讲故事，因为他们高高在上，恒定不变。人类社会中的争权夺利、蛊惑利诱、秩序混乱的现象，都属于社会变坏的迹象。《淮南子》是承认历史变化的，作者拿古代文化英雄作比较，认为历史不是越变越好，而是越变越坏。在这种历史观的表述中，没有物质、技术等文明要素，而是对古代精神世界的赞美，以及对自我文化内部民俗的比较与认知，所以它的价值在于文化意义，而不在于社会功能。

二、《淮南子》历史观中的仙道观

《淮南子》的历史观充溢着仙道思想，关于此点，主要是通过对《老子》

---

① ［西汉］刘安撰《淮南子》，陈广忠译注，北京：中华书局，2012，第492—497页。

《庄子》等经典与故事类型的双构与重新阐释完成的。在《淮南子》原著的命名系统中,有许多仙道概念的命名,如"长生不老""肉体飞升"等,如《第六卷 览冥训》有:"譬若羿请不死之药于西王母,姮娥窃以奔月,怅然有丧,无以续之。"①汤一介在《论早期道教的发展》一文中,从中国哲学史的角度,对《淮南子》的仙道观在我国历史中的发展过程做了深入分析,指出:

> 道教特别是早期道教(即南北朝前的道教)所宣扬的宗教教义的基本内容是"长生不老"、"肉体飞升"等思想,在战国末期已经有了,至秦汉则更为流行。秦始皇信方士之言,求长生不死之药;汉武帝惑李少君等,祭祀求仙,以期羽化。《淮南子》中载有,导引行气,长生久视之术。而道教所据之"成仙"的基本思想"气化"学说,也早见于战国至秦汉之际。《庄子》中已有"生死气化"之说,而以"精神"为"精气",形与神合则可长生久视,早在《吕氏春秋》和《淮南子》中已载有。……高诱的《淮南子注》说:"精者,人之气";"精,气也"。《白虎通义·情性章》:"精神者何谓也?精者,静也,太阳施化之气。"《礼记·聘义》郑玄注也说:"精神,亦谓精气也。"因此,道教的"成仙"的,某些思想根据在当时也已存在。此外,如早期道教中的"阴阳五行"、"巫觋杂语"更是两汉方士所宣扬。②

钟敬文主编的《民俗学概论》设立了民俗学史专章,从民俗学的角度,对儒家历史观与《淮南子》中的仙道观做了整体讨论,认为:

> 道家的社会方案是无为而治,他们由此提出了自然民俗观的见解。
>
> 老庄民俗观的核心是反智主义,即主张"无知无欲"。他们鼓吹

---

① [西汉]刘安撰《淮南子》,陈广忠译注,北京:中华书局,2012,第333页。
② 汤一介《论早期道教的发展》,收入汤一介《中国传统文化中的儒道释》,北京:中国和平出版社,1988,第110页。

小国寡民,绝圣弃智的社会模式,让人们"甘其食,美其服,安其居,乐其俗"。他们认为,民俗的实质在于保存自然的人性。

那些古代神话和初民习俗的魅力,在于它们产生于自然人性的本身,体现了人的感情、情绪、感觉和行为等生命的具体实在性,而与现实世俗功利的价值或某种为圣贤所承认的价值没有联系。

庄子也不追求民俗知识的历史确定性。他要求不使用文化解释的语言,把神话说成是一定具有某种样子的东西,从而为树立道德典范的意义服务。他著书十万余言,多借神话寓言,指事类情,把民俗的知识与自然人的知识作为同一类型的知识进行处理。

由于上述种种观点在后世的传播,老庄的自然民俗观逐渐演变成了我国古代民俗理论中的"天籁说"的源头。

汉代以后,仙话和道教神话兴起,不少上古神话传说借助于它们的流传得到了保存。

总之,先秦民俗,由于被史官和诸子文献所记录,增加了它们的理论分量和实际影响。以人论俗,是先秦伦理民俗观的主要特征。由此产生的"民俗"一词的含义的不确定性,也导致了后世社会在伦理原则以外,对民俗事象进行了其他多样性的分类。[①]

从民俗学者的讨论看,儒家思想与仙道观不无联系。这类双构文本的历史价值在于,既保留了农业文明社会的多元思想财富,也保留了一批人与历史和人与未来被共同思考的故事,如"开天辟地"和"嫦娥奔月",等等,这种双构史料还保留了大量向往自然、崇尚"天籁"的古代优秀文学作品。

三、《淮南子》历史观中的自然观

本节所说的自然观,与现代自然科学的自然观相比,概念不同,但在

[①] 钟敬文主编《民俗学概论(第二版)》,北京:高等教育出版社,2010,第306—307页。

历史内涵上有联系。在《淮南子》的双构文本中,这种自然观首先是农业文明的产物,然后是与古代哲学观、民俗观、宗教观和文学观紧密相关表达,因而它在本质上是一种文化观。从文化的角度看待大自然,用文化的思想解释和利用自然现象,并从事技术发明和技术活动,以及管理文化与技术的社会关系,正是中国早期科学思想的基本内容与历史特点。

（一）人与自然灾害共处的叙事

《览冥训》中的"女娲补天"、《本经训》中的"后羿射日",《原道训》和《天文训》中的"共工与颛顼争帝",都有对自然环境恶化的描写。女娲和后羿战胜了恶劣的自然环境,共工撞断擎天柱不周山后,女娲及时加以调整,使自然环境得到改善,人与自然互相适应。实际上,人没有离开原来的灾害环境,灾害也不会根治,但人们学会了两相共处的心态与方法,如女娲用石头挡住洪水,营造了西高东低的壮观山川地貌;后羿射落9个太阳,留下1个为人类照明与供暖;羲和监护太阳白天上班、夜间休息;这些都是表达了控制适度的观念。适度就是守序,守序就能防灾减灾。汪德迈认为,这种自然观对中国古代社会治理发挥了重要作用,他说:"亲属情感是绝对自然的,我反复讲的父子、母子关系完全都是自然关系。儒家的礼治强调,遵守这种自然的关系是一种'德'。父母与子女的关系都能得到自然而然的发展,能做到相互尊重,这就是德治。"① 中国人的自然观、社会观与家庭观是匹配的。

（二）自然时序与社会秩序天人感应的观点

以往研究《淮南子》的著作中,将这种天人感应观称为天道自然的思想。《原道训》称:"夫萍树根于水,木树根于土;鸟排虚而飞,兽蹠实而走;蛟龙水居,虎豹山处,天地之性也,两木相摩而然,金火相守而流;员者常转,窾者主浮,自然之势也。"② 按照《淮南子》的思想,自然事物和社会事物按照自己的规律发展,圣人也不要去改变它。顺应天人感应者,能

---

① [法]汪德迈(Léon Vandermeersch)《中国思想文化研究》,北京:中国大百科全书出版社,2016,第79页。
② [西汉]刘安撰《淮南子》,陈广忠译注,北京:中华书局,2012,第16页。

驾驭规律,成为造福自然与社会的伟人。这些伟人不是空洞的、来无影去无踪的,而是可以通过形象塑造和故事叙事进入历史经典。《淮南子》中列举了一批伟人,如明君尧舜、名臣晏婴、名医扁鹊和名匠鲁班等。白光华(Charles le Blanc)认为,《淮南子》"最大的思想特色就在于吸收与利用了在西汉盛行一时的'感应'学说,对于传统的道家思想做了新的发挥"①。

第四节 《淮南子》历史观与自然观的现代传承

本书在研究过程中,曾就《淮南子·天文训》的文本,在天津海港渔村选点,调查其自然观从历史到现代的传承状况。从原则上说,《淮南子》是两千年前的经典名著,要在现代人中间直接获得传承信息几乎是不可能的,但《淮南子》第一次全面记载了我国的二十四节气,其中涉及日月星辰天体运行与渔业生产活动,这类渔业生产至今存在,又是有可能调查的。本次调查的具体地点为天津市滨海新区(原汉沽区)蔡家堡村,这是天津传统渔业生产集散地和渔民聚居区,被调查者全部是蔡家堡村的渔民和渔民的后代,共8人。他们受家族传承和生产传统的影响,熟悉天津传统渔业民俗,人人都有出海打鱼的经历,对出海捕鱼与自然气象之间的关系有亲身体验,对传统气象知识耳熟能详。从对他们的调查结果看,至少在这个渔村,围绕二十四节气的历史观与自然观没有断层,渔民们说起来个个头头是道。这次在调查现场和研究工作中将文献与口头结合思考,可以从间接的角度,理解《淮南子》的历史价值,也能看到口头叙事的魅力。②

---

① [加拿大]白光华(Charles le Blanc)《我对〈淮南子〉的一些看法》,收入陈鼓应主编《道家文化研究》(第六辑),上海:上海古籍出版社,1996,第198—199页。
② 本次调查时间为2015年和2016年,由董晓萍教授带队并主访,北京师范大学民俗学专业研究生高磊、刘修远和邵玥参加调查。数字录音转写由高磊、刘修远分工执行,共获有效数字录音155分钟,整理录音稿计15 000余字,邵玥承担了部分录音稿的方言校对工作。另拍摄照片46张。

一、天津渔业史概述

天津农业经济的一个特征是渔业生产传承。由于地理位置临海的便利条件,天津自明代起,渔业生产就发展到一定规模。据《天津古代城市发展史》记载:

>《天津新志》记载"渔人驾舟出海约三百号",都说明了天津渔业的繁荣盛况。在明清两代的诗词及传说中,也多有反映。如明人宋纳的《直沽舟中》诗写道:"旅思摇摇嗜昼眠,舟人报是直沽前。夕阳野饭烹鱼釜,秋水蒲帆卖蟹船"。瞿佑《次直沽》诗中也有"挂帆商舶秋风顺,晒网渔翁夕照间"的诗句。一位不署名的诗人在《直沽棹歌》中唱道:"云帆十幅下津门,日落潮平不见痕。苇甸茫茫何处泊,一灯明处有渔村"。[①]

陶立璠主编的《中国民俗大系·天津民俗》介绍天津渔业史:

> 天津位于九河下梢,临河傍海,滩涂非常广阔,水产资源十分丰富。明代渔业已初具规模,清初禁海后曾一度萧条。清康熙年间海禁渐开,渔业发展迅速,渔、商(海上运输)兼作,盛极一时。民国以后,因渔行重利盘剥等原因,逐渐凋散。20 世纪 50 年代后,渤海沿岸渔业得到恢复和发展。但由于捕捞过度,加之环境污染,出现资源衰减。近几年来通过禁止滥捕、治理环境等措施保护水产资源,并大力发展养殖业,使渔业生产健康有序地发展壮大起来。[②]

[①] 郭蕴静、涂宗涛等编《天津古代城市发展史》,天津:天津古籍出版社,1989,第209页。

[②] 陶立璠主编,尚洁编《中国民俗大系·天津民俗》,兰州:甘肃人民出版社,2004,第10—11页。

这部《天津卷》还写道:"渔民以塘沽、汉沽、宁河等地为主要聚集地,另外在市内海河流域一线有部分零散型的渔民分布。"①《天津农业经济概况》也有相关描述:"由于天津的地理位置,历史上一直是华北的水产品集散地",也是"北方的水产品交流中心和最大的埠际水产品市场"②。上述文献都反映了传统天津渔业发展的盛况。

二、渔业生产与气象知识

在本次调查中,渔民介绍渔业生产中需要掌握的日、月、星、风和潮汐等自然气象知识,所谈滔滔不绝。

1. 太阳

访谈样本一:王有宝介绍日出与风的关系

> 日出的时候,太阳中间有条大横线,这就告诉你,十点左右有大东风。这是相当准确的。③

访谈样本二:王有宝介绍日落与风雨的关系

> 日落的时候,我们就看"单耳风,双耳雨"。如果太阳到西面了,一面有彩虹,就是单耳朵。单耳朵刮风,双耳朵下雨。④

---

① 陶立璠主编,尚洁编《中国民俗大系·天津民俗》,兰州:甘肃人民出版社,2004,第10—11页。
② 天津社会科学院经济研究所、天津市农业食品委员会经济研究所、天津农村金融研究所《天津农业经济概况》,天津:天津市第七印刷厂(内部发行),1985,第339页。
③ 被调查人:王有宝,男,1962年生,天津市滨海新区海沿村村委会主任,曾为渔民。调查人:董晓萍教授。调查时间:2015年2月11日。调查地点:天津市滨海新区滨海餐厅。数字录音转录:高磊。
④ 被调查人:王有宝,男,1962年生,天津市滨海新区海沿村村委会主任,曾为渔民。调查人:董晓萍教授。调查时间:2015年2月11日。调查地点:天津市滨海新区滨海餐厅。数字录音转录:高磊。

2. 月亮
访谈样本三：赵庆丰介绍月亮知识

月亮是"大二小三"，大进初二就有月，小进的呢，不点儿月牙的时候是初三，还有十五的月亮十六圆。①

3. 星辰
访谈样本四：赵庆丰介绍三星知识

渔民不怎么看北斗，得看三星。这三星要中秋节以后才定住。中秋节以前，这三星都不定住了。这三星都是一连串一个俩三个，一边一个，这两个距离大，这两个距离小，这是三星。这个必须中秋节以后，必须十点钟以后，三星必须得到正南的。②

访谈样本五：赵庆丰介绍昴星与时间的关系

还有一个昴星，这个昴星分头昴、二昴，一般都知道头昴、二昴，具体说法我说不上来。我自己一看星星就知道几点。这个不是东边就是昴星嘛，一回头向西看，西边一个大亮星，具体说不上名，这个星就得四点半以后出来。四点半以前没这个星星。③

---

① 被调查人：赵庆丰，男，1955年生，天津市滨海新区蔡家堡渔民、船长。调查人：董晓萍教授。调查时间：2015年2月11日。调查地点：天津市滨海新区丽景名苑6号楼501。数字录音转录：刘修远。
② 被调查人：赵庆丰，男，1955年生，天津市滨海新区蔡家堡渔民、船长。调查人：董晓萍教授。调查时间：2015年2月11日。调查地点：天津市滨海新区丽景名苑6号楼501。数字录音转录：刘修远。
③ 被调查人：赵庆丰，男，1955年生，天津市滨海新区蔡家堡渔民、船长。调查人：董晓萍教授。调查时间：2015年2月11日。调查地点：天津市滨海新区丽景名苑6号楼501。数字录音转录：刘修远。

4. 风

访谈样本六：王有宝介绍出海与风的关系

如果海线超过海堤，那就预示着要刮风了。虽然现在风平浪静，明天要刮风了。①

访谈样本七：赵学强介绍出海与风的关系

一般来说，四月份是条件最好的时候。四月份是天高气爽的时候，风比较少。在晚上的时候，望一下天空，"早怕东南，晚怕西北"。②

5. 潮

访谈样本八：赵庆丰介绍秦皇岛、天津潮水的区别

像秦皇岛的"九潮十八落"，都是不定期的。河北省的秦皇岛市，它的水涨潮是忽潮忽落，这一天九潮十八落，跟咱们不一样。这渤海湾里的潮是八卦岭潮，它的潮水不停止，总是这样转，转到东边去了西边就退潮了，转回来时就又是涨潮了，12小时转一次，这是谁也更改不了的。③

访谈样本九：赵加春介绍潮汐与月亮的关系

---

① 被调查人：王有宝，男，1962年生，天津市滨海新区海沿村村委会主任，曾为渔民。调查人：董晓萍教授。调查时间：2015年2月11日。调查地点：天津市滨海新区滨海餐厅。数字录音转录：高磊。

② 被调查人：赵学强，男，1956年生，天津市滨海新区蔡家堡渔民、船长。调查人：董晓萍教授。调查时间：2015年2月11日。调查地点：天津市滨海新区丽景名苑6号楼501。数字录音转录：刘修远。

③ 被调查人：赵庆丰，男，1955年生，天津市滨海新区蔡家堡渔民、船长。调查人：董晓萍教授。调查时间：2015年2月11日。调查地点：天津市滨海新区丽景名苑6号楼501。数字录音转录：刘修远。

潮汐每天错45分钟,涨潮落潮,潮汐是根据月亮而运动。按照月亮一天错后45分钟,比如今天是中午12点的潮,明天中午就是12:45的潮,一天天向后,来回转。①

访谈样本十:赵加春介绍潮汐与捕鱼的关系

打渔,要算这个潮数。比如初一、十五,原来我们都说晌午潮,有这个规律。一般老人都说,初一、十五多点潮,初八、二十三多点潮,这些都是一个顺序。初一和十五是一样的顺序,初八和二十三是一样的顺序。根据这个推算出来,这个月在什么时候潮什么时候落。②

三、渔业传承的家族史与生产信仰

世代渔民出海捕鱼都有灾害风险,被访谈渔民对此有充分的精神准备,但也有坚定的行业认同和生产民俗信仰。

访谈样本十一:张克斌介绍谷雨节气与出海的关系

过去的说法是"谷雨前后开网船",就是这个季节,错过了这个季节就不行了。必须在谷雨前后,把网子什么的都准备好了,到这个季节必须得出海。③

---

① 被调查人:赵加春,男,1958年生,天津市滨海新区蔡家堡渔民、船长。调查人:董晓萍教授。调查时间:2015年2月11日。调查地点:天津市滨海新区丽景名苑6号楼501。数字录音转录:刘修远。
② 被调查人:赵加春,男,1958年生,天津市滨海新区蔡家堡渔民、船长。调查人:董晓萍教授。调查时间:2015年2月11日。调查地点:天津市滨海新区丽景名苑6号楼501。数字录音转录:刘修远。
③ 被调查人:张克斌,男,1955年生,天津市滨海新区蔡家堡渔民、船长。调查人:董晓萍教授。调查时间:2015年2月11日。调查地点:天津市滨海新区丽景名苑6号楼501。数字录音转录:刘修远。

渔民们说:"老世年间,没有天气预报,使船的渔民出海遇风,船翻人亡是常有的",他们还说,"大海是阎王殿、渔家坟"①。掌握相关的自然气象知识,对渔民来说,是保障渔民生命安全与渔船安全的前提。渔民强调,掌握风向知识对出海捕鱼是最重要的,渔民都忌讳在风天出海。《天津文史资料选辑》也有类似的记载:

> 天津沿海渔民认为不宜出海的日子有:阴历三月三、九月九。天津沿海渔民有谚语:三月三,九月九,神仙不敢江面走。这两天常有大风。阴历九月十七,这天是财神爷的生日,海上常闹天气,渔民称这天为财神暴,这天出海会触犯财神爷闹天起风,阴历二月十九,这天是观音的生日,不宜出海。阴历十月初五,这天是马和尚过江日,必有风,不能出海。阴历六月二十九,是秃尾巴老李上坟的日子,不是刮风就是下雨,不能出海。②

渔民选择出海捕鱼的时间有深刻的信仰支撑。渔业信仰是世代传承的,是历史观与自然观结合的产物,因此从他们眼中看待出海,不仅和天气有关,也与是否坚信这方面的历史知识有关,包括是否崇拜渔业领域的神祇、是否遵守渔业行规,等等,总之就是是否信仰老一辈传下来的这套渔业文化与气象民俗。他们在财神生日、观音生日和妈祖生日等关键的信仰时间内,从不出海,即便是减少收入,也绝不冒犯神灵。据《天津文史资料选辑》记载,"渔船在海上遇上天气,船上的人必须绝对听从驾长一人的指挥,其他人谁也不许乱讲话,乱说乱动会触犯神灵,有灾难降临"③。将地方文献与田野资料对看,信息是一致的。近两年来,随着调查点渔村

---

① 中国人民政治协商会议天津市委员会文史资料研究委员会编《天津文史资料选辑》(五十二辑),天津:天津人民出版社,1990,第162页。
② 中国人民政治协商会议天津市委员会文史资料研究委员会编《天津文史资料选辑》(五十二辑),天津:天津人民出版社,1990,第162页。
③ 中国人民政治协商会议天津市委员会文史资料研究委员会编《天津文史资料选辑》(五十二辑),天津:天津人民出版社,1990,第162页。

的收缩,渔民的转行,已很难调查到这类信息。

渔民根据历史经验和自然气象知识出海打鱼是渔业民俗的固定模式。本调查通过向渔民调查他们的行业家族传承和日、月、星、风、潮等自然知识的关系,了解到《淮南子》在这部分传承上的历时久远。渔民掌握渔业民俗史、行业信仰和自然气象知识,一方面是为了渔业丰收,另一方面是为了自身安全。渔业生产具有风险性,渔民通过行业历史观和自然观的传承,规避风险,保障生命安全,获得丰收。虽然现代科学天气预报预更加准确,但渔民中传承的历史民俗和自然气象知识仍在渔业生产中起一定的作用。

结 论

宽泛地说,民俗学研究历史类经典著作,总体关注以下问题:

第一,历史文献与口头故事的比重。为什么民俗学者会很轻松地将《列子》《山海经》和《淮南子》中的故事认作口头资料?因为它们与后世流传的口头故事有相似处。那么没有口头资料的历史经典中的故事会是假的吗?阿兰·邓迪斯就曾提出过这个问题。中国民俗学者也对此做过研究,钟敬文对《列子》和《山海经》故事的研究在20世纪30年代已经发表,他的结论是,没有人能证明《山海经》的怪诞人物和日月故事的来历,但它们在中国有广泛的文化分布①。很明显,这考验我们建立文化关注点的能力,考验我们提出学术问题的能力。

第二,民俗观念中的历史意义大于社会功能。我们统计钟敬文主编的《民间文学概论》中对历代经典中的故事的使用,其中,《山海经》占37%,《淮南子》占13%,后面将要提到的《搜神记》占28%,从这3种经典

---

① 钟敬文对《列子》故事和《山海经》的研究,参见钟敬文《中国的水灾传说》,钟敬文《钟敬文民间文学论集》(下),上海:上海文艺出版社,1985,第163—166、169—170页。钟敬文《我国古代民众的医药学知识——〈山海经之文化史的研究〉中的一章》,收入钟敬文《钟敬文文集·民俗学卷》,连树声编,合肥:安徽教育出版社,1999,第191—211、612页。

中选出的故事占78%;该著还使用了其他9种经典著作,在数量上是前面3种经典的3倍,但是只各选了1篇故事,总量仅占26%。出现这种差距,是因为前3种历史经典吸收故事的比例是很高的。《民间文学概论》仅使用《淮南子》的故事就有4篇,包括女娲补天、后羿射日、嫦娥奔月和神农尝百草[1],它们都是我国历代经典名著使用神话的主干篇目,都在后世的历史名著中继续沿用,也在现代社会中仍有口传。

第三,经典著作与故事类型双构的形式之所以能产生真实历史的效果,是因为在这种结构中,故事现象(folktale phenomenon)、故事事实(folktale fact)和故事异文(folktale variation)被放在一起,三者在功能上具有等同性,于是就产生了历史性的效果。西方民俗学也碰到这类问题,也需要处理早期历史与故事混合的史料[2]。但中西相比,在历史经典与故事类型双构方面,西方找不到中国这种富矿,而且是老矿、大矿。

第四,文献与口头不是对立物。19世纪中叶,文化进化论流行,解决"文献与口头"的关系,变成解决识字与不识字的社会解放程度的问题。19世纪末至20世纪初,运用"文献与口头"的概念,变成革命启蒙主义传播社会理想的渠道。在我国20世纪的五四运动中、延安时期和国统区的各种乡村改造运动中,建立"文献与口头"的和谐关系,又成为革命人士、进步学者与普通民众之间的一种新型人际关系,革命人士和进步学者搜集口头歌谣与故事、普通民众上"识字班",都是这种关系的象征。

---

[1] 钟敬文主编《民间文学作品选(第二版)》,北京:高等教育出版社,2010,第3、5、7、8页。

[2] Lauri Honko. *The folklore process*, in Pekka Hakamies and Anneli Hanko, ed. *Theoretical Milestones: Selected writing of Lauri Honko*, FFC304. Helsinki: Acdemic Science of Finland, 2013, p.38.

第五章　信仰类名著故事研究:《搜神记》

《搜神记》,干宝撰,全20卷①。本次共编写故事类型586个。《搜神记》是一部信仰故事集,它对古代文化传统的信仰、对儒释道的信仰,以及对地方民俗的信仰进行混合叙事;并在这种情况下,对祭祀、占卜、巫术、法术做了描述式的记载。自20世纪初敦煌学兴起后,《搜神记》在海外汉学研究中也产生了一定的影响。但从民俗学的角度介入《搜神记》的研究,过程却比较坎坷,具体问题放到后面的研究中去说。

本书对信仰类名著故事的研究,共设立两个个案,"上编"讨论的《大唐西域记》是一个,本章拟讨论的《搜神记》是另一个。把它们分开讨论,是因为两者虽然有信仰类的共同点,但也有学科史与学术史上的差别。在以往的学科分类中,《大唐西域记》未曾被列入民俗学的研究对象,在学术史上则被归为宗教学的佛典,本书从信仰民俗的角度对《大唐西域记》开展研究是首次。《搜神记》不同,它是一直被列入民俗史的,而研究它的学术领域和学术问题,也早已在中外多领域有所拓展,如它的个别故事类型已进入芬兰的AT系统②,它的研究成果也曾延伸到海外汉学界。因此要发展它的研究,又不是民俗学一己之力所能独任的,而是要同时开展民

---

① [晋]干宝《搜神记》,马银琴译注,北京:中华书局,2012,第240—243页。
② 钟敬文研究《搜神记》的故事类型进入AT系统,参见董晓萍《跨文化民间文艺学》,北京:中国大百科全书出版社,2016,第30—40页。

俗学的内部研究和交叉研究。

本章对《搜神记》的研究,与以往相比,有两点不同:一是在分类上,将《大唐西域记》和《搜神记》都作为信仰类名著的个案开展研究,这要突破民俗学传统概念的束缚,对它做信仰民俗层面的考察,并且不再对它和《大唐西域记》的信仰类名著关系加以彼此排斥。我们在前面已经谈过,《大唐西域记》虽以佛典故事为主,但里面也有很多民俗信仰故事,《搜神记》虽以我国古代文化传统信仰和民俗信仰为主,但里面也有很多佛教故事,今天加强对它们的学术研究,可以深化我们对中国传统精神文化丰富性的认识。二是对信仰类名著故事的研究个案仍需拓展,钟敬文在早期民俗学研究中已涉及《搜神记》,不过后来缺乏课题接续,现在我们应该踏步向前。以下通过民俗学与宗教学等相关学科的交叉研究,弥补不足。

第一节 《搜神记》的民俗学与相关学科研究

在我国民俗学界,自20世纪初起,钟敬文最早对《搜神记》做了开拓性研究,本节简要地对这方面的研究文本进行讨论;然后讨论20世纪中后期的《搜神记》研究,包括民俗学、古典文学和历史学等多学科的研究成果。

一、钟敬文对《搜神记》敦煌文本的研究①

《搜神记》是我国历史经典中一部十分特殊的著作。它不在"五经"中,也不在"十三经"中;扩而大之地说,它甚至不在"经、史、集"部之内,只在"子"部,但它始终在某种范围的学术视野中。鲁迅的《中国小说史略》1924年在北大初讲,正值20世纪初敦煌学轰动于世,鲁迅在书中提到了

---

① 关于对钟敬文利用敦煌文献研究《搜神记》的观点、资料与问题的较为全面的论述,详见董晓萍《跨文化民俗学》,北京:中国大百科全书出版社,2017,第88—179页。本小节是该著第三章部分内容的缩写。

晋干宝的《搜神记》,但鲁迅并没有用新思想和新观点对待这本书。鲁迅还认为,干宝等"六朝人并非有意作小说,因为他们看鬼事和人事,是一样的,统当作事实"①,故这种书是不入流的。鲁迅还提出,干宝的同时代认为干宝算是不错的史官,但此人剑走偏锋,"性好阴阳数术,尝感于其父婢死而再生,及其兄气绝复苏,自言见天神事,乃撰《搜神记》二十卷"。鲁迅不喜欢干宝神神秘秘的叙事方式,批评他"发明神道之不诬","于神祇灵异人物变化之外,颇言神仙五行,又偶有释氏说","视一切东西,都可成妖怪"②,这些都说明鲁迅并没有用民俗学知识去分析这本书的内容。但对比他对待同样是"称灵道异"的奇书《山海经》的态度,就能发现,他对《山海经》的态度要亲近得多。总之,鲁迅曾把《搜神记》放到中国文学史中讨论,但评价不高。

还有一些重要学者,在接触敦煌文献上,比钟敬文更有条件,但他们的兴趣都不在《搜神记》上。向达和王重民曾于20世纪30年代先后奔赴大英博物馆和法国国家图书馆,向达看到了远渡重洋的《搜神记》,而且有3种版本③,可惜他仅作了目录而已,没有继续研究;王重民后来也出版了敦煌文献目录和历史学研究的著作,但也对《搜神记》不那么上心④。钟敬文首次以中国民俗学者的身份,对敦煌本的《搜神记》进行了民俗学的开辟性研究。

钟敬文在接触敦煌本之前,已对晋干宝《搜神记》和郭氏《玄中记》做过研究,对这两种历史文献中的天鹅处女型故事谙熟于心。他在1927—1928年翻译过印欧故事类型并做过初步研究,其中也涉及天鹅处女型故事。他也掌握大量的现代口传天鹅处女型故事的记录本,他还对同时期

---

① 鲁迅《中国小说史略》,《附录 第二讲 六朝时之志怪与志人》,北京:人民文学出版社,重印本,2007,第319页。
② 鲁迅《中国小说史略》,《第五篇 六朝之鬼神志怪书(上)》,《附录 第二讲 六朝时之志怪与志人》,北京:人民文学出版社,重印本,2007,第45、315页。
③ 向达《伦敦所藏敦煌卷子经眼目录》,《图书季刊》1939年第4期,第400、406、415页。向达录入的三种《搜神记》的版本,编号分别为:525、2072、6022。
④ 王重民《敦煌古籍叙录》,北京:商务印书馆,1958,第3页。

日本文化史学者西村真次等研究天鹅处女型故事的程度比较了解,在此基础上,突然冒出敦煌本的《搜神记》,他自然兴奋异常。他随后的工作有二:一是将罗振玉《敦煌零拾》中的《搜神记》译成白话,建立文献与口头双构的叙事样本;二是通过对故事变异的历史形态的解释,建立民俗学的解释文本。

(一)钟敬文对敦煌本《搜神记》的翻译与补文

钟敬文的第一项工作,是要对敦煌本的《搜神记》进行白话文翻译,但达成这个目标并不容易,原因是罗振玉的印本只能说大体成文,细看脱文错简很多,如果对民间故事不懂行,研究者就根本翻译不下去。日本敦煌学者反映:"罗氏抄录的文字,大概由于照片不清,或什么原因,错字满篇,因此,作为底本,很不理想"①。但钟敬文正是在这种条件下完成了敦煌本《搜神记》的第一个白话文本。下面选出钟敬文本人注出的敦煌本《搜神记》第1.4.5段补文为例,将罗振玉所辑《搜神记》的原文与钟敬文翻译的白话文对比抄录,对罗振玉的原文与钟敬文的补文所在对应段落,用粗体字标出,并加下划线,再附出钟敬文本人对"补文"的意见和方法的说明。我们想通过这种办法,重现钟敬文当年的工作,让有这方面研究兴趣的学术同行和一般读者了解到他的民俗学知识和方法到底在何处,同时也要尽量避免脱离他本人当时的实际,做额外的发挥,还要避免拔高。

第 1 段

罗振玉本原文:

昔有田昆仑者其家甚贫未娶妻室當家地內有一水池極深清妙至禾熟之時昆仑向天行乃見有三箇美女洗浴其昆仑欲就看之遙見去百步即變為三箇白鶴兩箇飛向池邊樹頭而坐一箇在池洗垢**中間遂入穀□底匍匐而前往來看之**其美女者乃是天女其兩箇大者抱得天衣乘空

---

① 严绍璗《日本中国学史稿》,北京:学苑出版社,2009,第191页。

而去小女遂於池內不敢出池①

钟敬文的白话译文：

　　从前有一位田昆仑，他的家里很贫乏。到了相当年纪，还没有讨老婆。境内有一个水池，水深而且清澄。有一次，正是禾稼成熟的时节。昆仑到田里去，远远地望见了三个漂亮的姑娘在洗澡。他要看清她们，谁料忽然已变成三只白鹤。两只坐在池边的树头，一只仍在池中洗垢。<u>他便悄悄地跑近了她们，并且偷取了一套衣服</u>。一会，大的两个各抱了自己的天衣，乘空而去。只剩下一个最小的留在池中不敢出来。②

钟敬文的补文与注释：

　　补文："并且偷取了一套衣服"。
　　注释：原文没有此句，这是我依下文语意补上的。

第 4 段

罗振玉本原文：

　　其天女得脫到家被兩箇阿姊皆罵老曰<u>你共他閻浮眾生為夫婦</u>乃此③

---

① 罗振玉《敦煌零拾》，1924 辑印本，收入罗振玉《罗雪堂先生全集·三编（七）》，台北：台湾大通书局，1989，第 2535 页。
② 钟敬文《中国的天鹅处女型故事》，收入钟敬文《钟敬文民间文学论集》（下），上海：上海文艺出版社，1985，第 41 页与本页注 1。
③ 罗振玉《敦煌零拾》，1924 辑印本，收入罗振玉《罗雪堂先生全集·三编（七）》，台北：台湾大通书局，1989，第 2537 页。

钟敬文的白话译文：

　　她这回归到了天上，给姊姊们骂了一顿，怨**她不该和地上众生**缔结夫妇。①

钟敬文的补文与注释：

　　删除："阎浮"
　　补文：将"老口"改为"怨她"，将"你共他阎浮"改为"不该和地上"。
　　注释：原文此句作"你（指昆仑妻）共他阎浮众生为夫妻"。

第 5 段

罗振玉本原文：

　　乃此悲啼泣淚其公母及兩箇阿姊語小女曰你不須幹啼濕哭我明日共姊妹三人更去遊戲定見你兒**其田章始年五歲**乃於家啼哭歌歌孃孃乃於野田悲哭不休②

钟敬文的白话译文：

　　她在天上因挂念世间的儿子而哭泣。两位姊姊便劝慰她不要干啼湿哭，说明天和她再到人间游戏，定可以看见儿子。另一边，**突然失去了抚养的幼儿田章**，也在因想念母亲而啼哭。正是天女们要下

---

①　钟敬文《中国的天鹅处女型故事》，收入钟敬文《钟敬文民间文学论集》（下），上海：上海文艺出版社，1985，第42页。
②　罗振玉《敦煌零拾》，1924辑印本，收入罗振玉《罗雪堂先生全集·三编（七）》，台北：台湾大通书局，1989，第2537页。

凡间来游戏的那一天，田章在田野中悲哭着。①

钟敬文的补文与注释：

删除："其公母乃"，"始年五岁"，"歌歌孃孃"。
补文：1 "她在天上(因挂念)世间的儿子(而哭泣)"。
　　　2 "正是天女们要下凡间来游戏的那一天,(田章在田野中悲哭着)"。
改文：将"其田章始年五岁"，改为"另一边，突然失去了抚养的幼儿田章"。
注释：原文此处接连下文语句似颇朦胧，或许有讹夺也说不定。

翻译中的特例

在罗振玉《敦煌零拾》所收《搜神记》中，在以上所列原文与译文比较的第3段与第4段之间，在"其天女曰夫之去后养子三岁"与"其天女得脱到家"之间，还有一大段话，讲田昆仑与母亲藏匿天女羽衣和天女穿上羽衣飞走的情节，但原文句段纠缠、语意不清，翻译起来相当棘手。钟敬文便采用了整段重写的办法，将其原意补出。

罗振玉本原文：

遂啟阿婆曰新婦身是天女當來之時身緣幼小阿耶與女造天衣乘空而來今見天衣不知大小暫借看之死將甘美其昆侖當行去之日殷勤屬告母言此是天女之衣為深棄勿令新婦見之必是乘空而去不可更見其母告昆侖曰天衣向何處藏之時得安穩昆侖共母作計其房自外更無牢處惟只阿孃床脚下作孔盛著中央恒在天上臥之豈更取得遂藏棄訖

---

① 钟敬文《中国的天鹅处女型故事》，收入钟敬文《钟敬文民间文学论集》(下)，上海：上海文艺出版社，1985，第42页。

昆侖遂即西行去後天女憶念天衣肝腸寸斷胡至意日無歡喜語阿婆曰暫借天衣著著看頻被新婦咬齒不違其意即遣新婦且出門外小時安口入來新婦應聲即出其阿婆乃於床腳下取天衣遂乃視之其新婦見此天衣心懷愴切淚落如雨拂摸形容即欲乘空而去為未得方便卻還分付阿婆藏著於後不經旬日複語阿婆曰更借天衣暫看阿婆語新婦曰你若著天衣棄我飛去新婦曰先是天女今與阿婆兒為夫妻又產一子豈容背離而去必無此事阿婆恐畏新婦飛去但令牢守堂門其天女著天衣訖即騰空從屋窗而出其老母搥胸懊惱急走出門看之乃見騰空而去姑憶念新婦聲徹黃天淚下如雨不自舍死痛切心腸終朝不食其天女在於閻浮提經五年已上天上始經兩日①

钟敬文的白话译文：

到了期满时，她便向阿婆索看天衣。当昆仑离家时，曾叮咛地嘱托母亲，勿使媳妇得见天衣，并商定了秘藏它的地方。这时阿婆本不愿意把天衣给她看。无奈被她诉说得太频繁了，只得让她看一回。她见了天衣，一时以未得方便，所以暂隐忍着没有披了它飞去。不久，她又向阿婆求看天衣。阿婆初不肯，但被她用甘言说动了。在防备谨严之中，天女竟穿了她从前的衣服，从屋窗飞了出去。此时在这屋子里剩下的，只是阿婆的伤心。②

今天我们重读《敦煌零拾》时，就会发现，此段即便不译，暂时放一放，也不会影响天鹅处女型故事的整体研究。但钟敬文没有回避这个难题，还是翻译了此段，并采取了严肃的治学态度，删除了无关紧要的乱文，提

---

① 罗振玉《罗雪堂先生全集·三编（七）》，台北：台湾大通书局，1989，第2536—2537页。
② 钟敬文《中国的天鹅处女型故事》，收入钟敬文《钟敬文民间文学论集》（下），上海：上海文艺出版社，1985，第42页。

交了完整的白话译本。

综上所述,钟敬文翻译敦煌本《搜神记》的过程,是将魏晋以来《搜神记》的祖本和《玄中记》等相关文本与敦煌本《搜神记》等作不同时期历史文献的比较;将历史文献与现代口头记录资料作不同性质文本的分析;结合他自己前期对天鹅处女型故事的外文翻译和民俗学研究的经验,综合考察敦煌本《搜神记》缺字少句、段落错讹之处,补出民间故事的原意,并做出注释。他将罗振玉的不分段的《搜神记》辑印本,按照故事类型的推进逻辑,做到文字简明、表述流畅、叙事清晰、故事完整,可提供学术同行继续研究①。

下面看钟敬文1928年做的天鹅处女型故事的最初类型,再比较以上钟敬文在1932年使用敦煌本所做的分类,就会知道敦煌本带给他怎样的进步。

钟敬文,17. 牛郎型:

① 两兄弟分家,弟得一头牛。② 弟以牛的告诉,得一在河中洗澡的仙女为妻。③ 数年后,仙女得前被匿衣,逃去(或云往王母处拜寿被斥)。④ 牛郎追之,被王母用天河阻绝。②

钟敬文通过敦煌本的翻译工作所得到的收获,经过上述比较,就能看出,开展中国民俗学研究,要重视口头资料,但也绝不能忽略历史文献。仅就天鹅处女型故事来看,口头资料与历史文献的重要性,就几乎各占一半。它们两者的位置绝不是政治性的对立,而是文化上的互补。民俗学者掌握了民俗学知识,就能看到它们彼此之间能互补,也能互替。它们之间谁也不能取代谁,但它们同样谁也离不开谁。敦煌文献促进了它们的

---

① 钟敬文对罗振玉辑印本《搜神记》的白话文翻译分段总结和整体总结,详见钟敬文《中国的天鹅处女型故事》,收入钟敬文《钟敬文民间文学论集》(下),上海:上海文艺出版社,1985,第41—45页,读者容易核对,为节省篇幅起见,在此处以下的录文中不再一一注释。

② 钟敬文《中国民间故事型式》,日文版题目为《中国民谭型式》(1928年),收入钟敬文《钟敬文民间文学论集》(下),上海:上海文艺出版社,1985,第348页。

作用的整体呈现,让它们相映生辉,这为钟敬文后来强调民俗学立场上的中国整体文化研究打下了基础。

这个记述,和干氏的及郭氏的记录比较起来,不仅是描写上繁简的不同而已,内容的演变,情节的增益,处处表现着这故事在当时民间传播上形态的进展。我国古代小说,到了唐朝,有着蓬勃生长的气势。我们现在读《霍小玉传》、《南柯太守传》、《柳毅传》、《虬髯客传》等传奇的作品,颇赞赏那时散文文学艺术手腕的进步。这篇天鹅处女型故事的记录,在一般守旧的文学评论家看来,语词上殊欠所谓"雅驯"也未可知。其实,依我们的眼光评量,这一篇最早期的现代语化的散文文学的作品,至少它的价值——文艺之历史的价值,不应远在前文所提及的《霍小玉传》等之下①。它实在和同被发现于石室中的《季布歌》、《昭君出塞》等通俗文学②,有着一样被重视的意义。这虽然是就文学方面来看的,但是,同时它的作为民俗学资料的价值,不也因此更加唤起我们的注意么?③

钟敬文"依据这样一个不堪通读的底本,完成了具有相当水平的"翻译工作④,呈现了唐宋年间流传的天鹅处女型故事的面貌。我们看了钟敬文的译文就知道,他的翻译体现了他创造的民俗学知识和方法,我们将之称为"民间文学文献志"。

(二) 钟敬文通过分析故事变异的历史形态,建立民俗学的解释文本

钟敬文在这一过程中还解决了以下问题,这使他能够真正创造他的

---

① 钟敬文原注:句氏《搜神记》,似从来未见著录。它著作的年代,不能详知。但以同时被发见的许多通俗文学作品推测起来,当在唐代,或在这前后,所以把它和当时(唐)的传奇比较。
② 钟敬文原注:俱见刘复博士编辑的《敦煌掇琐》上辑(国立中央研究院历史语言研究所刊印)。
③ 钟敬文《中国的天鹅处女型故事》,收入钟敬文《钟敬文民间文学论集》(下),上海:上海文艺出版社,1985,第44—45页。
④ 严绍璗《日本中国学史稿》,北京:学苑出版社,2009,第191页。

民俗学知识论,这些知识和他所运用的方法在他手里就有了原创意义。以下举出比较主要的4点。

1. 故事叙事在时间中的变异为文献与口头两种介质所承载

从钟敬文的补文中能看出,他有一个观点,即时间的变化,不仅引起口传民间文学的变化,也引起书面文献的变化[①]。现在我们已经能通过很多文献研究和田野调查了解到,故事母题的流动性是故事的一种重要的生命力现象,记载它的书面文字或口头语言都是呈现这种生命力的介质,它们会在介质层面上展现出故事的变异。此外,故事讲述人的人为变异、故事母题的社会性变异等,这些因素也都需要研究,但能在中国这个文献大国中,通过具有一定灵活性而不是刻板经典的敦煌通俗文献的介质,发现书面介质与口语介质都会成为故事母题变异的承载体,这是对民俗学者的帮助。

2. 对文献记载故事的脱文的译法不是"描"而是要意译

蔡元培在为钟敬文提到的另一本敦煌文献、刘复编辑的《敦煌掇琐》作序时,曾提到刘复对"脱字"的处理办法,说刘复是"一一照样描出"的[②]。钟敬文没有采取这种做法。钟敬文认为,意译是必要的。比如敦煌本《搜神记》将仙女滞留人间的时间写为三年,但三年是谁的规定?是人间丈夫的规定,还是天界仙女的规定?文献中并无说明,这就要依靠翻译者自己来判断原意。在这种地方,钟敬文使用民俗学研究的经验,判断为是天女与丈夫已有约定,他对此所做的补句是,天女在丈夫"临行的时候",自己说了三年为期,这就使这个难题得到化解。这类情况在其他地方也有,就是在文献记载的一段话有脱文,猜出这种脱文,要靠中国故事惯用的叙事知识,也要靠日常生活知识。搜集和研究民间文学作品的学

---

① 钟敬文《中国的天鹅处女型故事》,收入钟敬文《钟敬文民间文学论集》(下),上海:上海文艺出版社,1985,第56页注2。
② 刘复辑《敦煌掇琐》,中央研究院历史语言研究所刊印,1925;收入刘复辑录《敦煌丛刊初集·十五 敦煌掇琐》,台北:新文丰出版公司印行,重印本,1985,蔡元培《敦煌掇琐序》,第5页。

者都知道,在我国所有"家有仙妻"型的故事中,都是丈夫痴情、仙妻离去,没有逆定理,在民间日常生活中也没有任何家庭到了三年就散伙的规矩。我们根据这些知识,都能同意钟敬文的补文。

钟敬文在第5段中说,书面文献"有讹夺也说不定",此指在敦煌本中,天女回到天庭之后,与两个姐姐说话,本来她们的父母并不在场,可文献中忽然插入"其公母乃"4字,与前后句子都不搭界,应为窜入文字,他予以删去。在敦煌本中,还有的地方,从书面文字上看,勉强说得通,但在口语中说不清,他就根据现代口头搜集记录本,补入了故事的口头讲述的句子作为连接语,如在敦煌本中姐妹三人决定下凡的当日,和敦煌本中幼儿天章哭喊找妈妈一句之间,补上"正是天女们要下凡间来游戏的那一天(田章在田野中悲哭着)"。钟敬文做这样的处理,还不仅仅是坚持民俗学者的立场的问题,而且是抱着让后人能够对书面文献的内容加以理解的目的。想想看,母亲降落田野看孩子,与孩子在田野啼哭找母亲,两者如果不是发生在相同的"那一天",母子就无法见面了,这个故事也就讲不下去了。这种译文中的民间文学知识解释不是生硬地加上去的,而是掌握民间叙事逻辑的学者,正确地运用民间文学理论知识和日常生活知识,对书面文献记载的不足做合理的弥补。

这时钟敬文比起1928年的青涩已有很多自信。他所掌握的天鹅处女型故事资料已经比较完整,日本老师西村真次的研究让他学到了怎样使用古代文化史的方法,他跃跃欲试:

在这里,让我来做一点比较的探讨吧。

干氏《搜神记》和《玄中记》的记录,不但在文献的"时代观"上,占着极早的位置,从故事的情节看来,也是"最原形的",至少"较近原形的"。关于这,我们只消把它和西村教授或雅科布斯氏等所拟定的型式一比较看,便自然地明白了。

这故事,到了句道兴氏的记载中,便有很大的演化。以前的女子,是鸟的变形(衣毛为飞鸟,脱毛为女人),现在的白鹤,却反是仙女的化身了。中间如术士的教唆，田章的召对等重要情节，都是出于后来的增益。此外，像干记中没有明言男主人公姓名，句记中却说是田昆仑，干记中的女子六七人，句记中却说是仙女三个，干记中女鸟生三女，句记中却说是一子，干记中女鸟使女问父亲而晓得了藏衣的处所，句记中却说是仙女自己向婆婆问出来的等差异，以及其它干记所没有，而句记细写着的零星情节，更不必细述了。总之，这故事情节的进展，在一千年前已是那样地足令人惊异了。①

他是怎样做到的呢？首先，他整理《搜神记》的历代版本与敦煌石窟《搜神记》的关系，从他最熟悉的地方开始，建立他的本土立场。

  中国的牛郎、织女星神话，起源甚古，在传播上形态也屡有变化（参看《妇女杂志》十六卷第七号黄石先生的《七夕考》及中大《语言历史学研究所周刊》第一集第十一、二期拙作《七夕风俗考》）。但象现在这故事（天鹅处女型故事）的牛郎型所具的形态，于文籍考核起来，在宋代也许已经存在。龚明之（宋人）的《中吴纪闻》有一段云"昆山县东，地名黄姑。父老相传，尝有织女、牵牛星降于此地。织女以金篦划河水，河水涌溢，牵牛因不得渡。今庙西有百沸河。……"这记载，虽于二星故事写得太缺略了，但现代牛郎型故事中的以金篦（或作金钗之类）划河的情节，在这里已昭然地存在。且从这记载的文意看来，牵牛和织女，因故互相追逐的情事，并非毫没有线索可寻。所以我疑心在当日，现代牛郎型的情节已相当地成立了。《江宁府志》记织女庙条，女意大约和龚记相近，并说该庙是宋咸淳五年，嘉定知县朱象祖重修的。②

---

  ① 钟敬文《中国的天鹅处女型故事》，收入钟敬文《钟敬文民间文学论集》（下），上海：上海文艺出版社，1985，第55—56页。
  ② 钟敬文《中国的天鹅处女型故事》，收入钟敬文《钟敬文民间文学论集》（下），上海：上海文艺出版社，1985，第62页注2。

钟敬文对本土的书面文献与现代口头资料的研究都下过大功夫。在拿到敦煌本后,他的评价是:"敦煌所发见的文籍,其写藏年代,约从唐末始,至宋初止,最近的也在千年左右了"①。看他的话,再换成我们今天的话说,他从上古的牛织两星神话,到魏晋的《搜神记》和《玄中记》,再到现代学者赵景深、孙佳讯等记录的天鹅处女型故事,已知这个故事类型的生命首尾3 000余年,敦煌本的时间正好处在这个历史长河的中段,属于半书面、半口头和"半古"的文字记载,为这个类型撑起了脊梁,而这个定位正好符合民俗学研究的要求。

其次,他重新审视自己5年前翻译的印欧故事类型中的天鹅处女型故事。他不是要回到从前的立场,而是接受了"西村教授所提示于我们的意见",将这个故事类型纳入世界文化史的视野下,将这个中、日、印、欧的共享故事做比较,思考它背后的"传播的广远及历史的悠久"。

这看来似简单的故事,其实它的形态的复杂,正和传播的广远及历史的悠久成一个正比例②。详细的述说,在这里不但非篇幅所应许,而且也是不必要的。我们且画一画它的轮廓吧。

这故事在各地传布着的形态,哈特兰特博士,把它归纳为下列六式:

一、海生式

二、平阳侯式

三、海豹女郎式

四、星女儿式

五、梅露西妮式

---

① 钟敬文《中国的天鹅处女型故事》,收入钟敬文《钟敬文民间文学论集》(下),上海:上海文艺出版社,1985,第56页注2。

② 钟敬文原注:西村教授推断这故事开始传播的时间,至少也当在'新石器时代'终了以前。然否固待考究,但这种型式的故事,它的产生必非甚近是不容疑的。详见钟敬文《中国的天鹅处女型故事》,收入钟敬文《钟敬文民间文学论集》(下),上海:上海文艺出版社,1985,第38页。

六、梦魇式

这里各式相互间颇呈现着高度的异态,甚至于有令我们要诧异或怀疑它们原来迥同属于一个类型的。在约瑟、雅科布斯氏(Mr. Joseph Jocobs)所修正的哥尔德氏(S. Bring Gould)的《印度欧罗巴民间故事型式》中,也载了这故事的型式。它的情节如下:

一、一男子见一女在洗澡,她的"法术衣服"放在岸上。

二、他盗窃了衣服,她堕入于他的权力中。

三、数年后,她寻得衣服而逃去。

四、他不能再找到她[①]。

这是比较普遍、单纯,近于原形的状态。依西村教授的研究,这故事的"本来形态",应该如下面所列:

一、天鹅脱了羽衣,变成天女(人之女性)而沐浴。

二、男人(主要的,为猎师或渔夫)盗匿羽衣,迫天女与之结婚。

三、结婚后,生产若干儿女。

四、生产儿女之后,夫妇间破裂,天女升天。

五、破裂原因,即由于发见了"在前"为"结婚原因"的被藏匿的羽衣[②]。

现在地球上各处所流布着"五花八门"的形态,是从这种"基本型"分化、加减而成的,这是西村教授所提示于我们的意见。[③]

我们集中分析前面引用的他做的补文。他在第1段中发现罗振玉原

[①] 钟敬文原注:原文见伯恩女士(Miss Burne)编著的《民俗学手册》附录C,中文有我和友人杨成志先生合译的单行本出版(国立中山大学语言历史学研究所印行)。伯恩,又译为班恩。详见钟敬文《中国的天鹅处女型故事》,收入钟敬文《钟敬文民间文学论集》(下),上海:上海文艺出版社,1985,第39页。

[②] 钟敬文原注:见西村教授的《神话学概论》第三七二页,及同氏的《人类学泛论》第六章。详见钟敬文《中国的天鹅处女型故事》,收入钟敬文《钟敬文民间文学论集》(下),上海:上海文艺出版社,1985,第39页。

[③] 钟敬文《中国的天鹅处女型故事》,收入钟敬文《钟敬文民间文学论集》(下),上海:上海文艺出版社,1985,第38—39页。

抄本中有"□"的脱字,即"遂入穀□底匍匐而前往来看之",就补了一个完整的句子"他便悄悄地跑近了她们",还另补了"偷取了一套衣服"7个字,而不只针对一个缺"□",补一个字。他之所以能做到这种程度,是由于他在接触敦煌本的这个故事之前,已经阅读了晋干宝的《搜神记》,内有"豫章新喻县男子,见田中有六七女,皆衣毛衣,不知是鸟。匍匐往,得其一女所解毛衣,取藏之"。他也对比了同时期郭氏的《玄中记》,内有:"衣毛为飞鸟,脱毛为女人",所以他对这两段补字很有把握地说:"我以为是颇近情理的"①。

对这段补字的含义,他在后面还做了十分详细的分析,指出它的法术意义。故事中的女孩或男孩的"衣服",或者是田螺壳、青蛙皮和水晶鞋等,都是女孩或男孩的寄魂物。控制者对其施以法术,通过控制寄魂物,就能控制女孩或男孩。

关于此点,我们在后面还要分析。这里暂且只说故事叙事本身。民俗学者能知道,这种地方就是故事的民俗眼,在书面文献中,即便某处脱文,漏掉了这个民俗眼,另一处文字也会把它找回来,不然故事就讲不下去了,因为没有了它,男孩或女孩就不能再人兽变形或人神变形,故事的吸引力就要打折。在敦煌本的《搜神记》中,钟敬文发现"匍匐而前往来看之"以下脱文,而接下来又有"两个大者抱持天衣乘空而去"的一段,接着又有"小女遂於池内不敢出池"一句,这样他就比较确定地补上前文小女的衣服被田昆仑偷走的缺失文字,要不然,小女不缺衣服,为什么不敢将身体跌出水池呢?他在这方面做了大量开辟性的工作,我们称之为"民间文学文献志",今后还应继续发展。

3. 开展民俗学与东方文学的交叉研究

钟敬文这次研究《搜神记》,注意到印度佛教的影响。就在这篇研究天鹅处女型故事的论文中,他2次提到日本故事,4次提到印度故事。在

---

① 钟敬文《中国的天鹅处女型故事》,收入钟敬文《钟敬文民间文学论集》(下),上海:上海文艺出版社,1985,第40页。

这篇论文中,他对印度故事中的洗澡故事和相关东方国家的同类故事做了比较研究。

他在第1段的译文中,在补入"法术"衣服的情节之外,还有一段翻译十分重要,即"洗澡",然后,他使用东方文学资料,对此开展了仔细的研究。他引用的东方国家故事文本包括:戴伯诃利(Lal Behari Day)《孟加拉民间故事集》所收印度故事《豹媒》,阿拉伯故事《木乃伊与法术的书》《比赛法术》《苦敷王与法术师》及《咒的黑箱》,以及与唐玄奘去印度取经撰写的《大唐西域记》沾边的《西游记》中的蜘蛛精洗澡故事等①,他将这些东方故事与《搜神记》比较,指出:

> 这故事中除了极少数的变形外,差不多都有洗澡的情节——女鸟或仙女到池或海中洗澡的情节。这看去虽然是像不关什么重要的事,但在民俗学上的意义是颇可吟味的。②

在神话、民间故事中,以法术或术士做为要素而组成的,是很普遍的事。如古代阿剌伯故事中,所谓非洲法术师,使徒弟下地穴盗取神灯的事情,我们凡读过《天方夜谭》的人,是不会忘记的。埃及故事中,含有法术或术士的要素的,到处可以找到③。我们中国,在古代已很富于这种故事了。其中说术士能预知神仙的行止,像天鹅处女型故事里所具有的一样,我们可以举出(《搜神记》卷三)三国时管辂的故事为例。据说,这位大术士,一天去到平原地方,见了一位姓名叫做颜超的小孩子。他断说他不易活到壮大。于是,小孩子的父亲便求为设法延命。他指点他们于某天用酒食去诱求在大桑树下弈棋

---

① 钟敬文《中国的天鹅处女型故事》,收入钟敬文《钟敬文民间文学论集》(下),上海:上海文艺出版社,1985,第65页注1、注2、注3,第71页。
② 钟敬文《中国的天鹅处女型故事》,收入钟敬文《钟敬文民间文学论集》(下),上海:上海文艺出版社,1985,第65页。
③ 例如《木乃伊与法术的书》《比赛法术》《苦敷王与法术师》及《咒的黑箱》等故事,不一而足。

的仙人,找寻解救的办法。颜超依话做去,果然获得完满的结果。①

我们看到,能让钟敬文东方民间文学研究与民俗学研究结合起来的原因,还是古代文化史,他因此也能看到"法术衣服""洗澡"之间的超越时空的文化联系,这样故事类型学的方法就帮上了忙。

4. 佛教、道教与民俗信仰

下面再看他对印度佛教问题的处理。他在第4段的翻译中,改掉了印度佛教术语"阎浮",此语也称"阎浮提""南阎浮提",是须弥山四方的四洲之一。须弥山,梵语为 Sumeru。据《长阿含经》卷十八《世纪经》中的《阎浮提洲品》的说法,"南阎浮提",即南赡部州,后世也用"阎浮"泛指人间世界。钟敬文在这段译文中,直接把"阎浮"改为"地上",即人间,用来讲述仙女与人间男子结合一事。这是站在中国民间文学的叙事立场上的表现。他也不是完全不谈宗教,但要从中国故事文本的实际出发去谈。在天鹅处女型故事类型研究中,他就分析道,这个故事类型掺入了佛教思想,同时也有道教和民俗信仰的影响,总之是有3种因素在起作用,而非只有印度佛教的影响。

一是印度佛教。他认为,如洪振周、孙佳讯二君所记述的文本就有佛教的缘分思想。他指出:"本来缘分的思想,不是中国的固有物,这只要查考一下汉、魏以前的神话、传说便了然了。它大约是跟佛教一道传入中国的。所以,六朝以来的故事中,多浓郁地带着这种色彩。自然,我们晓得一种思想或制度,由甲地传至乙地,在那里所以能够发育滋长,是要有相当的土壤的。但关于这问题的话只能暂止于此了。"②他在这里对自己放

---

① 钟敬文《中国的天鹅处女型故事》,收入钟敬文《钟敬文民间文学论集》(下),上海:上海文艺出版社,1985,第71页。
② 钟敬文《中国的天鹅处女型故事》,收入钟敬文《钟敬文民间文学论集》(下),上海:上海文艺出版社,1985,第70页。要特别注意该页的注2,他的原文是:"这种型式故事的记载,屡见于前人笔记中。兹特举近人记录的一个民间故事为例。某君所述的《水獭精》云,当水獭变成白面书生,走进船舱里时,对赵家的女儿说道:'我俩生前有缘分,我早已被你迷住了。'"(《小猪八戒》第48页)

弃佛教研究的意图讲得很清楚了。他说,他并不研究印度佛教,而是要研究佛教进入中国后,在中国故事中产生的地方性变化。

二是道教。关于道教对《搜神记》的影响,他也不是孤立地去谈,而是讲它怎样与天鹅处女类型中的法术思想搅在一起传播。他在分析时,再次使用了古代文化史的方法,同时也参考了弗雷泽的文化人类学观点,提出,观察故事与某种宗教思想的粘连,是考察文化史的阶段性的一种方法。他说:"术士的预测法术(Magic),到了我们文化已高度进步的社会里,和微生虫在极讲究卫生的场所一样地是不适宜于存活了。但在文明民族的远古时代,或现在尚停留在文化史初期的自然民族,法术在他们的社会里一般是演着很重要的角色的。近世考古学者和土俗学者所揭示于我们的事实,是怎样地显明而真确。英国人类学者马栗特(Marett)博士说:'法术实未开人秘密的科学'。这话是很接近真理的。"①《搜神记》中的佛道混合是一个老问题,钟敬文无疑是最早提出这个问题的民俗学者之一。

三是禊祓信仰。钟敬文很早就指出,天鹅处女型故事中出现的"洗澡"母题,同时也是一种民俗信仰,我国上古文献称之为"禊祓"。这是中国人自己的精神民俗,但也可与东方国家和西方的洗澡民俗做比较,他说:"我联想起古代弗里季地方,他们的女子在结婚之前,照例要到河里去洗澡,目的在奉献她们的贞洁于费略斯精的民俗。又希腊及许多印度欧罗巴民族间,多有相似的风习。著名学者卫斯特马克氏(E.Westermark)以为这种行为,暗示着'净化'的目的。我们虽然不敢遽然断说这故事中洗澡情节的原义,是一种献贞或净化的作用,但在后来的传说上,或多或少地带着这种意味也未可知。再者,这故事中的女主人公原本是一种鸟类(外国大多是天鹅,中国则是女鸟)。鸟类里面有许多是常沐浴于水中的(如天鹅、凫、鸥、鸳鸯等)。脱羽毛洗澡的情节,或仅是原

---

① 钟敬文《中国的天鹅处女型故事》,收入钟敬文《钟敬文民间文学论集》(下),上海:上海文艺出版社,1985,第71页。特别要注意该页的注1。

人极幼稚的一种推想也未可知。(后来的仙女洗澡,是一种情节上的因袭,或者夹杂着另一种意义。)"①

钟敬文使用自己翻译的译本直接进行故事类型研究,这样就能避免掺入其他各种附会的东西。他可以将个人的观点和方法贯穿他的研究工作的始终。

钟敬文首次系统地使用敦煌资料开展工作,在这场国际化的竞争中,他对外国人研究中国故事的难度不无感慨。他说:

> 因为种种的障碍,外国学者对于中国神话、故事、民俗等的观察、研究,正如对于同国的别部门的探讨一样,往往非常隔膜,有的甚至于是错误的。(自然,正确而较深入的获得,也不能说完全没有,不过仅限于很少数罢了。)这在我们,是应给以谅解的。但是,利用自己的能力与方便,把外国学者所不易摸捉住的真相,给以叙述说明,这难道不是我们忝为主人者的职务?②

敦煌资料让钟敬文获得了诸多新思考,他积极学习外来先进学说的结果,是本土的文化感更强,这也成为他一生治学的特点。

二、建立中日印故事文献系统

小岛瓔礼对钟敬文利用敦煌文献研究中日印故事类型的学术价值有相当充分的评价。他说,日本民俗学之父柳田国男的著作《桃太郎的诞生》于1933年出版,标志着"日本用民俗学方法进行民间故事研究"的阶段刚刚开始,而钟敬文在1932年就已经采用了这种方法,并参考其他现

---

① 钟敬文《中国的天鹅处女型故事》,收入钟敬文《钟敬文民间文学论集》(下),上海:上海文艺出版社,1985,第66页。
② 钟敬文《中国的天鹅处女型故事》,收入钟敬文《钟敬文民间文学论集》(下),上海:上海文艺出版社,1985,第37页。

代人文科学方法,完成了《中国的天鹅处女型故事》的研究论文,这比柳田国男的工作提前了一年,因此,钟敬文的学术成绩并不亚于柳田国男,甚至还在柳田国男之上。他还发现,钟敬文"学问的生命力"来源于"在自己人生和学问的矛盾中探求真理的志愿",这正是整个"中国文人做学问的传统思想原则"。此外,钟敬文善于利用中日印文献,建立故事研究的文献系统,这也很重要,小岛璎礼还指出,自己的日本同行和桂又三郎学习钟敬文的方法,使用中国的《搜神记》和敦煌文献,也使用日本的《簠簋钞》,解决日本民俗学界没有解决的问题,终于在"唐或天竺的某个记录中"找到"画中人"原型,也开展了中国的《搜神记》、日本的《簠簋钞》和印度故事相似类型的文献研究。小岛璎礼在谈到完成这项工作的过程与心得时说:

> 我的搜索尚无结果。但是,我相信这个故事的早期型式,可能在唐或天竺的某个记录中会被发现。我期待着这一天早点到来。

桂又三郎君接受这个看法后,于昭和八年(1933)发表了题为《画像妻子故事的研究》的论文。在这篇论文里,他介绍了正保四年(1647)的《簠簋钞》上卷中载有"画像妻子"类型的故事。这个故事表现的是鸳鸯型的传说。故事的梗概是:天竺有一个叫于名的人娶了一个美女做妻子。婚后他天天守着妻子不出去劳动。妻子出了一个主意,让画家把她的脸画下来,夹在竹竿上插在田头。这个男人每挖一下地就看一下画。有一天,刮大风,那张画被吹走了。有人捡到后把它献给国王。于是国王派手下去找画中的女人。于名的妻子被召进了宫中。于名去宫中向国王诉说苦衷。国王发怒把他扔进了池塘。妻子也跟着跳了进去。后来两个人变成鸳鸯,住在池塘里。国王知道后,把鸟杀死,埋在地下,又在埋他们的地方栽了两根竹子。这两根竹子长大后,竹梢缠合在一起。人称"连理枝"。

这个故事的舞台在天竺,但是因为《簠簋钞》是日本的,所以这个例子不能作为在外国也有这个故事的根据。正如桂又三郎君也在同一篇文章中引用了《搜神记》卷十一有关鸳鸯的故事,说起鸳鸯和连理枝的由来。由此看来,起码在中国会有这个典故。再者,从《簠簋钞》是总结阴阳家的知识的书来看,"画像妻子"故事很有可能是由阴阳家从中国传过来,然后在日本社会扩散开来的。但是,为了证明这种观点,首先必须能确认在中国也有这个类型的故事。从这个意义上来说,钟先生的《中国民谭型式》起到了把亚洲大陆和日本列岛连接起来的大桥基石的作用。①

在中日学者使用敦煌文献和印度故事开展比较研究上,钟敬文的地位是特殊的。他独立研究,注意方法,穷搜文献;同时他与日本学者积极对话,双方共享发现,结果如小岛瓔礼所说,"起到了把亚洲大陆和日本列岛连接起来的大桥基石的作用"。

三、20世纪其他民俗学的研究

在钟敬文和周作人等留日学者中,自20世纪20年代末起,受日本民俗学和西方人类学的影响,对"地方化"的概念和地方民俗研究有了新的提法。钟敬文以敦煌文献为重点研究《搜神记》,敦煌在西北,而这时钟敬文的视野已扫描到东南、中原、西南和东北。这一时期,钟、周、顾三人都有"地方化"的文章发展,如周作人的《地方与文艺》(1925)、《广东新语》(1935)②,顾颉刚的《论地方传说——〈两广地方传说〉序》(1928)③,钟敬

---

① [日]小岛瓔礼《钟敬文先生的学问》,原载[日]比较民俗学会《比较民俗学会会报》,1999年第19卷第1—4号合刊,收入钟敬文《钟敬文学述》,杭州:浙江人民出版社,2000,第226—227页。
② 周作人《地方与文艺》《广东新语》,收入周作人《周作人民俗学论集》,上海:上海文艺出版社,1999,第301—304、321—326页。
③ 顾颉刚《论地方传说——〈两广地方传说〉序》,收入顾颉刚《顾颉刚民俗学论集》,上海:上海文艺出版社,1998,第187—189页。

文的《中国的地方传说》(1931)①。钟敬文在《中国的地方传说》中引用了《搜神记》的篇章,如断蛇丘、望夫冈属于山岭的传说,吴王脍余属于特种草木鸟兽的传说,怒特祠属于祠庙的传说②。这些传说都有自己不同的地方分布,能反映《搜神记》的敦煌本与搜神故事的各地分布之间是有联系的,但也不能涵盖信仰故事的地方化特点,更不能代替对信仰故事的地方性研究。芬兰学派的 AT 研究法是讲故事传播的世界扩布的,但忽略了故事文本的地方性特点,钟敬文编制故事类型的时间是 1928 年,此后他很快注意到地方性研究,这是一种拓展,也是他从中国实际出发的结果。这种倾向对他研究《搜神记》等民俗文献不无影响。

20 世纪 50 年代,我国民俗学者的研究重点转向民间文艺学,对《搜神记》等作品的讨论也放到神话传说的范畴中展开。1979 年改革开放后,钟敬文主编的《民间文学概论》恢复了对民俗文献的提法,其中提到《搜神记》时说:

> 魏邯郸淳的《笑林》,晋代干宝的《搜神记》和南朝梁任昉的《述异记》等书,大量辑录了我国古代的神话、传说和故事,是研究我国上古历史和民间文学的重要的文献。(《搜神记》卷十四所载《豫章新喻县男子》这篇故事,是世界上记录最早的《天鹅处女》一类的故事。)唐代段成式撰写的《酉阳杂俎》一书,记录了一些当时流传的、重要的民间故事,其中《叶限》这篇作品,就是《灰姑娘》一类的世界性民间幻想故事在我国的最早记录。③

这段文字很重要,有 3 个信息需要从民俗学专业的角度给予理解:第一,对《搜神记》等古代文本明确地划归为"研究我国上古历史和民间文学

---

① 钟敬文《中国的地方传说》,收入钟敬文《钟敬文民间文学论集》(下),上海:上海文艺出版社,1985,第 74—00 页。
② 钟敬文《钟敬文民间文学论集》(下),上海:上海文艺出版社,1982,第 79—82 页。
③ 钟敬文主编《民间文学概论(第二版)》,北京:高等教育出版社,2010,第 107 页。

的重要的文献",这与我们今天研究历代经典与故事类型的学术目标是一致的。第二,指出《搜神记》卷十四所载《豫章新喻县男子》这篇故事,是世界上记录最早的《天鹅处女》一类的故事,这对了解《搜神记》研究的世界地位是一个提醒。钟敬文对天鹅处女型故事的创造性研究,在1937年就进入了AT,《搜神记》这部经典对故事类型研究的价值不言而喻。第三,它还说明:"唐代段成式撰写的《酉阳杂俎》一书,记录了一些当时流传的、重要的民间故事,其中《叶限》这篇作品,就是《灰姑娘》一类的世界性民间幻想故事在我国的最早记录。"正是这部段成式的《酉阳杂俎》,成为桥接《搜神记》和《大唐西域记》的唐人笔记,民俗学的研究和佛典文献的研究都离不开它。以上几点思考在近40年前发表,而今天在全球化下,"文献与口头"的研究方向已势在必行,它的引领作用也一目了然。

在钟敬文主编的《民间文学概论》的第四章《民间文学与作家文学的关系》中,使用《搜神记》"东海孝妇"的故事,对比元代剧作家关汉卿的剧作《窦娥冤》,指出关汉卿对《搜神记》的运用是成功的。经过关汉卿之手,这个神怪故事变成了古典戏剧杰作,"《窦娥冤》后来又转化为民间传说,家喻户晓,长期流传"①。

接续研究是由屈育德在此后进行的。在《民间文学概论》出版后不久,屈育德就发表了《谈谈〈搜神记〉中的民间创作》一文,对《搜神记》信仰类文本的研究主旨做了交代:"东晋干宝所撰的《搜神记》……是了解我国古代民间文学的重要文献,因为其中保存了许多一千六百多年以前的民间故事,使后世读者在认识劳动人民的口头创作上得到历史的启示"②。屈育德等编著《神怪故事集成〈搜神记〉》③,是一次较为系统的民间文艺学内部研究。屈育德等人对《搜神记》收录的故事进行了重新编撰,并重新建立了一套信仰类文本的释读体例,包括标题、题解、原文、注释和译文

---

① 钟敬文主编《民间文学概论(第二版)》,北京:高等教育出版社,2010,第63页。
② 屈育德《谈谈〈搜神记〉中的民间创作》,收入屈育德《神话·传说·民俗》,北京:中国文联出版公司,1988,第164页。
③ 屈育德等编著《神怪故事集成〈搜神记〉》,北京:中国文联出版社,1992。

5个部分。他们集中在"题解"部分表达了个人的学术见解,提出了对信仰故事的分类和研究要点。例如,在"赤松子"一篇的题解中提及,"赤松子与古代神话中的神农关系密切,但这一则故事属于仙话,所以神农的形象亦被仙化了"①。神话与道教信仰是什么关系?这是需要思考的。在"管辂"一篇题解中,屈育德等人分析了北斗和南斗等日月星辰信仰进入经典与故事叙事结构的双重身份。他们还提出了其他几个研究问题:

(1)《搜神记》与魏晋文化传统的关系。东汉末年到晋代社会动荡,人们有逃避现实和超脱现实的思想,统治阶级追求神仙方术、羽化登仙,这对《搜神记》的问世有推动作用②。

(2)信仰故事与社会生活模式的关系。《搜神记》中有的故事是指导人们接受伦理生活模式,如卷十五《王道平》《河间郡男女》,卷十一《韩凭妻》《邓元义》《东海孝妇》《三王墓》③。

(3)民俗信仰与人兽变形的"怪诞"叙事的关系。屈育德等人分析了《搜神记》中的一批灵异故事,给出了新解释。关于"怪诞"形象,在早期文化人类学的解释中,被说成是万物有灵观念的遗留物,而今天我们已承认存在文化多样性,这就要明白,许多后世学者看着"怪诞"的东西,在当时人看来未必怪诞,而是生活的一部分;很多外部人士看了怪诞的现象,在内部人看来也未必怪诞,还可能习以为常。这种问题正是信仰类故事的研究要点。现在我们掌握了更多的考古学和民族志资料,对《毛衣女》等变形情节,对《搜神记》卷十三《长水县》和卷二《古巢老姥》的风水征兆与因果报应描述④,就要做出符合民俗信仰的解释。民俗信仰是多元的,对民俗信仰的解释也是多元的,加强多元化的民俗学研究,能增进我们对多元世界的理解。

---

① 屈育德等编著《神怪故事集成〈搜神记〉》,北京:中国文联出版社,1992,第3页。
② 屈育德等编著《〈搜神记〉的神异世界》,台北:大村文化出版社,1998,前言,第3页。
③ 屈育德《谈搜神记中的民间创作》,收入屈育德《神话·传说·民俗》,北京:中国文联出版公司,1988,第168—170页。
④ 屈育德《谈搜神记中的民间创作》,收入屈育德《神话·传说·民俗》,北京:中国文联出版公司,1988,第170—171页。

（4）《搜神记》将传统信仰与外来宗教混合的前提是历史意识。首先，干宝是自己搜集的信仰故事的信仰者，他认为自己在做"发明神道之不诬"的实实在在的工作；其次，干宝是史官，他的历史意识是与信仰意识相统一的，他就能自觉地把前代经历中的信仰故事搜集起来，当作历史的一部分，写进自己的书中。《搜神记》中有不少作品取自《史记》《汉书》《后汉书》。《搜神记》中的重要篇目《董永》引自汉代刘向的《孝子传》；《东海孝妇》引自《汉书·于定国传》；《毛衣女》引自《玄中记》；《谈生》《望夫石》《宋定伯》《蒋济亡儿》《三王墓》《韩凭妻》都引自《列异传》。最后，有信仰的人大都是勤奋的人，干宝不辞辛苦地向社会各方人士搜集资料，获得了"当时的民间习俗、民间信仰、民间传说"①，这样他的历史观还有同时代历史的成分，他对同时代的信仰资料也坚信不疑。李剑国也认为，干宝"多见古籍，颇明体例"，在辑录《搜神记》的过程中，对于搜集佚失古籍和进行再整理做了较为成功的努力：

    王谟《增订汉魏丛书·搜神记跋》认为《津逮秘书》二十卷本"当为足本，然亦非原书"，他说："盖原书虽统论鬼神事，仍各有篇目。如《水经注》引张公直事云出干宝《感应篇》，《荆楚岁时记》又引干宝《变化篇》，必皆原书篇名。……"②

中国社会科学院的民俗学者研究《搜神记》信仰类著作的流行性，指出印度佛教故事类型对中国传统故事类型的影响，例如，《搜神记》中的"毛衣女"故事，与田螺女型故事的早期形态"白水素女"③，两者后世都有异文，但谁的异文多，谁的影响就大。

---

① 屈育德等编著《〈搜神记〉的神异世界》，台北：大村文化出版社，1998，前言，第9页。
② 李剑国《二十卷本〈搜神记〉考》，《文献季刊》2000年第4期，第64页。
③ 祁连休、程蔷、吕微主编《中国民间文学史》，石家庄：河北教育出版社，2008，第276—278页。

四、其他相关学科的研究①

我国学者对《搜神记》的研究有多学科的成果,在本节中,主要讨论中国文学史、文献学、宗教学的研究观点。

(一)中国文学史的研究

在20世纪的古典文学研究中划分出主流和非主流两个区域,而《搜神记》被列入非主流文学,这是受到鲁迅的影响。鲁迅的观点见于《中国小说史略》:

> 干宝著《晋纪》二十卷,时称良史;而性好阴阳术数,尝感于其父婢死而再生,及其兄气绝复苏,自言见天神事,乃撰《搜神记》二十卷。以"发明神道之不诬",见《晋书》本传。《搜神记》今存者二十卷,然亦非原书,其书于神祇灵异人物变化之外,颇言神仙五行,又偶有释氏说。②

因为《搜神记》被扫除在主流文学之外,古典文学就不理它了。民俗学研究它吗?民俗学也避嫌,担心它的迷信思想玷污了学门。在20世纪很长一段时间里,国内研究与海外汉学界拉开了距离,其中就有信仰类著作研究缺项的原因。当然各有各的坚守,但信仰类著作研究的窗口作用是不能否定的。关上这扇窗,故事世界、幻想世界、情感世界、非现实世界等很多东西就看不到了,而它们却都是文化多样性的一部分。从今天世界文化的交流看,关窗过久也不行。

游国恩等主编的《中国文学史》在研究魏晋南北朝时期小说时说:"干宝《搜神记》成就最高,是这类小说的代表"③。但编者受到当时强调政治

---

① 第五章自本小节起至第三节的初稿执笔者为徐令缘。
② 鲁迅《中国小说史略》,上海:上海古籍出版社,重印本,2006,第22页。
③ 游国恩等主编《中国文学史》,北京:人民文学出版社,1963,第300页。

意识形态的影响,又排斥《搜神记》,认为它宣扬宗教迷信的内容,如《阮瞻》一篇中阮瞻被鬼吓坏,《蒋济亡儿》一篇中蒋济亡儿死后在阴间当差,编者批评说,这些都是封建迷信的思想残留①。不过编者又说,志怪小说中也有优秀的作品,还对有的故事予以褒奖,如《搜神记》中的《干将莫邪》《韩凭夫妇》《李寄斩蛇》《紫玉韩重》等②。《搜神记》中的不怕鬼的故事,如《宋定伯捉鬼》的卖鬼故事和宋大贤杀狐鬼、书生除鬼的故事,还得到编者的肯定③。

李剑国在《唐前志怪小说史》中对《搜神记》的成书与流传的关系做了讨论,他认为,至今所流传的《搜神记》的版本,可能是明万历年间胡震亨刻《秘册汇函》中所辑录的 20 卷版本。他称赞《搜神记》在两晋文学中独占鳌头,很多后世的小说家都从《搜神记》里获得灵感和艺术启示④。

(二)宗教学的研究

《搜神记》是民俗信仰、佛教信仰和道教信仰故事混编的著作,宗教学却很少研究《搜神记》。但是,在本节的研究中,宗教学的其他研究成果给予了我们一定的启发,这是需要提到的。吕大吉在《宗教学通论新编》中提出的"宗法性传统宗教"的定义,将宗教界定为由复杂要素所组成的文化体系,在这个体系中,天或上帝位于最高层,祖先在核心层,国家社稷也受到崇拜和祭祀。这些思想从中国社会实际中得出,因此也会给《搜神记》的研究带来启示。方立天的《佛教哲学》分析佛教为什么是一种宗教的人生观,为什么是佛教的"人生价值论、人生理想论、宇宙结构论、宇宙生成论和本体论,以及伦理学、认识论等并没有区分开来"⑤,《搜神记》中的因果报应篇章不少,这些意见都可以在《搜神记》的研究中借鉴。《搜神记》的第一至三卷收入不少神仙方术故事,讲道教的炼丹、修行、飞升,在

---

① 游国恩等主编《中国文学史》,北京:人民文学出版社,1963,第 300—301 页。
② 游国恩等主编《中国文学史》,北京:人民文学出版社,1963,第 301—302 页。
③ 游国恩等主编《中国文学史》,北京:人民文学出版社,1963,第 302—303 页。
④ 李剑国《唐前志怪小说史》,天津:南开大学出版社,1984,第 314—316 页。
⑤ 方立天《佛教哲学》,北京:中国人民大学出版社,1986 年,第 2 页。

这些地方，可参看任继愈的《中国道教史》①。

第二节 《搜神记》的故事类型编制

本节在信仰类个案的范围内，为《搜神记》编制故事类型，有两项具体工作：一是运用故事类型法，编制故事类型，由此切入对《搜神记》的民俗学研究；二是加强民俗学与相关学科的交叉研究，注意呈现原著已有的传统命名系统，再在民俗学的理论框架下提取《搜神记》故事类型的篇名与母题样本。《搜神记》编制故事类型的原则、步骤和方法是与《淮南子》一致的。以下是样本。

卷 一

其一，使用段落法。

本卷是《搜神记》20卷本的开篇之卷，这一卷中所记载的故事内容可以分为两类，一是晋代以前神仙术士及其神通变化的奇闻异事，二是神女与凡人的恋爱婚姻。在第一类故事中，又可以细分为远古神仙故事和术士道士故事两种。本卷是《搜神记》中记载远古神话最多的篇章，包含了鞭识百草的神农、驾驭风雨入火不焚的赤松子、上天下地的子䂞、堆火自焚的宁封子、长生不老的偓佺等等。由于汉代方术发达，汉代末年又有道教出现，因此本卷中也记载了很多修道求仙的术士的故事，例如能够化身幼童的淮南八老公，役使鬼神的刘根，死而复生的徐光、吴猛等。

神仙故事和术士道士故事的主体不同，一个是已经得道的神仙，另一个是修道求仙的术士。在民间思维当中，人们在讲述这类故事的时候，对于神仙和术士的区分并非十分清晰，主要在于神仙和术士都有一些法术

---

① 任继愈《中国道教史》，北京：中国社会科学出版社，2001。

能力,都能够化身异形,长生不老,并受到人们的尊敬,甚至设立神祠祭祀。因此在《搜神记》的分卷中,这两类故事也同时出现在同一卷中。但是,通过分析卷一的故事类型,可以发现两者在民间思维中仍然存在着一些隐藏着的区分。例如,神仙已经脱离了人的身份,所以在《搜神记》卷一中,对于神仙能力的描述大多包含着"能够上天入地"的功夫。所谓"上天",就是脱离了"人"所在的世俗之界,进入了"神圣"的领域。

本卷之中还含有5篇神女与凡人的恋爱婚姻的故事。这些故事中神女的身份各不相同,有化身神蛾并司掌养蚕的神女,有天上的织女,有死后尸身传香的非凡之女,有从仙境奉母之命下嫁人间的杜兰香,有自愿与人间男子相恋的玉女知琼。这些故事都反映了人们对于仙凡关系的美好想象,也表达出了一种人神相隔的遗憾。特别是在玉女知琼的故事当中,表现出仙凡关系中紧密又充满紧张气氛的一种状态。玉女知琼不愿夫君以外之人知道自己的存在,她下凡到人间来,除了她的夫君以外,别人不能看到她的身影。一旦夫君将她的存在透露给外人,她只得告辞返回天界。这种"天机不可泄露"的禁忌也体现出了人们观念中"圣"与"俗"的隔阂。

其二,使用情节法。

神农鞭百草

① 他是神农。② 他用红色鞭子鞭打草木。③ 他以此全面了解各种草木的药性。④ 他传播庄稼,天下人称之为"神农"。①

雨师赤松子

① 他是赤松子,是神农时司雨的神。② 他和神农服用神药玉冰散,进入火中而不燃烧。③ 他常到西王母石室中去。④ 他随风雨上天下地。

---

① [晋]干宝《搜神记》,马银琴译注,北京:中华书局,2012,第1—2页。

⑤神农的小女儿追随他升天。⑥他在高辛时又做了雨师,漫游人间,现在的雨师奉他为祖师。①

赤将子舆

①他是赤将子舆,是皇帝时的人。②他不吃五谷,而吃草木的花。③他在尧帝时做了木工。④他能随风雨上天下地。⑤他在市场以卖生丝绳为生,被称为缴父。②

崔文子学仙

①他是崔文子,是泰山人,跟随王子乔学仙道。②王子乔化身白霓,带仙药送给崔文子。③他引戈投向白霓,仙药落下,却是王子乔的鞋子。④他用筐盖住鞋子,一会儿鞋子化成大鸟,打开看时高飞而去。③

焦山老君

①他在焦山学道七年。②太上老君给他木制钻子,让他钻穿五尺盘石。③太上老君说钻穿便能得道。④他共用四十年,钻穿盘石,得到了修炼神仙丹药的口诀。④

王乔飞舄

①他是王乔,身怀神术。②他每月初一从县里到朝廷,却不见车马。③皇帝奇怪,秘密命令太史去守候观望。④太史说看到野鸭,捕捉时只剩一双鞋子。⑤这双鞋子是四年前赐给他的鞋子。⑤

---

① [晋]干宝《搜神记》,马银琴译注,北京:中华书局,2012,第2—3页。
② [晋]干宝《搜神记》,马银琴译注,北京:中华书局,2012,第3页。
③ [晋]干宝《搜神记》,马银琴译注,北京:中华书局,2012,第7页。
④ [晋]干宝《搜神记》,马银琴译注,北京:中华书局,2012,第10—11页。
⑤ [晋]干宝《搜神记》,马银琴译注,北京:中华书局,2012,第13—14页。

董永与织女

① 他是董永,幼时丧母,与父亲同住。② 父亲死后,他卖身为奴安葬父亲。③ 主人知道他的贤良,给他一万文钱让他回家守丧。④ 三年守丧期满,他在回主人家的路上,遇到一个女子,成为他的妻子。⑤ 他要回报主人的恩情。⑥ 主人让他的妻子织布。⑦ 他和妻子十天织完一百匹双丝细绢。⑧ 妻子称自己是天上的织女,奉天帝之命帮助他还债,说完飞走。①

卷 二

其一,使用段落法。

本卷中的故事承接卷一的内容,其主要内容是继续记叙了汉晋时期术士的各种神奇法术和奇异事迹。本卷中所记载的术士故事类型主要有以下两个特点。

第一,本卷对于术士的法术能力的记述十分丰富,每位著名的术士都有自己不同的能力,例如降服鬼怪的寿光侯和刘凭,口喷水流灭远方之火的樊英,控制自然之物的徐登、赵昞,拜访东海君的陈节,预见凶吉的韩友,用法术降服猛兽的黄公,断舌喷火的天竺胡人,养虎辨人的扶南王范寻,等等。这些术士故事都是当时有名之士的传说中颇具影响力的文本。

第二,本卷故事类型将术士与巫师的身份并提。本卷中明确提到巫师身份的故事有两则,一则是白头鹅试觋,讲到孙休想要找男巫看病,先让男巫说出坟墓中埋葬之物的样子来试探他的法力;另一则提到两位女巫能够看到坟墓里已经去世的朱主的样子。巫觋的能力有二,一是为人祛邪治病,二是能够见到死人的灵魂,这说明巫觋沟通阴阳,是人鬼之间的使者。术士李少翁、营陵道人和夏侯弘也能够看见人死后变成的鬼魂

---

① [晋] 干宝《搜神记》,马银琴译注,北京:中华书局,2012,第26—27页。

并与之交流,或能够将鬼魂召唤到人间来与活着的人们相见。在这一点上,术士与巫师的身份和能力又被混合起来,甚至在神仙方术之道兴盛的那个时代,术士的法术能力可能高于巫师。但是,人与鬼之间仍然由阴阳阻隔,即使有巫师术士在其中搭桥,仍然不可能像活着时那样见面。两则"令见死人"的故事类型,一则是只能隔着帷帐看到一个身影,另一则是听到敲鼓的声音就必须马上出来。

其二,使用情节法。

鞠道龙说黄公事

① 他是鞠道龙,擅长变幻法术。② 他说东海人黄公擅长变幻法术,能制服大蛇、猛虎。③ 黄公佩戴赤金刀。④ 黄公年老饮酒过度,镇压老虎法术失灵,被老虎所杀。①

天竺胡人法术

① 他是天竺人。② 他会很多法术。③ 他可以将舌头截断,放在器皿中,再重新连接上。④ 他可以将绢布剪断,再拼合成一块。⑤ 他可以吐火,火可以做饭。⑥ 他把书纸线绳投入火中,又从灰烬中取出原物。②

营陵道人令见故人

① 他是道人,能够让人与死人相见。② 他用法术帮助同郡的人与死去的妻子相见,并叮嘱听到鼓声就要出来。③ 同郡的人见到妻子,恩爱如前。④ 鼓声响起,同郡的人不能停留,但衣服被夹在门缝里,他扯断衣襟离开。⑤ 一年后,这个人死去。⑥ 人们在埋葬他时,看到他妻子的棺材下有那片衣襟。③

---

① [晋]干宝《搜神记》,马银琴译注,北京:中华书局,2012,第40页。
② [晋]干宝《搜神记》,马银琴译注,北京:中华书局,2012,第41—42页。
③ [晋]干宝《搜神记》,马银琴译注,北京:中华书局,2012,第45—46页。

卷 三

其一,使用段落法。

本卷之中仍然在讲述方术之士的故事,但这些术士又与《卷二》之中法术高强的术士们有所区别,他们擅长预知凶吉、占卜问事和祛邪治病,而并非《卷二》之中那些呼风唤雨的变化之术。

其中,钟离意、段翳、乔玄和隗炤4篇,提到预知凶吉和未来之事;许季山、管辂、郭璞、韩友、严卿和华佗几人,在故事中都被描述为精通易学能够通过占卜祛邪治病的奇异之士。从此卷的故事类型能看出,占卜问凶吉和祛邪治病是术士的主要职能,同时,在民间,巫师、术士和医师的角色相互交叉,并无明确区分。

在本卷当中,很多故事类型体现出民间信仰在当时的存在状况。比如,在"臧仲英遇怪"中,黑狗和老仆人共同作怪,导致家中的物品消失或随意移动;在"乔玄见白光"中,在东边的墙壁上看到白光,预示着主人即将升官;管辂的两篇故事、"淳于智卜居宅",都提到,宅屋中若是寄宿着死人的灵魂,就会有怪事发生,房屋风水对于人们运势凶吉有影响。淳于智的另外3篇、"韩友祛邪"和华佗的两篇都提到动物在人身上作祟,或者运用动物辅助的手段祛除妖邪;在"郭璞筮病"中,提到先人的行事会使得后人生病。这些故事类型都带有强烈的方术特征,主要体现当时占卜之术和方术道术盛行的特点。

其二,使用情节法。

乔玄见白光

① 他是梁国人乔玄。② 他在睡觉时看到东面的墙壁很白,触摸却没有异样,别人也看不到,十分担心。③ 他向朋友应劭询问,应劭向他介绍许季山的外孙董彦兴。④ 他董彦兴,董彦兴答应帮助他。⑤ 他将白光之

事告诉董彦兴,董彦兴说这并非坏事,并且今后还会升官。⑥ 他后来果然官至三公。①

郭璞筮病

① 扬州别驾顾球的姐姐生病,请郭璞卜筮。② 郭璞说卦象表示先人有所过失。③ 探索先人的事迹,先人曾砍伐大树杀死大蛇,从此女儿生病。④ 生病后有鸟儿环绕屋顶,出现龙车。②

华佗治疮

① 他是华佗。② 琅邪郡人河内太守的女儿左腿生疮,请他医治。③ 他让马拉着狗跑步,停下后又拖行狗,切开狗的肚子,用狗血刺激疮口。④ 疮口中跑出来蛇一样的东西,没有眼珠,全身逆鳞。⑤ 他用铁锥横穿蛇头杀死蛇,给疮面撒上膏药粉。⑥ 女儿七天痊愈。③

卷 四

其一,使用段落法。

本卷中收入星宿河岳诸神的故事。讨论星宿之神的故事有 2 则,一是"风伯雨师",讲天上的星象能够统领人间风雨,二是"张宽说女宿",讲女宿是天上掌管祭祀的星宿。讨论河岳之神故事的共 8 则,其中提到泰山君 2 则,华山君 1 则,庐山君 3 则,河伯 1 则,澎泽湖青洪君 1 则。除此之外,还提到了一些别的神灵,例如天帝,并且还有一些故事讲人死后变神的故事。

本卷中的故事可以分为以下 4 个故事类型:人成为神的使者、人神结

---

① [晋]干宝《搜神记》,马银琴译注,北京:中华书局,2012,第 55—56 页。
② [晋]干宝《搜神记》,马银琴译注,北京:中华书局,2012,第 68—69 页。
③ [晋]干宝《搜神记》,马银琴译注,北京:中华书局,2012,第 74—75 页。

亲、人神相助和凡人成神。人成为神的使者的故事类型有3则：一是"胡母班致书"，讲述胡母班为河伯和泰山神送书信；二是"华山使"；三是"戴文谋疑神"，讲述神灵想要依凭在戴文谋身上，让他成为自己在人间的使者，但戴文谋却怀疑神灵的身份。在人神结亲的类型下面，主要包含"张璞投女""建康小吏曹著"2则，均以人神婚姻的失败告终，其或体现了某种人神之间的隔阂与禁忌。在人神相助这一类型中，重复包含了"胡母班致书"，讲述胡母班请求泰山神将他死去的父亲委任为乡里的土地神，却不料"生死不同路"，父亲将他的家人全部带走的故事；"宫亭湖孤石庙二女"和"宫亭庙神"都讲帮助神灵后，神灵通过动物归还主人公的失物；"欧明求如愿"讲欧明向青洪君进献礼物，青洪君将自己的侍女回赠于他；"糜竺逢天使"讲糜竺让天帝的使者搭车，使者便告诉他要烧掉他家的东西并让他回去早做准备；"阴子方祀灶"和"张成见蚕神"讲祭祀神灵便得到好处。在凡人成神的类型中，包括"河伯冯夷"，讲冯夷溺水而死被天帝委任为河伯；"戴侯祠"讲带病女戴氏为了治愈疾病，祭祀戴侯，奉他为神；"刘玘成神"讲普通人刘玘称，自己死后将成为神，他死后出现各种奇异现象，人们就祭祀他。

其二，使用情节法。

风伯雨师

① 风伯和雨师是星宿。② 风伯是箕星，雨师是毕星。③ 雨师又叫屏翳，屏号，玄冥。①

胡母班致书

① 他是泰山人胡母班。② 他在泰山边的森林里遇到骑士，请他去见泰山君。③ 他跟随骑士，闭上眼睛，来到一座宫殿前。④ 泰山君接待

---

① [晋]干宝《搜神记》，马银琴译注，北京：中华书局，2012，第76—77页。

他,请他为女儿捎信。⑤ 他答应后,闭眼离开宫殿。⑥ 他乘船到河中央喊"青衣",有人取走他的信,过一会儿返回说河伯想与他相见。⑦ 他接受河伯的宴请和青丝鞋礼物。⑧ 一年后他回到泰山,敲树自报姓名,骑士接他见泰山君。⑨ 泰山君答应报答他。⑩ 他在泰山君处看到自己死去的父亲在做劳役,父亲说想让他请求泰山君免除劳役,并回乡做土地神。⑪ 他向泰山君求情,泰山君认为生死不同路,但在他的一再哀求下满足了他的要求。⑫ 一年后,他的儿子接连死去,他连忙拜见泰山君。⑬ 泰山君请来他的父亲,父亲说实在想念孙子们,就将他们召来。⑭ 泰山君免去他父亲土地神的位置。⑮ 他回家后,儿子都平安无事。①

河伯冯夷

① 他是宋时弘农郡人冯夷,在八月上旬渡河时淹死。② 天帝将他任命为河伯。③《五行书》说,在这一天乘船远行会淹死。②

华山使

① 他是使者郑容,在华山北面遇见白马白车。② 他在路边等待,白车中人说自己是华山使君,托他送信给镐池君。③ 他按照车中人的话,用石头敲树,果然有人来取信。④ 第二年,秦始皇死去。③

张成见蚕神

① 他是吴县人张成。② 他半夜起来看到妇人站在房屋南面的角落里。③ 妇人说自己是蚕房的神,让他明年正月十五以膏粥祭祀。④ 从此他的家里年年养成很多蚕。⑤ 这就是人们用膏粥祭祀蚕神的

---

① [晋]干宝《搜神记》,马银琴译注,北京:中华书局,2012,第79—82页。
② [晋]干宝《搜神记》,马银琴译注,北京:中华书局,2012,第82—83页。
③ [晋]干宝《搜神记》,马银琴译注,北京:中华书局,2012,第83—84页。

来历。①

戴侯祠

① 她是豫章的戴姓女子,久病未愈。② 她遇到石头的小人,对它说如果能治好自己的病,她就会把它当作神来供奉。③ 她做梦梦到有人告诉她,将要保护她,从此她的病逐渐好转。④ 她在山下为石人修建祠庙,自己做了女巫,称为戴侯祠。②

卷 五

其一,使用段落法。

本卷主要由两部分构成。首先收录的5篇均为南京蒋山神相关,讲述了各种关于蒋山神的奇闻异事,证实蒋山神存在之不诬。其中,"蒋子文成神"可归入凡人成神一类,蒋山神本为凡人蒋子文,他死后要求人们对他进行祭祀,否则就会降下灾难;"蒋山庙戏婚"和"蒋侯与吴望子"讲人神结亲,"蒋山庙戏婚"又与上一卷"张璞投女"有相似的情节单元,讲年轻人在开玩笑中定下与神的婚姻,神果然遵守婚约。蒋山神的另外两篇故事分别讲蒋山神将活人召作他的手下,以及蒋山神帮助谢玉杀虎,受到谢玉的祭祀。

本卷的另一部分是报应故事,3篇故事可归纳为一个故事类型,即"人与鬼神相遇,获得报应"。"丁姑祠"讲男人侮辱丁姑和其侍女遭到恶报;"王祐与赵公明府参佐"讲王祐的忠孝打动赵公明参佐,获得红笔护佑免于灾祸;"周式逢鬼吏"讲周式路遇鬼吏,但两次没有遵守与鬼吏的约定,最终被夺走性命。这种故事类型传达善恶报应观念,有佛教思想的影响。

---

① [晋]干宝《搜神记》,马银琴译注,北京:中华书局,2012,第94页。
② [晋]干宝《搜神记》,马银琴译注,北京:中华书局,2012,第95页。

本卷中剩余两篇分别为"张助种李"和"新井"。其中,"张助种李"讲的是讹传成真,"新井"是讲感应。

其二,使用情节法。

蒋山庙戏婚

① 咸安、宁康年间,三位官员的儿子一起游览蒋山庙。② 他们对庙中的女神像口出戏言,称自己要与神像结为夫妻。③ 晚上,他们梦见蒋侯承认他们为女婿,并过几天就来接他们。④ 他们十分惊恐,带了三牲去蒋山庙谢罪。⑤ 他们晚上梦到蒋侯亲自降临,告诉他们不能反悔。⑥ 不久他们都死了。①

丁 姑 祠

① 她是淮南郡全椒县的媳妇丁姑。② 她的婆婆经常抽打她,她无法忍受,在九月九日上吊自杀。③ 她通过巫祝显灵,免去媳妇在九月九日这一天的劳役。④ 她显形时,与婢女共同过江,向两个打渔的男人请求渡江。⑤ 两个男人要求她们做老婆,丁姑发怒,诅咒他们失去生命。⑥ 老翁礼貌地招待丁姑并带她们渡江,丁姑给他回报,使他带着鱼回家。⑦ 直到今日人们还在祭祀她。②

张 助 种 李

① 他是南顿县人张助,将李子核种在空心的桑树中。② 人们看到桑树中长出李树,以为是神灵显灵。③ 有一个患眼病的人在树下休息,向李树神祈祷,眼睛痊愈了。④ 人们传说李树可以治好眼疾。⑤ 李树下常有成百上千的马车前来祭祀。⑥ 他在一年后发现,说这是自己种的李

---

① [晋]干宝《搜神记》,马银琴译注,北京:中华书局,2012,第100—101页。
② [晋]干宝《搜神记》,马银琴译注,北京:中华书局,2012,第104—106页。

树,就把李树砍掉了。①

卷　八

其一,使用段落法。

本卷记述历代王朝更替的谶纬之事,有两则提到孔子,一是"孔子夜梦",讲孔子梦到赤色烟气,让学生去看,发现有麒麟出现,麒麟吐出的图中文字说赤帝子刘将要兴起;二是"赤虹化玉",讲孔子完成《孝经》后,向北极星跪拜,赤虹化作黄玉,落入孔子手中,黄玉上写刘季即将掌握天下。这类故事与谶纬之学联系紧密。

本卷的10则故事中有8则讲帝王在登基之前或之后出现的帝王瑞兆,包括舜得玉历,汤祷桑林天降甘霖,周武王平黄河风波,麒麟预言赤帝子刘即将掌握天下,赤虹化玉降落人间写着刘季将让天下顺服,得到名叫陈宝的小孩可以称霸天下,荧惑星下凡预示吴魏废而晋立,神人托梦说扬州必出天子,属"伟人出生"的故事类型。伴随故事类型有兆象,这些兆象或与天象河岳有关,或涉及麒麟瑞兽,或直接由神仙指引,都体现出古人对于祥瑞之象的信仰。本卷的另外一种故事类型并非讲"伟人出生",而是讲对"圣人神迹"的占卜、预兆,例如,一则讲占卜说周文王今天将获得帝师,后果然与姜太公同归;另一则讲邢史子臣从天象预言未来的朝代更替。

其二,使用情节法。

舜得玉历

① 舜在历山耕种,在河边的岩石上得到了玉历。② 舜得到了上天的

---

① [晋]干宝《搜神记》,马银琴译注,北京:中华书局,2012,第110—111页。

旨意,躬行正道。③ 舜握着褒,褒象征劳苦出身而登上帝位。①

汤祷桑林

① 商汤战胜夏人之后,天下大旱七年。② 商汤去桑林用自己的身体作为祭品祷告。③ 大雨立刻降下,滋润天下。②

孔子夜梦

① 孔子做梦,梦到丰、沛一代有赤色烟气。② 孔子叫颜回、子夏与他一同前往查看。③ 孔子和颜回、子夏在楚地看到小孩子在鞭打麒麟,并用木柴覆盖。④ 孔子问小孩子的名字和他在干什么。⑤ 小孩子说他看见怪兽向西走。⑥ 孔子说天下已有君主,让小孩拿开木柴看下面的麒麟。⑦ 麒麟吐图,说赤帝子刘将要兴起。③

陈宝祠

① 秦穆公时,陈仓人挖地,得到了媪。② 陈仓人要把媪献给秦穆公,路上遇到两个小孩。③ 媪告诉陈仓人,两个孩子叫做陈宝,一雄一雌,得到任意一个就能统治天下。④ 陈仓人丢下媪去追陈宝。⑤ 陈宝变成野鸡,飞进树林。⑥ 陈仓人报告秦穆公。⑦ 秦穆公率人抓到了雌的。⑧ 雌野鸡变成石头,秦穆公把它放在汧水和渭水中间。⑨ 到秦文公时,为它建立了陈宝祠。⑩ 雄的那只飞到南阳雉县,秦国用它做了县名。⑪ 每当陈仓祭祀,有红光从雉县来进入陈仓,发出野鸡的叫声。⑫ 后来光武帝从南阳兴起。④

---

① [晋]干宝《搜神记》,马银琴译注,北京:中华书局,2012,第204—205页。
② [晋]干宝《搜神记》,马银琴译注,北京:中华书局,2012,第205页。
③ [晋]干宝《搜神记》,马银琴译注,北京:中华书局,2012,第206—208页。
④ [晋]干宝《搜神记》,马银琴译注,北京:中华书局,2012,第209—210页。

卷　十

其一，使用段落法。

本卷当中，说梦的故事主要可以依据情节分为两种主要类型，一是"解析梦境"，二是"真实预言梦境"。

"解析梦境"故事类型，指主人公梦到某种征兆，通过解梦或者占卜的方法，分析梦到之事，得出某种现实生活中的影射或结论。例如，和熹邓皇后梦到自己登梯上天，孙坚夫人梦见自己怀孕后月亮和太阳进入怀中，象征王室子孙吉祥繁荣；蔡茂梦中看到屋梁上有三个禾穗却丢失一个，郭贺占卜认为这是他官至三公的象征；张奂妻梦见自己带着官印在城楼唱歌，经占卜解释认为是他们的儿子即将管理这个郡，后来死在城楼上，果然应验。这些故事类型的特点都是梦中所见的事物并非直接是现实生活中发生的事，而是通过隐晦的方法映射现实生活中的事情，同时需要有法力或者懂得占卜的人对其进行解析。

"真实预言梦境"故事类型，指主人公梦见了未来将要发生的事情。其中大多数故事中主人公一醒来就发现了事情的真实性，而并非具有很长的延时性。例如，刘卓梦到别人送给他的白衫可用火烧，变得清洁，他醒后果然发现这件白衫；刘雅梦见蜥蜴掉进腹中，醒来后果然患了腹痛；谢奉与郭博猷同时梦见谢奉为郭博猷操办丧事，过了不久郭博猷果然突然死去，由谢奉为他购买棺材。故事也描述了梦是如何应验的情节。

除了上述两种故事类型以外，还有两则故事讲主人公在梦中与鬼神交流，从而得知自己的命数，如在"吕石梦"中，梦成为神人沟通的途径。

其二，使用情节法。

汉和熹邓皇后梦

① 她是汉和熹邓皇后，曾梦见登梯上天。② 她看到天庭广大平坦

③她仰头吮吸钟乳状的隆起。④她问占梦的人,占梦的人说这是成为圣王的先兆。①

卷十一

其一,使用段落法。

本卷中记述仁人志士与孝子贤妇的故事,肯定主人公的品德和才学,体现了儒家文化主流价值观。但是,《搜神记》的故事又不同于其他普通的仁人志士故事,本卷的故事普遍带有一种超自然色彩。这些仁人志士大多数并非像前几卷中所描述的术士道士本身具有法力,只是因为他们精湛技术与才学、感天动地的精神品德,引发了一系列与自然物和超自然现象的互动。

本卷的故事类型可以分为3组:第一组讲仁人志士,第二组讲孝子贤孙,第三组讲贤妇烈女。

在第一组中,前面5则描写了熊渠子、李广、养由基、更赢和古冶子高超的武艺,他们因为自身的修为和技艺的精湛,能够与自然物进行互动,做到一般技艺高手所做不到的神奇之事。"三王墓"是《搜神记》中名篇之一,在钟敬文主编的《民间文学概论》中有所提及。此故事讲赤比的父母干将、莫邪,为楚王铸剑,却被楚王杀害,赤比将自己的头颅交给侠客,请侠客为自己的父母向楚王报仇,最后楚王、赤比与侠客的头颅共同在鼎中无法煮烂。在其后的故事中,贾庸战死而不屈,苌弘血化碧,谅辅精诚祷雨,何敞拒官却为民消灾,徐栩、葛祚和王业都因为在地方实行仁政而消灾免难,他们的仁德忠义诠释了儒家的主流价值观。

在第二组中,主要讲孝子之心感动天地获得善报的故事。其中,曾子和周畅的故事都提到了他们孝顺母亲,与母亲通过手指相互感应。王祥、王延、楚僚为孝顺父母,到结冰的河中捕鱼,鱼自动从河中跳出。"蛴螬炙"

---

① [晋]干宝《搜神记》,马银琴译注,北京:中华书局,2012,第227—228页。

和"蚺蛇胆"两则,讲主人公的孝顺虔诚使得父母的疾病痊愈,其中"蚺蛇胆"中提到青鸟送来治病之药的情节。"刘殷居丧"和"白鸠郎"都提到孝廉之家会有白鸟筑巢。"杨伯雍种玉"讲杨伯雍严守孝道为父母守丧,得高人相助,获得能够种出玉来的石头。"衡农梦虎啮足"涉及"解析梦境"故事的相关情节,讲衡农孝敬继母,一天梦到老虎咬他的脚,出来跪拜,免于房屋倒塌的灾难。这些故事类型异文很多,但都可归为孝子贤孙感动天地类。

在第三组中,有两篇非常著名的篇目"东海孝妇"和"韩凭妻"。这两篇故事均收入钟敬文主编的《民间文学概论》中。东海孝妇的故事广为传颂,后改编为元杂剧《窦娥冤》,其中冤屈被杀夏日飞雪的情节值得注意。"韩凭妻"一篇,在艾伯华《中国民间故事类型》"主人公和英雄"的"211.韩朋"中有记述,艾伯华指出出处为《搜神记》。这篇故事又名"相思树",讲韩凭和妻子被迫分离,去世后分离埋葬却坟上长出树连在一起,飞出鸳鸯。本卷的其他故事大多讲贞洁烈女孝顺父母、忠于夫君感天动地的相关主题。

本卷中另有两篇故事无法归于上述3组,一是"严遵破案",讲吏卒与尸体对话,使案情真相大白;二是"死友",讲范式和张劭是莫逆之交,范式不来,张劭的棺材不肯下葬。

其二,使用情节法。

李 广 射 虎

① 汉朝李广,以箭射虎。② 箭射入石头,与熊渠子一样。③ 刘向评论说,精诚到极致,金石都能打开。①

养 由 基 射 猿

① 楚王在园中游猎,发现一只白猿。② 楚王让射手射白猿,箭被白

---

① [晋]干宝《搜神记》,马银琴译注,北京:中华书局,2012,第237—239页。

猿接住。③ 楚王让由基射它。④ 由基拿起弓,白猿抱着树哭。①

干将、莫邪

① 干将、莫邪是一对夫妻,他们为楚王铸剑。② 干将、莫邪三年铸成宝剑,共雌雄两把,楚王因工期太长而发怒。③ 干将将雄剑藏在南山松树背后,嘱托莫邪交给未出生的儿子。④ 干将把雌剑献给楚王,楚王怒,杀死干将。②

三 王 墓

① 干将、莫邪夫妇是一对铸剑工匠。② 他们为楚王铸剑。③ 丈夫干将在事成后被楚王杀害。④ 妻子莫邪把丈夫的嘱托告诉儿子赤比。⑤ 赤比在松树中得到宝剑,一心向楚王复仇。⑥ 楚王梦见有人欲向他复仇,出重金悬赏。⑦ 赤比遇到侠客,侠客答应助他复仇。⑧ 赤比将自己的头颅砍下,连同宝剑一起,托付给侠客,自己的身体仍然直立站着。⑨ 侠客携头颅见楚王,并请楚王用锅来炖煮它。⑩ 楚王照做,头颅三天三夜没有煮烂,头颅跳出水面,眼神愤怒。⑪ 侠客建议楚王亲自走到锅边,并趁机砍下楚王的头。⑫ 侠客自刎,三颗人头在锅中不能分辨。⑬ 埋葬时,统称"三王墓"。③

王祥孝母

① 他是王祥,非常孝顺。② 他幼年丧母,继母挑拨又使他失去父爱。③ 他侍奉生病时的父母顾不上睡觉。④ 继母想吃鱼,他脱下衣服要跳入结冰的河中捕鱼。⑤ 冰自动破开,跳出两条鲤鱼,他把鱼拿回家。⑥ 继母想吃黄雀。⑦ 黄雀飞进他的帐子,他拿去供奉母亲。⑧ 同乡人认为这是孝心感动上天的结果。④

---

① [晋]干宝《搜神记》,马银琴译注,北京:中华书局,2012,第239页。
② [晋]干宝《搜神记》,马银琴译注,北京:中华书局,2012,第240—243页。
③ [晋]干宝《搜神记》,马银琴译注,北京:中华书局,2012,第240—243页。
④ [晋]干宝《搜神记》,马银琴译注,北京:中华书局,2012,第251—252页。

王延叩凌求鱼

① 他是王延,他生性孝顺。② 他的继母想在隆冬吃活鱼,命他去捉。③ 他因为没有捉到被打。④ 他去汾河上找,一边敲冰,一边哭泣。⑤ 鱼跳出冰面,他拿去献给继母。⑥ 继母吃了这条鱼,几天没有吃完。⑦ 继母从此待他如亲生一般。①

楚僚卧冰求鲤

① 他是楚僚,早年丧母,对待继母十分孝顺。② 继母长了毒疮,他用嘴吸出脓血。③ 继母梦到小孩对她说,吃了鲤鱼才能治好病,还能延年益寿。④ 继母把梦告诉他。⑤ 他在冬天脱下衣服,叹息哭泣,在冰面上爬。⑥ 冰面裂开,跳出鲤鱼。⑦ 他把鲤鱼拿给继母,治好了她的病,她活到一百三十三岁。⑧ 他的孝顺感动天神,才这样应验。②

郭巨埋儿

① 他是郭巨,早年丧父。② 他与弟弟分家,弟弟将财产分走。③ 他与妻子打工养活母亲。④ 他认为新出生的儿子影响了侍奉母亲,于是想将儿子埋掉。⑤ 他在石头下发现一罐黄金,罐中丹书说,这是天官对他的孝顺的赏赐。⑥ 郭巨因为孝顺名声传播天下。③

东海孝妇

① 她是东海郡的孝顺媳妇,叫周青。② 她供养婆婆十分恭谨。③ 婆婆年长,不愿拖累媳妇,上吊自杀。④ 她被小姑诬陷为杀害婆婆。⑤ 她被官府屈打成招。⑥ 她被问成死罪。⑦ 她发誓冤死后青血倒流、夏日下雪,结果应验。⑧ 她死后,东海郡三年大旱。⑨ 于公向新太守报

---

① [晋]干宝《搜神记》,马银琴译注,北京:中华书局,2012,第252页。
② [晋]干宝《搜神记》,马银琴译注,北京:中华书局,2012,第252—253页。
③ [晋]干宝《搜神记》,马银琴译注,北京:中华书局,2012,第255—256页。

告她的冤情。⑩ 新太守为她扫墓。⑪ 天下雨,庄稼丰收。①

韩凭妻（相思树）

① 宋康王夺走韩凭的妻子。② 韩凭妻偷偷写信给韩凭,诉说思念,表明殉情决心。③ 宋康王不能读懂韩凭妻的信,让大臣解读。④ 韩凭看到妻子的信,不久自杀。⑤ 韩凭妻将自己的衣服损坏,与宋康王登上高台跳下,周围人无法抓住衣服,韩凭妻摔死。⑥ 韩凭妻在衣带上留下遗书,希望与韩凭合葬。⑦ 宋康王不允,将他们分开,并声称如果两座坟墓合在一起,他便不加阻拦。⑧ 坟墓上长出大梓树,十天后相互缠绕在一起。⑨ 树上有两只鸳鸯,一雌一雄,依偎悲叫。⑩ 这两棵树被称为相思树。⑪ 两只鸳鸯被认为是韩凭与妻子的精魂。②

卷十二

其一,使用段落法。

本卷的故事类型,讲精怪、异族和蛊术的奇异之事,颇具神话色彩。但开篇并非故事,而是阐述精怪生成是由五气变化所致的宇宙观,如:"天有五气,万物化成。木清则仁,火清则礼,金清则义,水清则智,土清则思,五气尽纯,圣德备也。木浊则弱,火浊则淫,金浊则暴,水浊则贪,土浊则顽,五气尽浊,民之下也。中土多圣人,和气所交也。绝域多怪物,异气所产也。"③此说乃是谶纬之学发展的结果。汉代之后,五行元气观念成为我国古代哲学的主要观念之一。《搜神记》秉承这一观念,将神怪变化、异族蛊术等奇异事象的发生都归结为元气的五行变化。

---

① ［晋］干宝《搜神记》,马银琴译注,北京:中华书局,2012,第260—261页。
② ［晋］干宝《搜神记》,马银琴译注,北京:中华书局,2012,第265—266页。
③ ［晋］干宝《搜神记》,马银琴译注,北京:中华书局,2012,第273页。

本卷的故事类型主要可以分为4种,分别是五气的精怪、怪异的种族、伤人的妖怪和蛊术。五气的精怪,包括"土中贲羊""山精傒囊"和"落地的霹雳",都是讲由精气集结形成的精怪。怪异的种族,包括池阳小人庆忌,能够在人虎之间相互转化的貙人,头部能够与身体分离的落头民,猳国马化长相如同猿猴的怪物抢夺人类的妇女,越地的冶鸟可通人语,南海鲛人泪化珍珠,庐江山都生活在幽暗的地方。他们在《搜神记》的记载当中并非个别现象,而是一整个部族。伤人的妖怪,包括临川的刀劳鬼,庐江边境的大青小青,长江中的蜮,禁水中的鬼弹,被认为是浑浊昏暗的气瘀滞而生。蛊术,分别是蘘荷根可以攻蛊,以及犬蛊、蛇蛊的故事。蛊被认为是精怪的一种,但并非自生,而是由人工饲养。

本卷有3个故事讲由精气化成的怪物与人类的生命祸福相互关联,分别是"地中犀犬""犬死人亡""营阳蛇蛊"。其中前两篇与犬相关,第一篇讲从地中得到犀犬后家中再也没有灾祸,第二篇讲从地下取出的小狗喂养不能成活,最后主人死去。蛇蛊一篇讲新媳妇不懂家中养蛊的习俗,不慎杀死了蛇蛊,后来全家人患病而死。

其二,使用情节法。

人 化 虎

① 他是鲁国人牛哀。② 他生病后,七天变成了老虎。③ 他变成老虎后,吃掉了自己的哥哥。④ 他变成老虎,便不知自己是人,变回人后,便不知自己曾是老虎。①

卷十三

其一,使用段落法。

---

① [晋]干宝《搜神记》,马银琴译注,北京:中华书局,2012,第273—277页。

本卷的故事类型主要讲的是具有灵性的山岳泉穴和神奇的自然物与人工物,可以分为3组:第一组,讲神奇之物与人类的相互感应,如能够感应人心灵纯净的澧泉,能够感应祭祀的霍山镬和孔窦泉,通过焚烧或者浇灌就能下雨的樊山火和湘穴。这类故事讲人类的心灵和行动能够与自然物互相感应,自然物可以回应人类。第二组,讲人工物的神奇来历,比如二华山上有巨灵的手印,昆明湖中的天地劫灰,龟化城和马邑的修筑,火浣布的来历,焦尾琴和其他几种乐器的制作。这类故事更类似于一种带有神奇色彩的风物传说。第三组,讲奇异的动物,包括江东之鱼、螃蟹"长卿"、青蚨还钱、螺蠃育子、木蠹、刺猬。

本卷值得注意的故事有两则。一则是"城沦为湖",在钟敬文《中国的水灾传说》和艾伯华《中国民间故事类型》中都有相似的故事类型。两者都标出此故事类型出自《搜神记》①。另一则是"江东余腹",讲吴王阖闾在江上吃鱼,吃剩下的鱼丝扔进江里,都变成鱼。

其二,使用情节法。

巨灵擘山

① 太华山、少华山本是同一座山,阻挡黄河的去路。② 河神用手劈开山的上部,脚蹬开山的下部,使河水流过。③ 华山上至今能见到巨灵的手印。④ 张衡《西京赋》中所说就是这里。②

霍 山 镬

① 汉武帝把衡山的祭祀迁到霍山上,山上没有水。② 庙里有四镬,

---

① 钟敬文《中国的水灾传说》,收入钟敬文《钟敬文民间文学论集》(下),上海:上海文艺出版社,1985,第169页。[德]艾伯华(Wolfram Eberhard)《中国民间故事类型》(修订版),王燕生、周祖生译,北京:商务印书馆,2017,第80页。译者注:艾伯华此条引自钟敬文《中国的水灾传说》,详见该著第80页"出处"c、e、i、u、w。

② [晋]干宝《搜神记》,马银琴译注,北京:中华书局,2012,第295页。

可以盛四十斛水。③ 祭祀的时候,镶里总是盛满水。④ 祭祀结束,镶里就空了。⑤ 镶不会被尘土树叶弄脏。⑥ 祭祀进行了五十年,每年四次。⑦ 后来只祭祀三次,一只镶自己坏掉了。①

城 沦 为 湖

① 由拳县是秦时的长水县。② 秦始皇时,有童谣说城门有血的话,城将沦陷为湖。③ 老妇人听到歌谣,天天去城门偷看。④ 守卫想抓她,她便说出偷看原因。⑤ 守卫用狗血涂在城门上。⑥ 老妇人见到,立即跑开。⑦ 大水要淹没县城。⑧ 县令和主管都变成了鱼的样子。⑨ 城沦陷为湖。②

卷十四

其一,使用段落法。

本卷中的内容主要包括两个方面的内容,一是上古神话,二是当代轶事。本卷中所记载的上古神话大多十分著名,包含被高阳氏流放的男女经神鸟所救连成一体成为蒙双氏;狗祖盘瓠由葫芦中的虫化身而成,立下战功迎娶帝王之女建立部族这类讲述氏族产生的始祖故事类型,也包含一团气体降入婢女之身生下夫馀王,夫馀王受到各种动物庇护;徐国宫女生下蛋以为不祥丢弃在河边,被名叫鹄苍的狗衔回,蛋中生下徐国嗣位国君的感生神话。同时,神话中的"主人公由动物喂养长大"故事类型要点也十分值得注意,这其中包含"谷乌菟"一篇,讲谷乌菟是他母亲和斗伯比私通所生,被外祖母扔到山里而被老虎喂养长大;"齐顷公无野"一篇,讲齐惠公的婢女在野外生下齐顷公,新出生的婴儿受到猫的喂养和鸟的

---

① [晋] 干宝《搜神记》,马银琴译注,北京:中华书局,2012,第296页。
② [晋] 干宝《搜神记》,马银琴译注,北京:中华书局,2012,第298—299页。

庇护。

"马皮蚕女"的故事也十分著名,讲父亲原本许愿把女儿嫁给马,却反悔杀死马,马皮将女儿卷起,在树上变为蚕。《搜神记》中记述的蚕马神话在叙述完故事之后,提到汉代的礼制中有皇帝亲自采桑祭祀蚕神时要说"菀窳妇人,寓氏公主",认为"菀窳妇人"是最先教人民养蚕的神祇,也有传说认为蚕是女儿。"嫦娥奔月"的故事也是本卷中的重要篇目,《搜神记》中的嫦娥奔月包含了"占卜飞向月宫的凶吉"这一故事类型。"帝女化草"讲天帝的女儿死后变成菟丝,此篇《山海经》中也有所记载。"蓝岩双鹤"与"羽衣女"两篇都讲"人鸟变形",在《搜神记》中,"羽衣女"与"董永与织女"为两篇故事。它们都属于"天鹅处女型"故事。在卷十三与卷十四两卷中,包含了丰富的故事类型资源。

卷十四中还记录了东汉末年到晋代的奇闻异事,但与前几卷的不同是,本卷并没有讨论人与自然感应的问题,而主要的主题是"人兽相生"和"人兽变形"。"窦氏蛇"的故事讲东汉定襄太守的妻子生下儿子和一条蛇,蛇在母亲死时前来跪拜,被认为是吉兆。"羽衣人"讲晋元帝永昌年间,一男子在树下休息时,被羽衣人奸淫,怀孕后生下一条小蛇。"金龙池"讲妇人捡到巨蛋,其中诞生了婴儿,此儿后化作蛇形。这3个故事主要讲"人兽相生"的问题。本卷的最后3篇都讲女性通过洗浴变成龟,一去不还,是"人兽变形"类故事类型。本卷的故事虽然也讲人与动物之间的变化关系,但与卷十二不同,其变化并未强调五行元气导致的性质改变。从卷目编排上来看,在《搜神记》的编排体系中,似乎当代的传说与远古神话并无本质区别,都被认为是"真实发生过的",体现人与自然物相互变化的奇闻异事,因此被收录在同一卷中。

其二,使用情节法。

狗祖盘瓠

① 高辛氏时有个老妇人住在王宫,医生从她耳朵里挑出一条虫。

②虫子在葫芦瓢里长大,变成一只狗,叫做盘瓠。③帝王悬赏取来戎族吴将军首级的人,并许诺把小女儿嫁给他。④盘瓠将戎吴首级献给帝王。⑤群臣认为不用给盘瓠奖赏,而小女儿认为帝王应该遵守承诺。⑥帝王听从女儿的话,让小女儿跟着盘瓠。⑦盘瓠带着小女儿上了南山,在石室中隐居。⑧帝王思念女儿,派人去寻找,却因为刮风下雨寻找不到。⑨盘瓠与小女儿三年生下六个男孩六个女孩。⑩盘瓠死后,儿女互相婚配,结成夫妻。⑪盘瓠的儿女喜欢五颜六色的衣服,裁制的衣服都有尾巴的形状。⑫小女儿回到王宫,把情况告诉帝王,帝王去迎接他们,天不再下雨。⑬帝王赐给他们名山大川,称他们为蛮夷。⑭蛮夷表面愚笨内心狡黠,重视旧俗。⑮他们耕田贩卖,没有关卡凭证和租税赋贡,部落的首领都赐给官印绶带。⑯他们的帽子用獭皮做成。⑰他们用米饭掺杂鱼肉,敲着木槽呼喊,来祭祀盘瓠。⑱人们说光着大腿,系着横裙,是盘瓠的子孙。①

马皮蚕女

①女儿家长出征,独自饲养一匹公马。②女儿称如果能从战场上找回自己的父亲,就嫁给它。③马听到后,奔往父亲远征的地方。④父亲看到女儿的马,骑着马回家。⑤马回来后,不吃饲料,看到女儿就奋力跳跃。⑥父亲问缘故,女儿把许愿的事情告诉父亲。⑦父亲杀死马,将马皮晒在院子里。⑧马皮将女儿卷走。⑨父亲看到马皮裹着女儿在树枝上变成了蚕。⑩那棵树被称作桑树,是丧失的意思。②

嫦娥奔月

①嫦娥偷吃后羿的不死药,飞往月宫。②嫦娥动身前找人占卜,占卜的人告诉她这是吉利的事情。③嫦娥托身于月宫,成为月宫里的

---

① [晋]干宝《搜神记》,马银琴译注,北京:中华书局,2012,第309—312页。
② [晋]干宝《搜神记》,马银琴译注,北京:中华书局,2012,第317—320页。

蟾蜍。①

羽衣女（豫章新喻县男子）

① 他是豫章新喻县男子。② 他看到田里有六七个女子，穿着羽毛衣服，不知她们是鸟。③ 他悄悄拿走了一个女子的羽衣藏起来。④ 女子们化鸟飞走，只有一女不能飞走。⑤ 他娶她为妻，生下三个女儿。⑥ 女子打听到羽衣的地点，找到后穿上飞走。⑦ 女子后来又将三个女儿接走。②

卷十六

其一，使用段落法。

本卷主要讲人和鬼的故事。鬼的身份、行为及与人的关系十分多样复杂，主要可以归结为4种故事类型，一是"人与鬼争论鬼的存在"，二是"鬼通过托梦或诉说向人求助"，三是"人与女鬼的婚恋"，四是"其他人鬼互动"。

本卷人与鬼的故事类型中，第一种，"人与鬼争论鬼的存在"，共有两篇，分别讲阮瞻和吴兴施的门生是能言善辩之人，且不信鬼的存在，他们与鬼争论是否有鬼存在的问题，将鬼驳倒，鬼亮出自己的身份证明鬼是真实存在的。第二种，"鬼通过托梦或诉说向人求助"，这一类型中包含4篇故事，分别是"蒋济亡儿""温序死节""文颖移棺""鹄奔亭女鬼"。在这一类型中，人与鬼的关系是父子或陌生人，人鬼相连的方式是托梦或者直接在夜里诉说，鬼向人请求帮助的内容是转换在地下世界的差事、移动自己的棺木和证明生前的清白。第三种，"人与女鬼的婚恋"，包括

---

① ［晋］干宝《搜神记》，马银琴译注，北京：中华书局，2012，第320页。
② ［晋］干宝《搜神记》，马银琴译注，北京：中华书局，2012，第321—322页。

"紫玉与韩重""驸马都尉""谈生妻鬼""卢充幽婚"。这4则故事共同包含的情节是人与女鬼非公开婚恋,分离时人拿到女鬼的信物,女鬼的家人通过信物认出女鬼的身份,其中信物的类型包括一寸明珠、金枕、缀有珠宝的袍子、金碗,表明女鬼生前出身高贵。第四种,"其他人鬼互动",包括能看见鬼的苟奴,射杀鬼的王昭平,与鬼同行遭遇戏弄的杨度,与鬼相斗的秦巨伯,向人讨酒的三鬼,被杀死后变成鬼魂在街上显灵的钱小小,赶路遇鬼后将鬼捉住卖掉的宋定伯,害人性命的西门亭鬼魅,识破女鬼身份的钟繇。这些故事展现了《搜神记》丰富的人鬼故事体系。

其二,使用情节法。

蒋济亡儿

① 他是蒋济,楚国人,在魏国做官。② 他的妻子梦到死去的儿子向他们抱怨自己在地下生活困苦,请求父母拜托太庙西边被召为泰山令的孙阿为他调换职务。③ 妻子告诉他梦中内容,他认为梦是虚假。④ 妻子又梦到儿子在太庙下停留,并描述孙阿的样子,请求母亲说服父亲。⑤ 妻子再次告诉他梦中内容,他决定一试。⑥ 他找到孙阿,把这件事告诉他,请他给自己的儿子派遣轻松的工作,并给他丰厚的赏赐。⑦ 孙阿答应。⑧ 他想知道事情的消息,便派人在途中传递,得知孙阿上午心口痛,正午便已死亡。⑨ 一个月后,儿子在梦中告诉母亲自己已经被调任录事。①

卷十七

其一,使用段落法。

---

① [晋]干宝《搜神记》,马银琴译注,北京:中华书局,2012,第349—352页。

本卷的故事可以分为以下几个类型。第一,"精怪假报死讯"类型的故事,包括"鬼扮张汉直""贞洁先生范丹""费季居楚"3篇,都讲到精怪通过各种办法向主人公的家人谎报主人公的死讯,骗得家人信任,家人为主人公举行丧礼,后主人公出现揭穿骗局。其中,"精怪"的类型包括能够附体的鬼物和神灵,谎报死讯的方式包括附身后直接述说和托梦。第二,"精怪化作人形"类型的故事,包括"鬼扮虞定国"和"朱诞给使射鸣蝉"共两篇。其中,"鬼扮虞定国"的故事讲鬼化成虞定国的样子骗取苏氏的信任,后被真正的虞定国揭穿;"朱诞给使射鸣蝉"讲精怪化作人的样子与朱诞给使的妻子交谈,被给使用箭射中后变成鸣蝉逃跑并偷走了朱诞的金创药。第三,"人与动物精怪"类型的故事,包括"倪彦思家狸怪""顿丘魅物""服留鸟"3篇。狸怪和顿丘魅物两篇讲是狐狸与兔子的精怪作弄人类的故事,"服留鸟"讲只有小孩子知道奇异的鸟的名字,第二天鸟与孩子一同消失。第四,"人将精怪作为神物祭拜",包括"度朔君"一篇,讲高等级的精怪像神一样受到人们的祭拜,满足人们的愿望,但最终却被人所害至死。第五,"精怪寄宿在人的屋宅中,带来好运或灾祸",包括"筋竹长人"和"釜中白头公"两篇,均讲家中走出精怪,筋竹长人走后家中便丧失了好运,白头公更是带来厄运和灭顶之灾。

　　本卷中还有两篇故事,"南康甘子"讲3人在南康郡果树林中遇到精怪禁止他们将果实带出果林,"秦瞻"讲蛇的精怪寄宿在人的身体里,这两篇暂时不能归入上面的类别当中。

　　其二,使用情节法。

杨度遇鬼

　　① 他是杨度,孙权赤乌三年赶路去余姚。② 少年向他请求搭车,上车后弹奏琵琶曲,吐舌裂目吓唬杨度,而后离去。③ 老人王戒请求搭车。④ 他告诉老人鬼擅长琵琶,且曲调悲凉。⑤ 老人正是刚才的鬼,又裂目

吐舌,将杨度几乎吓死。①

宋定伯卖鬼

① 他是南阳郡人宋定伯。② 他晚上赶路遇到鬼,谎称自己也是鬼。③ 他与鬼结伴而行,鬼没有重量、过河没有响声,而他却不行,他向鬼谎称自己是新变成鬼所以才会这样。④ 到集市时,他捉住鬼。⑤ 鬼变成羊,他将鬼卖掉得到一千五百文钱。②

紫玉与韩重

① 吴王夫差的小女儿紫玉爱上了会道术的男子韩重。② 吴王不同意他们的婚事,紫玉怨气郁结而死。③ 韩重三年后求学归来,听说紫玉死讯,去坟前凭吊。④ 紫玉的灵魂出现,凄然唱歌,邀请韩重与她回到坟墓。⑤ 韩重认为生死不同路,不敢答应她的邀请。⑥ 紫玉以真心感动韩重,韩重与她回到坟墓留住三天三夜。⑦ 紫玉将明珠送给韩重,让他问候父王。⑧ 韩重拜见吴王,讲述事情始末,吴王认为他在撒谎。⑨ 韩重到紫玉墓地倾诉此事,紫玉称自己将亲自禀告父王。⑩ 紫玉见到吴王,告诉吴王明珠是自己送给韩重的,让吴王不要追究。⑪ 吴王夫人听说紫玉回来,想抱住她。⑫ 紫玉化作烟消失。③

卷十八

其一,使用段落法。

本卷的大部分故事属于"精怪化人"类型,其中最主要的类型是狐狸化人并与人类产生互动。除了狐狸以人形出现之外,能够化作人类的动

---

① [晋]干宝《搜神记》,马银琴译注,北京:中华书局,2012,第360—361页。
② [晋]干宝《搜神记》,马银琴译注,北京:中华书局,2012,第363—364页。
③ [晋]干宝《搜神记》,马银琴译注,北京:中华书局,2012,第365—367页。

物还有鹿、猪、山羊、狗、水獭、公鸡、蝎子,动物以外,能化作人类的也有类似木杵、金子银子等器物化作的精怪。在"精怪化人"后与人类的互动类型上,有4篇故事包含了"偷听话"的母题,分别是"饭甑怪""何文宅除妖""安阳亭三怪""汤应斫二怪"。这4篇故事中,都讲主人公在夜里偷偷听到了精怪的对话,便模仿精怪对话的样子套出了精怪的身份,第二天白天就抓住了精怪。在另一类型当中,可以化作美丽的女人勾引男性的动物精怪,分别是狐狸、猪和水獭,这一类型包含3篇故事,分别是"山魅阿紫""猪臂金铃""苍獭化妇"。在"猪臂金铃"的故事中,主人公通过相好女人与动物同时带着金铃的特征,发现了她们是同类,但是在另外两篇故事中并无这类辨认的情节。精怪化人并试图伤害人类性命的故事有3篇,分别是"宋大贤杀狐""郅伯夷击魅""谢鲲捉鹿怪",但在3篇故事中,企图作怪的精怪最后都被人类制服。精怪化人后具有人类的行为特征的故事共有8篇,这些动物精怪分别是狐狸和狗,这些精怪在具有人类的身份后,试图以人类的身份与人类共同生活,最后都被人类识破。

  本卷当中大多数故事类型都具有复合主题,从不同的视角切入分析,所分类的结果也有所不同。例如,在"狐狸"这一主题之下,可以将其中的故事主要分为以下5种类型,分别是"狐美人""狐书生""狐害人""狐佑人"和"其他狐狸故事"。"狐美人"的故事包含"山魅阿紫"和"句容狸婢"两篇,其中第一篇阿紫的故事讲狐狸变成的美女与人类相恋,第二篇故事只讲狐狸化作美人成为婢女,并无与人相恋的情节。"狐书生"的故事包含"张华擒狐魅"和"狐博士讲书"两篇,讲狐狸化作青衣书生与人论道讲书。"狐害人"的故事包含"宋大贤杀狐"和"郅伯夷击魅"两篇,都讲狐狸的精怪想要害人性命,但最后被勇士制服。"狐佑人"的故事包含"刘伯祖与狸神"一篇,讲狐狸的精怪寄住在刘伯祖的宅邸中,帮助护佑他。"其他狐狸故事"还有"董仲舒戏老狸"和"吴兴老狸"两篇,第一篇讲董仲舒识破狐狸精怪的身份,第二篇讲狐狸化作某人的样子欺骗了他的家人。

  "树"这一主题也是本卷集中讨论的问题之一,主要包含"无法砍断的树""树流血""树中妖""树的祭祀"这4种类型。"无法砍断的树"有"秦公斗树神"一篇,讲秦公无法砍断树,只有让300人披散头发穿上红衣才可以砍断,这与"吴刚伐树"中"无法砍断的树"情节有类似之处。"树流血"与"树中妖",在大多数故事中都有同时存在的特征,在"张辽除树怪""陆敬叔烹彭侯""张华擒狐魅"3篇故事中都讲到"人砍树,树流出血来,并跑出妖怪"的情节;而在"秦公斗树神"一篇中,只包含树中跑出怪物的情节,并未提到树出血。"树的祭祀",包含"树神黄祖"一篇,讲人们祭祀神树,神树护佑人们安康。

关于祭祀,除了上文提到的"树的祭祀"外,另有一篇"高山君"讲山羊的精怪具有治愈疾病的能力受到人们的祭祀。

其二,使用情节法。

宋大贤杀狐

① 南阳西郊有一座亭楼,传说在那里留宿会遇到灾祸。② 他是当地人宋大贤,来到亭楼弹琴。③ 当晚鬼怪登上亭楼,他不为所动继续弹琴。④ 鬼怪拿来人头,他当成枕头用。⑤ 鬼怪要求与他搏斗,他于是杀死鬼怪。⑥ 第二天看,发现这鬼怪是只狐狸。⑦ 从此这里再没妖怪。①

王周南克鼠怪

① 他是魏齐王年间中山郡人王周南,任襄邑县长。② 他在办公时,有一只老鼠来到厅堂上说他要在某年某月某日死去,他没有理会老鼠。③ 当天,老鼠身穿皂黑衣服再次出现说他要在中午死亡,他没有理会老鼠。④ 老鼠又出来几次,说着和刚才一样的话。⑤ 中午,老鼠出现说他不答应,自己没有说的意义了,就倒地而死,衣帽立刻不见。②

---

① [晋]干宝《搜神记》,马银琴译注,北京:中华书局,2012,第409—410页。
② [晋]干宝《搜神记》,马银琴译注,北京:中华书局,2012,第419—420页。

卷二十

其一,使用段落法。

本卷中收录的故事具有明显的善恶因果报应特征,可以分为"动物报恩"与"惩罚坏人"两类。在报恩的动物中,包括感谢人们治病之恩送来清泉的神龙,为帮助它接生的人类送来肉的老虎,送来明珠、百环的鸟类与蛇,感谢人类救命之恩而助人类升官的龟,感激人类救命之恩而又反过来救助人类性命的大鱼、蚁王和蜻蛄,还有帮助人类的忠义之犬。在惩罚坏人的动物故事情节中,包括杀死母猿之子的人最后得瘟疫而死,射杀大麈突然暴毙,杀死喂养大蛇妇女的县令之县陷入湖中,烧掉蚕的妇女长出瘤子。

本卷的因果报应类故事中复合了其他前文存在过的类型。例如,"黄鸟报恩"一篇中,讲汉代人杨宝救助受伤的黄雀,黄雀乃是西王母的使者,后化作小童人形带着玉环前来感谢。这一篇中包含了"精怪化人"的情节,并且是本卷中唯一具有这一类型的故事。另外,"古巢老姥"一篇复合了动物报恩和陷湖两个类型,"华亭大蛇"一篇只提到了大蛇使得整个县都陷落湖中,但并无陷湖这一类型中所包含的"征兆"问题。

其二,使用情节法。

苏易助虎产

① 她是庐陵郡妇人苏易,善于接生。② 一天晚上,她被老虎带到一个大墓坑里。③ 她看到母老虎正在难产,便帮助了母老虎。④ 母老虎将她送回家,还两三次送来野兽的肉。①

---

① [晋]干宝《搜神记》,马银琴译注,北京:中华书局,2012,第436—437页。

玄鹤衔珠

①他是哙参,对母亲十分孝顺。②他收养被射伤的玄鹤,将其养好放生。③晚上,他看到雌雄双鹤各衔一颗明珠报答他的恩情。①

隋 侯 珠

①隋侯出行时,看到一条大蛇断为两半,派人用药包扎将蛇救活。②那个地方被称为断蛇丘。③一年后,蛇衔着一颗明珠来报答隋侯。②

龟报孔愉

①他是会稽郡山阴县人孔愉。②他年轻时经过余不亭,买下了别人所卖的乌龟,并将它放生至余不溪。③乌龟从左面回头看了他好几次。④后来,他立功被封为余不亭侯,铸官印时上面的乌龟向左看,三次不能改变,他知道是乌龟报恩。⑤他连续升官,死后被追封车骑将军。③

古巢老姥

①古巢县一日江水涨潮,潮退后留下万斤大鱼,被众人分食,唯有老妇人不食。②老人对老妇人说大鱼是自己的儿子,为感谢她不吃大鱼,告诉她县城东门石龟眼睛变成红色时县城会沦陷为湖的秘密。③老妇人每天去看石龟,小孩子好奇,她便将秘密告知。④小孩子戏弄她,将石龟眼睛涂成红色。⑤老妇人看到,急忙出城。⑥老妇人遇到青衣童子,自称龙的儿子,将她领上高山。⑦县城陷落成为湖泊。④

义 犬 救 主

①他是襄阳纪南人李信纯,养了一条名叫黑龙的狗,非常宠爱。

---

① [晋]干宝《搜神记》,马银琴译注,北京:中华书局,2012,第437页。
② [晋]干宝《搜神记》,马银琴译注,北京:中华书局,2012,第438—439页。
③ [晋]干宝《搜神记》,马银琴译注,北京:中华书局,2012,第439—444页。
④ [晋]干宝《搜神记》,马银琴译注,北京:中华书局,2012,第440—441页。

② 一天他醉倒在草丛中,不料周围燃起大火。③ 黑龙不能叫醒主人,用身体运送小溪中的水洒在主人身边,保护主人不受火焰伤害。④ 黑龙劳累致死。⑤ 他醒来后看到一切,失声痛哭。⑥ 太守知道后,怜悯这条狗,下令将狗埋葬。⑦ 纪南如今有义犬冢。①

第三节 《搜神记》的信仰故事研究

本节对《搜神记》的民俗信仰做初步研究。

一、《搜神记》的佛教信仰

本节拟从两个具体方面简要列举和分析《搜神记》文本内容中的佛教思想信仰。

第一,《搜神记》中的一些故事类型文本体现了善恶相报观。主要见于第二十卷。其中,包含动物报恩类型的故事共计11篇,如《苏易助虎产》《玄鹤衔珠》《隋侯珠》《古巢老姥》《义犬救主》等。报恩的动物有龙、虎、玄鹤、黄鸟、蛇、龟、鱼、蚁王、犬、蝼蛄。报恩的方式主要可以分为4类,分别是响应求雨的愿望、送来珍贵的物品、使该人世代平安享有官爵、救人性命。恶有恶报故事情节的故事计4篇,如《建业妇人》,惩罚坏人的动物包括猿猴、大麈、蛇和蚕。惩罚的方式主要有两种,一是使人生疾病乃至死亡,二是兴风雨。这两种类型的故事在本质上体现的都是善恶相报的因果观。有些善恶报应故事与中国传统思想中的"加官进爵"观念完全融合,而并非具有很强的佛经思想特征,可见这类故事具有很强的民俗信仰支持根基。

第二,泰山神的故事,在《搜神记》中的记载共有4篇,如《胡母班致书》。故事主要讲泰山君是主管死后世界的神,而泰山地府主死的观念在

---

① [晋] 干宝《搜神记》,马银琴译注,北京:中华书局,2012,第442—443页。

《搜神记》成书的年代已经流行,在佛教特有的"阎罗地狱"概念传入中国后,激发了中国传统文化中相似的概念,也为研究泰山神信仰的变迁增添了新的材料。胡适和陈寅恪都持有此种观点。

二、《搜神记》的道教信仰

本节拟从道教人物形象、道教思想、道教仪式三方面分析。

(一) 道教形象

这类故事有些同时见于同一时代的《神仙传》和《列仙传》。在这批历史典籍中经常提到的道教人物形象有:雨师赤松子、赤将子舆、宁封子、偓佺、彭祖、师门、葛由、冠先、琴高、陶安公、焦山老君、淮南八老公、刘根、蓟子训、汉阴生、常生、左慈、介琰、葛玄、吴猛、寿光侯、刘凭、营陵道人、管辂、河伯冯夷、戴侯、贺瑀、戴洋,约28种命名。他们的门派属性可分为神仙和道士两类。道士经过修炼也可以成为神仙。神仙和道士大多掌握着神奇的法术或道术。

(二) 道教思想

第一,天人合一的自然观。如对故事主人公"上天下地"的描述。这类人物穿梭于天地之间一般都伴随着自然现象的发生,像赤松子与子舆的伴随风雨,宁封子的伴随烟气。在"彭祖""师门"和"偓佺"的故事当中,3位主要角色都服食着具有神力的植物,分别是"桂芝""桃花""松子",羽化升天的时候也伴随着"雨",与前文提到随风雨上天下地是类似的描述。在这类信仰中,人与自然融为一体、不分你我。

第二,追求长生不老的观念。上文提到的"偓佺"一篇,讲到了偓佺本人喜爱食用松子,同他一起服用松子的人都活到了300岁。"彭祖"一篇,提到彭祖本人有700岁,是长生不死的人物。"蓟子训"也是具有长生特征的人物,他的踪迹伴随着白云,具有常人所没有的生命力。另一篇是"常生"的故事,他拥有永恒的生命。

第三,追求羽化成仙的观念。这一类型的故事有3篇,故事中的师门能够使火自焚而登仙,"葛由"篇不仅讲他自己身为仙人,追随他的人也都得了仙道,"陶安公"篇讲赤龙将他迎上天空。

(三)道教仪式

《搜神记》对于道家法术有不同的称呼,分别是"法术""道术""仙术"。"法术"与"道术"具有同样的方法和效力。有一种法术是"过阴",能达成与鬼神交流的效果。道教施法的法器是"剑"与"印",仪式化的发力途径之一是使用符箓,《搜神记》有道士使用符箓的描述。

三、《搜神记》的民俗信仰分析

《搜神记》中描述了很多妖怪信仰。其中,以"鬼"与"妖"为主要角色的信仰故事,集中在卷十五与卷十六两卷中;"妖怪与精怪"的故事,主要见于卷十一到卷十四、卷十八到卷十九各卷中。卷十五与卷十六中的"人鬼关系"故事有5个要点:① 人死而复活。② 棺材中有活着的妇女,"展现出和活人一样的姿态"。③ 人与鬼争论鬼的存在。④ 鬼通过托梦向人求助,鬼通过托梦和诉说向人求助,分别是人与鬼的关系是父子或陌生人,人鬼相连的方式是托梦或者直接在夜里诉说,鬼向人请求帮助的内容是转换在地下世界的差事、移动自己的棺木和证明生前的清白。⑤ 人鬼婚恋,主要情节是人与女鬼非公开婚恋,分离时人拿到女鬼的信物,女鬼的家人通过信物认出女鬼的身份,信物的类型包括一寸明珠、金枕、缀有珠宝的袍子、金碗,表明女鬼生前出身高贵。

从《搜神记》对死后世界的描述中可以看出,死后世界分为两个系统:一是"泰山君""鬼吏""生死簿"的"地下世界"系统,二是"天上官府""北斗星门"的天上系统,这两套系统互不影响,共同在《搜神记》的故事中存在。

《搜神记》中记载的"人鬼相辩"类型故事有:① 精怪。包括池阳小人庆忌,能够在人虎之间相互转化的貙人,头部能够与身体分离的落头民,猳国马化长相如同猿猴的怪物抢夺人类的妇女,越地的冶鸟可通人语,南海鲛人泪化珍珠,庐江山都生活在幽暗的地方。这些妖异的种族在《搜神记》的记载当中都并非个别现象,而是拥有一整个部族。② 天地感应的灵物。这类故事讲神奇之物与人类的相互感应,如能够感应人心灵纯净的澧泉,能够感应祭祀的霍山镬和孔窦泉,通过焚烧或者浇灌就能下雨的樊山火和湘穴。这类故事讲人类的心灵和行动能够与自然界互相感应,主要强调自然界回应人类的部分,强调这类神奇现象的灵验。同时,讲人工物的神奇来历,比如二华山上有巨灵的手印,昆明湖中的天地劫灰,龟化城和马邑的修筑,火浣布的来历,焦尾琴和其他几种乐器的制作。③ 精怪化人。其中最主要的类型是狐狸化人并与人类产生互动。除了狐狸以人形出现之外,能够化作人类的动物还有鹿、猪、山羊、狗、水獭、公鸡、蝎子;动物以外,器物能化作人类的有木杵、金子银子等的精怪。

这类故事更类似于一种带有神奇色彩的风物传说。最后都以"鬼"的存在来结束争论,这与《搜神记》"发明神道之不诬"的理念相吻合。

《搜神记》卷十二提到放蛊的民俗信仰,描述精气化成的蛊,能与人类生命祸福相依,这类信仰叙事有3篇,分别是"地中犀犬""犬死人亡""营阳蛇蛊"。其中,"地中犀犬"和"犬死人亡"与犬相关,第一篇讲从地中得到犀犬后家中再也没有灾祸,第二篇讲从地下取出的小狗喂养不能成活,最后主人死去。"营阳蛇蛊"讲新媳妇不懂家中养蛊的习俗,不慎杀死了蛇蛊,后来全家人染病而死。

小 结

第一,信仰类经典名著与故事类型研究领域需要新开拓。钟敬文主编的《民间文学概论》对《搜神记》故事的引用占28%,这个比例是很高的,其中有1个是世界故事类型(天鹅处女型),还有1个与世界文化遗产有关("都江堰")的故事类型,其他如"李寄"进入唐人诗歌小说,还有"铸剑"篇被鲁迅的《故事新编》改编利用,都在我国古典文学和现代文学史上产生了重要影响,但我国民俗学者以往在该项研究上进展不大。

第二,信仰研究的核心问题。中国是非宗教国家,怎样研究中国经典著作与故事中社会生活模式和文化传统的信仰的统一性？这是在这类研究中必须思考的问题。特别是在本书的研究中,注重信仰类经典著作与故事类型双构的特征,其主要研究对象未必是宗教,而是在一种信仰认知状态下搜集到的和传播的故事,以及相关祭祀仪式和日常信仰资料。

第三,信仰研究是中西学界所关注的共享问题。本书需要继续关注的问题有：① 如何解释故事类型与信仰生态文化的关系。劳里·航克提出的"有机变异(organic variation)"说,指出故事与信仰在二战后解构,他的意思是当代人可以讲故事,但未必相信故事中的信仰。当代民俗学者要在全球化的语境中,恢复富有文化差异性的民俗文本,就要建立本土的精神性文本(mental text)①。我们知道,要建立这种文本,就要求当代人对传统故事与传统文化信仰有自觉意识。② 重新评价体现故事与信仰关系的历史名著,促进各国各民族保持自己的文化传统遗产。挪威民俗学者何坎·里德威格(Håkan Rydving)将时态分析理论应用到故事与信仰的研究中②,为信仰类史料研究提供了新方法,我们可以注意这种新方法,此后发展适合《搜神记》的研究方法。③ 开展跨学科、跨文化的比较研究。《大唐西域记》研究已有跨学科研究成果,产生了广泛的世界影响③,《搜神记》也要通过跨学科和跨文化的研究,推动其研究走向深入。

---

① Lauri Honko. *The Folklore Process*, in Pekka Hakamies and Anneli Hanko, ed. *Theoretical Milestones: Selected Writing of Lauri Honko*, FFC304. Helsinki, Acdemic Science of Finland, 2013, p.69.

② R. Chenna Reddy & M. Saret Babn, *Phycho Cultural Analysis of Folklore (in Memory of Professor Alan Dundes* (Volume I-II), Balali offset Delhi, 2018, p.7.

③ [唐]玄奘、辩机《大唐西域记》,季羡林等校注,北京：中华书局,2000,第102—120页。另见季羡林、张广达等《〈大唐西域记〉今译》,西安：陕西人民出版社,2008,第131—132页。

第六章　对话类名著故事研究:《晏子春秋》

从本章起,研究对话类名著与故事类型。在我国历代经典名著中,对话类的经典与故事类型双构,塑造了可以面对面谈话的君臣角色、官民角色、朝野角色、江湖角色,他们通过多重角色之间的对话,发出了"复调"的声音,揭示了故事中的社会制度、伦理观念、日常生活。本部分的研究对象是两个个案:《晏子春秋》(第六章)和《水浒传》(第七章)。

《晏子春秋》全本都在面对面地讲故事。故事的种类是晏子对君王进谏,晏子和君王对话,晏子与其他大夫的问答。晏子通过对话的方式,对齐景公直言进谏和陈情劝说,告诉齐景公如何注重礼仪、施行仁政、收拢民心,开展社会治理。

斯蒂斯·汤普森(Stith Thompson)曾从他的研究角度认为,故事是集体化思维,不是个人权力的产物①,但《晏子春秋》这种经典与故事类型的双构作品告诉我们,这正是个人权力的产物,而不是民俗集体思维的记录,但它却让经典拥有了一种民俗意义上的、以编年方式得到改进的、可以君臣协商的国家治理模式,产生了这种中国经典名著故事的重要功能。相反,如果晏子天天让君王念经典书本而不讲故事,君王不把他赶走才怪。电视连续剧《康熙王朝》中的康熙皇帝,少年时代厌恶死读经书,喜欢

---

① Stith Thompson, *The Folktale*, FFC102, 1946, p.421.

与民间才子面对面地对话,这种场景的铺叙,虽说是文艺创作的手法,但也有规律可言,否则这种故事情节不会至今被拿来直接利用。回头说晏子,晏子的嘉言懿行代表了当时不断增长的儒家民本思想,齐景公听晏子讲故事是一种对礼治制度、对礼法的态度,以及对个体与群体礼仪规范的学习过程。晏子故事向统治者告知,齐国只有这样治理,才能取得社会进步,晏子故事也由此改变了历史叙事的方式与结构。

本章主要使用中华书局出版的"中华经典名著全本全注全译丛书"《晏子春秋》译注本①,以这类经典名著与故事双构文本为对象,对其进行民俗学研究,同时吸收古典文学、历史学等交叉研究的成果,阐述《晏子春秋》对话类著作研究的学术价值和社会现实意义。

第一节 《晏子春秋》的民俗学与相关学科研究

我国先秦时期涌现了相当数量的经典著作,《晏子春秋》是其中的名著之一,但名气不大,后世的研究著作也不多,这可能与此书相对集中于一个朝代、一对君臣的对话有关。在民俗学领域,研究《晏子春秋》的成果更少,这与这部著作一直被认为是上层经典有关,而民俗学以往的研究理念是向下的。本章的研究要突破这个局限,因为《晏子春秋》专注于对话,主要谈论礼俗与民生的关系,对民俗学研究而言,这反而是一个不可多得的特点。

一、民俗学对《晏子春秋》的研究

钟敬文在早年的民俗学研究中已注意到《晏子春秋》中存在对话现象。他在1932年撰写的《中国的植物起源神话》中,引用了该著卷八中的一段两人对话:

---

① 汤化译注《晏子春秋》,北京:中华书局,2015。

我猛忆起《晏子春秋》里,关于海中枣树的一段记录。文云:"景公谓晏子曰,东海之中,有水而赤。其中有枣,华而不实。何也?晏子对曰,昔者秦缪公,乘龙而理天下,以黄布裹蒸枣,至东海而捐其布。彼黄布故水赤,蒸枣,故华而不实。"这虽然和前面的型式,略有不同,可是不能不说是一个较古,而且很有意味的植物起源神话。①

在钟敬文的引文中,他所注意到的这段齐景公与晏子的对话,就涉及民俗与民生的对话范畴和对话资源,君臣二人不仅在谈政治,也在谈神话,他们的政治与神话意识是混合的。民俗学者正是在这个地方能找到故事类型,钟敬文说"这虽然和前面的型式,略有不同,可是不能不说是一个较古,而且很有意味的植物起源神话"。钟敬文这时受到日本汉学家盐谷温的影响,已吸收了盐谷温在《中国文学概论讲话》中使用的神话学观点。而盐谷温的师承,正是当时日本利用敦煌文献改造更新日本汉学的前辈,这种中日交流的学术氛围,帮助钟敬文从本国历史经典中寻找本国民俗学的问题,而不是将经典著作与故事、民俗割裂开来。钟敬文也是第一个制作中国故事类型的民俗学者,他早在发表这篇《中国的植物起源神话》的前4年,就开始了这项工作,他在该文中仍然讨论故事类型,这就在《晏子春秋》的研究上,最早迈出了转向民俗学的第一步。他到晚年还认为,像《晏子春秋》这样被普遍认为是古典文学的著作,其实也是一种民俗作品。这就要求民俗学者要善于开展与古典文学的交叉研究。

> 民俗学和古典文学都属于人文学科,两者都是研究人类社会的文化现象的。人类社会本是不可分割的有机整体,这就决定了两种学科之间是可以乃至应该相互沟通的。②

---

① 钟敬文《钟敬文民间文学论集》(下),上海:上海文艺出版社,1985,第153页。
② 钟敬文《民俗学与古典文学》,收入钟敬文《钟敬文民俗学论集》,上海:上海文艺出版社,1998,第253页。

钟敬文指出,这种研究对象一般都是文献与口头"重叠"的历史现象:

> 它在民俗学与古典文学之间是一种过渡的、中介的、有时甚至是完全重叠的部分。①

在先秦历史典籍中,经典与神话故事的"重叠"量是相当大的,后世很多朝代的经典著作都比不上它,所以民俗学研究不排斥古典文学研究。

但从总体上说,民俗学者研究《晏子春秋》的成果是很少的。在《民间文学论文索引 1918—1937 初稿》②《少数民族文学研究所科学研究成果提录(1979—1995)》③《中国民俗学目录选》④《中日学者中国神话研究论著目录总汇》⑤中,都没有《晏子春秋》。但也有例外,就是在老彭(彭维金)编的《民间文学书目汇要》中⑥,出现了《晏子春秋》的篇目,包括1981 年出版的陈蒲清选编的《中国古代寓言选》⑦,收录《晏子春秋》中的《景公求雨》《二桃杀三士》《越石父》《晏子的车夫》《挂牛头卖马肉》《晏子使楚》6 篇故事,而彭维金是钟敬文的朋友,他编这本书也受到了钟敬文的鼓励。

二、《晏子春秋》的交叉学科研究⑧

在本节中,主要讨论文献学、哲学、古典文学和语言学对《晏子春秋》的研究,这些学科都与民俗学有交叉关系研究。

---

① 钟敬文《民俗学与古典文学》,收入钟敬文《钟敬文民俗学论集》,上海:上海文艺出版社,1998,第 253 页。
② 上海民间文学工作资料组编《民间文学论文索引初稿》,北京:作家出版社,1964。
③ 中国社会科学院少数民族文学研究所科研处编《少数民族文学研究所科学研究成果提录(1979—1995)》,内部资料,铅印本,1997。
④ 王文宝编《中国民俗学目录选》,北京:中国民间文艺研究会研究部,1981。
⑤ 贺学君、[日]樱井龙彦《中日学者中国神话研究论著目录总汇》,名古屋:名古屋大学院国际开发研究科,1999。
⑥ 老彭编《民间文学书目汇要》,重庆:重庆出版社,1988。
⑦ 陈蒲清选编《中国古代寓言选》,长沙:湖南人民出版社,1981。
⑧ 第六章自本小节起至第四节初稿执笔者为司悦。

(一) 文献学研究

王更生《晏子春秋研究》①,分为晏子传略、《晏子春秋》考辨、晏子所属学派考、晏子思想的探究和《晏子春秋》的文辞5方面考察。晏子思想的探究主要考察其天道、鬼神、生死、伦理、政治、理财、外交观,其中对天道、鬼神、生死的讨论都是自然与社会的综合问题,民俗学也很关注。吴则虞《晏子春秋集释》讨论了故事在这本经典中的比重,他说:

> 《晏子春秋》的成书有其长期的积累和演化过程,原始的素材可能有两类:一类是古书(如《齐春秋》等)里的零星记载;一类是民间流传的故事(即司马迁《管晏列传》里所提的"轶事")。那些古书里的零星记载,既被采入《晏子春秋》,同样地也被采入《左氏传》和《吕氏春秋》等书。至于民间传说的那一部分,也有同样的情形。②

吴则虞提到,在《晏子春秋》《左传》《吕氏春秋》等数本经典著作中,对于晏婴与君主的对话故事,都有共享现象,这也值得民俗学研究。古典文献学者告诉我们,故事处于对话状态中,文献和口头都能共享。我们据吴则虞的推测看,《晏子春秋》中有"击缶"的记录,齐国没有这样的风俗,而秦国人击缶,所以《晏子春秋》还共享了秦国的风俗,至少是把秦国风俗纳入了对话故事之中。

陈涛也认为《晏子春秋》不仅记录了齐国风俗,而且记录了当时普遍的风俗,他由此推断《晏子春秋》的编写时间和编写者非一时一人之作,而这正是经典文献与民俗资源的共同特点:

> 而从章节内容、语句多有重复、记事时间跨度大等情况看,该书不可能出自一人之手,不是一时之作。其作者可能有齐国的史官,也

---

① 王更生《晏子春秋研究》,台北:文史哲出版社,1976。
② 吴则虞编著《晏子春秋集释》,北京:国家图书馆出版社,2011,第2页。

可能有稷下各学派的文学游说之士,还可能有晏子的后人和门人等。而全书风格相近,体例一致,文字统一,可能有一人或少数人修饰润色过。不过由于史料所限,无论是草创者、增补者,还是修饰者、润色者,都难于详考了。①

我们可否这样理解,从跨文化的视角看,陈涛的观点,与中国民俗学者讨论《山海经》《列子》非一时一人之作的观点,与西方民俗学者讨论荷马史诗、《卡勒瓦拉》芬兰史诗等非一时一人之作的观点,都有共鸣之处,而共鸣点就是经典与故事的接触点,也就是文献学与民俗学的互补点。

从上面学者关于《晏子春秋》的讨论中,可以发现,虽然他们各有己见,但是在关于材料来源和成书过程的推断上则基本是保持一致的,都认为成书是一个漫长的过程,而且其材料来源大致为两个方向:一是历史文献等文字记载,二是民间的传说和故事。本节对《晏子春秋》的研究目标,正是从这里出发。

(二)哲学研究

邵先锋对《管子》与《晏子春秋》的治国思想进行了比较研究②,认为晏子的思想是对管仲思想的继承和发展。《管子》最早在自然观方面提出防灾思想,全面概述水、旱、风、霜、虫、震等灾种防治的必要性,并强调明君善政的建设是治理自然灾害的根本措施,他的这些观点在晏子与君王的对话中变成了礼治个案和故事素材,讲得有理有利。张纯一《晏子春秋校注》中认为"综核晏子之行,合儒者十三四,合墨者十六七"③,所以他是主张儒而墨的观点,他认为晏子的主要思想是"俭也,勤也,兼爱也"④,这正是墨家所主张的思想。但是他又认为晏子的思想也不能单纯地用儒而墨来概括:

---

① 陈涛译注《晏子春秋》,北京:中华书局,2007,第4页。
② 邵先锋《〈管子〉与〈晏子春秋〉治国思想比较研究》,济南:齐鲁书社,2008。
③ 张纯一撰《晏子春秋校注》,《晏子春秋校注叙》,北京:中华书局,2014,第1页。
④ 张纯一撰《晏子春秋校注》,《晏子春秋校注叙》,北京:中华书局,2014,第1页。

其学盖原于墨、儒,兼通名、法、农、道,尼父兄事之,史迁愿为之执鞭,有以夫。①

张纯一认为晏子的思想兼通儒、墨、名、法、农、道诸家,思想来源丰富。

赵蔚芝在《晏子春秋注解》中提出:

> 晏子尚俭,反对"饰礼烦事,羡乐淫民,崇死害生",墨家主张"节用"、"节葬"、"非乐";晏子爱民、睦邻,墨家主张"兼爱"、"非攻";晏子任贤、重礼,墨家主张"尚贤"、"尚同";晏子迷信鬼神和天人感应,墨家主张"天志"、"明鬼"。晏子思想与墨家主张虽不尽同,然其大旨则为墨家所袭取,柳宗元谓"墨子之徒尊著其事以增高为己术"之论,实具卓识。晏子思想可说是墨家思想的先驱。②

赵蔚芝推崇柳宗元关于《晏子春秋》的看法,从《晏子春秋》的成书到思想,赵蔚芝都认为柳宗元所言实高。

我们也能看出,从古代哲学的角度研究晏子主要采用考订哲学派别的方法,不过现在人们也开始逐渐地不再强调其思想归为某一派或某一些学派,而更加关注其中的具体思想内容。当研究者无法对《晏子春秋》分类的时候,我们也要看到,在哲学解决不了问题的地方,民俗学正好补上,因为在晏子大量征引民俗和故事的叙事中,是难以插进哲学逻辑的。

(三)古典文学研究

吴则虞在《晏子春秋集释》中说道,"作者善于用简练而生动的语言组织事件,展开矛盾和斗争,并戏剧性地结束这种斗争,造成强烈的效果,使人读了之后不能不报以会心的赞叹"③。关于晏子向君主谏议的方式,吴

---

① 张纯一撰《晏子春秋校注》,《晏子春秋校注叙》,北京:中华书局,2014,第2页。
② 赵蔚芝《晏子春秋注解》,济南:齐鲁书社,2009,第10页。
③ 吴则虞编著《晏子春秋集释》,北京:国家图书馆出版社,2011,第11页。

则虞也提出了个人看法：

> 从《晏子春秋》全部著作来看，他的"谏议"大概有两种不同的方式：一种是理直气壮，侃侃而谈，如《内篇·谏上》、《谏下》等；另一种是谈笑风生的对答，如《外篇》第七、第八两卷"东海赤水"、"极大极细"等。前一种的写法是很好的论文形式，后一种是谈言微中亦可以解纷的讽刺和幽默……晏子的微言隽语所要"解"的"纷"，不是个人之见的无谓纠纷，而是有关重大政治性的矛盾。①

他将晏子的劝谏分为两种，一种是个人陈述（独白），一种是对话。他没有进一步关注对话的问题，但已看出这种政治对话体的两个要素：讽刺和幽默。此外，他认为《晏子春秋》中每个故事的情节都非常完整，有着一定的中心内容和主题思想。他还提出，《晏子春秋》有些故事情节比较单调，多有重复，不严谨。对这类文本，古典文学研究者认为不够完美，而民俗学者却看重它，能发现它的自由空间。如果民俗学者还能在剥用《晏子春秋》留下的自由空间有所作为，提出新的解释，那就能与古典文学研究者合作共赢。

例如，赵蔚芝在《晏子春秋注解》中提到《晏子春秋》的艺术成就有两个方面，一是记言方面，二是叙事方面。记言方面的主要特征："一是善于用多种方式，进行谏诤。晏子谏诤国君，有时是直言极谏，有时是婉言讽喻，有时是反语讥刺。二是善于用形象比喻，论事说理。外交辞令是晏子的特长，楚王说他是'齐之习辞者也'。外交靠舌战，既要坚持原则，维护本国尊严；又要机动灵活，不致有损邦交。坚持后发制人，有理、有利、有节，这要靠外交人员的勇敢机智，能言善辩"②。而在叙事方面，"《晏子春秋》中的叙事散文，有不少是富有风趣的故事。这些故事，大都情节完整，

---

① 吴则虞编著《晏子春秋集释》，北京：国家图书馆出版社，2011，第13页。
② 赵蔚芝《晏子春秋注解》，济南：齐鲁书社，2009，第10—14页。

有的情节曲折变化,有的情节起伏跌宕,有的情节步步紧张,都具有很高的艺术性"①。陶梅生《新译晏子春秋》中主要关注的是晏子劝谏和说话的艺术性,他共总结出以下 9 个方面:

> 以情动人,以为国为民的真挚感情感动人。
> 以喻诱导,用打比喻的方法引导对方。
> 就汤下面,借别人提供的条件达到自己的目的。
> 正话反说,在正话正说难达目的时,便反说,效果有时更好。
> 晓以利害,用利和害的分析使对方明白事理。
> 寓贬于褒,将批评的意见含藏在表扬别人的言辞中。
> 借题发挥,借别人话题,按自己的意思发挥,以达到说服人的目的。
> 以歪就歪,以对方错误的攻击为由,还以重重一击。
> 反诘明理,以反问的形式回答对方,使道理更加突出明了。②

汤化也曾提到过"在先秦诸子散文中,《晏子春秋》可谓别具一格。虽然多为对话问答形式,但也略有故事情节,其中晏子和景公的形象,尤为鲜明"③。这些古典文学研究者的工作说明,在单纯的文本分析方面,他们不但擅长,而且已经下了功夫,这些工作成果应该对民俗学者有启发。民俗学者擅长的是,不但关注文本,而且关注口头,民俗学者将文本与口头资料综合分析,能给古典文学研究者的分析"加厚"。比如,在《晏子春秋》中有很多经典的"三段式结构",这是在故事中经常出现、专有的叙事技术,它能改变文本的结构形式。三段式不仅可以使故事情节更加丰富,而且可以增加历史经典著作的感染力,还能够展现晏子思想的兼容性:既有社会分层的自觉,也有平民性。

---

① 赵蔚芝《晏子春秋注解》,济南:齐鲁书社,2009,第 14—15 页。
② 陶梅生注译《新译晏子春秋》,台北:三民书局,2009,第 24—29 页。
③ 汤化译注《晏子春秋》,北京:中华书局,2011,第 14 页。

（四）语言学研究

姚振武《〈晏子春秋〉词类研究》一书做的是语言学研究，书中对《晏子春秋》所用词性系统做了统计和研究，包括名词系统、称代系统、动词系统、助动词系统、形容词系统、副词系统、介词系统、连词系统、助词系统和语气词系统。

三、关于对话理论

《晏子春秋》中的大多数说理文本和故事都是以对话形式展开的，这是此著的一大特点，遗憾的是，针对其对话体的研究却相当少，但关于对话理论的研究成果很多，值得吸收。什么是对话？什么又是对话理论呢？程正民在《跨文化研究与巴赫金诗学》一书中，重点阐释了巴赫金的对话理论：

> 在巴赫金看来，对话是人类重要的生活方式和生存状态，它渗透到人类生活的各个领域，他认为生活的本质是对话，思想的本质是对话，语言的本质是对话，文学艺术的本质是对话，文化的本质也是对话。①

巴赫金认为，思想只有在对话中才会产生，对话会使思想变得灵动，不对话不沟通的思想必然会走向僵化。程正民在研究巴赫金的著作中说道：

> 他强调语言在社会交往活动中的社会性，认为语言属于社会活动，话语是双方的行为，它取决于两个方面，一是谁说的，二是对谁说的。②

---

① 程正民《跨文化研究与巴赫金诗学》，北京：中国大百科全书出版社，2016，第2页。
② 程正民《跨文化研究与巴赫金诗学》，北京：中国大百科全书出版社，2016，第4页。

这里强调对话有双向主体，一个是谁，一个是面对谁。关于《晏子春秋》中说话的研究，主要都是说晏子怎样进谏，晏子采用什么样的语言技巧，这是一种单方面输出的研究，是没有形成对话的研究，因为常常忽视了晏子对谁说的问题，即便少数学者看到晏子与人对话，也只是默认他和君主对话，但是从书中我们可以看到，他也与大臣们对话，他也与普通平民百姓对话，这部分故事不应该被忽略，否则就忽视了总体的对话主体。在研究晏子的进谏和问答的时候，以往也没有注意到君主在这里起到的作用，君主的提问，以及君主对晏子的劝谏所做的回应都应该是他们对话中很重要的一部分。《晏子春秋》中晏子也是通过和君王、和大臣以及和百姓们的对话来阐释自己的观点，叙述自己的思想，从而我们可以看到一个被对话塑造出来的晏子形象，这个形象可能和历史上真实的晏子不同，但是他却是这本书所向我们展示的多元的立体人物形象。

根据对话理论，研究《晏子春秋》的对话，不仅仅要关注对话本身，还要关注这对君臣背后的文化互动和文化对话，程正民指出：

> 在研究文化互动、文化对话时，巴赫金特别关注民间文化、下层文化和上层文化的互动关系。以往我们更多研究民间文化对上层文化的影响，巴赫金认为这种影响是双向的，而不是单向的。①

巴赫金以文艺复兴时期的文化交流与互动为例，说明上层文化和下层文化之间的交流与互动。钟敬文主编《民俗学概论》专门讨论了底层文化、中层文化与上层文化的交流与互动关系。交流与互动不会因为对话主体属于不同的社会阶层而严格区分，也不会停滞于单一的内容、形式与体裁。程正民还指出：

> 巴赫金关于文化互动性的思想，还有两点值得注意。一是巴赫

---

① 程正民《跨文化研究与巴赫金诗学》，北京：中国大百科全书出版社，2016，第11页。

金认为不同文化的相互影响和相互作用不仅是在内容层面,而且涉及形式和体裁。……二是巴赫金认为不同文化的互动是文化发展的动力。①

我们分析《晏子春秋》的结构也能看出这一点,对话这种形式的故事,很可能是来自民间的传说故事,同时《晏子春秋》这部书很可能又是经过上层文人加工润色的,这本身就是产生历史经典与故事类型双构作品的途径。

晏子在君主身边起作用的原因和意义,也可用巴赫金所提出的外位性的概念做分析。正是因为有了这种"超视",所以晏子才能以大臣的身份,看到君主身上存在的君主自己都看不清的、意识不到的问题,并对其进行劝谏,以维护国家的统治。

从对话理论切入《晏子春秋》研究,是我们的一个方法和切入点,最终还是要落到思想和文化上。

第二节 《晏子春秋》历史经典与故事类型双构研究

《晏子春秋》是一部谈论治国策略的历史经典,它的对话体是用故事举例,用以解决统治术中的平衡问题。要了解这类故事的地位,就要先了解统治术的要点。这种对话体风格很像古罗马西塞罗的辩论术。相比之下,印度《五卷书》也讲统治术,但所使用的故事是体裁,不是举例;后面要讨论的《水浒传》属于对话和故事,但属于民俗叙事,而不是统治术。经过比较,《晏子春秋》的特点就凸显出来了,它是统治术与故事双构文本的代表作。

---

① 程正民《跨文化研究与巴赫金诗学》,北京:中国大百科全书出版社,2016,第14—15页。

在《晏子春秋》中,统治术的部分叫"谏",讲故事举例叫"问。""谏"与"问"双构,形成对话体的结构。

《晏子春秋》分为《内篇》和《外篇》两个部分。其中,《内篇》6 卷包括《谏上》《谏下》《问上》《问下》《杂上》《杂下》,《外篇》2 卷包括《重而异者》和《不合经术者》。"谏"的具体内容,是晏子对君王的直言进谏和陈情劝说,"问"的具体内容,是君王或邻国大夫与晏子之间的问答。其他附属部分,还有"杂",主要是一些与晏子相关的事件;"重而异者",是一些前面出现过,但具体情节不大相似的内容;"不合经术者",是一些不符合当时的经义和晏子形象而被怀疑是后来杜撰的故事。以下分析这种双构文本的内容要点。

卷一 内篇谏上第一

本卷的篇目共 9 章,主要是晏子对于君王的劝谏,告诫君王什么是应该做的,什么是不可以做的,多为劝谏景公要注重礼仪和民心。

《庄公矜勇力不顾行义晏子谏第一》[①],编制故事类型为《矜勇力行义》,这是一个故事中套故事的程式故事类型。晏子在劝谏景公的时候,讲述了夏朝的推侈、大戏和商朝的费仲、恶来等人都是力大无穷,可以手撕猛虎和日行千里,但因为不行礼义,最终导致夏商的灭亡。这是一种大话故事(tall story),夸大人类的能力,来突出表现他们勇力过人,又缺少礼义,最终强调礼义的重要性。

《景公饮酒酣愿诸大夫无为礼晏子谏第二》[②],编制故事类型为《酒酣为礼》。这是一个三段式故事,晏子第一次劝谏齐景公没被理会,第二次晏子直接对景公无礼,引起景公不满;晏子第三次进谏,景公接受晏子的建议,并且推行以礼治国。

《景公病久不愈欲诛祝史以谢晏子谏第十二》[③],编制故事类型为《久

[①] 汤化译注《晏子春秋》,北京:中华书局,2015,第 1—3 页。
[②] 汤化译注《晏子春秋》,北京:中华书局,2015,第 4—7 页。
[③] 汤化译注《晏子春秋》,北京:中华书局,2015,第 39—43 页。

病不愈欲诛史》。这是个有关祭祀的故事,景公久病不愈要杀掉祝官和史官以悦神。晏子认为杀了史祝是没用的,全国百姓的诅咒才更可怕,要施善政才行,景公听从晏子的劝谏,不再滥杀无辜。景公病愈,拟赏赐晏子食邑,借用管仲接受封赏的故事来劝说晏子,晏子回答说,自己不用牲畜祭祀,这一点上比管仲强,从而拒绝封赏。

《景公怒封人之祝不逊晏子谏第十三上》①,编制故事类型为《封人之祝》,也是三段式故事。景公遇到长寿的封人,让他祝福自己。第一次封人祝福之后,景公让他再说一次;第二次封人祝福之后,景公又让他再说一次;第三次祝福之后,景公停止了让他祝福。封人第三次祝福景公不要得罪百姓,景公不高兴,晏子就讲故事举例说,夏桀和商纣因得罪百姓,被百姓杀死,劝景公不要得罪百姓。晏子在故事之中套用故事,向景公说明事情的道理。

《景公欲祠灵山河伯以祷雨晏子谏第十五》②,编制故事类型为《出野以求雨》。齐国大旱,景公想要祭祀灵山和河伯,祈求降雨。晏子认为,大旱的时候只祭祀灵山和河伯是没用的,景公需要广施仁爱,君臣团结,与百姓共度危机。

《景公所爱马死欲诛圉人晏子谏第二十五》③,编制故事类型为《爱马死欲诛养马人》。景公的爱马死了,景公要定养马人的罪,晏子以逆反思维,用"反说"法,列举养马人的三宗罪,最终得出养马人最重的罪,是使得景公被百姓怨恨,国家实力弱于他国。景公被说服,将养马人释放。

类似的工作还有:《景公饮酒七日不纳弦章之言晏子谏第四》④,编制故事类型为《饮酒不纳言》;《景公饮酒不恤天灾致能歌者晏子谏第五》,编

---

① 汤化译注《晏子春秋》,北京:中华书局,2015,第44—45页。
② 汤化译注《晏子春秋》,北京:中华书局,2015,第50—52页。
③ 汤化译注《晏子春秋》,北京:中华书局,2015,第79—81页。
④ 汤化译注《晏子春秋》,北京:中华书局,2015,第10—11页。

制故事类型为《饮酒不恤天灾》;《景公将伐宋瞢二丈夫立而怒晏子谏第二十二》①,编制故事类型为《梦二人而收兵》。

卷二 内篇谏下第二

本卷的章节为 9 章,主要是晏子劝谏景公要行礼义,重视百姓和人才。

《景公藉重而狱多欲托晏子晏子谏第一》②,编制故事类型为《藉重而狱多》。在这则故事中,晏子用北方人养狗,比喻君王身边的近臣,养在一起可能没有问题,但是随意扔给它们吃的,它们就会争抢厮杀,而君王身边大臣的争夺比狗还严重。晏子借用狗的故事,告诫君主处理君臣平衡关系的办法。

《景公猎休坐地晏子席而谏第九》③,编制故事类型为《席地而坐》。景公和其他大臣直接坐在地上,晏子没有像往常一样直言劝谏,而是选择直接坐在席子上。景公发问,晏子告诉景公,3 种直接坐在地上的姿势都表示忧愁,以此劝谏景公要使用礼仪的姿势。

《景公猎逢蛇虎以为不祥晏子谏第十》④,编制故事类型为《遇蛇虎以为不祥》。晏子告诉景公,国家有 3 种不祥,第一是不知道有贤人,第二是知道有贤人不用,第三是用了却不重用。

《景公养勇士三人无君臣之义晏子谏第二十四》⑤,编制故事类型为《二桃杀三士》。晏子让景公给 3 个勇士两个桃,让他们自行按照功劳分桃,3 个勇士 3 次争抢,3 次自杀,让景公明白"赏"与"罚"的关系,晏子达到了目的。

类似的工作还有:《景公欲杀犯所爱之槐者晏子谏第二》⑥,编制故事

---

① 汤化译注《晏子春秋》,北京:中华书局,2015,第 70—73 页。
② 汤化译注《晏子春秋》,北京:中华书局,2015,第 82—85 页。
③ 汤化译注《晏子春秋》,北京:中华书局,2015,第 108—109 页。
④ 汤化译注《晏子春秋》,北京:中华书局,2015,第 110—111 页。
⑤ 汤化译注《晏子春秋》,北京:中华书局,2015,第 152—156 页。
⑥ 汤化译注《晏子春秋》,北京:中华书局,2015,第 86—91 页。

类型为《伤槐者伸冤》;《景公登路寝台望国而叹晏子谏第十九》,编制故事类型为《登路寝台而叹》;《景公路寝台成逢于何愿合葬晏子谏而许第二十》①,编制故事类型为《逢于何合葬父母》;《景公璧妾死守之三日不敛晏子谏第二十一》②,编制故事类型为《妾死三日不敛》;《景公欲厚葬梁丘据晏子谏第二十二》③,编制故事类型为《忠与爱于君》。

卷三 内篇问上第三

本卷的篇章共3章,大部分是景公对晏子提问,晏子解答,晏子由此劝谏景公要重民爱民,任人唯贤。

《景公问欲如桓公用管仲以成霸业晏子对以不能第七》④,编制故事类型为《景公欲成霸业》。景公首先讲述了管仲和桓公的故事,借此问晏子,是否可以像管仲辅佐桓公一样,辅佐自己成就霸业。晏子赞扬了桓公的优点,对比景公的不足,最终使景公产生危机意识。

《景公问贤君治国若何晏子对以任贤爱民第十七》⑤,编制故事类型为《贤君治国》。景公问晏子,贤君是如何治国的,晏子用几个相对应的故事,解释什么是真正的贤君。

《景公问古之莅国者任人如何晏子对以人不同能第二十四》⑥,编制故事类型为《人不同能》。晏子用不同的土地种植同样的植物长势不同,举例说明,任用人才要善于利用人才的长处,不能挑剔人才的不足。

卷四 内篇问下第四

本卷有两章是景公向晏子提问,有两章是叔向向晏子提问,都是有关

---

① 汤化译注《晏子春秋》,北京:中华书局,2015,第137—141页。
② 汤化译注《晏子春秋》,北京:中华书局,2015,第142—146页。
③ 汤化译注《晏子春秋》,北京:中华书局,2015,第147—149页。
④ 汤化译注《晏子春秋》,北京:中华书局,2015,第177—180页。
⑤ 汤化译注《晏子春秋》,北京:中华书局,2015,第209—210页。
⑥ 汤化译注《晏子春秋》,北京:中华书局,2015,第225—226页。

国家治理的对策。

《景公问桓公何以致霸晏子对以下贤以身第二》①，编制故事类型为《下贤以身》。景公向晏子提问，桓公有很多毛病，这样的人怎么会称霸。晏子回答，桓公善用人才而成功，实际是劝诫景公要善于发现并任用人才。

《景公问廉政而长久晏子对以其行水也第四》②，编制故事类型为《景公问廉政长久》。晏子分别用水和石头，比喻廉政长久，暴政很快消亡。

《晋叔向问齐国若何晏子对以齐德衰民归田氏第十七》③，编制故事类型为《叔向问齐若何》。晏子借用商纣王和周文王的故事，说明齐国如何治国，叔向附合晏子。

《叔向问意孰为高行孰为厚晏子对以爱民乐民第二十二》④，编制故事类型为《叔向晏子问答》。叔向问晏子正、反两个方向的问题，晏子强调爱护民众。

卷五　内篇杂上第五

本卷不再是晏子和君王或群臣的对话，主要是讲晏子的故事。故事中的主人公都是对话的，有君臣对话，也有臣民对话。

《庄公不用晏子晏子致邑而退后有崔氏之祸第二》⑤，编制故事类型为《崔杼之祸》。仆人第一次问晏子要去死吗，第二次问晏子要逃亡吗，第三次问晏子要离开吗。晏子回答不会选择这三者中的任何一个。他选择去庄公棺椁旁痛哭，三次跺脚后离去。

《崔庆劫齐将军大夫盟晏子不与第三》⑥，编制故事类型为《舍命不渝》。崔杼逼迫晏子，晏子仍坚持自己的道义，即使是处于生死攸关之时

---

① 汤化译注《晏子春秋》，北京：中华书局，2015，第243—245页。
② 汤化译注《晏子春秋》，北京：中华书局，2015，第248—249页。
③ 汤化译注《晏子春秋》，北京：中华书局，2015，第276—281页。
④ 汤化译注《晏子春秋》，北京：中华书局，2015，第291页。
⑤ 汤化译注《晏子春秋》，北京：中华书局，2015，第314—316页。
⑥ 汤化译注《晏子春秋》，北京：中华书局，2015，第317—320页。

也不失掉自己的气节。

《景公夜从晏子饮晏子称不敢与第十二》①，编制故事类型为《夜半饮酒三家》。第一次景公去找晏子饮酒，晏子拒绝；第二次景公去找司马穰苴饮酒，司马穰苴拒绝；第三次景公去找梁丘据饮酒，梁丘据与景公一同饮酒。有人评价说，景公身边有梁丘据这样陪他作乐的人，他只能勉强保住国家不被灭掉。

类似的工作还有：《晏子再治阿而见信景公任以国政第四》②，编制故事类型为《再治阿邑》；《晏子之晋睹齐累越石父解左骖赎之与归第二十四》③，编制故事类型为《赎越石父》；《晏子之御感妻言而自抑损晏子荐以为大夫第二十五》④，编制故事类型为《荐御为大夫》；《晏子遗北郭骚米以养母骚杀身以明晏子之贤第二十七》⑤，编制故事类型为《北郭骚杀身以明晏子》。这一卷的故事比之前4卷要更丰富一些。

卷六　内篇杂下第六

本卷有2章表现晏子在外交场合中的机敏，有5章表现晏子生活的节俭和对百姓的爱护。

《晏子使楚楚为小门晏子称使狗国者人狗门第九》⑥，编制故事类型为《晏子使楚》。晏子在外交事务中的反应机敏，有理有节：让他从狗洞进入，他说只有访问狗国才从狗门进入；楚王嘲笑齐国没人了才派他出访，他说因为自己不肖，所以才出访不肖的楚国。

《楚王欲辱晏子指盗者为齐人晏子对以橘第十》⑦，编制故事类型为《南橘北枳》。晏子出使楚国，楚王想要羞辱晏子，就说齐国人善于偷盗，

---

① 汤化译注《晏子春秋》，北京：中华书局，2015，第338—340页。
② 汤化译注《晏子春秋》，北京：中华书局，2015，第321—323页。
③ 汤化译注《晏子春秋》，北京：中华书局，2015，第365—368页。
④ 汤化译注《晏子春秋》，北京：中华书局，2015，第369—370页。
⑤ 汤化译注《晏子春秋》，北京：中华书局，2015，第373—375页。
⑥ 汤化译注《晏子春秋》，北京：中华书局，2015，第400—401页。
⑦ 汤化译注《晏子春秋》，北京：中华书局，2015，第402—403页。

晏子巧借南橘北枳的故事回答,说楚国的水土使人偷盗。

《景公欲更晏子宅晏子辞以近市得所求讽公省刑第二十一》①,编制故事类型为《更宅省刑》。景公要给晏子换一个远离市场的房子,晏子以靠近市场生活方便为由拒绝,景公随后问晏子市场行情,晏子用假腿贵而鞋子便宜暗示景公滥用刑罚,劝其爱护百姓。

《景公以晏子乘弊车驽马使梁丘据遗之三返不受第二十五》②,编制故事类型为《三返不受》。即晏子3次返还车马,不肯接受景公的颁赏,他认为,过分的奢侈违背礼仪,自己一旦接受就难以制止别人。

类似的工作还有:《子尾疑晏子不受庆氏之邑晏子谓足欲则亡第十五》③,编制故事类型为《欲足则亡》;《梁丘据言晏子食肉不足景公割地将封晏子辞第十七》④,编制故事类型为《以贫为师》;《景公毁晏子邻以益其宅晏子因陈桓子以辞第二十二》⑤,编制故事类型为《毁邻以益》;《晏子老辞邑景公不许致车一乘而后止第二十八》⑥,编制故事类型为《告老辞邑》。

卷七 外篇重而异者第七

本卷内容比较繁杂,没有统一的主题。文本内容不同,但少量故事情节单元重复。

《景公问古而无死其乐若何晏子谏第四》⑦,编制故事类型为《古而无死》。晏子回答景公的问题,追溯到最早的爽鸠氏,指出,如果自古没有死亡,那就会一直是爽鸠氏统治的天下。

《景公谓梁丘据与己和晏子谏第五》⑧,编制故事类型为《"和"与

---

① 汤化译注《晏子春秋》,北京:中华书局,2015,第429—431页。
② 汤化译注《晏子春秋》,北京:中华书局,2015,第438—439页。
③ 汤化译注《晏子春秋》,北京:中华书局,2015,第415—416页。
④ 汤化译注《晏子春秋》,北京:中华书局,2015,第420—421页。
⑤ 汤化译注《晏子春秋》,北京:中华书局,2015,第432—433页。
⑥ 汤化译注《晏子春秋》,北京:中华书局,2015,第443—445页。
⑦ 汤化译注《晏子春秋》,北京:中华书局,2015,第457—458页。
⑧ 汤化译注《晏子春秋》,北京:中华书局,2015,第459—462页。

"同"》。晏子用做汤和音乐,比喻"和"与"同","同"是单调的,"和"才是完美舒适的状态。

《有献书谮晏子退耕而国不治复召晏子第二十二》①,编制故事类型为《退耕而复出》。有谗佞小人上书诽谤晏子,景公因此怀疑晏子。晏子辞官回家,齐国衰落,景公又请晏子回来,齐国恢复威势。晏子去世后,齐国衰落。

类似的工作还有:《景公问治国之患晏子对以佞人谗夫在君侧第十四》②,编制故事类型为《治国之患》;《景公问后世孰将践有齐者晏子对以田氏第十五》③,编制故事类型为《以礼治国》;《晏子使吴吴王问君子之行晏子对以不与乱国俱灭第十六》④,编制故事类型为《君子之行》;《晏子使高纠治家三年而未尝弼过逐之第二十三》⑤,编制故事类型为《未弼过而逐》。

卷八 外篇不合经术者第八

本卷的内容大多被认为是不符合常理的,很有可能是后人伪造的故事。

《景公游牛山少乐请晏子一愿第八》⑥,编制故事类型为《游牛山许愿》。景公让晏子许愿,第一次结束;让晏子再许一个,第二次结束;又让晏子继续许愿,第三次结束,景公才算满意。

《工女欲入身于晏子晏子辞不受第十一》⑦,编制故事类型为《辞妾不受》。有女子想要做晏子的妾,晏子立刻反思自己,一定有让人误解的好色行为,才引起这种后果,他拒绝了女子的请求。

---

① 汤化译注《晏子春秋》,北京:中华书局,2015,第506—508页。
② 汤化译注《晏子春秋》,北京:中华书局,2015,第488—490页。
③ 汤化译注《晏子春秋》,北京:中华书局,2015,第491—494页。
④ 汤化译注《晏子春秋》,北京:中华书局,2015,第495页。
⑤ 汤化译注《晏子春秋》,北京:中华书局,2015,第509—510页。
⑥ 汤化译注《晏子春秋》,北京:中华书局,2015,第538—539页。
⑦ 汤化译注《晏子春秋》,北京:中华书局,2015,第544—545页。

《景公谓晏子东海之中有水而赤晏子详对第十三》①，编制故事类型为《佯问佯答》。景公用虚假问题问晏子，晏子也用虚假答案回答。

以上篇章都是日常对话。它们有的是有意义的对话，也有的是无意义的对话，甚至是无聊的对话，但无论怎样，在文本中都有两个或两个以上的声音。值得注意的是，在这种语境中，晏子的声音称为"独白"，这种"独白"之声塑造了晏子道德高尚、机智过人的形象。他是齐景公的"镜中像"，齐景公借此完成修习礼治的历史过程，把个体的"像"修正为理想的君主。

第三节 《晏子春秋》的礼治思想与故事类型分布

《晏子春秋》创造经典与故事双构文本的特征，从经典本身说，要点有三：一是民本思想，重民爱民；二是礼治思想，以礼治国；三是伦理思想。任贤去佞②，从故事叙事说，所有故事类型都是围绕以上三点分布的。本节具体讨论如何为《晏子春秋》编制故事类型，就根据以上特点，综合使用段落法和情节法，不再另外注出。

一、《晏子春秋》的民本思想与故事类型分布

晏子是齐国的宰相，曾辅佐三代君王。他对于君王敢于直言进谏，其中一个重点内容是直陈民本思想，劝谏君王爱护百姓，赢得民心。他的重民爱民劝谏分布在11章中，包括《卷四　内篇问下第四·叔向问意孰为高行孰为厚晏子对以爱民乐民第二十二》③《卷四　内篇问下第四·景公

---

① 汤化译注《晏子春秋》，北京：中华书局，2015，第548—549页。
② 汤化译注《晏子春秋》，《前言》，北京：中华书局，2015，第7—10页。
③ 汤化译注《晏子春秋》，北京：中华书局，2015，第291页。

问廉政而长久晏子对以其行水也第四》①《卷一 内篇谏上第一·景公怒封人之祝不逊晏子谏第十三上》②《卷一 内篇谏上第一·景公病久不愈欲诛祝史以谢晏子谏第十二》③《卷一 内篇谏上第一·景公饮酒不恤天灾致能歌者晏子谏第五》④。

叔向晏子问答

① 叔向是晋国的大臣。② 晏子是齐国的大臣。③ 叔向问晏子什么思想最高尚,什么行为最淳厚。④ 晏子回答爱护百姓最高尚,使百姓快乐最淳厚。⑤ 叔向又问什么思想最卑下,什么行为最低贱。⑥ 晏子回答苛刻待民最卑下,作恶太多最低贱。⑤

在同类本文中,晏子总是直接坦陈个人观点,他指出,爱护百姓,使百姓快乐,是最高尚的思想和行为,反之,对百姓苛刻,是最卑贱的做法。晋国大夫叔向向他提问如何爱民的问题,他通过一正一反的提问,说明了自己严格区分高尚思想和低贱思想的观点。他和臣子的对话,不同于和君王的对话,这时他不用考虑自己的回答是否对君王起到劝谏的作用,是否直接影响最高统治者的决策,他只需要解答这个问题本身。他将"民心"和"天意"结合与同僚讨论,希望朝廷上下重视百姓,并且要付诸行动;要在具体的国家政策上,做到重民爱民,减轻刑罚等⑥。

"天意",指各种当时无法解释的现象,人们把它们视为神或者先人的旨意,通过祭祀祖先和天神,祈求神灵的保佑和庇护,消灾解难,增福添寿,解决在一般情况下难以解决的问题。但是对于晏子来说,当"民心"和"天意"同时摆在他的面前时,他会先选择前者。关于顺乎民心,晏子还在

---

① 汤化译注《晏子春秋》,北京:中华书局,2015,第248—249页。
② 汤化译注《晏子春秋》,北京:中华书局,2015,第44—45页。
③ 汤化译注《晏子春秋》,北京:中华书局,2015,第39—43页。
④ 汤化译注《晏子春秋》,北京:中华书局,2015,第12—18页。
⑤ 汤化译注《晏子春秋》,北京:中华书局,2015,第293页。
⑥ 汤化译注《晏子春秋》,《前言》,北京:中华书局,2015,第7—8页。

乎"实用性",要考虑"天意"是否能为自己所用。

梦二人而收兵

① 景公是齐国的君王。② 晏子是齐国的大臣。③ 齐景公发兵去攻打宋国。④ 途经泰山时,景公梦到两个发怒的男人。⑤ 景公惊醒,召来解梦人。⑥ 景公说,他梦到两个男子发怒,不知道他们说什么,但是记得他们的声音相貌。⑦ 解梦人说,这是经过泰山不祭祀造成的,现在山神发怒,召来祝史祭祀就好了。⑧ 景公同意。⑨ 第二天,景公将这件事告诉晏子。⑩ 晏子说,这不是山神,是宋国的祖先商汤和伊尹。⑪ 景公怀疑还是山神。⑫ 晏子描述了商汤、伊尹的相貌和声音。⑬ 景公明白,他俩就是梦中两男子。⑭ 景公问晏子解决的办法。⑮ 晏子说要遣散军队,与宋国和好。⑯ 景公不同意。⑰ 晏子说,攻打无辜的国家,将要遭受祸患。⑱ 晏子说,如军队继续前进,军鼓毁坏,将领死亡。⑲ 景公向晏子认错,遣散军队,停止攻打宋国。①

在上述故事类型中,两处提到天意,一处是解梦人告诉景公要祭祀山神,一处是晏子告诉景公这是宋国的先人商汤和伊尹。通过对梦境中出现的两个人身份的解答可以看出,当时人对待鬼神的态度是虔敬的。解梦人认为,路过泰山而没有祭祀山神,会引起山神发怒。晏子说,攻打宋国,引起宋国的祖先发怒,这是宋国的祖先托梦给景公的"梦兆预言"。这些都是当时的民俗思想,晏子这样说,部分原因是出自他的梦魇信仰,部分是出自他的劝谏意图:他想让景公停止无谓的战争,以免给两国人民带来无辜的伤害,他要阻止景公。从后面的结果看,景公开始的时候没有听从晏子的劝阻,打破了他梦中的宋国先人对他的"禁忌",在受到了相应的惩罚后,他才接受了晏子的劝告,停止对宋国的征伐。

---

① 汤化译注《晏子春秋》,北京:中华书局,2015,第70—73页。

久病不愈欲诛祝史

①景公是齐国的君王。②晏子、会谴、梁丘据是齐国的大臣。③景公生病一整年没好。④景公召见晏子、大臣会谴和梁丘据。⑤齐景公想杀了祝官和史官,以取悦上帝,征求大臣们的意见。⑥会谴、梁丘据同意,晏子不答,景公再次询问晏子。⑦晏子说,如果祝祷有好处,那么诅咒也有坏处,最坏的局面是全国人的诅咒,不要滥杀无辜。⑧景公被晏子说服,将会谴和梁丘据的工作都交由晏子掌管,晏子执掌齐国大政。⑨第二月,景公痊愈。⑩景公借管仲接受齐桓公赏赐食邑的先例,劝晏子接受封地。⑪晏子认为管仲用兽肉祭祀是短处,自己在这一点比他强,因而拒绝受赏。①

在这场对话中,有多处历史策略的对比,供君主选择:是选择杀掉祝史,还是选择以民为本?晏子选择后者。他讲故事,举例子,指出固国爱民是正途。他也反对用牲畜祭祀神,指出管仲的这种主张并不妥当,为他本人所不取。

饮酒不恤天灾

①景公是齐国的君王。②晏子是齐国的大臣。③大雨成灾,景公只饮酒作乐,不顾人民。④晏子请求赈济灾民,景公不理,仍招揽歌舞之人。⑤晏子将自己的粮食分给百姓,进见景公自责,并辞官离开。⑥景公追到晏子家中,表示愿意赈灾,请求他不要辞官。⑦晏子回来,赈济百姓。⑧景公节省开销用度,辞退歌姬侍女。②

在这个文本中,景公的形象和对话,与晏子的形象和对话形成矛盾的对比。在自然灾害来临时,晏子倾尽所有赈济百姓,包括拿出自己的粮食

---

① 汤化译注《晏子春秋》,北京:中华书局,2015,第39—43页。
② 汤化译注《晏子春秋》,北京:中华书局,2015,第12—18页。

和俸禄也在所不惜,用社会治理的办法补救灾害造成的损失。景公却将自然观与社会观分开,不懂两者互动,会放大自然灾害的效应,恣意妄为。直到晏子辞官,朝政荒废,景公才幡然悔悟。晏子第三次劝谏,景公终于接受,做到放弃享乐,精心理政。

二、《晏子春秋》的礼仪思想与故事类型分布

晏子劝谏君王学习礼仪,施行礼治,这是他与景公对话的重点,这方面的文本,详见《卷四 内篇问下第四·晋叔向问齐国若何晏子对以齐德衰民归田氏第十七》①《卷七 外篇重而异者第七·景公问后世孰将践有齐者晏子对以田氏第十五》②《卷一 内篇谏上第一·庄公矜勇力不顾行义晏子谏第一》③《卷二 内篇谏下第二·景公养勇士三人无君臣之义晏子谏第二十四》④《卷一 内篇谏上第一·景公饮酒酣愿诸大夫无为礼晏子谏第二》⑤《卷二 内篇谏下第二·景公猎休坐地晏子席而谏第九》⑥。以下是故事类型样本。

以礼治国

① 景公是齐国的君王。② 晏子是齐国的大臣。③ 景公和晏子站在池边远望。④ 景公问晏子,以后谁将拥有齐国。⑤ 晏子表示不敢议论。⑥ 景公说,得到的一定会失去,不然虞舜、夏禹之国就一直存在了。⑦ 晏子表示不能预测未来,但是可以说些为政之道,要君强臣弱,臣子要听从于君,如今田氏掌握重权,君臣关系颠倒,或许将拥有齐国。⑧ 景公问该怎么办。⑨ 晏子表示有礼可以停止这些,在礼的范围内,大夫不能施恩

---

① 汤化译注《晏子春秋》,北京:中华书局,2015,第 276—281 页。
② 汤化译注《晏子春秋》,北京:中华书局,2015,第 491—494 页。
③ 汤化译注《晏子春秋》,北京:中华书局,2015,第 1—3 页。
④ 汤化译注《晏子春秋》,北京:中华书局,2015,第 152—156 页。
⑤ 汤化译注《晏子春秋》,北京:中华书局,2015,第 4—7 页。
⑥ 汤化译注《晏子春秋》,北京:中华书局,2015,第 108—109 页。

全国,百姓不懈怠,官吏不僭越,大夫不收公室之利。⑩ 景公明白,礼可以治国。⑪ 晏子表示礼和天地共存,礼可以长久治国。⑫ 景公明白了礼的崇高。⑬ 晏子说先王以礼治国,所以崇尚它。①

　　景公问晏子齐国的归属,晏子说归于礼。君王要以礼治国,君王在生活中要用礼仪思想严格地要求自己,在上朝理政时要用礼法约束自己。为政之道,就是以礼治国。如何以礼治国? 就要懂得礼的至高地位。君王要学习先王的榜样,建立礼治的国家。人民拥护礼制,民心才能归顺。这场君臣二人的对话,让景公提高了对礼的重视程度。

酒酣为礼

　　① 景公是齐国的君王。② 晏子是齐国的大臣。③ 景公宴请群臣,饮酒高兴,让大家可以不拘礼。④ 晏子不同意,但景公沉迷喝酒,不理晏子。⑤ 第一次,景公出去,晏子不起身致意。⑥ 第二次,景公进来,晏子仍不起身致意。⑦ 第三次,大家一起喝酒,晏子抢先喝。⑧ 景公怒,认为晏子很无礼。⑨ 晏子表示,只是制造一个无礼的场面,让君主知道无礼的后果。⑩ 景公知错。⑪ 此后,景公以礼治国。②

　　这是一场君臣共同参与的官场表演。酒宴之上,景公酒酣耳热,放浪形骸,不拘小节,还让群臣放弃规矩,随意狂欢。晏子看重饮酒仪式在礼仪中的重要地位,不同意景公当时的做法,指责这种行为对礼仪带来的亵渎。他与景公用对话的言行,进行正确的仪礼规范的示范。第一次,晏子向景公直言进谏,让景公很扫兴,对他很怠慢。第二次,晏子以其人之道还治其人之身,反过来也怠慢景公,景公认为是无礼之举,作嗔怒状。第三次,晏子返回原来的立场,向景公正面讲解修身致礼的规范,景公幡然

---

① 汤化译注《晏子春秋》,北京:中华书局,2015,第 491—494 页。
② 汤化译注《晏子春秋》,北京:中华书局,2015,第 4—7 页。

醒悟,懂得严肃参加仪礼的态度与方法。

席地而坐

① 景公是齐国的君王。② 晏子是齐国的大臣。③ 景公狩猎休息,直接坐在地上。④ 晏子拔芦苇当席子坐。⑤ 景公不高兴,自己和其他大臣都坐在地上,为什么晏子坐席子。⑥ 晏子说,全副武装守阵地、打官司和代死者受祭时,都不坐席子,这些都表示忧愁。⑦ 景公也坐席子上了。①

这一次,晏子跳过规劝,直接用席地而坐的行为,表明行使仪礼的正确姿势、合适地点与举止方法。景公与晏子的对话,是景公导向模仿晏子参与仪礼训练的前奏曲。

三、《晏子春秋》的伦理思想与故事类型分布

《晏子春秋》是解释儒家伦理思想的历史经典与故事的合集,这方面的君臣对话见于《卷二　内篇谏下第二·景公嬖妾死守之三日不敛晏子谏第二十一》②《卷四　内篇问下第四·景公问桓公何以致霸晏子对以下贤以身第二》③《卷二　内篇谏下第二·景公猎逢蛇虎以为不祥晏子谏第十》④《卷二　内篇谏下第二·景公欲厚葬梁丘据晏子谏第二十二》⑤等。这类对话体的结构,本身就是一种社会关系。君臣双方通过对话,处于相同的关系中,共同防止小人危害国家,保证社会的正常运行。

---

① 汤化译注《晏子春秋》,北京:中华书局,2015,第108—109页。
② 汤化译注《晏子春秋》,北京:中华书局,2015,第142—146页。
③ 汤化译注《晏子春秋》,北京:中华书局,2015,第243—245页。
④ 汤化译注《晏子春秋》,北京:中华书局,2015,第110—111页。
⑤ 汤化译注《晏子春秋》,北京:中华书局,2015,第147—149页。

遇蛇虎以为不祥

① 景公是齐国的君王。② 晏子是齐国的大臣。③ 景公外出打猎看到老虎和蛇。④ 景公问晏子是否不祥。⑤ 晏子说国家有三种不祥,第一是有贤良之人,君王却不知道;第二是知道了却不用;第三是用了却不委以重任。①

景公问晏子,出外遇到老虎和蛇是否属于不祥之兆,晏子答,国家不祥之兆有三种,一是君王不知道身边有贤良的人,二是知道有贤良的人而不启用,三是即使任用贤良的人也不对他委以重用。这种对话能够吸引景公的注意力,引导景公进入政治管理与民俗禁忌交叉的思维中,理解君臣相处应该遵守什么样的准则。

忠与爱于君

① 景公是齐国的君王。② 晏子和梁丘据是齐国的大臣。③ 景公告诉晏子,要厚葬去世的大臣梁丘据,因为梁丘据对他既忠又爱。④ 晏子问景公,梁丘据是如何对他忠爱的。⑤ 景公说别的大臣不能给的玩物,梁丘据会献出自己的给他,所以他忠于我,刮风下雨的夜里找他,他都在,所以他尊敬我。⑥ 晏子说,臣子独占君王的宠爱叫不忠,儿子独占父亲的宠爱叫不孝,妻子独占丈夫的宠爱叫嫉妒,而臣子引导国君以礼治国叫做忠,儿子引导父亲爱家人和朋友叫做孝,妻子要使其他小妾从丈夫那得到快乐叫做不嫉妒,如今全天下只有梁丘据尊爱和忠于景公,是因为梁丘据蒙蔽君王,阻碍群臣。⑦ 景公认为晏子说的对,不再厚葬梁丘据。⑧ 群臣纷纷进谏表忠心,百姓高兴。②

晏子的对话,首先阐述家国一体的社会观,其次提出忠奸分明的人才

---

① 汤化译注《晏子春秋》,北京:中华书局,2015,第110—111页。
② 汤化译注《晏子春秋》,北京:中华书局,2015,第147—149页。

观,最后称赞合理共享的公平观。他还提出,对于不能给上级带来正当帮助的下属,应予以责罚。

未弼过而逐

① 晏子是齐国的大臣。② 高纠是晏子的管家。③ 晏子让高纠做管家,三年就辞退了。④ 手下人问晏子辞退的理由。⑤ 晏子说因为高纠侍奉他三年却从未纠正他的过失。①

君子直来直去,晏子本人对君王是直言进谏的,他希望自己家的管家也可以这样做,但是晏子失望了,管家三年没有对他提出任何建议,他就辞退了管家。晏子就是这样一名君子。他与齐王的对话就是讲怎样成为一名君子。

第四节 《晏子春秋》对话体文本的特征

《晏子春秋》中的文本是以对话形式存在的,包括君臣之间、大臣之间、官民之间、不同阶级之间的对话。很多对话富有哲理,也富有民俗。在这些对话中,哲理起到反省作用,民俗起到文化约束作用。本节研究这种对话体的思想内涵和修辞形式,研究国家治理的君臣对话、施行礼仪的君臣对话、遵守礼制的臣臣对话,再从这个层面,分析故事类型怎样成为经典著作的组成部分。

一、国家治理的君臣对话

晏子辅佐过三任君王,辅佐时间最长的是齐景公,《晏子春秋》中记载的大部分故事也都是和景公有关的。作为齐国的国相,晏子在治理国家

---

① 汤化译注《晏子春秋》,汤化译注,北京:中华书局,2015,第509—510页。

上有自己的原则,即一直强调礼治,他认为礼治的核心应该是仁政。下面是他讲仁政时使用的故事类型。

行以服天下

① 庄公是齐国的君王。② 晏子是齐国的大臣。③ 庄公问晏子,能威震当世而让天下人顺服,靠的是时机吗?④ 晏子回答,靠的是德行。⑤ 庄公问是什么德行。⑥ 晏子回答,能爱护国内百姓的,就能让境外不友好的人顺服,重视庶民献身之力的举措,就是德行。它能禁除残害国家的邪恶之事,能任用贤人就能威震诸侯,能安于仁义为世人谋利就能让天下归顺。⑦ 庄公不采用。⑧ 晏子辞官隐居。⑨ 庄公任用勇力之士,不顾臣子死活,不断对外用兵。⑩ 一年后,庄公被崔杼杀掉。⑪ 君子说,竭尽忠诚,不预先结交国君,不被任用也不贪图禄位,晏子可以称为廉政了。①

这个故事类型是晏子德政观或仁政观的修辞文本。这个文本中没有虚构的形象,但有两种声音,及其比喻、对比、暗讽、情节单元的起落跌宕等故事要素,这种故事类型就能进入礼学的思想体系。使用它,晏子直接抒发自己的观点"安仁义而乐利世者,能服天下"②。

欲诛骇鸟野人

① 景公是齐国的君王。② 晏子是齐国的大臣。③ 景公去射鸟。④ 一位农夫把鸟吓跑了。⑤ 景公很生气,要下令杀掉农夫。⑥ 晏子说,农夫不明白情况,是无辜的。他说,奖赏无功的叫做昏乱,惩罚不明情况的叫做暴虐,这两样是先王的禁忌,因为飞鸟冒犯先王的禁忌是不对的,现在您不明白先王的制度,是缺乏仁义之心,鸟兽是人养的,农夫吓走它,

---

① 汤化译注《晏子春秋》,北京:中华书局,2015,第159—161页。
② 汤化译注《晏子春秋》,北京:中华书局,2015,第159页。

不也是合情合理的吗？⑦景公认为晏子说得好，以后放宽对鸟兽的禁令，也不再因此而苛待百姓。①

这个故事要表达的是景公作为齐国的君王，起初对于鸟兽的关心要超过百姓。晏子在这个劝谏的过程中，以先王的制度为依据，指出景公缺乏仁义之心，不应该因此就杀害百姓。后来景公的回应是乐于改正，愿意接受晏子的劝谏，不再苛待百姓。这是一个完整的对话形式，君臣两种声音从对立到统一，实现了"谏"与"说"的同构。作者用这种办法，将晏子的仁政思想是贯穿在整本书之中。

冬起大台

①景公是齐国的君王。②晏子是齐国的大臣。③晏子出使鲁国，返回的时候，发现景公令百姓建造大台。④当时天气寒冷，挨饿受冻的人很多，大家都盼望晏子早点回来。⑤晏子进见景公，景公请他喝酒。⑥晏子请求为景公唱歌，唱的是百姓们的话：冰冻的水浸洗着我，怎么办啊；君王让我没法活，怎么办啊。晏子唱罢，流下泪水。⑦景公说，先生何必悲伤，大概是大台劳役的事情，我马上停止。⑧晏子来到工地，训斥不卖力干活的人。⑨国人都说晏子帮助老天施行暴虐。⑩晏子返回，还没走到宫庭，景公已经下令停止劳役。⑪孔子听说这件事，叹息说，自古善做臣子的，总是把好名声归于君王，把灾祸归于自身，在朝中和君王切磋商讨君王的不善之处，出朝就赞美君王的德行，这种能臣即使是侍奉无能的国君，也能使他轻松治国，而不夸耀为臣的功劳，能担得起这个为臣之道的大概只有晏子。②

晏子把故事与民歌结合起来劝谏，把个人的独白变成忠臣与民众的

---

① 汤化译注《晏子春秋》，北京：中华书局，2015，第77—78页。
② 汤化译注《晏子春秋》，北京：中华书局，2015，第96—99页。

双声道。这种对话方式要比直接劝谏更能打动君王。这种经典文本也流传更广,连"孔子"也要使用它。

在国家之间外交关系的治理中,晏子也施行仁德,反对发动不义的战争。

不可伐晋

① 庄公是齐国的君王。② 晏子是齐国的大臣。③ 庄公准备攻打晋国,咨询晏子。④ 晏子回答,不可,如此滋长欲望又意气骄纵,就会陷入困境,您现在用勇力之士攻打盟主,如果不成功是国家的福气,不施仁德却有事功,必有忧患。⑤ 庄公很不高兴。⑥ 晏子辞官隐退。⑦ 庄公任用勇力之士,攻打晋国和莒国。⑧ 一年后,百姓逃散,庄公被崔杼杀掉。①

在这个对话中,仁政与暴政是两个声音。暴政失道寡助,归于灭亡。仁政沉默一时,却实获人心。

衣狐白裘不知天寒

① 景公是齐国的君王。② 晏子是齐国的大臣。③ 有一次下了三天雪,景公穿着白狐皮大衣,坐在台阶上,说下了三天雪还不冷。④ 晏子进谏回答说天不冷吗?⑤ 晏子说,我听说古代的贤君自己吃饱,知道别人挨饿;自己温暖,知道别人寒冷;自己安逸,知道别人劳苦,现在您却不知道。⑥ 景公说,您说得好,我聆听您的指教了。⑦ 景公命令拿出皮衣和粮食,发放给挨饿受冻的人。⑧ 孔子听说后,认为晏子能表明他所想的事,景公能实行他所赞成的事。②

晏子的这个对话,基于一个穷人和富人在寒冷中悲惨与享受的反差

---

① 汤化译注《晏子春秋》,北京:中华书局,2015,第162—164页。
② 汤化译注《晏子春秋》,北京:中华书局,2015,第65—66页。

故事类型。这是一个故事类型的老套式,但被他用到上层政治中,改造成一种仁学的哲思。按晏子的劝导,君主应将优裕的个人体验与务实的国情考察分开,从国情实际出发,治国安民。景公在故事的最后接受了晏子的劝谏,给百姓发放了衣服和粮食。

不恤死胔

① 景公是齐国的君王。② 晏子是齐国的大臣。③ 景公出游的时候,看到路上的死尸没有过问。④ 晏子给景公讲了桓公的故事,以前桓公出游的时候,看到饥饿的人,就给他们食物;看到疾病的人,就给他们钱财;桓公从不过分劳役百姓,过分征收苛税。⑤ 晏子劝谏景公,如果百姓和君王离心离德,就离灭亡不远了。⑥ 景公同意晏子的话,给百姓发放粮食,周围百姓一年不交赋税,自己三个月不出游。①

晏子与景公出游,两人对话的内容,是先王良政的经验。这种经验怎样传承下去?怎样避免把经验变成教训?晏子用讲故事方式让景公开窍。晏子给他讲了齐桓公出游的故事。桓公能够在出游的时候,关心生病挨饿的百姓,而现在景公却和百姓离心离德,看到路边的腐尸也漠不关心,这样做对君主、对国家都是不利的。景公认识到自己的错误。晏子告诉景公为君之道,这时景公也能够与晏子合作,这种对话就有社会效益。

登路寝台不终不说

① 景公是齐国的君王。② 晏子是齐国的大臣。③ 景公攀登宫殿高台途中在台阶上休息。④ 景公很不高兴地说,谁建的高台,让人这么累。⑤ 晏子说,从个人身体考虑,就不要埋怨台阶高,不要怪罪匠人;古人修建宫室,足以方便生活,不要求奢侈。⑥ 晏子给景公讲了夏代衰微的故事,夏代修建了琼瑶之宫门,商纣王修建了高大的高台,他们背离了德行,

---

① 汤化译注《晏子春秋》,北京:中华书局,2015,第62—64页。

所以他们都遭殃了。⑦ 景公现在修高了有罪，修低了也有罪，比夏桀、商纣还过分；因为民力都已耗尽，我担心国家要丧失，不再属于您了。⑧ 景公说，您说得好，我也知道这是劳民伤财，还认为百姓没有功绩而怨恨他们，这是我的罪过，要不是您的教诲，我怎能守得住国家。⑨ 景公下了高台，对晏子拜了两拜，不登台了。①

这个故事类型也是老套式。它讲建筑与牺牲的关系，至今还有流传，叫"人体牺牲型"。但晏子讲的不是民俗思维，而是治国理政的方略。我们从这个角度看他的观点，不是不要民俗思维，如他说古人修高台不是奢侈，是方便生活；也不是改造民俗思维，如他说需要保留前人的高台样式，比之高出或降低都有罪。他要做的是在旧俗与新政之间留一个空间或划一条边界，这个边界就是统治者不能劳民伤财。这种对话体是对故事类型加以政治利用形成的，它由晏子的"禁止"开头，至齐景公的"禁止"结束，生成了君臣双构的新故事，随之进入历史经典，为上层阶级所捧读。

以下两个故事类型，《莒鲁孰先亡》和《度义因民》，在政治家的对话体文本的构建上，此指使用边缘法上，与以上《登路寝台不终不说》有异曲同工之妙。

莒鲁孰先亡

① 景公是齐国的君王。② 晏子是齐国的大臣。③ 景公问晏子，莒国和鲁国哪个先灭亡。④ 晏子说，莒国尚勇力轻仁义，士人暴躁好斗，在上的不能养育在下的，在下的不能辅佐在上的，所以我觉得莒国先灭亡。⑤ 景公问，鲁国怎么样呢？⑥ 晏子回答说，鲁国国君施行仁义，下民安闲平和，在上的能养育在下的，上下相容，国家大政还大体存在，但是靠近齐国却亲近晋国，这也是灭国的做法，齐国大概会占有鲁国和莒国吧。⑦ 景

---

① 汤化译注《晏子春秋》，北京：中华书局，2015，第130—132页。

公说,鲁国和莒国的事情我已经听到了,那么后代谁将登上齐国的王位呢。⑧ 晏子回答,田无宇的后代差不多有可能的。⑨ 景公问缘故。⑩ 晏子回答说,王室的量器小,他们私家的量器大,又能施恩于百姓,所以百姓都归附他,您先给百姓利益,对百姓加以抚慰,大事不就差不多成功了吗?①

施行仁政不仅关乎国家的存亡,也是政治成功的根基。君王想要守住国家,谋成大业,就一定要顺应道义和百姓的意志。严格地说,晏子本身是一位思想家,不是政治家,但他必须从政治家的角度考虑问题,才能辅佐君主。辅佐的职责是提醒,在这个文本中,他提醒景公的办法是,讲了一个"田无宇"功高盖主的新故事。景公听进去了,这个对话体的留白空间便由隐而显了。下面的例子说明,景公听懂了晏子的提醒,并肯采纳,他的政治视野就扩大了。

度 义 因 民

① 景公是齐国的君王。② 晏子是齐国的大臣。③ 景公问晏子,有什么方法能让谋划一定实现,做事一定成功。④ 晏子说,有。⑤ 景公再问方法。⑥ 晏子说,谋划符合道义就必定实现,做事顺应民心就一定成功。⑦ 景公问,这是什么意思?⑧ 晏子回答说,上不违背天意,下不违背民心的谋划,就一定能实现,符合国家道义为民众增加利益的事情就一定能成功,道义是谋划的法则,民心是做事的根本。⑨ 景公说,我不聪敏,听到好的却不能实行,这有什么危险呢?⑩ 晏子说,最好的君王尽善尽美,差一等的君王则时有偏差,再差一等的君王沾染邪僻却羞于请教;尽善尽美的君王能制服时有偏差的君王,时有请教的君王,虽然一天天危险,但还能保全一生,羞于请教的君王,就不能保全一生了,您现在虽然危险,但还能保全一生。②

---

① 汤化译注《晏子春秋》,北京:中华书局,2015,第181—184页。
② 汤化译注《晏子春秋》,北京:中华书局,2015,第194—197页。

本小节讲国家治理的统治术,构建君臣对话的文本,使用了9个故事异文,至少含7个故事类型。但我们始终不能把晏子看成是一个故事家。晏子是一位博学强识的上层精英,一位智慧过人的宫廷全才,政治、外交、文学、哲学、史学、民俗无所不能。当他把这些本领化为对话时,表现为他会讲故事。他讲述的政治高端,故事简洁,化政为俗。齐景公的权力比晏子大得多,为什么能相信他的故事?因为他"谏""说""行"统一。晏子是非常看重民心和仁义的,他的这种对百姓的关心和爱护,不仅仅是为了维护国家统治,而且是一种发自本心的关爱。晏子不断地讲故事,但我们不能把他看成是"段子手",也不能夸大故事的作用,而是要明白,对话是一个历史过程。这个历史过程从属于国家治理,讲故事从属于这个历史过程,这个秩序不能变。

二、推行礼仪的君臣对话

晏子辅佐君主治国理政,还要辅导君主学习礼仪,让礼仪对君王起到约束和规劝的作用,维护国家政治稳定。

铸 钟 燕 飨

① 景公是齐国的君王。② 晏子是齐国的大臣。③ 景公铸成了大钟,邀请晏子一起宴饮庆祝。④ 晏子说,还没有祭祀先君就要为此宴饮,是不符合礼的。⑤ 景公问,要礼做什么?⑥ 晏子回答,礼是国家的伦理纲常,伦理纲常乱了,就会失去百姓,这是危险的道路。⑦ 景公认为晏子说得好,于是就先行举行祭祀。[①]

晏子辅仁景公的职责之一,是推行礼仪。这个故事告诉我们,晏子推行礼仪的基础课程,是教君主认识礼器(钟),了解礼仪的含义。景公起初

---

① 汤化译注《晏子春秋》,北京:中华书局,2015,第113—114页。

不知道这些规定,只把"铸钟"当作单纯的日常器物,晏子借这件事,跟他对话,纠正他。在这场对话的开头,"景公问"是由头,接下来的"晏子回答"有随机性,适合构建灵活的对话关系。由这个例子推演开去,可以看到,对话体是动态的。

登射思得勇力士与之图国

① 景公是齐国的君王。② 晏子是齐国的大臣。③ 景公登堂举行大射,晏子奉行礼仪陪侍他。④ 景公说,用大射选择人才的礼仪,我已经厌烦了。⑤ 晏子说,君子不讲求礼,就降为平民;平民不讲求礼,就是禽兽;没有礼而能治理国家的事,我没有听说过。⑥ 景公说,说得好。⑦ 景公于是整治射礼更换座位,尊晏子为上等宾客,整天向他请教。①

晏子教景公推行礼仪的另一举措,是按礼的标准选贤纳士。景公没有礼的标准的意识,晏子就纠正他。这样的对话在《晏子春秋》很多类似的故事中都能看到。晏子在当时那个社会变革时期,努力用礼仪来维护统治秩序,虽然不能从根本上解决社会的转型问题,但在晏子的努力下,尽量避免了野蛮暴力事件的发生,以下即为一例。

矜勇力行义

① 庄公是齐国的君主。② 晏子是齐国的大臣。③ 庄公问晏子可否只凭借勇力立足。③ 晏子给君王讲了下面的故事。④ 夏朝有两位勇力大臣,分别叫推侈和大戏;商朝有两位勇力大臣,分别叫费仲和恶来,他们都能徒步奔走千里,徒手撕开犀牛、猛虎。⑤ 夏朝和商朝的勇力之臣欺凌诸侯、杀戮百姓,导致朝廷衰败。⑥ 晏子对君王说,对勇力之人,还要施行礼仪,才能立足于世。②

---

① 汤化译注《晏子春秋》,北京:中华书局,2015,第157—158页。
② 汤化译注《晏子春秋》,北京:中华书局,2015,第1—3页。

晏子此时已转为辅佐齐庄公,在这场对话中,他告诉齐庄公如何处理"礼"与"勇"的关系。他讲的两个故事都是"大话型",他将之划为历史教训材料,强调礼仪至上的重要性。晏子指出,有勇而无礼毁国,君主要有遵守礼仪的意识,不可有半步超越礼制。

随嬖妾所欲

①景公是齐国的君王。②晏子是齐国的大臣。③翟王的儿子羡是景公的臣仆,用十六匹马驾车,景公很不高兴。④景公的宠妾婴子想要看羡驾车。⑤景公趁着晏子生病卧床的时候观看了羡驾车。⑥婴子请求给羡增加俸禄,景公答应了。⑦晏子抱病去见君王。⑧景公说我很喜欢羡驾车,我让他演示一下吧。⑨晏子说驾车御马的事情不在羡的职权内。⑩景公说他很喜欢羡驾车,想给他一万钟俸禄,大概足够吧。⑪晏子从以下三个方面劝谏君王。⑫第一,当初卫士人驾车,您很喜欢,但是婴子不喜欢,您就不喜欢了;现在婴子喜欢羡驾车,您也跟着喜欢,这是受制于女人。⑬第二,您不乐于治人,而乐于治马,不继承先辈的功业,不顾百姓,忘了国家。⑭第三,驾十六马不符合礼制,不利于交通,还会招致诸侯效仿,使国家灭亡。⑮景公认为晏子说得好,辞退了羡,并疏远婴子。①

晏子规劝景公的对话都是围绕学习礼仪展开的,这次是讲如何处理朝政与后宫的关系,晏子讲了三点:第一,君主要用正确的态度对待妻妾,不可超越礼制来宠幸妻妾。第二,君主将车马看得高于百姓是违背先君的制度的。第三,君主使用十六驾马车也不符合礼仪规范,这样做是严重违反礼仪制度的。晏子对于君王的礼仪学习要求,包括国家层面的礼乐制度,也包括君王的身体姿态、冠冕服饰、车马用度和家族日常管理。以下是另外7种异文,都是关于全面学习礼仪的君臣对话。对晏子来说,这是他的政治理想;对君主来说,这是弃旧履新的历史过程。

---

① 汤化译注《晏子春秋》,北京:中华书局,2015,第28—32页。

巨冠长衣听朝

①景公是齐国的君王。②晏子是齐国的大臣。③景公戴着巨大的帽子,穿着长长的衣服来听朝,怒目而视,天色晚了还不退朝。④晏子进谏,圣人的服饰应当适中,简易而不肥大,这样可以引导众人;举动应该和顺,这样可以养生;您现在的衣着不利于引导众人,怒目而视不利于养生,天色已晚,您还不如脱了衣服去休息。⑤景公说,我听从您的教诲,退朝下去,这套衣帽不再穿了。①

景公穿着不符合礼仪的衣服上朝,导致姿态和眼神都不正确,晏子劝谏景公脱去不合适的着装,景公接受了晏子的劝说。

欲以圣王之居服而致诸侯

①景公是齐国的君王。②晏子是齐国的大臣。③景公问晏子,我想穿上圣贤之王的服饰,住在圣贤的房子里,这样是否吸引诸侯来归附。④晏子回答,效法他们的节俭是可以的,如果只是效法他们的服饰和房子就没什么好处,夏商周三代贤王不同服饰而能统治天下,不是靠服饰而是靠真诚地爱护百姓,天下人感念他们的德行而归附。⑤晏子告诉景公,夏商周制作服饰,是为了加强庄重恭敬的气氛,建造明堂是为了躲避风雨,防止潮气;到了他们衰败的时候,衣服奢华得超过了礼制需求,官殿华美得超过了防潮的要求,他们还浪费财物,与百姓结仇。⑥晏子劝谏景公,您现在追求装饰就是和百姓结仇,您现在还想诸侯前来归附,这太难了,您说错了。②

景公要模仿先王穿衣居住,这在雅与俗上都说得通。但晏子要推行礼仪制度,就劝景公不要盲目模仿,还要履新,面向现实,以德言嘉行感召天下。

---

① 汤化译注《晏子春秋》,北京:中华书局,2015,第126—127页。
② 汤化译注《晏子春秋》,北京:中华书局,2015,第118—121页。

为履而饰以金玉

① 景公是齐国的君王。② 晏子是齐国的大臣。③ 景公做了双鞋子,用金银珍珠装饰,穿着上朝听政。④ 晏子上朝,景公迎接他,鞋子太重只能把脚抬起来。⑤ 景公问晏子,天很冷吗? ⑥ 晏子说,您何必问天冷不冷呢,古代制作衣裳,冬天的轻便暖和,夏天的轻快凉爽,现在这金玉装饰的鞋子在冬天加倍寒冷,重量不合适,超过了身体负担,这些都损害了生理状况。⑦ 晏子列举了鲁国制鞋匠人的三个故事:第一是不知道掌握冷热的尺度和轻重的分量,损害了人的正常生性;第二是制作鞋子不合常规,让天下诸侯嘲笑;第三是耗用财物却没有功效,让百姓怨恨。⑧ 景公说,鲁国工匠很辛苦,请放过他。⑨ 晏子说,不行,我听说,工匠做了好事,他的奖赏要优厚;做了坏事,他的罪名就要加重。⑩ 景公无言以对。⑪ 晏子出门命令官吏把工匠送到边境,使他无法进入齐国。⑫ 景公再也不穿那双鞋子。①

讲鞋与礼仪的关系是一个古老的故事类型。讲鞋匠的手艺是另一个古老的故事类型。晏子把它们都拿来强调礼仪,讲得景公心服口服。

酒 醒 三 日

① 景公是齐国的君王。② 晏子是齐国的大臣。③ 君王醉酒三日才醒。④ 晏子劝谏君王,古人饮酒不会妨碍正事,敬酒超过五遍就要受惩罚,君王如今醉酒三日,朝廷内外混乱,君王应节制饮酒。②

夜听新乐而不朝

① 景公是齐国的君王。② 晏子是齐国的大臣。③ 晏子上朝没有看到君王,问大臣杜扃为什么。④ 杜扃说君王昨夜听新乐师演奏新曲子,

---

① 汤化译注《晏子春秋》,北京:中华书局,2015,第115—117页。
② 汤化译注《晏子春秋》,北京:中华书局,2015,第8—9页。

一夜没睡。⑤ 晏子退朝后下令修订礼乐,并逮捕新乐师。⑥ 景公知道后很生气,问晏子为什么要拘捕乐师。⑦ 晏子说乐师用新音乐迷惑国君。⑧ 景公认为政务可以请教晏子,但是不希望晏子干涉美酒音乐。⑨ 晏子说,音乐衰亡后,礼义就会衰亡,接着政治就会衰亡,然后国家就会衰亡了,商纣王、周幽王和周厉王时的靡乐导致国家灭亡。⑩ 景公感到惭愧,接受了晏子的规劝。①

礼制有酒制,礼器有酒器,礼俗有酒俗,礼乐是韶乐,但施行礼仪要恪守节度,不能任性率意而为。晏子的对话主旨是让齐景公学会控制自己的欲望。中国传统文化重视节制和平衡,古往今来传承不变。

欲废適子阳生而立荼

① 景公是齐国的君王。② 晏子是齐国的大臣。③ 景公宠爱淳于国敬献女子所生的儿子荼。④ 景公告诉晏子,大臣们想要废掉太子阳生,而立荼为太子。⑤ 晏子说,不能这样,废长立幼是祸乱的根本,古代的贤君不是不想立所爱的儿子为太子,只是他们知道这样会带来祸患,我担心您这样做会被人利用。⑥ 景公不听从晏子的建议。⑦ 景公去世后,田氏杀了国君荼,立了阳生,后来又杀了阳生,拥立简公,又杀了简公,最终夺取齐国。②

在《晏子春秋》中,这场对话是一个反例。晏子主导对话,结局是好的;景公主导对话,结局是悲剧。晏子把礼制当作国制,认为世袭制要服从国制。景公把世袭制置于礼制之上,最后事与愿违,适得其反。

行 义 教 民

① 景公是齐国的君王。② 晏子是齐国的大臣。③ 景公问晏子,贤

---

① 汤化译注《晏子春秋》,北京:中华书局,2015,第 19—21 页。
② 汤化译注《晏子春秋》,北京:中华书局,2015,第 35—38 页。

明的君王是怎样教育百姓的？④ 晏子回答，贤明的君王宣布他的教令，自己率先遵守；禁止百姓的事情，自己就不施行；保护百姓的财产，不劳役迫害百姓；君王以爱护百姓为法则，百姓以相亲相爱为道义，天下人互不违逆。①

这场对话谈到礼制社会的教育问题，强调对统治者的教育和对民众的教育都是重要的。晏子认为，礼制教育是人际关系教育，由人际关系带动社会关系，这种礼制教育是维护统治的重要手段，君王应该以身作则，带头遵守礼制规范。当君主的行为超越礼制的标准时，晏子会直言劝谏，晓之以理，他还会监督君王遵守礼的过程，帮助君主树立正确的礼仪国君形象。

三、遵守礼制的群臣对话

《晏子春秋》有部分对话是在晏子和大臣同僚之间发生的，在这些对话中，晏子和同僚一起探讨国家大事，探讨臣子应该遵守的原则。

欲足则亡

① 庆封是齐国的国相。② 晏子和子尾是齐国的大臣。③ 庆封逃亡后，其他大夫瓜分了他的财产。④ 大夫们给了晏子16个小邑。⑤ 晏子拒绝了。⑥ 子尾问晏子为什么没有对财富的欲求。⑦ 晏子说庆封过分满足了自己的欲求，导致逃亡；满足就会失去；不接受食邑不是讨厌财富，是怕失去财富；对待财富要把握尺度。②

晏子经常作为外交使者出访各国，有机会与各国大臣对话。《晏子春

---

① 汤化译注《晏子春秋》，北京：中华书局，2015，第211—212页。
② 汤化译注《晏子春秋》，北京：中华书局，2015，第415—416页。

秋》中记载了多篇晏子和晋国大臣叔向的对话,大多是叔向问、晏子答,在下面的文本中,我们通过晏子的回答可以看出他在外交场合同样遵守礼制,推行礼制理念。

叔向问齐若何

① 晏子是齐国的大臣。② 叔向是晋国的大臣。③ 晏子出使晋国。④ 叔向问齐国怎么样。⑤ 晏子说大概会属于田氏吧。⑥ 叔向又问原因。⑦ 晏子说齐君抛弃了百姓,田氏对百姓好,百姓就归附田氏,就像商纣随意杀伐,而周文王体恤百姓,百姓都归附于文王一样。⑧ 叔向说,我们晋国也差不多这样了。⑨ 晏子问他以后的打算。⑩ 叔向说我能做的都做了,随天命吧。①

晏子在和叔向的对话是两个良臣的对话。他们忧国忧民,心照不宣。他们作为朝臣对国家即将走向季世十分无奈,作为人臣尽自己的可能维护国家的统治,即使看到君王对百姓的背弃将造成政权颠覆,但还是会尽自己最后一点力量。晏子竭尽自己的所能维护国家稳定,国家颠覆时晏子能够守住自己的底线。

舍命不渝

① 崔杼和晏子是齐国的大臣。② 崔杼杀了齐庄公后,立了景公。③ 崔杼和庆封做了景公的左右相。④ 他们劫持了其他大夫到祭坎上,命令大夫们和他们结盟。⑤ 参加结盟的人都要解下佩剑,只有晏子带剑进入。⑥ 不结盟的人会被处死。⑦ 轮到晏子的时候,他捧着装着血的杯子说,崔杼弑君,我如果依附他,也会遭到这样大祸。⑧ 崔杼对晏子说如果改变想法,可以一同主宰齐国,如果不改变的话,剑已经指在胸口了。⑨ 晏子说,逼他丧失意志,这不算是武勇;用利益使他背叛正道,是不义

---

① 汤化译注《晏子春秋》,北京:中华书局,2015,第276—281页。

的;他是不会改变想法的。⑩崔杼想要杀了晏子。⑪有人劝阻崔杼说,杀君王是因为他无道,现在杀一个有道之士,是无法教导别人的。⑫崔杼放过了晏子。⑬晏子说,做了大不义的事情,又施一点小义,这算什么正道呢。⑭晏子快步走上车。⑮晏子的仆人要驾车奔逃。⑯晏子告诉他慢慢走,快走也不见得能保命,慢走也不一定会死,就像小鹿在荒野生存,命却在厨子手中,他的命也握在别人手中。⑰《诗》中所说的"君子宁可丢命志不改",说的就是晏子。①

晏子在被崔杼逼迫时,临危不惧。崔杼听了别人劝说放过他时,他也没有因此而感激。晏子对于礼制的遵守是出于本心的,他相信礼制的重要性,认为这比个人生命更重要。

赎越石父

①晏子在去晋国的路上看到一个头戴破帽、反穿皮衣的人在路边休息。②晏子认定这是个君子。③晏子派人去询问那人是什么人。④那人回答说叫越石父。⑤晏子问他为何来到此地。⑥越石父回答,他给人当奴仆,受差办事正要回去。⑦晏子问他为什么要做奴仆。⑧他说为了摆脱饥寒交迫。⑨晏子给他赎身,用车载他一起回去。⑩到了旅馆,晏子没打招呼,就自己进去了。⑪越石父很生气,要和他绝交。⑫晏子派人问为什么。⑬越石父说,君子不能因为有恩于别人,就轻视别人,也不会因为别人对自己有功,就委屈自己的原则;他以为晏子了解他,但是晏子上车进门都不和他打招呼,这就和奴役他的人一样,他还是去做仆役吧。⑭晏子出门接见越石父,真诚地向他道歉。⑮晏子设宴款待越石父。⑯越石父说,晏子以礼相待,他不敢当。⑰晏子把越石父当作最上等的客人。⑱有君子评价说,有功于别人,就盛气凌人,是庸俗的人;晏子

---

① 汤化译注《晏子春秋》,北京:中华书局,2015,第317—320页。

对人有恩,还屈人之下,他已远离世俗、功德圆满了。①

本篇通过晏子与越石父的对话,高度赞扬了晏子的伦理道德、品行。在这里越石父的故事类型是用来烘托晏子品行的,但这个类型也不是单纯的烘托,而是有自己的能动性。由于这个类型铺叙得十分详细,情节单元相当完整,才能把晏子的形象塑造得更加丰满而鲜活,成为古代礼仪所提倡的恭谦儒雅文化的化身。

崔杼之祸

① 齐庄公是齐国的君王。② 晏子和崔杼都是齐国的大臣。③ 晏子最初受到封赏,后来每次上朝都被收回封地和爵位。④ 后来他的封地和爵位都被收光了。⑤ 晏子回家后长叹,最后笑了。⑥ 仆人问他为什么先叹气又笑。⑦ 他说,叹气,是因为君王要难免于难;笑,是因为自己可以悠然自得,不会因此而死。⑧ 崔杼果然杀了庄公。⑨ 晏子站在崔杼门口时,随从问晏子是否要去死。⑩ 晏子说,这不是他一个人的国君,他为什么要去死。⑪ 随从又问,他是不是要逃亡。⑫ 晏子说,这不是他一个人的罪过,他为什么要逃亡。⑬ 随从问,他是否要回去。⑭ 他反问,他的君王已死,他又能回到哪里。⑮ 崔杼问晏子为什么不去死。⑯ 晏子说,以死为道义不足以建功,他不是婢女,没必要跟着君王去死。⑰ 晏子去庄公尸体前痛哭,三次跺脚后出门。⑱ 有人劝崔杼一定杀了晏子。⑲ 崔杼说放了他可以得民心。②

晏子在这场对话中,回答叛臣崔杼对他的逼问从容不迫,有理有节。置个人生死于度外,这也是古代礼仪文化所提倡的忠君思想。晏子自始至终是遵守礼仪文化的实践者。

---

① 汤化译注《晏子春秋》,北京:中华书局,2015,第365—368页。
② 汤化译注《晏子春秋》,北京:中华书局,2015,第314—316页。

在《晏子春秋》中，作者擅长使用对话体撰写历史著作与故事类型的双构文本，但在这本书中，上层思想文化是主流，故事类型是辅助，这是它的一个特点。第七章要讨论的《水浒传》正相反，故事类型是主流，上层思想文化是被批评的对象。这是两种不同的对话体著作。

第七章　对话类名著故事研究:《水浒传》

本章的个案研究,从中国历代经典名著与故事双重结构"对话类"的角度,研究我国明清四大通俗小说之一——《水浒传》。《水浒传》的分类有很多方法,本书从研究目标,将之视为古代对话体小说开展研究。

上一章谈到了另一本对话体名著《晏子春秋》,与《水浒传》不同的是,《晏子春秋》的对话限于上层统治阶层内部,对话者以一君一臣为主,线索相对简单。在其后近 2 000 年产生的《水浒传》,已大为不同,其对话主体转为底层社会的起义英雄,对话者由落草农民、文人学士、朝野官宦和神道信士共同构成,对话文本层层进入结构,对话者人人都有故事,小说呈现出吸纳广泛社会问题的宏大容量,展现出兼容多重社会资源的强大叙事能力,凸显了一批揭竿造反、打抱不平、除恶扬善、行侠天下的绿林豪侠英雄群像。与之类似的是,欧洲中世纪文学中也有一批描写冒险、行侠、特立独行的绿林好汉的小说,并风靡一时,在中西方社会之间,这种相似性可谓一种不期而遇的呼应[1]。

---

[1] 2018 年 6 月董晓萍与罗珊在法国巴黎开会期间,与法国汉学家汪德迈(Léon Vandermeersch)在卢森堡公园外墙的大街上散步,谈到了欧洲的中世纪小说和中国的《水浒传》,汪德迈认为,法国中世纪也有这种尚武、冒险的小说。关于中欧这类小说的流行性与学界认同,另一位法国汉学家白乐桑(Joël Bellassen)在 2016 年在北京师范大学"跨文化学研究生国际课程班"讲学时也提到过,据他回忆,法国高校汉学专业入学考试的题目就有《水浒传》,相关法国汉学教育背景参见[法]白乐桑(Joël Bellassen)《跨文化汉语教育学》,北京:中国大百科全书出版社,2018,第 33 页。

不用说《水浒传》比《晏子春秋》成书晚了近2 000年,又是小说体裁,其对话体比《晏子春秋》更为成熟。《水浒传》在我国自古以来经典与故事双构叙事文本的基础上,吸收了传统经学的注、疏、赞、乱、叹、观、曰等史评体例,使用了上百个故事类型,创造了文人学者直接在故事文本中自由插入故事类型和从俗评点的评点体例,形成前朝小说与后朝反复对话的双层结构。成功地穿行于双层结构之间的,首数清代著名学者金圣叹,其次是明代学者李贽。这种点评体小说架构出一种结构之结构,将那些造反英雄故事放在第一层结构中,将金圣叹和李贽放在第二层结构中。在金与李的点评之间,金的名气更大,所点评文字几乎形成"独白"式的金氏文论。由于金圣叹同情造反者,他的点评充溢着平等的对话精神。当然金圣叹并不了解我们今天所说的故事类型,他以他的方式,对造反英雄故事情节加以提炼,加以中国古代文论式的再概括。他的努力,使第二层结构与第一层结构的关系非但不是对立的,反而是对存在于故事世界与现实世界之间理想化改造意识的阐发,能够统领多重对话,将经典与故事重构文本彻底变成全民共享的社会小说,促成《水浒传》拥有极大的社会流行性。

《水浒传》的研究成果极多,理论来源方方面面,但从对话体的角度对它展开研究尚属首次。本章在方法上,做到两点:一是注意开展从民俗学出发的交叉学科研究,要明白《水浒传》终究是一部多元文化交织的叙事巨著,仅凭民俗学本身不可能完成全部对话体的研究任务;二是从故事类型切入,为《水浒传》编制故事类型,提炼故事要点,抓住在《水浒传》的小说文本与点评文本的双层结构中间升降纵横的文化符号,找出施耐庵、金圣叹、李贽和原著中千万条朝野交织、官民互动、造反与日常混合的对话线索,发现贯穿其中的灵魂,把民俗学的社会研究与民俗文化内部研究很好地结合起来。

本章主要使用中华书局点评版《水浒传》[①],以经典名著与故事类型

---

① [明]施耐庵、[明]罗贯中《水浒传》,[清]金圣叹、[明]李卓吾点评,北京:中华书局,2009。

双构文本,以及金圣叹等的点评本为重点,进行研究,理论假设有二:一是《水浒传》的社会流行性,取决于我国传统礼制社会出现的这类造反英雄故事,而造反英雄故事与传统礼制社会的关系理念,并不是彻底对立,而是对话与互动。二是《水浒传》的社会流行性的基础,是先秦以来长期流传于我国民间与士大夫阶层之间的行侠故事与侠义精神,它们在宋明理学压抑人性的我国封建社会中期大为爆发,并在文人学士参与后数倍地放大能量。以其中的"诨号"故事类型为例,经金圣叹的点评叫好,这些民俗姓名故事与诙谐幽默的调侃形式结合,使《水浒传》彻底成为全民共享故事,从此《水浒传》在文献与口头各种介质中自我再生产,在小说、戏曲、民歌风谣和民间曲艺等各种体裁中不胫而走,演变成跨阶级、跨历史、跨文化分层的社会小说。

第一节 《水浒传》的民俗学与相关学科研究

一、《水浒传》的民俗学研究

钟敬文早在 20 世纪 20 年代就已开始研究《水浒传》,但以往对钟敬文研究《水浒传》的学术著述关注不够,这是很遗憾的。2018 年出版的《钟敬文全集》收录了钟敬文研究《水浒传》的丰厚资料,给读者一个很大的惊喜。该著列出钟敬文研究《水浒传》所发表文章的清单,共 14 种[①]。

① 《水浒传》与方言(1926)

② 《民俗记录二则》(《水浒传》中的诨号)(1927)

③ 优秀文学作品可以呼唤千万人的意志(1938)

④ 《水浒传》与方言文学的功能(1948)

---

① 关于钟敬文研究《水浒传》的详细资料,参见钟敬文《钟敬文全集》,《第三卷 民俗文化学卷》,《第二册〈水浒传〉专书研究》,董晓萍整理,北京:高等教育出版社,2018。

⑤ 我的学艺道路与《水浒传》(1954)
⑥ 《水浒传》与歌谣(1957—1958)
⑦ 晚清革命派作家对通俗小说的运用(1963,其中涉及《水浒传》)
⑧ 晚清改良派的民间文学见解(1964,其中涉及《水浒传》)
⑨ 民俗学与古典文字(1981,其中涉及《水浒传》)
⑩ 成都去来(1986,其中涉及川剧荒诞剧《潘金莲》)
⑪ 关于输进西方文化问题(1987,其中涉及《水浒传》)
⑫ 五四白话文学运动与《水浒传》(1989)
⑬ 略谈巴赫金的文学狂欢化思想(1998,涉及《水浒传》)
⑭ 《水浒传》通俗小说地位的提高(1999)

钟敬文最早发表《水浒传》研究文章的时间是1926年,最晚是1999年,历时长达74年。在这段时间里,发生了清帝制崩溃、五四风潮、抗战、新中国高校建设、改革开放等种种变迁,而钟敬文在任何时期、任何境况下,都发出过对《水浒传》的声音。其中,发表于1927年的研究《水浒传》"诨号"的文章,是对《水浒传》开展民俗学研究的开拓之作。

诨 号

诨号,亦曰诨名;海丰方言,则谓之土号,或土名。前人有一段关于它的起因和考据的话,颇为简当,现借用于此:世俗轻薄子,互相品目,辄有诨号,吕氏春秋简选篇,夏桀号称大牺,谓其多力能推牛倒也,此为诨号之始。①

吾国小说书,如《水浒》、《七侠五义》之类,其中所载人物,大部分是有诨号的。可见这种东西,在社会中的盛行了。②

---

① 钟敬文原注:见《陔考》。
② 钟敬文《民俗记录二则》,收入钟敬文《钟敬文文集》,《民俗学卷》,连树声编,合肥:安徽教育出版社,1999,第364页。

诨号,也称"民俗命名(flok names)",是研究民间社会组织的门径,也是用社会史方法研究民俗的钥匙。钟敬文第一个研究《水浒传》的民俗命名,也就开启了民俗学的内部研究。它有三个特点:一是将文献研究与口头研究相联系,如说"吾国小说书……大部分是有诨号的";二是指出民俗命名有独立的文本系统,如说"夏桀号称大牺,谓其多力能推倒牛也";三是揭示其对社会分层的标识意义,如说"世俗轻薄子,互相品目,辄有诨号"。

钟敬文在1949年新中国成立之初,还以民俗学者而不是古典文学家的身份,在北京师范大学为本科生开设过"《水浒传》专书讲座"的课程,他对这本书讲得精彩,讲得深入,是因为有多年的研究基础。他的《〈水浒传〉专书研究》的内容,包括《水浒传》的版本,《水浒传》成书过程,《水浒传》造反故事在口头与文献中的演变,五四以来现代文学新思潮与《水浒传》研究的主要观点和争论,《水浒传》与宋史等,涉及很多社会、文化、文学和民俗的研究问题,所以他的民俗学内部研究也不是封闭的,而是开放的。他从民俗学与古典文学、文艺学、社会学和历史学等不同学科的角度,综合考察《水浒传》,提出交叉研究的理论观点与方法,其中他强调最多的,是重视对民俗学与古典文学的交叉研究。

《水浒传》是作家作品,但它出身话本,又与口头血肉相连。书中的很多核心故事以宋宣和年间宋江起义为蓝本,从零星记载到正规书写,再衍生出更多更丰富的故事细节,可谓文献与口头循环生产的历史个案。应该说,钟敬文于1927年研究《水浒传》的"诨号"并没有达到十分成熟的程度,但如前所述,他发现民俗命名有自己的文本系统,即有讲述"诨号"由来的独立故事,这就很了不起。具体说,他将诨号分为礼貌、性格、言语、动作、知识、德行六类,将造反英雄的所有社会分层都囊括进来,这种文本是有特殊意义的。它给造反者以与主流社会相对的、异动的,却性格可爱的,深为中国人民所喜闻乐见的解释,使这种在精神世界、社会组织与行为方式上都呈现动态格局的表述形式,得到学术上的肯定,故这篇论文的学术价值大于在当时所产生的实际作用。

其他学科的学者也发表了各自的看法。1962年中国社科院文学研究所编《中国文学史》的《水浒传》一章,从古典文学研究的角度,强调了三点:一是《水浒传》故事有民间来源;二是在元末农民起义的社会历史背景下应运而生,"产生了用长篇小说的形式来反映农民革命事业的客观要求"①;三是作者施耐庵与小说创作的关系:"传说他同元末的农民起义运动有一定的联系,甚或亲自参加了起义队伍"②,虽然关于亲自参加起义队伍的说法并没有得到证实,但"他生长在淮北,元末轰轰烈烈的农民大起义,当是亲身经历过的"③。游国恩等主编的《中国文学史》认为,《水浒传》中的诨号是一种语言风格而已。上述古典文学研究与民俗学的侧重点不同,也有的看法不同,这是知识结构不同造成的,但也反映了学科互补的必要性。古典文学研究者不具备民俗学的知识结构,就不会像钟敬文一样去涉猎民俗用语、特色方言、谚语、歇后语等分析。钟敬文在后来的研究中,从民俗学的内部研究延伸到外部研究,指出这部名著中的诨号、故事、民俗与中国整体文化的联系。正是由于他采用了这样的研究方法,便很容易与同时代其他学科背景的学者胡适、顾颉刚在彼此的文章中形成对话。

(一)钟敬文提倡古典文学与民俗学交叉研究

古典文学的研究,大都以文本研究为主,是对静态的经典文本的梳理与解读;民俗学的研究方法是动态的,能关注静态研究不大关注的问题,因而双方需要互补。钟敬文曾在《民俗学与古典文学——答〈文史知识〉编辑部同志访问的谈话记录》一文中,详细阐述过古典文学与民俗学交叉研究的必要性、交叉点与研究方法,指出我国古典文学作家在搜集和利用民间文学中的地位,为古典文学的民俗学探索作

---

① 中国社会科学院文学研究所中国文学史编写组编《中国文学史》(第三册),北京:人民文学出版社,1962,第859页。

② 中国社会科学院文学研究所中国文学史编写组编《中国文学史》(第三册),北京:人民文学出版社,1962,第859页。

③ 游国恩、王起、萧涤非、季镇淮、费振刚主编《中国文学史》,北京:人民文学出版社,1984,第31页。

出理论上的指导①。他指出,"把民俗学与古典文学联系起来考虑,仅仅是对古典文学进行综合研究的一个方面。这种考虑的根据在于:民俗学和古典文学研究都属于人文科学,两者都是研究人类社会的文化现象的。人类社会本是不可分割的有机整体,这就决定了两种学科之间是可以乃至应该互相沟通的。'他山之石,可以攻玉'。应用民俗学的理论和方法,对于丰富古典文学的研究手段、研究角度无疑会有裨益"②。

在思考"研究古典文学如何借鉴民俗学研究的理论和方法"这一问题时,钟敬文列举古典小说故事的民俗学研究为例,指出:"古典文学的研究应该借鉴或吸取民俗学的理论和方法。这是由研究对象的性质所决定的。因为:① 古典文学的研究对象是古代的文学作品,这些作品由于时间的推移,已经'古典化'了,它们大多已经凝固成文献材料。严格地讲,古典文学研究乃是一门历史的科学。而民俗学则不同。民俗学与人类学、民族学、社会学这几门姊妹科学一样,都是近代的产物。它们的研究对象都是现代社会的文化现象。它们的着眼点主要是现在而不是过去。由于它们的现在性,所以它们往往非常注重实地调查、实地考察,尽可能掌握第一手活的资料。所以,这几门新兴学科带着更多的实证意义,与现代社会生活的关系更为密切一些。② 正因为民俗学、人类学、民族学、社会学与现代社会的关系比较密切,所以,现代科学技术的成果和一些新的方法,常常较先在这些领域里得到应用。"③

对于作家作品中的民俗语言运用问题,钟敬文经过多年的积淀和发展,逐渐从诨号、方言的夸张、戏谑、讽刺等研究,转向巴赫金的狂欢文化研究,这是研究《水浒传》一个非常重要的理论切入点。

钟敬文谈到黄遵宪对民众语言的主张是为大家所熟识的,黄遵宪认为,小说创作应从内容和表现形式两方面考量。"认为前者须有社会生活

---

① 董晓萍《文化自觉与代际超越》,收入《文史知识》编辑部编《文史知识》三十年》,北京:中华书局,2012,第95页。
② 钟敬文《钟敬文民俗学论集》,合肥:安徽教育出版社,2010,第170—171页。
③ 钟敬文《钟敬文民俗学论集》,合肥:安徽教育出版社,2010,第179—180页。

的经验、观察,后者须熟悉民众的一般语言及艺术语言(谚语)。……'将《水浒》、《石头记》、《醒世姻缘》,以及泰西小说,至于通行俗谚,所有譬喻语、形容语、解颐语,分别抄出,以供驱使。'"钟敬文指出,"这种使小说创作语言民间文学化的意见,跟作者主张诗歌语言俗语化的名论,是血肉相联的,同时,跟前面所述康、梁利用民间谣谚及民间文学形式的种种意见,也是血肉相联的"①。这里黄遵宪在提及《水浒》等通俗小说时,关注的是这类通俗小说中使用了一套民众熟悉的语言及艺术语言(谚语),这也是钟敬文最早关注《水浒传》时提出的问题,并讨论关于方言、诨号和民众语言的问题。他认为:"民间语言是相对于上层社会语言而说的。我们所认定的这种民众集体传承的俗语套语主要是社会中下层群众的惯用语,在内容、风格和功能上都有鲜明的民间性。"②

梳理钟敬文的观点,在民俗学可供古典文学借鉴的研究方法上,应注意三点,即注重实地调查研究,注重类型的比较研究和注重地方文化研究。在关于类型的比较研究方面,钟敬文指出:"传统性、类型化,正式民俗现象的基本特征之一。可是古典文学中长期应用的是典型理论。典型的特征是个性与共性的统一,以此来研究古代文学,有好些地方是不容易解释得通的。譬如古代神话、传说、故事,以及《水浒传》、《西游记》等俗文学中的人物形象,如果应用民俗学的类型学说,这种问题就比较好解释了。"③这里钟敬文就已经提到以类型的方法研究古典文学中的神话、传说、故事。《水浒传》中的人物故事是民间流传不息的传奇故事,从宋元话本,再到戏剧演绎,都为施耐庵的《水浒传》奠定了丰厚的基础,而对这一基础的研究在没有民俗学者参与的情况下是难以完成的。

钟敬文在《人民口头创作在民众生活中的位置和作用》一文中,还曾指出人民口头创作与文学的关系,说明民间文学与古典小说之间交叉研

---

① 钟敬文《钟敬文文集·民间文艺学卷》,董晓萍编,合肥:安徽教育出版社,2002,第336页。
② 钟敬文主编《民俗学概论》,北京:高等教育出版社,2010,第232页。
③ 钟敬文《钟敬文民俗学论集》,合肥:安徽教育出版社,2010,第181页。

究的空间。基于这一认识,钟敬文将人民口头创作分成三个方面来叙述,包括伴随劳动的口头创作、应用在公共节日及个人生活上重要时刻的口头创作、传达知识和教育幼少者的人民创作。其中,在"应用在公共节日及个人生活上重要时刻的口头创作"一节中,在谈到旧式婚礼仪式时,钟敬文提到《水浒传》中记录了撒帐歌等婚礼歌词①。这里对于《水浒传》中民俗事象,尤其是民间仪礼的关注,体现了钟敬文不仅认识到《水浒传》等通俗小说与民间文学有着深厚的渊源,同时也与民俗文献记录有联系。

(二)钟敬文的文化三层说对整体研究中国小说的价值

文化三层说是钟敬文文化整体思想的体现,是在《民俗文化学发凡》一文中正式提出的。他在对五四运动和现代民俗学运动的重新认识与梳理中,提出将民俗学现象和文化现象整合在一起重新思考,认为从理论角度来说,民俗学与文化学之间存在交叉现象,用原有的学科名词概括是不够的,因此提出了"民俗文化学"这一新概念②。1982年,钟敬文在杭州大学讲课时曾就个人的文化分层观做出过说明,他认为:"中华民族的传统文化可以分为三条干流。第一条是上层文化,从阶级上说,它主要是封建地主阶级所创造和享用的文化。第二条是中层文化的干流,它主要是市民文化。第三条干流是下层文化,即由广大农民及其他劳动人民所创造和传承的文化。中下层文化就是民俗文化,它虽然属于民族文化的一个部分,但却是重要的、不可忽视的部分。"③钟敬文对《水浒传》的关注正体现了他对中国上中下三层文化的整体性思考,以及对不同文化层级之间的互动影响的思考。为此,他在晚年反复谈到古典通俗小说中对民俗语言(诨号、方言、谚语、仪式歌等)的使用、五四运动后白话文革新与民族文化主体性的关联、古典文学语言与民间表述之间的文化互动等问题。

(三)钟敬文晚年对五四胡适、周作人等中国古典小说研究的评价和

---

① 钟敬文《钟敬文文集·民间文艺学卷》,董晓萍编,合肥:安徽教育出版社,2002,第134页。
② 钟敬文《钟敬文民俗学论集》,合肥:安徽教育出版社,2010,第3页。
③ 钟敬文《民俗文化学:梗概与兴起》,董晓萍编,北京:中华书局,1996,第15页。

对巴赫金狂欢理论的回应

古典通俗小说、白话小说在中国现代社会文化建设中,尤其是在五四新文化运动中,有着重要地位。1917年胡适在《新青年》上发表《文学改良刍议》大力提倡白话文,1927年写就《白话文学史》,在书中以进化论为基础,为白话文学正名,认为"白话文学史就是中国文学史的中心部分"[①]。胡适指出,代表时代的文学,不是"古文传统史"中的文学,而应是"不肖"传统的文学,"因为不肖古人,所以能代表当世"[②]。他将白话文学的地位提升至一个前所未有的高度,并强调了"民间作为文学创作土壤的强大生命力""一切新文学的来源都在民间……这是文学史的通例,古今中外都逃不出这条通例"[③]。虽然胡适的这一观点在当时引发了不少争论,但陈独秀在《文学革命论》中,还是将胡适推崇为"手举义旗之急先锋"[④]。其实胡、陈都有贡献,他们与顾颉刚、钟敬文等一批五四先驱共同改变了白话文学的命运。钟敬文就曾在不同的文章中反复强调:"就传统文化而言,'五四'对于中国的传统文化,并不是全盘否定的,它打击得最严厉的,是上层文化。它对民族的通俗文化和下层文化,却是保护和提倡的,这个区别我们要搞清楚。"[⑤]他一再在不同的文章中提到胡适在《文学改良刍议》中对《水浒传》等通俗小说的倡导,这种倡导,对民俗学尤其是民间文学研究的意义也是十分重大的。

钟敬文将五四运动比作他年轻时候的一阵春雷[⑥],让那个年代的文人知识分子从固有的狭窄的世界中有所突破,从四书五经和史论框架中剥离出来。他曾在随笔《一阵春雷》中说道:"'五四'之前……小说之类在我的书案上是很少位置的。如果《聊斋志异》,还勉强找得出来,那么,《水

---

① 胡适《白话文学史》,北京:团结出版社,2006,第2页。
② 胡适《白话文学史》,北京:团结出版社,2006,第4页。
③ 胡适《白话文学史》,北京:团结出版社,2006,第16页。
④ 陈独秀《陈独秀经典》,滕浩主编,北京:当代世界出版社,2016,第9页。
⑤ 钟敬文《钟敬文文选》,董晓萍选编,北京:中华书局,2013,第13页。
⑥ 钟敬文《钟敬文文集·散文随笔卷》,蔡清富编,合肥:安徽教育出版社,2002,第485页。

浒》《红楼梦》等就不容易碰到了。"①《一阵春雷》写于20世纪50年代新中国建立初期,此时钟敬文已在北师大设了"《水浒传》专书讲座"一课,《水浒传》已不仅出现在了他的书案上,还呈现在了讲堂上。

在写于1989年的《五四时期民俗文化学的兴起》一文中,钟敬文谈到了五四时期民俗文化学兴起的方方面面,也谈到了他执笔此文的目的,亦是试图"对前人或时人关于五四时期这段历史论著的某种欠缺给以补正"②。文中谈到了五四白话文运动与明清通俗小说的关系。他指出,在中华文明发展的历史长河中,由于文字仅掌握在上层社会少数人手中,因而日渐形式化,逐渐与民间一般口头语言越走越远。然而广大民众虽然被排斥于文字使用之外,却也形成了自己丰富的语言系统。尤其中世纪以后,随着商业城市的发展,服务于商人和一般市民的通俗文学孵化出来,出现了小说、戏曲等通俗文学形式。这种情况大约始于唐代,随着资本主义萌芽,城市商品经济发展,明清时期通俗文化愈发繁荣起来。他的这一观点是对白话文学史的重新界定。

钟敬文在《略谈巴赫金的文学狂欢化思想——在〈巴赫金全集〉中译六卷本首发式上的讲话》一文中谈到了古典小说中对民俗事象的描述和使用。在这里,他提到,可以使用巴赫金狂欢文化的理论来对中国民间社会活动进行阐述。

他说:"至于巴赫金所说的文化狂欢化问题,在中国的文学作品中,也肯定是有的。比如,《水浒传》里面描写的大碗喝酒、大块吃肉,就不是平常的社会生活,而是一种特殊的农民精神解放现象,主要是一种狂欢。在这个程度上,可以说,整个一部《水浒传》,差不多都可以叫做狂欢文学。"③在《水浒传》的描写中,存在大量狂欢化的场景,在塑造李逵、鲁智深等人物的形象时所采用的就是不同于日常生活的夸张手法,通过这种

---

① 钟敬文《钟敬文文集·散文随笔卷》,蔡清富编,合肥:安徽教育出版社,2002,第486页。
② 钟敬文《钟敬文文选》,董晓萍选编,北京:中华书局,2013,第385页。
③ 钟敬文《建立中国民俗学派》,哈尔滨:黑龙江教育出版社,1999,第157页。

夸张的方式展现解脱于某种桎梏和束缚的洒脱,一定程度上也是狂欢精神的体现。

钟敬文还谈道:"在中国的狂欢文化中,还有一个十分重要的角色,就是丑角。中国文学史上的丑角,是由先秦的俳优发展而来的。但在狂欢生活中,丑角,却扮演了对既定的社会秩序或规范进行嘲讽、抨击,甚至反抗的鲜明角色。对此,有些学者使用了'倾覆'一词来概括。总之,就是反对正统的意思。"①"丑角"在中国民间传说和民间文化中都是常见的角色,是小人物的视角,也是窥视文化结构的另一个角度,《水浒》的故事中也有这样类似的存在。而"就中国社会现象中的狂欢活动而言,它在解除传统的、扼杀人性的两性束缚方面,表现出了一种比较突出的抗争意义"②,这也是《水浒传》要表达的精神意义之一。因而确实可以用巴赫金的狂欢化思想分析和研究《水浒》的写作,可以对比小说、话本、电视剧、电影、评书等不同文艺形式中对这一文化现象的展现,在施耐庵笔下的小说中,无论是对人物性情的描写铺陈,还是情节场面的描写,都具有强烈的狂欢色彩,而由小说改编的连环画、电视剧或电影中都对狂欢场面有不同程度、不同形态的展现,尤其对民俗生活的刻画,值得更深入地进行探讨。

二、《水浒传》版本和相关问题的多学科研究③

版本学也是一种文化研究,但以往国内学者开展的版本学研究从文献书目和考据学而来,因为多倾向于历史学、考据学和版本目录学的研究,与本章所谈的版本研究相距较远。本章要使用的金圣叹点评《水浒传》版本也是《水浒传》诸多版本之一,却是中国文人文化、民俗文化与版本学结合相当密切的一种。

---

① 钟敬文《建立中国民俗学派》,哈尔滨:黑龙江教育出版社,1999,第155页。
② 钟敬文《建立中国民俗学派》,哈尔滨:黑龙江教育出版社,1999,第156页。
③ 第七章自本小节至第四节初稿执笔人为罗珊。

（一）版本研究

在以往对《水浒传》的作者、版本问题研究方面，胡适、鲁迅、郑振铎等学者都做过相关研究工作。在文学史的表述中，通常已经接受了元末明初施耐庵依托北宋末年民间宋江起义的传奇故事编写《水浒传》的说法，又以民俗叙事为关注要点。胡适、鲁迅、郑振铎等学者围绕《宋史》《宋江三十六人赞》《大宋宣和遗事》等文本大致勾勒了水浒故事的源流。胡适在《水浒传考证》和《水浒传后考》中提出，"流传民间的'宋江故事'便是《水浒传》的远祖"①；"宋江等三十六人都是历史的人物，是北宋末年的大盗……留传在民间，越传越神奇，遂成一种'梁山泊神话'"②，并认为这种故事"一定是一种'英雄传奇'"③。鲁迅在《中国小说史略》中也谈到了《水浒传》的成书问题，"《水浒》故事亦为南宋以来流行之传说，宋江亦实有其人"④。鲁迅在胡适研究的基础上补充了《夷坚乙志》《所安遗集补遗》等，为研究水浒英雄人物提供了重要资料。

学者们还探讨了水浒故事盛行以至被编纂成集的缘由，但都没有绕过周密为龚开《宋江三十六人赞》作跋写下的一段话：

> 此皆群盗之靡耳。圣与既各为之赞，又从而序论之，何哉？太史公序游侠而进奸雄，不免后世之讥。然其首著胜、广于列传，且为项羽作本纪，其意亦深矣。识者当能辨之。⑤

在周密所处时代，在元统治的压迫之下，对草莽英雄抱有期待，是能够理解的，这也是胡适认为元代水浒故事异常发达的原因⑥。胡适由此大致

---

① 胡适《中国章回小说考证》，合肥：安徽教育出版社，1999，第11页。
② 胡适《中国章回小说考证》，合肥：安徽教育出版社，1999，第10页。
③ 胡适《中国章回小说考证》，合肥：安徽教育出版社，1999，第11页。
④ 鲁迅《中国小说史略》，长沙：岳麓书社，2010，第84页。
⑤ 胡适《中国章回小说考证》，合肥：安徽教育出版社，1999，第14页。
⑥ 胡适《中国章回小说考证》，合肥：安徽教育出版社，1999，第14页。

勾勒了水浒故事盛行的三个方面:"(1)宋江等确有可以流传民间的事迹与威名;(2)南宋偏安,中原失陷在异族手里,故当时人有想望英雄的心理;(3)南宋政治腐败,奸臣暴政使百姓怨恨,北方在异族统治之下受的痛苦更深,故南北民间都养成一种痛恨恶政治恶官吏的心理,由这种心理上生出崇拜草泽英雄的心理。"①郑振铎也谈到,正是因此,"当时没有'行吟诗人'将他们的小传说团结为一部伟大的英雄史诗,却有一班说书先生与好事文人,将他们编为话本或散文的英雄传奇。《水浒传》的最初雏形便是这样的形成了"②。

(二) 考证与索隐

在《水浒传》的研究中,由于水浒传所具有的半虚构性质,考察其中故事的历史真实性是使用历史学方法进行研究的一个重要分支。胡适所做的《水浒传考证》和《水浒传后考》即是近代以来运用历史学研究方法对古典文学文本进行研究的典型例证。胡适、鲁迅等人对《水浒传》研究所做的资料学补充,也为后续的历史学研究提供了基础。在历史事件的考证方面,郑振铎在前两人基础上进一步做了补充,自《十朝纲要》《通鉴纪事本末》等资料中补充了宋江征方腊的相关记载③,尤其在发现元代陆友《题宋江三十六人画赞》诗之后,基本证明在元朝初期宋江故事中已经存在征方腊的情节了④。

关于历史人物索隐,在《水浒传》的研究中,主要集中在两个方面,其一是对《水浒传》小说作者的考证,这也是《水浒传》问世一直以来的未解之谜;其二则是对《水浒传》中所述人物的历史考证。这里重点看对小说人物的考证。

龚开依据南宋画家李嵩绘制的宋江等36人的画像而写出的《宋江三十六人赞》,是南宋时期已经开始在民间流传宋江等人的故事的佐证之

---

① 胡适《中国章回小说考证》,合肥:安徽教育出版社,1999,第11页。
② 郑振铎《中国文学研究》,北京:人民文学出版社,2000,第97页。
③ 郑振铎《中国文学研究》,北京:人民文学出版社,2000,第95页。
④ 郑振铎《中国文学研究》,北京:人民文学出版社,2000,第101页。

一,也是研究《水浒传》人物诨号的早期文本之一。这一点曲家源在《水浒传新论》中的《水浒一百单八将绰号考释》一文中有较为详尽的讨论。他指出,在"宋代史籍、宋人笔记中看到,给人起绰号的风气在宋时很盛行。看到某人有特出之处,就起一个绰号来代替他的名字"①。曲家源在文中将《水浒传》英雄的诨号进行了分类释析,将108人的诨号分为8类,并作出内容或史料依据上的分析。由于这不是本章的研究重点,故不再去详细谈论了。

(三)《水浒传》的主题研究

《水浒传》的主题研究,是水浒研究课题中占比较重的一项,也是争议颇多的一项。中华书局编辑部对《水浒传》的定位是"一部集合了无数英雄好汉生生死死的悲壮故事、凝聚了无数中国人的理想、感情和才思的英雄传奇"②,在主题表达上,"贯穿始终的,是一种在特殊历史环境下的'忠君报国'思想,和具有浓重平民色彩的英雄主义精神"③。事实上这也是比较贴近原始文本、从同质社会的角度,对小说主题的一种解读。《水浒传》最早的版本名称是《忠义水浒传》,明朝杨定见《忠义水浒全书小引》中还写道:"《水浒》而忠义也,忠义而《水浒》也"。后来出现的"农民起义说""市民说""伦理说"等解读,是受到西方理论的影响后的重新解读,而"多义说"传递的则是全球化背景下的多元文化观。

在《中国文学史》的编著中,对《水浒传》的主题定位是相对比较一致的,基本都定义在农民起义小说。1962年中国社会科学院文学研究所编写的《中国文学史》④,对《水浒传》的定位是"一部反映封建社会农民的阶

---

① 曲家源《水浒传新论》,北京:中国和平出版社,1995,第113页。
② [明]施耐庵、[明]罗贯中《水浒传》,[清]金圣叹、[明]李卓吾点评,北京:中华书局,2009,《出版说明》第1页。
③ [明]施耐庵、[明]罗贯中《水浒传》,[清]金圣叹、[明]李卓吾点评,北京:中华书局,2009,《出版说明》第1页。
④ 中国社会科学院文学研究所中国文学史编写组编《中国文学史》(第三册),北京:人民文学出版社,1962。

级斗争、农民起义和农民战争的小说"①,把小说的内在推动因素总结为"阶级压迫是造成农民起义的基本原因,《水浒传》通过人物和实践的描写在客观上深刻地揭示了这条真理"②。1963年出版的游国恩主编《中国文学史》③,对《水浒传》的定性,也是一部描写农民革命的长篇小说。"农民起义说"在《水浒传》研究的主题表述中是当时时代的主流表述。

"市民说"是继"农民起义说"之后的一种补充观点,对《水浒传》起义群体的定位,从阶级理论的运用转向阶层理论的实践,用"市民"的概念取代了"农民"的概念。章培恒、骆玉明主编的《中国文学史》所采用的就是这种观点,"这部小说的基础,主要是市井文艺'说话',它在流行过程中,首先受到市民阶层趣味的制约。而小说的作者罗贯中、施耐庵,也都曾在元后期东南最繁华的城市杭州生活,他们的加工,并未改变水浒故事原有的市井性质。……梁山英雄的个性,更多地反映着市民阶层的人生向往"④。吉川幸次郎版《中国文学史》中,亦称《水浒传》为"用口语记录的市民文学",更强调口头故事的作用⑤。

袁行霈主编的《中国文学史》在对《水浒传》的定位上,使用了历史演义与英雄传奇的定义,又指出两者的区别,认为英雄传奇说"有可能突破历史事实的制约,跳出帝王将相和军事大事的圈子,将目光移向日常生活和普通人"⑥。在阐述主题时,编者也不再像以往的研究那样刻意地宣传起义者与阶级斗争的关联,而是围绕"忠义"的传统文化观展开,对书中所反映的传统儒家伦理观进行了大量分析,这在一定意义上,是对《水浒传》

---

① 中国社会科学院文学研究所中国文学史编写组编《中国文学史》(第三册),北京:人民文学出版社,1962,第859页。
② 中国社会科学院文学研究所中国文学史编写组编《中国文学史》(第三册),北京:人民文学出版社,1962,第860页。
③ 游国恩、王起、萧涤非、季镇淮、费振刚主编《中国文学史》,北京:人民文学出版社,1984。
④ 章培恒、骆玉明主编《中国文学史》,上海:复旦大学出版社,1996,第186页。
⑤ [日]吉川幸次郎《中国文学史》,陈顺智、徐少舟译,成都:四川人民出版社,1987,第209页。
⑥ 袁行霈主编《中国文学史(第二版)》(第四卷),北京:高等教育出版社,2003,第50页。

多义性解读的探索。

三、对《水浒传》的社会流行性的研究

《水浒传》具有很强的社会流行性,这是毋庸置疑的事实。这方面的研究成果很多,体现了多学科交叉的特点。从诸多学者的分析看,大体可以得出一个结论,就是在《水浒传》的传播能量上,故事大于体裁。由于"故事好",所以各种体裁都来附庸,好比众星捧月一样热闹。"故事"是老百姓人人都懂的,"体裁"是学者使用的分类概念,在学者看来传播《水浒传》体裁纷纭,但在老百姓看来都是讲《水浒传》的那几个故事,"要想段不响,先把故事讲"。如果我们不要将学者的分类概念硬加在老百姓的认识上,那么我们就能看清一个现象:以往学者都是从不同体裁的发展的角度讨论《水浒传》,但归纳起来说,都是在讨论水浒故事的传播史。这其中的道理不难理解,学者所谓的体裁的发展,是指体裁承载物的发展,包括说书、戏曲等,然而,以戏曲为例,任何一种戏曲的发展,不会因为是否上演《水浒传》而发展;而是《水浒传》故事传播的要求促进戏曲表演模式的改革或创新。《水浒传》好,首先是因为它的故事好,然后才是使用什么体裁来搭载它的传播。合适的体裁会让《水浒传》的故事如虎添翼,但翅膀就是翅膀,永远不会变成故事本体自身。

一般认为,《水浒传》的体裁之母是说书和评话。在《水浒传》造反英雄的聚集地山东省,山东快书十分出名。山东快书多以演唱武松故事为主,故而又称"唱武老二的"。山东快书的传统保留曲目是《武松传》,从大闹东岳庙至蜈蚣岭遇宋江为止,共12个回目,包括"打虎""打店""武松装媳妇""武松大闹公堂""武松大闹南监""武松大闹快活林"等[①]。山东快书中的武松是双拳治虎的好汉,凛然不可侵犯,但它的体裁表演的风格轻松诙谐,又符合民俗思维逻辑。在我国南方,扬州评话也以演唱《水浒传》

---

① 薛宝琨《中国的曲艺》,北京:中国国际广播出版社,2010,第154页。

闻名,到传世名家王少堂时已讲了四代,还使用金圣叹的点评法讲述,他们一家是传播《水浒传》故事的功臣家族①。

引起水浒故事变迁的根本原因是故事世界的变化,所谓故事世界,指由故事和故事所赖以传播的社会现实所共同构成的意识形态,其中包括故事类型的形式和故事的思想呈现。钟敬文曾就流行一时的川剧荒诞剧《潘金莲》发表了看法。根据他的观点,这部戏大受现代观众的欢迎,不是因为川剧的品种,而是因为故事世界的荒诞化。潘金莲故事是《水浒传》传说故事中的一支,这部荒诞剧中的潘金莲,远离了施耐庵笔下的潘金莲。作者创作的意图,不单单是复现一个经典名著的章回,也不是追踪现代人的喜好,而是在古典的外壳下,讲一个新故事,正如钟敬文所说:"那些想从戏文里获取娱乐的观客,或者想在主人翁的思想、行动里学得正面生活教示的观客……这种怪剧,当然是跟他们无缘的。对那些重视艺术创作的常识性原理或规律的剧评家们,这同样是决不会使他们高兴的。因为在这种意义上,它显然是离情悖理的,这也是编著者自己所意识到的。"②经典名著的传播,从本质上说,是借助一种介质,达到故事内部与故事世界外部的跨越和对话。

四、海外汉学界对《水浒传》的存藏与研究

海外汉学界对《水浒传》关注较早,其中法国、英国、俄罗斯、日本等与敦煌学关系密切的国家的汉学界,都有《水浒传》版本的存藏和相关研究。法国存藏的《水浒传》有三类,第一类是19世纪法国传教士来华购得的,第二类是20世纪初伯希和从中国带回法国的,第三类是从日本流入法国的,现在这批书目都由法国国家图书馆馆藏。关于它们的版本与内容,本书在后面的附录一《经典名著的跨文化编目与文本存藏》做了专门介绍,在此不再赘述。

---

① 钟敬文主编《民间文学概论》,北京:高等教育出版社,2010,第269页。
② 钟敬文《钟敬文文集·散文随笔卷》,蔡清富编,合肥:安徽教育出版社,2002,第221页。

俄罗斯汉学家李福清与北京师范大学多有来往,钟敬文还曾为他的汉学研究著作撰序,他的著作中就有关于《水浒传》的研究。当然,李福清的《水浒传》研究继承了俄罗斯汉学的特点,而早期俄罗斯汉学又源自法国汉学家沙畹的启导。不过这不是本章研究的重点,这里不再多说。李福清从中国古典文学名著与民间文学的关系的角度开展研究,这种取向与钟敬文不谋而合。李福清认为,自己的研究重点就是古典小说与民间文学的交叉点,具体说,是研究那些"故事情节由平话演变为小说,从小说演变为说书,又从专业的说书返回到民间流行的故事这样一个有趣的循环发展过程"①。他提出了几个基本问题:① 民间文学对作家创作的影响。即"作家怎样利用民间文学的作品、母题、形象、语言(这方面与西方文学同)","作家文学对民间文学的影响,作家文学怎样回归到民间,怎样在民间流行,怎样改编,在作家作品基础上怎样产生新的民间口传的作品"②。李福清将中国小说与西方诗歌相比,指出中国小说的特殊性。他说,西方诗歌更容易流传到民间,改编为民间文学,但在中国,小说通过说书的方式回到民间,在作家文学与民间文学之间流动,并能转换体裁。② 母题与体裁的关系。他认为,"中国口传的民间传说既有许多史诗的母题,也有民间故事的母题,有的时候还有若干神话的母题"③。③ 章回小说与民间文学的联系。他认为,两者共享一套"固定的词组与套语",这是"章回小说与民间文学作品的一个共同特点"④。④ 小说与戏曲。李福清将目光延伸到广泛的中国民间文化传统,包括小说进入民间戏曲、年画剪纸艺术和宗教信仰等。他的这种跨体裁研究是符合《水浒传》拥有很强的社会流行性的实际的。我们在法国国家图书馆查阅《水浒传》版本时,

---

① [俄]李福清《古典小说与传说(李福清汉学论集)》,李明滨编选,北京,中华书局,2003,第22页。
② [俄]李福清《古典小说与传说(李福清汉学论集)》,李明滨编选,北京,中华书局,2003,第142页。
③ [俄]李福清《古典小说与传说(李福清汉学论集)》,李明滨编选,北京,中华书局,2003,第155页。
④ [俄]李福清《古典小说与传说(李福清汉学论集)》,李明滨编选,北京,中华书局,2003,第26页。

就找到了从日本流入的《水浒传》戏曲本。在我国,在传统大戏、地方戏曲和民间小戏的舞台上,都有各式各样的"水浒戏",包括连台本戏和折子戏,其中像"武松戏""野猪林"和"打渔杀家"等流传至今,现在还是活跃演出的戏曲节目。

日本汉学界对《水浒传》关注已久。与钟敬文同时代的日本汉学家对敦煌文献用功很深,间接涉及《水浒传》。这是一个很长的故事,在此仅讨论分别被译成中文的吉川幸次郎和前野直彬的同名著作《中国文学史》,其中都谈到《水浒传》。两人各写了一部《中国文学史》,都在20世纪70年代出版。吉川幸次郎的《中国文学史》,以唐宋之间曾兴起过的"中国式的文艺复兴运动为轴心",对中国古代文学进行历史分期。根据他的划分法,三国之前为古代文学,三国、六朝、初唐为中世文学,中唐至明清的文学为近世文学,是"中国式的文艺复兴运动"的产物。《水浒传》属于近世文学名著。吉川幸次郎认为,"有名的首先是《水浒传》,以及与它并列的《三国演义》"①。他称这两部小说为"口语小说",和前面提到的"用口语记录的市民文学"②。对于金圣叹点评的《水浒传》,吉川幸次郎的评价很高,他从社会学和哲学的角度提出了两个观点:① 从社会史的角度看,这类小说的盛行,"在社会史上意味着市民的势力到明代已登上舞台"③;② 从王阳明心学的角度分析《水浒传》中直爽豪迈的英雄性格,"这是从另一个方面表现为这个时代对真实情感和直接行为的尊重"④。吉川幸次郎对《水浒传》的看法,受到欧洲中世纪文学研究的影响,同时也表现出他对中国古代哲学、社会制度史、文学和民俗学有广泛的涉猎。前野直彬的《中国文学史》用类型化的观点分析《水浒传》,认为《水浒传》和其

---

① [日]吉川幸次郎《中国文学史》,陈顺智、徐少舟译,成都:四川人民出版社,1987,第209页。
② [日]吉川幸次郎《中国文学史》,陈顺智、徐少舟译,成都:四川人民出版社,1987,第209页。
③ [日]吉川幸次郎《中国文学史》,陈顺智、徐少舟译,成都:四川人民出版社,1987,第227页。
④ [日]吉川幸次郎《中国文学史》,陈顺智、徐少舟译,成都:四川人民出版社,1987,第230页。

他明清古典名著"虽然各有不同的主题与旨趣,但人物和结构则具有共同的类型"①,比如,在人物形象上,都是"《三国演义》中人物的变形"②;在作品结构上,都"贯穿着民众最容易接受的因果报应的道理,其结构为'乐极生悲'这一模式"③,对他的观点,我们不见得同意,但也不妨聊备一说。

第二节 《水浒传》故事类型的编制原则与方法

《水浒传》的故事类型,根据《水浒传》中华书局百二十回本编制,按照当代国际民俗学界通行的编制故事类型的多元化与完整性统一的原则,采用情节法与段落法两种方法,在同一故事文本中将两者并行使用,同时也吸收金圣叹文人学士的点评文本,将之作为事实上的小说文本的组成部分,总起来将三者视为《水浒传》经典与故事结构的共有现象,为《水浒传》编制故事类型,共完成故事类型编制438个。

一、编写原则

为《水浒传》编制故事类型,要从《水浒传》文本本身出发。目前使用的中华书局百二十回本,实际包括两个版本:一是金圣叹点评的七十回古本,一是李卓吾点评的袁无涯百二十回本,两者前七十回与后七十回之间有一定差异。在金圣叹的点评中,提到了"俗本",即容与堂百回本,金圣叹许多点评的观点和分析是针对容与堂本提出的,在理解各版本精神和各点评者思想时,实际需要对三个版本进行对照分析。虽然从故事结构和情节上相同部分差别不大,对故事情节单元撰写影响也不会太大,但

---

① [日]前野直彬编《中国文学史》,骆玉明、贺圣遂等译,上海:复旦大学出版社,2012,第191页。
② [日]前野直彬编《中国文学史》,骆玉明、贺圣遂等译,上海:复旦大学出版社,2012,第192页。
③ [日]前野直彬编《中国文学史》,骆玉明、贺圣遂等译,上海:复旦大学出版社,2012,第193页。

就目前两版的对比而言,文本与民间叙事方式的亲缘关系有显著区别。金圣叹所批七十回古本有更为精细的文学描写,金圣叹也在点评中赞扬了这一版本的文学性,相对而言,可能距快书和评话更远一些。后五十回取自袁无涯本,在"俗本"百回的基础上还添加了简本中才有的征王庆、田虎的内容,在文学性上较前七十回冲淡了许多,不过口语叙述风格更为明显。征王庆和田虎的内容,更像后人模仿水浒故事添加的。

为作家作品编制故事类型要考虑故事世界的特点。《水浒传》是作家作品,但在故事的结构和叙述模式上,还是有规律和套路可循的。金圣叹在点评中谈到,《水浒传》百余位造反英雄各有个性和叙述特征,这是作者的笔力和才气的极大体现,但在招安后的四次征讨,则出现了模式化的故事。比较而言,前七十回是故事类型编制的重点。这些故事虽有相似的结构,但在讲述造反英雄逼上梁山的过程时,有主有次、有详有略、同中有异、层次分明,这正是故事世界的特点。在为《水浒传》编制故事类型时,就要充分考虑这种故事世界的特点。这是这部名著与生俱来的特点,也是在我们这次故事类型编制中需要抓住的东西。以往的一般故事类型编制讨论不涉及这个问题,本节则需要给予讨论。本节以前七十回为主,在故事类型的编制中,对《水浒传》通过对逼上梁山的原因讲述所传达的故事世界的特点,通过情节法和段落法加以明确体现。例如:

(1) 原有报国之心、被奸人所害,被迫落草。在这方面的故事中,最具代表性的主人公是林冲,还有杨志、雷横等,根据他们的故事世界叙事所编制的故事类型要点是:

① 忠君爱国。② 被小人陷害入狱。③ 被流放。④ 在流放地被重用。⑤ 再次被陷害。⑥ 上梁山。

(2) 与梁山好汉打仗后战败、并入梁山。在这方面的故事中最具代表性的主人公是呼延灼、单廷珪、魏定国等人,根据他们的故事世界叙事所编制的故事类型要点是:

①与梁山众人对阵。②阵前比武后认可梁山英雄的实力。③在吴用(或公孙策)计策下败于梁山。④被俘上山接受宋江的礼遇。⑤入伙梁山。

《水浒传》后五十回的故事讲述造反英雄的四次征战,分别是征辽、征王庆、征田虎和征方腊。《水浒传》通过几个军事故事传达故事世界的特点,在故事类型的编制中,通过情节法和段落法,以三种方式加以体现。一是两军对阵、阵前比武。二是攻城略地、官军获胜,见于第六十五回《时迁火烧翠云楼 吴用智取大名府》、第八十四回《宋公明兵打蓟州城 卢俊义大战玉田县》、第一百十五回《张顺魂捉方天定 宋江智取宁海军》等。例如:

①宋军围城。②正面难以突破。③派人潜入城中。④以子母炮为号令。⑤城内标志建筑放火。⑥城内大乱。⑦宋军趁乱攻入城中。

三是水军攻城、官军获胜,例如:

①宋军围城。②正面难以突破。③发现有船只要进城送粮。④截获船只。⑤装扮成押送物资的人。⑥入城里应外合。⑦攻入城中。

(3) 将点评者的观点和点评者所关注的问题纳入故事类型编制,用段落法表示。金圣叹和李卓吾的点评代表了两种不同的观点,差异在于对造反和招安的态度。从李卓吾对招安一事是认同的;金圣叹是不信任、不认同招安的,他不信任朝廷,也不信任宋江。金圣叹在点评中说:"然而其实都是宋江权术,七十回后,纷纷续貂,殊无谓也。"[1]金圣叹的这种态

---

[1] [明]施耐庵、[明]罗贯中《水浒传》,[清]金圣叹、[明]李卓吾点评,北京:中华书局,2009,第276页。

度导致他不认同后五十回。而对宋江的不信任,还能够延伸到金、李两人的另一个分歧上,即对宋江形象的伦理评价。金圣叹认为宋江"权诈",李贽认为宋江"忠义",这也是两人对《水浒传》的故事世界的理解差异。金圣叹的点评还有显著的对话特点,此点也用段落法表示,并将在后面详细分析。

二、编写方法

与本书对故事类型的整体编写方法保持一致,《水浒传》故事类型采取两种编写方法即段落法和情节法。

与第六章对《晏子春秋》对话类著作的故事类型编写方法相比,本章对《水浒传》故事类型的编写,又稍有不同,以下具体说明。

在本章中,段落法,指对故事类型的所有情节单元做整体描述。这种方法一般在非宗教的、非祭祀的和并不被认为是"真实"的故事叙事与相关民俗事象中应用,但本次在对话文本中全部使用。抓住《水浒传》的特色,体现诨号故事的民俗命名与故事世界的建构关系,故事世界与学者对话的差延关系,即便有外借的现象也予以纳入,做共时分析,而不像传统民俗学那样只做历时分析。①

在本章中,情节法,指主要使用芬兰学派的方法,通过母题和主题为故事分类,同时也吸收民俗事象和民俗文化符号的叙事部分做补充,如诸神与人、英雄、动物朋友与魔法、诨号故事、家庭生活、地方故事、宝物、傻子、巧女、滑稽故事,重点补入诨号故事的类型编写,首次对民俗命名文本做专门故事类型,凸显《水浒传》的特色。主要参考 AT②、钟敬文与普罗

---

① 董晓萍《跨文化民俗体裁学》,北京:中国大百科全书出版社,2018,第21—22页。
② [芬]安蒂·阿尔奈(Antti Aarne), *The Types of the Folktale*, FFC3. Translated and Enlarged by [美]斯蒂斯·汤普森(Stish Thompson), FFC184, Indiana University, second revision. 1961. Helsinki, Academic Science, Finland, fourth printing, 1987.

普的非 AT 类型法①、艾伯华和丁乃通的中国故事类型著作等②,给句子类型编码③,将传统民俗学与数字民俗学相结合,将情节法进一步发展为"对故事文本的句子拆解和句子拓展解释"。其中的"扩展,指在排列情节单元上,可以重复和增加;缩略,指在排列情节单元上,可以删除和替代"④。通过这些工作,对《水浒传》的母题和主题进行提炼,提取其故事类型的核心结构,供本章的研究使用。

在寻找落草好汉、文人学士、朝野官宦和神道信士等文化差异点方面,段落法至关重要。在作家作品与民间作品的同类故事结构方面,情节法功不可没。总之,由于《水浒传》是小说,在编写故事类型方面,与《晏子春秋》同中有异。从《水浒传》的民俗学内部研究来说,段落法重文化逻辑,情节法重文本逻辑。从《水浒传》的民俗学与其他多学科交叉研究来说,具有很强社会流行性的历史名著与故事又是活态文化,它们不仅仅是形诸书面的固定文本,也是在故事世界中不断变动的动态文本。正是在这一点上,段落法不同于情节法,它聚焦于一个更大的文化场,力图保留不同文化分层的异文的不同文化逻辑,由此对历史名著的遗产价值进行更深层次的阐发。基于以上两点,段落法与情节法各有侧重,本节将之共同使用,促其互补,在研究中发挥更大的作用。

第三节 《水浒传》故事类型样本

以下,按《水浒传》对话类文本的结构,分落草好汉、朝野官宦、神道信

---

① 钟敬文《中国民间故事型式》,原文作于 1929—1931 年间,原载《民俗学集镌》1931 年第 1 辑,收入钟敬文《钟敬文民间文学论集》(下),上海:上海文艺出版社,1985,第 342—356 页。此文即《中国民谭型式》,1933 年译成日文在日本《民族学研究》上发表。[俄]普罗普(Vladimir Propp)《故事形态学》,贾放译,北京:中华书局,2006。
② [德]艾伯华(Wolfram Eberhard)《中国民间故事类型》,王燕生、周祖生译,北京:商务印书馆,1999。[美]丁乃通(Nai-tung Ting)《中国民间故事类型索引》,郑建成、李倞、商孟可、白丁译,北京:中国民间文艺出版社,1986。
③ 董晓萍《现代民间文艺学讲演录》,桂林:广西师范大学出版社,2008,第 61 页。
④ 董晓萍《现代民间文艺学讲演录》,桂林:广西师范大学出版社,2008,第 380 页。

士和军事斗争等专题,选择已编写故事类型样本,并举例如下。

一、落草好汉

其一,使用段落法。

翠莲父女被镇关西欺压,鲁达决意帮他们讨回公道。他打伤看管翠莲父女的店小二,帮父女二人离开渭州。鲁达到"镇关西"郑屠户店里,找他讨说法。第一次,让郑屠称十斤精肉,不能见肥肉,切做臊子;第二次,再称十斤肥肉,不能见精肉,也切做臊子;第三次,要十斤寸金软骨,不能有肉,也切做臊子。郑屠发怒,提刀来砍鲁达,两人在街上动手。鲁达打郑屠,第一拳打鼻子、第二拳打眼眶、第三拳打太阳穴,三拳打死郑屠。鲁达逃亡,被各州县府通缉。

金圣叹点评施耐庵写鲁达拳打镇关西的三拳是"鼻根味尘、眼根色尘、耳根声尘,真正奇文"。他的评点扣准故事叙事的"打"字做了三段式评说。鲁达第一次打镇关西,小说原文为:"扑的只一拳,正打在鼻子上",这里作者并没有讲鲁达出手的数次,反而是金圣叹马上写:"第一拳在鼻子上",他本人也一下子从书本跳到故事里,表现出对讲故事的套路相当熟悉。鲁达再打镇关西,小说写鲁达出手前骂道:"直娘贼!还敢应口!"他只顾大骂,还没伸手,反而是金圣叹又从书本提前跳到故事里,抢先替鲁达说了句他想说而没来得及说的话:"硬,再打"。第二拳打完,写周围无人敢上前劝架,金圣叹又补上"百忙中偏要再夹一句",提示行文的张弛有度。第二拳打得郑屠讨饶,他又写活了鲁达内心对郑屠的不耻:"软,又打"。至此,第三拳打完,正是"三段,一段奇似一段"。①

---

① [明]施耐庵、[明]罗贯中《水浒传》,[清]金圣叹、[明]李卓吾点评,北京:中华书局,2009,第二回,第25—30页。

鲁提辖拳打镇关西

其二,使用情节法。

① 翠莲父女被镇关西欺压,鲁达决意帮他们讨回公道。② 鲁达打伤看管翠莲父女的店小二,帮父女二人离开渭州。③ 鲁达找"镇关西"郑屠户讨说法。④ 鲁达到郑屠店里,第一次,让他称十斤精肉,不能见肥肉,切做臊子。⑤ 第二次,再称十斤肥肉,不能见精肉,也切做臊子。⑥ 第三次,要十斤寸金软骨,不能有肉,也切做臊子。⑦ 郑屠发怒。⑧ 鲁达与郑屠在街上动手,第一拳打鼻子、第二拳打眼眶、第三拳打太阳穴。⑨ 鲁达三拳打死郑屠。⑩ 鲁达逃走,被各州县府通缉。

"花和尚"诨号的由来

其一,使用段落法。

鲁达三拳打死"镇关西"后被官府追捕,逃到雁门县,遇到了金老汉和他的女儿金翠莲。翠莲嫁给了财主赵员外,赵员外感谢鲁达对金氏父女的救命之恩,为了帮他躲避追捕,花钱送鲁达去五台山落发为僧。鲁达在五台山被赠法号智深,鲁智深在五台山两番酒后闹僧堂,被五台山住持送到东京大相国寺,但他落发为僧却不忌酒肉,不改本性,加之背上有花绣,被人称为"花和尚"。①

其二,使用情节法。

① 鲁达三拳打死"镇关西"后被官府追捕。② 逃到雁门县遇到金老

---

① [明]施耐庵、[明]罗贯中《水浒传》,[清]金圣叹、[明]李卓吾点评,北京:中华书局,2009,第三回至第四回,第31—49页,第十六回,第137页。

汉和他的女儿金翠莲,翠莲嫁给财主赵员外。③赵员外感谢鲁达,为了帮他躲避追捕,花钱送鲁达去五台山落发为僧。④鲁达在五台山被赠法号智深。⑤鲁智深在五台山两番酒后闹僧堂,被五台山住持送到东京大相国寺。⑥鲁智深落发为僧却不忌酒肉,不改本性。⑦鲁智深背上有花绣,被人称为"花和尚"。

花和尚倒拔垂杨柳

其一,使用段落法。

菜园外住着的二三十个泼皮要捉弄来管辖菜园的鲁智深,把鲁智深骗到粪窖边,却被鲁智深识破,被踢入粪坑。泼皮们被鲁智深收服,带酒肉置办酒席孝敬鲁智深。酒过三巡,泼皮说墙角边的杨树上新添了一个鸟巢很吵,鸟叫不吉利,要搭梯子拆鸟巢。鲁智深到树前看了一看,走过去将杨树连根拔起。泼皮们此后时常款待鲁智深,看他在院中耍拳演武。一日鲁智深取出铁禅杖在院中使动,恰巧林冲路过看见,结为兄弟。

这里金圣叹的点评是从文论的角度切入的,而将众人想办法驱赶鸟的行为做了六个层次的分析:"第一层是老鸦叫,第二层是叩齿咒之,第三层是道人说,第四层是寻梯上去,第五层是看,第六层是要盘上去。一只倒拔垂杨,凡用六层层折,方入相一相句,行文如画。"对拔杨柳情节本身的点评并不多,只说原文"把腰只一趁"是"写得有方法"。而民俗学研究关注的情节则在于置办酒席狂欢的方式和倒拔垂杨柳的神力描写。①

其二,使用情节法。

---

① [明]施耐庵、[明]罗贯中《水浒传》,[清]金圣叹、[明]李卓吾点评,北京:中华书局,2009,第61—63页。

①菜园外住着二三十个泼皮,他们打算捉弄新来管辖菜园的鲁智深。②泼皮们把鲁智深骗到粪窖边,想故意绊倒他。③鲁智深识破他们的预谋,先一步将使坏的张三李四踢入粪坑。④泼皮们被鲁智深收服。⑤第二天泼皮们带酒肉置办酒席来孝敬鲁智深。⑥泼皮说墙角边的杨树上新添了一个鸟巢很吵,鸟叫不吉利,众人要搭梯子拆鸟巢。⑦鲁智深到树前看了一看,走过去将杨树连根拔起。⑧泼皮们此后时常款待鲁智深,看他在院中耍拳演武。⑨一日鲁智深取出铁禅杖在院中使动,恰巧林冲路过看见,结为兄弟。

横海郡柴进留宾

其一,使用段落法。

宋江因躲酒,遇见武松,与武松相识。宋江喜欢武松,一直与武松共处。柴进原本因武松性情刚烈,喝酒后经常和人打架而不喜欢他,但看他跟宋江一同相处十余天后,之前的毛病都没有了。武松因挂念兄长,要回清河县看望哥哥,柴进挽留,但武松决意要去,柴进赠金银盘缠,武松辞行,宋江执意要送。宋江送出五七里路,武松作别,宋江仍要送,又送出三二里,武松作别,宋江还要送,他与宋清将武松一路送至官道上的酒店。武松与宋江结拜,后在酒店分别。

留宾一段,既有武松与宋江的结识,也有宋江对武松的不舍。前半段宋江与武松在柴进处相识,宋江甚喜武松,后半段写宋江送武松,依依不舍。金圣叹此处点评宋江与武松的关系,有两处颇有神气,均将对好汉珍惜与对美人珍惜做了类比:一处是原文"宋江在灯下看了武松这表人物,心中欢喜",金圣叹将"灯下看好汉"与"灯下看美人"类比,说这是"千秋绝调语也","灯下看美人,加一倍袅袅,灯下看好汉,加一倍凛凛。所以写剑侠者,都在灯下";一处是原文写宋江赠银给武松做衣裳,金圣叹认为,描写宋江喜欢武松的篇幅虽不多,但赠衣服却是代表性的一笔,"便写得一似欢喜美人相似"。而后半段与武松送别却难话别,路程中武松反复劝了三次,直到到了小酒馆结拜,才算是真正话别。这里金圣叹的点评指出了这三次话别,不过侧重却在武松眼见宋江宋清兄弟二人一路同行,"直刺武松心里眼里",以宋江宋清兄弟之情写武松对自己兄长的感情,更显几人重情重义。①

其二,使用情节法。

① 武松在柴进处与宋江结识。② 武松性情刚烈,喝酒后经常和人打架,柴进不喜。③ 武松与宋江一同相处十余天后,之前的毛病都没有了。④ 武松因挂念兄长,要回清河县看望哥哥。⑤ 柴进挽留,但武松决意要去,柴进赠金银盘缠,武松辞别宋柴二人。⑥ 宋江送出五七里路,武松作别,宋江仍要送。⑦ 又送出三二里,武松作别,宋江还要送。⑧ 宋江与宋清将武松一路送至官道上的酒店。⑨ 武松提出与宋江结拜,后在酒店分别。

景阳冈武松打虎

其一,使用段落法。

武松行至景阳冈,看到"三碗不过冈"的招牌,停下买酒。武松喝完三碗酒,店家解释寻常人三碗就醉,不愿再倒酒。武松执意要续,店家再倒了三碗,武松仍觉不够,让店家再添三碗,店家又劝,武松不依,三碗之后又三碗,前后共喝了十八碗。店家告知武松景阳冈上有老虎,武松不信,傍晚酒醉仍要过冈。武松走到山神庙,看到庙上张贴的告示,知道店家没有骗他,碍于面子不愿折回,仍然往前赶路。武松酒力发作,躺在大青石

---

① [明]施耐庵、[明]罗贯中《水浒传》,[清]金圣叹、[明]李卓吾点评,北京:中华书局,2009,第186—187页。

上刚要睡,背后跳出老虎。武松用哨棒劈老虎,只劈到枯树,哨棒断成两半,老虎扑向武松,武松跳上虎背,按住老虎,踢老虎的脸和眼睛,疼得老虎在地上刨出黄泥坑,一直被武松按进坑里。武松又继续捶打了老虎五七十拳,看到老虎眼耳口鼻流血,武松才松手。武松怕再有老虎,想下景阳冈找地方歇脚,下山路上遇到上来打虎的猎户,三次说了打虎的经过,猎户和乡夫把老虎尸体抬下景阳冈。阳谷县知县得到通知,在县衙接待武松,赏给武松一千贯钱,武松把赏钱分给猎户众人。知县让武松做了阳谷县都头。

金圣叹指出武松打虎故事分为饮酒与打虎两段,"自此以后几卷,都写武松神威。此卷饮酒作一段读,打虎作一段读"。饮酒一段,一共十八碗酒,金圣叹说"第一番,逐碗写,第二三四番,逐番写,第五六番,两番一顿写",原文中写这十八碗酒,分了六次来写,而金圣叹却跳入文中替武松一碗一碗数出了具体数字。

至于打虎一段,金圣叹认为施耐庵描写早有伏笔,早在武松作别柴进宋江时,便开始不断提及"哨棒",原文"武松缚了包裹,拴了哨棒,要行",是第一次提到"哨棒",此后文中每一次看似不经意的点到"哨棒",金圣叹都会跳入文中提醒读者,贯穿了送别与饮酒的两个场景。到喝完十八碗酒,紧接着原文就写道"绰了哨棒",金圣叹由此点评道,"一路又将哨棒特特处处出色描写。彼固欲令后之读者,于陡然遇虎处,浑身倚仗此物以为无恐也,却偏有出自料外之事,使人惊杀"。而到打虎时,哨棒却没派上多大用场,在原文"原来打急了,正打在枯树上,把那条哨棒折做两段,只拿得一半在手里"之后,金圣叹点评道,"半日勤写哨棒,只道仗他打虎,到此忽然开除,令人瞠目结舌,不复敢读下去。哨棒折了,方显出徒手打虎异样神威来,只是读者心胆堕矣"。打完虎后,武松遇到猎户乡夫众人,解释打虎的事实经过,金圣叹指出这里武松的三次自叙是情绪的递进,第一次作者寥寥数语,金圣叹未做过多点评;第二次点评道,"实是异常得意之事,不得不说了又说",点出武松的情绪;第三次自叙,金圣叹道,"叫武二说又妙,旁人且得意,何况自家",这是作者在一次一次描述中加深对事实的笃定,也是武松在一次一次的自叙中对自我的肯定。①

其二,使用情节法。

① 武松行至景阳冈,看到"三碗不过冈"的招牌,停下买酒。② 武松喝完三碗酒,寻常人三碗就醉,店家不愿再倒。③ 武松执意要续,店家再倒了三碗,仍觉不够。④ 武松让店家再添三碗,店家又劝,武松不依,三碗之后又三碗。⑤ 武松前后共喝了十八碗。⑥ 店家告知武松景阳冈上有老虎,武松不信,傍晚酒醉仍要过冈。⑦ 武松走到山神庙,看到庙上张贴的告示,知道店家没有骗他,碍于面子不愿折回,仍然往前赶路。⑧ 武松酒力发作,躺在大青石上刚要睡,背后跳出老虎。⑨ 武松用哨棒劈老虎,只劈到枯树,哨棒断成两半。⑩ 老虎扑向武松,武松跳上虎背,按住老虎,踢老虎的脸和眼睛。⑪ 老虎在地上刨出黄泥坑,被武松按进坑里。⑫ 武松捶打老虎五七十拳,老虎眼耳口鼻流血,武松才松手。⑬ 武松怕再有老虎,想下景阳冈找地方歇脚。⑭ 武松遇到上来打虎的两个猎户,说了打虎的经过,猎户不信。⑮ 武松又说了一遍经过,猎户惊喜,叫来乡夫们。⑯ 武松又向众人说了一遍打虎经过,众人大喜,把老虎尸体抬下景阳冈。⑰ 阳谷县知县得到通知,在县衙接待武松,赏给武松一千贯钱,武松把赏钱分给猎户众人。⑱ 知县让武松做了阳谷县都头。

二、朝野官宦

高衙内陷害林教头

其一,使用段落法。

---

① [明]施耐庵、[明]罗贯中《水浒传》,[清]金圣叹、[明]李卓吾点评,北京:中华书局,2009,第188—193页。

高衙内调戏林冲娘子,林冲救下娘子,但高衙内对林冲娘子念念不忘。富安见高衙内心情不好,献计高衙内,算计林冲夫妻。高衙内差陆谦引林冲去酒楼喝酒,富安将娘子骗到陆谦家,欲轻薄林冲娘子。林冲与陆谦喝酒,出来方便时遇到丫鬟锦儿求救,赶去陆谦家,解救娘子,高衙内逃走。陆谦躲在太尉府,林冲一连三日等在太尉府门口,想报仇。高衙内心中抑郁,卧病府中,高俅得知,与陆谦、富安商议,要陷害林冲。①

其二,使用情节法。

① 高衙内调戏林冲娘子,林冲救下娘子。② 高衙内难忘林冲娘子,富安献计高衙内,算计林冲夫妻。③ 高衙内差陆谦引林冲去酒楼喝酒,富安将娘子骗到陆谦家。④ 高衙内欲轻薄林冲娘子。⑤ 林冲出来方便时遇到丫鬟锦儿求救,赶去陆谦家,解救娘子,高衙内逃走。⑥ 陆谦躲在太尉府,林冲一连三日等在太尉府门口,想报仇。⑦ 高衙内心中抑郁,在府中卧病。⑧ 高俅得知,与陆谦、富安商议,要陷害林冲。

林冲落草

其一,使用段落法。

林冲为入梁山泊,需纳投名状,三日内取一人性命。第一日,林冲等了一天,没有遇到独行的路人;第二日,在南山路,三百余人结伴过路,也无法下手;第三日,终于遇上独身上路的杨志,林冲与杨志交手,不分上下。王伦、杜迁、宋万等人认出杨志,请他二人一同上山寨聚义厅。杨志为去东京寻亲眷,不愿留下,第二日离开。林冲留在梁山泊成为第四把交椅。

---

① [明]施耐庵、[明]罗贯中《水浒传》,[清]金圣叹、[明]李卓吾点评,北京:中华书局,2009,第63—66页。

金圣叹此番点评在人物上,写王伦"恶心"写林冲"可怜"。第一日,林冲没有遇到独行的路人,"闷闷不已",金圣叹解说道:"第一日不说甚么"。第二日,林冲叹气"我恁地晦气",金圣叹在此便提前道出了三日间林冲等人不来时的递进情绪反应,"第一日不说甚么,闷闷而回;第二日,便临回时说此一语;第三日,便初下山即说一语,其法各变"。待到第三日,久等,终于看见一来人,却又跟丢了,金圣叹感叹道,"叙过三日,便接一个人来,此学究记事也。叙过三日,偏又放走一个,才子,奇文,世宁有两乎哉"。①

其二,使用情节法。

① 林冲为入梁山泊,需纳投名状,三日内取一人性命。② 第一日,没有遇到独行的路人。③ 第二日,在南山路,三百余人结伴过路,也无法下手。④ 第三日,终于遇上独身上路的杨志。⑤ 林冲与杨志交手,不分上下。⑥ 王伦、杜迁、宋万等人认出杨志,请他二人一同上山寨聚义厅。⑦ 杨志为去东京寻亲眷,不愿留下,第二日离开。⑧ 林冲留在梁山泊成为第四把交椅。

杨志卖刀

其一,使用段落法。

杨志到东京,为求见高太尉求个职位,花尽了盘缠,职位却没求到,于是去集市上卖刀换盘缠。泼皮牛二看上了杨志的刀,问杨志为什么这刀能称为宝刀,杨志说这刀有三点好处,砍铜剁铁刀口不卷、吹毛得过、杀人刀上没血。牛二要试刀,第一回,牛二讨来二十文钱,杨志将一摞铜钱砍

---

① [明]施耐庵、[明]罗贯中《水浒传》,[清]金圣叹、[明]李卓吾点评,北京:中华书局,2009,第十回、第十一回,第95—99页。

成两半;第二回,牛二拔下头发,杨志往刀口一吹,头发断了;第三回,牛二要杨志杀人来看刀口是否沾血,杨志恼怒拒绝。牛二上来打杨志,杨志杀了牛二,去官府自首。杨志被押入死牢收监,众人都认为他是好人,将罪名改为斗殴误伤人命,免了死罪,发配北京充军。

杨志卖刀一节,金圣叹评施耐庵写牛二泼皮,杨志"英雄失路"。故事开讲前,金圣叹就于眉批处写道:"一路写杨志软顺,并无半点刚忿,止为英雄失路,一哭"。但凡点评牛二的句子,皆有"泼皮"二字,而提到杨志的点评,多为"英雄可怜"。①

其二,使用情节法。

① 杨志到东京,为求见高太尉求个职位,花尽了盘缠,职位却没求到。② 杨志在集市卖刀换盘缠。③ 泼皮牛二看上了杨志的刀,问杨志为什么这刀能称为宝刀。④ 杨志说这刀有三点好处,砍铜剁铁刀口不卷、吹毛得过、杀人刀上没血。⑤ 第一回,牛二讨来二十文钱,杨志将一摞铜钱砍成两半。⑥ 第二回,牛二拔下头发,杨志往刀口一吹,头发断了。⑦ 第三回,牛二要杨志杀人来看刀口是否沾血,杨志恼怒。⑧ 牛二打人,杨志杀了牛二,去官府自首。⑨ 杨志被押入死牢收监,众人都认为他是好人,将罪名改为斗殴误伤人命,免了死罪,发配北京充军。

杨志押送生辰纲

其一,使用段落法。

梁中书差杨志押送生辰纲,杨志一开始推脱,后来提出队伍需要沿途

---

① [明]施耐庵、[明]罗贯中《水浒传》,[清]金圣叹、[明]李卓吾点评,北京:中华书局,2009,第99—102页。

乔装打扮,只做普通客商掩人耳目才能领命,梁中书答应了。第二天,杨志向梁中书讨了委领状,领禁军十一人加虞候两人、老都管共十五人上路。天气酷热,前五日杨志都让队伍早起趁天凉先行,到中午就休息。五天后走到人烟稀少的地方,杨志让大家白天最热的时候赶路。所有人都不理解杨志的安排,都埋怨他。走了十四五天,一天中午一行人走不动了,硬是歇在了黄泥冈,杨志怎么大骂也没人愿意再往前走。杨志说这里常有强人出没,但没人肯信。

杨志带众人赶路一段,金圣叹的点评是"看他三段三样来法"。金圣叹此处的分段,是依照人物层次划分的,杨志领众人赶路,五七日后,在白天最热的时候赶路,众人开始对杨志生出意见来。金圣叹指出"第一段,先写厢禁军",厢禁军被催促,生出不满;"第二段,写两个虞候",虞候被催促、被骂,生出不满;"第三段,写老都管",虞候和禁军向老都管抱怨。①

其二,使用情节法。

① 杨志推脱梁中书让他押送生辰纲的提议。② 杨志提出队伍需要沿途乔装打扮,只做普通客商掩人耳目才能领命,梁中书答应了。③ 第二天,杨志向梁中书讨了委领状,带上梁中书夫人的老都管和两个虞候同行,出发。④ 杨志领禁军十一人、加虞候两人、老都管共十五人上路。⑤ 天气酷热,前五日早杨志都让队伍起趁天凉先行,到中午就休息。⑥ 五天后走到人烟稀少的地方,杨志让大家白天最热的时候赶路。⑦ 杨志的安排不被大家理解,所有人都埋怨他。⑧ 走了十四五天,一天中午一行人走不动了,硬是歇在了黄泥冈,杨志怎么大骂也没人愿意再往前走。⑨ 杨志说这里常有强人出没,但没人肯信。

---

① [明]施耐庵、[明]罗贯中《水浒传》,[清]金圣叹、[明]李卓吾点评,北京:中华书局,2009,第126—128页。

吴用智取生辰纲

其一，使用段落法。

松林里有人影张望，杨志以为是强盗上去问话。杨志发现是贩卖枣子的一行七人，就让一队人在树下休息，等过了晌午再走。正午一位卖酒的挑夫路过，众军欲买酒，被杨志以酒里可能有蒙汗药为由喝止。贩枣子七人买酒解暑。众军见枣贩子喝完没事，再三要求，买了酒，各自分了些都喝了。贩枣子的七人立在松树旁，等着药效上来，杨志等人被迷倒。枣贩子是晁盖、吴用等七人假扮的，买酒的挑夫则是白胜。吴用等人推出车来把十一担宝贝装上车后走了。杨志酒喝得少，最先醒来，自觉生辰纲丢失无法交差，往黄泥冈下跳下去。

这里金圣叹提到了挑酒人唱歌的问题，《水浒传》写到这里，已有三处挑酒人唱歌的情节，"第一首有第一首的妙处，为其恰好唱入鲁智深心坎里。第二首有第二首的妙处，为其恰好唱出崔道成事迹也。今第三首又有第三首妙处，为其恰好唱入众军汉耳朵也。上两句盛写大热之苦，下二句盛写人之不相体恤，犹言农夫当午在田，背胶汗滴，彼公子王孙深居水殿，犹令侍人展扇摇风，盖深喻众军身负重担，反受杨志空身走者打骂也"。[1]

其二，使用情节法。

① 杨志看到松林里有人影张望，以为是强盗上去问话。② 杨志发现是贩卖枣子的一行七人，就让一队人在树下休息，等过了晌午再走。③ 正午一位卖酒的挑夫唱着山歌路过，众军欲买酒。④ 杨志以酒里可能有蒙汗药为由喝止众军，但贩枣子七人买酒解暑。⑤ 众军见枣贩子喝完没事，再三要求，买了酒，各自分了些都喝了。⑥ 贩枣子的七人立在松树旁，等

---

[1] [明]施耐庵、[明]罗贯中《水浒传》，[清]金圣叹、[明]李卓吾点评，北京：中华书局，2009，第128—133页。

着药效上来。⑦杨志等人被迷倒。⑧枣贩子是晁盖、吴用等七人假扮的,买酒的挑夫则是白胜。⑨吴用等人推出车来把十一担宝贝装上车后走了。⑩杨志酒喝得少,最先醒来,自觉生辰纲丢失无法交差,往黄泥冈下跳下去。

三、神道信士

武德皇帝传说

其一,使用段落法。

宋太祖武德皇帝在马营中出生。他出生时红光满天、异香不散,传说是霹雳大仙降世。他打下天下,建立大宋。华山有一算数先生,骑驴下山,听到有人说柴世宗让位给赵匡胤。算数先生大笑,颠下驴背,旁人问他为什么,他说从此天下太平。

金圣叹指出书以诗作开头,并在诗中写到"天下太平",并点评道,"一部大书,诗起诗结,'天下太平'起,'天下太平'结"。①

其二,使用情节法。

①宋太祖武德皇帝在甲马营出生。②他出生时红光满天、异香不散,传说是霹雳大仙降世。③他打下天下,建立大宋。④华山有一算数先生,骑驴下山,听到有人说柴世宗让位给赵匡胤。⑤算数先生大笑,颠下驴背,旁人问他为什么,他说从此天下太平。

---

① [明]施耐庵、[明]罗贯中《水浒传》,[清]金圣叹、[明]李卓吾点评,中华书局,2009,第2页。

仁宗皇帝的传说

其一,使用段落法。

仁宗皇帝是上界的赤脚大仙,他出生时昼夜啼哭,朝廷出皇榜请人医治。天庭被感动,派太白金星下凡,变身成一老人,进宫在啼哭的太子耳边说了八个字,太子止住哭声。老人化作清风散去。太白金星在太子耳边说的是,"文有文曲,武有武曲",意思是玉帝差遣文曲星和武曲星下凡辅佐他,文曲星是包拯,武曲星是狄青。

金圣叹指出,"赤脚大仙"是"为天罡地煞先作映衬",而"太白金星下界"的出现,则是"忽然转出一座星辰,为一百单八座星辰作引"。并进而指出,"星辰以座论,奇事。星辰可以下来,奇事。星辰被玉帝遣下来,奇事。玉帝差遣星辰下来辅佐天子,奇事"。①

其二,使用情节法。

① 仁宗皇帝是上界的赤脚大仙。② 他出生时昼夜啼哭,朝廷出皇榜请人医治。③ 天庭被感动,派太白金星下凡。④ 太白金星变身成老人,进宫在啼哭的太子耳边说了八个字,太子止住哭声。⑤ 老人化作清风散去。⑥ 玉帝差遣文曲星和武曲星下凡辅佐太子。⑦ 文曲星是包拯,武曲星是狄青。

张天师祈禳瘟疫

其一,使用段落法。

仁宗在位期间,嘉祐三年瘟疫爆发。仁宗决定大赦天下,并在寺院内燃

---

① [明]施耐庵、[明]罗贯中《水浒传》,[清]金圣叹、[明]李卓吾点评,中华书局,2009,第2页。

灾祈福,但疫情没有好转,仁宗派洪太尉去龙虎山请张天师来祈禳瘟疫。洪太尉到龙虎山,主持真人说张天师住在山顶的茅庵,需要洪太尉诚心才能请到。第二日,洪太尉换布衣,沐浴焚香,带诏书上山。洪太尉走累了,嘴里抱怨,突然一阵风过,遇到老虎,老虎跳下山坡,洪太尉吓倒;洪太尉又走了许久,又开始抱怨,突然又一阵风过,遇到大蛇;蛇走,洪太尉吓得骂声连连,听见笛声,遇见道童。道童告诉洪太尉天师算到他会来,已经启程去京城了,洪太尉下山。洪太尉告知住持真人他的遭遇,住持真人说牧童就是天师。

金圣叹对张天师"本山虽有蛇虎,并不伤人"一句点评道,"一部《水浒传》一百八人总赞"。①

其二,使用情节法。

① 仁宗在位期间瘟疫爆发。② 仁宗大赦天下,在寺院内禳灾祈福。③ 仁宗派洪太尉去龙虎山请张天师祈禳瘟疫。④ 洪太尉到龙虎山,张天师上山闭关。⑤ 第二日,洪太尉上山。⑥ 洪太尉走累了,嘴里抱怨,突然一阵风过,遇到老虎。⑦ 老虎跳下山坡,洪太尉吓倒。⑧ 洪太尉又走了许久,又开始抱怨,突然又一阵风过,遇到大蛇。⑨ 蛇走,洪太尉听见笛声,遇见道童。⑩ 道童告诉洪太尉,天师已经启程去京城了。⑪ 洪太尉下山。⑫ 洪太尉告知住持真人他的遭遇,住持真人说牧童就是天师。

洪太尉误走妖魔

其一,使用段落法。

真人带洪太尉游山,洪太尉来到"伏魔之殿",要开殿门。真人阻止,说先祖天师叮嘱不可擅开,洪太尉执意开门,威胁真人,真人找来火工道

---

① [明]施耐庵、[明]罗贯中《水浒传》,[清]金圣叹、[明]李卓吾点评,中华书局,2009,第2—5页。

人开殿门。众人在殿内发现一个石龟,上面立着石碣,背面写着"遇洪而开",洪太尉大喜,找人要挖开石碣。真人劝阻,洪太尉不听,命人挖掘。众人挖起石龟,发现青石板,真人劝阻,洪太尉不听,命人扛起青石板。石板下是地洞,洞中传来巨响,然后一道黑气冲到空中,变成一百零八道金光,散向四面八方。洪太尉发现放走了三十六天罡、七十二地煞。洪太尉回京,吩咐随从对放走妖魔的事保密。

洪太尉命人挖出石碣后,金圣叹在点评中强调,"一部大书七十回,以石碣起,以石碣止,奇绝"。这里金圣叹还指出了"俗本"中将"石碣"误作"石碑"的所谓改动,奠定了他点评的一种基调。①

其二,使用情节法。

① 真人带洪太尉游山。② 洪太尉要开"伏魔之殿"殿门。③ 真人劝阻,说先祖天师叮嘱不可擅开。④ 洪太尉执意开门。⑤ 真人找来火工道人开殿门。⑥ 众人在殿内发现石龟,上面立着石碣,背面写着"遇洪而开"。⑦ 洪太尉大喜,要挖开石碣。⑧ 真人劝阻,洪太尉不听,命人挖掘。⑨ 众人挖起石龟,发现青石板。⑩ 真人劝阻,洪太尉不听,命人扛起青石板。⑪ 石板下是地洞,洞中传来巨响,然后一道黑气冲到空中,变成一百零八道金光,散向四面八方。⑫ 洪太尉发现放走了三十六天罡、七十二地煞。⑬ 洪太尉回京,吩咐随从对放走妖魔的事保密。

四、军事斗争

宋公明一打祝家庄

其一,使用段落法。

---

① [明]施耐庵、[明]罗贯中《水浒传》,[清]金圣叹、[明]李卓吾点评,中华书局,2009,第5—7页。

杨雄、石秀在酒肆见到石勇,石勇通报,带他们上梁山。杨雄、石秀见到晁盖、宋江,将时迁被扣原委说清楚。晁盖大怒,不齿时迁偷鸡,辱没梁山好汉的名声,要斩杨、石二人,被宋江和众人劝阻。宋江安慰杨、石二人,梁山纪律严明,赏罚分明。宋江决议带一队兵马攻打祝家庄,劫粮草给山寨维持,并劝李应入伙。宋江安排各路人手。宋江派杨林、石秀分别扮作法师和卖柴的人去祝家庄查探。石秀向老人问祝家庄的道路情况,老人告诉他。杨林因为不认路被认出是奸细,被祝家庄人捉住。宋江等人见杨林、石秀许久不回,差欧鹏打探,得知有一人被捉。宋江等人救人心切,带领攻打祝家庄。祝家庄庄门紧闭,将宋江等人来路堵上,把他们困在庄前,用箭雨攻击。①

其二,使用情节法。

① 杨雄、石秀在酒肆见到石勇,石勇通报,带他们上梁山。② 杨雄、石秀见到晁盖、宋江,将时迁被扣原委说清楚。③ 晁盖大怒,不齿时迁偷鸡,辱没梁山好汉的名声,要斩杨、石二人,被宋江和众人劝阻。④ 宋江安慰杨、石二人,梁山纪律严明,赏罚分明。⑤ 宋江决议带一队兵马攻打祝家庄,劫粮草给山寨维持,并劝李应入伙。⑥ 宋江安排各路人手。⑦ 宋江派杨林、石秀分别扮作法师和卖柴的人去祝家庄查探。⑧ 石秀向老人问祝家庄的道路情况,老人告诉他。⑨ 杨林因为不认路被认出是奸细,被祝家庄人捉住。⑩ 宋江等人见杨林、石秀许久不回,差欧鹏打探,得知有一人被捉。⑪ 宋江等人救人心切,带领攻打祝家庄。⑫ 祝家庄庄门紧闭,将宋江等人来路堵上,把他们困在庄前,用箭雨攻击。

宋公明二打祝家庄

其一,使用段落法。

---

① [明]施耐庵、[明]罗贯中《水浒传》,[清]金圣叹、[明]李卓吾点评,北京:中华书局,2009,第408—413页。

宋江等人被困,找不到出路。石秀归来,领路。宋江大部队按照石秀的方法走,却看到前面聚集的人越来越多。花荣发现他们有烛灯作为号令,于是搭弓箭射下了烛灯。没有烛灯指引,伏兵乱作一团,宋江带众人厮杀,与林冲等带领的第二拨马会和。杀出祝家村口,但镇三山黄信被捉走。杨雄建议宋江与李应商量对付祝家庄的事宜。宋江带花荣、石秀、杨雄去李家庄求见李应,李应不见。杜兴告知攻打祝家庄需要小心的地方。

金圣叹点评宋江等人撤退祝家庄一段,说其笔法之奇,"淋漓骇绝"。先是宋江等人被困时,石秀突然出现,金圣叹随着剧情感叹:"写来令人又吃一吓,笔法淋漓突兀之极"。到花荣发现祝家庄众人以烛灯为号令,于是搭弓箭射下了烛灯一段,金圣叹又赞叹道:"若写祝家赶杀,便是俗笔;若写山寨血战,亦是俗笔。看他写祝家只是一碗灯,写宋江只是一支箭。战阵之事,写来全是仙笔,亦大奇也"。[1]

其二,使用情节法。

① 宋江等人被困,找不到出路。② 石秀归来,领路。③ 宋江大部队按照石秀的方法走,却看到前面聚集的人越来越多。④ 花荣发现他们有烛灯作为号令,于是搭弓箭射下了烛灯。⑤ 没有烛灯指引,伏兵乱作一团,宋江带众人厮杀,与林冲等带领的第二拨军马会和。⑥ 杀出祝家村口,但镇三山黄信被捉走。⑦ 杨雄建议宋江与李应商量对付祝家庄的事宜。⑧ 宋江带花荣、石秀、杨雄去李家庄求见李应,李应不见。⑨ 杜兴告知攻打祝家庄需要小心的地方。

宋公明三打祝家庄

其一,使用段落法。

---

[1] [明]施耐庵、[明]罗贯中《水浒传》,[清]金圣叹、[明]李卓吾点评,北京:中华书局,2009,第414—416页。

孙立进入祝家庄的第五日，宋江兵分四路来攻。祝家三兄弟和栾廷玉各领一路人马放下吊桥迎战。孙立一行人趁机在祝家府上偷袭，杀了府中妇人、烧了马草堆。孙立守住吊桥，祝家等人无路可退，均被宋江等人了结。祝彪投扈家庄被扈成绑下来见宋江，路遇李逵。李逵杀了祝彪，扈成逃走，随后李逵血洗了扈家庄。宋江等人打算血洗祝家庄，但石秀念在当初指路的老人有救助之恩，为庄上众人求情。宋江赠老人黄金，给村中每家赠一石米。祝家庄出逃的人员状告李应与梁山泊勾结破祝家庄，知府捉拿李应、杜兴，押送到州里。宋江等人救下李应、杜兴，邀他们上梁山避风头。宋江等人回梁山，宋江将扈三娘许配给王英。

金圣叹对三打祝家庄的点评是："通篇以密见奇，中间又夹叙李逵，正复以疏入妙。一文之中，疏密并行，真是奇事"。在情节描写的点评上，写祝家庄兵分四路迎战一段，金圣叹接连忍不住评六个"妙绝，如火如锦"，而将李应接入梁山泊一段，又忍不住道了十六个"奇绝妙绝"，极赞施耐庵笔法。在人物描写的点评上，宋江欲血洗祝家庄后被石秀劝阻一段，金圣叹评道："忽然相忘，便放出狠毒，直要洗荡村坊；忽然提着，便装出仁心，又赐粮米一旦。接连二事，顷刻之间做人两截，写宋江内小人而外君子，真是笔笔如镜"，这一段话可算是金圣叹对宋江人物形象理解的代表性话语。①

其二，使用情节法。

① 孙立进入祝家庄的第五日，宋江兵分四路来攻。② 祝家三兄弟和栾廷玉各领一路人马放下吊桥迎战。③ 孙立一行人趁机在祝家府上偷袭，杀了府中妇人、烧了马草堆。④ 孙立守住吊桥，祝家等人无路可退，均被宋江等人了结。⑤ 祝彪投扈家庄被扈成绑下来见宋江，路遇李逵。⑥ 李逵杀了祝彪，扈成逃走。⑦ 李逵血洗扈家庄。⑧ 宋江等人打算血洗

---

① ［明］施耐庵、［明］罗贯中《水浒传》，［清］金圣叹、［明］李卓吾点评，北京：中华书局，2009，第431—434页。

祝家庄,但石秀念在当初指路的老人有救助之恩,为庄上众人求情。⑨宋江赠老人黄金,给村中每家赠一石米。⑩祝家庄出逃的人员状告李应与梁山泊勾结,破祝家庄,知府捉拿李应、杜兴,押送到州里。⑪宋江等人救下李应、杜兴,邀他们上梁山避风头。⑫宋江等人回梁山,宋江将扈三娘许配给王英。

第四节 《水浒传》对话体文本的特征

对《水浒传》的分类方法可以有很多种,但从本章的研究目标说,它是我国古代对话体小说代表作。这里所说的对话体有四层含义:一是施耐庵的小说本身充满了对话,包括官民之间、农民起义者之间、草莽英雄之间、朝廷和地方各色人等之间的对话;二是施耐庵的写法引起了李贽和金圣叹的点评,激发了金圣叹与李贽的对话,以及此两人与施耐庵的对话;三是三位文人与中国其他历史经典的对话;四是三人与朝野天下、人情世故、勾栏瓦肆的对话①。民俗学的对话研究是一种社会研究,但如果把经典与故事双构作品作为中国文化整体的研究对象开展对话研究,就不仅仅是寻找造反英雄的社会史,还要寻找故事的社会流行史和故事类型的传播史。

一、施耐庵小说文本的对话

《水浒传》是一部人物众多的社会小说,作者在小说中创造了多层社会结构的鲜活人物。我国古代小说擅长描写对话和动作,不像西方小说工于心理活动,这也使《水浒传》成功地成为一个充满对话的平台,对话在官民之间、农民起义者之间、草莽英雄之间、朝廷和地方各色人等之间广

---

① [明]施耐庵、[明]罗贯中《水浒传》,[清]金圣叹、[明]李卓吾点评,中华书局,2009年,第210、213、291、177页。

泛地展开,各种人物呼之欲出,闻其声而知其人,加上文人才子金圣叹和李贽的加入对话,更使这个故事世界热闹非凡。金圣叹的点评中感叹道:"有称我者,有称俺者,有称小可者,有称洒家者,有称我老爷者"①,这些都是由小说营造的基本对话。

施耐庵的小说对话是小说人物的社会结构的组成部分,凡是处于社会流动中的人物,其对话的对象层面也是流动的。施耐庵笔下有百余人,他们原本有的属于官员体系的将领,比如林冲、呼延灼、秦明等;有的是地方吏治的螺丝钉,像宋江、雷横、朱仝等;有的曾是一介书生,如吴用、萧让;有参禅的鲁智深、修道的公孙胜和樊瑞等,有持免死金牌的柴进,有名门之后杨志,有来自地方自卫组织的扈三娘、李应,有神医安道全,有手艺人汤隆,有渔民阮氏兄弟、张氏兄弟,有猎户解珍、解宝;有盗贼时迁、段景住等。他们原本安居于各自的社会层次上,后来在各种紧张、焦虑和危机的环境中相遇,于是在他们之间产生了各种随机的对话。这种对话是对旧身份的否定,对新生存方式的认知,也表达了极度渴求安全、平等与自由的诉求。

八十万禁军教头林冲,在遭奸佞陷害后被逼上梁山,在下决心弃暗投明之前,他曾与三个人有过对话,一是同样遭遇人生不幸的卖刀人士,二是奸佞高俅手下奉命欺骗林冲误入白虎堂的小官,三是奸佞高俅。施耐庵创造了这场复杂的对话,让对话的展开更有利于讲故事。先看施耐庵对买刀人行头的描写:"头戴一顶抓角儿头巾,穿一身旧战袍,手里拿着一口宝刀,插着个草标儿,立在街上"②,这身不伦不类的打扮,果然吸引林冲的注意。连金圣叹看到施耐庵的这种笔法都不能沉默,点评道:"如安排计策,却是卖刀,何等奇绝,偏又是抓角头巾,旧战袍,插个草标儿,色色刺入林冲心里眼里,岂不异哉。"③林冲上前与卖刀人说话,已不是禁军教

---

① [明]施耐庵、[明]罗贯中《水浒传》,[清]金圣叹、[明]李卓吾点评,北京:中华书局,2009,第6页。
② [明]施耐庵、[明]罗贯中《水浒传》,[清]金圣叹、[明]李卓吾点评,北京:中华书局,2009,第67页。
③ [明]施耐庵、[明]罗贯中《水浒传》,[清]金圣叹、[明]李卓吾点评,北京:中华书局,2009,第67页。

头的口气,而是一个爱刀的行家和善良人的身份。随后林冲被误导至太尉府上试刀,途中与心怀不轨的小吏对话,这场对话就是官场应付的和互相试探底细的。当高俅露面,林冲明白,一场鸿门宴已必不可免时,他与高俅的对话,便是奸佞大开杀戒的开始。

施耐庵创造的下层人物对话,绕不过李逵。钟伯敬品评《水浒传》人物系列,对李逵的评价极高,他说:

> 李逵者,梁山泊第一尊活佛也。为善为恶,彼俱无意。宋江用之,便只知有宋江而已,无成心也,无执念也。藉使道君皇帝能用之,我知其不为蔡京、高俅、童贯、杨戬矣。①

施耐庵写李逵的各种对话,都是杀声震天,又蛮憨可爱的。这个人物在任何时候都是一个烂漫的心性,此种心性无论在何种境地都不会有丝毫的改变,不会受外界的影响。这种与生俱来的定力,这种遇神杀神的了悟,大概是他被称为"活佛"的缘由。但在民俗学中,这种形象大多被归为"傻子"类型。他们不按常理出牌,却也不乏"误打误撞"地创造奇迹,这也能从李逵与其他梁山好汉的对话中琢磨出来。别人每当带着李逵出门之前,总要再三叮嘱他莫要莽撞。戴宗领李逵去寻公孙胜时,先是戴宗嘱咐,李逵要听话,李逵满口答应,说"这个有甚难处"②,路上却屡屡不听劝,闹出意外。金圣叹在此处点评道,"今日不曾难,真是不难,后日难起来,真是不易"③。戴宗嘱咐完,宋江和吴用还不忘再吩咐一句,"路上小心在意,休要惹事。若得见了,早早回来"④。燕青去会擎天柱时,李逵要

---

① 《钟伯敬先生批评水浒忠义传》四知馆刻本,《水浒传人物品评》。
② [明]施耐庵、[明]罗贯中《水浒传》,[清]金圣叹、[明]李卓吾点评,北京:中华书局,2009,第67页。
③ [明]施耐庵、[明]罗贯中《水浒传》,[清]金圣叹、[明]李卓吾点评,北京:中华书局,2009,第453页。
④ [明]施耐庵、[明]罗贯中《水浒传》,[清]金圣叹、[明]李卓吾点评,北京:中华书局,2009,第453页。

同行,燕青也不得不先与李逵约法三章:

> 从今路上和你前后各自走,一脚到客店里,入得店门,你便自不要出来,这是第一件了。第二件,到得庙上客店里,你只推病,把被包了头脸,假做打鼾睡,更不要做声。第三件,当日庙上,你挨在稠人中看争交时,不要大惊小怪。①

施耐庵写李逵的性格,用了讲故事常用的三段式,这样就把李逵更加故事化了。这种写对话的写法,不是说李逵如何不懂教化,反而是让李逵更快地进入了民间口碑,在任何吹拉弹唱水浒故事的体裁中,都成为少不了的"怪人"。

二、施耐庵的写法引起了金圣叹的点评

施耐庵的写法激发了金圣叹与李贽的对话,以及此两人与施耐庵的对话。如潘金莲与西门庆故事一章,金圣叹点评施耐庵构思精细:"前妇人勾搭武二一篇大文,后便有武二起身分付哥嫂一篇小文。此西门勾搭妇人一篇大文,后亦有王婆入来分付奸夫淫妇一篇小文。耐庵胸中,其间架精英如此,胡能量其才之斗石也";评施耐庵写郓哥之透辟,金圣叹说:"此等事,郓哥固不得知,耐庵又何由知之? 诚乃博物君子"。再如"鲁提辖拳打镇关西"一回,施耐庵写得好,金圣叹评得更好。金老汉和女儿翠莲被镇关西欺压,鲁达帮他们讨回公道。鲁达来到"镇关西"郑屠户的肉店,第一次,让郑屠称十斤精肉,不能见肥肉,切做臊子;第二次,再称十斤肥肉,不能见精肉,也切做臊子;第三次,要十斤寸金软骨,不能有肉,也切做臊子。郑屠被激怒,两人动手厮打。鲁达三拳打死郑屠。金圣叹在这

---

① [明]施耐庵、[明]罗贯中《水浒传》,[清]金圣叹、[明]李卓吾点评,北京:中华书局,2009,第453页。

里看得入迷,点评起来也眉飞色舞,他说施耐庵写的鲁达这三拳,真是"鼻根味尘、眼根色尘、耳根声尘,真正奇文"。施耐庵写鲁达的这三拳,与施耐庵写李逵的三件事一样,都是用了民间讲故事的三段式,金圣叹也跟着作了三段式的节奏点评,如鲁达打下第一拳口里喊道"打得好"时,金圣叹立刻在夹注中写道:"还硬";当鲁达骂道"直娘贼!还敢应口"时,金圣叹又立刻在夹注中回应道:"硬,再打";当第二拳打完,郑屠讨饶,鲁达喊出"你个破落户!若是和俺硬到底,洒家倒饶了你!如今你对俺讨饶,洒家偏不饶你"时,金圣叹又批道:"软,又打"①。施耐庵用三段式的插话讲故事,金圣叹用三段式的点评再讲故事,这就等于在故事之上再嫁接故事,把一个打抱不平的故事讲得人声鼎沸,大快人心。

又如"供人头武二设祭"一节,从武松喝问王婆开始,到该章结束,整个情节都处于高度紧张状态,金圣叹点评也如秋风扫落叶,一阵紧似一阵。在施耐庵的笔下,武松先是对王婆喝骂,暂时把潘金莲撂在一边,这种讲述方式内外分明,先声夺人。金圣叹称赞施耐庵道"本是骂妇人事,却不可竟置虔婆在后,故先跨入一段,便笔有余势"。金圣叹在接下来的点评中,写了 39 个"骇疾"、27 个"妙"或"妙绝",还有若干个"快绝""骇妙""绝倒""疾"等感叹词②,几乎是施耐庵写一句,金圣叹就赞一句,紧锣密鼓之处,尽是为施耐庵的对话叫好。这种点评就是锦上添花。金圣叹对施耐庵的欣赏,带有一种惺惺相惜的感情。《水浒传》的故事至今深入人心,不能不与这种故事传播的方式有关。

三、与中国其他历史经典的对话

金圣叹在对《水浒传》的点评中,经常提到《易经》《论语》《孟子》《庄

---

① [明]施耐庵、[明]罗贯中《水浒传》,[清]金圣叹、[明]李卓吾点评,北京:中华书局,2009,第 29 页。
② [明]施耐庵、[明]罗贯中《水浒传》,[清]金圣叹、[明]李卓吾点评,北京:中华书局,2009,第 229 页。

子》《史记》,如在点评秦明打宋江时,金圣叹道:"看他写大怒、越怒、怒极、怒坏、怒挺胸脯、怒气冲天、转怒、怒不可当、怒喊、越怒、怒得脑门都粉碎了,全史公章法。"金圣叹也引用佛教、道教经典,如《维摩诘经》《华严经》等。在第三回《赵员外重修文殊院 鲁智深大闹五台山》中,赵员外带鲁达去文殊院避难,文殊院长老向众僧解释他观鲁达面相后决意给鲁智深剃度,他说:"只顾剃度他,此人上应天星,心地刚直。"①金圣叹在这里以佛家思想对长老此话做了解释,他说:"《维摩诘经》云:'菩萨直心是道场,无诏曲众生来生其国'。长老深解此言。"②《维摩诘经》是大乘佛教的经典,在这里只是为"心地刚直"四字做注。再看长老的这段话,在"心地刚直"前,还有"上应天星",这四字虽然出自寺庙长老之口,说的却是道家思想,是鲁智深三十六天罡身份的对应。此外,金圣叹还引用宋祁《新唐书》、刘伶《酒德颂》、苏东坡《水调歌头》、韩愈《画记》、柳宗元《捕蛇者说》等名篇。在他之前,是很少有人用这么多的经典去点评一部古典小说的。

四、与人情世故、勾栏瓦肆的对话

在金圣叹对《水浒传》的点评中,除了对写作技法的理论分析、自身对写作技法的运用、对经典的引据之外,还出现了民间传说。比如在第二十二回《横海郡柴进留宾 景阳冈武松打虎》中,金圣叹对小说里"武松打虎"一段老虎形态的刻画给予了很高的评价。他引用了赵孟頫的典故猜想作者的写作过程,在点评中写道:"传闻赵松雪好画马,晚更入妙。每欲构思,便于密室解衣踞地,先学为马,然后命笔。一日管夫人来,见赵宛然马也。"③在董晓萍编《〈水浒传〉的传说》中,收录了一篇《打狗与打虎》,也

---

① [明]施耐庵、[明]罗贯中《水浒传》,[清]金圣叹、[明]李卓吾点评,北京:中华书局,2009,第34页。
② [明]施耐庵、[明]罗贯中《水浒传》,[清]金圣叹、[明]李卓吾点评,北京:中华书局,2009,第34页。
③ [明]施耐庵、[明]罗贯中《水浒传》,[清]金圣叹、[明]李卓吾点评,北京:中华书局,2009,第190页。

讲述了类似的情节①。再如在"宋江杀惜"一段,宋江杀死阎婆惜后烧掉书信,金圣叹点评云:"痴人读至此语,叹云:何不早烧?圣叹闻之,不觉一笑。"又如第六十五回金圣叹引述"吾友斫山先生,尝向吾夸京中口技",随后引用了《口技》一文②。

结 论

本章主要讨论下列问题,也留下一些问题;它们都可以为进一步研究历代经典名著的社会流行性提供一种思考的方向:

第一,对话类经典与故事的双重结构富有社会层级性。不同阶层和不同角色人群的对话,正是对不同阶层和不同文化角色的研究工具。他们之间的关系和在关系中的对话,处于一个动态的过程中,对话者之间的接触,可能是制度化的,也可能是随机的;但在对话中发生的口头文化和观察的文化,如施耐庵的话本式描绘和金圣叹的点评,要远比正统制度文化更为丰富③。

第二,对话中的历史经典引述,是回忆式的故事,或是以反观的方式组织历史故事的信息,这能唤起对话双方的感动④。这时故事就是构建自我文化关系,也是构建超越个体的社会认同资源。

第三,在对话的双方签订某种契约时,或者是双方都参与表演时所形成的经典文献,或者所创造的现场情景,就是内部文化理念主体化(subjecting)的过程,并由此产生凝聚力⑤。

---

① 董晓萍编《〈水浒传〉的传说》,海口:南海出版公司,1990,第27—28页。
② [明]施耐庵、[明]罗贯中《水浒传》,[清]金圣叹、[明]李卓吾点评,中华书局,2009,第177页。
③ Lauri Honko. *The folklore process*, in Pekka Hakamies and Anneli Hanko, ed. *Theoretical Milestones: Selected writing of Lauri Honko*, FFC304. Helsinki: Acdemic Science of Finland, 2013, pp.29-30。
④ Alan Dundes, The devolutionary Premise in Folklore Theory, 1967.
⑤ R. Chenna Reddy & M. Saret Babn, *Phycho Cultural Analysis of Folklore* (*in Memory of Professor Alan Dundes* (Volume I-II), Balali offset Delhi, 2018.

下编

WENXIAN YU KOUTOU

数据库研究与样本

下 篇

WENXIAN YU KOUTOU

/ 定义、分类原则、个案与问题 /

在本书的"下编"中,侧重讨论本书的数据库研究与样本。

数据库法。此指发挥本项目组拥有数字民俗学实验室的优势,利用本课题对历代经典名著与故事类型个案研究的成果,将民俗学的内部研究与跨学科交叉再行综合,提取民俗词语、故事类型篇名、母题名称,选取元数据,编制数据库。共完成《大唐西域记》《淮南子》《晏子春秋》《水浒传》等历代经典名著故事类型数据库,以及相关跨文化故事研究数据库和"中印故事类型比较数据库""中日印故事类型比较数据库"和"中国历代名著故事现代传承个案田野调查数据库"等,使这项研究能够更有效地投入高校的教学科研中,也促进民俗学的对外交流。

跨文化研究法。针对中国历代经典名著已有较多海外汉学成果的状况,将数据库法与跨文化研究法结合,推进基础研究。此法有两个含义:一是从故事类型编制与研究切入,拓展数字研究资源,探讨国际民俗学的共享问题;二是在本项目进行期间,董晓萍曾在芬兰、爱沙尼亚、法国和俄罗斯搜集文献与开展研究,同时指导研究生跟随工作,取得了一定的新成果,参见本书附录。

为什么这项民俗学研究要借助数据库方法?以往民俗学者编制数据库的问题是缺乏对历代经典和故事类型的编码与解码的整体理解,本书将两者的编码与解码连接成同一个系统的工作,重新界定4个概念:文献文本、数字文本、技术标准、数字化价值,再将之投入应用,由此产生的成果,希望能帮助民俗学者观察和思考在现代社会条件下,弘扬优秀传统文化的新思路。

第八章 《淮南子》故事类型数据库编制样本①

本章主要使用民俗学、民间文艺学与计算机技术交叉的理论和方法,编制《淮南子》故事类型数据库。本章内容包括两节。第一节,从总体上介绍《淮南子》故事类型数据库编制的理念,包括数据库的编制原则、编制方案和逻辑结构;第二节,分别叙述《淮南子》故事类型数据库3个子库的编制方法与技术实现,子库具体分为《淮南子》研究书目子库、《淮南子》故事类型编写样本子库和古今图书中的《淮南子》插图搜集子库。

第一节 《淮南子》故事类型数据库的编制

本节主要讨论《淮南子》故事类型数据库的编制原则、编制方案和逻辑结构。编制《淮南子》故事类型数据库的目标主要有两点:第一,将搜集到的《淮南子》研究书目和成果进行数字化存储,建立历史文献专题资料库,为进一步开展《淮南子》故事类型的研究建立资料基础。第二,实现《淮南子》原著故事类型与相关专家研究成果、中国民间故事集成和田野调查资料的链接查询,建立《淮南子》故事类型数据库。本节主要参考北

---

① 第八章初稿执笔者为高磊。

京师范大学数字民俗学实验室已有的专题数据库编制的理论方案和逻辑框架,编制《淮南子》故事类型数据库。

一、《淮南子》故事类型数据库的编制原则

编制《淮南子》故事类型数据库的原则,与编制《大唐西域记》等佛经故事类型数据库的原则一致,主要有三:第一,《淮南子》故事类型数据库应保持原著内容和体例,在尊重原著的基础上设计本数据库。第二,尝试将《淮南子》研究书目子库、《淮南子》故事类型样本编写子库和古今图书中的《淮南子》插图搜集子库做整体化处理,以关键词"《淮南子》"和故事编码为数据接口,形成《淮南子》故事类型数据库。第三,三子库之间功能相连,但又各有侧重。

第一,尊重原著。本数据库在保留原著篇章分类查询的基础上,增加故事文本的文化属性分类,实现对故事内容进行分类查询。

第二,存储、检索与链接查询。《淮南子》故事类型数据库要实现《淮南子》研究资料与故事类型数字化保存、检索和链接查询。本数据库包括《淮南子》研究书目子库、《淮南子》故事类型编写样本子库和古今图书中的《淮南子》插图搜集子库等子库,将《淮南子》的前人研究成果进行数字化处理,尝试建立历史文献故事类型研究数据库个案。在分类检索方面,《淮南子》研究书目子库实现书名查询、年代查询、作者查询和国别查询等功能;《淮南子》故事类型样本编写子库中实现原著分类查询、故事分类查询和故事内容查询等功能,其中,原著分类查询是基础,故事分类查询和故事内容查询是初步拓展;古今图书中的《淮南子》插图搜集子库主要实现故事名称和图片主要内容的查询功能。在链接查询方面,3个子库之间的链接查询,是通过关键词"《淮南子》"的数据接口实现的;《淮南子》故事类型样本编写子库中历史文献原著、专家系统、中国民间故事集成和田野资料之间的链接查询,是通过"故事编码"的数据接口实现的。

第三,增设人文属性,建立开放性数据库。《淮南子》故事类型数据库不是封闭的数据库,是开放性的数据库。它贯彻从民俗学出发开展民俗学与相关学科交叉研究的方法,不仅包括《淮南子》原著故事类型编写样本,还增加前人研究《淮南子》故事类型的成果和田野调查资料等。在《淮南子》研究书目子库和古今图书中的《淮南子》插图搜集子库中,同样补充相关研究的新成果,供学者查询利用。

二、《淮南子》故事类型数据库的编制方案

本部分主要使用关系数据库设计理论,编制《淮南子》故事类型数据库。关系数据库主要以关系数据模型为基础。在数据库系统中比较重要的数据模型主要有两种:关系数据模型和半结构化数据模型①。这两种数据模型各有优势,关系数据模型具有高效性和易用性,半结构化数据模型具有较大的灵活性。但是,"关系数据模型仍然是数据库管理系统中采用最多的一种数据模型"②。《数据库系统基础教程》一书对这个问题进行了解释:

> 由于数据库中数据规模通常很大,高效地访问和修改其中的数据就显得非常重要。同时,数据库中的数据对于开发者来说还必须具有易用性的特点。令人惊讶的是,上面说到的高效性和易用性在关系模型里面都能够得到有效的实现:
> 1. 它提供一种简单的、有限的方法来对数据进行建模,而且功能全面,因此现实中的任何事情都可以有效地进行模型化。
> 2. 它还提供了一套有限的但是又很有效的操作集。③

---

① [美]厄尔曼(J. D. Ullman)等《数据库系统基础教程(第三版)》,岳丽华等译,北京:机械工业出版社,2009,第9—10页。
② [美]厄尔曼(J. D. Ullman)等《数据库系统基础教程(第三版)》,岳丽华等译,北京:机械工业出版社,2009,第11页。
③ [美]厄尔曼(J. D. Ullman)等《数据库系统基础教程(第三版)》,岳丽华等译,北京:机械工业出版社,2009,第11页。

由于关系数据模型具有上述特征和便利,本章在数据库设计与实现上,主要采用以关系数据模型为基础的关系数据库理论。

(1)《淮南子》故事类型数据库编制方案的关键技术。《淮南子》故事类型数据库主要参考北京师范大学数字民俗学实验室已开发的数字成果的技术,使用数据库技术和网络技术,作为关键技术支撑。数据库技术,主要使用 Microsoft Access 数据库,用于数据的采集、录入和管理。网络技术,主要使用 Dreamweaver 软件,使用 html 语言制作静态网页,使用 asp 语言制作动态网页。

(2)《淮南子》故事类型数据库的意义字段和数字接口。董晓萍等在《数字钟敬文工作站》一书中指出:

> 在技术路线的设计中,为相关各数据库设计意义字段和数字接口,如同架设整体结构中的钢筋铁骨,是关系到全部工作站的质量和生命的环节,主要有两点:一是确定核心节点的字段意义群,二是预留多元人文含义的数据库接口。[①]

以下分别讨论《淮南子》研究书目子库、《淮南子》故事类型编写样本子库和古今图书中的《淮南子》插图搜集子库的意义字段与数据接口。

(一)《淮南子》研究书目子库的意义字段和数据接口

《淮南子》研究书目子库,存储中外学者对《淮南子》的研究书目和成果,建立专题化的数字书库。《淮南子》研究书目子库是《淮南子》故事类型数据库的研究基础。本子库的意义字段主要包括书名、作者、年代和国别等,通过关键词"《淮南子》"与其他两个子库实现链接,如表 8-1 所示。

---

① 董晓萍等《数字钟敬文工作站》,北京:北京师范大学出版社,2009,第125页。

表 8-1 《淮南子》研究书目子库数据结构样表

编号	字段名	中文标识	字段类型	字段长度	凡例
1	ID	编号	长整型	自动编码	37
2	Book_ID	书目编码	文本型	20	HNZSJ037
3	Book_name	书名	文本型	50	《淮南王书》
4	Author	作者(编者、编著者)	文本型	30	胡适
5	Translator	译者	文本型	30	无
6	Place	出版地	文本型	10	长沙
7	Press	出版社	文本型	50	岳麓书社
8	Year	出版年	长整型	4	2011
9	Classification	学科分类	文本型	20	思想史研究
10	Country	国别	文本型	10	中国
11	Keywords	关键词	文本型	50	《淮南子》
12	Mark	备注	备注型	长文本	无

(二)《淮南子》故事类型编写样本子库的意义字段和数据接口

《淮南子》故事类型样本编写库中主要有 4 类数据：一是根据《淮南子》译注本编制的故事类型；二是吸收钟敬文主编的《民间文学概论》中《第八章 神话和民间传说》和《民间文学作品选》中所使用的《淮南子》故事文本和研究成果编制而成的故事类型，予以录入；与之对应，也将艾伯华和丁乃通的中国故事类型著作中引用的《淮南子》的故事类型录入，纳入国际学者的研究信息；三是使用钟敬文主编的《中国民间故事集成》中与《淮南子》有关的故事资料，编制故事情节单元；四是使用《淮南子》故事现代传承状况田野调查资料，体现文献与口头资料互动的关系。

《淮南子》故事类型编写样本查询，如表 8-2 所示，主要通过增加原著卷名、故事分类等数据字段，实现故事类型样本的检索功能。

表8-2 《淮南子》故事类型编写样本查询数据结构样表

编号	字段名	中文标识	字段类型	字段长度	凡例
1	ID	编号	长整型	自动编码	16
2	Folktale_ID	故事编码	文本型	20	HNZ06015
3	Folktale_name	故事篇名	文本型	30	女娲补天
4	Folktale_original	故事原文	备注型	长文本	往古之时，四极废，九州裂，天不兼覆，地不周载……（以下略）
5	Folktale	原著故事类型编制	备注型	长文本	① 她是女娲。② 古时候，四方撑天的柱子倒塌，九州大地裂开，上天不能覆盖大地，大地不能承载万物，大火蔓延，洪水漫流，猛兽吞食人民，凶鸟捕食老弱……（以下略）
6	Copyright	原著出处	文本型	255	（西汉）刘安撰《淮南子》，第六卷《览冥训》，陈广忠译注，北京：中华书局，2012，第323—326页
7	Copyright_No	原著卷别	文本型	30	第六卷·览冥训
8	Folktale_type	故事分类	文本型	30	神话故事
9	Folktale_concept	故事文化内涵试析	文本型	30	略印
10	Editor	编制者	文本型	50	略印
11	Recorder	录入者	文本型	50	略印
12	Mark	备注	备注型	长文本	略印

设立中外专家研究成果系统查询,主要将钟敬文、艾伯华和丁乃通对《淮南子》的相关研究成果进行录入,通过故事类型编码,与《淮南子》原著故事类型编制子库进行链接,如表8-3所示。

表8-3 专家系统查询数据结构样表

编号	字段名	中文标识	字段类型	字段长度	凡例
1	ID	编号	长整型	自动编码	略印
2	Folktale_ID	故事编码	文本型	20	略印
3	Folktale_Name1	故事篇名	文本型	30	略印
4	Folktale_name2	专家研究原著故事篇名	文本型	30	女娲补天
5	Folktale_type	专家研究原著故事类型编制	备注型	长文本	略印
6	Copyright	专家研究原著出处	文本型	255	略印
7	Mark	备注	备注型	长文本	略印

设立中国民间故事集成查询,将钟敬文主编的《中国民间故事集成》中与《淮南子》故事类型相似的现代口头传承资料,编制成故事类型样本,录入数据库,通过故事类型编码,实现历史文献和现代口头传承故事的链接查询。如表8-4所示。

表8-4 中国民间故事集成查询数据结构样表

编号	字段名	中文标识	字段类型	字段长度	凡例
1	ID	编号	长整型	自动编码	1
2	Folktale_ID	故事编码	文本型	20	HNZ06015
3	Folktale_name	故事篇名	文本型	30	女娲补天造人

(续表)

编号	字段名	中文标识	字段类型	字段长度	凡 例
4	Folktale	故事类型编制	备注型	长文本	① 盘古开天辟地,砍断天柱,天向西北方偏。② 她是盘古的妹妹女娲。③ 她把黄泥放在炉中,炼成五色石,修补苍天……(以下略)
5	Teller	讲述者	文本型	255	唐万顺,男,77岁,常德县灌溪乡中兴桥村农民,私塾;唐贵成,男,49岁,常德县灌溪乡中兴桥村农民,私塾
6	Collector	搜集者	文本型	255	略印
7	Translator	(方言或民族语言)翻译者	文本型	100	无
8	Time	采录时间	文本型	50	1986年9月
9	Place	采录地点	文本型	50	略印
10	Copyright	版权页	文本型	255	《中国民间文学集成》全国编辑委员会、《中国民间文学集成·湖南卷》编辑委员会编《中国民间故事集成·湖南卷》,北京:中国ISBN中心,2002,第21页
11	Editor	编制者	文本型	50	略印
12	Recorder	录入者	文本型	50	略印
13	Mark	备注	备注型	长文本	略印

田野调查资料查询,主要将在田野调查中获得的资料进行数字化存储,并尝试将调查资料进行初步分析,将其中与《淮南子》有关的自然观、社会观和宗教观等资料编写成访谈样本,实现田野调查资料与历史文献的结合,如表8-5所示。

表8-5 田野调查资料查询结构样表

编号	字段名	中文标识	字段类型	字段长度	凡例
1	ID	编号	长整型	自动编码	5
2	Informant_ID	被访谈人编码	文本型	20	HNZTY004
3	Informant_name	被访谈人	文本型	30	略印
4	Informant_sex	性别	文本型	10	略印
5	Informant_born-year	出生年	文本型	20	1958年
6	Informant_occupation	职业	文本型	50	略印
7	Fieldwork_time	访谈时间	文本型	30	2015年2月11日下午4:00—5:15
8	Fieldwork_place	访谈地点	文本型	255	略印
9	Main interviewer of fieldwork	主访谈人	文本型	50	略印
10	Assistant of fieldwork	访谈助手	文本型	30	略印
11	Classification of fieldwork materials	田野信息分类	文本型	30	自然观
12	Content of fieldwork materials	田野信息	备注型	长文本	访谈样本一:赵加春介绍潮汐与月亮之间关系潮汐每天错45分钟,涨潮落潮,潮汐是根据月亮而运动……(以下略)

（三）古今图书中的《淮南子》插图搜集子库的意义字段和数据接口

古今图书中的《淮南子》插图搜集子库，目前文本来源包括马昌仪《古本山海经图说》和袁珂《中国神话传说词典》。本数据子库对这些古图进行数字化存储，尝试促进图与文的综合研究。本数据子库是《淮南子》故事类型数据库的拓展，通过故事类型编码，实现与《淮南子》故事类型样本编写子库的相互查询，如表8-6所示。

表8-6 古今图书中的《淮南子》插图搜集子库数据结构样表

编号	字段名	中文标识	字段类型	字段长度	凡例
1	ID	编号	长整型	自动编码	1
2	Image_ID	古图编码	文本型	20	HNZPIC004
3	Image_title	古图名称	文本型	30	西王母
4	Image	原著古图	文本型	50	（点击看大图）
5	Image_text	原著释文	备注型	长文本	西王母。神名。《山海经·西次三经》："玉山，是西王母所居也。"……（以下略）
6	Image_copyright	原著古图出处	文本型	255	袁珂编著《中国神话传说词典》，北京：北京联合出版公司，2013，第130页
7	Image_text_copyright	原著释文出处	文本型	255	袁珂编著《中国神话传说词典》，北京：北京联合出版公司，2013，第129—130页
8	Remark	备注	备注型	长文本	无

以上列举的《淮南子》研究书目子库、《淮南子》故事类型编写样本子库和古今图书中的《淮南子》插图搜集子库的数据字段与属性，还应当预留相关数据属性字段，为今后数据库的拓展和进一步利用奠定基础。例如，《淮南子》研究书目子库数据表中可增添"书目摘要"字段，实现相关研究书目的模糊查询功能等。

三、《淮南子》故事类型数据库的逻辑结构

本节《淮南子》故事类型数据库的逻辑结构如图 8-1 所示。

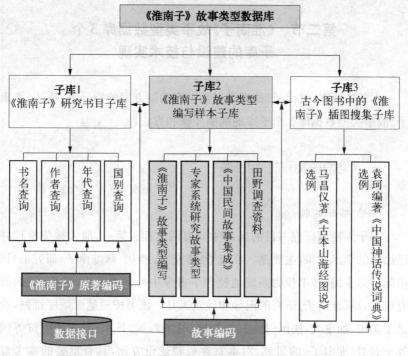

图 8-1 《淮南子》故事类型数据库逻辑结构示意框图①

---

① 绘图人：北京师范大学数字民俗学实验室赖彦斌高级工程师。绘图时间：2016 年 5 月 26 日。

本数据库为历史文献故事类型研究型数据库，实现对历史文献研究资料、故事类型文本和田野调查资料的保存、浏览、检索与研究等功能，实现数字资源协议共享。

《淮南子》故事类型数据库的数据接口主要有两个：关键词"《淮南子》"和故事类型编码。本数据库主要利用这两个数据接口，将《淮南子》的相关研究成果、《淮南子》故事类型和搜集到的古今图书中的《淮南子》插图进行链接，实现《淮南子》研究书目子库、《淮南子》故事类型编写样本子库和古今图书中的《淮南子》插图搜集子库的相互查询，尝试初步建立《淮南子》故事类型研究数据库。

第二节 《淮南子》故事类型数据库 3 个子库的建设与技术实现

本节主要在《淮南子》故事类型数据库编制方案的指导下，描述《淮南子》故事类型数据库 3 个子库的编制步骤和方法。

一、《淮南子》研究书目子库

（一）书目类别

本子库使用研究书目的来源主要有两方面。第一，前人搜集整理并已出版的学术成果，主要是《〈淮南子〉研究书目》[①]。《〈淮南子〉研究书目》由陈广忠主编，该书较为系统地梳理了古今中外学者关于《淮南子》的研究成果，是《淮南子》研究的向导和检索工具。该书按照笔画顺序排列，收录了美国、加拿大、法国、德国、新加坡、马来西亚、日本、韩国和朝鲜等国外学者对《淮南子》的研究，对本章在资料建设方面，具有重要的参考意义。第二，结合本章主要研究目标，利用网络搜集整理的《淮南子》研究成

---

① 陈广忠主编《〈淮南子〉研究书目》，合肥：黄山书社，2011。

果。本子库在使用《淮南子》研究书目汇编等资料的基础上,通过读秀、知网等学术网站补充其他相关《淮南子》研究资料。这部分资料可作为分析、研究《淮南子》思想和《淮南子》故事类型的参考。将获得的研究资料进行数字化存储,标明学术来源和出处,建立《淮南子》研究书目子库,对研究资料进行快速检索,实现《淮南子》研究书目的利用。

《淮南子》研究书目子库共搜集《淮南子》相关研究书目 93 种。其中,民俗学(含民间文艺学)52 种,古典文学 16 种,历史学 9 种,哲学 9 种,海外汉学 4 种,自然科学 3 种,各学科研究书目的比例如图 8-2 所示:

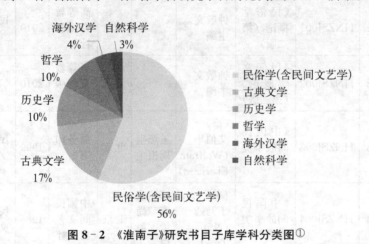

图 8-2 《淮南子》研究书目子库学科分类图①

这些书目体现了我们在执行民俗学研究的基础上注意做交叉学科研究的学术目标。

(二)编制步骤和方法

《淮南子》研究书目子库的编制步骤和方法主要包括以下 4 步。

第一,分类与编码。将搜集整理的研究书目进行分类和编码,《淮南子》研究书目子库的分类原则主要是将研究资料分为书籍与论文,建立一级分类。编码方法是,用 HNZ 表示《淮南子》研究,SJ 表示《淮南子》研究书籍,LW

---

① 绘图人:高磊。绘图时间:2016 年 5 月 27 日。

表示《淮南子》研究论文,再用三位阿拉伯数字表示其在一级分类下的编号。

第二,编制《淮南子》研究书目采集表。以本书第一章主要使用的研究书目为例,编制《淮南子》故事类型研究书目书籍类和论文类采集样表,具体如表8-7、表8-8所示。

表8-7 《淮南子》研究书目书籍类采集样本

编号	编码	书名	作者(编者、编著者)	译者	出版地	出版社	出版年	学科分类
001	HNZSJ001	《民俗学概论》(第二版)	钟敬文主编		北京	高等教育出版社	2010	民俗学
002	HNZSJ002	《民间文学概论》(第二版)	钟敬文主编		北京	高等教育出版社	2010	民俗学
003	HNZSJ003	《中国民间故事类型》	(德)艾伯华(Wolfram Eberhard)	王燕生 周祖生	北京	商务印书馆	1999	民间文学
004	HNZSJ004	《中国民间故事类型索引》	(美)丁乃通(Naitung Ting)	郑建成 李琼尚 孟可 白丁	北京	中国民间文艺出版社	1986	民间文学

表8-8 《淮南子》研究书目论文类采集样本

编号	编码	论文题目	作者	发表期刊	发表日期	学科分类
001	HNZLWJ001	《钟敬文与民间文艺学研究》	董晓萍	《北京师范大学学报》	2013年第3期	民间文艺学
002	HNZLW002	《论〈淮南子〉的文学价值》	吕书宝	《东北师大学报》	2007年第2期	古典文学

(续表)

编号	编码	论文题目	作 者	发表期刊	发表日期	学科分类
003	HNZLW003	《二十世纪〈淮南子〉研究》	杨 栋 曹书杰	《古籍整理研究学刊》	2008年第1期	古典文学

第三，数据录入。根据《淮南子》研究书目子库数据结构表和已编制完成的《淮南子》研究书目采集表，在ACCESS数据库中，录入相关数据，如图8-3所示。

ID	编码	书名	作者(编者、编著者)	译者	出版地	出版社	出版年	学科分类
1	HNZSJ001	《民俗学概论》（第二版）	钟敬文		北京	高等教育出版社	2010	民俗学
2	HNZSJ002	《民间文学概论》（第二版）	钟敬文		北京	高等教育出版社	2010	民间文学
3	HNZSJ003	《民间文学作品选》（第二版）	钟敬文		北京	高等教育出版社	2010	民俗学
4	HNZSJ004	《钟敬文民间文学论集》（上）	钟敬文		上海	上海文艺出版社	1985	民间文学
5	HNZSJ005	《钟敬文民间文学论集》（下）	钟敬文		上海	上海文艺出版社	1985	民间文学
6	HNZSJ006	《钟敬文民俗学论集》	钟敬文		上海	上海文艺出版社	1998	民俗学
7	HNZSJ007	《建立中国民俗学派》	钟敬文		哈尔滨	黑龙江教育出版社	1999	民俗学
8	HNZSJ008	《中国民俗史》（先秦卷）	钟敬文主编、晁福林等著		北京	人民出版社	2008	民俗学
9	HNZSJ009	《中国民俗史》（汉魏卷）	钟敬文主编、郭必恒等著		北京	人民出版社	2008	民俗学
10	HNZSJ010	《神话·传说·民俗》	屈育德		北京	中国文联出版公司	1988	民俗学
11	HNZSJ011	《说话的文化》	董晓萍		北京	中华书局	2002	民俗学
12	HNZSJ012	《现代民俗学讲演录》	董晓萍		桂林	广西师范大学出版社	2007	民俗学
13	HNZSJ013	《现代民间文艺学讲演录》	董晓萍		桂林	广西师范大学出版社	2008	民间文艺学
14	HNZSJ014	《数字钟敬文工作站》	董晓萍、赖彦斌、吕红岚		北京	北京师范大学出版社	2009	民俗学
15	HNZSJ015	《中国神话传说词典》	袁珂		北京	北京联合出版公司	2013	民间文学
16	HNZSJ016	《中国神话学论文选萃》（上）	马昌仪		北京	中国广播电视出版社	1994	民间文学
17	HNZSJ017	《中国神话学文论选萃》（下）	马昌仪		北京	中国广播电视出版社	1994	民间文学
18	HNZSJ018	《古本山海经图说》	马昌仪		济南	山东画报出版社	2001	民间文学
19	HNZSJ019	《中国民间故事类型》	（德）艾伯华（Wolfram	王燕生	北京	商务印书馆	1999	民间文学
20	HNZSJ020	《中国民间故事类型索引》	（美）丁乃通（Naitung	郑建成	北京	中国民间文艺出版社	1986	民间文学

图8-3 《淮南子》研究书目子库数据表截屏

第四，编制网页。《淮南子》研究书目子库数据库截屏，如图8-4所示。

在图8-4中，左侧是检索栏和书名索引，右侧是书目的详细信息。在《淮南子》研究书目子库中，为了资料保存和研究的便利，我们初步实现了查询功能。这种查询功能实现的主要方法是，在《淮南子》研究书目子库数据表中设置书名、作者、出版年和国别等字段，利用SQL查询语句，实现研究书目的书名查询、作者查询、年代查询和国别查询，尝试扩大《淮

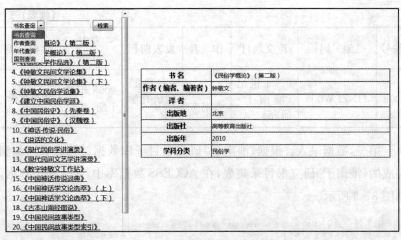

图 8-4 《淮南子》研究书目子库截屏

南子》书目的使用范围。例如,下面的图 8-5、图 8-6 分别是作者查询和国别查询的例子。

图 8-5 《淮南子》研究书目子库作者查询截屏

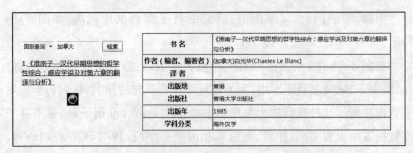

图 8-6 《淮南子》研究书目子库国别查询截屏

这部分书目还有欠缺,有待继续补充《淮南子》在外国图书馆存藏书目和海外汉学研究书目。

二、《淮南子》故事类型编写样本子库

本书共编写《淮南子》故事类型1051个,查询步骤与使用方法有4步。

第一,原著故事类型编码。在已完成故事类型样本编写的基础上,对《淮南子》原著故事类型进行编码。编码的原则和方法是,分三级编码。第一级,HNZ表示《淮南子》原著;第二级,用两位数字表示故事类型所在卷数;第三级,用三位数字表示故事类型在所在卷数的编号。例如,《第六卷·览冥训》中的"女娲补天"故事,就用HNZ06015表示。其中,HNZ表示《淮南子》,06表示第六卷,015表示"女娲补天"故事在第六卷中是第15号故事。

第二,编制采集表。采集样本如表8-9所示。

表8-9 《淮南子》故事类型编写查询采集样本

故事编码	HNZ06015
故事篇名	女　娲
《淮南子·览冥训》故事	往古之时,四极废,九州裂,天不兼覆,地不周载。火爁炎而不灭,水浩洋而不息,猛兽食颛民,鸷鸟攫老弱。于是女娲炼五色石以补苍天,断鳌足以立四极,杀黑龙以济冀州,积芦灰以止淫水。苍天补,四极正;淫水涸,冀州平;狡虫死,颛民生。
原著故事类型编制	女娲补天 ① 她是女娲。 ② 古时候,四方撑天的柱子倒塌,九州大地裂开,上天不能覆盖大地,大地不能承载万物,大火蔓延,洪水漫流,猛兽吞食人民,凶鸟捕食老弱。

(续表)

故事编码	HNZ06015
原著故事 类型编制	③ 她熔炼五彩神石,补好苍天。 ④ 她斩断鳌足,四极立定。 ⑤ 她杀死黑龙,解救人民。 ⑥ 她积聚芦灰,堵塞洪水。 ⑦ 她乘着雷车,驾着应龙,登上九天,在灵门朝拜天帝。 ⑧ 她在"道"旁休息
《淮南子》 出　处	(西汉)刘安撰《淮南子》,第六卷《览冥训》,陈广忠译注,北京:中华书局,2012,第 323—326 页
原著故事 卷　别	第六卷·览冥训
故事分类	神话故事
故事内容 分　析	自然观
编 制 者	北京师范大学民俗学专业 2013 级硕士研究生高磊
录 入 者	北京师范大学民俗学专业 2013 级硕士研究生高磊

第三,数据录入。根据《淮南子》故事类型编写数据结构表和已编制完成的《淮南子》故事类型编写采集表,在 ACCESS 数据库中,录入相关数据。如图 8-7 所示。

第四,编制动态查询网页。编制网页的效果如图 8-8 所示。其中,左侧的检索框主要是对故事篇名的检索,输入某个字或词后,实现对所有故事篇名的全文模糊检索。例如,输入"女"字,所有带"女"字的故事全部被检索出来,包括《庶女叫天》《女娲补天》等。

ID	编码	故事篇名	原著故事类型编制	原著出处	编制者	录入者
16	HNZ06015	女娲补天	①她是女娲。②古时候，四方撑天的柱子倒塌，九州大地裂开，上天不能覆盖大地，大地不能承载万物，大火蔓延，洪水漫流，猛兽吞食人民，凶鸟捕食老弱。③她熔炼五彩神石，补好苍天。④她斩断鳌足，四极立定。⑤她杀死黑龙，解救人民。⑥她积聚芦灰，堵塞洪水。⑦她乘着雷车，驾着应龙，登上九天，在灵门朝拜天帝。⑧她在"道"旁休息。	（西汉）刘安撰《淮南子》，第六卷《览冥训》，陈广忠译注，北京：中华书局，2012，第323-326页。	北京师范大学民俗学专业2013级硕士研究生高磊	北京师范大学民俗学专业2013级硕士研究生高磊

图8-7 《淮南子》故事类型样本编写子库女娲补天故事类型数据表截屏

故事篇名	女娲补天
故事原文	往古之时，四极废，九州裂，天不兼覆，地不周载。火爁炎而不灭，水浩洋而不息，猛兽食颛民，鸷鸟攫老弱。于是女娲炼五色石以补苍天，断鳌足以立四极，杀黑龙以济冀州，积芦灰以止淫水。苍天补，四极正；淫水涸，冀州平；狡虫死，颛民生。
原著故事类型编制	①她是女娲。②古时候，四方撑天的柱子倒塌，九州大地裂开，上天不能覆盖大地，大地不能承载万物，大火蔓延，洪水漫流，猛兽吞食人民，凶鸟捕食老弱。③她熔炼五彩神石，补好苍天。④她斩断鳌足，四极立定。⑤她杀死黑龙，解救人民。⑥她积聚芦灰，堵塞洪水。⑦她乘着雷车，驾着应龙，登上九天，在灵门朝拜天帝。⑧她在"道"旁休息。
原著出处	（西汉）刘安撰《淮南子》，第六卷《览冥训》，陈广忠译注，北京：中华书局，2012，第323-326页。
编制人	北京师范大学民俗学专业2013级硕士研究生高磊
录入人	北京师范大学民俗学专业2013级硕士研究生高磊

查询

故事篇名 ▼ 女   [检索]

1. 庶女叫天
2. 女娲补天

图8-8 《淮南子》故事类型样本编制子库故事篇名检索截屏

图8-9中，左侧的检索框主要是对故事卷别的检索，输入《淮南子》的卷名，实现对该卷所有故事的检索。例如，输入"览冥训"，《览冥训》中所有的故事被检索出来，包括《庶女叫天》《武王伐纣》等。

查询	故事篇名	女娲补天
故事卷别 ▼ 览冥训 检索	故事原文	往古之时，四极废，九州裂，天不兼覆，地不周载。火爁炎而不灭，水浩洋而不息，猛兽食颛民，鸷鸟攫老弱。于是女娲炼五色石以补苍天，断鳌足以立四极，杀黑龙以济冀州，积芦灰以止淫水。苍天补，四极正；淫水涸，冀州平；狡虫死，颛民生。
1.师旷奏《白雪》之音 2.庖女叫天 3.武王伐纣 4.雍门子以哭见于孟尝君 5.蒲且子连鸟 6.詹何鹜鱼 7.傅说骑辰尾 8.随侯珠 9.王孙绰倍偏估之药 10.造父御马 11.甘且御马 12.大丙御马 13.黄帝治天下 14.女娲补天 15.夏桀治国	原著故事类型编制	①她是女娲。 ②古时候，四方撑天的柱子倒塌，九州大地裂开，上天不能覆盖大地，大地不能承载万物，大火蔓延，洪水漫流，猛兽吞食人民，凶鸟捕食老弱。 ③她熔炼五彩神石，补好苍天。 ④她斩断鳌足，四极立定。 ⑤她杀死黑龙，解救人民。 ⑥她积聚芦灰，堵塞洪水。 ⑦她乘着雷车，驾着应龙，登上九天，在灵门朝拜天帝。 ⑧她在"道"旁休息。
	原著出处	（西汉）刘安撰《淮南子》，第六卷《览冥训》，陈广忠译注，北京：中华书局，2012，第323-326页。
	编制人	北京师范大学民俗学专业2013级硕士研究生高磊
	录入人	北京师范大学民俗学专业2013级硕士研究生高磊

图8-9 《淮南子》故事类型样本编制子库故事卷别检索截屏

（一）专家系统研究故事类型查询的编制步骤和方法

1. 专家系统资料来源

《淮南子》故事类型编写样本子库引用的专家系统资料，主要引用钟敬文主编的《民间文学概论》中的《羲和浴日》《共工与颛顼争帝》《夸父逐日》《女娲补天》《后羿射日》5则，以及钟敬文主编的《民间文学作品选》所收的《神农尝百草》1则。适当参考艾伯华《中国民间故事类型》中的"47.洪水6""67.十日并出""93.同河神搏斗Ⅱ"和"163.嫦娥"4个，以及丁乃通《中国民间故事类型索引》中的"825A＊【怀疑的人促使预言中的洪水到来】"1个。

2. 编制步骤和方法

专家系统研究故事类型查询，主要以《淮南子》中记载的"女娲补天"故事类型为基本数据来源，借鉴前人研究成果，如钟敬文主编的

《民间文学概论》中早已提供的原文研究成果,在不同文本描述相同故事中心角色的前提下,予以对照填写数据,以利存储同类数据并进一步开展这方面的研究。专家系统研究故事类型查询的编制步骤和方法,主要包括三步,以下以《淮南子》第六卷《览冥训》所记《女娲补天》故事为例说明。

第一,编制数据采集表。在已搜集整理的前人研究成果的基础上,建立采集表。如表8-10所示。

表8-10 《淮南子》故事类型编写查询采集样本

故事编码	HNZ06015
故事篇名	女娲补天
钟敬文主编的《民间文学概论》描述"女娲补天"的类型编制	女娲补天 ① 天塌地裂,山火蔓延,洪水泛滥,凶禽猛兽出来吃人。 ② 她是女娲。 ③ 她熔炼五色石补天。 ④ 她把大龟的四只脚斩断,竖在大地四方,撑住天。 ⑤ 她杀死危害人们的黑龙。 ⑥ 她用芦草的灰堵塞洪水。
出　处	钟敬文主编《民间文学概论》(第二版),北京:高等教育出版社,2010,第128页。
艾伯华《中国民间故事类型》中的相关类型	47. 洪水 6 (1) 没有说明发大水的原因;女妖怪使洪水消退了。 出　处: a. 淮南子(地区不详)。 其余古代零散的洪水传说参见 A.屈恩的著作。
出　处	[德]艾伯华(Wolfram Eberhard)《中国民间故事类型》,王燕生、周祖生译,北京:商务印书馆,1999,第95页。

第二,数据录入。截屏如图8-10所示。

第三,编制网页。以"女娲补天"为例,这则故事的专家研究系统资料

ID	故事编码	故事篇名	专家研究原著故事篇名	专家研究原著故事类型编制	专家研究原著出处
14	HNZ06015	女娲补天	女娲补天	①天塌地裂，山火蔓延，洪水泛滥，凶禽猛兽出来吃人。②她是女娲。③她熔炼五色石补天。④她把大龟的四只脚斩断，竖在大地四方，撑住天。⑤她杀死危害人们的黑龙。⑥她用芦草的灰堵塞洪水。	钟敬文主编《民间文学概论》（第二版），北京：高等教育出版社，2010，第128页。

图 8-10 《淮南子》故事类型样本编写子库专家系统数据表截屏

涉及钟敬文主编的《民间文学概论》中描述"女娲补天"的类型编制和艾伯华《中国民间故事类型》中"47. 洪水 6"的故事类型。如图 8-11、图 8-12 所示。

故事编码	HNZ06015
故事篇名	女娲补天
专家研究原著故事篇名	女娲补天
专家研究原著故事类型编制	①天塌地裂，山火蔓延，洪水泛滥，凶禽猛兽出来吃人。②她是女娲。③她熔炼五色石补天。④她把大龟的四只脚斩断，竖在大地四方，撑住天。⑤她杀死危害人们的黑龙。⑥她用芦草的灰堵塞洪水。
专家研究原著出处	钟敬文主编《民间文学概论》（第二版），北京：高等教育出版社，2010，第128页。

图 8-11 钟敬文主编的《民间文学概论》中"女娲补天"故事类型编制截屏

故事编码	HNZ06015
故事篇名	女娲补天
专家研究原著故事篇名	47.洪水6
专家研究原著故事类型编制	(1)没有说明发大水的原因；女妖怪使洪水消退了。出　处：a.淮南子（地区不详）。其余古代零散的洪水传说参见A.屈恩的著作。
专家研究原著出处	（德）艾伯华（Wolfram Eberhard）著《中国民间故事类型》，王燕生、周祖生译，北京：商务印书馆，1999，第245页。

图 8-12 艾伯华《中国民间故事类型》中"47. 洪水"故事类型截屏

在本部分数据查询中,以故事编码为数据接口,尝试将《淮南子》原著故事类型、钟敬文、艾伯华和丁乃通的相关研究进行整合,实现链接查询功能。

(二)《中国民间故事集成》故事类型的编制步骤和方法

《中国民间故事集成》故事类型的编制步骤和方法主要有4步。

第一,重新编码。《中国民间故事集成》中的每个故事都对应着一个编码,编码原则和方法是建立8位编码,其中前4位为省卷本编号,后4位为故事所在位置的起始页码。在本数据库中,为了实现与《淮南子》原著故事的链接,需要增加与本章数据库相统一的故事编码,即使用本节《淮南子》故事类型编写查询的编制步骤和方法中所确定的故事编码,使得现代口承故事的编码与原著相似故事的编码相同。例如,本部分编写的"女娲补天"现代口承故事的编码应为 HNZ06015。

第二,编制数据采集表。利用钟敬文主编的《中国民间故事集成》电子本,以"女娲补天"故事为例,在编写故事类型的基础上,建立采集表。如表 8-11 所示。

表 8-11 《中国民间故事集成》故事类型查询采集样本

故事编码	HNZ06015
故事篇名	女娲补天造人
故事类型编制	① 盘古开天辟地,砍断天柱,天向西北方偏。 ② 她是盘古的妹妹女娲。 ③ 她把黄泥放在炉中,炼成五色石,修补苍天。 ④ 她用剩下的黄泥捏成人。 ⑤ 她向泥人吐气,泥人成活
讲述者	唐万顺,男,77岁,常德县灌溪乡中兴桥村农民,私塾;唐贵成,男,49岁,常德县灌溪乡中兴桥村农民,私塾
采集者	唐孟元,男,常德县石板滩乡中学教师。章伯光,男,常德县文化馆文学专干
采录时间	1986年9月

(续表)

故事编码	HNZ06015
采录地点	常德县灌溪乡
故事出处	《中国民间文学集成》全国编辑委员会、《中国民间文学集成·湖南卷》编辑委员会编《中国民间故事集成·湖南卷》，北京：中国ISBN中心，2002，第21页
编 制 者	北京师范大学民俗学专业2013级硕士研究生高磊
录 入 者	北京师范大学民俗学专业2013级硕士研究生高磊

第三，数据录入。截屏如图8-13所示。

ID	Folktale_ID	Folktale_name	Folktale	Teller	Collector	Translator	Time	Place	Copyright	Editor	Recorder
6	HNZ06015	女娲补天造人	①盘古开天辟地，砍断天柱，天向西北方偏。②她是盘古的姊妹女娲。③她把黄泥放在炉中，炼成五色石，修补苍天。④她用剩下的黄泥捏成人。⑤她向泥人吐气，泥人活。	唐万顺，男，77岁，常德县灌溪乡中兴桥村农民，私塾；唐贵，男，49岁，常德县灌溪乡中兴桥村农民，私塾。	唐孟元，男，常德县石板滩乡中学教师；章伯元，男，常德县文化馆文学专干。		1986年9月	常德县灌溪乡	《中国民间文学集成》全国编辑委员会、《中国民间文学集成·湖南卷》编辑委员会编《中国民间故事集成·湖南卷》，北京：中国ISBN中心，2002，第21页	北京师范大学民俗学专业2013级硕士研究生高磊	北京师范大学民俗学专业2013级硕士研究生高磊

图8-13 《中国民间故事集成》故事数据表截屏

第四，编制网页。左侧的检索框主要是对现代口头传承故事篇名的检索，输入某个字或词后，实现对所有故事篇名的全文模糊检索。例如，输入"女娲"，所有带"女娲"的故事全部被检索出来，包括《女娲补天造人》《女娲娘娘》等，如图8-14所示。

编制《淮南子》故事类型数据库，吸收前人研究成果，针对《淮南子》故事类型的分类，增加数据属性，形成一个较为完整、便于查询的数据库，做到子库之间的链接与查询，这种工作是民俗学交叉研究成果的组成部分。

故事篇名	女娲炼石补天
故事类型编制	①她是女娲。 ②她炼五彩石，修补老鳌弄破的天。 ③她修炼的五彩石不够，用冰凌堵住天空的西北角。 ④她在修炼五彩石的地方住下。 ⑤她炼石留下的炉渣堆成山，玉帝派青龙放凉气使山清凉。
讲述者	赵金和，男，36岁，安阳县磊口乡清凉山村人，曾任教师，中专。
采集者	牛化法，男，28岁，安阳县磊口乡目明学校教师，大专。
采录时间	1987年4月7日
采录地点	安阳县磊口乡目明学校
故事出处	《中国民间故事集成》全国编辑委员会、《中国民间故事集成·河南卷》编辑委员会合编《中国民间故事集成·河南卷》，北京：中国ISBN中心，2001，第17-18页。
编 制 者	北京师范大学民俗学专业2013级硕士研究生高磊
录 入 者	北京师范大学民俗学专业2013级硕士研究生高磊

故事篇名 ▼ 女娲   检索

1. 女娲补天造人
2. 女娲娘娘
3. 女娲补天
4. 女娲射鹰补天
5. 女娲炼石补天
6. 盘古开天女娲补天
7. 女娲补天西北天
8. 女娲娘娘炼冰补天

图 8-14　《中国民间故事集成》故事数据库截屏

第九章 《大唐西域记》故事类型数据库研究

本章从《大唐西域记》数据库的前期基础研究《佛经故事》数据库开始,讨论这类数据库编制的几个基本问题。

第一节 佛经故事类型数据库的文本对象与学术价值

一、研究目标

在我国的社会文化环境和教育体制中,探索建立佛经故事研究数据库,其实是一个不容易的课题。我们需要解决一些基本问题,建立问题框架式的研究思路,确定合适的研究思路和工作方案,才能达此目标。

建立佛经故事研究数据库,首先,要选择符合我国国学传统和对外交流目标的权威文本,找到切入点,建立正确的研究方法,加强基础研究。其次,长期以来,在海外汉学界,对佛经故事的研究已有许多著述,需要找到适合自己的比较研究问题,才能为这项研究增加成果。再次,在我国社会文化的发展中,佛经故事与我国寺庙文化、儒家典籍、口头传统和外来佛教文化混合,加上多民族、多地区和多宗派传承,数量已不可胜计,形成了海量信息。对此,需要确立有针对性的属性原则和技术路线,再进行数字化工作。最后,佛经故事是集合古今中外语言与文献信息点的特殊载体,需要将之转化为可以进行现代多元文化输出与交流的样式,才能达到传承目标。佛经故事类型的数据库建设项目繁复庞大,不是短时间内能完成的工作,因此,必须先解决这几个问题,否则,数字化也会制造垃圾,造成学术资源和人力的浪费。

二、学术价值

从民俗学的角度看,研究佛经故事,可以使用故事类型学和数据库的方法,这有利于发挥民俗学的长处。就此而言,《大唐西域记》与《佛经故事》汇集了汉语与梵语佛教文献、中印文化关系史等方面的教学和研究信息的交集点,其中还有不少故事在我国流传至今,是适合首先选择的个案对象。我们可以经由此点,延伸至印度本土的佛经故事研究,再在资料具备的时候,适当开展与西方 AT 故事类型的比较研究。

第二节　对佛经故事类型的前期基础研究

一、中印佛经故事比较

以《佛经故事》为例,该书的选择者王邦维在完成此书之后,参加了季羡林主持的《大唐西域记》校注工作,故《佛经故事》的选择属于一种前期学术工作。《佛经故事》是汉译佛典,魏唐以来已译成中文,王邦维对这批今天已变成古文的译文进行了再注释和今译。《大唐西域记》写于此书所引注原典之后。至于其他印度佛经故事,包括前面提到的《五卷书》《佛本生故事》《故事海选》等,是用印度本土的梵语、巴利文和印地语保存的佛典故事,在季羡林的率先翻译和后期主持下,它们也被陆续译成中文。

编制《大唐西域记》数据库,首先要对上述著作进行中印佛经故事类型的比较,提取共享故事类型。例如,在《佛经故事》中,有商人向他人的儿子借债不还的故事①。此故事在中国流传了1 000多年,但在印度流传更早,在《五卷书》中的第一卷第二十八个故事②,《佛本生故事》中的《奸商本生》③,以及《故事海选》中的《秤和儿子》里④,都能找到同型故事。这些在不同经典文本中记录的故事,只在个别词语上有差异,如在《五卷书》中,工具角色是"一千斤"铁秤,被当作抵押的孩子被"藏在山洞"里;在《故事海选》中,工具角色是"一百斤"铁秤,被当作抵押的孩子被"藏在朋友家里"。

再如,在《佛经故事》中有天鹅与乌龟的故事⑤。此故事出自《五卷书》第一卷第十六个故事⑥,在《故事海选》中也有同名故事《天鹅和乌龟》⑦。将三种文本相比,《五卷书》说两只天鹅"咬住"一根棍子的两端,天鹅使用棍子的身体部位不同;在《故事海选》中,说两只天鹅"握住"一根棍子的两端;《佛经故事》中还另有差异,开口说话的是"鳖鱼",不是"乌龟"。《大唐西域记》还有其他同类故事,只是中心角色改换为其他飞禽,如鸽子、大雁和鸟。

这些佛经故事大同小异地传承,它们的足迹踏上中国的土地,也走遍了全世界。从民俗学的角度对故事类型做基础性的比较研究有一个好处,就是因其看重故事类型的时空变迁,特别强调关注故事的地域特征,所以这对下一步采用数据库的方法很有利。

二、中印佛经故事与西方 AT 故事类型比较

将季羡林、钟敬文和艾伯华对同型故事类型的翻译或研究做比较,同

---

① 王邦维选译《佛经故事》,《十五、贤愚经》,中华书局,2009,第161—167页。
② 季羡林译《五卷书》,北京:人民文学出版社,1958,重印本,2001,第152—155页。
③ 郭良鋆、黄宝生译《佛本生故事》,北京:人民文学出版社,1985,第51—54页。
④ 黄宝生、郭良鋆、蒋忠新译《故事海选》,北京:人民文学出版社,2001,第295—296页。
⑤ 王邦维选译《佛经故事》,《二、杂譬喻经》,中华书局,2009,第45页。
⑥ 季羡林译《五卷书》,北京:人民文学出版社,1958,重印本,2001,第115—116页。
⑦ 黄宝生、郭良鋆、蒋忠新译《故事海选》,北京:人民文学出版社,2001,第292页。

时也与丁乃通和池田弘子制作的 AT 类型做适当比较,还能发现,印度佛经故事有多个类型黏合,并以这种方式传播到许多国家。中西学者都较早地注意到这类故事在中、日、印分布的状况,并发表了著述。引进数据库的方法,有助于查询和利用前人的成果,先因而后承,继往开来。以下是龙宫故事的一个例子。

(一)钟敬文《中国民间故事型式》

求如愿型

① 一人救了龙王的太子或女儿。② 龙王欲报德,使手下邀之进水府。③ 他以手下(或王子、王女)的密嘱,向龙王指索某物。④ 他终获得美妻,或巨大的财富。[①]

享夫福女儿型
第三卷第十一个故事

① 富翁有三女儿,他素爱第一、第二两个。② 一天,他问她们要享谁的福;幼女所言,独拂父意。③ 父以幼女嫁一穷汉。④ 因某种机缘,穷汉家忽发横财,幼女的话终以实现。[②]

(二)对照季羡林译《五卷书》

第三卷第十一个故事

① 国王有两个女儿。② 大女儿对国王说"愿你胜利",国王很爱听。③ 小女儿对国王说"应该享受的就享受",国王很生气,把她嫁给住在庙

[①] 钟敬文《中国民间故事型式》,收入钟敬文《钟敬文民间文学论集》(下),上海:上海文艺出版社,1985,第 344 页。
[②] 钟敬文《中国民间故事型式》,收入钟敬文《钟敬文民间文学论集》(下),上海:上海文艺出版社,1985,第 344 页。

里的太子。④ 庙里的太子被腹中的寄蛇折磨,从自己的王国出走,来到这里。⑤ 小女儿从树丛中偷听到两条蛇的对话,获得药方,把丈夫的病治好。⑥ 小女儿和丈夫得到最丰富的财宝,受到了父母和亲人的尊重。⑦ 小女儿和丈夫生活幸福,享受了应该享受的一切。①

(三)对照艾伯华《中国民间故事类型》

千金小姐嫁乞丐

① 一个富人有几个女儿。② 他把最小的女儿赶出了家门,因为她说,幸福不靠父母,要靠自己。③ 他把她嫁给了一个穷人。④ 这个穷人变富了。姑娘的话应验了。②

(四)对照王邦维选译《佛经故事》

槃达龙王

① 国王有一对儿女,品行端正,相貌可爱。② 国王为儿女修了金水池,儿女在水池里洗澡。③ 水池里有一只乌龟,名叫金。④ 乌龟碰到小儿女的身体,被发现,并被捉上岸。⑤ 国王严惩乌龟,把它扔进大河。⑥ 乌龟逃生,去见龙王,谎称国王要把美丽的女儿嫁给他。⑦ 龙王大喜,赏乌龟吃盛宴,饮食都用宝器盛装。⑧ 龙王派了十六个能干的使者,跟着乌龟来到国王城下。⑨ 乌龟谎称去给国王报信,溜走了。⑩ 龙王的十六个使者向国王提亲,国王不答应。⑪ 使者把王宫中的器物都变成龙,金光闪闪,缠绕国王。国王很害怕。⑫ 国王答应嫁女,把女儿送到水边。⑬ 公主与龙王成亲,生了一对儿女,儿子叫槃达。槃达长大后,成为槃达龙王。⑭ 槃达龙王抛弃世俗的生活,追求高尚志行,离开了龙宫,到陆地

---

① 季羡林译《五卷书》,北京:人民文学出版社,1958,重印本,2001,第283—284页。
② [德]艾伯华(Wolfram Eberhard)《中国民间故事类型》,王燕生、周祖生译,北京:商务印书馆,1999,第285—287页。

上变成了蛇。⑮蛇住在山中树下,入夜时,此树似有数十盏灯照耀天下,并落下花雨。⑯术士听说后,捉到这条蛇,把它装进小箱里,四处游方卖艺,向人民暴敛钱财。⑰槃达龙王发誓说,"愿得成佛,拯救众生"。⑱他们来到一个国家的王宫,槃达龙王在这里见到从龙宫来找他的母亲和兄妹。⑲国王得知槃达龙王受难的经过,要杀掉术士,被槃达龙王阻止。⑳术士得到国王的布施离开,在另一个国家被强盗杀死,钱财被抢劫。㉑佛说,槃达龙王就是我。①

(五) 对照丁乃通《中国民间故事类型索引》

555* 【感恩的龙公子(公主)】

通常同 408 和 465A 类型结合,或作为 301A 型的一部分。

Ⅲ〔以法宝为酬〕主角即将告别回家,龙王公主(太子)告诉主角,不要接受龙王别的礼物,而只要一个看上去像是不值钱的箱子等等。因为它实际上(a)会满足主人所有的愿望,(b)里面有一件小东西,(b¹)一只雏、一只白母鸡,等等,那是龙王公主的化身,主角依计而行,回到家打开箱子,得到仙妻。

Ⅳ〔遗失法宝〕主角把法宝借给一位朋友或兄弟,法宝很快就回归海里,或是不灵了。(参见 511C*,1555A*,676,729,750D₁ 类型)。②

(六) 对照池田弘子《日本民间故事类型与母题索引》

龙宫的礼物

Ⅱ. 旅行。捎信人对主人公说,如果能被赏赐,应该要哪种东西。在龙宫的门口,站着 7 个守门卫兵。白鱼变成了白鸟,红鱼变成了红鸟,红

---

① 王邦维选译《佛经故事》,《十、六度集经》,中华书局,2009,第 91—95 页。
② [美]丁乃通(Nai-tung Ting)《中国民间故事类型索引》,郑建成、李倞、商孟可、白丁译,北京:中国民间文艺出版社,1986,第 191—192 页。

白鸟儿都在花园里飞舞。

Ⅲ. 礼物。主人公按照捎信人的说法去做,果然获得了一件礼物,它是:(1)一个丑孩子。(2)一条狗。(3)其他宝物。(4)在喜界岛的一个异文中(流传地区:46),主人公不收礼,海神就让他回家后好好照看自己家的一匹母马,后来这匹马活了70岁,生了120匹马驹。(5)在不同的异文中,还提到了其他礼物,主要有:一只屙金的猫或乌龟,一只金鸡,一个要什么有什么的宝锤,一个喝不完酒的酒瓶,或者一个用不完米的米碗。

Ⅳ 滥用宝物。主人公为使某丑孩或某神奇动物每天屙金,在喂养或使用这种宝物上,会有一些特殊的规矩被要求遵守,并跟在以上情节的后面。当主人公变富后,往往嫌弃这些规矩太麻烦,或者是被贪心的邻居(兄弟)借走了神奇动物,对方过量地喂养神奇动物,希望它多屙金,结果神奇动物或丑孩离开或死亡。①

进行故事类型交叉研究有3个好处:一是为研究《大唐西域记》等中印佛教故事的后世传承积累数据,二是为历史经典与佛经故事的研究搜集系统文本,三是为民俗学与中印佛经故事研究建立学术新课题。

第三节 《大唐西域记》故事类型数据库的编制

制作《大唐西域记》数据库,不是做一个单一的电子书和数据化展示,而是要做软件系统,它严格地保持纸介原著的理论体系、体例框架和内容特征,同时扩充中外佛教文化知识和开放研究的信息。它以《大唐西域记》电子书为原著查询工具,以《大唐西域记》故事类型数据库为口头传统研究个案,以《大唐西域记》数字辞典为佛典历史经籍和现代研究的对话

---

① [日]池田弘子《日本民间故事类型与母题索引》,收入《芬兰国际民俗学会通讯》第209号(FFC209),英文版,赫尔辛基:芬兰科学院,1971,第120—121页。

系统,三者组装成形,形成最终成果。

一、电子书

《大唐西域记》电子书,根据《大唐西域记》纸介著作的原貌,通过扫描原著,使用 e-book 电子书技术制作。它通过将纸介数据转化为数字数据,对《大唐西域记》进行数字格式贮存。在功能上,它是《大唐西域记》原著的查询工具。

数字格式贮存的要点有四:

(1)结构。电子书封内增加"电子书编辑说明",介绍原著结构,使电子书更好地对原著结构加以呈现,由此引导读者更准确地了解原著,更直观地认识原著结构要义,同时也了解原著数字化后对原著展陈空间的拓展。

(2)目录。根据数据归纳贮存结构,在电子书的左窗类目中,按照原著分级编辑的顺序,设置骨干目录,同时在左窗的类属分级层面,增加数字格式标题,例如:印度佛学和中印学术交流史概述、佛典要籍述略、佛经故事和佛教绘画。

(3)页码。纸介原著的编页是学术逻辑和国际出版规范的统一体。编页分为两类。第一类是文字编页,以下再分 3 部分,即序文、目录和正文,各部分各设起始页,在本部分内连续编页,例如,原著开首"目录"的编页为第 1 至 19 页,卷首季羡林《前言》为第 1 至 138 页,正文《序一》的编页为第 1 至 12 页。合起来看,有 3 个第 1 页,作为阅读物,这是符合学术逻辑的。第二类是数据编页。数字格式的贮存就需要重新统一排序编码,这与原著编码有一定差异。但可以在电子书的左窗类目中,按原著体例分级排序;在扫描网页中,保留和呈现原文页码,方便读者对照原著查询。在左窗的类属分级部分,增加数字格式标题。

(4)链接。数字格式贮存保存纸介原著样式,显示数字格式与纸介原著的差异,并提示读者两者可以互补和共用。

《大唐西域记》电子书的学术价值是展现纸介原著原貌,一并体现电子书的新特点,尝试达到在《大唐西域记》文学爱好者和印度文化学者以外扩大多学科研究空间的目标。

二、《大唐西域记》数据库制作的方法

(一)编制故事类型的原则与注释

对《大唐西域记》的故事类型的编制,以原著文本为基础,参考使用钟敬文、艾伯华和丁乃通的中国故事类型[①],参考使用西方 AT 类型。所有参考相似类型的原作者和原著类型编码,都在对应故事类型中注明,以便读者查询原著和进一步研究的信息。

1. 编制类型的原则

(1) 基础工作原则。在《大唐西域记》原著的基础上,根据我们在前面已撰写的故事类型,补充对应 AT 类型和相关类型。

(2) AT 处理原则。根据我们所知印度故事 AT 类型已出版著作的情况,本次主要针对印度佛经故事与中国故事相似的 AT 类型进行补充;同时考虑中印故事自身文化特征,一并适当补充国际学界公认的其他中国故事类型研究著作中的相似类型研究成果,包括钟敬文的民族志故事类型,艾伯华的 AT 母题与非 AT 主题的混合类型,以及丁乃通的 AT 与增补中国文献故事 AT 编码类型。

(3) 结构框架原则。采用数字民俗属性分析方法,做到既不损伤印度佛经故事的叙事逻辑和文化风格,也不减少中国相似故事类型的中国

---

① Antti Aarne, *The Types of the Folktale*, FFC3. Translated and Enlarged by [美]汤普森(Stish Thompson), FFC184, Indiana University, second revision. 1961. Helsinki, Academic Science, Finland, 1987, fourth printings.钟敬文《中国民间故事型式》,收入钟敬文《钟敬文民间文学论集》(下),上海:上海文艺出版社,1985,第 342—356 页。[德]艾伯华(Wolfram Eberhard)《中国民间故事类型》,王燕生、周祖生译,北京:商务印书馆,1999。[美]丁乃通(Nai-tung Ting)《中国民间故事类型索引》,郑建成、李倞、商孟可、白丁译,北京:中国民间文艺出版社,1986。

色彩。应原样描述多元文化背景下的中印相似故事类型，避免削足适履。

（4）文化圈属性原则。民俗研究关乎地域性。在保证忠实于印度佛经故事原型的前提下，要体现中国相似故事类型与印度佛经故事类型的异同，同时也对中日故事文化圈中的相关度较高的类型文本予以补入①，为进一步开展比较研究提供资料。

（5）补文对应原则。在本节中，以文字与表格相结合的形式，补出参考相似类型。共分左、右两栏，以《大唐西域记》原著的故事类型为主，列于左栏；以补充的参考类型为辅，列于右栏，主辅对应，形成一组。每组以《大唐西域记》原著中的故事篇名为标题，按原著故事排列顺序排列表格顺序。

（6）佛典经卷与故事的编排原则。遵照《大唐西域记》原著体例不变，所有撰写类型和补充类型，在所属经卷上，按原著经卷名称及其排列顺序编排。

2. 原著版权注释方式

本节对参考相似类型的原著出处，按"主要参考书目"和各补充参考类型所提供的原著作者姓名与原著类型编码提供，读者可根据原著进行故事类型的页码查询（部分类型的出处已在本节的当页脚注注出），或者在北京师范大学跨文化研究院中国故事类型研究著作数据库和中国数字故事博物馆文本库中查询电子书与数字数据。日本学者池田弘子《日本民间故事类型与母题索引》一书除外，此书是日本民俗学者池田弘子在美国写的英文书，在美国和芬兰出版，迄今为止尚无中译本和日译本②，我们根据研究需要，对其中所有中日相似故事做了中文翻译，但因原著在国内尚无法查到，故本次使用池田弘子的类型时，仍一律标注英文原著页

---

① 例如，[日]池田弘子《日本民间故事类型与母题索引》，收入《芬兰国际民俗学会通讯》第 209 号（FFC209），英文版，赫尔辛基：芬兰科学院，1971。

② 本次使用的池田弘子的日本民间故事母题分类著作，由张哲俊教授在日本搜集和提供，谨此特别致谢。

码,以便研究者核查。

(二)《大唐西域记》故事类型数据库

在《大唐西域记》电子书完成后,对《大唐西域记》进行文化信息整编,制成《大唐西域记》故事类型数据库。在这一过程中,录入已编制的原著故事类型,同时录入其他印度佛经故事类型、中西故事类型研究著述,以及相关佛典文献、佛学要籍和佛教绘画等,建立口头传统研究个案。通过这些工作,提升原著对佛教知识储存、阐发与多学科交叉研究的潜能,建立《大唐西域记》故事类型研究的数字化个案模式。

1. 数据库性质

《大唐西域记》数字软件系统的核心工作,主要是在《大唐西域记》电子书的基础上,通过 WORD 文件转换软件,将扫描图片转为 WORD 文本,然后采集佛经故事类型的纸介原始数据,再转换数字数据,进行专题数据储存,实现个案利用查询。

2. 数据库结构

《大唐西域记》故事类型数据库,恪守不改原著原貌的原则,以原著结构为框架,以故事类型数据库为主,附设4个数据库子库,然后采集《大唐西域记》故事类型数据和相关数字数据,编制和填写数据子库。如图9-1所示。

数据子库名称为:《大唐西域记》故事类型子库、中印佛教文化书目子库、佛典要籍数据子库、佛教造像数据子库、版权信息数据子库。

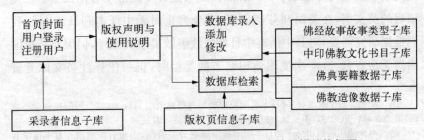

图9-1 《大唐西域记》故事类型数据库的逻辑结构框图

3. 数据采集与数据结构样表

(1) 中印佛教文化书目子库。

数据采集样表见表9-1,结构样表见表9-2。

表9-1 中印佛教文化书目子库数据采集样表

字段名	凡例
作者	季羡林
文献名称	佛教十五题
文献类型	著作
文献时间	2007年1月
原文录入	贴入原著PDF文件
版权页信息	季羡林《佛教十五题》,中华书局,2007
采录人信息	赖彦斌,北师大民俗学专业,2010年11月20日

表9-2 中印佛教文化书目子库数据库结构样表

字段名	字段XML标识	字段类型	字段长度	凡例	检索/排序字段
classification_ID	文献分类	自动编码	4	计算机唯一识别	检索
author_name	作者姓名	文本型	3		排序
literature_title	文献名称	文本型	10	佛教十五题	检索
literature_type	文献类型	文本型	10	著作	检索
literature_time	文献时间			2007年1月	
原文录入	贴入原著PDF文件				
版权页信息	季羡林《佛教十五题》,中华书局,2007				

(续表)

字 段 名	字段 XML 标识	字段类型	字段长度	凡 例	检索/排序字段
采集人信息	赖彦斌,北师大民俗学专业,2010年11月20日				

(2) 版权信息数据子库。

结构样表见表9-3。

表9-3 《佛经故事》版权信息数据结构样表

序号	字 段 名	字段 XML 标识	凡 例
1	ID	自动编码	1
2	Copyright	版权页	季羡林等译《大唐西域记》,中华书局,2000

4. 故事类型数据库查询

《大唐西域记》数据库的各子库,在总界面上,通过专题名称建立窗口,各窗口以下拉菜单方式查询,展示子库内容。各子库通过共用ID连接,做到任意浏览查询。各子库与电子书链接,做到互相查询。

例如,《大唐西域记》故事类型数据库,与《五卷书》故事类型数据库、《佛本生故事》故事类型数据库、《故事海选》故事类型数据库、《佛经故事》的故事类型数据库、艾伯华故事类型数据库等各子库,通过ID链接,做到任意浏览查询和互相查询。以下,以《大唐西域记》中的《猕猴献蜜》故事为例,与其他佛经故事数据库进行链接查询的步骤如下。

查询《大唐西域记》:

猕 猴 献 蜜

① 它是一座干涸的大池,旁边有佛塔。② 它是如来经过的地

方。③ 它是山上的猕猴,手捧蜜献给如来,如来命令将蜜掺水,施舍大众。④ 猕猴一高兴,跌入山中摔死,但凭借这一福力转生为人。①

链接查询《五卷书》:

猴子把心忘在家里

① 在大海附近,有棵阎浮树,树上住着一只猴子。② 在大海里面,有个海怪。③ 猴子在树下招待海怪吃含着甘露的阎浮果。④ 海怪的妻子听说后,要丈夫带回猴子的心。她猜猴子常吃这种甘露果,心里也一定有甘露。⑤ 海怪经不起妻子的蛊惑,去找猴子。⑥ 海怪请猴子跟自己回家做客。⑦ 海怪驮猴子过海。⑧ 海怪在海中告诉猴子,将被自己的妻子杀身取心。⑨ 猴子对海怪说,它不知道需要心,就把心放在家里了。⑩ 海怪驮猴子回去取心。⑪ 猴子跳到阎浮树下,骂海怪没有良心。⑫ 猴子不再回去。②

或链接查询《佛本生故事》:

鳄鱼本生

① 菩萨转生为喜马拉雅山上的猴子。② 猴子住在恒河边上的森林里,恒河里住着鳄鱼。③ 鳄鱼的妻子要吃猴子的心,让鳄鱼把它抓来。④ 鳄鱼劝猴子到恒河对岸吃鲜美的甜果,猴子同意,鳄鱼驮猴子过河。⑤ 鳄鱼在途中把猴子掀落水中,告诉猴子,不是好心帮它过河,而是妻子要吃它的心。⑥ 猴子告诉鳄鱼,自己把心挂在无花果树上了。⑦ 鳄鱼驮猴子回去找心。⑧ 猴子跳上河岸的无花果树,告诉鳄鱼上当了。③

---

① 季羡林、张广达等《〈大唐西域记〉今译》,西安:陕西人民出版社,2008,第 80 页。
② 季羡林译《五卷书》,北京:人民文学出版社,1958,重印本,2001,第 312—318 页。
③ 郭良鋆、黄宝生译《佛本生故事》,北京:人民文学出版社,1985,第 127—128 页。

或链接查询《故事海选》：

猴子把心忘在家里

① 在大海附近,有优昙钵树,树上住着一只猴子。② 在大海里面,有海豚夫妇。③ 猴子在树下招待海豚吃含着甘露的优昙钵果。④ 海豚的妻子听说后,要丈夫带回猴子的心。⑤ 海豚经不起妻子的蛊惑,去找猴子。⑥ 海豚请猴子跟自己回家做客。⑦ 海豚驮猴子过海。⑧ 海豚在海中告诉猴子,将被自己的妻子杀身取心。⑨ 猴子对海豚说,它不知道需要心,把心挂在优昙钵树上了。⑩ 海豚驮猴子回去取心。⑪ 猴子跳到岸上,骂海豚没有良心。⑫ 猴子不再回去。①

或链接查询《佛经故事》：

鳖鱼与猕猴

① 两兄弟做买卖,哥哥是菩萨。② 两兄弟靠经商获利供养亲属。③ 两兄弟来到一个国家,哥哥叫弟弟把随身带的宝珠拿给国王看。④ 国王看弟弟相貌好,就把女儿许配给弟弟,还赠送很多宝珠。⑤ 哥哥听说了这件事,跟着弟弟去见国王。⑥ 国王看哥哥相貌更好,很有学问,举止高雅,更为喜爱,又把女儿许配给哥哥。⑦ 哥哥想,丈夫之兄如父亲,弟弟之妻如女儿,公主已成父女之亲,哪有再嫁之理？国王地位尊贵,却这样许配女儿,禽兽不如。⑧ 哥哥带着弟弟回家。⑨ 公主登上高台望他们。⑩ 公主是淫荡女子,说道："宁愿变成魔鬼,也要吃掉哥哥的肝。"⑪ 三人转生来世,哥哥变成猕猴；公主和弟弟变成鳖,它们还是夫妻。⑫ 鳖妻有病,要吃猕猴的肝,鳖夫出去寻找。⑬ 猕猴住在树上,到树下来喝水,被鳖夫看见。⑭ 鳖夫骗猕猴到家里去看音乐舞蹈。⑮ 鳖夫驮猕猴

---

① 黄宝生、郭良鋆、蒋忠新译《故事海选》,北京：人民文学出版社,2001,第334—335页。

过河,到河中央时,告诉猕猴,鳖妻要吃它的肝。⑯ 猕猴这时明白,平常遵守戒律容易,遇事应变很难。它就装出很惭愧的样子,对鳖说,自己把肝挂在树上了。⑰ 鳖夫把猕猴驮回去取肝,猕猴上岸后骂它:"谁腹中的肝会挂在树上。"⑱ 菩萨哥哥的品行贞洁,始终不犯淫乱。①

或链接查询《中国故事类型》:

文 殊 和 普 贤

① 将成为菩萨的文殊行善事,多年帮助一位寡妇。他始终保持童身。② 作为奖励,他最后升天成为菩萨。③ 他企图以女身引诱普贤。④ 他没成功。⑤ 他引诱普贤贪财。⑥ 因为普贤归还钱财,所以他还得待 20 年,直到也可以成为菩萨。②

或链接《中国民间故事类型索引》:

【猴子的心忘在家里了】
抓到它的是海龟。③

或链接查询《日本民间故事类型与母题索引》:

【感恩的龙公子(公主)】

I. 乌龟送猴子进贡。海神的女儿或妻子需要用猴肝当药治病。乌龟把猴子骗进龙宫。

II. 得知秘密。水母告诉猴子邀其参观水下世界的原因,猴子就告诉

---

① 王邦维选译《佛经故事》,《十、六度集经》,中华书局,2009,第 90—91 页。
② [德]艾伯华(Wolfram Eberhard)《中国民间故事类型》,王燕生、周祖生译,北京:商务印书馆,1999,第 231—232 页。
③ [美]丁乃通(Nai-tung Ting)《中国民间故事类型索引》,郑建成、李倞、商孟可、白丁译,北京:中国民间文艺出版社,1986,第 14—15 页。

乌龟说，他刚把自己的肝给洗了，挂在树上晾干(K544)。猴子被护送回陆地，趁机逃走。

III. 结局。(1) 猴子上岸后，用石头猛砸乌龟，把龟壳砸裂。(2) 乌龟向海神报告猴子如何得知秘密，于是水母受到惩罚，被抽掉了骨头。①

经过比较研究，可以在一个较为宏观的视野内，建立《大唐西域记》故事类型研究的数字化平台。

(三)《大唐西域记》数字辞典

在《大唐西域记》电子书和《大唐西域记》故事类型数据库之外，制作《大唐西域记》数字辞典。它以佛经故事原著所使用的佛学术语和历史典故解释为脉络，补充相关佛学知识，建立佛典历史经籍和现代研究与传播信息的对话系统。

《大唐西域记》数字辞典从梵语经典、印度佛学和中印文化交流领域，向民俗学学科拓展，发挥数字民俗学的功能，开发原著所承载的丰富学术知识和历史信息，编纂经卷提要和佛经故事词语词条，补充佛经故事类型词条，形成多学科交叉研究成果。

余 论

制作佛经故事数据库是民俗学者的研究尝试，仍需要围绕如下问题继续做深入讨论，包括：如何在全球化、现代化背景下理解佛经故事传承的"文化杂合性"；如何理解文化多样性概念在塑造文化传统、佛教文化认同与重构现代人情感价值观中的作用，数字化是否使它们之间的整合或融汇成为可能；随着文化遗产保护而来的对民俗文化的关注，在多大程度上可以分析这种信仰文本的运行机制以及制约它的影响力；等等。

---

① [日]池田弘子(Hiroko Ikeda)《日本民间故事类型与母题索引》，收入《芬兰国际民俗学会通讯》第209号(FFC209)，英文版，赫尔辛基：芬兰科学院，1971，第27—28页。

附录

WENXIAN YU KOUTOU

中国历代经典名著的跨文化编目与文本存藏及经典名著故事类型个案选集

附录一
经典名著的跨文化编目与文本存藏
——以法国国家图书馆馆藏《水浒传》书目搜集与研究为例

2018年以来,我们在法国国家图书馆(以下简称"法图")密特朗新馆和黎塞留老馆(Bibliothèque nationale de France, Site Richelieu-Louvois)中文图书藏本处,与法图合作,查阅了该馆收藏的中国历代经典名著《水浒传》全部藏本。除此之外,在美国、德国和俄罗斯的相关查询工作也在陆续展开,但此次在法国的《水浒传》查阅收获最为明显。[①] 本次查阅工作,搜集文献丰富,并能开展同步研究,能促进课题组打开跨文化的视野,进一步思考这类世界名著在文化多样性的交流与使用中所产生的"对话"知识,拓展对《水浒传》对话文本的研究空间。

一、法图馆藏《水浒传》的跨文化编目

本次查阅法图馆藏《水浒传》古典名著版本14个,其中,明清木刻小说版10个,戏曲版2个,日本藏版2个。法图编目见表1。

---

① 本项目主持人为董晓萍教授,法方组员为金丝燕教授,组员为赴法留学的博士研究生罗珊。本次查询工作得到法方图书馆员罗栖霞的指导,谨此郑重致谢!本附录一初稿执笔者为罗珊。

表1　法图馆藏《水浒传》跨文化编目一览表

	法图馆藏编号	书名	繁简系统	典藏情况	插图	数字版
《水浒传》小说版本	Chinois 3969—3974	绣像汉宋奇书　三国水浒合传	简本	全本	√	
	Chinois 3975—3981	绣像汉宋奇书　三国水浒合传	简本	全本	√	
	Chinois 3991 (1—2)	忠义水浒全传	简本	残本	√	
	Chinois 3992—3994	钟伯敬先生批评忠义水浒传	繁本	全本	√	√
	Chinois 3995—3998	第五才子书　施耐庵水浒传	繁本	全本		
	Chinois 3999—4002	第五才子书　施耐庵古本水浒传	繁本	全本		
	Chinois 4003—4007	绣像第五才子书　施耐庵先生水浒传	繁本	全本	√	
	Chinois 4008	新刊京本全像插增田虎王庆忠义水浒传	简本	残本	√	√
	Chinois 4009—4010	水浒传	简本	残本		√
	Chinois 4011	征四寇传	简本	全本		√
戏曲《水浒记》	Chinois 4355	六十种曲　绣刻演剧十本　第五套水浒记		全本		
	Chinois 4370	六十种曲　水浒记		全本		
日版《水浒传》图册	Japonais 17	美勇水浒传		全本	√	√
	Japonais 4670	水浒画传		残本	√	√

法图对这批中文典籍的跨文化编目,使用拼音系统和繁体中文,两种方式皆可检索。法图馆藏中文典籍主要有3类,第一类是19世纪末前入藏的中文图书,包括自1840年起收购的儒莲(Stanislas Julien)等汉学家藏书①,由古恒(Maurice Courant)编目,1902—1912年间出版古恒目录②;第二类由伯希和(Paul Pelliot)在中国购入并于1909—1910年间带回法国,这一类后由王重民于1934—1939年赴法图工作期间编成伯希和A藏和B藏③;第三类是由伯希和从1910年从中国带回的敦煌写本,由王重民编目,前2000号为藏文写本,2001号起为中文写本④。中文古籍、手稿原均藏于位于卢浮宫附近的黎塞留老馆,密特朗新馆在塞纳河畔开馆后,近年来法图珍本部(Réserve des livres rares)古恒目录记载在册的部分书籍已移至新馆保存,珍本部的阅览事宜也在新馆进行。本次查阅的《水浒传》小说均藏于新馆珍本部,戏曲《水浒记》藏于手稿部(Département des Manuscrits),需通过提前网上预约的形式调至新馆,一并于珍本部阅览室查阅。部分已经数字化的珍本也可于法图官网在线阅读并下载。

二、法图馆藏《水浒传》的文本信息

《水浒传》的各方面研究里,版本学是很重要的部分。在"四大名著"的传播演变过程中,《水浒传》版本情况最为复杂,以文字繁缛或简略的原

---

① 引述自罗栖霞(Julie Lechemin)女士于2017年12月3日在北京师范大学开设的讲座《法国国家图书馆手稿部中文典籍及查询方法》。
② 古恒目录全称:《Catalogue des livers chinois, coreens, japonais, etc. 国家图书馆手稿部藏汉、韩、日文等书籍目录》,数字化古恒目录网址:https://gallica.bnf.fr/ark/12148/bpt6k209140j。
③ [法]蒙曦(Nathalie Monnet)、[法]罗栖霞(Julie Lechemin)《王重民巴黎往事追记(1934—1939)》,《版本目录学研究》,2014年(年刊)。
④ 引述自罗栖霞(Julie Lechemin)女士于2017年12月3日在北京师范大学开设的讲座《法国国家图书馆手稿部中文典籍及查询方法》。

则大致可分为繁本和简本两大系统①,细分下来,繁本包括百二十回本、容与堂百回本、金圣叹编七十回本,其中以金批七十回本最为流行,简本系统中则以百十五回本最具研究价值②。法图馆藏《水浒传》版本中,有简本6套,繁本4套,版本信息分别如下:

(一)《水浒传》小说版繁本系统

1. 金圣叹批本

(1) Chinois 3995-3998《第五才子书　施耐庵水浒传》。

首页扉页,中刊"第五才子书",右上题"施耐庵水浒传",左下署"金阁贯华堂古本　叶瑶池梓行",全本卷75,共70回,法图精装分4册收藏。卷一为金圣叹所书3篇序言,卷二为《宋史断(宋史纲、宋史目)》,卷三为《读第五才子书书法》,卷四为《贯华堂所藏古本水浒传前自有序一篇今录之》,卷五起进入正文,文前附首引,未见目录。正文卷首有金圣叹总评,页眉上书眉批,夹批小字双行夹于正文之中。内容与现今流行金圣叹点评《水浒传》版本无异。

(2) Chinois 3999-4002《第五才子书　施耐庵古本水浒传》。

首页扉页,中刊"第五才子书",右上题"施耐庵古本水浒传",左下署"本府藏板　翻刻必究",全本卷75,共70回,法图精装分4册收藏。版式与内容结构基本同 Chinois 3995,但保存状态略逊于前本。卷一为金圣叹所书3篇序言,卷二为《宋史断(宋史纲、宋史目)》,卷三为《读第五才子书书法》,卷四为《贯华堂所藏古本水浒传前自有序一篇今录之》,卷五起进入正文,文前附首引,未见目录。正文卷首有金圣叹总评,页眉上书眉批,夹批小字双行夹于正文之中。该版本正文行间、页眉有铅笔书写的法语

---

① 鲁迅曾于《中国小说史略》中提出"知现存之《水浒传》实有两种,其一简略,其一繁缛",由此大致勾勒出繁本简本研究的路径方向。也有学者以"文繁事简""文简事繁""繁简综合"或"文繁事繁"来对《水浒传》的版本进行系统分类(马蹄疾《水浒书录》等),但我以为以文字描述的繁简来划分已经足够在文学研究的领域划分各版本间的主要风格差异,且本章不全关注版本的流变,故此处采用繁本与简本系统的划分方式。

② 何心《水浒研究》,上海:上海古籍出版社,1985(初版于上海:上海文艺联合出版社,1954),第54页。

标注，偶见对个别汉字的重写，推测或为汉学家捐赠。

（3）Chinois 4003-4007《绣像第五才子书　圣叹外书　施耐庵先生水浒传》。

首页扉页，中刊大字"绣像第五才子书"，上书"圣叹外书"，右上题"施耐庵先生水浒传"，左下署"芥子园藏板"，全本卷75，共70回，法图精装分5册收藏。

在内容结构上与前两本稍有不同，卷首收录句曲外史《叙》一篇，以及人物绣像图40幅（绣像图具体情节见下文）。卷一为金圣叹所书3篇序言，卷二为《宋史断（宋史纲、宋史目）》，卷三为《读第五才子书书法》，卷四为《贯华堂所藏古本水浒传前自有序一篇今录之》，卷五进入正文，未见目录，文前附首引。正文卷首有金圣叹总评，夹批小字双行夹于正文之中，但与前两个版本不同的是，该版本页眉上书未收录眉批。该本刊印时间推测应为清雍正年间，推测依据有二：其一，卷首《叙》一篇，落款为"时　雍正甲寅上伏日句曲外史书"，即雍正十二年（1734）；其二，卷一中金圣叹所书第三篇序的落款不再是"崇祯皇帝十四年二月十五日"，而是"雍正十二年七月中元日重刊"，这与《叙》中所写"雍正甲寅上伏日"相符，可为刊印年代佐证。

2. 钟伯敬批本

Chinois 3992-3994《钟伯敬先生批评忠义水浒传》。

首页扉页，中刊"钟伯敬先生批评忠义水浒"，左下署"四知馆梓行"，右上边框外红色小字书"像仿古今名人笔意"，左侧中上部有一印章，文字未辨。全书卷100，共100回，目录与容与堂百回本一致，法图精装分5册收藏。

在内容结构上，卷首有钟伯敬撰《水浒传序》一篇，版心上镌"水浒传序"；后接百回目录，版心上镌"批评水浒传"，中镌"卷之目录"；目录后为《水浒传人品评》，版心上镌"水浒传评"，涉及人物包括宋江、吴用、李逵、卢俊义、鲁智深、林冲、扈三娘、杨雄、石秀、海阇黎、潘巧云，其中杨雄、石秀合写为1篇，海阇黎、潘巧云合写为1篇，其余各人皆1人1篇，共计

9篇水浒人物点评。人物点评中,对宋江形象的评述不是一味正面的忠义形象,反而有所转折,先抑后扬:

> 宋江逢人便拜见人便哭,每自称曰小吏小吏,或招曰罪人罪人的,是个假道学真强盗也。然终能以此收拾人心,亦非无用者。当时若使之为相,虽不敢曰休休一个臣,亦必能以人事君,有可观者矣。①

此外,点评中对李逵的评价也颇高,称他为"梁山泊第一尊活佛也":

> 李逵者,梁山泊第一尊活佛也。为善为恶,彼俱无意。宋江用之,便只有宋江而已,无成心也无执念也。藉使道君皇帝能用之,我知其不为蔡京、高俅、童贯、杨戬矣。②

《水浒传》人物众多,编者只取11人评述,武松、燕青等人全不见,反而海阇黎、潘巧云入选,评中写道:

> 阇黎色中饿鬼,巧云花阵魔头,两下正逢敌手,极恣欢悦,孽报相随,终遭惨祸。从来佛法淫戒最重,历看僧道淫泆,皆收无上苦报,而僧人每每犯之,杳不知戒何也。今后僧家贪淫者,且勿看经,请看《水浒》。③

人物点评后收录叙事性插图39幅,版心上镌"水浒传像",除第1幅"三十六煞聚哨"和最后1幅"班师回朝"没有配文外,其余37幅皆配有诗文品评。从版心上所印页数来看,插图应有失佚。插图后接正文100卷,内有点评,有眉批于页眉,正文有行间评,未见双行夹批,回末降一格有总评,其中眉批的印制相当模糊,需对照辨认。该版本通常被认为以容与堂

---

① 《钟伯敬先生批评忠义水浒传》四知馆刻本,《水浒传评》。
② 《钟伯敬先生批评忠义水浒传》四知馆刻本,《水浒传评》。
③ 《钟伯敬先生批评忠义水浒传》四知馆刻本,《水浒传评》。

本为底本,点评亦出自容与堂本李卓吾点评,除法图藏品外,另有日本神山润次氏藏本,上海古籍出版社曾以日本藏本影印出版。该版本《水浒传》还有一特别之处在于关胜之死,该版本中,关胜受害于刘豫,而非坠马身亡:

> 关胜在北京大名府总管兵马,甚得君心,众皆钦服。后来刘豫欲降兀术,关胜执意不从,竟为所害。①

对于此问题,马幼垣《关胜的死之谜》一文中详述了各繁简版本中关胜之死的情节差异,目前钟批本是繁本中唯一发现的关胜为刘豫所害的版本,但马氏于文中论述,此一条由于版本晚于容与堂本且此情节特殊,难以作为将小说中关胜角色与历史人物关胜对应的有力证据②,但其特别之处还是值得注意的。

(二)《水浒传》小说版简本系统

1. Chinois 3969-3974《绣像汉宋奇书 三国水浒合传》

首页扉页中刊大字"绣像汉宋奇书",上书"三国水浒合传",右上题"金圣叹先生批点",左下署"芸香堂藏板",全书《水浒传》部分共115回,法图精装分6册收藏。在内容结构上,卷首收录熊飞《英雄谱弁言》1篇,后接凡例1篇,但此为《三国演义》凡例,并不涉及《水浒》。后接目录,目录部分版式分为上下两栏,上栏约占页面1/3的位置,下栏则占2/3,上栏为《水浒传》目录,下栏为《三国演义》目录。《水浒传》目录中,第三十六回有刊印错误,回目信息印为"二十六回",另有百十三回、百十五回的目录缺失,由于原书被重新装订过,无法判断是否有页面丢失,但百十三回、百十五回的缺失应属刊印失误,经翻阅,正文的内容没有缺失,并且章节回目标题全。目录后接毛宗岗《三国读法》,共14叶,却未署名,只在《三国》正文中有题名显示:《四大奇书第一种 圣叹外书 茂苑毛宗岗序始氏

---

① 《钟伯敬先生批评忠义水浒传》四知馆刻本,卷一百,第二页上("页",海外藏本原写作"叶",为使我国读者容易理解而录入为"页",以下对此字均作同此处理,不再另注)。

② 马幼垣《水浒二论》,北京:生活·读书·新知三联书店,2007,第267—276页。

评》，因而得知是毛宗岗的版本。毛宗岗效仿金圣叹删改《水浒》的做法，称其得《三国》古本，删改后题圣叹外书，并认为《三国》优于《水浒》，是第一才子书，这一点在《三国读法》一文中有明确体现。文后接《三国》《水浒》绣像人物图 1 套，其中《三国》人物 40 人，《水浒》人物 40 人，关于这一套水浒绣像人物图，后文有详细介绍。该版本《水浒传》无点评，唯独全文末，引衷无涯回末点评一段称：

    公明一腔忠义，宋家以鸩饮极之。昔人云：高鸟尽，良弓藏；狡兔死，走狗烹。千古名言。又评：阅此须阅南华齐物寻（等）篇，始浇胸中魂。

2. Chinois 3975-3981《绣像汉宋奇书 三国水浒合传》

  首页扉页中刊大字"绣像汉宋奇书"，上书"三国水浒合传"，右上题"金圣叹先生批点"，左下署"芸香堂藏板"，全书《水浒传》部分共 115 回，法图精装分 6 册收藏，整体信息同 Chinois 3969-3974，目录缺失部分也相同，由此可判定应属印制方面的问题，而非失佚，这一版本与 Chinois 3969-3974 属同一版本，但整体保存状态更好。

3. Chinois 3991《忠义水浒全传》

  首页扉页中刊大字"忠义水浒全传"，右上题"李卓吾原评"，左下署"本衙藏版"，中刊大字上有"宝翰楼"印章。该版本为残本，全书依目录看应有 30 卷，实际现藏于法图的仅为前五卷和第六卷开头，法图精装分上下两册收藏。内容结构上，卷首有《水浒传全本序》1 篇，文末落款处署"五湖老人题于莲子峰小曼陀精舍"。序言后接水浒出像图 42 张，按版心所镌页数来看原本应有 22 页共 44 幅画，但其中第七页缺，少了从锦毛虎义释宋江到九纹龙大闹史家村的内容。该版本出像图绘制手法较为特别，在后文会有详述。该版本的目录未标出回目，分卷也未按照通行的回目划分。

  该版本部分回目尚未见于其他版本，只可惜该版本后续部分已失佚，无法细细研究。但鉴于其特殊性，现将该版本目录信息抄录于下：

卷之一：张天师祈禳瘟疫
　　　　洪太尉误走妖魔
　　　　王教头私走延安府
　　　　九纹龙大闹史家村
　　　　史大郎夜走华阴县
　　　　鲁提辖拳打镇关西

卷之二：鲁智深大闹五台山
　　　　赵员外重修文殊院
　　　　小霸王醉入销金帐
　　　　花和尚大闹桃花村
　　　　九纹龙剪径赤松林
　　　　鲁智深火烧瓦罐寺
　　　　花和尚倒拔垂杨柳

卷之三：豹子头误入白虎堂
　　　　林冲刺配沧州道
　　　　花和尚大闹野猪林
　　　　柴进门招天下客
　　　　林冲棒打洪教头
　　　　林教头风雪山神庙
　　　　陆虞侯火烧草料场
　　　　朱贵水亭施号箭
　　　　林冲雪夜上梁山
　　　　梁山泊林冲落草

卷之四：汴京城杨志卖刀
　　　　青面兽北京比武
　　　　急先锋东郭争功
　　　　赤发鬼醉卧灵官殿
　　　　晁天王认义东溪村

　　　　吴学究说三阮撞筹
　　　　公孙胜应七星聚义
　　　　杨志押送金银担
　　　　吴用智取生辰纲
　　　　花和尚单打二龙山
　　　　青面兽双夺珠宝寺

卷之五：宋公明私放晁天王
　　　　美髯公智稳插翅虎
　　　　晁盖梁山小夺泊
　　　　林冲水寨大併伙
　　　　梁山泊义士尊晁盖

卷之六：郓城县月夜走刘唐
　　　　虔婆醉打唐牛儿
　　　　宋江怒杀阎婆惜
　　　　阎婆大闹郓城县
　　　　朱仝义释宋公明
　　　　横海郡柴进留宾

卷之七：景阳冈武松打虎
　　　　虔婆贪贿说风情
　　　　郓哥不忿闹茶肆
　　　　王婆计啜西门庆
　　　　淫妇药鸩武大郎
　　　　偷骨殖何九叔送丧
　　　　供人头武二郎设祭

卷之八：母夜叉孟州道卖人肉
　　　　武都头十字坡遇张青
　　　　武松威震安平寨
　　　　施恩义夺快活林

武松醉打蒋门神
施恩重霸孟州道
施恩三入死囚牢
武松大闹飞云浦
张都监血溅鸳鸯楼
武行者夜走蜈蚣岭
武行者醉打孔亮

卷之九：锦毛虎义释宋江
宋江夜看小鳌山
花荣大闹清风寨
镇三山大闹青州道
霹雳火夜走瓦砾场
石将军村店寄书
小李广梁山射雁
梁山泊吴用举戴宗
揭阳岭宋江逢李俊
没遮拦追赶及时雨
船火儿夜闹浔阳江

卷之十：及时雨会神行太保
黑旋风斗浪里白跳
浔阳楼宋江吟反诗
梁山泊戴宗传假信
梁山泊好汉劫法场
白龙庙英雄小聚义
宋江智取无为军
张顺活捉王文炳
还道村受三卷天书
宋公明遇九天玄女

卷之十一：假李逵剪径劫单人
黑旋风沂岭杀四虎
锦豹子小径逢戴宗
病关索长街遇石秀
杨雄醉骂潘巧云
石秀智杀裴如海
病关索大闹翠屏山
拼命三火烧祝家店
扑天雕双修生死书
宋公明一打祝家庄
一丈青单捉王矮虎
宋公明两打祝家庄

卷之十二：解珍解宝双越狱
孙立孙新大劫牢
吴学究双献连环计
宋公明三打祝家庄
插翅虎枷打白秀英
美髯公误失小衙内

卷之十三：李逵打死殷天赐
柴进失陷高唐州
戴宗智取公孙胜
李逵斧劈罗真人
入云龙斗法破高廉
黑旋风探穴救柴进

卷之十四：高太尉大兴三路兵
呼延灼摆布连环马
吴用使时迁盗甲
汤隆赚徐宁上山

徐宁教使钩镰枪
宋江大破连环马
三山聚义打青州
众虎同心归水泊
卷之十五：吴用赚金铃吊挂
宋江闹西岳华山
公孙胜芒砀山降魔
晁天王曾头市中箭
卷之十六：吴用智赚玉麒麟
张顺夜闹金沙渡
放冷箭燕青救主
劫法场石秀跳楼
宋江兵打北京城
关胜议取梁山泊
呼延灼月夜赚关胜
宋公明雪天擒索超
时迁火烧翠云楼
吴用智取大名府
卷之十七：宋江赏马步三军
关胜降水火二将
宋公明夜打曾头市
卢俊义活捉史文恭
东平府误陷九纹龙
宋公明义释双枪将
没羽箭飞石打英雄
宋公明弃粮擒壮士
卷之十八：忠义堂石碣受天文
梁山泊英雄排座次

柴进簪花入禁苑
李逵元夜闹东京
黑旋风乔捉鬼
梁山泊双献头
燕青智扑擎天柱
李逵寿张乔坐衙
卷之十九：活阎罗倒船偷御酒
黑旋风扯诏骂钦差
吴学究布四斗五方旗
宋公明排九宫八卦阵
梁山泊十面埋伏
宋公明两赢童贯
卷之二十：十节度议取梁山泊
宋公明一败高太尉
刘唐放火烧战船
宋江两败高太尉
张顺凿漏海鳅船
宋江三败高太尉
卷之二十一：燕青月夜遇道君
戴宗定计出乐和
梁山泊分金大买市
宋公明全伙受招安
宋公明奉诏大破辽
陈桥驿滴泪斩小卒
卷之二十二：宋公明兵打蓟州城
卢俊义大战玉田县
宋公明夜度益津关
吴学究智取文安县

附 录

WENXIAN YU KOUTOU

卢俊义兵陷青石峪
宋公明大战幽州
呼延灼力擒番将
颜统军列阵浑天像
宋公明梦受玄女法
宋明明破阵成功
宿太尉领恩降诏
五台山宋江参禅
双林镇燕青遇故
宋公明兵渡黄河
卷之二十三：卢俊义赚城黑夜
振军威小李广神箭
打盖郡智多星密筹
李逵梦闹天池
宋江兵分两路
关胜义降三将
李逵莽陷众人
宋公明忠感后土
乔道清术败南兵
魔君术窘五龙山
入云龙兵围百谷岭
陈瓘谏官升安抚
琼英处女作先锋
张清缘配琼英
吴用计鸩邬梨
花和尚计脱缘缠井
混江龙水灌太原城
燕青秋林渡射鹰

宋江东京献俘
卷之二十四：燕青琼英双建功
陈瓘宋江同奏捷
踏春阳妖艳生奸
王庆因奸被官司
龚端被打师军犯
谋坟地阴险产逆
张管营因妾弟丧生
房山寨双并旧强人
宋公明避暑疗军兵
乔道清回风烧贼寇
书生谈笑却强敌
水军汩没破坚城
宋江迎接琼英郡主
宋江分兵打白虎岭
李逵一斧砍死宗朝
张清飞石打死唐昌
孙安下马活捉田豹
琼英劝田豹降大宋
孙安领军马攻魏州
魏州城十将被陷
宋江分兵攻魏州城
斩魏州十将祭陷将
孙安活捉守将玄度
卷之二十五：卢俊义计攻狮子岭
汝廷器战败逊回寨
乔道清行雷破城池
宋军入关设筵庆贺

智深大战余呈先锋
孙立止智深刦寨
宋江拨将跟寻智深
宋公明梦中见圣帝
李逵下井跟寻智深
李逵出井说入仙境
乔道清布迷魂法阵
宋江亲自出阵大战
马灵金砖打退宋军
宋军佯输收服马灵
宋江出阵卞祥打话
宋江遣兵拒把海口
卞祥往沁州见田虎
花荣卞祥出阵大战
史进解押田虎献俘
宋江设宴犒赏三军
宋公明班师回朝
勑命中使安抚河北

卷之二十六：柳世雄参见高太尉
柳世雄与王庆比枪
王庆出营赎药问卜
高俅临营王庆失点
王庆配军夫妻别泪
王庆使棒乞讨盘缠
王庆到店询问龚正
龚正请邻赠王庆钱
庞元使棒众人观看
胖夫人激夫报弟仇

王庆直伞掀落头巾
都管对王庆说情由
王庆送罗买嘱夫人
王庆愤怒打死世开
王庆径投吴太公主
项里龚正二人相战
王庆寻觅姨兄范全
王庆开场引人赌博
段三娘收取点心钱
王庆怒回与嫂诉苦
王庆取柴看见朴刀
段五鬼与王庆比试
段三娘与王庆比试
段三娘亲赘招王庆
段三娘仝王庆卖肉
西阳镇王庆杀庞元
王庆入庙前身降□
王庆躲入庙厨幔内
王庆三娘上红桃山
王庆立旗招军买马
王庆拜李杰为军师
蔡京上本征讨淮西
宋江调兵征进淮西

卷之二十七：余呈刀砍鲁成下马
刘敏杀死宋将任光
宋江入城众将献功
上官义锤打死江度
官义打死姚期二将

王庆叚妃登台赏月
上官义回马捉余呈
江调人马洮阳进发
上官义败走入洮阳
以敬仲宝计擒李逵
仲宝计困逵于骆谷
潘迅询问田夫路径
叶光孙引路救李逵
光孙缚逵赚取洮阳
江度上官义祭余呈
宿太尉奏旌奖公明
宋江等设宴望江楼
宋江吴用仝众叙话
孙安拜辞进九湾河
李逵遣将探听虚实
贼兵埋伏宋江遭伤
刘悌伟凯计议行兵
李俊大战危昭德等
昭德水战大胜宋兵
孙安卞祥议论进兵
孙安寻觅李胜身尸

卷之二十八：孙安询问老人路径
宋兵埋伏贼将伤败
全忠斩死闻人世崇
孙安病逝哀动三军
宋公明大哭孙安等
宋江等龙王庙祈签
燕青李俊里应外合

天降大雪江岸铺满
李俊点折三将忧闷
乡民壶□以迎宋江
宋江上次乡民绢匹
独火鬼王追赶宋江
公孙胜马麟往马耳山
马耳山华光现真身
宋江召土人问路径
林冲刺雷应春下马
白夫人骑战败宋兵
宋兵用假兽战大胜
宋江令人寻于茂尸
汪太史奏王庆降宋
宋军围绕密庆守
冯虎砍死司存孝等
王庆城中与妃取乐
公孙胜用计破王庆
宋江入城安抚百姓
王庆走流沙河寻船
卢俊义舟中捉王庆
宋江卢俊义见天子
公孙胜辞众兄弟归

卷之二十九：张顺夜伏金山寺
宋江智取润州城
卢俊义分兵宣州道
宋公明大战毗陵郡
混江龙太湖小结义
宋公明苏州大会垓

宁海军宋江吊孝　　　　　　乌龙岭神助宋公明
涌金门张顺归神　　　　　　卢俊义大战玉田县
张顺魂捉方天定　　　　　　宋公明智取清溪洞
宋江智取宁海军　　　卷之三十：鲁智深浙江坐化
卢俊义分兵歙州道　　　　　宋公明衣锦还乡
睦州城箭射邓元觉　　　　　宋公明神聚蓼儿洼

4. Chinois 4008《新刊京本全像插增田虎王庆忠义水浒传　卷之二十》

该版本为残本，现存第二十卷五回及第二十一卷一回前半部分，无封面信息，卷首页有"万历"等字样，但除"万历"外其他字辨认不清。第二页直接进入正文，题为《新刊京本全像插增田虎王庆忠义水浒传　卷之二十》，起于第九十九回《高俅报恩柳世雄　王庆被陷配淮西》。该版本无点评。回目信息上，第九十九回和第一百回均出现了两次，现将该版本回目信息抄录于下：

新刊京本全像插增田虎王庆忠义水浒传　卷之二十：

　　第九十九回　高俅报恩柳世雄　王庆被陷配淮西
　　第 一 百 回　王庆遇龚十五郎　满村嫌黄达闹场
　　第九十九回　王庆打死张太尉　夜走永州遇李杰
　　第 一 百 回　快活林王庆使枪棒　三娘子招王庆入赘
　　第一百一回　宋公明兵渡吕梁关　公孙胜法取石祈城

新刊京本全像插增田虎王庆忠义水浒传　卷之二十一：

　　第一百二回　李逵受困于骆谷　宋江智取洮阳城①

该版本为全像版水浒传，版式上来说属上图下书，每一页均附插图，

---

① 此处已抄录，限于时间未誊完待补录。

插图左右两侧有图赞,该残本共33页,即共有66幅配图。

5. Chinois 4009-4010《水浒传》

该版本《水浒传》为残本,没有任何版本及作者相关信息,亦无序跋、凡例、目录,法图精装分两册收藏。内容上两册内容并不连贯,第一册Chinois 4009包括楔子至第十回,第二册Chinois 4010包括第二十四回至第三十五回。两册书中有部分句读标识(句号和冒号),第一册从第六回开始中断了句读标识,第二册仅第二十四回、第三十二回有部分句读标识。该版本《水浒传》印制方式与其他版本不同,或为手抄板,有漏掉的小字补于行间,原书没有页码,版心也没有任何信息,因此书页上出现了铅笔手工标注的页码,应为后人所加。书中有部分存在未能识别的注音符号,类似的注音符号集中出现在第一册第一页、第十二页、第四十一页、第四十三页、第一百六十页,第二册第一至十二页。由于该版本未见目录,现将该版本法图馆藏部分的回目抄录于下:

第一册:

    张天师祈禳瘟疫 洪太尉误走妖魔
   第一回 王教头私走延安府 九纹龙大闹史家村
   第二回 史大郎也走华阴县 鲁提辖拳打镇关西
   第三回 赵员外重修文殊院 鲁智深大闹五台山
   第四回 小霸王醉入销金帐 花和尚大闹桃花村
   第五回 九纹龙剪径赤松林 鲁智深火烧瓦官寺
   第六回 花和尚倒拔垂杨柳 豹子头误入白虎堂
   第七回 林教头刺配沧州道 鲁智深大闹野猪林
   第八回 柴进门招天下客 林冲棒打洪教头
   第九回 林教头风雪山神庙 陆虞侯火烧草料场
   第十回 朱贵水亭施号箭 林冲雪夜上梁山

第二册：

　　第二十四回　王婆计啜西门庆　淫妇药鸩武大郎
　　第二十五回　偷骨殖何九送丧　供人头武二设祭
　　第二十六回　母药叉孟州道卖人肉　武都头十字坡遇张青
　　第二十七回　武松威震安平寨　施恩义夺快活林
　　第二十八回　施恩重霸孟州道　武松醉打蒋门神
　　第二十九回　施恩三入死囚牢　武松大闹飞云浦
　　第 三十 回　张都监血溅鸳鸯楼　武行者夜走蜈蚣岭
　　第三十一回　武行者醉打孔亮　锦毛虎义释宋江
　　第三十二回　宋江夜看小鳌山　花荣大闹清风寨
　　第三十三回　镇三山大闹青州道　霹雳火夜走瓦砾场
　　第三十四回　石将军村店寄书　小李广梁山射雁
　　第三十五回　梁山伯吴用举戴宗　揭阳岭宋江逢李俊

6. Chinois 4011《征四寇传》

首页扉页中刊大字"征四寇传"，上书"圣叹外书"，右上题"后续水浒"，左下署"振贤堂藏版"，全书共10卷，从第六十七回至第一百十五回，法图精装1册收藏。内容结构上，卷首有序1篇，文末署"乾隆元岁，蒲月望日，如莲居士题于似山居中"；后接叙1篇，但后半部分失佚。该版本为后续金圣叹七十回本水浒，因此目录上的回目从"第六十七回　柴进簪花入禁苑　李逵元夜闹东京"开始，到"第一百十五回　宋公明神聚蓼儿洼　徽宗帝梦游梁山泊"，是百十五回简本系统的目录。目录部分的标题为《新增绣像水浒后续目录》，但该版本并无插图配文，可见所续原书或为绣像版金批水浒传。全书正文中无点评，但文末亦引了袁无涯点评文字，形式同《绣像汉宋奇书》，如下：

　　公明一腔忠义，宋家以鸩饮极之。昔人云：高鸟尽，良弓藏；狡兔死,走狗烹。千古名言。又评:阅此须阅南华齐物寻(等)篇,始浇胸中魂。"

(三)法图馆藏《水浒记》戏曲版信息

1. Chinois 4355《六十种曲 绣刻演剧十本 第五套 水浒记》

法图馆藏有《六十种曲》两种,两个版本均为汲古阁订正。书封面左上侧贴书名,应为"六十种曲 绣刻演剧十本",现只残存"六十"二字,右侧贴"申集 锦笺记 蕉帕记 紫箫记 水浒记 玉玦记",并有"汲古阁"印。首扉页右侧刊"绣刻演剧十本",左侧记"第五套"并列出"锦笺、蕉帕、紫箫、水浒、玉玦、灌园、种玉、双烈、狮吼、义侠"10种,该册收录戏文"锦笺、紫箫、玉玦、蕉帕、水浒"5种,依顺序,《水浒记》收录于该册最后。内容结构上,《水浒记》分上下两卷,卷上目录收录第一至第十六出,后接卷上正文;下卷目录收录第十七至第三十二出,后接卷下正文。现将目录抄录于下:

卷上:			
第一出	标目	第十三出	效欸
第二出	论心	第十四出	剽劫
第三出	邂逅	第十五出	联姻
第四出	遗训	第十六出	报变
第五出	发难	卷下:	
第六出	周急	第十七出	义什
第七出	遥祝	第十八出	渔色
第八出	投胶	第十九出	纵骑
第九出	慕义	第二十出	火并
第十出	谋成	第二十一出	野合
第十一出	约婚	第二十二出	闺晤
第十二出	目成	第二十三出	感愤
		第二十四出	鼠牙

第二十五出	分飞	第二十九出	计逭
第二十六出	招衅	第三十出	败露
第二十七出	博执	第三十一出	冥感
第二十八出	党援	第三十二出	聚义

2. Chinois 4370《六十种曲　水浒记》

这一册内容按顺序包括蕉帕记、紫箫记、水浒记、玉玦记4种，其中的《水浒记》内容与 Chinois 4355 中的《水浒记》基本一致，包括上下两卷，上卷目录后接上卷正文，下卷目录后接下卷正文。

（四）法图藏《水浒传》日本版图册版本

1. Japonais 17《美勇水浒传》

此为法图收藏的日本典籍，名为水浒，实则与《水浒传》并无关系，若论关系，只是托《水浒传》之名，绘制了五十好汉的浮世绘。封面中刊"美勇水浒传　全"，卷首附日本明治时期小说家假名垣鲁文所写《序言》。其篇首谈到《水浒传》楔子的内容中天罡地煞 108 位好汉遇洪而开的故事，也说明了画师月冈芳年将 108 位好汉换成了他们所需要的 50 位"义勇善恶好汉丽妇"，于是有了这《美勇水浒传》。《序言》中还提及金圣叹。《序言》后接《目录》，亦为假名垣鲁文所记。

目录内容包括书名《美勇水浒传》、作者一魁斋芳年（月冈芳年）、书商龟游堂以及书中所绘人物 50 人。

2. Japonais 4670《水浒画传》

该书为法图所藏日本典籍，该版本为残本。封面左侧贴印"水浒画传　上"，首扉页中刊"水浒画传　全三册"，右侧上书"柳水亭种清著　葵冈北溪画"，左下署"东都书肆　甘泉堂板"。卷首有柳水亭种清书序言 1 篇，落款处时间为"安政三丙辰岁正月"，即 1856 年 1 月。正文内容包括 3 个部分，一部分为正文前 5 页，内容由翻译成日文后简化了的小说文本与图像构成。

很显然，这一部分是以图为主，文字为辅的浮世绘创作。第二部分为

水浒传各人物诨号目录,但此处仅收录108人中的33人,他们是:

及时雨宋江明、神医安道全、入云龙公孙胜、九纹龙史进、跳涧虎陈达、花和尚鲁智深、小霸王周通、豹子头林冲、霹雳火秦明、镇三山黄信、小旋风柴进、青眼虎李云、白日鼠白胜、鼓上蚤时迁、插翅虎雷横、赤发鬼刘唐、玉幡竿孟康、立地太岁阮小二、活阎罗阮小七、短命二郎阮小五、智多星吴用、锦豹子杨林、神行大保戴宗、菜园子张青、母夜叉孙二娘、两头蛇解珍、双尾蝎解宝、病关索杨雄、舍命三郎石秀、石将军石勇、黑旋风李逵、浪里白跳张顺、铁叫子乐和。①

第三部分为水浒人物画像及文字品评,由于此本非全本,目前仅余宋江、安道全、公孙胜、史进、陈达、鲁智深、周通7人的画像和点评。该书绘图均为彩绘。

三、法图馆藏《水浒传》序、跋梳理

前文简要梳理了法图所藏《水浒传》各版本的基本信息,下文试图从专题的角度、横向描述这14种材料中的同类材料各自的特点,主要关注两个方面,一是文前的序跋、目录信息,二是插图的相关信息。

对于世代累积型集体创作的小说作品,研究版本源流是人们了解小说成型与变化的文化途径。书籍卷首的序跋,记录了编者和出版商的观点,他们选择名人点评,是为了提高小说的知名度,为小说打开销路。而文人所作序、跋及点评,也等于参与营造了小说的社会流行性,实际上也是一场出自文人想象的、由文人开头发言的文人与读者的对话。富有序

---

① [日]《水浒全传》,东都书肆,甘泉堂板,目录。此处抄录"宋江明""神行大保"均为原文,非错字。

跋文和点评是明清小说的特点,它们涌现得越多,文人与读者的对话资源就越多。法图所藏《水浒传》,除《新刊京本全像插增田虎王庆忠义水浒传》为无卷首信息的残本外,有7个版本有序跋信息,现列表如表2所示:

表2 法图所藏《水浒传》有序跋文的版本一览表

版本系统	馆藏编号	书名	序跋信息	作者	时间
繁本	Chinois 3995–3998	第五才子书 施耐庵水浒传	序一、序二、序三	金圣叹	崇祯十四年二月十五日
			宋史断(宋史纲、宋史目)		
			读第五才子书书法		
			贯华堂所藏古本水浒传前自有序一篇今录之		
	Chinois 3999–4002	第五才子书 施耐庵古本水浒传	序一、序二、序三	金圣叹	崇祯十四年二月十五日
			宋史断(宋史纲、宋史目)		
			读第五才子书书法		
			贯华堂所藏古本水浒传前自有序一篇今录之		
			序	句曲外史	雍正甲寅上伏日
	Chinois 4003–4007	绣像第五才子书	序一、序二、序三	金圣叹	崇祯十四年二月十五日,雍正十二年七月中元日重刊
			宋史断(宋史纲、宋史目)		
			读第五才子书书法		
			贯华堂所藏古本水浒传前自有序一篇今录之		
	Chinois 3992–3994	钟伯敬先生批评忠义水浒传	水浒传序	钟惺	明代
			水浒传人物品评	钟惺	

(续表)

版本系统	馆藏编号	书名	序跋信息	作者	时间
简本	Chinois 3969-3974	绣像汉宋奇书 三国水浒合传	英雄谱弁言	熊飞	明代
	Chinois 3991	忠义水浒全传	水浒传全本序	五湖老人	明代
	Chinois 4011	征四寇传	序	如莲居士	
			叙	赏心居士	乾隆壬子岁腊月

(一)《第五才子书》

从繁本系统来看,法图所藏繁本系统《水浒传》4套,其中就有3套为金圣叹七十回本的《第五才子书》,包括Chinois 3995-3998《第五才子书施耐庵水浒传》、Chinois 3999-4002《第五才子书 施耐庵古本水浒传》和Chinois 4003-4007《绣像第五才子书 圣叹外书 施耐庵先生水浒传》。在序跋信息方面,金圣叹七十回本3个版本内容基本一致,除Chinois 4003-4007于卷首附1篇句曲外史书《水浒传序》并带有绣像外,金圣叹所书序言信息都是一致的,包括金圣叹3篇序言、宋史断1篇、伪贯华堂序1篇、读第五才子书法1篇,共6篇。因此,这个系列的《水浒传》版本序跋信息包括两部分,一是3套《第五才子书》均有刊印的金圣叹所撰《水浒传》序言,二是《绣像第五才子书》中多收录的1篇句曲外史所书《水浒传序》,下文将分别进行介绍。

金圣叹这位明末清初文人,极富才情,个性张扬,其点评版《水浒传》与《西厢记》均久久盛行于世,后因抗议示威巡抚,于"哭庙案"中被处斩离世。明清小说卷首常有文人作序,但1人为1部小说撰文6篇收于书前实属罕见,足见金圣叹对《水浒》的热爱。金圣叹为《水浒》所撰3篇以

"序"为名的文章中,以《序一》篇幅最长,《序二》最短,《序三》署有书写年月,即"皇帝崇祯十四年二月十五日"①,可作为其点评《水浒》的时间依据。以序言完成时间推算,金圣叹点评《水浒传》应在崇祯十一年(1638)至崇祯十三年(1640)之间②,此阶段正值明末农民起义广泛兴起之际,金氏对《水浒》的点评显然与时代背景有密不可分的关系。

关于金批本《水浒传》中金氏的点评,学界素来存有争议。现代以来的金圣叹相关研究中,胡适、鲁迅对此都给出过他们的观点。胡适在《水浒传考证》一文中,对金圣叹的点评文字虽有部分肯定,但也颇有不满,其缘由一,认为金氏点评文字有"八股选家之气"③,他在文中谈道:

> 金圣叹用了当时"选家"评文的眼光来逐句批评《水浒》,遂把一部《水浒》凌迟碎砍,成了一部"十七世纪眉批夹注的白话文范"!……这种机械的文评正是八股选家的流毒,读了不但没有益处,并且养成一种八股式的文学观念,是很有害的。④

缘由二,认为金氏点评有"理学先生气",他既已言明金圣叹属于"清议"派,又仍然认为金氏点评的文字全为字面意思,其中并无曲折,以至于认为其点评过于主观,强作"作史笔法",使得部分夹评和点评牵强附会,过犹不及⑤。胡适对金圣叹的批评大部分还是围绕文学本身进行的,胡适所言金圣叹批点《水浒传》所带有的"八股选家"和"理学先生"之气,事实上也是那个时代文人多有的通病,毕竟囿于时代大环境的限制,他们不可能发出超前于那个时代的声音。

鲁迅对金圣叹的反对态度比胡适更进一步。他在《中国小说史略》中

---

① 在法图所藏 3 个版本中,《绣像第五才子书》的《序三》所属年月为"雍正十二年七月中元日重刊"。
② 张国光《金圣叹的志与才》,南京:南京出版社,1998,第 13 页。
③ 胡适《中国章回小说考证》,合肥:安徽教育出版社,1999,第 7 页。
④ 胡适《中国章回小说考证》,合肥:安徽教育出版社,1999,第 7 页。
⑤ 胡适《中国章回小说考证》,合肥:安徽教育出版社,1999,第 11 页。

对金圣叹批改《水浒传》的评价与胡适观点大致相似,但在1933年所写《谈金圣叹》①一文中,他批判性地谈及了金圣叹删去《水浒传》后五十回的问题,认为金圣叹"腰斩"的举动是因为"痛恨流寇",由此得出金圣叹是"近于官绅"的结论,认为金圣叹"想不到小老百姓的对于流寇,只痛恨着一半:不在于'寇',而在于'流'"②。鲁迅还特别说了一句"宋江据有山寨,虽打家劫舍,而劫富济贫,金圣叹却道应该在童贯高俅辈的爪牙之前,一个个俯首受缚,他们想不懂"③,并以"乡下人却还要看《武松独手擒方腊》这些戏"④作为依据说明在民间"腰斩"的水浒并不能满足民众的需求。后续学者对金圣叹的批判许多都引鲁迅之言为佐证。但实际上,这篇小短文中,鲁迅实际想谈的,也并非金圣叹而已,还有百姓、民众的思想:

> 中国百姓一向自称"蚁民",现在为便于譬喻起见,姑升为牛罢,铁骑一过,茹毛饮血,蹄骨狼藉,倘可避免,他们自然是总想避免的,但如果肯放任他们自啮野草,苟延残喘,挤出乳来将这些"坐寇"喂得饱饱的,后来能够比较的不复狼吞虎咽,则他们就以为如天之福。⑤

鲁迅之谈金圣叹,既不是谈文学本身,也不是谈金圣叹的政治立场,谈的是中国百姓的思维机理,是中国社会弊病所在。

五四以来的许多研究中,对金本《水浒传》的评价在很长一段时间内以胡适、鲁迅之评为基调,认为金圣叹的点评表达的思想即为字面意思所传达,并未探讨过曲笔的问题。对金圣叹肯定赞同的声音也不少,但多从文学理论本身出发。进入20世纪下半叶,对金圣叹的评价开始围绕政治

---

① 鲁迅《南腔北调集》,沈阳:万卷出版公司,2014,第82—83页。
② 鲁迅《南腔北调集》,沈阳:万卷出版公司,2014,第82页。
③ 鲁迅《南腔北调集》,沈阳:万卷出版公司,2014,第83页。
④ 鲁迅《南腔北调集》,沈阳:万卷出版公司,2014,第83页。
⑤ 鲁迅《南腔北调集》,沈阳:万卷出版公司,2014,第83页。

观点展开。当时的观点,似乎都忽略了金圣叹"反清"的风骨,而是强调其文字中对农民起义的反对,加之革命思潮灌注,很长一段时间内金圣叹被认为是反对农民起义的"封建反动文人",被加以批判。1955 年何满子所撰《论金圣叹评改〈水浒传〉》,否定了金圣叹七十回《水浒传》,并指出金圣叹是"封建统治阶级的又一种代言人"①。

进入 20 世纪 60 年代,逐渐开始出现一些呼吁重新评价金圣叹的文学观点与政治立场的文章,指出金氏并非反对农民起义,并非站在统治阶级立场上认为镇压民众具有正确性。1961 年野马在《湖南文学》上发表了《从金圣叹谈起》一文,对金氏的思想和文学见解都给予了一定程度的肯定,随后《文艺报》以《略谈金圣叹对〈水浒〉的见解》为题转载了该文,在学术界引起一定关注。1964 年张国光发表于《新建设》上的《金圣叹是封建反动文人吗?——与公盾同志商榷》②,尝试打开金圣叹研究的新局面,具体提出了"保护色"问题,指出金圣叹同情农民起义,认为书中部分自相矛盾的"反动言论"是为了书籍能传播、流行于世而添上的"保护色"。尽管当时对此文不赞同者居多③,但亦算是开启了金圣叹研究的新方向,只是在后来批判《水浒传》的整体风气下,这一方向并未继续下去,并且在接下来的十年风暴中,金圣叹彻底被扣上"反动文人"的帽子。

20 世纪 70 年代末,随着时代思潮的转向,为金氏"平反"的文章不断出现,最活跃的当属张国光,他进一步推进了 60 年代提出的"保护色"说,并发表了《我国杰出的启蒙思想家金圣叹》④《两种〈水浒〉,两个宋江——论必须完整地理解毛主席和鲁迅对〈水浒〉、宋江的评价,兼谈金圣叹批改

---

① 何满子《论金圣叹评改〈水浒传〉》,上海:上海出版公司,1955,第 4 页。
② 张国光《金圣叹是封建反动文人吗?——与公盾同志商榷》,收入张国光《〈水浒〉与金圣叹研究》,中州书画社,1981,第 122 页。
③ 郑公盾《不应该赞扬金圣叹对〈水浒传〉的批改》,《新建设》1964 年 10、11 月号;郑公盾、朱通《金圣叹在〈水浒传〉评点中的艺术分析值得颂扬吗?》,《光明日报》1964 年 12 月 20 日;谭拓《不要忽视我国古典文学评论中的阶级斗争——读王若望〈水浒〉评点札记》,《光明日报》1965 年 6 月 20 日;等等。
④ 张国光《我国杰出的启蒙思想家金圣叹》,《江汉论坛》1979 年创刊号。

〈水浒〉的贡献》①《去伪存真,由表及里——关于金圣叹批改〈水浒〉不得已用"保护色"问题》②等文章。显然他是推崇金圣叹的,后来亦出版了《金圣叹的志与才》③一书,对金圣叹所处时代背景、政治立场和文艺理论贡献做出了详细的分析与评价。也有不少学者提出了反对意见④,即认为对金圣叹的评价应该客观,但不能抬得过高,矫枉过正。

如今回过头来看金圣叹的文章,他于《水浒传》多篇序言中再三避讳,再三强调仅论文章事,不问朝廷、不谈过失,想避过议论。却不知这曲笔写就的文章,后世生出如此多种解读来。他在字里行间委婉表达自己的政治观点,试图借《水浒传》的改写一表他的才华和志气,却不想他的文章也成为后世文人借文抒意的材料,成为一个容纳过各种观点的容器,在重重解读之下亦是重重思潮涌动。

1.《序一》

金圣叹于《水浒传》卷首先撰3篇序言,这3篇序言侧重点各有不同,《序一》以金圣叹的文学观点为主,肯定了《水浒传》的文学地位和价值;《序二》对"忠义水浒"的观点进行了书面意义上的反驳,并谈及水浒人物之品行;《序三》乃金圣叹文艺理论思想的体现,尤其提到了贯穿金圣叹文学点评始终的佛教思想,与后文回目总评及文中夹评有很大关联,可算是提纲挈领的一篇总叙。

首先来看《序一》。金圣叹自称此文是要"叙述古今经书兴废之大略",由这个主题,他引出了对"才子著书"的一番感慨,以及对"才子书"的看法。首先,金圣叹以议论儒家六经入手,言六经之中,《诗》《书》《礼》

---

① 张国光《两种〈水浒〉,两个宋江——论必须完整地理解毛主席和鲁迅对〈水浒〉、宋江的评价,兼谈金圣叹批改〈水浒〉的贡献》,《武汉师院学报》1979年第1期。
② 张国光《去伪存真,由表及里——关于金圣叹批改〈水浒〉不得已用"保护色"问题》,《郧阳师专学报》1980年第2期。
③ 张国光《金圣叹的志与才》,南京:南京出版社,1998。
④ 吴志达《评金圣叹批改〈水浒〉的问题——兼与张国光同志商榷》,《江汉论坛》1979年第2期;刘士兴、刘道恩《关于金圣叹评改〈水浒〉的研究》,《武汉师院学报》1979年第1期。

《易》皆为圣人所著,是为真正经典,唯《春秋》是孔子所著,而孔子"无圣人之位,则无其权;无其权,而不免有作,此仲尼是也",又言:

> 古者非天子不考文,自仲尼以庶人作《春秋》,而后世巧言之徒,无不纷纷以作。纷纷以作既久,庞言无所不有。君读之而彷徨于上,民读之而惑乱于下,势必至于拉杂燔烧,祸连六经。①

由此而引出对始皇焚书之感慨,字面言明始皇之焚书并非祸事,始皇之罪只在于烧毁圣人经典,而至于其他,则只是使圣人经典淹没于其中的"横议"而已:

> 是故作书,圣人之事也。非圣人而作书,其人可诛,其书可烧也。作书,圣人而天子之事也,非天子而作书,其人可诛,其书可烧也。何也?非圣人而作书,其书破道;非天子而作书,其书破治。破道与治,是横议也。横议,则乌得不烧?横议之人,则乌得不诛?②
>
> 若始皇烧书而并烧圣经,则是虽有其权而实无其德;实无其德,则不知其故;不知其故,斯尽烧矣。故并烧圣经者,始皇之罪也;烧书,始皇之功也。无何汉兴,又大求遗书。当时在朝廷诸臣,以献书进者多有。于是四方功名之士,无人不言有书,一时得书之多,反更多与未烧之日。金夫自古至今,人则知烧书之祸至烈,又岂知求书之祸尤烈哉!③

这一番议论,直将惑乱著书的源头切至儒家先师孔子之处,以孔子《春秋》开刀,显然是对朝廷言论控制的讽刺(具体还需结合时代背景、史料分析)。

---

① [清]金圣叹批点,叶瑶池梓行《第五才子书》,卷一,《序一》。
② [清]金圣叹批点,叶瑶池梓行《第五才子书》,卷一,《序一》。
③ [清]金圣叹批点,叶瑶池梓行《第五才子书》,卷一,《序一》。

在随后的段落中,金氏将始皇"焚书"与汉室"求书"不断进行对比,表明汉室复兴以来"求书"之祸更甚于"焚书":

> 而祸首罪魁,则汉人诏求遗书,实开之衅。故曰烧书之祸烈,求书之祸尤烈也。烧书之祸,祸在并烧圣经。圣经烧,而民不兴于善,是始皇之罪万世不得而原之也。求书之祸,祸在并行私书。私书行而民之于恶乃至无所不有,此汉人之罪亦万世不得而原之也。然烧圣经,而圣经终大显于后世,是则始皇之罪犹可逃也。若行私书,而私书遂至灾害蔓延不可复救,则是汉人之罪终不活也。①

这一段论述实则亦是正话反说,金氏并非认为汉室以降所著书籍均为"祸害",而是反向论述"求书"的重要性。

然而既已提出"有罪"论,又如何解决这"私书蔓延"难以辨别的问题?金氏给出了他的答案:"圣人之作书也以德,古人之作书也以才"。由此转入了他对"才"的论述,也是对他才子书系列的总论。他提出:

> 夫古人之才也者,世不相延,人不相及。庄周有庄周之才,屈平有屈平之才,马迁有马迁之才,杜甫有杜甫之才,降而至于施耐庵有施耐庵之才,董解元有董解元之才。②

金圣叹将古之作者分为"圣人"和"才人",他们才情各异,而无法承袭、不可替代则使他们的才情显得尤为可贵。金氏列举了庄子、屈原、司马迁、杜甫、施耐庵、董解元为才情各异的才子,也即后来他推崇的"六才子",他们所著之书便被称为"六才子书"。在这里,金氏将施耐庵的《水浒传》提升到了与庄周《庄子》、屈原《离骚》、司马迁《史记》和杜甫诗歌一样的文学

---

① [清]金圣叹批点,叶瑶池梓行《第五才子书》,卷一,《序一》。
② [清]金圣叹批点,叶瑶池梓行《第五才子书》,卷一,《序一》。

地位,他谈道:

> 故若庄周、屈平、马迁、杜甫,以及施耐庵、董解元之书,是皆所谓心绝气尽,面犹死人者,然后其才前后缭绕,得成一书者也。庄周、屈平、马迁、杜甫,其妙如彼,不复具论。若夫施耐庵之书,而亦必至于心尽气绝,面犹死人,而后其才前后缭绕,始得成书,夫而后知古人作书,其非苟且也者。①

这里,充分肯定了施耐庵著书的呕心沥血,也肯定了《水浒传》的价值,这也是《序一》的主要内容。

2.《序二》

其次,来看《序二》的内容。该文的内容主要围绕"忠义"二字展开,但并非文学意义上的"忠义",而是社会文化意义上的"忠义"。因此,该篇文章并非对文学性的解读,而是对社会现象的论述。金氏先论"忠义水浒传"名之不恰当,后论及水浒108人的历史社会形象,以此说明为何他会去掉"忠义",仅余"水浒"作为小说题名。金氏就"忠义"和"水浒"两个关键词,给出了自己的定义:

> 忠者,事上之盛节也;义者,使下之大经也。忠以事其上,义以使其下,斯宰相之材也。忠者,与人之大道也;义者,处己之善物也。忠以与乎人,义以处乎几,则圣贤之徒也。若夫耐庵所云"水浒"也者,王土之滨则有水,又在水外则曰浒,远之也。远之也者,天下之凶物,天下之所共击也;天下之恶物,天下之所共弃也。②

从上文两组定义来看,金氏将"忠义"与"水浒"对立起来了,"忠义"被视为

---

① [清] 金圣叹批点,叶瑶池梓行《第五才子书》,卷一,《序一》。
② [清] 金圣叹批点,叶瑶池梓行《第五才子书》,卷一,《序二》。

国之正道,是圣贤之徒所应拥有的品质,依理应高居庙堂,而非远在江湖。而"水浒",穷山恶水之处,远离统治中心,又怎会有属于正统的"忠义"在这里留存呢?于是,金氏发出了这样的感慨:

> 若使忠义而在水浒,忠义为天下之凶物、恶物乎哉!且水浒有忠义,国家无忠义耶?夫君则犹是君也,臣则犹是臣也,夫何至于国而无忠义?此虽恶其臣之辞,而已难乎为吾之君解也。父则犹是父也,子则犹是子也,夫何至于家而无忠义?①

显然,这又是金氏曲笔写就的一篇文字,他并非真正认为水浒为"凶物""恶物"的代表,而若水浒真有忠义,则朝中无忠义,君君臣臣、父父子子、纲常皆乱才是金氏真正要发出的诘问,若真是清明盛世,"何至于国而无忠义"?

带着这样的诘问,再看后文金氏对水浒108人的品性点评,方能知道又是一番正话反说,只是这段文字早期一直被当作将金圣叹划为反对革命、反农民起义文人的论据,不少研究者据此认为金氏腰斩《水浒》意在突出朝廷对农民起义的剿灭,规劝民众不要明知没有好下场仍然起兵造反。金氏这番点评这样写道:

> 且亦不思宋江等一百八人,则何为而至于水浒者乎?其幼,皆豺狼虎豹之姿也;其壮,皆杀人夺货之行也;其后,皆敲朴劓刖之余也;其卒,皆揭竿斩木之贼也。有王者作,比而诛之,则千人亦快,万人亦快者也。②
>
> ……而惟宋江等一百八人,以为高山景行,其心向往者哉!是故由耐庵之《水浒》言之,则如史氏之有《梼杌》是也,备书其外之权诈,

---

① [清]金圣叹批点,叶瑶池梓行《第五才子书》,卷一,《序二》。
② [清]金圣叹批点,叶瑶池梓行《第五才子书》,卷一,《序二》。

备书其内之凶恶,所以诛前人既死之心者,所以防后人未然之心也。由今日之《忠义水浒》言之,则直与宋江赚入伙、吴用之说撺箸无以异也。无恶不归朝廷,无美不归绿林,已为盗者读之而自豪,未为盗者读之而为盗也。①

从字面上理解,金氏对水浒诸人的点评确实满篇负面词汇,似乎将他们塑造成人人得而诛之的形象,后又确实于行文中流露出对良民仿水浒诸人行盗匪之事的担忧,于是,仅从此文出发,认为金氏站在梁山众人对立面上是可以解释得通的。但结合金批本中的回评、眉批、夹批以及后文《读第五才子书书法》等文本,都能看出金氏对除宋江外的梁山诸人的由衷喜爱,因此此处不可简单以字面意思来理解。金氏腰斩《水浒传》后五十回,删去了招安后的内容,一种观点是认为他主张朝廷要坚决剿灭,不实行招安政策。但基于金氏本身人物背景,他绝不是一个愚忠朝廷的迂腐文人,他要表达的并非反对朝廷施行招安,而是反对好汉接受招安;他要强调的并非朝廷出兵剿匪,而是强调即便接受招安也不会善终,不如在一场"噩梦"中清醒,反抗到底。

3.《序三》

《序三》较前两篇序不同,文字间感性许多,毫不掩饰对《水浒传》和施耐庵其人的溢美之词,是从文艺评论角度书写的序言。该文开篇便是叙述金氏自幼与《水浒传》的缘分,又讲述他如何将这种对《水浒传》的喜爱延续到他儿子身上,可见金氏对《水浒传》一书的喜爱程度。

金氏引入两个概念,点评《水浒传》的艺术水平,一是"格物",二是"因缘生法"。他在文中谈道:

> 天下之文章,无有出《水浒》右者;天下之格物君子,无有出施耐庵先生右者。学者诚能澄怀格物,发皇文章,岂不一代文物之

---

① [清]金圣叹批点,叶瑶池梓行《第五才子书》,卷一,《序二》。

林?……施耐庵以一心所运,而一百八人各自入妙者,无他,十年格物一朝物格,斯以一笔而写千百万人,固不以为难也。格物亦有法,汝应知之。格物之法,以忠恕为门。何谓忠?天下因缘生法,故忠不必学而至于忠,天下自然,无法不忠。……盗贼犬鼠无不忠者,所谓恕也。夫然后物格,夫然后能尽人之性,而可以赞化育,参天地。今世之人,吾知之,是先不知因缘生法。①

在这里,金氏引入并结合了"格物"和"因缘生法"两个概念,并以"忠恕"将之联系在一起。"格物"出自《礼记·大学第四十二》:"致知在格物,物格而后知至",致知在理解、追寻事物原理,以此达到对世界的认知和理解。"格物"一说原为儒学概念,这里金氏首先用来形容施耐庵,说他乃"天下之格物君子",意在指出施耐庵写一百八人一百八种样子是因他"十年格物一朝物格",始终保持对笔下之物的追寻和打磨,才能在最后将他们都放到最恰当的位置上。而"因缘生法"则是佛家概念,不同于"自然生法","因缘生法"重在"因缘",世间一切法皆由因缘所致,金氏以夫妻生二子为例解释"因缘生法",是以夫妻因缘推及至天下因缘,并由此来点评施耐庵《水浒》的写作:

忠恕,量万物之斗斛也。因缘生法,裁世界之刀尺也。施耐庵左手握如是斗斛,右手持如是刀尺,而仅乃叙一百八人之性情、气质、形状、声口者,是犹小试其端也。②

在将"格物"与"因缘生法"的思想结合之后,金氏肯定了《水浒传》的写法,称其"精严",所谓"精严",也就是:

---

① [清]金圣叹批点,叶瑶池梓行《第五才子书》,卷一,《序三》。
② [清]金圣叹批点,叶瑶池梓行《第五才子书》,卷一,《序三》。

字有字法,句有句法,章有章法,部有部法是也。①

并认为一切书之读法,皆可从《水浒传》总结而来:

　　非吾有读《水浒》之法,若《水浒》固自为读一切书之法矣。②

更在文末总结道:

　　汝真能善得此法,而明年经业既毕,便以之遍天下之书,其易果如破竹也者,夫而后叹施耐庵《水浒传》真为文章之总持。③

足见金氏对《水浒传》文本评价之高。他作此序,意在向世人强调水浒文章水平之高,以免世人将其作为普通读物随手翻阅了事。《水浒传》毕竟不同于《庄子》《史记》,后二者是流传于世的文学经典,也是入仕为官必读经典,《水浒传》作为章回小说一类,还不足以在普遍认知中跻身经典行列,金氏此举,对《水浒传》的文学价值和社会价值的提高有重要意义。

4.《宋史断》

《宋史断》分为《宋史纲》《宋史目》两节,是以史实为基础的叙述。这两部分文字都以《宋史》记载文字开头,辅以"史臣断曰"来点明历史上对这段历史的官方判断,并在此基础上发展自己的议论。可见这其中至少有三方观点,一为正史记载史实,二为史官点评,三为金圣叹议论。金氏的议论可算精妙,以延续史官论点之势,暗度自己批判朝廷腐败统治的观点。

《宋史纲》中,以《宋史》对宋江起义事件的记载为纲,金圣叹展开了对

---

① [清]金圣叹批点,叶瑶池梓行《第五才子书》,卷一,《序三》。
② [清]金圣叹批点,叶瑶池梓行《第五才子书》,卷一,《序三》。
③ [清]金圣叹批点,叶瑶池梓行《第五才子书》,卷一,《序三》。

盗匪、朝臣、天子三方的议论。金氏首先引史料记载,并对招安这一行为定性:

> 淮南盗宋江掠京东诸郡,知海州张叔夜击降之。
> 史臣断曰:赦罪者,天子之大恩;定罪者,君子之大法。宋江掠京东诸郡,其罪应死,此书"降"而不书"诛",则是当时已赦之也。……君子非不知盗之初,非生而为盗,与夫既赦以后之乐与更始,亦不复为盗也。①

招安一行为,是天子念在盗匪成盗原因多样而做出的赦免。同时,招安并非旨在降服一次盗匪,更在于以此为例、以此为鉴,希望了结后患。随后金氏表达了在这类招安事件中,天子之角色是"仁君",但仁不是治理国家唯一关键,恩威并施、有法有度才是根本:

> 盖一朝而赦者,天子之恩;百世不改者,君子之法。宋江虽降而必书曰盗,此《春秋》谨严之志,所以昭往戒、防未然、正人心、辅王化也。②

由此,金圣叹再次谈及将"忠义"一词从《水浒传》题名中拿掉的原因,以忠义之名冠于盗匪之上,是惑乱人心之举。又借评张叔夜之际,道出金氏认为的良臣与昏臣之别,赞扬张叔夜之功,批判逼民造反的昏官:

> 自官箴既坠,而肉食者多。民废田业,官亦不知;民学游手,官亦不知;民多饥馁,官亦不知;民渐行劫,官亦不知。如是,即不免至于盗贼蜂起也。而问其城郭,官又不知;问其兵甲,官又不知;问其粮

---

① [清]金圣叹批点,叶瑶池梓行《第五才子书》,卷二,《宋史断》。
② [清]金圣叹批点,叶瑶池梓行《第五才子书》,卷二,《宋史断》。

草,官又不知;问其马匹,官又不知。嗟乎!既已一无所知,而又欺其君曰:"吾知某州。"夫尔知某州何事者哉?《宋史》于张叔夜击降宋江,而独大书知海州者,重予之也。

史臣之为此言也,是犹宽厚言之者也。若夫官知某州,则实何事不知者乎?关节,则知通也;权要,则知跪也;催科,则知加耗也;对簿,则知罚赎也;民户殷富,则知波连以逮之也;吏胥狡狯,则知心膂以托之也。其所不知者,诚一无所知;乃其所知者,且无一而不知也。嗟乎!嗟乎!一无所知,仅不可以为官;若无一不知,不且俨然为盗乎哉!诚安得张叔夜其人,以击宋江之余力而遍击之也!①

上述两段议论很是精彩,是金氏对昏官与奸臣的区分,"一无所知"者仅昏庸而已,不为官也不会祸乱一方,而"无一不知"者,才是真正隐患,才是真正祸国之根本,只是限于政治考量,金氏无法再做展开,并不得不匆匆以赞张叔夜之功来做结。

《宋史目》篇首所引内容为《宋史》对宋江起义的记载,这里金圣叹并未完全按照原文引述,而是将《宋史·侯蒙传》和《宋史·张叔夜传》融合在了一起,有部分字词改动。加入侯蒙一段,主要为后文以侯蒙大发议论做铺垫。这一段《宋史》中原本的记载一为《宋史·侯蒙传》,内容如下:

宋江寇京东,蒙上书言:"江以三十六人横行齐魏,官军数万无敢抗者,其才必过人。今清溪盗起,不若赦江,使讨方腊以自赎。"帝曰:"蒙居外不忘君,忠臣也。"命知东平府,未赴而卒。(《宋史》卷三五一)②

二为《宋史·张叔夜传》,内容如下:

---

① [清]金圣叹批点,叶瑶池梓行《第五才子书》,卷二,《宋史断》。
② 西北大学中文系《〈水浒〉评论资料》,1975,第437页。

宋江起河朔,转略十郡,官军莫敢婴其锋。声言降至,叔夜使间者觇所向。贼径趋海濒,劫巨舟十余,载卤获。于是募死士得千人,设伏近城,而出轻兵,距海诱之战,先匿壮卒海旁,伺兵合,举火焚其舟。贼闻之,皆无斗志。伏兵乘之,擒其副贼,江乃降。(《宋史》卷三五三)①

金氏文中引述内容如下:

宋江起为盗,以三十六人横行河朔,转略十郡,官军莫敢婴其锋。知亳州侯蒙上书,言江才必有大过人者,不若赦之,使讨方腊以自赎。帝命蒙知东平府,未赴而卒。又命张叔夜知海州。江将至海州,叔夜使间者觇所向。江径趋海濒,劫巨舟十余,载卤获。叔夜募死士得千人,设伏近城,而出轻兵,距海诱之战,先匿壮卒海旁,伺兵合,举火焚其舟。贼闻之,皆无斗志。伏兵乘之,擒其副贼,江乃降。②

如此既交代清楚了整个过程的来龙去脉,也不影响行文和阅读的流畅性,把平宋江起义的过程中两个至关重要的角色都融进这一段文字中。金氏也自然借这二人在招安一事中的不同角色对官场乱象点评一番。金氏引史官之观点为:

观此而知天下之事无不可为,而特无为事之人。③

由"无为事之人"一点,金氏引出对张叔夜的肯定,但这肯定是以反衬来凸显的,即先书一番反面例子,列一些"无为之人"的无为之因,方显得张叔夜尤为可贵。而这无为之因就包括:

---

① 西北大学中文系《〈水浒〉评论资料》,1975,第 437 页。
② [清]金圣叹批点,叶瑶池梓行《第五才子书》,卷二,《宋史断》。
③ [清]金圣叹批点,叶瑶池梓行《第五才子书》,卷二,《宋史断》。

十郡之长官,各有其妻子,各有其货重,各有其禄位,各有其性命,而转顾既多,大计不决,贼骤乘之,措手莫及也。①

这里赞张叔夜,并不书他如何善用兵,如何有才干,这些官员系统内的一般评价体系在金氏书写中均未提到,所述可贵之处唯一的一点,即为民疾苦一切皆可抛却:

张叔夜不过无妻子可恋,无货重可忧,无禄位可求,无性命可惜。所谓为与不为,维臣之责;济与不济,皆君之灵,不过如是。②

此处又是正话反说,张叔夜并非无家眷、无家产、无官位、不惜命,但他仍选择为他人所不为,这是金氏最看重的品质。

金氏对侯蒙的评价又是一出曲笔,他说"侯蒙与赦宋江使讨方腊,一语而八失焉",这"八失"与其说是在说侯蒙,不如说句句是在讽刺大宋一国却奈何不了此起彼伏的民间起义。这是以对侯蒙的责备语气,道出大宋政治弊疾,影射当世种种问题。侯蒙虽是提出招安办法之人,首肯的却是天子,执行的是整个权力机构,侯蒙这"八失"不过是不便直言的批判罢了。一失"温语求息,失朝廷之尊",朝廷向盗匪低头,失之骨气。二失"轻与议赦,坏国家之法",是国家法度不严,形同虚设。三失"方腊所到残破,不闻皇师震怒,而仰望扫除与绿林之三十六人,显当时之无人",直道出宋时武将大受压制,朝中无将可用之局面,并由此影射明后期此起彼伏的起义无可镇压的状况。四失"诱一贼攻一贼,以冀两斗一伤,乌知贼中无人不窥此意而大笑乎?势将反教之合,而令猖狂愈甚",如此一计,看似坐收渔翁之利,实则昭告天下朝廷无人、朝廷无能,无法震慑四方,自然流寇四起、时局动荡。五失"武功者,天下豪杰之士捐其头颅肢体而后得之,今忽

---

① [清]金圣叹批点,叶瑶池梓行《第五才子书》,卷二,《宋史断》。
② [清]金圣叹批点,叶瑶池梓行《第五才子书》,卷二,《宋史断》。

以为盗贼出身之地,使壮夫削色",先肯定习武者须历重重困难方能习得一身好功夫,而这样的人才却不在朝而在野,意为并非无才可用,而是朝廷不能选人。六失"今更无人出手犯难,为君解忧,而徒欲以诏书为弭乱之具,有负养士百年之恩",讽朝中官员食君之禄却不分君之忧,在其位却不谋其政,碌碌无为。七失"有罪者可赦,无罪者生心,从此无治天下之术",有此先例在前,则原则荡然无存,匪寇可与朝廷谈判,朝廷还能以什么驾驭天下?八失"若谓其才有过人者,则何不用之未为盗之先,而顾荐之既为盗之后,当时宰相为谁,颠倒一至于是"①,直将矛头指向当朝位高权重之人,识人不明,用人不明,枉为高官。这一段文字最后以金氏反对所谓的水浒续书做结。

5.《读第五才子书法》

这篇是金圣叹解读《水浒传》的经典文章,所谓读书之法,便是金氏所认为的文学品评的标准与依据。文中提到了不少文学作品分析、批评的理论,为后来解读《水浒传》、解读古典小说提供了新的理论依据。在文章的结尾金圣叹也说道,希望日后的学人看到《水浒传》不只是把它当作闲书读过付之一笑,而是将它与《史记》《战国策》等同视之,能从中学到些许文法,有所收获②。同时,这篇文字中依然藏有金圣叹对民间起义的观点态度,从他对施耐庵写《水浒传》目的的描述便能看出一二。

这篇文章大略可分为两个部分。第一部分,文章先从写作的立意选题入手,金圣叹认为施耐庵写《水浒传》不同于司马迁写《史记》,并非是一种呐喊,并非"发愤"之作,而只是:

> 饱暖无事,又值闲心,不免伸笔弄纸,寻个题目,写出自家许多锦心绣口,故其是非皆不谬于圣人。③

---

① [清]金圣叹批点,叶瑶池梓行《第五才子书》,卷二,《宋史断》。
② [清]金圣叹批点,叶瑶池梓行《第五才子书》,卷三,《读第五才子书法》。
③ [清]金圣叹批点,叶瑶池梓行《第五才子书》,卷三,《读第五才子书法》。

这便是将对《水浒传》点评的重点从"忠义"或反抗,转移到纯文学的层面上来,毕竟按前文的意思,这仅是文人闲来追求文字技法的作品。而至于为何选择宋江起义这一题材,金圣叹给出的解释,也是仅从纯文学的角度进行解读,他认为:

> 只是贪他三十六个人,便有三十六样出身,三十六样面孔,三十六样性格,中间便结撰得来。①

从立意和选题两个方面将《水浒传》与反抗主题划清界限,利于金氏的自保,也是为保《水浒传》有效传播进行的掩护。但既然谈到了《水浒传》的文学性,自然不能空谈,即便只谈文学性,在金圣叹的评价中这依然是一部文学杰作,当时还没有《红楼梦》,但他认为后来被并称为"四大名著"的《西游记》和《三国演义》都不及《水浒》:

> 题目如《西游》《三国》,如何?答曰:这个都不好。《三国》人物事体说话太多了,笔下拖不动,掜不转,分明如官府传话奴才,只是把小人声口替得这句话出来,其实何曾自敢添减一字。《西游》又太无脚地了,只是逐段捏捏撮撮,譬如大年夜放烟火,一阵一阵过,中间全没贯串,便使人读之,处处可住。②

这里谈到《三国演义》《西游记》不及《水浒传》的原因,其中一点就是《三国演义》看似写众多人物,其实仍是不免官方声音,不像《水浒传》乃民间群像。这里的比较,与其说真的在谈《三国演义》《西游记》的不足,不若说是在反向肯定《水浒传》传递出来的民间社会景象以及其所体现的现实意义。由此也可作为一种佐证,证明前文金圣叹所言施耐庵不过是"饱暖无

---

① [清]金圣叹批点,叶瑶池梓行《第五才子书》,卷三,《读第五才子书法》。
② [清]金圣叹批点,叶瑶池梓行《第五才子书》,卷三,《读第五才子书法》。

事"、闲来弄笔,只是对《水浒传》和他自己的一种保护。

第二部分,金圣叹谈到了《水浒传》的写法。这里,金圣叹首先将《水浒传》与《史记》做了一番比较。

《水浒传》方法,都从《史记》出来,却又许多胜似《史记》处。若《史记》妙处,《水浒》已是件件有。

某尝道《水浒》胜似《史记》,人都不肯信。其实《史记》是以文运事,《水浒》是因文生事。以文运事,是先有事生成如此如此,却要算计出一篇文字来,虽是史公高才,也毕竟是吃苦事。因文生事即不然,只是顺着笔性去,削高补低都由我。①

既然《水浒传》是"因文生事",那么显然,这生出来的故事,便是作者所思、作者所想,虽确实不似《史记》那般是由史实而来,却着实是体现作者观念的文章,是在借文抒情。很显然,金氏虽然于字面上一直强调《水浒》之无深意,但曲笔之处又处处显出他对《水浒》传递出来的意义的满意。

随后金圣叹对《水浒传》的写作方法做了评点。这写法也分三层来讲:第一,是指出谋篇布局、字句章法;第二,是指出人物性格的特点描绘,也是金圣叹给出的人物品评;第三,则是归纳总结文章写作的各种技巧,也可作为评判他文的技术性标准。首先,从字句章法上看,金圣叹指出:

《水浒传》章有章法,句有句法,字有字法。人家子弟稍识字,便当教令反复细看,看得《水浒传》出时,他书便如破竹。②

他又举了3个例子,点出《水浒传》中谋篇布局的高明之处,即同一样难写的题目,书中偏要前后有所呼应,但又写得大不相同,如江城劫法场

---

① [清]金圣叹批点,叶瑶池梓行《第五才子书》,卷三,《读第五才子书法》。
② [清]金圣叹批点,叶瑶池梓行《第五才子书》,卷三,《读第五才子书法》。

与大名府劫法场、潘金莲偷汉与潘巧云偷汉、景阳冈打虎和沂水县杀虎：

> 劫法场、偷汉、打虎，都是极难题目，直是没有下笔处，他偏不怕，定要写出两篇。①

关于这几篇文字具体的高明之处，于后文回目总评中金圣叹都有细致叙述，故此处没有多言。

其次，金圣叹对《水浒传》人物描写大为赞赏，并作出了人物品评。他认为：

> 《宣和遗事》具载三十六人姓名，可见三十六人是实有。只是七十回中许多事迹，须知都是作书人凭空造谎出来。如今却因读此七十回，反把三十六个人物都认得了，任凭提起一个，都似旧时熟识，文字有气力如此。②

这108人中，根据作者的描写，金圣叹将他们分为上上人物、上中人物、中上人物、中下人物、下下人物5种。其中，上上人物先后列了武松、鲁达、李逵、林冲、吴用、花荣、阮小七、杨志、关胜；上中人物写了秦明、索超、史进、呼延灼、卢俊义、柴进、朱仝、雷横；中上人物列了石秀、公孙胜、李应、阮小二、阮小五、张横、张顺、燕青、刘唐、徐宁、董平；中下人物有杨雄、戴宗；下下人物仅宋江、时迁两人。其中又属对李逵着墨最多，金圣叹对李逵评价着实高，抄录于下：

> 李逵是上上人物，写得真是一片天真烂漫到底。看他意思，便是山泊中一百七人，无一个得他眼。《孟子》"富贵不能淫，贫贱不能移，

---

① ［清］金圣叹批点，叶瑶池梓行《第五才子书》，卷三，《读第五才子书法》。
② ［清］金圣叹批点，叶瑶池梓行《第五才子书》，卷三，《读第五才子书法》。

威武不能屈",正是他好批语。

看来作文,全要胸中先有缘故。若有缘故时,便随手所触,都成妙笔;若无缘故时,直是无动手处,便作得来,也是嚼蜡。

如只写李逵,岂不段段都是绝妙文字,却不知正为段段都在宋江事后,故便妙不可言。盖作者只是痛恨宋江奸诈,故处处紧接出一段李逵朴诚来,做个形击。

其意思自在显宋江之恶,却不料反成李逵之妙也。此譬如刺枪,本要杀人,反使出一身家数。

近世不知何人,不晓此意,却节处李逵事来,另作一册,题曰:"寿张文集",可谓"咬人屎撅,不是好狗"。

写李逵色色绝倒,真是化工肖物之笔。他都不必具论;只如逵还有兄李达,便定然排行第二也,他却偏要一生自叫李大,直等急切中移名换姓时,反称作李二,谓之乖觉。试想他肚里,是何等没分晓。

任是真正大豪杰好汉子,也还有时将银子买得他心肯。独有李逵,便使银子买他不得,须要他自肯,真又是一样人。①

其一,就李逵的品性而言,金圣叹给出了极高的评价,虽然以往的水浒人物品评中,李逵也收获过不错的评价,但是以《孟子》中对君子的评价标准来评价李逵,是没有见到过的,这一下便把李逵的层次又拔高了一层。其二,从人物性格特点层面来说,金圣叹认为"李逵粗卤是蛮",是与其他人的粗鲁不一样的,而这"蛮"的另一面就是"天真烂漫到底",这种天真是执着,是有原则,是对认定的事情不放手的一股难得的劲力。其三,金圣叹分析了作者写李逵如此生动所运用的手法。一是源自"胸中有缘故",心中有大局规划,才能把人物写活。二是金圣叹特别指出,人物之间对比对照产生的化学效果。从后文的论述中可以看出,金圣叹极度推崇李逵,还有一个重要原因在于其与宋江之间对比形成的张力。

---

① 〔清〕金圣叹批点,叶瑶池梓行《第五才子书》,卷三,《读第五才子书法》。

李逵的天真,若无对比,则很难体现得淋漓。一组人物之间的对照描写产生的效果,比独立个人的描写效果更好。其四,金圣叹还指出了对李逵的一种误读,这也是对上一条写作方式分析的延续,即解读人物也不可孤立看待。

最后,金圣叹对《水浒传》中使用的文学技法进行了归纳总结。金氏总结了15种手法,包括:倒插法、夹叙法、草蛇灰线法、大落墨法、绵针泥刺法、背面铺粉法、弄引法、尾法獭、正犯法、略犯法、极不省法、极省法、欲合故纵法、横云断山法、鸾胶续弦法。每种写作手法后金圣叹都根据《水浒传》的情节叙述举例说明,是他对文章的谋篇布局、字句矜饰的思考。

6.《贯华堂所藏古本〈水浒传〉前自有序一篇今录之》

这篇序虽题为《水浒传》古本序,且文末署"东都施耐庵序",但实为金圣叹借名伪作,因此仍看作金圣叹所作序言体系中的一部分,并且这篇序主要是为了佐证他前5篇序言的观点。全文以施耐庵的语气写来,主要涉及两点:第一是以第一人称叙述呈现生存状态,体现施耐庵为人性情闲散、自然朴实,颇有些田园意象;第二便谈到了《水浒传》一书的创作,是与友人闲聚之后的"灯下戏墨",印证了上一篇《读第五才子书法》所言,是"饱暖无事"的闲作,顺便强调:

> 吾友不谈及朝廷,非但安分,亦以路遥,传闻为多。传闻之言无实,五十集唐丧唾津矣。亦不及人过失者,天下之人本无过失,不应吾诋诬之也。①

进一步撇清一切与政治的关系。更在后文的自我设问中,表明文章事仅为文章事而已:

---

① [清]金圣叹批点,叶瑶池梓行《第五才子书》,卷四,《贯华堂所藏古本〈水浒传〉前自有序一篇今录之》。

或若问：言既已未尝集为一书，云何独有此传？则岂非此传成之无名，不成无损，一；心闲试弄，舒卷自恣，二；无贤无愚，无不能读，三；文章得失，小不足悔，四也。呜呼哀哉！吾生有涯，吾呜呼知后人之读吾书者谓何？但取今日以示吾友，吾友读之而乐，斯亦足耳。且未知吾之后身读者之谓何，亦未知吾之后身得读此书者乎？吾又安所用其眷念哉！①

至于文章后人如何解读，都不是作者本人能左右的了。这也给金圣叹本人的解读提供了更多空间。

7.《叙》

该篇序言是雍正年间重印《绣像第五才子书》时和绣像一起添加在卷首的，列在金圣叹6篇序言之前，《水浒传资料汇编》书中亦有收录。它在内容上与金圣叹的序言有部分关联，有对金本腰斩《水浒传》的回应，写作时间应在金圣叹之后，并且文末有署时间为"雍正甲寅上伏日"，因此能判定该文为清雍正年间写就。关于句曲外史其人，已知有元代诗文家张雨，号句曲外史，人称句曲先生，但其为元代诗人，与这篇写于清朝的文章显然对不上号，那么这篇序言的作者就显得有些扑朔迷离了。本章暂无法对其作者身份进行详细考证，仅就文章所处时代和文字本身内容对序言内容进行简要总结归纳。

这篇序言主要分两个层次，作者先是夸赞《水浒传》一番，而这种肯定是在与其他文学作品比较之后得出的。他从说部类的文学作品说起，夸赞它们的想象和情节，但对其文字描写颇为不满。在这种情况下，他谈到《史记》刻画人物之妙：

盖自子长氏综群言，衷圣籍，创为本纪世家列传，举上下数千年

---

① ［清］金圣叹批点，叶瑶池梓行《第五才子书》，卷四，《贯华堂所藏古本〈水浒传〉前自有序一篇今录之》。

之人事，鳞次而珠贯，能使观音异代而如遇其人，异地而如身其事，兴衰治乱之故，不待推测而自知，而正史之体用，于是乎大备。①

但作者认为《史记》这一优秀的写法并没有很好地在正史写作中传承下来，反而一些"稗史"、民间传奇颇有其风骨，但也止步于"人则一人，事则一事，各尽其技而止"。到这里，便引出了《水浒传》的过人之处，在于：

取一百八人而传之，分之而人各为一个人，合之而事则为一事；以一百八人刚柔燥湿之性，各写其声音笑貌，而遂以揭其心思，纤者毋使之为弘，疏者毋使之为密，非如化工之鼓舞万物，欲其各肖而无一同也？虽以一百八人邈若山河，岂惟纵横组织，一合而无不同也？虽然，则《水浒》者，耐庵恢史公之合传而广之者也。不宁惟是，言椎埋则传游侠也，言金币则传货殖也，言卜算则传龟策也。日星河岳之灾祥，风云水火之变动，以及朝庙威仪车马声伎，无不备载。②

由此可以看到，作者对施耐庵的评价思路，与评价金圣叹大致是一致的，两者都是引《史记》为标杆，来衡量历代文学作品及《水浒传》，从中比较优劣。当然，仅仅是谈到《史记》，还不能说明这一思路一定起自金氏，毕竟钟伯敬的《水浒传》序中，也以《史记》为标准，称赞了《水浒传》。应该说，是作者在该篇《序言》的最后部分提及了金圣叹的评论与批注，才让这层关系清晰起来：

是书吴门金圣叹批注，久行于世，字多漫灭，怀德主人庀工新之，以公同好。余谓是书虽出游戏，然《庄》《列》不皆寓言乎？花晨月夕，山麓水滨，把一卷读之，不觉欲竟全部，读全部既，辄再读之，不欲去

---

① ［清］金圣叹批点，芥子园藏板《绣像第五才子书》，《叙》。
② ［清］金圣叹批点，芥子园藏板《绣像第五才子书》，《叙》。

手。世之赏奇者,定复如此。当亟与新城先生诸说部并行。①

这段文字揭示了两个要点,第一,即这篇文字确实写于雍正年间,因为此时距金本问世时间已久,所以才会出现"久行于世,字多漫灭"的情况;第二,显然作者是很喜欢金本《水浒传》的,故而将该版本重新刻印,还在卷首加上了绣像图,以便于其流传。

(二)钟伯敬先生批评忠义水浒传

钟批本《忠义水浒传》一套为百回本,通常认为繁本系统中的百回本皆以容与堂本为底本,钟批本也不例外。钟批本含序1篇,人物品评9篇,包括:宋江、吴用、李逵、卢俊义、鲁智深、林冲、扈三娘、杨雄与石秀、海阇黎与潘巧云,其详细内容《水浒书录》②有全文收录。

钟伯敬原名钟惺,伯敬为其字,号退谷,万历三十八年(1610)进士,曾至礼部主事、福建提学佥事。关于钟批本《水浒传》,学界许多研究均已指出,该本承自容与堂本曦钟在《关于钟伯敬先生批评水浒忠义传》一文中指出:

> 此序主要思想"世人先有《水浒传》中几番行经,然后施耐庵、罗贯中借笔墨拈出"云云,实本于容与堂本卷首之《水浒传一百回文字优劣》。序中所说"李卓吾复恐读者草草看过,又为点定,作艺林一段佳话",当指容与堂本无疑。③

断定钟批本《水浒传序》与容与堂本序言的关系。而王辉斌所著《四大奇书探究》中曾谈到明代小说托名批评的现象,并指出钟批本《水浒传》乃叶昼托名所作④。因此,下文中仅对该版本《水浒传》中序和人物品评做文

---

① [清]金圣叹批点,芥子园藏板《绣像第五才子书》,《叙》。
② 马蹄疾编著《水浒书录》,上海:上海古籍出版社,1986,第89—93页。
③ 曦钟《关于钟伯敬先生批评水浒忠义传》,《文献》1983年第1期,第45页。
④ 王辉斌《四大奇书探究》,合肥:黄山书社,2014,《明代托名小说批评叙论》,第301—303页。

本分析,至于作者究竟为何人,待有更多材料后再来考证。

1.《水浒传序》

在钟伯敬所书《水浒传序》中,主要谈到了两个部分。第一个部分是《水浒》所书为世间已有之事,并将《史记》与之类比。在开篇他便提到了《史记》,在对《史记》的点评中,他认为:

> 一部《史记》中极奇绝者,却不在帝纪、年表、八书、诸列传,只在货殖、滑稽、游侠、刺客四作。①

抬高货殖、滑稽、游侠、刺客部分的写作,将之与《水浒传》联系在一起,作者顺着这个思路指出:

> 《水浒》之极奇绝者,又不在逢人便拜,翘然为梁山泊主,而在锄奸斩淫,杀恶人如麻,吐世人不平之气于一百单八人。②

肯定了好汉的价值在于助善民锄恶人,在于替天行道,而不是在于聚众起兵,故而对梁山泊主仅以"逢人便拜"之词形容。随后,钟氏点明了其观点,认为:

> 总之,世人先有《水浒传》中几番行径,然后施耐庵、罗贯中借笔墨拈出,与迁史同千古之恨。世上先有淫妇人,然后以杨雄之妻、武松之嫂实之;世上先有马泊六,然后以王婆实之;世上先有家奴与主母通奸,然后以卢俊义之贾氏、李固实之。若差拨、若董超、若薛霸、若富安、若陆谦,情状逼真,笑话欲活,非世人先有是事,即令文人面壁九年,呕血十石,安能有此笔舌耶!③

---

① 《钟伯敬先生批评水浒忠义传》四知馆刻本,《水浒传序》。
② 《钟伯敬先生批评水浒忠义传》四知馆刻本,《水浒传序》。
③ 《钟伯敬先生批评水浒忠义传》四知馆刻本,《水浒传序》。

钟氏的观点与后来金圣叹的观点不同,金氏虽然也将《水浒传》提到与《史记》同样地位,但并不认为《水浒传》的写作与《史记》是同一路数,相反,他认为《史记》写作是基于史实,而《水浒传》的写作则是"因文生事",钟氏则认为,《水浒传》妙就妙在对社会百态的摹写,不仅借了宋江三十六人起兵这个空壳,还填满了社会事件的血肉。

第二个部分,钟氏谈到李卓吾对《水浒传》的点评,肯定了李卓吾对《水浒传》点评的出发点和评论观点,认为他:

> 复恐读者草草看过,又为点定,作艺林一段佳话,仍以鲁智深临化数言,揭内典之精微,唤醒一世沉梦。……何怪卓吾氏以《水浒》为绝世奇文也者,非其文奇,其人奇耳。①

这种认同说明钟氏对《水浒》的看法与李氏一致,并且认同点评一事意在帮助普通读者,增强阅读信息的收集,增强对这一"奇文"的理解。

2.《水浒传人物品评》

这一卷人物品评一共 9 篇,篇幅小巧,兹录全文于下,逐篇探讨:

宋 江

> 宋江逢人便拜,见人便哭,每自称曰"小吏小吏",或曰"罪人罪人",的是个假道学真强盗也。然终能以此收拾人心,亦非无用者。当时若使之为相,虽不敢曰休休一个臣,亦必能以人事君,有可观者矣。②

在《宋江》一篇中,作者对宋江评价显然不高,但因其为梁山之主,故仍将他放在第一位置。这里对宋江的解读与前文序言中的"逢人便拜"是

---

① 《钟伯敬先生批评水浒忠义传》四知馆刻本,《水浒传序》。
② 《钟伯敬先生批评水浒忠义传》四知馆刻本,《水浒传人物品评》。

一致的,作者进一步指出宋江"假道学、真强盗",与"忠义"二字有偏离,但在文末依然对宋江给予了一些肯定,认为其能收服人心,确有过人之处,还有入阁拜相的才能,若有机会或可为辅佐君王的能臣。

吴 用

吴用一味权谋,全身奸诈,佛性到此,渐灭殆尽。倘能置之帷幄之中,似亦可与陈平诸人对垒。①

在《吴用》一篇中,作者对吴用的品评方式似与宋江类似,前半段在人品上否定他,后半段又在才能上肯定他。作者对吴用的用词可算是严苛了,"权谋""奸诈"都是极严重的词,其似乎已没有良善品质存留,但笔锋一转,又夸其为幕僚好人才,正要与宋江搭配。

李 逵

李逵者,梁山泊第一尊活佛也。为善为恶,彼俱无意。宋江用之,便只知有宋江而已,无成心也,无执念也。藉使道君皇帝能用之,我知其不为蔡京、高休、童贯、杨戬矣。②

作者对李逵的评价是这9篇人物品评中最高之一,直以"活佛"比之。李逵之难得,不在其武力超群,而在其烂漫心性。此种心性无论在何境地,也不会有丝毫改变,不会受外界丝毫影响,这般与生俱来的定力,遇神杀神、遇佛杀佛的了悟,大概是作者称之为"活佛"的缘由。

卢俊义

俊义山东富室,称三绝。惟知丘圆自贵,那肯沦落江湖。却被大

---

① 《钟伯敬先生批评水浒忠义传》四知馆刻本,《水浒传人物品评》。
② 《钟伯敬先生批评水浒忠义传》四知馆刻本,《水浒传人物品评》。

圆和尚一荐，吴用便平白赚人做贼，性命几不能保。噫！吴用至此，计太毒矣，可恨可恨。

在《卢俊义》一篇中，却有一半篇幅在讲吴用，对卢俊义的评价只在介绍生平背景，人品上的评价只一句"那肯沦落江湖"，以显卢相公正直伟岸。这里对吴用的评价与前文《吴用》篇中相似，均为负面评价，但又暗叹吴用谋略。

鲁智深

鲁智深性急颇象李逵，却比李逵更有许多蕴藉处。观其打死郑屠，计退周通，乃粗中之细，真世上大有心人。或谓其收拾器皿一节，便非丈夫所为。余谓率性所为，不拘小节，此正是后来成佛作祖处。如今人假慈悲者，毕竟济得甚事。总之，周通东手劫来西手去，何妨之有？何妨之有？①

从对鲁智深和李逵的品评中可以看出，作者对于人物品格的评价，"佛性"是很重要的一项。作者对鲁智深的评价也很高，一方面在于他粗中有细，是真正有智慧之人；一方面在于他没有执念，不执着于世间琐事，被点悟后便成佛祖。这份大气度，作者是很欣赏的。

林冲

林冲仪表逴异，膂力过人，实兔苪之纠纠者。际遇名世，可方彭季之俦。卒落权奸之阱，逃入水泊。当日倘用之御金辽，焉知不为干城心腹乎。

这篇的前半段，作者充分肯定了林冲的能力和人品，惜林冲为奸佞所

---

① 《钟伯敬先生批评水浒忠义传》四知馆刻本，《水浒传人物品评》。

害,选择落草为寇;后半段作者又假设,若林冲能入仕,适合什么样的位置。这与前文点评宋江、吴用等人的思路是一致的,先赞或贬,再思考这种人才是否能为朝廷所用。从作者的点评方式看,作者应是心系朝廷之人,为朝廷痛失人才叹息。

扈三娘

扈三娘二八娉婷,巾帼丈夫,其英勇可比锦伞夫人,人共赏之。既字祝彪,可称同调,何彪之命薄,不能妇三娘而为贼人所得,人共惜之。然红颜薄命,自古有之,朱淑真才好而遇穷,李夫人被遇而短①,世界真大缺陷也。

在这一篇中,作者称赞扈三娘美貌英勇。扈三娘作为女性,在当时的历史条件下无法入仕为官,作者也就没有再做推想。只是在后半段,作者将她与朱淑真、李夫人做类比,惋惜女子红颜薄命。作为这9篇品评中唯一一篇对女英雄单独的品评,可见作者对扈三娘的形象十分喜爱。

杨雄、石秀

石秀之遇杨雄,如波投水;杨雄之结石秀,如漆付胶。从来路见不平者多,拔刀相助者少。世人至亲兄弟,至切交情,尚有反面无情者,怎似杨雄、石秀,萍水一逢,便成肝胆之交。杨雄毕竟得他之力。如杨雄者不难,如石秀者世不易得。石秀不止一武夫,观其委婉详悉,的是智勇之士。

最后这两篇人物品评都是双人一组,一篇讲兄弟情,一篇讲男女情。《水浒传》中"四海皆兄弟",有亲兄弟,如阮氏三兄弟,张横和张顺,解珍和

---

① 此处在曦钟《关于钟伯敬先生批评水浒忠义传》的收录中,曦钟认为句子不甚通顺,疑有缺字,后马蹄疾收录入《水浒书录》时,在"短"字后留了"□"以示缺字。

解宝等;也有关系密切的结拜兄弟,如宋江、李俊①,武松、张青②;还有情谊难分的主仆,如卢俊义、燕青。作者侧重"结拜"类的拟亲属关系描写,展现了民间社会的生活层面和精神世界,重点讲了杨雄与石秀的情感。他们萍水相逢、互相欣赏,成了肝胆相照的兄弟。为了"兄弟"这个民俗命名,石秀和杨雄都为彼此忍了常人所不能忍、做了常人所不能做的事,足见这种民俗命名对造反英雄的价值。在特定社会语境中,民俗命名还能爆发强大的能量,产生亲属家庭命名所没有的功能。

海阇黎、潘巧云

阇黎色中饿鬼,巧云花阵魔头。两下正逢敌手,极恣欢悦。孽报相随,终遭惨祸。从来佛法,淫戒最重。历看僧道贪淫,皆收无上苦报,而僧人每每犯之,杳不知戒。何也?今后僧家贪淫者,且勿看经,请看《水浒传》。

这一篇品评,看似写男女情爱,实则讲僧家戒律,潘巧云人在题中,正文却一句带过,作者着力谈论佛家弟子海阇黎破淫戒的下场。作者这9篇人物品评中,有3篇提到佛家相关的问题,一是李逵,二是鲁智深,这两人皆是正面形象,三是海阇黎,被作者痛斥,甚至说出"今后僧家贪淫者,且勿看经,请看《水浒传》"一类的气话,足见《水浒传》的是非观多么鲜明。

3.《绣像汉宋奇书》之序《英雄谱弁言》

法图馆藏两套《绣像汉宋奇书》,两套书内容基本一致,《目录》前有熊飞书《英雄谱弁言》一篇,《目录》后有毛宗岗《三国读法》一篇。这篇《三国读法》中,毛宗岗效仿金圣叹删改《水浒》的做法删改题批,并认为《三国演

---

① [明]施耐庵、[明]罗贯中著,[清]金圣叹、[明]李卓吾点评《水浒传》,北京:中华书局,2009,第310页。

② [明]施耐庵、[明]罗贯中著,[清]金圣叹、[明]李卓吾点评《水浒传》,北京:中华书局,2009,第240页。

义》优于《水浒传》,是第一才子书,但因其内容与《水浒传》关联不大,故不列入此次研究的范围。《英雄谱弁言》在《水浒传资料汇编》①中有收录,书中收录据1949年出版《影印明崇祯本英雄谱图赞》本,经对照,《序言》与该版本无异。

关于该篇《序言》的作者熊飞,据方彦寿《明代刻书家熊宗立述考》中介绍:

> 熊飞,字希孟,号在渭。熊宗立的六世孙。他在崇祯年间以"雄飞馆"之名首刊《英雄谱》,别出心裁地将《水浒》和《三国》上下合刊。②

熊飞是刻书商,而非文艺批评家,但刻书商在宋元明时期也不是普通商人,而是半个文化人。他们懂书,也懂市场。他们的介入,能增加古典小说的社会流传性。他在这篇《序言》中,谈到为何要将《三国演义》与《水浒传》合刊为一本,并由此谈及他对造反"英雄"社会组织和文本系统的理解:

> 英雄有谱乎?曰无也。灵心影现,百道不穷。不刻死煞之印板于当下,不剿现成之局面于他人。英雄而有谱也,是按图而索骥也。英雄尽于《三国》《水浒》乎?曰不也。燕越不学函镈,导代不相借材。凡称丈夫,各有须眉;谁是男子,不具血性?英雄有尽于《三国》《水浒》也,是一指而蔽斗也。③

熊飞的意思是,英雄既存于书中,又不只存于书中。英雄古来有之,英雄不问来路。英雄之所以被称为英雄,是因为他们自揭竿造反之日起,已被正史除籍,"故而英雄无谱"。但造反英雄又在民间社会大受欢迎,有口皆碑,故"英雄而有谱也"。《水浒传》和《三国演义》都是这种文本。书

---

① 朱一玄、刘毓忱《水浒传资料汇编》,天津:南开大学出版社,2012。
② 方彦寿《明代刻书家熊宗立述考》,《文献》1987年第31期。
③ 《绣像汉宋奇书　三国水浒合传》,芸香堂藏板,《英雄谱弁言》。

商看好它们的故事,发现好故事里就有商机。

> 英雄无谱,而英雄又不尽于《三国》《水浒》,则余合《三国》《水浒》而题为《英雄谱》也何居?我人自无始以来,丐得些子真丹,深贮入识田中。遇喜成狂,遇悲成壮。无题之诗,脱口便韵,不泪之泣,对物便鸣。况于笔花不吐,脾肉日生,晓风残月,撩人幽思,悲愤淋漓,无从寄顿。更东望而三经略之魄尚震,西望而两开府之魂未招。飞鸟尚自知时,嫠妇犹勤国恤。乃欲使七尺男子,销磨此嵚崎历落之致乎!①

熊飞还讲了两层意思需要注意,那是他的通俗文人观:其一,为何人们总是通过讲故事传颂英雄事迹。他认为,这是口传体裁的好处,"无题之诗,脱口便韵,不泪之泣,对物便鸣"。其二,明末内忧外患,江河日下,这是一个需要英雄的时代,而《三国演义》和《水浒传》将英雄具象化了,因此会大受欢迎。其将两书合刊,期望能唤起更多的有志之士,当然也有商机。

4.《忠义水浒全传》之序《水浒传全本序》

《忠义水浒全传》是法图所藏简本系统中一残本,卷首含《序》一篇,署名为五湖老人所作,《水浒传资料汇编》有收录,是刘修业当年赴巴黎留学时在法图抄录所得,黄霖编的《中国历代小说批评史料汇编校释》中②,对此有详细校注。

五湖老人其人生平至今不可考,这一版本的《序言》也未在其他版本《水浒传》中见到,可算是比较特别的版本。该篇《序言》分为三部分:首先,评价《水浒传》的特点;其次,肯定《水浒传》的写作手法;最后,考察《水浒传》的版本。

---

① 《绣像汉宋奇书 三国水浒合传》,芸香堂藏板,《英雄谱弁言》。
② 黄霖编《中国历代小说批评史料汇编校释》,南昌:百花洲文艺出版社,2009,第243—247页。

（三）《征四寇传》

法图所藏《征四寇传》，是接续金圣叹七十回本之后的故事，也就是原《水浒传》第六十七至第一百十五回的内容，以"圣叹续书"的副标题发行。该版本有两篇序言，分别题名《序》和《叙》。《序》是清代章回小说《说唐》的《序言》，大概该版本是于《说唐》流行后出现的，或者是《说唐》的《序言》是在《水浒传》成书后窜入的。

1.《序》

该篇序言篇幅不长，现全文抄录于下：

　　夫经书之诣，惟奥而深，史鉴之交，亦邃而后。然非探索之功，研究之力，焉能了彻于胸而为人谈说哉。故由博学而至笃，行其闲工夫不可胜道。今见藏书阁中有《说唐》一书，字五代后起，至盛唐而终，历载治乱之条贯，兴亡之错综，忠佞之判分，将相之奇猷，善恶毕列，妍丑无遗，交辞秉直，事理分排，使看者若燎火，听者如数典，说者尽悬壶，能与好善之心，创惩为恶之念，亦大有俾世之良书也。可付之于剞劂氏。乾隆元岁，蒲月望日，如莲居士题于似山屋（居）中。①

《说唐》与《水浒传》均属称颂造反英雄的小说，《说唐》虽然讲述隋唐交替之际的故事，结局也与《水浒传》大不相同，但仍是对草莽英雄的热烈描摹，在民间广为流传。尤其是《序言》中"历载治乱之条贯，兴亡之错综……创惩为恶之念，亦大有俾世之良书也"一段，挪入《水浒传》，也是对等描述。未知是否有这种考虑，编者将该《序言》编在《征四寇传》卷首。

2.《叙》

法图藏《征四寇传》的《叙》，后三分之一佚失，到"改弦易辙以善其"止，但《水浒传资料汇编》一书中，收录了上海申报馆仿聚珍版印本中刊印的《续水浒征四寇全传》的卷首部分，由此可知，《征四寇传》之《叙》，卷首

---

① 《后续水浒　征四寇传》，振贤堂藏板，《序》。

在上海,卷尾在法图,两者合并,能将该文补全。

从补全的信息来看,这篇《叙》的作者是赏心居士,文末落款时间为"时乾隆壬子岁腊月",也就是1792年,此时已是清中期,乾隆治下社会走向盛世,因而该《叙》对《水浒传》的评价,与金圣叹等人值明末清初乱世交替的情况下做出的点评,有所不同。

该《叙》谈及作者重续七十回本《水浒传》的原因是:

> 闲阅水浒一书,见其榜曰第五才子,则与《三国志》诸书同列,而非野史稗官所可同日语也,明矣。然自纳款倾葵之后,尊卑列序之余,竟恝然而止,杳不知其所终,是与天地珍重生才之心,岂不大相径庭哉。夫以群焉蚁聚之众,一旦而驰驱报国,灭寇安民,则虽其始行不端,而能翻然悔悟,改弦易辙以善其终,斯其志固可嘉而其功诚不可泯,倘不表诸简册,以示将来,英雄之志未免有不白,爰续是帙于卷后而付梓焉,使当日南征北讨荡平海宇之勋,赫然在人耳目,则不独群雄之志可伸,而是书亦有始有卒矣,岂不快哉。①

作者认为,英雄需要归于正统,才算完满,否则"英雄之志未免有不白",我们知道,这是盛世修史的态度,旨在粉饰太平,但这有违《水浒传》的精神,也与金圣叹的思想差距很大。

四、法图馆藏《水浒传》插图描述

明万历年间是插图小说版本繁荣的时代,根据郑振铎考证,带有插图的《水浒传》也于这个时间段出现②,随后直至晚清,出现了数量众多且、各

---

① 《后续水浒 征四寇传》,振贤堂藏板,《叙》。
② 郑振铎在给《忠义水浒传插图》作的《跋》中写道:"《水浒传》之有插图,当自明万历年间的诸种刻本开始。"(引自郑振铎著,张蔷编《郑振铎美术文集》,北京:人民美术出版社,1985。)

具风格的插图本。法图收藏的10套《水浒传》中有6套是绘有插图的版本，再加上2套日版《水浒传》图册，此次共有8套《水浒传》配图可供研究。

归类明清小说中的配图方式，大致有3种，第一种是卷首或文前配人物画像，第二种是卷首或章回前配小说情节相关的叙事性图像，第三种是每一页均以上图下书的版式，随着小说情节绘制的叙事性插图，分别被称为绣像、出像和全像①。而这3种插图方式恰好在法图所藏《水浒传》版本中都有体现。绣像为人物全身画像，通常无背景或背景元素较简略，表达以人物特点为主，而作为回目画的出像和随文而配的全像则都有场景与人物关系的展现，因此关注的侧重点在人物与人物的关系、人物与场景的关系、场景的刻画。带着不同的视角和侧重点，下文列出法图藏《水浒传》插图版详目。

（一）绣像《水浒传》与陈洪绶《水浒叶子》

在法图藏7套配有图像的《水浒传》中，两套《绣像汉宋奇书　三国水浒合传》和《绣像第五才子书　施耐庵先生水浒》使用的是同一套绣像图，均为印于卷首的人物全身画像，画像内容是包括宋江（如图7所示）、吴用等人在内的40位梁山好汉②，3个版本使用的画像与人物品评文字一致，仅版式稍有不同。两套《绣像汉宋奇书》的排版较为紧凑，人物画像与人物名讳、点评语排于同一面上，即一页含两面两幅人物绣像，而《绣像第五才子书》排版较为舒展，画像与名讳、点评语分置于一页双面，正面图，反

---

①　关于明清小说的配图描述，马蹄疾曾在《水浒插图选集序》一文中将它们归类为3种："全像""偏像""绣像"（马蹄疾《水浒书录》，上海：上海古籍出版社，1986，第145页），而后续发现存世的文本中，题"偏像"之名者寡，"出像"则更显流行。戴不凡《小说插图》一文中将小说配图归为另三类："全像""出像""绣像"（戴不凡《小说见闻录》，杭州：浙江人民出版社，1980，第294—298页），这里据此选择戴不凡的归类方式。

②　40位梁山好汉人物包含：呼保义宋江、智多星吴用、玉麒麟卢俊义、双鞭呼延灼、豹子头林冲、九纹龙史进、母夜叉孙二娘、浪里白条张顺、混江龙李俊、浪子燕青、青面兽杨志、美髯公朱仝、两头蛇解珍、金眼彪施恩、鼓上早（蚤）时迁、插翅虎雷横、一丈青扈三娘、没羽箭张清、赤发鬼刘唐、霹雳火秦明、双枪将董平、活阎罗阮小七、拼命三郎石秀、花和尚鲁智深、大刀关胜、没遮拦穆弘、混世魔王樊瑞、行者武松、入云龙公孙胜、急先锋索超、小旋风柴进、神行太保戴宗、小李广花荣、扑天雕李应、神机军师朱武、神医安道全、黑旋风李逵、母大虫顾大嫂、圣手书生萧让、金枪手徐宁。此为《绣像第五才子书》人物顺序。

面文。该套绣像图均以白描手法勾勒人物形态,人物形象、动作、身体、配饰都各具特色。40幅人像中,有31幅画中人物手中、腰间或背部配有一到两件与人物性格或特点相呼应的道具,这其中有25人所佩为兵器,余下6人中,神机军师朱武搭配的是羽扇,鼓上蚤时迁手中捉着那只报晓鸡,混江龙李俊扛着钓竿,浪子燕青则手持长笛,神医安道全右手一篮草药,左手一只药锄,唯一与人物特性不太相符的是母夜叉孙二娘的画像,画中孙二娘手拿针线在绣花。未配道具的9人中,美髯公朱仝身后背着正摇拨浪鼓的小衙内,九纹龙史进手臂上绘有龙形图样,其余之人则以服饰、体态来作区分。

(二)全像《水浒传》——《新刊京本全像插增田虎王庆忠义水浒传》

以往该版本在《水浒传》的版本研究中有着很重要的位置,由于该本的发现,简本的版本学地位提高了,后续围绕它展开的研究也都与考据和版本源流相关,但很少有人关注过它的图像信息。该残本共33页,即共有66幅配图,配图两侧有文字提示图像内容。作为紧随故事情节绘制的叙事性插图,绘制的重点主要在人物关系的表达和动态表现,因此在表现的情节上是有选择的,下文抄录图像两侧所书标题予以印证。

第九十九回　高俅报恩柳世雄王庆被陷配淮西:
柳世雄参见高俅
高俅与张斌议报恩
王庆与柳世雄比枪
高俅差人巡视王庆
王庆问李杰买卦
王庆不伏高俅节制
王庆刺配淮西李州
王庆使棒遇龚端
王庆又遇先生求卦

第一百回　王庆遇龚十五郎满村嫌黄达闹场:
王庆拜识十五郎
龚正唤庄客置酒
王庆与黄达斗枪
王庆到李州见大尹
王庆与庞元比势
庞元被打去见姐姐
王庆与张世开直伞
王庆在太尉衙做市买
王庆被太尉换了绢

第九十九回　王庆打死张太尉　夜廖立夜杀王庆
走永州遇李杰　　　　　　　王庆红桃山立寨
王庆投拜小夫人　　　　　　红桃山王庆招军马
小夫人劝太尉　　　　　　　宋江调兵征王庆
王庆打死兵马提辖　　　　　第一百一回　宋公明兵渡吕梁
王庆又遇新生卜课　　　　　关　公孙胜法取石祈城：
王庆教众庄客武艺　　　　　宋江兵度吕梁关
王庆奔走遇龚正　　　　　　孙安韧斩杀鲁成
王庆杀项裹救龚正　　　　　孙安怒斩谢典
王庆一棒打死黄达　　　　　公孙胜法取石祈城
王庆在路遇着承局　　　　　丘翔忠心不易
王庆询问范院长　　　　　　宋兵攻取梁州
范全典衣供王庆　　　　　　卢俊义大战上官义
王庆快活林开赌场　　　　　宋江与吴用议计
段三娘收馒头钱　　　　　　宋公明计打梁州城
第一百回　快活林王庆使枪　王庆怒斩乐女翠英
棒　三娘子招王庆入赘：　　宋兵大战梁州城
王庆快活林使棒　　　　　　宋江军马斩将请功
王庆棒打段五虎　　　　　　第一百二回　李逵受困于骆谷　宋
段三娘与王庆比试　　　　　江智取洮阳城（未完）
段三娘招王庆成亲　　　　　宋江拨兵打洮阳
三娘同王庆卖肉　　　　　　宋江兵到洮阳城下
王庆卖肉打众都头　　　　　黄仲宝定计捉李逵
王庆西阳镇杀庞元　　　　　李逵杀入山谷被困
王庆走过东晋村　　　　　　潘迅往村中问消息
王庆庙中得梦　　　　　　　潘迅引叶光孙见宋江
王庆同三娘到红桃山　　　　光孙引兵谷中救李逵
王庆与廖立比试　　　　　　解李逵计取洮阳

(三)《水浒传》回目画——《忠义水浒全传》和《钟伯敬先生批评忠义水浒》

1. Chinois 3991《忠义水浒全传》

在明清小说的插图样式中,除了绘制人物形象的"绣像",覆盖全书情节每页配图的"全像",还有一种即是根据回目内容和重要情节绘制的回目画,在当时被称为"出像"。法图馆藏《水浒传》版本中,有三套使用了描摹自陈老莲《水浒叶子》绣像图的《水浒传》,一册全像《水浒传》,以及两套配有不同系统回目画的《水浒传》。这两套《水浒传》分别来自繁简两个系统,下文将一一介绍。

《忠义水浒全传》从目录和内容上判断属于"文简事繁"的简本系统,但就其回目信息而言,目前并未发现与之相对应的其他相同版本,而其文前所配插图亦未曾见于目前出版于世的各种《水浒传》插图图册中,其构图和排版方式都有特别之处。该版本共有插图23页,即46幅,其中第三页和第十页都有两张,重复的页码标为"又三""又十",缺第七页、第十七页。印制插图的页面版心上镌"水浒传全像",但显然此"全像"不同于其他版本中"全像"的含义。

从画面结构方式来说,该版本的回目画属于复合型构图的合像,每幅插图绘有不止一回的内容,通常少则两回,多则六回。绘者独运匠心地将各回目所述故事内容巧妙糅合于同一页面,以环境边界延伸的方式,将不同的内容隔离开,且不影响画面整体美观。

其他版本《水浒传》插图尚未见此版方式,而绘制者所选取的回目即故事内容也与一般回目画的选择有所出入,如该版本回目标注与其他版本相异,也有一些不常为其他绘制者选择的内容和主题出现在该版回目画中。这套图所绘回目章节大部分时候被标注在画面空白处,但也有绘制了章节内容但并未标注的情况,下文抄录该版本所绘章节,其中斜体字表示笔者通过绘制内容推测未标明章回标题的插图应属哪个章回。该版本插图所绘章节包括:

第一页：
张天师祈禳瘟疫
王教头私走延安府
九纹龙大闹史家村
史大郎夜走华阴县
第二页：
鲁提辖拳打镇关西
鲁智深大闹五台山
小霸王醉入销金帐
九纹龙剪径赤松林
花和尚大闹桃花村
第三页：
豹子头误入白虎堂
花和尚大闹野猪林
陆虞侯火烧草料场
林冲棒打洪教头
又三页：
晁天王认义东溪村
赤发鬼醉卧灵官殿
急先锋东郭争功
汴京城杨志卖刀
青面兽双夺珠宝寺
吴用智取生辰纲
杨志押送金银担
公孙胜应七星聚义
吴学究说三阮撞筹
第四页：
美髯公智稳插翅虎

宋公明私放晁天王
梁山泊义士尊晁盖
晁盖梁山小夺泊
第五页：
王婆计啜西门庆
郓哥不忿闹茶肆
王婆贪贿说风情
景阳冈武松打虎
母夜叉孟州道卖人肉
共人头武二郎说祭
淫妇药鸩武大郎
第六页：
施恩重霸孟州道
武松醉打蒋门神
武松威震安平寨
武都头十字坡遇张青
张都监血溅鸳鸯楼
武行者夜走蜈蚣岭
武松大闹飞云浦
施恩三入死囚牢
第八页：
浔阳楼宋江吟反诗
梁山泊好汉劫法场
梁山泊宋江传假信
黑旋风斗浪里白跳
及时雨会神行太保
宋公明遇九天玄女
还道村受三卷天书

张顺活捉王文炳
白龙庙英雄小聚义
第九页：
杨雄醉骂潘巧云
石秀智杀裴如海
锦豹子小径逢戴宗
病关索长街遇石秀
黑旋风沂岭杀四虎
假李逵剪径劫单人
宋公明二打祝家庄
一丈青单捉王矮虎
宋公明一打祝家庄
拼命三火烧祝家店
病关索大闹翠屏山
第十页：
东平府误陷九纹龙
宋公明义释双枪将
卢俊义活捉史文恭
关胜降水火二将
宋江赏马步三军
忠义堂石碣受天文
宋公明弃粮擒壮士
没羽箭飞石打英雄
又十页：
戴宗智取公孙胜
柴进失陷高唐州
李逵打死殷天赐
黑旋风探穴救柴进

李逵斧劈罗真人
入云龙斗法破高廉
十一页：
汤隆赚徐宁上山
吴用使时迁盗甲
徐宁教使钩镰枪
高太尉大兴三路兵
呼延灼摆布连环马
三山聚义打青州
中虎同心归水泊
十二页：
宋江闹西岳华山
吴用赚金铃吊挂
公孙胜芒砀山降魔
晁天王曾头市中箭
十三页：
关胜议取梁山泊
劫法场石秀跳楼
宋江兵打北京城
放冷箭燕青救主
吴用智赚玉麒麟
张顺夜闹金沙渡
时迁火烧翠云楼
吴用智取大名府
浪里白跳水上报冤
托天王梦中显圣
呼延灼月夜赚关胜
十四页：

刘唐放火烧战船
宋公明一败高太尉
十节度议取梁山泊
宋公明两赢童贯
燕青月夜遇道君
宋江三败高太尉
十五页：
梁山泊分金大买市
宋公明全伙受招安
呼保义滴泪斩小卒
宋公明奉诏大破辽
十六页：
宋公明兵打蓟州城
卢俊义大战玉田县
宋公明大战独鹿山
卢俊义兵陷青石峪
宋公明大战幽州
呼延灼力擒番将
五台山宋江参禅
宋公明梦受玄女法
双林渡燕青遇故
十八页：
时迁石秀火烧宝塔
梁中书设宴待宋江
宋江路上凄惨不悦
许贯忠献地理图

陵川太守远迎□□□①
十九页：
王庆直伞掀落头巾
柳世雄与王庆比枪
柳世雄参见高太尉
王庆开场引人赌博
王庆送罗买嘱夫人
段三娘仝王庆卖肉
二十页：
叶光孙引路救李逵
宿太尉奏旌奖公明
宋江入城众将献功
昭德水战大胜宋兵
上官义锤打死江度
宋公吴用仝众叙话
二十一页：
乌龙岭神助宋公明
睦州城箭射邓元觉
卢俊义大战玉田县
宋公明智取清溪洞
二十二页：
宋公明衣锦还乡
鲁智深浙江坐化
宋公明神聚蓼祝寺
徽宗帝梦逝梁山泊

---

① 此处印制模糊，难以辨认。

2. Chinois 3992－3994《钟伯敬先生批评忠义水浒传》

该版本卷首所附回目画共 39 幅,其中,除第一幅"三十六煞聚哨"和最后一幅"班师回朝"没有配文外,其余 37 幅皆配有诗文品评。这 39 幅图所绘内容为:

> 三十六煞聚哨、洪太尉误走妖魔、智深怒打镇关西、花和尚倒拔垂杨柳、豹子头误入白虎堂、柴进门招天下客、林冲雪夜上梁山、汴梁城杨志卖刀、吴学究说三阮撞筹、吴用智取生辰纲、宋江私放晁天王、林冲并王伦、宋江怒杀阎婆惜、金莲毒死武大、母夜叉卖人肉、武松醉打蒋门神、血溅鸳鸯楼、浔阳楼宋江题反诗、梁山泊好汉劫法场、假李逵剪径劫单身、吴学究双用连环计、时迁盗雁翎锁子甲、宋江大破连环马、曾头市晁盖中箭、吴用计赚玉麒麟、燕青救主射公人、时迁翠云楼放火、天书牌群雄坐次、柴进簪花入禁苑、燕青扑擎天柱、李逵寿昌县乔坐衙、吴用布五方旗、宋江排八卦阵、燕青月夜遇道君、智深夜渡益津关、混江龙太湖小结义、张顺夜伏金山寺、张顺魂杀方天定、班师回朝。

这些插画主要是按照回目情节绘制的,在情节的选择上,这 39 幅画中,有群像 28 幅,主要表示双人关系的插图 7 幅,单人插图 4 幅,可见不同于绣像、全像和复合式构图的合像,覆盖整页的回目画往往侧重复杂场面的描绘,包括战争场面和市井街区,都能有比较细致的展现。

关于《水浒传》回目画系统已有研究者做过整理,大致可分为"新安本、英雄谱本、芥子园本、清末本四种系统"①,其中《二刻名公批点合刻三国水浒全传》为明崇祯广东雄飞馆刻,因次栏题"英雄谱"且收录熊飞《英雄谱弁言》和杨明烺《叙英雄谱》②,也被称为"英雄谱本"。"英雄谱本"收

---

① 颜彦《中国古代四大名著插图研究》,北京:社会科学文献出版社,2014,第81—82页。
② 颜彦《中国古代四大名著插图研究》,北京:社会科学文献出版社,2014,第276页。

录回目插图38幅,据载与钟批本插图同出一源,但刻工更为精美,排列顺序稍有不同,且缺钟批本第一页"梁山泊聚啸",《古本小说丛刊》影印收入①,目前法图仅有纸本。

(四)浮世绘水浒

法图藏有两版日版《水浒传》浮世绘创作,其一是月冈芳年所绘《美勇水浒传》,此为全本;其二是柳水亭种清著、葵冈北溪画《水浒画传》,该本为残本。两册水浒插图虽然风格相差甚远,但应大致属于同时代作品,《水浒画传》序言中言"安政三丙辰岁正月",即1856年1月。《美勇水浒传》作者月冈芳年的黄金创作期大约在19世纪60年代。月冈芳年师从歌川国芳,是日本最大浮世绘画派歌川派的代表人物,歌川国芳擅长画以英雄、武士为主角的浮世绘,并创立"武者绘",其中最有影响力的代表作之一即为围绕《水浒传》创作的浮世绘人物画。歌川国芳不止一次采用水浒主题进行创作,以水浒英雄的反抗精神抒发他所希望传递的文化含义②。月冈芳年作为歌川国芳的弟子,继承了"武者绘"的力量与狂放,但在后续的转型中转向了"无惨绘",以战争为题材绘制了血腥暴力的"无惨绘"系列画作。这本《美勇水浒传》应还是属于"武者绘"时期的作品,仍在刻画武者形象,同时相较于明治时期的大鸣大放,还保持了江户时期饱和度相对偏低的用色,也较少出现血腥暴力场面,因此应属19世纪60年代初期作品。

1. Japonais 17《美勇水浒传》

该版本虽名为水浒画,实则与《水浒传》的关联较弱,只是借助水浒英雄人物疾恶如仇的气概,绘制日本民间勇士形象。《美勇水浒传》的创作带有强烈的民间魔幻色彩,50幅画作中,有动物或昆虫元素的人物像有19幅,除此之外,画中有神魔元素的有18幅,加起来共有37幅。画面中有动物元素的插画所绘动物有龙、蛇(两幅)、麒麟、虎、猫、狗(两幅)、鸟

---

① 颜彦《中国古代四大名著插图研究》,北京:社会科学文献出版社,2014,第276页。
② 时准《陈洪绶和歌川国芳的水浒人物比较研究》,《文艺争鸣》2013年第9期,第151页。

（两幅）、鲤鱼、蝴蝶、猴子、蟾蜍（两幅）、老鼠（两幅）、蜘蛛、蝙蝠。这其中，动物、昆虫与人物的关系大致可分为三种：第一种，动物或昆虫作为人类的坐骑，当然从上面列出的动物和昆虫种类来看，这里不存在常规被人类驯化的坐骑，如马、驴等，反而出现了鱼、蝴蝶等非常规坐骑，以展现魔幻色彩；第二种，动物、昆虫与画面主要人物本身产生重要联系，或为人物本体，或为人物幻形或至少是人物形象的外化体现；第三种，动物、昆虫与画面人物产生冲突，企图伤害画面人物或被画面人物射杀。

2. Japonais 4670《水浒画传》

自这本《水浒画传》卷首的信息可知，作者乃柳水亭种清，绘者是葵冈北溪。该版与《水浒传》关系较为密切，从内容到人物上都没有结构性的变动，改写和简化及大面积配图或许是为了便于传播。从日式水浒画的风格来看，分析它们画中提取的关键性符号或许是一种方式，在《水浒画传》这样既包含叙事性回目画，又包含人物绣像绘画的文本中，更应关注这一点。首先，从目录入手，这两套日式绘本在封面和目录页均绘有图像，《水浒画传》的内封和《美勇水浒传》卷首的目录上，均绘有龙与虎的形象，且位置都大致相同（如图32所示），在这两张绘于卷首用于点缀文字的纹饰中，均为左上角画龙，右下角绘虎，且龙虎相对而望，各据水上与陆地，两幅画中的龙均为三爪，是典型日本龙的形象。梁山泊的故事起于龙虎山，虽然《美勇水浒传》并非叙述梁山泊故事，但龙与虎的力量和能力，都是勇士的象征。

《水浒画传》中，收录了11幅叙事性的水浒画，这11幅画虽分别绘于11张页面上，但只叙述了6个主题的故事，前十幅都是两幅表现1个主题，需平铺展开一起观看，这6个主题的故事分别为：

龙虎山、龙虎山其二、史家庄、梁山泊山口店、景阳冈、飞云浦。

从这6个主题的表达上来说，作者显然都选用了故事的发生地作为画面标题。"龙虎山"即为楔子"张天师祈禳瘟疫"一节的故事，"史家庄"所绘则为第一回"王教头私走延安府"的内容,"梁山泊山口店"绘制的是第十回"朱贵水亭施号箭","景阳冈"则为第二十二回"景阳冈武松打虎"的画面,"飞云浦"依然是武松的故事,绘制的是第二十九回"武松大闹飞云浦"。这一套叙事性的回目画中,并没有出现过于夸张的想象成分,表现上更偏向于传统的日式绘画,而非浮世绘的绘制手法,于回目情节的内容也很忠实。

值得一提的是,虽然这版水浒画的回目画只有6幅,但在绘制情节选取上与中国的水浒画却已经出现了不少不同之处。如繁本楔子、简本第一回"张天师祈禳瘟疫 洪太尉误走妖魔",在一回仅有一张画的情况下,我们的水浒画通常都选择"洪太尉误走妖魔"的情节进行绘制。目前所见回目画中,若一回仅绘制一幅,选择洪太尉遇张天师情节的仅有残本《忠义水浒全传》,但篇幅仅占半页。目前能看到的《钟伯敬先生批评忠义水浒传》和容与堂本《李卓吾先生批评忠义水浒传》,在这一回的内容中,绘师均选择了"洪太尉误走妖魔"来进行创作。

《水浒画传》除了收录回目画外,还有7张人物绣像图。根据《水浒画传》目录来看,全书应有33幅人物绣像,并配有文字品评,但目前只余7幅,这7幅分别是:

> 及时雨宋江明、神医安道全、入云龙公孙胜、跳涧虎陈达、九纹龙史进、小霸王周通、花和尚鲁智深。

这7幅人像中,仅两幅人物画像有明显特点与人物诨号相关,即为"入云龙公孙胜"和"九纹龙史进"。

《水浒全传》的绣像人物描绘,关于诨号文本,最直观的表现其实是"九纹龙史进"。"九纹龙"作为史进的诨号,是他最显著的身体特征,因而传统水浒人物绣像绘制体系中,对史进的刻画常以身体纹龙作为标志,这是一个非常强烈的个人信号,足以区别史进与其他好汉,相比之下,他使用的武器、他的身份反倒不成为重点。在杜堇《水浒人物全图》和《绣像第五才子书》绣像图、陈老莲《水浒叶子》中,史进的画像都是围绕突出其身上纹九龙这一特点展开的。

史进绣像3幅,都以纹身作为史进最明显的标志,3幅绣像都注重对史进的动态描绘,以体现史进爱好习武的性格特点。值得注意的是,与这3幅画中的史进不同,《水浒画传》绣像图中的史进是握有兵器的。书中对史进的描写是"只爱刺枪使棒"①,经过王进指点,史进更是"十八般武艺——矛、锤、弓、弩、铳、鞭、锏、剑、链、挝、斧、钺并戈、戟、牌、棒与枪、扒,一一学得精熟"②,所以,史进应是善使兵器的,但《水浒画传》在绘制时也作出了一定程度上的改动:史进手握棍棒、腰间挂着有精致花纹的武士刀,俨然一副日本武士模样。

① [明]施耐庵、[明]罗贯中著,[清]金圣叹、[明]李卓吾点评《水浒传》,北京:中华书局,2009,第16页。
② [明]施耐庵、[明]罗贯中著,[清]金圣叹、[明]李卓吾点评《水浒传》,北京:中华书局,2009,第17页。

附录二
经典名著故事类型个案选集

在本书的研究步骤中,在为我国历代经典名著编制故事类型方面,目前已完成的书目有:《列子》《山海经》《庄子》《晏子春秋》《左传》《淮南子》《世说新语》《搜神记》《荆楚岁时记》《大唐西域记》《水浒传》《三国演义》《警世恒言》《醒世名言》《喻世明言》《阅微草堂笔记》等,还有几部历史典籍的故事类型编写尚在进行中。在《附录二》中,按本书在历史类、宇宙观类、信仰类、对话类这4个方向的研究个案的分布,选择部分个案的故事类型刊出,它们的相关著作是《列子》《荆楚岁时记》《淮南子》。我们希望通过这批样本,增强与研究同行和相关学科专家的学术交流。

一、《列子》故事类型

前　言

首先说明编制《列子》故事类型的工作思路与方法。

《列子》是我国先秦时期哲学故事集,是我国古代哲学故事的经典文献中的一种,同类文献还有《庄子》和《荀子》等。"哲学故事"是这次尝试使用的一个新概念,用以说明这类历史文献中的哲学思想是通过讲故事的方式完成论证的。哲学故事中的哲学思想和故事类型都是"核",其中,哲学思想是"骨核",故事是"肉核"。

《列子》的哲学故事的文献由先秦汉魏时期的多种历史文献嫁接而成,此点已被多位学者所指出,如季羡林对《列子》的印度佛典来源的研究,钟敬文对《列子》故事的道家思想来源的研究。然而,《列子》中的故事类型与哲学文献不同,故事类型能超越历史地理的边界,在中国和外国流传;也能超越古代思想学派的分野,对现代思想文化产生影响,如毛泽东在抗战中对《列子》中的"愚公移山"故事的运用,钟敬文对《列子》中的鲁班故事的研究等。

用民俗学的方法研究和制作《列子》的故事类型,是将历史著作中记载的故事、哲学思想和文化比喻做整体考察,在整体研究后,制作故事类型,而不是人为地将三者分开,这是民俗学和民间文艺学方法的区别。当然,用民间文艺学的方法研究和制作故事类型,对某些历史文献是适用的,但不适合于《列子》。《列子》采用大量故事叙事的方式说理建言,去除它的哲学成分,它的故事就不会进入上层国家知识并被印书发布;去除它的故事,它的哲学思想也就无法充分阐释。在近现代西方学术传入中国之前,我国的哲学故事是历史文献保存故事的重要成果。但是,对这类故事的搜集,从民间文艺学的角度说,不像搜集口头故事那样简单,对其编写故事类型也不像口头故事那样容易制作,但这种探索是必需的。

　　从民俗学的角度制作《列子》故事类型,有4个要点:第一,使用故事类型法编制故事类型。《列子》全书共8篇,在本节中,以篇为序,在各篇内,对所含故事进行采集,按情节单元划分母题,以母题叙事中的中心角色或助手称谓为故事的篇名命名,编制题号,然后撰写情节单元,形成故事类型。第二,以哲学论证与故事叙事并进为故事排列和编号原则,各篇内的故事类型按原文哲学思想论证的发展线索排列顺序。全书故事类型编号采用两种方式,一是分章一级编号和章下二级编号,二是全书打通统一编号,形成两种目录。第三,保留故事的文化比喻内容与风格。《列子》中的一些故事类型与印度佛经故事类型相似,但故事类型相似不等于文化比喻相似。印度佛经故事类型有印度佛教文化的比喻,《列子》故事类型有中国道家、佛学、儒学的文化比喻。没有文化比喻的故事类型是不存在的。我们在编制故事类型中尽量保留了这种文化比喻。从以往纯故事类型的角度看,这种文化比喻有形象、有情节、有发展,但又不像故事,也没有给普通人带来娱乐,但这种工作能证明,《列子》的哲学故事不是空泛的叙事,不是普通的消遣物,而是先秦诸子著作的历史文本。我们拟作这种尝试,展现出这种历史文献中的故事就是这个样子。第四,出处原则。已编制故事类型标明原著出处,出处列于故事类型之下,以便下一步开展拓展研究。

天　瑞

1. 列子居郑国

　　① 列子住在郑国。② 他40年来未受到赏识。③ 他在郑国发生饥荒灾害时去卫国。④ 他教导弟子不生不化而化养万物、虚静至上的道理。①

---

① ［战国］列御寇《列子·天瑞》,叶蓓卿译注,北京:中华书局,2013,第2—4页。

2. 阴阳二气

① 列子说,阴阳二气统摄天地万物。② 圣人利用阴阳二气。③ 无形的事物产生有形的事物。①

3. 浑　沦

① 世界先有太易,太易的时候,没有元气。② 到太初的时候,萌发元气。③ 到太始的时候,形成元气。④ 到太素的时候,元气有了形态和性质,混合在一起,叫浑沦。⑤ 浑沦不能被看见、听见和摸到,没有形状和边界。②

4. 人与万物的由来

① 阴阳二气中和交会产生人。② 阴阳的精气充溢了天地,化育了万物。③ 天覆育生命,④ 地承载万物。③

5. 骷　髅

① 列子去卫国。② 列子途中在道边用餐。③ 列子的学生看见蓬蒿中有一个百年的骷髅。④ 列子走进蓬蒿看见骷髅,⑤ 列子说,只有他和骷髅才知道,人的生死是一场虚无。④

6. 后　稷

① 女子踩了天帝的足迹。② 女子感孕而生后稷。③ 女子是后稷的母亲。⑤

7. 伊　尹

① 女子梦见了神仙。② 女子化为空桑,空桑中生出伊尹。③ 女子

---

① [战国]列御寇《列子·天瑞》,叶蓓卿译注,北京:中华书局,2013,第4—5页。
② [战国]列御寇《列子·天瑞》,叶蓓卿译注,北京:中华书局,2013,第4—5页。
③ [战国]列御寇《列子·天瑞》,叶蓓卿译注,北京:中华书局,2013,第4—7页。
④ [战国]列御寇《列子·天瑞》,叶蓓卿译注,北京:中华书局,2013,第7—10页。
⑤ [战国]列御寇《列子·天瑞》,叶蓓卿译注,北京:中华书局,2013,第7—11页。

是伊尹的母亲。①

8. 孔子游泰山

① 他叫荣启期,在郊野行走,穿粗劣的衣服,腰间系着绳索带子,边弹琴,边唱歌。② 他被孔子看见,孔子问他快乐的原因。③ 他说了3件快乐的事:一是成为人,二是成为男人,三是成为读书人。④ 他受到孔子的称赞。②

9. 林 类 百 岁

① 林类将近100岁时,春天穿皮衣,在麦田里拾麦穗,边干边唱歌。② 孔子看见了,让弟子子贡去与他攀谈。③ 他说有3件快乐的事:一是没有刻意争取时运,反而长寿;二是没有妻子儿女;三是死期将至。④ 他说不怕死的原因是,生死如往返,应该快乐。⑤ 孔子认为他是可以攀谈的人,但尚未达到圆满的境界。③

10. 子 贡 厌 学

① 子贡厌倦学习,对老师孔子说,想要休息一下。② 他的老师告诉他,人生休息的地方是坟墓。③ 他从与老师的对话中认识到,君子在墓中安息,小人在墓中埋葬。④ 他从晏子的谈话中认识到,死亡是德性的复归,故死人叫归人,活人叫行人。④

11. 以 虚 无 为 贵

① 列子认为,虚无没有什么可贵的。② 他被询问这其中的道理。③ 他说,虚是事物的本性,本无贵贱,贵贱是人为的名义,否定人为的名

---

① [战国]列御寇《列子·天瑞》,叶蓓卿译注,北京:中华书局,2013,第7—11页。
② [战国]列御寇《列子·天瑞》,叶蓓卿译注,北京:中华书局,2013,第13—14页。
③ [战国]列御寇《列子·天瑞》,叶蓓卿译注,北京:中华书局,2013,第14—17页。
④ [战国]列御寇《列子·天瑞》,叶蓓卿译注,北京:中华书局,2013,第17—19页。

义,就是保持虚无。④ 他说,虚无即道,索取和给予都会丧失道。⑤ 他说,道被毁坏了是不能复原的。①

12. 万物运动

① 他是鬵熊,他提出万物运动的规律与变迁的道理。② 世界的变化没有声音和迹象。③ 世界亏损的地方会自动充盈。④ 世界的来来往往互相衔接。⑤ 世界的变化人们感觉不到,就不知道世界的存在。⑥ 世界的变化突然停滞了,再出现发展的结果,人们才知道世界的存在。②

13. 杞人忧天

① 他是杞国人,整天为未知的事情发愁,愁到睡不着觉,吃不下饭。② 他发愁天会塌掉,有人开导他说,天是气形成的,人的呼吸就是在天中活动,所以天不会塌。③ 他发愁日、月、星会从天的气体中掉下来,开导他的人说,日、月、星在气体中发光,即便掉落也不会伤害人。④ 他发愁地会陷落,开导他的人说,地是土块形成的,人在土块上散步、行走、踩踏和蹦跳,就是在地上活动,地不会陷落。⑤ 他如释重负,开导他的人也如释重负。⑥ 长庐子说,天的虹霓、云雾、风雨和四季都是气形成的,地的山岳、河海、金石、火木都是堆积的实体,它们总归是会坏的,所以人会担忧。⑦ 列子说,天地会不会坏不是我们所能知道的,因此人们不必人为地担忧。③

14. 舜问烝

① 舜向烝问"道"可否获得并占有,丞相回答他的问题。② 人的身体是虚无的。③ 身体是天地托付给人的形体,生命是天地托付给人的和顺之气,性命是天地托付给人的顺化之气,子孙是天地赋予人的蜕变的生

---

① [战国] 列御寇《列子·天瑞》,叶蓓卿译注,北京:中华书局,2013,第19页。
② [战国] 列御寇《列子·天瑞》,叶蓓卿译注,北京:中华书局,2013,第19—20页。
③ [战国] 列御寇《列子·天瑞》,叶蓓卿译注,北京:中华书局,2013,第20—23页。

机。生命、性命和子孙后代都不属于人所有。④ 天地不停地运行,这是气的作用,气即大道。⑤ 大道是不能为人所获得并占有的。①

15. 齐人善偷

① 齐人富有,贫穷的宋人向他请教致富的道理。② 他告诉宋人自己善偷。③ 他的话被宋人理解为盗窃,宋人便翻矮墙、挖壁洞,入室偷窃,不久被抓获,查出赃物,还被没收了以前积蓄的财物。④ 他向宋人传授善偷的道理,在于天时地利、天地万物都是自然生成的,本不属于人自己。善偷者,顺应天时地利,获得自然物产,这样就不会遭受祸患。至于家庭的金银财宝、粮食布帛,都是人为积攒的,盗窃者就会被判罪。⑤ 宋人还是不明白,便去请教东郭先生。东郭先生认为,人是偷盗了阴阳二气中和之后形成的,人对天地之气的偷盗有公私两种,齐人的偷盗符合公道,便没有遭受灾祸;宋人的偷盗出于私心,所以被判罪。②

黄　帝

1. 黄帝梦游华胥国

① 黄帝白天睡觉做梦,梦中到了华胥国。② 那里没有君主,人民没有欲望。一切听其自然发展。③ 那里不迷恋生,不厌恶死,没有夭折的人。④ 那里不偏爱自身,不疏远万物,没有喜爱与憎恨。⑤ 那里没有背叛,没有趋附,没有利害关系。⑥ 那里投水不会淹死,跳到火里不会烧伤。⑦ 那里刀砍鞭打不伤痛,指甲搔抓不酸痒。⑧ 那里飞空如踩地,睡在虚无里如睡在床上。⑨ 那里云雾不能遮住人的心志,高山深谷不能阻挡人的脚步。⑩ 那里只有精神在运行。⑪ 他从梦中醒来,明白了清虚无为的道理,但他无法告诉大臣们他所梦见的事。⑫ 又过了28年,他的国

---

① 〔战国〕列御寇《列子·天瑞》,叶蓓卿译注,北京:中华书局,2013,第20—23页。
② 〔战国〕列御寇《列子·天瑞》,叶蓓卿译注,北京:中华书局,2013,第24—26页。

家变得跟华胥国一样,他逝世了。⑬ 人民为他哀哭了200多年。①

2. 列姑射山神人

① 他是住在列姑射山上的神人。② 他呼吸清风,饮用露水,不吃五谷杂粮。③ 他内心如虚静的渊泉,形体如柔弱的处女。④ 他不亲不爱,但神仙圣人都臣服。⑤ 他不威不怒,但忠厚的人都愿意供他役使。⑥ 他不施舍不惠赠,但人们物质充足。⑦ 他不聚财不敛物,但从不困顿贫乏。②

3. 列姑射山

① 列姑射山是一个虚静至高的地方。② 天气阴阳调和、日月明朗、四季和顺、风雨均匀、生育合时、五谷丰盛。③ 大地没有瘟疫疾病,没有人类夭折,没有自然灾害。④ 这样的地方没有鬼怪作祟。③

4. 列子御风

① 列子拜老商氏学师,与伯高子结交学友,向二人学道术。② 三年之后,他心不想是非,口不言利害,才被老师斜眼看了一下。③ 五年之后,他心更不想是非,口更不言利害,才被老师开颜一笑。④ 七年之后,他心已不存是非,口已不言利害,才被允许与老师并席而坐。⑤ 九年之后,他任凭怎样放纵心思和言说,都不知道自己与他人的是非利害,也不知道老师是老师,也不知道学友是学友,身心内外已完全融于大道了。⑥ 他的眼睛有耳朵的功能,耳朵有鼻子的功能,鼻子有嘴的功能,五官都已打通。⑦ 他的精神凝聚,身体消散。⑧ 他乘风返回。④

---

① [战国]列御寇《列子·黄帝》,叶蓓卿译注,北京:中华书局,2013,第27—31页。
② [战国]列御寇《列子·黄帝》,叶蓓卿译注,北京:中华书局,2013,第31—32页。
③ [战国]列御寇《列子·黄帝》,叶蓓卿译注,北京:中华书局,2013,第31—32页。
④ [战国]列御寇《列子·黄帝》,叶蓓卿译注,北京:中华书局,2013,第32—34页。

5. 尹子学道失败

① 尹子听说列子御风之事,拜列子学师。② 他跟列子住在一起,几个月都不回家。③ 他向列子祈求道术,问了十次,列子拒绝了十次。④ 他愤怒地离开列子,列子并不理他。⑤ 他又去跟从列子学道。⑥ 他告诉列子,自己消除了不满,解除了怨气,但仍遭到列子的拒绝。⑦ 他被列子教导说,人要学道,没过几天,就抱怨不满,这个人的身躯不被元气接受,肢节不被大地承载,是学不会乘风之术的。⑧ 他很羞愧,再也不敢多说什么了。①

6. 列子问关尹

① 列子问关尹,什么是圣人藏神之道。关尹回答他的问题。② 圣人能在水中潜行而不窒息,在火中踩踏而不烧伤,在万物之上行走而不恐惧,这是圣人能够守住气的缘故。这种不是凭智巧、果敢就能得到的。③ 圣人心性纯一而不杂。④ 圣人靠自然之道获得神全,又藏神于自然之道。⑤ 道能达到不露形迹而永不变灭的境界。②

7. 伯昏临渊

① 列子为伯昏无人展示射箭的本领。② 列子在平地上射箭,连发三箭,肘臂上的水杯一动不动,人像木偶一样镇静。③ 列子到高山悬崖上临渊射箭,吓得趴在地上,冷汗流到脚后跟。④ 伯昏无人对列子说,平地射箭,是运用技巧的有心之射,尚未得道;高山临渊射箭,是无心的不射之射,得道之人才能做到。⑤ 伯昏批评列子离射箭之道还相差很远。③

8. 子华养士

① 范子华喜欢在门下养游士侠客,受到晋国国君的宠爱,地位超过三卿。② 他的门客都是世家子弟,穿白色的绢衣,乘华丽的马车,走路旁

---

① [战国] 列御寇《列子·黄帝》,叶蓓卿译注,北京:中华书局,2013,第32—34页。
② [战国] 列御寇《列子·黄帝》,叶蓓卿译注,北京:中华书局,2013,第34—36页。
③ [战国] 列御寇《列子·黄帝》,叶蓓卿译注,北京:中华书局,2013,第36—38页。

若无人。③ 商丘开慕名来投奔他,当他的门客。④ 他和他的门客认为商丘开年老体弱、衣冠不整、面目黧黑,对商丘开又瞧不起,又侮辱,把商丘开当作乞丐。⑤ 商丘开的脸上没有任何恼怒的表情。⑥ 他们后来被商丘开的诚实和异能所折服。⑦ 他们再也不敢侮辱乞丐和马医。①

9. 商丘诚信

① 商丘开到范子华家当门客。② 门客们登高台宣称,谁自愿跳下去,赏金一百。众人响应,但无人敢跳。③ 他跳了下去,身姿如鸟,飘摇落到地面,肌肉骨骼无损。④ 门客们指着河道深潭说,谁游过深潭,宝藏就归谁。⑤ 他潜入水中,游过深潭,得到了珠宝。⑥ 范府仓库着火,主人说,谁能从火中抢出锦缎,就按抢救的数量给予奖赏。⑦ 他冲进火海,在火中来回奔跑,烟尘毫无沾染,身体不曾被烤焦。⑧ 门客们向他请教道术,他回答说,自己的作为完全是出于对别人的信任,把别人的话都当作实话听,根本不考虑个人的境地和利害,心志专一,故外物不能阻碍。如果心存猜疑和忧虑,被忧伤和痛苦所折磨,就会被谎言和恐惧震惊得心悸,怎么可能接近无情的水火呢?⑨ 孔子听说了商丘开的事,对宰我说:"最诚信的人,可以感化万物。"②

10. 梁鸯饲虎

① 他是周宣王的一个仆役,叫梁鸯。② 他在王室的庭园里饲养动物。③ 他善于饲养野生动物,飞禽走兽、豺狼虎豹都顺从他。④ 他向宣王派来的毛丘园传授饲虎的技术。⑤ 他驯养老虎顺着老虎的天性,从不忤逆老虎。老虎喜怒无常,要尽量避免老虎发作怒气。用活物喂老虎,老虎会因奋力咬杀而发怒;用完整的动物喂老虎,老虎会因撕裂动物而发怒;用顺从的方法喂老虎也不能过分,老虎会因高兴到一定程度而发怒;发怒

---

① [战国]列御寇《列子·黄帝》,叶蓓卿译注,北京:中华书局,2013,第38—42页。
② [战国]列御寇《列子·黄帝》,叶蓓卿译注,北京:中华书局,2013,第38—42页。

到一定程度又高兴。依顺老虎,老虎就会喜欢饲养它的人。⑥ 他的庭院里的动物看待他,就像看待它们的同类一样。它们不再思念森林湖泊,愿意留在他的庭园里休憩。⑦ 他认为对动物顺其自然,就能使动物服从。①

11. 津人操舟

① 津人划船有神妙的功夫,颜回向他请教学习方法。② 津人讲了三种人学习的境界,但没有讲道理。③ 颜回向孔子请教,孔子给他解释津人的三个道理。④ 津人说能游泳的人可以教会,是因为他看轻水。⑤ 津人说善于游泳的人很快就能学会,是因为他不把水放在心上。⑥ 津人说会潜水的人立刻就能学会,是因为看待深渊就像看待土山一样,看待舟船的倾覆就像上坡的车子向后退一下,任何倾覆倒退都不能打动他的内心,所以他能从容自如地驾船。⑦ 孔子对颜回说,研习书本而未达到用事实验证的地步,便不能掌握道。凡是看重外物的人内心就会笨拙。②

12. 吕梁济水

① 吕梁男子在瀑布深潭中游泳,潜游数百步后浮出水面,披散头发在堤岸下且歌且行。② 孔子见瀑水湍急,连鱼鳖都无法游过,以为男子要自杀,便让弟子顺流游下去救他。③ 孔子见到吕梁男子,知其为善游泳者,便相问是否有道术。④ 吕梁男子说,并无道术,而始于本然,再顺天性成长,最终形成自然天命。⑤ 孔子问这句话的意思。⑥ 吕梁男子说,始于本然,指自己出生高地,便安于高地;习而成性,指自己长于水边,而练习于水边;顺自然天命,指自己不知道这样做而去做了。③

13. 佝偻承蜩

① 他是捕蝉的驼背老人。② 他用竹竿粘蝉如探囊取物。③ 孔子问

---

① 〔战国〕列御寇《列子·黄帝》,叶蓓卿译注,北京:中华书局,2013,第42—44页。
② 〔战国〕列御寇《列子·黄帝》,叶蓓卿译注,北京:中华书局,2013,第44—46页。
③ 〔战国〕列御寇《列子·黄帝》,叶蓓卿译注,北京:中华书局,2013,第46—47页。

他如何掌握这种技艺,他回答有3个过程。④ 一是在竹竿头上叠放两个丸子,练习五六个月,丸子不掉落,粘蝉的失误就很少了。⑤ 二是在竹竿头上叠放3个丸子而丸子不掉落,粘蝉的失误就只有1/10。⑥ 三是在竹竿头上叠放5个丸子而丸子不掉落,粘蝉便如手取,准确无误。⑦ 他粘蝉时身体像树墩,手臂像枯树枝,静止不动。虽天地万物在侧,他心中只有蝉翼。⑧ 孔子对弟子说,驼背老人的道理是用志而不分散,精神凝聚专一。①

14. 海上鸥鸟

① 他是住在海边的人,非常喜欢海鸥。② 他每天早上都去海上跟海鸥玩。③ 上百只海鸥飞过来跟他玩。④ 他的父亲听说了,也要跟海鸥玩。⑤ 父亲要求他捉几只海鸥回来玩玩。⑥ 他来到海上,海鸥却再也不肯落下来了。⑦ 列子说,最高深的言论是摒弃言论,最卓绝的行为是无所作为。②

15. 赵襄子狩猎

① 赵襄子率军在中山国境内狩猎。② 赵襄子和他的军队践踏乱草,焚烧树木,燃烧的山火绵延百里。③ 大火过后,他看见有人从山壁中走出来,毫发无损。④ 他问此人有何道术能走进火中。⑤ 原来此人得中和之气,身心与外物融合,便能游走金石和踩踏水火而不自知。③

16. 神巫季咸

① 季咸是一个巫师,能预测人的生死寿夭,灵验如神。② 列子的老师壶子并不认为季咸已经得道。③ 壶子请季咸给自己相面。④ 季咸第一次给壶子相面,壶子保持寂静的心境,不动不止。⑤ 季咸对列子说,壶

---

① [战国]列御寇《列子·黄帝》,叶蓓卿译注,北京:中华书局,2013,第48—49页。
② [战国]列御寇《列子·黄帝》,叶蓓卿译注,北京:中华书局,2013,第49—50页。
③ [战国]列御寇《列子·黄帝》,叶蓓卿译注,北京:中华书局,2013,第50—51页。

子毫无生机,活不过十天。⑥ 季咸第二次给壶子相面,壶子显示天地间生长变化的气象,生机萌动。⑦ 季咸对列子说,壶子幸好遇到了他,可以痊愈了。⑧ 季咸第三次给壶子相面,壶子显示心气平静,没有偏胜的冲瘼之气。⑨ 季咸对列子说,壶子神色变化不定,没法相面。⑩ 季咸第四次给壶子相面,壶子显示出心地虚动而随物顺化的样子。⑪ 季咸不知道壶子使用的是什么道术,脚跟还没站稳就逃走,列子追不上他。⑫ 列子从老师身上明白自己尚未学到大道,便回故里自学,三年不出门。①

17. 列子之齐

① 列子去齐国,10家卖浆店铺有5家向他赠送,他感到惊讶,中途折返。② 盲人伯昏知道了这件事,去见列子,向他询问惊讶的原因。③ 列子说,真诚外泄便会压服外人,外人对自己的敬重超过了老人,这会招致灾祸。④ 盲人说,人们会很快归附列子。⑤ 盲人第二次去见列子,见门口堆满了客人的鞋,不辞而别。⑥ 列子追上盲人,问其故。⑦ 盲人告诉列子,现在不是使人归附,而是不能使人不归附。人们为了感激列子,都在他面前讲细巧之言,摇撼他的本性,这样下去没有好处。②

18. 杨朱之沛

① 杨朱途中遇到老子,老子感叹杨朱已不可教诲,杨朱沉默。② 杨朱到旅舍后去拜见老子。③ 杨朱给老子奉上梳洗用品,把鞋脱在门外,膝行至老子面前。④ 杨朱向老子请教失望的原因。⑤ 老子说,杨朱跋扈傲慢,使别人不愿意与他同处。一个道德高尚的人应该谦恭卑下。⑥ 杨朱认识到自己的错误。⑦ 杨朱去沛地的时候,旅舍中的所有人都来迎接他;杨朱从沛地返回时,旅舍的客人便和他争席而坐了。③

---

① [战国] 列御寇《列子·黄帝》,叶蓓卿译注,北京:中华书局,2013,第52—56页。
② [战国] 列御寇《列子·黄帝》,叶蓓卿译注,北京:中华书局,2013,第56—58页。
③ [战国] 列御寇《列子·黄帝》,叶蓓卿译注,北京:中华书局,2013,第58—60页。

19. 杨朱过宋

① 杨朱在旅店投宿。② 店主有两个妾,一个丑陋,一个漂亮。③ 店主喜欢丑陋的,不喜欢漂亮的。④ 杨朱问店主其中的缘故。⑤ 店主说,漂亮的自以为漂亮,我却不认为漂亮;丑陋的自以为丑陋,我却不认为丑陋。⑥ 杨朱对弟子说,品行高尚又能去掉自以为高尚之心的人,会受到尊重。①

20. 守柔之术与笼愚之智

① 道有两种,一种是常胜之道,一种是不常胜之道。② 常胜之道叫柔弱,依靠柔弱,能战胜超过自己的。③ 不常胜之道叫刚强,依靠刚强,能战胜不如自己的。④ 鬻子说,刚强要由柔弱来保护,靠柔弱超过自己的,其力量不可估量。⑤ 老子说,柔弱是生存之道,刚强是死亡之道。②

21. 蛇身人面

① 庖牺氏、女娲氏、神农氏、夏后氏都是神。② 他们蛇身人面,牛头虎鼻。③ 他们有大圣贤的品德。③

22. 七窍人形

① 夏桀、殷纣、鲁桓、楚穆都是君主。② 他们的七窍是人形。③ 他们有禽兽之心。④

23. 黄帝战炎帝

① 黄帝与炎帝在阪泉的原野上作战。② 黄帝的先锋是熊、罴、狼、

---

① [战国] 列御寇《列子·黄帝》,叶蓓卿译注,北京:中华书局,2013,第 60 页。
② [战国] 列御寇《列子·黄帝》,叶蓓卿译注,北京:中华书局,2013,第 61—62 页。
③ [战国] 列御寇《列子·黄帝》,叶蓓卿译注,北京:中华书局,2013,第 62—64 页。
④ [战国] 列御寇《列子·黄帝》,叶蓓卿译注,北京:中华书局,2013,第 62—65 页。

豹、貔、虎。③ 黄帝的旗帜是雕、鹖、鹰、鸢。①

24. 夔为乐官

① 尧用夔当乐官。② 夔主管音律。③ 他击石磬打拍子,百兽随之起舞。④ 他演奏虞舜的《箫韶》乐曲九阙,凤凰飞来朝贺。②

25. 朝三暮四

① 宋国一老人养猴。② 他家里缺粮,要给猴子减口粮。③ 他说,早上吃3个橡栗,晚上吃4个,猴子很生气。④ 他说,早上吃4个橡栗,晚上吃3个,猴子很高兴。⑤ 列子说,圣人是用智慧笼络愚人的。③

26. 纪渻子驯斗鸡

① 纪渻子为周宣王驯养斗鸡。② 过了十天,周宣王第一次问可否斗鸡,答曰,不行,鸡虚浮骄妄。③ 过了十天,周宣王第二次问可否斗鸡,答曰,不行,它对别的鸡的身影和鸣声有所反应。④ 过了十天,周宣王第三次问可否斗鸡,答曰,不行,鸡目光锐利、富有盛气。⑤ 过了十天,周宣王第四次问可否斗鸡,答曰,差不多了,它看上去像一只木鸡,自然德行完备,别的鸡不敢迎战,纷纷掉头跑掉。④

周 穆 王

1. 远方化人见周穆王

① 他是从西方极远的地方来的有幻化之术的人。② 他能潜水火、穿金石、颠倒山河、移动城池。③ 他能在虚空中飘摇而不下坠。④ 他能触

---

① [战国] 列御寇《列子·黄帝》,叶蓓卿译注,北京:中华书局,2013,第62—65页。
② [战国] 列御寇《列子·黄帝》,叶蓓卿译注,北京:中华书局,2013,第62—65页。
③ [战国] 列御寇《列子·黄帝》,叶蓓卿译注,北京:中华书局,2013,第65—66页。
④ [战国] 列御寇《列子·黄帝》,叶蓓卿译注,北京:中华书局,2013,第66—67页。

及任何实物不受阻碍,还能改变实物的形态,改变人的想法。⑤ 他能千变万化,不可穷尽。⑥ 他是周穆王的座上客,周穆王待他如崇敬神灵,用祭祀的牛羊猪向他奉献,挑能歌善舞的女子供他娱乐,让出最好的宫室给他居住。①

2. 周穆王随化人梦游3月

① 周穆王随远方化人梦游3月。② 他牵着化人的衣袖飞到空中。③ 他在化人的引领下游历了化人的空中宫殿。④ 他要求返回,化人将他一推,他就从虚空中坠落下来。⑤ 他醒来后,左右侍从告诉他说,他不过静默神游一会儿。⑥ 他3个月后精神复元。⑦ 化人指点他说,这种游览是体验虚无的过程、事物发展的极致和时光流逝的缓急,与习惯于恒久的实物相比,可以了解道的真谛,他听罢便继续远游。②

3. 周穆王受化人之邀观其宫殿

① 周穆王在梦中受到化人的邀请,与化人同游其空中宫殿。② 宫殿用金银构筑,用珍珠宝玉装饰,华美无比。③ 宫殿在虚空云雨中矗立而不下坠。④ 宫殿中的耳闻、目见、鼻嗅和口尝皆为人间所未有。⑤ 他认定这里是天帝的清都紫微宫,是奏钧天广乐曲的仙居。⑥ 他俯望自己的宫殿不过是堆积的土块和乱草。⑦ 化人还邀请他到天界的别处游玩,但他看不见日月江河,只被光影照耀得眼花缭乱,他听不清回荡的音响,身体的骨节和脏腑都惊悸得不能凝实,他便要求返回人间。⑧ 他被化人一推,从梦中醒来,面前的酒尚未澄清,菜肴尚未变干。③

4. 周穆王见西王母

① 周穆王受到化人的点拨后,不再关心国家政务和迷恋臣仆妻妾,

---

① [战国]列御寇《列子·周穆王》,叶蓓卿译注,北京:中华书局,2013,第71—76页。
② [战国]列御寇《列子·周穆王》,叶蓓卿译注,北京:中华书局,2013,第71—76页。
③ [战国]列御寇《列子·周穆王》,叶蓓卿译注,北京:中华书局,2013,第71—76页。

恣意远游。② 他乘坐8匹骏马拉的车辆奔驰千里。③ 他到达巨蒐国,巨蒐氏献上白天鹅的鲜血供他饮用,用牛马的乳汁供他洗脚,连随从也享受到尊贵的款待。④ 他来到昆仑山麓,登上了昆仑山,观赏了黄帝的宫殿,并留下土堆做标记。⑤ 他来到西王母的居所做客,在瑶池上畅饮。西王母为他吟咏歌谣,他与西王母唱和。他还向西观看了太阳落山的地方。⑥ 他活到100岁才去世,世人都以为他登上了远方的仙境。①

5. 老成子学幻于尹文

① 老成子拜尹文为师学幻术。② 最初的3年,尹文没有向他做任何传授。③ 3年过后,尹文告诉他,懂得幻化与生死没有差别的人,才能开始学幻术。④ 他返回家中,用了3个月的时间,思考老师的话。⑤ 他掌握了幻术,可以自在地掌握存亡的规律,变换四季的运转。⑥ 他运作幻术,冬季可能让雷鸣,夏季可以造冰雪,天上飞翔的东西可以到地面行走,地面行走的东西可以到天上飞翔。⑦ 他终身没有炫耀自己的幻术,所以后世便失传了。⑧ 列子说,善于幻化的人,其道法总是暗暗地发生作用。②

6. 古莽之国

① 古莽之国在遥远的西方的南部。② 国中的阴阳二气不交合,所以没有寒暑,没有日月之光,没有昼夜。③ 国中的人们不吃不穿,总是睡觉。④ 他们50天醒一次,将梦中的事当作真事,把亲眼所见之事当作虚妄。③

7. 中央之国

① 中央之国在四海的正中,地跨黄河南北,横越泰山东西。② 国中

---

① [战国]列御寇《列子·周穆王》,叶蓓卿译注,北京:中华书局,2013,第71—76页。
② [战国]列御寇《列子·周穆王》,叶蓓卿译注,北京:中华书局,2013,第76—77页。
③ [战国]列御寇《列子·周穆王》,叶蓓卿译注,北京:中华书局,2013,第79—80页。

的阴阳节度分明,所以一年中有一寒一暑;黑暗与光明分界清晰,所以有一昼一夜;万物滋生。③ 国中的人们有智有愚,有百工技艺,有君臣执政,有礼法统治,有各种人的想法和行为。④ 人们每天一睡一醒,把梦中的事当作虚妄,把醒来所做的事当作真事。①

8.阜落之国

① 阜落之国在东方的北隅。② 国中的土地和气候干燥,昼夜都有日月照耀大地,田野长不出好庄稼。③ 国中的人们吃草根和果实,吃生食而不知用火制熟食。天性彪悍,强弱相欺,重利轻仁,多迁徙而少安居。④ 人们常常醒着不睡觉。②

9.尹人从商

① 周代有尹姓人经营大产业。② 他整日思虑家产,身心疲惫。③ 他梦见自己变成别人的奴仆,在睡梦中劳作,痛苦呻吟直至天亮。④ 他去找朋友谈自己的苦衷。⑤ 朋友对他说,安逸与劳苦相反复是自然规律,人不可能醒时睡时都快乐。⑥ 他从此减轻对家业的思虑,放宽对仆人的限制,缓解了自己的痛苦和忧虑。③

10.老仆梦见自己当国王

① 他是尹姓商人的老仆役。② 老仆整日为主人劳动,已经筋疲力尽。③ 老仆梦见自己变成国王,在宫中游玩宴饮,恣意寻欢,随心所欲,欢乐无比。④ 老仆醒来后知道这是一场梦。⑤ 老仆拒绝了别人的劝慰,宁愿过这种白天劳苦,夜里做梦当国王的生活。⑥ 老仆认为,人生百年,白天黑夜各一半,自己白天当仆役,夜间做国王,还有什么可抱怨的呢?④

---

① [战国]列御寇《列子·周穆王》,叶蓓卿译注,北京:中华书局,2013,第79—80页。
② [战国]列御寇《列子·周穆王》,叶蓓卿译注,北京:中华书局,2013,第79—80页。
③ [战国]列御寇《列子·周穆王》,叶蓓卿译注,北京:中华书局,2013,第81—82页。
④ [战国]列御寇《列子·周穆王》,叶蓓卿译注,北京:中华书局,2013,第81—82页。

11. 郑人获鹿

① 郑国的樵夫捕杀了一头鹿。② 樵夫怕别人看见,将鹿藏在一条干涸的水沟里,盖上了柴草。③ 樵夫忘了自己埋鹿的地点,以为刚刚发生的真事是一场梦。④ 樵夫沿途回家,一路上说这个梦。⑤ 有人偷听到樵夫的话,找到了鹿,把鹿带回家,并认为樵夫是做了一个真实的梦。⑥ 樵夫当夜梦见了藏鹿的地点和取走鹿的人,次日找到了取鹿的人。⑦ 两人都说鹿是自己的,争吵不休,便找士师去评理。⑧ 士师说,你们都说有真事,又都说是梦,现在既然有一头鹿,应各分一半。⑨ 郑国的国君听说这件事,便说:士师也是在梦中分鹿吧。⑩ 国君去问国相,国相说,我不能分辨做梦与不做梦,只有黄帝和孔丘能分辨。现在这两位也不在世了,就按士师的办法分鹿吧。①

12. 华子病忘

① 宋人阳里华子得了健忘症,早上的事情晚上忘,昨天的事情今天忘,站起来忘了坐下,上路忘了行走。家人为他受苦,史官占卜不灵,巫师祷告没用,医生诊治无效。② 鲁国有儒生自荐,说能治好他的病。③ 华子的家人用一半的家产向儒生买药方,儒生说没有,只能按自己的办法治病,那家人同意了。④ 儒生与华子单独待7天。⑤ 儒生让华子挨冻、挨饿、在黑屋内独处,让华子冷了就穿衣,饿了就吃饭,怕黑就见光。⑥ 儒生彻底治好了华子的病。⑦ 华子的病好了,但改变了性格。他骂妻责子,驱赶儒生,一反常态。⑧ 宋国人抓住了他,问他为什么,他说恢复记忆后,反而增加了烦恼,扰乱了心灵,担忧将来不能忘却。②

13. 老聃劝医

① 秦国有个父亲,他的儿子得了精神错乱的病,以歌为哭,以白为

---

① [战国]列御寇《列子·周穆王》,叶蓓卿译注,北京:中华书局,2013,第82—84页。
② [战国]列御寇《列子·周穆王》,叶蓓卿译注,北京:中华书局,2013,第84—86页。

黑,以香为臭,以甘为苦,以错为对,对天地、四方、水火、寒暑的认识都是颠倒的。他为儿子四处求医。② 有人劝他去找鲁国的君子,他便去鲁国。③ 他在途中经过陈国,遇到了老聃,向老聃讲了儿子的病情。④ 老聃告诉他,现在天下的人都精神错乱,鲁国的君子也精神错乱,怎么能解除别人的精神错乱呢?⑤ 老聃让他赶紧背上粮食回家。①

14. 燕人过晋

① 他是燕国人,生在燕国,长在楚国,年老返回燕国,与人同行。② 他们在途中路过晋国,同路人开始骗他。③ 第一次骗他说,晋国的城墙是燕国的城墙,他的面容悲怆。④ 第二次骗他说,晋国的土地庙是他家乡的土地庙,他慨然长叹。⑤ 第三次骗他说,晋国的房舍是他祖先的房舍,他潸然泪下。⑥ 第四次骗他说,晋国的坟墓是他祖宗的坟墓,他号啕大哭。⑦ 他到了燕国,看见了燕国真实的城墙、社庙、祖屋和祖坟,反而不像先前那么悲哀了。②

仲 尼

1. 公仪伯力闻诸侯

① 周宣王听说公仪伯的力气大,很好奇。② 周宣王用厚礼聘请公仪伯,他来到周宣王的面前。③ 周宣王问他怎样力大,他说能折断春蚕的腿,能刺破秋蝉的翅膀。④ 周宣王不以为然,问以如此小力能办到的事,为什么名气很大?⑤ 他先说,自己的老师商丘子力大无敌,但连家人都不知道,因为他从不运用。自己名声在外,是违背了老师的教导,显示了自己能耐的缘故。⑥ 他再说,自己的名声不是靠力气得到的,是靠恰当地使用力气得到的。⑦ 他最后说,这仍然胜过只凭力气著称的人。③

---

① [战国]列御寇《列子·周穆王》,叶蓓卿译注,北京:中华书局,2013,第86—87页。
② [战国]列御寇《列子·周穆王》,叶蓓卿译注,北京:中华书局,2013,第87—88页。
③ [战国]列御寇《列子·仲尼》,叶蓓卿译注,北京:中华书局,2013,第106—108页。

2. 善射之人

① 一人善于射箭,箭术让人惊异。② 他让第一支箭射中靶心。③ 他让后面一支箭的箭头射中前面一支箭的箭尾,箭与箭之间首尾相连。④ 他让最后一支箭的箭尾正好搭在弓弦上。⑤ 公子牟说,这是他用力均衡,瞄准无误,前后一致的结果。①

3. 鸿超弯弓

① 鸿超发火,向妻子射箭,吓唬她。② 他直射她的眼睛,她连眼睛眨都不眨一下。③ 他的箭落到地上,一点灰尘也不扬起。④ 公子牟说,这是因为他的箭势正好耗尽。②

4. 尧舜禅让

① 尧治理天下50年,想要知道效果怎样,官宦贤达都说不知道。② 尧微服私访,来到大街上。③ 尧听街上的儿童唱赞美他的中正美德、虚为用事的歌谣,很高兴。④ 尧得知舜教给儿童唱这些歌谣。⑤ 尧将王位禅让给舜,舜没有推辞。③

汤 问

1. 女娲补天

① 从前天地没有穷尽,四海之内,四方边荒,没有极限。② 但既然是物,就有不足之处,所以女娲补天。③ 她采炼五色石修补天空的缺损。④ 她折断大龟的四肢支撑四方的极边。④

---

① [战国] 列御寇《列子·仲尼》,叶蓓卿译注,北京:中华书局,2013,第108—111页。
② [战国] 列御寇《列子·仲尼》,叶蓓卿译注,北京:中华书局,2013,第108—111页。
③ [战国] 列御寇《列子·仲尼》,叶蓓卿译注,北京:中华书局,2013,第111—112页。
④ [战国] 列御寇《列子·汤问》,叶蓓卿译注,北京:中华书局,2013,第115—121页。

2. 共工与颛顼争帝

① 共工与颛顼争帝失败。② 他很生气,一头撞在不周山上。③ 他撞坏了擎天柱,弄断了系地绳。④ 从此天空和日月星辰都向西北倾斜,大地和江河向东南方塌陷。①

3. 归　墟

① 归墟在勃海东面几亿万里的地方,是海洋下面的一个深谷,水深无底。② 天上的银河和地上的流水都灌注到这里。③ 归墟没有因此增高或减退。②

4. 5 座山

① 5 座山在大海中,分别叫岱舆、员峤、方壶、瀛洲和蓬莱。② 山上的顶部有 9 000 里平地,山与山之间相隔 7 万里,每座山方圆 3 万里。③ 山上有金玉楼台,有珍珠宝玉般的树木,有味道鲜美的花果,有雪白皮毛的飞禽走兽。④ 山上的花果吃过之后长生不老。⑤ 山上住着神仙和圣人。⑥ 山上的人们在空中飘飞,相互往来,人数不可胜计。⑦ 山下没有根基,随海水漂移。⑧ 天帝命禺强指挥 15 只大鳌抬头,顶住 5 座山,以免仙山漂到西极,让神仙圣人失去住所。⑨ 禺强将大鳌分成 3 组,各组之间 6 万年交换 1 次,这样 5 座山才安定下来,不再漂走。③

5. 龙伯之国巨人

① 他是龙伯之国的巨人。② 他抬脚没几步就来到了 5 座山。③ 他在五座山钓鱼。④ 他一次钓了 6 只大鳌,背在肩上带回自己的国家,用龟甲占卜。⑤ 岱舆、员峤两座大山失去了大鳌的背负,漂流到北极,山上的神仙圣人失去了住所。⑥ 天帝听说后,勃然大怒,削减了龙伯之国的版

---

① ［战国］列御寇《列子·汤问》,叶蓓卿译注,北京:中华书局,2013,第 115—121 页。
② ［战国］列御寇《列子·汤问》,叶蓓卿译注,北京:中华书局,2013,第 116—121 页。
③ ［战国］列御寇《列子·汤问》,叶蓓卿译注,北京:中华书局,2013,第 116—121 页。

图,缩短了龙伯之国的人的身高。①

6. 僬侥国

① 僬侥国在中州东面40万里。② 它是一个矮人国。③ 人们的身高只有1尺5寸。②

7. 诤 人

① 诤人是一种小人。② 他们生长在东北极地中。③ 人们的身高只有9寸。③

8. 冥灵树

① 冥灵树生长在荆州的南边。② 它以五百岁为一春。③ 它以五百岁为一秋。④

9. 椿 树

① 上古的时候有大椿树。② 它以八千岁为一春。③ 它以八千岁为一秋。⑤

10. 天池鲲鹏

① 终北国的北边有一片溟海,叫天池。② 天池中有大鱼。③ 鱼背宽数千里,长数千里。④ 鱼的名字叫鲲。⑤ 天池有一种大鸟。⑥ 鸟的翅膀如天空无边的云彩,身体也跟翅膀一样大。⑦ 鸟的名字叫鹏。⑧ 大禹看见了鲲鹏,伯益为它们命名,夷坚记载了它们。⑥

---

① [战国]列御寇《列子·汤问》,叶蓓卿译注,北京:中华书局,2013,第116—122页。
② [战国]列御寇《列子·汤问》,叶蓓卿译注,北京:中华书局,2013,第116—122页。
③ [战国]列御寇《列子·汤问》,叶蓓卿译注,北京:中华书局,2013,第116—122页。
④ [战国]列御寇《列子·汤问》,叶蓓卿译注,北京:中华书局,2013,第116—122页。
⑤ [战国]列御寇《列子·汤问》,叶蓓卿译注,北京:中华书局,2013,第116—122页。
⑥ [战国]列御寇《列子·汤问》,叶蓓卿译注,北京:中华书局,2013,第117—122页。

11. 愚公移山

① 愚公年近90岁,家住太行山和王屋山的对面。② 两山挡住了他和家人的出路,他决心率家人把山削平,开通道路。③ 他带领儿孙3人挖山,把土块运到渤海边上。④ 邻居京城氏家的寡妇有个遗腹子,刚刚换牙,也来帮忙。⑤ 他们一年走一个来回。⑥ 河曲老人智叟劝阻愚公不要挖了,说这个计划不可能实现。⑦ 愚公的决心不动摇,他回答说,就算自己挖不完,后面还有子子孙孙,无穷无尽,可以继续挖下去,而山不会再增高了,总有一天可以挖平。⑧ 天帝被愚公感动,派夸娥氏的两个儿子下凡,背走了两座大山。①

12. 夸父追日

① 夸父追赶太阳。② 他追到隅谷的时候,口渴了,便去喝黄河和渭河的水。③ 他把黄河和渭河水喝干了,还不解渴。④ 他又向大泽奔跑,去喝水,结果半路就渴死了。⑤ 他丢下的手杖,被他的膏血浸润,生长出大片的桃林。桃林覆盖方圆数千里。②

13. 大禹失途终北国

① 大禹治水迷路,来到终北国。② 这里没有风霜雨露、没有动植物,没有瘟疫,土地丰饶,气候温和。③ 国土中央有山,像陶罐;山口有穴。穴中有泉水涌出,泉水香过兰草,味同美酒。泉水分4道水流,倾注山下,浇灌全国每个角落。④ 人们性格温和,心地柔美,没有争夺,没有猜忌。⑤ 老少同居,君臣和睦,男女一道游玩,无需媒妁和聘礼。⑥ 沿河居住,不耕田也不收获,不织布也不穿衣,不夭折也不痛苦,百岁方死。⑦ 风俗好歌,整天歌声不绝。人们结伴而行,轮番唱歌。⑧ 人们用泉水洗澡,皮肤光洁滋润,身上的香气10多天才能散去。⑨ 周穆王游历时到达终北

---

① [战国]列御寇《列子·汤问》,叶蓓卿译注,北京:中华书局,2013,第123—125页。
② [战国]列御寇《列子·汤问》,叶蓓卿译注,北京:中华书局,2013,第125—126页。

国,3年流连忘返。⑩ 管仲劝齐桓公去终北国,被隰朋阻拦,管仲认为隰朋是没有见识的人。①

14. 祝发而裸

① 南方人剃发,裸体。② 北方人戴头巾,穿皮衣。③ 中原人戴冠巾,穿裤子。④ 各地人依本性形成不同的风俗。②

15. 辄沐之国

① 他们是辄沐之国的国民,辄沐之国在越国的东面。② 他们生了长子就吃掉,认为这样可以再生很多的子孙。③ 他们在祖父死后,就把祖母背到野外抛弃,认为不能再与鬼之妻同住。③

16. 炎人之国

① 他们是炎人之国的国民,炎人之国在楚国的南面。② 他们在父母去世后,将尸身上的肉剔除,只留下尸骨安葬。③ 他们认为骨葬才是孝顺。④

17. 仪渠之国

① 他们是仪渠之国的国民,仪渠之国在秦国的西南方。② 他们在父母去世后,将尸身放在柴架上焚烧,实行火葬。③ 他们看见烟火上入天空,认为父母已经登天。④ 他们认为这样做才是尽孝。⑤ 各国的风俗都是由国家推行的,国民不过化风成俗。⑤

---

① [战国] 列御寇《列子·汤问》,叶蓓卿译注,北京:中华书局,2013,第127—129页。
② [战国] 列御寇《列子·汤问》,叶蓓卿译注,北京:中华书局,2013,第130—131页。
③ [战国] 列御寇《列子·汤问》,叶蓓卿译注,北京:中华书局,2013,第130—131页。
④ [战国] 列御寇《列子·汤问》,叶蓓卿译注,北京:中华书局,2013,第130—131页。
⑤ [战国] 列御寇《列子·汤问》,叶蓓卿译注,北京:中华书局,2013,第130—131页。

18. 小儿辩日

① 两小儿争论太阳距离的远近。② 小儿甲说,太阳初升时离地最近,因为早晨的太阳大如车盖;中午时离地远,因为午间的太阳小如盘子。③ 小儿乙说,太阳初升时离地远,因为早晨的太阳冷;中午时离地近,因为午间的太阳热,好像把手伸进热水里。④ 小儿的争论被孔子听见了,孔子无法判断两人的对错。⑤ 小儿嘲笑孔子不像知识渊博的人。①

19. 詹何引鱼

① 詹何擅长钓鱼。② 他的钓线是用蚕丝做的,钓钩是用麦芒般细小的针做的,钓竿是用细竹竿做的,钓饵是用饭粒做的。这就是他的钓鱼工具。③ 他用这种鱼竿,能从百丈深的水潭中,从滔滔激流中,钓到一车鱼,而且钓线不断,钓钩不弯,钓竿不折。④ 他的名声传到楚王那里,楚王召见他,问他有何诀窍。⑤ 他先说父亲告诉他的蒲且子的故事。蒲且子用柔弱的弓箭,箭上系细丝绳,顺风发箭,一箭射中两鸟。蒲且子的诀窍是用心专一,用力均衡。⑥ 他又说自己的诀窍是用蒲且子射箭的方法钓鱼,苦练5年而成。钓鱼时不存杂念,用力均衡。鱼在水中见钓饵下落如见自然尘埃或泡沫,毫不介意,故而上钩。⑦ 他最后说楚王可以用此法治国。⑧ 列子认为,均衡是天下最高的道理。②

20. 扁鹊换心

① 名医扁鹊为甲、乙两人治病,甲为鲁国的公扈,乙为赵国的齐婴。② 他诊断说,甲的病是心强而气弱,故擅长谋略而缺乏决断;乙的病是心弱而气强,故缺乏谋略而过于专断。③ 他的治疗方案是将甲和乙的心对换一下,甲、乙都同意。④ 他为甲、乙做了换心手术,术后甲、乙恢复正常,各自回家。⑤ 他的甲病人去了乙家,乙的妻子儿女不认识甲,拒绝甲

---

① 〔战国〕列御寇《列子·汤问》,叶蓓卿译注,北京:中华书局,2013,第131—132页。
② 〔战国〕列御寇《列子·汤问》,叶蓓卿译注,北京:中华书局,2013,第132—134页。

留在家中生活;乙病人去了甲家,甲的妻子儿女不认识乙,也拒绝乙留在家中生活。⑥他的甲、乙两病人的家庭去打官司,要求他出庭作证。⑦他说明手术的经过,两家停止了争吵。①

21. 鲍巴弹琴

①鲍巴擅长弹,琴声响起来,能让鸟儿飞,鱼儿游。②他是郑国的师文,听说此事,抛弃家业,去鲁国拜师学琴。③他学了3年,还不能弹一首完整的曲子,被老师劝退。④他在家总结失败的原因,是心志不专,人不能适应琴。⑤他第二次拜师,心志专一,深谙乐律。他弹8月的乐律,秋风送爽,结出果实;弹2月的乐律,春风徐徐,草木萌发;弹11月的乐律,霜雪飘落,河池冰冻;弹5月的乐律,阳光普照,冰雪消融;弹五音和弦,风和日丽,彩云飘飘,天降甘露,甜泉涌流。⑥他的老师称赞说,他的技艺已达到了很高的境界,可超过师旷和邹衍。②

22. 薛谭学讴

①他叫薛谭,喜爱唱歌。②他向秦青拜师学艺。③他初学唱歌,刚学了皮毛,就心满意足了,请辞回家。④他在老师举行的饯行会上,听见老师的歌唱能震撼林木,遏止行云,便自知浅薄。⑤他留下来继续跟老师学唱歌。⑥他听老师说,这种高超的技艺是向韩娥学来的。③

23. 韩娥善歌

①有一个叫韩娥的女子,擅长唱歌和哀哭,远近闻名。②她去齐国,途中粮食吃完,便唱歌求食。她走后,声音绕梁三日不绝,当地人还以为她没有离开。③她来到一家旅店,店里人欺负她,她长歌哀哭,全乡人都很悲伤,三天吃不下饭。④她返回这里时,为乡亲们唱歌,全乡老少都情

---

① [战国] 列御寇《列子·汤问》,叶蓓卿译注,北京:中华书局,2013,第134—135页。
② [战国] 列御寇《列子·汤问》,叶蓓卿译注,北京:中华书局,2013,第135—138页。
③ [战国] 列御寇《列子·汤问》,叶蓓卿译注,北京:中华书局,2013,第138—139页。

不自禁地随歌声起舞。⑤ 她的歌声和哭声直到今天都在被当地人模唱。①

24. 伯牙子期

① 伯牙善于弹琴,子期善于欣赏,两人是一对好朋友。② 伯牙奏琴的含义总能为子期所领悟,两人达到默契的程度。③ 伯牙弹琴要登临高山,子期便赞叹泰山的巍峨。④ 伯牙弹琴要聆听流水,子期便赞叹汪洋的江河。⑤ 伯牙弹琴在泰山避雨,子期便了解朋友的遭遇。⑥ 伯牙对子期说,有了你这样的知音,我无法在琴声中隐藏自己的心声。②

25. 偃师造倡

① 它是一个木偶倡优,由木匠偃师制造,送给周穆王当礼物。② 它能走、跑、俯、仰,跟真人一样。③ 它的脸被掀开,可以唱歌,合乎音律。④ 它的手被抬起,可以跳舞,合乎节拍。⑤ 它眨眼勾引周穆王的侍妾,被周穆王看见了,周穆王很生气,要杀偃师。⑥ 偃师说它是木偶,并非真人。⑦ 它被拆开机关,五脏六腑和皮骨筋毛一应俱全。所有器官都是用皮革、木块、油漆、胶和各色颜料制成的,组合起来,即可恢复原样。再拿掉它的心脏,便不会说话;拿掉它的肝脏,便双目失明;拿掉它的肾脏,便不会走路。⑧ 周穆王夸奖偃师的技能,命副车载木偶回宫。③

26. 班输造云梯

① 班输制造了木头的云梯。② 墨翟制造了木头的飞鸟。③ 两人听说偃师造倡的事,再不敢谈论技艺。④ 他们从此守着规和矩过一辈子。④

---

① [战国] 列御寇《列子·汤问》,叶蓓卿译注,北京:中华书局,2013,第138—139页。
② [战国] 列御寇《列子·汤问》,叶蓓卿译注,北京:中华书局,2013,第139—140页。
③ [战国] 列御寇《列子·汤问》,叶蓓卿译注,北京:中华书局,2013,第140—143页。
④ [战国] 列御寇《列子·汤问》,叶蓓卿译注,北京:中华书局,2013,第141—143页。

27. 甘蝇善射

① 甘蝇、飞卫和纪昌是师徒3代人,皆善射。② 甘蝇刚一拉弓,还没等射箭,便野兽趴下,飞鸟落地。③ 飞卫的箭艺又在老师甘蝇之上。④ 纪昌跟飞卫学射,被告知先学不眨眼的功夫。⑤ 他回家看妻子织布,看了两年,到了锥尖刺到眼眶也不眨眼的地步,他去报告老师。⑥ 他被告知再练眼力,要练到视小为大、视细为粗的程度。⑦ 他回家后,以牛毛拴虱悬于窗口,看了3年,看到的虱子像车轮一般大。⑧ 他以牛虱为靶射箭,一箭射穿虱子的心,而拴虱子的牛毛纹丝不动,他去报告老师。⑨ 他被老师肯定已掌握了射箭术。⑩ 他认为自己本领大了,要射杀飞卫。飞卫用荆棘的刺尖抵挡他的飞箭,分毫不差,他彻底折服,再拜师为父。⑪ 他们师徒二人发誓不把射箭的绝技传给外人。①

28. 造父学御

① 造父拜泰豆氏为师,学习驾御。② 他处处事师谦卑,但过了3年,还是没能从老师那里学到任何东西。③ 他没有任何怨言,态度更加谦卑,于是老师向他传授御术。④ 他跟老师学踩木桩,3天便掌握了这种技能。⑤ 他跟老师学驭术,将踩木桩的心得用在控制马上,做到手、心、缰绳、嚼子、吆喝与马速协调一致。⑥ 他被老师告知,最高的驭术就是心神安闲、身体端正、操纵马匹合乎节度。②

29. 来丹复仇

① 来丹的父亲被黑卵杀害,来丹决心为父报仇。② 他向孔周借用宝剑,传说这种宝剑即便背在孩子的身上也能吓退敌人。③ 他被孔周告知说,确有3把祖传宝剑,但都不能用来杀人。第一把宝剑叫含光,刺入人体而不觉察;第二把宝剑叫承影,刺入人体而不觉疼;第三把宝剑叫宵练,

---

① [战国]列御寇《列子·汤问》,叶蓓卿译注,北京:中华书局,2013,第143—145页。
② [战国]列御寇《列子·汤问》,叶蓓卿译注,北京:中华书局,2013,第143—145页。

刺入人体而伤口随即愈合,没有血痕。④ 他不听劝阻,借来第三把宝剑复仇。⑤ 他对仇人连砍3剑,仇人醒来后,感到腰酸咽痛而已。⑥ 他对仇人的儿子连砍3剑,儿子醒来后,感到身疼体僵而已,还说他向自己招手3次。①

30. 锟铻剑

① 它是一种稀有的宝剑,长1尺8寸,削玉如泥,锋利无比。② 它为周穆王率军攻打西北戎族时所得。③ 它是西北戎族向周穆王进贡的礼物。④ 皇子认为此剑是传说,萧叔认为皇子不应怀疑真实的东西。②

31. 火浣布

① 它是一种稀有的布匹,要在火中清洗,从火中取出后,清洁如新。② 它为周穆王率军攻打西北戎族时所得。③ 它是西北戎族向周穆王进贡的礼物。④ 皇子认为此布是传说,萧叔认为皇子不应怀疑真实的东西。③

力　命

1. 力与命争功

① 力与命比谁的功劳大。② 力说,力能决定人的寿命、穷达、尊卑和贫富,力的功劳大。③ 命说,命能决定人力达不到的人和事,如让好人穷而坏人富,命的功劳大。④ 力说,万物生长靠力,不靠命,力的功劳大。⑤ 命说,既然无命,何用主宰?顺其自然而已,还是命的功劳大。④

---

① ［战国］列御寇《列子·汤问》,叶蓓卿译注,北京:中华书局,2013,第147—151页。
② ［战国］列御寇《列子·汤问》,叶蓓卿译注,北京:中华书局,2013,第151页。
③ ［战国］列御寇《列子·汤问》,叶蓓卿译注,北京:中华书局,2013,第151页。
④ ［战国］列御寇《列子·力命》,叶蓓卿译注,北京:中华书局,2013,第153—154页。

2. 管仲与鲍叔牙

① 管仲一直得到鲍叔牙的赏识和帮助,两人是好朋友。② 他与鲍叔牙一起经商,鲍叔牙总是多分他财物,接济他的穷困,而不以为他贪。③ 他谋事遭受重大挫折,鲍叔并不埋怨他,以为时机不到而已。④ 他从战场上逃跑,鲍叔牙以为他家有老母,逃走是为了尽孝,而不是怯懦。⑤ 他被齐桓公逐杀,鲍叔牙说服齐桓公起用他,而且地位在自己之上。⑥ 他终于辅佐齐桓公称霸诸侯。①

3. 季梁友杨朱

① 季梁的好友叫杨朱。② 他病重,请杨朱来唱歌,以阻止儿女乱请庸医,儿女听不懂,还是为他请了3位医生。③ 他赶走了第一个医生,因为对方说他纵欲过度,可以救治。④ 他请第二个医生吃饭,因为对方说他先天胎气不足,无法救治。⑤ 他重赏第三个医生,认为是神医,因为对方说生命贵在虚无,药石不可救治。⑥ 他的病不久自愈。②

杨　朱

1. 舜耕河阳

① 他是舜帝,他的美名天下皆知。② 他在河阳耕地。③ 他在雷阳制陶。④ 他终日劳作,没有片刻休息,吃不到任何美味的食物。⑤ 他得不到父母的疼爱,弟弟妹妹也跟他不亲近。⑥ 他30岁娶亲,没有告诉父母。⑦ 他将帝位禅让给禹。⑧ 他郁郁而死。⑨ 他是天下最不得志的人。③

2. 鲧禹治水

① 他的父亲叫鲧,因治水不利,被舜杀死于羽山。② 他为弑父的帝

---

① ［战国］列御寇《列子·力命》,叶蓓卿译注,北京：中华书局,2013,第158—161页。
② ［战国］列御寇《列子·力命》,叶蓓卿译注,北京：中华书局,2013,第164—166页。
③ ［战国］列御寇《列子·杨朱》,叶蓓卿译注,北京：中华书局,2013,第195—197页。

王所延用,继承父业去治水。③ 他全心全意地治水,生了儿子顾不上看,三过家门而不入。④ 他过度劳累,身体半瘫,手脚满是老茧。⑤ 他接受舜的禅让,当了天帝,但仍过着节俭的生活。⑥ 他住简陋的房屋,只在祭祀时穿上华服美冠。⑦ 他郁郁而死。⑧ 他是天下最操心的人。①

3. 杨朱见梁惠王

① 杨朱的君主是梁惠王。② 他向君主自荐有治国之才,而且易如反掌。③ 他被问道,连家里的妻妾都不能管好,桑园都不懂侍弄,谈何治国?④ 他答,大治之才,不谙小事。牧童可管五百羊群,舜帝未必管好一只羊;大鱼不适于在小河中游,鸿鹄不适于在水塘边栖息,黄钟大吕不为局促的舞蹈伴奏,都是这个道理。②

说　符

1. 列子学道

① 列子向壶丘子林拜师学道。② 他被老师告知要谦退。③ 他不明白老师的话。④ 他被教导说,这好比是身与影的关系,影子的变化取决于身体的行为,而不取决于影子本身。身是行为,在前;影子如名声,在后。谦退在前而名声在后。③

2. 列子学射

① 列子向关伊子拜师学射靶心。② 他被告知,射不中靶心的原因是射技不行。③ 他回家练射技3年,练成了,回来找老师。④ 他再被告知,

---

① 〔战国〕列御寇《列子·杨朱》,叶蓓卿译注,北京:中华书局,2013,第195—197页。
② 〔战国〕列御寇《列子·杨朱》,叶蓓卿译注,北京:中华书局,2013,第198—200页。
③ 〔战国〕列御寇《列子·说符》,叶蓓卿译注,北京:中华书局,2013,第206—208页。

比射技更重要的,是明白获得射技的道理。⑤他终于明白,圣人不观察存在的表象,而观察存在背后的原因。①

3. 宋人雕叶

①他是宋国的玉匠。②他在玉石上雕刻了一片树叶,进献给国君。③他雕成的树叶茎脉分明,细毛密布,玉润如水,泛露光泽。④他的这片玉树叶跟真的树叶放到一起,也难辨真假。⑤他花了3年的时间。⑥他凭借自己精湛的技艺获得了宋国的俸禄。⑦列子说,设若大自然也要3年产1叶,那么天下的树叶要少了不知多少,可见大自然的造化非人力所能企及。②

4. 郑相遗粟

①列子拒绝收下郑相送来的粮食。②他说,郑相并不了解我,只是听了门客说我的好话就接济我;如果有一天,郑相听到别人进我的逸言,也会加罪于我。③他不幸言中,郑相被谋反的人所杀。③

5. 鲁施氏二子

①鲁国有人家姓施,有两个儿子,一个擅长儒学,在齐国谋事,被齐侯接纳,当了齐国公子的老师。一个擅长兵法,在楚国谋事,被楚王欣赏,在楚军中司职。两个儿子都有俸禄养家,施家富足,光耀故里。②鲁国有人家姓孟,与施家为邻,也有两个儿子,两人的特长也与施家的儿子相似。孟家羡慕施家的富贵荣耀,就去请教施家发达的秘密,施家的儿子毫无保留地告诉了孟家。③孟家模仿施家。一个儿子擅长儒学,去秦国谋事,秦王尚武去儒,将他处以宫刑赶走。另一个儿子擅长兵法,去卫国谋事,卫国夹在大国和小国中间求生存,卫王追求去兵求和之道,将他处以

---

① [战国]列御寇《列子·说符》,叶蓓卿译注,北京:中华书局,2013,第209页。
② [战国]列御寇《列子·说符》,叶蓓卿译注,北京:中华书局,2013,第210—211页。
③ [战国]列御寇《列子·说符》,叶蓓卿译注,北京:中华书局,2013,第211—212页。

刖刑赶走。④ 孟家指责施家欺骗了自己。⑤ 施家回答说,世上的事情没有绝对的对与错。先前被采纳的,后来可以被废弃。迎合时机,不拘成法,才是智慧。①

6. 晋文公出会

① 晋文公率军与其他诸侯国会合,攻打卫国。② 他在途中被公子锄嘲笑。③ 他请教原因,被告知说,有人送妻出门,路遇采桑娘,过去搭话,不料回头一看,自己的妻子正被别人勾引呢。④ 他恍然大悟,明白首先要保证后院的安全。⑤ 他赶紧收兵返回,还没等到达晋国,来犯之军就已打到了晋国的北部边境上。②

7. 晋国苦盗

① 晋侯为国内盗窃成风的事发愁。② 他派得力臣子郄雍去抓捕盗贼,工作得力,但不久郄雍被盗贼报复所杀。③ 他听从友人文子的劝告,改抓捕窃贼为改变风俗,任用贤能,教化人民。④ 他改革后,晋国恢复了安定。③

8. 白公问孔子

① 白公子欲谋反,事前去询问孔子。② 他问孔子,可否与人密谋谋反? 孔子不理睬他。③ 他问孔子,将石头扔在水里会怎样? 孔子答,善游者可以将石头捞上来。④ 他问孔子,将水投在水里会怎样? 孔子答,将淄水与渑水混在一起,易牙还是能尝出来。孔子劝他,最高的行为是无为。⑤ 他执意谋反,结果被杀死在浴室里。④

---

① [战国] 列御寇《列子·说符》,叶蓓卿译注,北京:中华书局,2013,第 212—214 页。
② [战国] 列御寇《列子·说符》,叶蓓卿译注,北京:中华书局,2013,第 214—215 页。
③ [战国] 列御寇《列子·说符》,叶蓓卿译注,北京:中华书局,2013,第 215—216 页。
④ [战国] 列御寇《列子·说符》,叶蓓卿译注,北京:中华书局,2013,第 218—219 页。

9. 暴雨不终朝

① 赵襄子派兵攻打翟人的部族,一天攻下两座城池。② 他反而为此忧愁,认为江潮再大,不过三日;暴雨飘摇,不过一个上午;烈日当空,很快西斜;自己国家的积德还没有达到一举获胜的程度。这种胜利是失败的前兆。③ 他的忧虑传到孔子那里,孔子认为他有获胜的素质。孔子说,善于保持胜利果实的人,总是把自己的强大视为弱小。越是懂得这个道理的人,就越有可能带领他的国家走向昌盛。①

10. 宋人有好行仁义者

① 他是宋国人,好行仁义,三代相传不辍。② 他家的黑牛生了白犊,去请教孔子,孔子说是吉兆,可将白犊献给天帝。③ 他家的父亲突然失明,黑牛又生白犊;去请教孔子,孔子说是吉兆,可将白犊献给天帝。④ 他家的儿子突然失明,去请教孔子,孔子说是吉兆。⑤ 他家的父子在楚国攻打宋国的时候改变了命运。当时宋国的男子都去应征打仗,人民罹难,他们父子却因双双失明而幸免于难。⑥ 他们父子二人在战事结束后,双眼突然复明。②

11. 宋有兰子者

① 他是宋国的杂技艺人,为宋元君表演踩高跷。② 他将比身体还长一倍的两根细木棍绑在双腿上,又走、又跳、又跑圈,行动自如。③ 他踩高跷时,手舞7把宝剑,5把在空中飞舞,2把在手中轮转。④ 他让宋元君龙颜大悦,宋元君赏他金银丝帛。⑤ 他的事迹传到另一个杂技艺人耳朵里,那人会轻功,也来向宋元君献艺。⑥ 宋元君认为此人专为赏赐而来,将此人拘禁一月赶走。③

---

① [战国]列御寇《列子·说符》,叶蓓卿译注,北京:中华书局,2013,第219—221页。
② [战国]列御寇《列子·说符》,叶蓓卿译注,北京:中华书局,2013,第221—222页。
③ [战国]列御寇《列子·说符》,叶蓓卿译注,北京:中华书局,2013,第222—223页。

12. 九方皋相马

① 他叫九方皋,是个樵夫,受伯乐的推荐,为秦穆公挑选良马。② 他选了3个月,选到一匹良马。③ 他说这是一匹黄色的母马,前往察看的侍从说是黑色的公马。④ 他的能力受到秦穆公的怀疑,秦穆公担心他不识良马。⑤ 他的表现受到伯乐的称赞,伯乐盛赞他观察马匹的内在品质,而忽略外在的表象,实在是达到了很高的境界。⑥ 待到此马被送到秦国,果然是一匹天下无双的千里马。①

13. 牛 缺

① 他叫牛缺,是秦国的大儒。② 他去赵国的途中遇到强盗,所有衣物车马都被抢走。③ 他神色自若,步行离去。④ 他的镇静受到强盗的怀疑,强盗怕他联合赵国的国君整治自己,便将他杀害了。⑤ 他的遭遇传到燕国人那里,燕人相告,遇强盗时莫学牛缺。⑥ 燕人去秦国的途中遇到强盗,先是抵抗,抵抗不成,又追上强盗请求归还财物,强盗认为被暴露了行踪,也将他杀害了,还杀死了他的另外4个同伴。②

14. 梁 国 富 人

① 他家是梁国的大富人家,财富无法估量。② 他家临街摆阔,在路旁设宴,乐队演奏;在楼上赌博,大声喧哗,四邻都听得见。③ 他家的楼下走过一群侠客,上空飞过一只老鹰,鹰爪下掉落一只腐烂的老鼠,死鼠正好砸在其中的一位侠客的头上,侠客以为这是富家在取笑他们,目中无人。④ 他家被侠客灭掉。③

15. 不食盗来之食

① 他饿倒在路旁。② 他被一个过路的强盗搭救,强盗用自带的干粮

---

① [战国] 列御寇《列子·说符》,叶蓓卿译注,北京:中华书局,2013,第223—225页。
② [战国] 列御寇《列子·说符》,叶蓓卿译注,北京:中华书局,2013,第228—229页。
③ [战国] 列御寇《列子·说符》,叶蓓卿译注,北京:中华书局,2013,第229—230页。

给他喂食,喂了3次,把他救活。③ 他听说吃了强盗的东西,又把吃掉的东西吐了出来,倒地而死。④ 列子说,强盗是强盗,食物是食物,他不吃强盗的食物,是名不符实。①

16. 杨布素衣

① 他是杨朱的弟弟,叫杨布。② 他穿白衣服出门,因为下雨,脱掉了白衣服,换上了黑色的衣服返回。③ 他家的狗不认识他,上前咬他,他打狗。④ 他被杨朱劝道,如果你牵了白狗出门,带着黑狗回来,你不觉得奇怪吗?②

17. 亡 铁

① 他怀疑邻家之子偷了自己的斧子。② 他看那孩子走路、面色、语调和动作,怎么都像偷斧的人。③ 他找到了自己的斧子,再看那个孩子,怎么都不像偷斧子的人。③

18. 齐人偷金

① 他是齐国人。② 他想要金子。③ 他到集市上去,走进金店,见到金子,抓起就跑。④ 他被捉住。问他为什么大家都在他却还要偷金子,他说当时没看见人,只看见金子。④

---

① [战国]列御寇《列子·说符》,叶蓓卿译注,北京:中华书局,2013,第230—231页。
② [战国]列御寇《列子·说符》,叶蓓卿译注,北京:中华书局,2013,第236页。
③ [战国]列御寇《列子·说符》,叶蓓卿译注,北京:中华书局,2013,第241—242页。
④ [战国]列御寇《列子·说符》,叶蓓卿译注,北京:中华书局,2013,第243页。

二、《山海经》故事类型

前　言

《山海经》是一部古代地理博物志故事书,从民俗学的角度看,它在古代地理民俗的框架内,以山与海为标志,将5 300多座山、250多条河、120多种动物、50多种植物,分成18个自然空间,构成一个大宇宙,再全部用故事对这个宇宙做解释。故事是一个古老知识的网格,每个知识网格与每个自然空间存在对应关系。宇宙知识是天地人综合知识,主要将自然空间按方位四至与中央空间排列,再在每个网格内讲故事,包括天文地理、气象物候、山川草本、动物植物、金石玉木和人类社会。自然知识是识别知识,包括讲自然物质性知识系列;社会知识是人类活动知识,包括民俗、巫术和宗教。

(一)《山海经》故事类型的编制原则

从民俗学的角度编制《山海经》故事类型所采用的原则是,按历史著作的叙事结构,将情节单元与地理空间要素和知识分类作为一个整体,针对天气物候、山川地理、动植物、民俗、人和社会生活的相关内容,编制故事类型,呈现这类历史文献的叙事特点。

本书的结构,依据以上原则进行架构。以原著卷次为序,共分18个故事主题组。在各卷之下,以各卷原"山"或"海"经的题目为主题标题。在各主题标题之下,按叙事的中心角色及其地理和知识的完整结构,划分类型。各类型按中心角色的名称编拟篇名,在篇名之下编制情节单元。以每个类型为单位作注,注明原文出处。

本书的故事类型的编号,根据这套丛书类型编号的总体原则,分两组:第一组,以原著各卷为单位,在各卷内依次编号,不同卷次的编号不再统编,以利于研究《山海经》自然空间内的故事类型分布特征,并开展不同自然空间的故事类型的比较研究;第二组,以原著各卷排列为序,依次排列各卷的故事类型,但在故事类型本身的编号上,全书打通,从第一卷的第一个故事起,一次性编号到底,以呈现《山海经》全书的故事总量,并方便对原著故事类型与知识系统的关系做整体观察和研究。

本书以中华书局出版的"中华经典名著全本全注全译丛书"系列中的《山海经》为底本,参考晋郭璞《山海经》,共制作了故事类型480个。

从民俗学角度分析《山海经》编制《山海经》的故事类型,与从民间文艺学角度编制《山海经》的故事类型,从理论方向和研究方法上说,两者是有一定差别的。从民俗学角度从事这项研究,侧重观察书中的宇宙、自然、社会的网格知识与叙事结构整体,在理论上探求其中包含的古代文化知识系统。从民间文艺学角度从事这项研究,将书中的故事与自然空间地理民俗网格分开分析,关注故事本身的内容和形式,忽略其中包含的宇宙、自然知识和社会活动。

(二)《山海经》历史著作与故事类型双构的特征

1. 宇宙世界与自然和民俗双构

这种双构特征的表现是:① 山是通向宇宙的天梯;② 群山与诸国都是自然神的儿子;③ 山分帝山、宗主山和普通山,山是认识自然、国运的边界;④ 按自然物质的分层进行祭祀。

2. 宇宙世界与身体和社会双构

这类故事的叙事模式是,人体各部分与自然物互变,如人首、人身、人脚、人手变形,与动物或植物交合,再进行民俗信仰解释;或者动物身体各部分发生变化,如牛首、猪身、羊尾等,再讲宇宙运行的故事,也讲生命体征在社会生活的反映。其中,一是人与动植物的生命互换,一般使用治病的故事类型套式叙事,其实中间没有任何治疗过程,只讲人直接吞食和佩戴某动植物就能收到效果。二是精神类疾病,如迷惑、昏迷、犯困、神经衰弱、疯癫,在社会群体地点治疗后变得清醒、记忆力增加和变得更加妩媚。三是社会存亡与动植物生命互换,所涉及灾种有:水灾、旱灾、火灾、瘟疫、虫灾和战争,用解除灾害的故事类型解释。

3. 天地人直接沟通的五官渠道

在《山海经》中,生命体,包括人与动植物的生命,在听觉、视觉、味觉、嗅觉和触觉方面都有识别能力,可以与天上地下直接沟通,分5种情况:① 听觉的知识信息量最大,很多词汇描述动物叫声,有拟人的,如婴儿啼哭状;拟自然现象的,如雷声;拟社会生活现象的,如某人出入闪光。自然科学研究认为,识别声音是人类识别最稳定的知识。② 视觉识别,大体有红、黄、白、青、黑五色,比较单调,但与佛道家思想和用药理念有关。③ 味觉识别,有酸、甜、苦三味,比较单调,但都与民间医疗有关。④ 嗅觉,有香、臭两种,最单调,与古代祭祀与烹饪有关。⑤ 触觉,讲软硬。

4. 故事类型进入历史经典叙事的历史价值

先秦荀子总结过五大自然灾害,但未讲过战争,《山海经》把荀子讲的五灾都说了,还提到战争。《山海经》的防五灾措施,今天看上去都很简单,都是人类操作顺应天地的活动。这些故事也都是古人一听就懂的故事。在古代社会,它们不仅被口传和书传,而且是真做的。我国各地各民族都有在服饰绣图上和行为上避讳的一些民俗,如果不看《山海经》,可以认为是一般民俗,但看了《山海经》,就会为书中早已提出的关于它们的理由和做法感到惊讶。

我们可以想象,在那个没有现代物理、化学、地理学和生物学发展出来的时代,古人并没有赤手空拳,他们掌握着这些在今人看来离奇的网格知识与特异实践的理由。但今人不是照样要承认这些动植物异动的古老常识,并以之判断灾害发生的征兆吗?今人不是仍然需要将天空、大地和动植物认作自己的朋友吗?故事是没有强迫性的,它不需要交学费,它不是杏坛教化和学府灌输。它通过心通与眼见进行社会传播,比如观察某种颜色和佩戴某种动植物就能预防凶兆与自然灾难,它的历史价值就是社会传播。最早创立这种历史与故事双构模式的典籍之一,正是《山海经》,所以我们要给《山海经》记上一功,不然不公平。《山海经》故事类型分卷分布情况如下表所示。

《山海经》故事类型分卷分布统计一览表

卷　次	卷　名	故事类型	排　序
卷一	南山经	26	7
卷二	西山经	65	2
卷三	北山经	40	4
卷四	东山经	27	6
卷五	中山经	90	1
卷六	海外南经	20	9
卷七	海外西经	17	10
卷八	海外北经	17	11
卷九	海外东经	14	14
卷十	海内南经	8	16
卷十一	海内西经	8	17
卷十二	海内北经	14	15
卷十三	海内东经	4	18
卷十四	大荒东经	24	8
卷十五	大荒南经	17	12
卷十六	大荒西经	42	3
卷十七	大荒北经	15	13
卷十八	海内经	32	5
总　计	18	480	

卷一 南山经

1. 祝 余

① 它是一种草,叫祝余。② 它生长在南方的招摇山上,招摇山位于西海边上,山上有桂树,山中有金玉。③ 它的样子像韭菜,花叶是青色的。④ 它可以解除人的饥饿。①

2. 迷 榖

① 它是一种树,叫迷榖,生长在南方的招摇山上。② 它的树干有黑色的纹理。③ 它放射出耀眼的光华。④ 它的树叶戴在身上能让人不迷路。②

3. 狌 狌

① 它是一种野兽,叫狌狌,住在南方的招摇山上。② 它的样子像猿,有白耳朵,能直立行走。③ 它的肉吃了能快走。③

4. 育 沛

① 它是一种水生物,叫育沛,生长在南方的招摇山上。② 它戴在身上不得蛊胀病。④

5. 鹿 蜀

① 它是一种野兽,叫鹿蜀,住在南方的杻阳山上,山南产赤金,山北产白金。② 它的样子像马,身上有虎纹,头是白色的,尾巴是红色的。③ 它的叫声如人在唱歌。④ 它的毛戴在身上能多子多孙。⑤

---

① [晋]郭璞《山海经》,方韬译注,北京:中华书局,2013,第1—2页。
② [晋]郭璞《山海经》,方韬译注,北京:中华书局,2013,第1—2页。
③ [晋]郭璞《山海经》,方韬译注,北京:中华书局,2013,第1—2页。
④ [晋]郭璞《山海经》,方韬译注,北京:中华书局,2013,第1—2页。
⑤ [晋]郭璞《山海经》,方韬译注,北京:中华书局,2013,第3—4页。

6. 旋　　龟

① 它是乌龟的一种,生长在南方的杻阳山的怪水中。② 它的样子像乌龟,鸟头、蛇尾,身体是红色的。③ 它的叫声像劈柴的声音。④ 它戴在身上耳不聋,还能治足底的老茧。①

7. 鯥　　鱼

① 它是一种鱼,生长在南方的柢山的山坡上,此山无草木。② 它的形状像牛,蛇尾,有翅膀,翅膀在肋下。③ 它的叫声像犁牛的声音。④ 它冬眠,夏天苏醒。⑤ 吃它不得痈肿病。②

8. 类

① 它是一种野兽,生长在南方的亶爱山上,此山险峻,草木不生。② 它的形状像野猫,有头发。③ 它有雄雌两性的器官,可以自行交配。④ 人吃了它会变得不嫉妒他人。③

9. 猼　　訑

① 它是一种野兽,生长在南方的基山上,山南产玉石,山北长怪木。② 它的形状像羊,九尾、四耳,眼睛长在背上。③ 人佩戴它的毛会变得不知道害怕。④

10. 鹍　　鹕

① 它是一种鸟,生长在南方的基山上,山南产玉石,山北长怪木。② 它的形状像鸡,有三头、六眼、六腿、三只翅膀。③ 人吃了它睡不

---

① 〔晋〕郭璞《山海经》,方韬译注,北京:中华书局,2013,第3—4页。
② 〔晋〕郭璞《山海经》,方韬译注,北京:中华书局,2013,第4页。
③ 〔晋〕郭璞《山海经》,方韬译注,北京:中华书局,2013,第4—5页。
④ 〔晋〕郭璞《山海经》,方韬译注,北京:中华书局,2013,第5页。

着觉。①

11. 有兽似狐而九尾

① 它是一种野兽,生长在南方的青丘山上,山南产玉石,山北产青雘。② 它的形状像狐狸,有九尾。③ 它的叫声像婴儿在啼哭。④ 人吃了它不沾妖邪之气。②

12. 灌　　灌

① 它是一种鸟,生长在南方的青丘山上,山南产玉石,山北产青雘。② 它的形状像雉鸡。③ 它的叫声像骂人。④ 人佩戴它可以不迷惑。③

13. 赤　　鱬

① 它是一种动物,生长在南方的青丘山的英水支流中,山南产玉石,山北产青雘。② 它的形状像鱼,长着人的脸。③ 它的叫声像鸳鸯。④ 人吃了它不长疥疮。④

14. 誰山的山神

① 它是南方的誰山的山神,龙头鸟身。② 它统辖从招摇山到箕尾山的10座山。③ 它的祠祭仪式是,将1块璋、1块玉和鸟兽毛埋到土里,祭祀的米用稻米,祭祀的席子用白菅草编织。⑤

15. 狸　　力

① 它是一种野兽,生长在南方的柜山上。柜山是南次二山的第一

---

① [晋]郭璞《山海经》,方韬译注,北京:中华书局,2013,第5—6页。
② [晋]郭璞《山海经》,方韬译注,北京:中华书局,2013,第6页。
③ [晋]郭璞《山海经》,方韬译注,北京:中华书局,2013,第6页。
④ [晋]郭璞《山海经》,方韬译注,北京:中华书局,2013,第6页。
⑤ [晋]郭璞《山海经》,方韬译注,北京:中华书局,2013,第7页。

座,山上的水中产玉石和红沙。② 它的形状像小猪,长了一对鸡足。③ 它的叫声像狗。④ 它出现在哪里,哪里就有治水工程。①

16. 鹓

① 它是一种鸟,生长在南方的柜山上。柜山是南次二山的第一座,山上的水中产玉石和红沙。② 它的形状像鹞鹰,脚像人手。③ 它的叫声像雌鹌鹑。④ 它出现在哪里,哪里就有人才被流放。②

17. 长　右

① 它是一种野兽,生长在南方的长右山上。山无草木而水源丰富。② 它的形状像长尾猿,四耳。③ 它的叫声像人在呻吟。④ 它出现在哪里,哪里就发洪水。③

18. 猾　裹

① 它是一种野兽,住在南方尧光山的山洞里。山南产玉石,山北产金。② 它的形状像人,脖子上有野猪一样坚硬的鬣毛。③ 它的叫声像伐木。④ 它冬眠。⑤ 它出现在哪里,哪里就有繁重的徭役。④

19. 蛊　雕

① 它是一种野兽,生长在南方的水中。水在鹿吴山上,山上不长草木,盛产金玉。② 它的形状像大雕,头上长角。③ 它的叫声像婴儿啼哭。④ 它吃人。⑤

---

① [晋]郭璞《山海经》,方韬译注,北京:中华书局,2013,第7—8页。
② [晋]郭璞《山海经》,方韬译注,北京:中华书局,2013,第7—8页。
③ [晋]郭璞《山海经》,方韬译注,北京:中华书局,2013,第8—9页。
④ [晋]郭璞《山海经》,方韬译注,北京:中华书局,2013,第9页。
⑤ [晋]郭璞《山海经》,方韬译注,北京:中华书局,2013,第14页。

20. 其光载出载入

① 它是南方的漆吴山,山上无草木。山产博石。② 它地处东海之滨。③ 它望去像一片丘陵,丘陵上有闪烁不定的光芒,那里是太阳出入的地方。①

21. 南次二山的山神

① 它是南方第二系列群山的山神,鸟头龙身。② 它统辖从柜山到漆吴山的十七座山。③ 它的祠祭仪式是,用玉器盛放鸡鸭埋到土里,祭祀的米用稻米。②

22. 虎 蛟

① 它是一种野兽,住在南方的祷过山上。山上产玉石,山下产犀牛和大象。② 它长着鱼的身子,蛇的尾巴。③ 它的叫声像鸳鸯。④ 人吃了它不得痈肿病,还能治痔疮。③

23. 凤 凰

① 它是一种鸟,住在南方的丹穴山上。山上产玉石,是丹水的发源地。② 它的形状像鸡,有五彩的羽毛。③ 它的头上有"德"字花纹,翅膀上有"顺"字花纹,背上有"义"字花纹,胸脯上有"仁"字花纹,肚腹上有"信"字花纹。④ 它饮食、唱歌和跳舞都顺其自然。⑤ 它出现在哪里,哪里就天下太平。④

24. 鲑 鱼

① 它是一种鱼,生长在南方的鸡山的黑水中。山上产金,山下产红

---

① [晋]郭璞《山海经》,方韬译注,北京:中华书局,2013,第14页。
② [晋]郭璞《山海经》,方韬译注,北京:中华书局,2013,第14—15页。
③ [晋]郭璞《山海经》,方韬译注,北京:中华书局,2013,第15—16页。
④ [晋]郭璞《山海经》,方韬译注,北京:中华书局,2013,第16页。

色的善丹。② 它的形状像鲫鱼,长着猪毛。③ 它的叫声像猪叫。④ 它出现在哪里,哪里就大旱。①

25. 颙

① 它是一种鸟,生长在南方的令丘山上。山上无草木,经常喷火。② 它的形状像枭,长着人的脸,四眼、两耳。③ 它的叫声与名字相同。④ 它出现在哪里,哪里就大旱。②

26. 白　䓘

① 它是一种树,生长在南方的仑者山上。山上产金玉,山下产青䰖。② 它的形状像构树,有红色的纹理。③ 它的树身流出来的汁像漆,味道像糖浆。④ 它能染红玉石。⑤ 人吃了它的树汁能解除饥饿,忘记忧愁。③

27. 南次三山的山神

① 它是南方第三系列群山的山神,龙身人面。② 它统辖从天虞山到南禺山的十四座山。③ 它的祠祭仪式是,用白狗祈祀,祭祀的米用稻米。④

卷二　西山经

1. 羬　羊

① 它是一种羊,生长在西方的钱来山上。山上多松树,山下多洗石。② 它的形状像羊,长着马的尾巴。③ 它的油脂可以润肤,防止皲裂。⑤

---

① [晋]郭璞《山海经》,方韬译注,北京:中华书局,2013,第18页。
② [晋]郭璞《山海经》,方韬译注,北京:中华书局,2013,第18—19页。
③ [晋]郭璞《山海经》,方韬译注,北京:中华书局,2013,第19页。
④ [晋]郭璞《山海经》,方韬译注,北京:中华书局,2013,第20—21页。
⑤ [晋]郭璞《山海经》,方韬译注,北京:中华书局,2013,第22—23页。

2. 鸱渠

① 它是一种鸟,生长在西方的松果山上。② 它的形状像野鸡,身体是黑色的,爪子是红色的。③ 它能治皱皮。①

3. 太华肥遗

① 它是一种蛇,生长在西方的太华山上,山上无其他飞禽走兽。② 它有六只脚、四只翅膀,爪子是红色的。③ 它在哪里出现,哪里就大旱。②

4. 赤鷩

① 它是一种鸟,生长在西方的小华山上,山上盛产牡荆和枸杞树。② 人们养它可以避火灾。③

5. 荔草

① 它是一种草,生长在西方的小华山的石头或树干上,山上盛产牡荆和枸杞树。② 它的形状像乌韭。③ 人吃了它可以治心痛病。④

6. 文茎

① 它是一种树,生长在西方的符禺山上,山南产铜,山北产铁。② 它的果实像枣。③ 人吃了它的果实可以治耳聋。⑤

7. 符禺条草

① 它是一种草,生长在西方的符禺山上,山南产铜,山北产铁。② 它

---

① [晋]郭璞《山海经》,方韬译注,北京:中华书局,2013,第23页。
② [晋]郭璞《山海经》,方韬译注,北京:中华书局,2013,第23—24页。
③ [晋]郭璞《山海经》,方韬译注,北京:中华书局,2013,第24页。
④ [晋]郭璞《山海经》,方韬译注,北京:中华书局,2013,第24页。
⑤ [晋]郭璞《山海经》,方韬译注,北京:中华书局,2013,第24—25页。

的形状像葵菜,红花,黄果。③ 它的果实像婴儿的舌头。④ 人吃了它的果实不迷惑。①

8. 鸱鸟

① 它是一种鸟,生长在西方的符禺山上,山南产铜,山北产铁。② 它的形状像翠鸟,红嘴。③ 人们养它可以避火灾。②

9. 石脆条草

① 它是一种草,产于西方的石脆山,山上有棕树和楠树,山南产玉,山北产铜。② 它的形状像韭菜,白花,黑果。③ 人吃了它的果实可以治疥疮。③

10. 流赭

① 它是一种矿物质,产于西方的石脆山的灌水中,山上有棕树和楠树,山南产玉,山北产铜。② 把它涂在牛马的身上,可以预防疾病。④

11. 英山肥遗

① 它是一种鸟,生长在西方的英山上,山南产金,山北产铁。② 它的形状像鹌鹑,身体是黄色的,嘴是红色的。③ 人吃了它的肉可以治疯病,还可以杀身体里的虫子。⑤

12. 黄雚

① 它是一种草,生长在西方的竹山上,山上有大树,山北产铁。② 它

---

① [晋]郭璞《山海经》,方韬译注,北京:中华书局,2013,第24—25页。
② [晋]郭璞《山海经》,方韬译注,北京:中华书局,2013,第24—25页。
③ [晋]郭璞《山海经》,方韬译注,北京:中华书局,2013,第25—26页。
④ [晋]郭璞《山海经》,方韬译注,北京:中华书局,2013,第25—26页。
⑤ [晋]郭璞《山海经》,方韬译注,北京:中华书局,2013,第26页。

的形状像樗树,叶子像麻的叶子,白花,红果。③ 人用它洗澡可以治疥疮,还能治浮肿。①

13. 薰　草

① 它是一种草,生长在西方的浮山上,山上有盼木。② 它的叶子像麻的叶子,茎干是方形的,红花,黑果。③ 人把它戴在身上可以治麻风病。②

14. 橐　蜚

① 它是一种鸟,生长在西方的翰次山上,山北产赤铜,山南产婴垣玉。② 它的形状像猫头鹰,长着人的脸,只有一只脚。③ 它夏天蛰伏,冬天出现。④ 人披上它的羽毛不怕打雷。③

15. 蓇　蓉

① 它是一种草,生长在西方的蟠冢山上,山上产竹,野兽有犀牛和熊黑。② 它的叶子像蕙草,茎干像桔梗,黑花,不结果。③ 人吃了它不能生育。④

16. 谿　边

① 它是一种野兽,生长在西方的天帝山上,山上产棕树和楠树,山下产茅草和蕙草。② 它的形状像狗。③ 用它的皮毛做坐垫可预防蛊病。⑤

---

① [晋]郭璞《山海经》,方韬译注,北京:中华书局,2013,第27页。
② [晋]郭璞《山海经》,方韬译注,北京:中华书局,2013,第28页。
③ [晋]郭璞《山海经》,方韬译注,北京:中华书局,2013,第28—29页。
④ [晋]郭璞《山海经》,方韬译注,北京:中华书局,2013,第30—31页。
⑤ [晋]郭璞《山海经》,方韬译注,北京:中华书局,2013,第31页。

17. 栎

① 它是一种鸟,生长在西方的天帝山上,山上产棕树和楠树,山下产茅草和蕙草。② 它的形状像鹌鹑,身上有黑色的花纹,脖子上有红色的颈毛。③ 人吃了它的肉可以治痔疮。①

18. 杜　衡

① 它是一种草,生长在西方的天帝山上,山上产棕树和楠树,山下产茅草和蕙草。② 它的形状像葵菜,香味像蘼芜。③ 人佩戴它能使马跑得快,还能治脖子上的肿瘤。②

19. 礜

① 它是一种石头,产于西方的皋涂山,山南产丹沙,山北产黄金和白银,山上遍布桂树。② 它的颜色是白的。③ 它能毒死老鼠。③

20. 无　条

① 它是一种草,生长在西方的皋涂山上,山南产丹沙,山北产黄金和白银,山上遍布桂树。② 它的形状像蒿草,叶子像葵菜的叶,只是背面是红色的。③ 它能毒死老鼠。④

21. 数　斯

① 它是一种鸟,生长在皋涂山上,山南产丹沙,山北产黄金和白银,山上遍布桂树。② 它的形状像鹞鹰,像人一样有脚。③ 人吃了它的肉能治脖子上的肿瘤。⑤

---

① [晋]郭璞《山海经》,方韬译注,北京:中华书局,2013,第31页。
② [晋]郭璞《山海经》,方韬译注,北京:中华书局,2013,第31页。
③ [晋]郭璞《山海经》,方韬译注,北京:中华书局,2013,第32页。
④ [晋]郭璞《山海经》,方韬译注,北京:中华书局,2013,第32页。
⑤ [晋]郭璞《山海经》,方韬译注,北京:中华书局,2013,第32页。

22. 鹦鹉

① 它是一种鸟,生长在西方的黄山上,山上无草木,唯遍布矮竹。② 它的形状像鸮,羽毛青色,红嘴。③ 它的舌头能学人说话。①

23. 鹠鸟

① 它是一种鸟,生长在西方的翠山上,山上有棕树和楠树,山下有矮竹,山南产金玉,山北产牦牛、羚羊和香獐。② 它的形状像喜鹊,羽毛红黑色,有两个头、四只脚。③ 人们养它可以防火灾。②

24. 华山的山神

① 华山是西方第一系列群山的神山,祭祀华山就是祭祀该山系的山神。② 它统辖从钱来山到騩山的19座山。③ 它的祠祭仪式分3层进行。祭华山用牛、羊、猪太牢之礼。祭羭山用烛火,即火把,斋戒百日,然后用100只纯毛色的牲畜,加上100块瑜玉,一起埋入土中,再烫100杯酒,摆上100块珪和100块璧,绕成一圈祭祀。祭其他17座山的方法相同,都用1只全羊。祭祀的席用白茅草编织。③

25. 鸾鸟

① 它是一种鸟,生长在西方的女床山上,山南产赤铜,山北产石涅。② 它的形状像野鸡,羽毛色彩斑斓,有两个头、四只脚。③ 它出现在哪里,哪里就会天下太平。④

26. 凫徯

① 它是一种鸟,生长在西方的鹿台之山上,山上产白玉,山下产银。

---

① [晋]郭璞《山海经》,方韬译注,北京:中华书局,2013,第32—33页。
② [晋]郭璞《山海经》,方韬译注,北京:中华书局,2013,第33页。
③ [晋]郭璞《山海经》,方韬译注,北京:中华书局,2013,第34—35页。
④ [晋]郭璞《山海经》,方韬译注,北京:中华书局,2013,第37页。

② 它的形状像野鸡,有人一样的脸。③ 它的叫声就是自己的名字。④ 它出现在哪里,哪里就有战事。①

27. 朱　厌

① 它是一种野兽,生长在西方的小次之山上,山上产白玉,山下产赤铜。② 它的形状像猿猴,白头,红足。③ 它的叫声就是自己的名字。④ 它出现在哪里,哪里就有大战事。②

28. 罗罗鸟

① 它是一种鸟,生长在西方的莱山上,山上遍布檀木和构树。② 它吃人。③

29. 西次二山的山神

① 它们是 17 座山的 17 个山神,统辖从钤山到莱山的 17 座山。② 在它们中间,分成 10 个山神和 7 个山神两组祭祀。③ 有 10 个山神是人首马身,祠祭仪式是,祭品用猪和羊,祭席用白茅草编织。④ 有 7 个山神是人首牛身,有 4 只脚和 1 只手臂,皆拄杖行走,也称"飞兽之神",祠祭仪式是,祭品用杂毛公鸡,祭米不用精米。④

30. 崇吾之木

① 它是一种树,生长在西方的西部第三列群山的崇吾山上。② 它的叶子是圆的,白花萼,红花朵上有黑纹。③ 人吃了它的果实会多子多孙。⑤

---

① [晋]郭璞《山海经》,方韬译注,北京:中华书局,2013,第 37—38 页。
② [晋]郭璞《山海经》,方韬译注,北京:中华书局,2013,第 38—39 页。
③ [晋]郭璞《山海经》,方韬译注,北京:中华书局,2013,第 41 页。
④ [晋]郭璞《山海经》,方韬译注,北京:中华书局,2013,第 41—42 页。
⑤ [晋]郭璞《山海经》,方韬译注,北京:中华书局,2013,第 42—43 页。

31. 蛮　蛮

① 它是一种鸟,生长在西方的西部第三列群山的崇吾山上。② 它的形状像野鸭,独翅,独眼。③ 它们需要两只鸟合在一起才能飞。④ 它出现在哪里,哪里就有洪水。①

32. 嘉　果

① 它是一种野果,生长在西方的不周山上。② 它的果实像桃子,叶子像枣树叶,黄花,红花萼。③ 人吃了它的果实没烦恼。②

33. 丹　木

① 它是一种树,生长在西方的峚山上。② 它的树干是红的,叶子是圆的,黄花,红果,味道是甜的。③ 人吃了它的果实能解除饥饿。③

34. 黄帝飨玉膏

① 它是从峚山上丹水中的白石里涌出的膏浆,叫玉膏。② 它涌出的时候,原野上一片沸腾的景象。③ 它被黄帝所服用。④ 它能生成黑色的玉石。⑤ 它浇灌丹木五年,丹木开出五色花,结出五色果。⑥ 黄帝选取峚山玉石的精华,在钟山的南坡种下。⑦ 钟山南坡长出瑾和瑜等美玉,天地鬼神都来服用,君子佩戴它可以避邪。④

35. 钟山之子鼓

① 鼓是西方钟山的山神之子。② 他是人脸龙身的神。③ 他与另一个神钦䲹合谋杀死了天神葆江。④ 他和钦䲹被天帝杀死。钦䲹化成大鹗,在哪里出现,哪里就有大战事。⑤ 他化为鵕鸟,在哪里出现,哪里就

---

① [晋]郭璞《山海经》,方韬译注,北京:中华书局,2013,第42—43页。
② [晋]郭璞《山海经》,方韬译注,北京:中华书局,2013,第43—44页。
③ [晋]郭璞《山海经》,方韬译注,北京:中华书局,2013,第44—45页。
④ [晋]郭璞《山海经》,方韬译注,北京:中华书局,2013,第44—45页。

有旱灾。①

36. 鳋　鱼

① 它是一种鱼,生长在西方的泰器山上的观水里。② 它的形状像鲤鱼,有鱼的身体,身上有青色的花纹,有鸟的翅膀,白头,红嘴。③ 它的叫声像鸾鸡。④ 它从西海巡游到东海。⑤ 它在夜间飞行。⑥ 它出现在哪里,哪里就五谷丰登。⑦ 人吃了它的肉可以治癫痫病。②

37. 天神英招

① 天神英招主管槐江山,槐江山是天帝在人间的园囿,山中蕴藏着大量的美石和金玉,山南产丹沙,山北产有纹彩的金银。② 他的形象是人首马身,身上有老虎一样的斑纹和鸟的翅膀。③ 他传达天帝的神谕。④ 他巡行四海。⑤ 他的叫声像抽水声。③

38. 槐江山

① 槐江山是天神的住所。② 他长得像牛,双头,八只脚,一条马尾。③ 他的叫声像人吹奏管乐时乐器的薄膜发出的声音。④ 他出现在哪里,哪里就有战事。⑤ 槐江山的北面是诸毗山,那里是叫槐鬼离仑的神的居所。⑥ 槐江山的东面是恒山,山有四重,是穷鬼的居所,他们各住在山的一边臂膀下。④

39. 后稷的居所

① 槐江山南面是昆仑山,山上烈火炎炎。② 昆仑山的西面是巨大的沼泽,沼泽里面有玉石,那是后稷的居所。③ 沼泽的南面长榣木,榣木的

---

① [晋] 郭璞《山海经》,方韬译注,北京:中华书局,2013,第45—46页。
② [晋] 郭璞《山海经》,方韬译注,北京:中华书局,2013,第46页。
③ [晋] 郭璞《山海经》,方韬译注,北京:中华书局,2013,第47—48页。
④ [晋] 郭璞《山海经》,方韬译注,北京:中华书局,2013,第47—48页。

上面长若木,若木奇灵。①

40. 昆仑山

① 昆仑山在西南部,是天帝在下界的都城,由天神陆吾掌管。② 他长得像老虎,人面,九尾,手如虎爪。③ 他管理天上九城的领地和昆仑山苑圃的时节。④ 昆仑山的鹑鸟管理天帝生活中的各种器物和服饰。⑤ 昆仑山的土蝼是一种野兽,吃人,形象像羊,四角。山中还有各种珍禽异兽。⑥ 昆仑山的沙棠树,形状像梨树,黄花,红果,果实的味道像李子,无核。人吃了可以预防水淹。⑦ 昆仑山有蓂草,形状像葵菜,味道如葱,人吃了会消除烦恼。⑧ 昆仑山是黄河的发源地。⑨ 昆仑山也是赤水、洋水和黑水的发源地。②

41. 天神长乘

① 天神长乘的居所在西方的嬴母山,山上产玉石,山下产青石,无水。② 他是天的九德之气所生。③ 他有人的身体,狗的尾巴。③

42. 西王母

① 西王母的居所在西方的玉山。② 她的形象似人,虎牙,豹尾。③ 她的叫声像野兽的吼叫。④ 她的头发蓬乱,头戴玉胜。⑤ 她主管上天的灾厉和五种刑罚。④

43. 狡

① 它是一种野兽,生长在西王母居住的玉山上。② 它的形状像狗,身上有豹斑;头上长角,似牛角。③ 它的叫声像狗叫。④ 它在哪里出现,

---

① [晋]郭璞《山海经》,方韬译注,北京:中华书局,2013,第47—48页。
② [晋]郭璞《山海经》,方韬译注,北京:中华书局,2013,第48—49页。
③ [晋]郭璞《山海经》,方韬译注,北京:中华书局,2013,第50页。
④ [晋]郭璞《山海经》,方韬译注,北京:中华书局,2013,第50—51页。

哪里就五谷丰登。①

44. 胜 遇

① 它是一种鸟,生长西王母居住的玉山上。② 它的形状像野鸡,身上是红色的。③ 它的叫声像鹿叫。④ 它以鱼为食。⑤ 它在哪里出现,哪里就有水灾。②

45. 少 昊

① 白帝少昊居住在西方的长留山上。② 山里的野兽都长花尾巴。③ 山里的鸟都长花脑袋。④ 山里的玉石都有彩色花纹。③

46. 天神䰠氏

① 天神䰠氏的行宫在西方的长留山上。② 他是掌管太阳运行的神。③ 他负责在太阳落山的时候,把太阳的影子拨向东方。④

47. 毕 方

① 它是一种鸟,生长在西方的章莪山上。② 它的形状像鹤,独脚,白嘴,身上有红色的斑纹,羽毛是青色的。③ 它的叫声是自己名字的发音。④ 它在哪里出现,哪里就有无名火灾。⑤

48. 天 狗

① 它是一种野兽,生长在西方的阴山上。② 它的形状像野猫,白头。③ 它的叫声是自己名字的声音。④ 人养它能够防御凶兆。⑥

---

① [晋]郭璞《山海经》,方韬译注,北京:中华书局,2013,第50—51页。
② [晋]郭璞《山海经》,方韬译注,北京:中华书局,2013,第50—51页。
③ [晋]郭璞《山海经》,方韬译注,北京:中华书局,2013,第52页。
④ [晋]郭璞《山海经》,方韬译注,北京:中华书局,2013,第52页。
⑤ [晋]郭璞《山海经》,方韬译注,北京:中华书局,2013,第52—53页。
⑥ [晋]郭璞《山海经》,方韬译注,北京:中华书局,2013,第53页。

49. 天神江疑

① 天神江疑住在西方的符惕山上,山上有棕树和楠树,山下产金玉。② 此山常下怪雨。③ 此山常起云。①

50. 天神帝江

① 天神帝江住在西方的天山上,山上生产金玉,山里出产石青和雄黄。② 他的形状像黄色的口袋,身体是红色的,好像火焰喷射。③ 他有六只脚、四只翅膀。④ 他的面目浑沌不清。⑤ 他精通歌舞。②

51. 天神蓐收

① 天神蓐收的居所在西方的泑山上,山上产能做项链的玉,山南产瑾和瑜等美玉,山北产石青和雄黄。② 他的形状是人面,虎爪,白毛。③ 他主管秋天。③

52. 天神红光

① 天神红光的居所在西方的泑山上,山上产能做项链的玉,山南产瑾和瑜等美玉,山北产石青和雄黄。② 从泑山向西望去,可以看到太阳西落的壮观景象。③ 他主管这个景象。④

53. 讙

① 它是一种野兽,生长在西方的翼望山上,山上无草木,多金玉。② 它的形状像狸猫,独眼,3条尾巴。③ 它的叫声像100种动物一起叫的声音。④ 人养它可以治黄疸病,可以防御凶兆。⑤

---

① ［晋］郭璞《山海经》,方韬译注,北京:中华书局,2013,第53—54页。
② ［晋］郭璞《山海经》,方韬译注,北京:中华书局,2013,第55页。
③ ［晋］郭璞《山海经》,方韬译注,北京:中华书局,2013,第55—56页。
④ ［晋］郭璞《山海经》,方韬译注,北京:中华书局,2013,第55—56页。
⑤ ［晋］郭璞《山海经》,方韬译注,北京:中华书局,2013,第56页。

54. 西方鹠鸼

① 它是一种鸟,生长在西方的翼望山上,山上无草木,多金玉。② 它的形状像乌鸦,有3个头,6条尾巴。③ 它爱笑。④ 人吃了它的肉不做噩梦,还可以防御凶兆。①

55. 西次三山的山神

① 它是西方第三系列群山的山神。② 它统辖从崇吾山到翼望山的23座山。③ 它的形象是人面羊身。④ 它的祠祭仪式是,祭品用吉玉,埋在地下;祭米用稷米。②

56. 当扈鸟

① 它是一种鸟,生长在西方的上申山上,山上无草木,多大石和榛树。② 它的形状像野鸡。③ 它用长胡子当作翅膀飞行。④ 人吃了它的肉不得眨眼睛的病。③

57. 神䰠

① 神䰠的居所在西方的刚山上,山上多漆木和美玉。② 他们有人的脸,野兽的身体,独手,独脚。③ 他们的声音像人在打哈欠。④

58. 冉遗鱼

① 它是一种鱼,生长在西方的英鞮山上,山上漆木,山下多金玉。② 它有鱼的身体,蛇头,马耳,六只脚。③ 人吃了它不做噩梦,还可以抵御凶兆。⑤

---

① [晋]郭璞《山海经》,方韬译注,北京:中华书局,2013,第56页。
② [晋]郭璞《山海经》,方韬译注,北京:中华书局,2013,第57页。
③ [晋]郭璞《山海经》,方韬译注,北京:中华书局,2013,第59页。
④ [晋]郭璞《山海经》,方韬译注,北京:中华书局,2013,第61—62页。
⑤ [晋]郭璞《山海经》,方韬译注,北京:中华书局,2013,第62—63页。

59. 𩣡

① 它是一种野兽,生长在西方的中曲山上,山南产玉,山北产雄黄和白玉。② 它的形状像马,身体是白色的,尾巴是黑色的,头上有独角,有虎牙和虎爪。③ 它的叫声像敲鼓。④ 它常捕捉老虎和豹。⑤ 人养它可以防御兵器的伤害。①

60. 櫰　木

① 它是一种树,生长在西方的中曲山上,山南产玉,山北产雄黄和白玉。② 它的形状像棠梨,叶子是圆的,红果,果实如木瓜。③ 人吃了它能增添力量。②

61. 穷　奇

① 它是一种野兽,生长在西方的邽山上。② 它的形状像牛,全身长刺毛。③ 它的叫声像狗叫。④ 它吃人。③

62. 嬴　鱼

① 它是一种鱼,生长在西方的邽山上。② 它有鱼的身体,鸟的翅膀。③ 它的叫声像鸳鸯。④ 它在哪里出现,哪里就有洪水。④

63. 鳋　鱼

① 它是一种鱼,生长在西方的鸟鼠同穴山中的渭水里,山中有白老虎和白玉。② 它的形状像鲟鳇鱼,有鸟的翅膀。③ 它在哪里出现,哪里就有大的战争。⑤

---

① ［晋］郭璞《山海经》,方韬译注,北京:中华书局,2013,第63页。
② ［晋］郭璞《山海经》,方韬译注,北京:中华书局,2013,第63页。
③ ［晋］郭璞《山海经》,方韬译注,北京:中华书局,2013,第64页。
④ ［晋］郭璞《山海经》,方韬译注,北京:中华书局,2013,第64页。
⑤ ［晋］郭璞《山海经》,方韬译注,北京:中华书局,2013,第64—65页。

64. 崦嵫山

① 它是西方的崦嵫山。② 它的山上有丹树,树叶可治黄疸病,还能防火。③ 它的山里有野兽,叫䃌湖,形状像马,有鸟翅,人面,蛇尾,喜欢把人举起来。④ 它的山中有鸟,形状像猫头鹰,人面,狗尾,身体像猿猴,叫声就是自己的名字,在哪里出现,哪里就有旱灾。①

65. 西次四山的山神

① 它是西方第四系列群山的山神。② 它统辖从阴山到崦嵫山的19座山。③ 它的祠祭仪式是,祭品用白鸡,祭米用稻米,祭席用白茅草编织。②

卷三 北山经

1. 滑 鱼

① 它是一种鱼,生长在北方的求如山中的滑水里,山上无草木,山下有玉石。② 它的形状像鳝鱼,脊背是红色的。③ 它的叫声像人在弹奏琴瑟。④ 人吃了它能治皮肤上的疣赘病。③

2. 䍶 疏

① 它是一种野兽,生长在北方的带山上,山上产玉石,山下产青石和碧玉。② 它的形状像马,独角,角如磨刀石。③ 人养它能预防火灾。④

3. 北方鹕鹕

① 它是一种鸟,生长在北方的带山上,山上产玉石,山下产青石和碧

---

① [晋]郭璞《山海经》,方韬译注,北京:中华书局,2013,第65—66页。
② [晋]郭璞《山海经》,方韬译注,北京:中华书局,2013,第66页。
③ [晋]郭璞《山海经》,方韬译注,北京:中华书局,2013,第68页。
④ [晋]郭璞《山海经》,方韬译注,北京:中华书局,2013,第68—69页。

玉。②它的形状像乌鸦,有五色羽毛,羽毛上有红斑纹。③它是雌雄合体,可以自行交配繁衍。④人吃了它不得痈疽病。①

4. 儵鱼

①它是一种鱼,生长在北方带山的彭水中,山上产玉石,山下产青石和碧玉。②它的形状像鸡,有红色的羽毛,三尾,六足,四眼。③它的叫声像喜鹊。④人吃了它无忧无虑。②

5. 何罗鱼

①它是一种鱼,生长在北方的谯明山的谯水中,山上产玉石,山下产青石和碧玉。②它有1个鱼头,10个身体。③它的叫声像狗叫。④人吃了它不得痈疽病。③

6. 孟槐

①它是一种野兽,生长在北方的谯明山上,山上产玉石,山下产青石和碧玉。②它的形状像豪猪,身上有红色的软毛。③它的叫声像辘轳提水。④人吃了它能预防凶兆。④

7. 鳛鳛

①它是一种鱼,生长在北方涿光山的嚣水之中。②它的形状像喜鹊,有10只翅膀,鱼鳞长在羽毛上面。③它的叫声像喜鹊。④人养它能避火灾,吃它的肉能治黄疸病。⑤

---

① [晋]郭璞《山海经》,方韬译注,北京:中华书局,2013,第68—69页。
② [晋]郭璞《山海经》,方韬译注,北京:中华书局,2013,第68—69页。
③ [晋]郭璞《山海经》,方韬译注,北京:中华书局,2013,第69—70页。
④ [晋]郭璞《山海经》,方韬译注,北京:中华书局,2013,第69—70页。
⑤ [晋]郭璞《山海经》,方韬译注,北京:中华书局,2013,第70页。

8. 寓 鸟

① 它是一种鸟,生长在北方的虢山上,山上有漆树,山下有梧桐和椐树,山南产玉,山北产铁。② 它的形状像老鼠,有鸟翅。③ 它的叫声像羊叫。④ 人养它能避战火之灾。①

9. 耳 鼠

① 它是一种野兽,生长在北方的丹熏山上,山上有臭椿树和柏树,是熏水的发源地。② 它的形状像老鼠,长着兔子的头、麋鹿的耳朵,用尾巴飞行。③ 它的叫声像狗叫。④ 人吃了它不得腹胀病,养它能避百毒之灾。②

10. 幽 鴳

① 它是一种野兽,生长在北方的边春山上,山上有野葱、葵菜、韭菜、桃树和柏树,杠水在此发源。② 它的形状像禺,身上遍布花纹。③ 它爱笑。④ 它的叫声是自己的名字。⑤ 它看见人就假装睡着了。③

11. 足訾

① 它是一种野兽,生长在北方的蔓联山上,山上无草木。② 它的形状像禺,马鬃,牛尾,马蹄,双臂有花纹。③ 它的叫声是自己的名字。④ 它看见人就召唤。④

12. 䴈 鸟

① 它是一种鸟,生长在北方的蔓联山上,山上无草木。② 它的羽毛像雌野鸡。③ 它喜欢结队飞行和栖息。④ 它的叫声是自己的名字。

---

① [晋]郭璞《山海经》,方韬译注,北京:中华书局,2013,第71页。
② [晋]郭璞《山海经》,方韬译注,北京:中华书局,2013,第71—72页。
③ [晋]郭璞《山海经》,方韬译注,北京:中华书局,2013,第73页。
④ [晋]郭璞《山海经》,方韬译注,北京:中华书局,2013,第73—74页。

⑤ 人吃了它能治中风病。①

13. 白䳐

① 它是一种鸟,生长在北方的单张山上,山上无草木。② 它的形状像野鸡,白翅,黄爪,头上有花纹。③ 人吃了它能治咽喉炎,还能治癫狂症。②

14. 神鸟𫛭斯

① 它是一种鸟,生长在北方的灌题山上,山上有臭椿树和柘树,山下产流沙和磨刀石。② 它的形状像雌野鸡,长着一张人脸。③ 它的叫声是自己的名字。④ 它看见人就跳跃。③

15. 窫窳

① 它是一种野兽,生长在北方的少咸山中,山上无草木,产青石和碧玉。② 它的形状像牛,人面,马蹄,身体是红色的。③ 它的叫声像婴儿啼哭。④ 它吃人。④

16. 䱱䱱

① 它是一种鱼,也叫"江豚",生长在北方的少咸山的敦水中,山上无草木,产青石和碧玉。② 人吃了它会中毒。⑤

17. 鳐鱼

① 它是一种鱼,生长在北方狱法山上的滚泽水中。② 它的形状像鲤

---

① [晋]郭璞《山海经》,方韬译注,北京:中华书局,2013,第73—74页。
② [晋]郭璞《山海经》,方韬译注,北京:中华书局,2013,第74—75页。
③ [晋]郭璞《山海经》,方韬译注,北京:中华书局,2013,第75页。
④ [晋]郭璞《山海经》,方韬译注,北京:中华书局,2013,第77—78页。
⑤ [晋]郭璞《山海经》,方韬译注,北京:中华书局,2013,第77—78页。

鱼,鸡爪。③ 人吃了它能治痈疽病。①

18. 山 𤟤

① 它是一种野兽,生长在北方的狱法山上。② 它的形状像狗,人面,擅长投掷东西,行走如风。③ 它看见人就笑。④ 它出现在哪里,哪里就刮大风。②

19. 诸 怀

① 它是一种野兽,生长在北方的北岳山上,山上有枳树、酸枣树、檀木和柘树。② 它的形状像牛,人眼,猪耳,有4只角。③ 它的声音像大雁鸣叫。④ 它吃人。③

20. 鮨 鱼

① 它是一种鱼,生长在北方的北岳山上,山上有枳树、酸枣树、檀木和柘树。② 它的身体像普通鱼一样,唯头部像狗。③ 它的声音像婴儿啼哭。④ 人吃了它能治癫狂病。④

21. 北 山 肥 遗

① 它是一种蛇,生长在北方的浑夕山上,山上无草木,产铜和玉石。② 它有一个头、两个身体。③ 它出现在哪里,哪里就大旱。⑤

22. 北次一山的山神

① 它是西方第一系列群山的山神,人面蛇身。② 它统辖从单狐山到

---

① [晋]郭璞《山海经》,方韬译注,北京:中华书局,2013,第78页。
② [晋]郭璞《山海经》,方韬译注,北京:中华书局,2013,第78页。
③ [晋]郭璞《山海经》,方韬译注,北京:中华书局,2013,第78—79页。
④ [晋]郭璞《山海经》,方韬译注,北京:中华书局,2013,第78—79页。
⑤ [晋]郭璞《山海经》,方韬译注,北京:中华书局,2013,第79页。

隍山的25座山。③它的祠祭仪式是,祭品用1只公鸡和1头猪,埋入地下;祭玉用1块珪,埋入地下;不用祭米。④住在这一带的山北人只吃生食,不吃火烧的熟食。①

23. 鳡 鱼

① 它是一种鱼,生长在北方的县雍山中的晋水里,山上产玉,山下产铜。② 它的形状像鳡鱼,鱼鳞是红色的。③ 它的叫声像骂人的声音。④ 人吃了它不得腋臭。②

24. 狍 鸮

① 它是一种野兽,生长在北方的钩吾山中,山上产玉,山下产铜。② 它的形状像羊,人面,虎牙,眼睛长在腋窝下面,有人的指甲。③ 它的叫声像婴儿啼哭。④ 它吃人。③

25. 鸀 鹕

① 它是一种鸟,生长在北方的北嚣山中,山南产碧玉,山北产玉石。② 它的形状像乌鸦,人面。③ 它白天睡觉,夜间出来活动。④ 人吃了它不会中暑。④

26. 嚣

① 它是一种鸟,生长在北方的梁渠山中,山上无草木,山中产金玉。② 它的形状像夸父,独眼,狗尾,有4只翅膀。③ 它的叫声像喜鹊。④ 人吃了它能治腹痛和腹泻。⑤

---

① [晋]郭璞《山海经》,方韬译注,北京:中华书局,2013,第80—81页。
② [晋]郭璞《山海经》,方韬译注,北京:中华书局,2013,第82页。
③ [晋]郭璞《山海经》,方韬译注,北京:中华书局,2013,第84—85页。
④ [晋]郭璞《山海经》,方韬译注,北京:中华书局,2013,第85—86页。
⑤ [晋]郭璞《山海经》,方韬译注,北京:中华书局,2013,第86页。

27. 北次二山的山神

① 它是北方第二系列群山的山神,人面蛇身。② 它统辖从管涔山到敦题山的17座山。③ 它的祠祭仪式是,祭品用1只公鸡和1头猪,埋入地下;祭玉用1块碧玉和1块珪,投入山中;不用祭米。[①]

28. 人　鱼

① 它是一种鱼,也称"鳃鱼",生长在北方龙侯山上的河水中,山上无草木,山中产金玉。② 它的形状像鲔鱼,有四只脚。③ 它的叫声像婴儿啼哭。④ 人吃了它能治痴呆病。[②]

29. 䴗　鹍

① 它是一种鸟,生长在北方的马成山上,山上产有花纹的石头,山北产金玉。② 它的形状像乌鸦,白头,黄爪,身体是青色的。③ 它的叫声是自己的名字。④ 人吃了它能解除饥饿,也能治痴呆病。[③]

30. 器　酸

① 它是一种植物,生长在北方咸山的条菅河中,山上产玉,山下产铜。② 它三年收获一次。③ 人吃了它能治麻风病。[④]

31. 领　胡

① 它是一种野兽,生长在北方的阳山上,山上产玉,山下产铜。② 它的形状像牛,红尾巴,脖子上有肉瘤。③ 人吃了它能治癫狂病。[⑤]

---

① [晋]郭璞《山海经》,方韬译注,北京:中华书局,2013,第88页。
② [晋]郭璞《山海经》,方韬译注,北京:中华书局,2013,第89页。
③ [晋]郭璞《山海经》,方韬译注,北京:中华书局,2013,第89—90页。
④ [晋]郭璞《山海经》,方韬译注,北京:中华书局,2013,第90页。
⑤ [晋]郭璞《山海经》,方韬译注,北京:中华书局,2013,第91—92页。

32. 象 蛇

① 它是一种鸟,生长在北方的阳山上,山上产玉,山下产铜。② 它的形状像野鸡,羽毛上有五彩花纹。③ 它雌雄合体,可以自行交配。④ 它的叫声就是它的名字。①

33. 鲔父鱼

① 它是一种鱼,生长在北方的阳山上,山上产玉,山下产铜。② 它的形状像鲫鱼,鱼头,猪身。③ 人吃了它能止呕吐。②

34. 酸 与

① 它是一种鸟,生长在北方的景山上,山上多草,山北产赭石,山南产玉石。② 它的形状像蛇,有4只翅膀、6只眼睛、3只脚。③ 它的叫声是自己的名字。④ 它出现在哪里,哪里就有恐怖的事件发生。③

35. 鸪 䳏

① 它是一种鸟,生长在北方的小侯山上。② 它的形状像乌鸦,身上有白斑。③ 人吃了它能使眼睛明亮。④

36. 黄 鸟

① 它是一种鸟,生长在北方的轩辕山上,山上产铜,山下产竹。② 它的形状像猫头鹰,白头。③ 它的叫声是自己的名字。④ 人吃了它能变得不嫉妒。⑤

---

① [晋]郭璞《山海经》,方韬译注,北京:中华书局,2013,第91—92页。
② [晋]郭璞《山海经》,方韬译注,北京:中华书局,2013,第91—92页。
③ [晋]郭璞《山海经》,方韬译注,北京:中华书局,2013,第93页。
④ [晋]郭璞《山海经》,方韬译注,北京:中华书局,2013,第95页。
⑤ [晋]郭璞《山海经》,方韬译注,北京:中华书局,2013,第96页。

37. 精卫填海

① 它是一种鸟,叫精卫,生活在北方的发鸠山上,山上多柘树。② 它本是炎帝的小女儿,叫女娃;女娃游东海溺水而死,变成了小鸟。③ 它的形状像乌鸦,头上有花斑,白嘴,红爪。④ 它的叫声是自己的名字。⑤ 它飞到西山衔树枝和小石块,飞回东海填塞。⑥ 人吃了它能变得不嫉妒。①

38. 师 鱼

① 它是一种鱼,生长在北方饶山的历虢河中,山上无草木,多美玉。② 人吃了它会中毒身亡。②

39. 幽都山大蛇

① 它是一种蛇,生长在北方的幽都山里。② 它的蛇头是红色的,蛇身是白色的。③ 它的叫声像牛。④ 它在哪里出现,哪里就有旱灾。③

40. 北次三山的山神

① 它们是北方第三系列群山的山神。② 它们统辖从太行山到毋逢山的46座山。③ 它们的祠祭仪式分3种。④ 有20座山的山神人面马身,祠祭仪式是,祭品用藻珪,埋入地下。⑤ 有14座山的山神为猪身,身上佩戴玉饰,祭品用玉器,不埋入地下。⑥ 有10座山的山神为猪身蛇尾,有8只脚,祭品用璧玉,埋入地下。⑦ 所有44位山神的祭食都是生食,不要用火烧过的熟食。④

卷四 东山经

1. 蚩 鼠

① 它是一种鸟,生长在东方的栒状山上,山上产金玉,山下产青石和碧

---

① [晋]郭璞《山海经》,方韬译注,北京:中华书局,2013,第98页。
② [晋]郭璞《山海经》,方韬译注,北京:中华书局,2013,第104—105页。
③ [晋]郭璞《山海经》,方韬译注,北京:中华书局,2013,第107页。
④ [晋]郭璞《山海经》,方韬译注,北京:中华书局,2013,第107—108页。

玉。② 它的形状像鸡,长着老鼠的毛。③ 它出现在哪里,哪里就有旱灾。①

2. 箴鱼

① 它是一种鱼,生长在东方的枸状山上,山上产金玉,山下产青石和碧玉。② 它的形状像儵鱼,嘴像针。③ 人吃了它能预防瘟疫。②

3. 似夸父之兽

① 它是一种野兽,生长在东方的豺山上,山上无草木,山下多流水。② 它的形状像夸父,身上有猪毛。③ 它的叫声像人喊话。④ 它在哪里出现,哪里就有洪水。③

4. 鯈䗛

① 它是一种鱼,生长在东方独山的末涂水中,山上产金玉,山下产美石。② 它的形状像黄蛇,有鱼的翅膀。③ 它出入时发光。④ 它在哪里出现,哪里就有旱灾。④

5. 东次一山的山神

① 它们是东方第一系列群山的山神,龙头人身。② 它们统辖樕螽山到竹山的12座山。③ 它们的祠祭仪式是,祭品用狗血,祷告用鱼。⑤

6. 軨軨

① 它是一种野兽,生长在东方的空桑山中。② 它的形状像牛,身上有虎纹。③ 它的叫声是自己的名字。④ 它在哪里出现,哪里就有

---

① [晋]郭璞《山海经》,方韬译注,北京:中华书局,2013,第110—111页。
② [晋]郭璞《山海经》,方韬译注,北京:中华书局,2013,第110—111页。
③ [晋]郭璞《山海经》,方韬译注,北京:中华书局,2013,第113页。
④ [晋]郭璞《山海经》,方韬译注,北京:中华书局,2013,第113页。
⑤ [晋]郭璞《山海经》,方韬译注,北京:中华书局,2013,第115页。

洪水。①

7. 鳘鱼

① 它是一种鱼,生长在东方葛音山的澧水中,山上无草木。② 它的形状像肺,四眼,六足。③ 它的嘴里能吐珍珠。④ 它的味道酸甜,人吃了能预防恶疮。②

8. 犰狳

① 它是一种野兽,生长在东方余峨山上,山上有梓树和楠树,山下有牡荆树和枸杞。② 它的形状像兔子,鸟嘴,鹰眼,蛇尾。③ 它遇到人就躺在地上装死。④ 它的叫声是它的名字。⑤ 它在哪里出现,哪里就有蝗灾。③

9. 朱獳

① 它是一种野兽,生长在东方的耿山上,山上无草木,遍地是水晶。② 它的形状像狐狸,身上长鱼鳍,鹰眼,蛇尾。③ 它的叫声是它的名字。⑤ 它在哪里出现,哪里就有恐怖的事情发生。④

10. 鹟䳞

① 它是一种鸟,生长在东方卢其山的沙河中,山上无草木,遍地是沙石。② 它的形状像鸳鸯,长着人的脚。③ 它的叫声是它的名字。⑤ 它在哪里出现,哪里就有动土的工程。⑤

---

① [晋]郭璞《山海经》,方韬译注,北京:中华书局,2013,第115—116页。
② [晋]郭璞《山海经》,方韬译注,北京:中华书局,2013,第117页。
③ [晋]郭璞《山海经》,方韬译注,北京:中华书局,2013,第117—118页。
④ [晋]郭璞《山海经》,方韬译注,北京:中华书局,2013,第118—119页。
⑤ [晋]郭璞《山海经》,方韬译注,北京:中华书局,2013,第119页。

11. 獙獙

① 它是一种野兽,生长在东方的姑逢山上,山上无草木,遍地是金玉。② 它的形状像狐狸,身上有翅膀。③ 它的叫声像鸿雁。⑤ 它在哪里出现,哪里就有大旱灾。①

12. 东山蛮蛭

① 它是一种野兽,生长在东方的凫丽山上,山上产金玉,山下产箴石。② 它的形状像狐狸,九头,九尾,虎爪。③ 它的叫声像婴儿啼哭。⑤ 它吃人。②

13. 峳峳

① 它是一种野兽,生长在东方的硾山上。② 它的形状像马,羊眼,牛尾,有4只犄角。③ 它的叫声像狗。④ 它在哪里出现,哪里就会聚一群善辩的游说之士。③

14. 絜钩

① 它是一种鸟,生长在东方的硾山上。② 它的形状像野鸭,鼠尾,能爬树。③ 它在哪里出现,哪里就频繁发生瘟疫。④

15. 东次二山的山神

① 它们是东方第二系列群山的山神,人面兽身,头上有麋鹿的角。② 它们统辖从空桑山到硾山的17座山。③ 它们的祠祭仪式是,祭品用鸡血,祭玉用一块玉璧,埋入地下。⑤

---

① [晋]郭璞《山海经》,方韬译注,北京:中华书局,2013,第121页。
② [晋]郭璞《山海经》,方韬译注,北京:中华书局,2013,第121页。
③ [晋]郭璞《山海经》,方韬译注,北京:中华书局,2013,第121—122页。
④ [晋]郭璞《山海经》,方韬译注,北京:中华书局,2013,第121—122页。
⑤ [晋]郭璞《山海经》,方韬译注,北京:中华书局,2013,第122页。

16. 东次三山的山神

① 它们是东方第三系列群山的山神,人身羊角。② 它们统辖从尸胡山到无皋山的9座山。③ 它们到来时风雨大作,常常会爆发洪水灾害。④ 它们的祠祭仪式是,祭品用公羊,祭米用黍米。①

17. 北号山有木

① 它是一种树,生长在东方的北号山上,山邻北海。② 它的形状像杨树,红花;果实如枣,无核,酸甜。③ 人吃了它的果实能预防疟疾。②

18. 獨狙

① 它是一种野兽,生长在东方的北号山上,山邻北海。② 它的形状像狼,红头,鼠眼。③ 它的叫声像小猪。④ 它吃人。③

19. 鬿雀

① 它是一种鸟,生长在东方的北号山上,山邻北海。② 它的形状像鸡,白头,鼠脚,虎爪。③ 它吃人。④

20. 鱃鱼

① 它是一种鱼,生长在东方旄山的苍体河中,山上无草木。② 它的形状像鲤鱼,大头。③ 人吃了它不长瘊子。⑤

21. 芑树

① 它是一种树,生长在东方的东始山上,山上多青玉。② 它的形状像杨树,树身有红色的纹理,不结果。③ 它的树干有汁液,颜色如血。

---

① [晋]郭璞《山海经》,方韬译注,北京:中华书局,2013,第126页。
② [晋]郭璞《山海经》,方韬译注,北京:中华书局,2013,第126—127页。
③ [晋]郭璞《山海经》,方韬译注,北京:中华书局,2013,第126—127页。
④ [晋]郭璞《山海经》,方韬译注,北京:中华书局,2013,第126—127页。
⑤ [晋]郭璞《山海经》,方韬译注,北京:中华书局,2013,第127页。

④ 把它的树汁涂在马身上,能让马驯服。①

22. 茈　鱼

① 它是一种鱼,生长在东方东始山的泚水中,山上多青玉。② 它的形状像鲫鱼,有1个头,10个身体。③ 人吃了它会少放屁。②

23. 薄　鱼

① 它是一种鱼,生长在东方女烝山的石膏河中。② 它的形状像鳣鱼,只有一只眼睛。③ 它的叫声像人呕吐。④ 它出现在哪里,哪里就有大旱灾。③

24. 当　康

① 它是一种野兽,生长在东方的钦山上,山上无石头,产金玉。② 它的形状像小猪,有长獠牙。③ 它的叫声是它的名字。④ 它出现在哪里,哪里就丰收。④

25. 鯌　鱼

① 它是一种鱼,生长在东方桐山的子桐河中。② 它的形状像普通的鱼一样,但有鸟的翅膀。③ 它出入水中有亮光。④ 它的叫声像鸳鸯。⑤ 它出现在哪里,哪里就有大旱灾。⑤

26. 合　窳

① 它是一种野兽,生长在东方的剡山上,此山产金玉。② 它的形状

---

① [晋]郭璞《山海经》,方韬译注,北京:中华书局,2013,第127—128页。
② [晋]郭璞《山海经》,方韬译注,北京:中华书局,2013,第127—128页。
③ [晋]郭璞《山海经》,方韬译注,北京:中华书局,2013,第127—128页。
④ [晋]郭璞《山海经》,方韬译注,北京:中华书局,2013,第128—129页。
⑤ [晋]郭璞《山海经》,方韬译注,北京:中华书局,2013,第129页。

像猪,人面,红尾,身体是黄色的。③ 它的叫声像婴儿啼哭。④ 它出现在哪里,哪里就有洪水。①

27. 蜚

① 它是一种野兽,生长在东方的太山上,此山产金玉和桢树。② 它的形状像牛,白头,独眼,蛇尾。③ 它出现在哪里,哪里就有旱灾和瘟疫。②

卷五 中山经
1. 䔄草

① 它是一种草,生长在中央地带的薄山上。② 它的草根像葵菜,叶子像杏树叶,黄花。③ 人吃了它能治老花眼。③

2. 豹

① 它是一种野兽,生长在中央地带的薄山上。② 它的形状像鼠,头上有花纹。③ 人吃了它能治脖子上的赘瘤。④

3. 枥木

① 它是一种树,生长在中央地带的历儿山上。② 它的树干是方的,叶子是圆的,开黄花。③ 人吃了它的果实可以增强记忆力。⑤

4. 豪鱼

① 它是一种鱼,生长在中央地带渠猪山的渠猪河中。② 它有红嘴,红尾,红羽毛。③ 人吃了它能治白癣。⑥

---

① [晋]郭璞《山海经》,方韬译注,北京:中华书局,2013,第129—130页。
② [晋]郭璞《山海经》,方韬译注,北京:中华书局,2013,第130页。
③ [晋]郭璞《山海经》,方韬译注,北京:中华书局,2013,第132—133页。
④ [晋]郭璞《山海经》,方韬译注,北京:中华书局,2013,第132—133页。
⑤ [晋]郭璞《山海经》,方韬译注,北京:中华书局,2013,第133—134页。
⑥ [晋]郭璞《山海经》,方韬译注,北京:中华书局,2013,第134页。

5. 植 楮

① 它是一种草,生长在中央地带的脱扈山上。② 它的形状像葵菜的叶子,红花,结果。③ 人吃了它能治瘘管病,还能不做噩梦。①

6. 天 婴

① 它是一种草,生长在中央地带的金星山上。② 它的形状像龙骨。③ 人吃了它能治痤疮。②

7. 鬼 草

① 它是一种草,生长在中央地带的牛首山上。② 它的叶子像葵菜,茎是红色的,花像稻穗。③ 人吃了它能解除烦恼。③

8. 牛首山飞鱼

① 它是一种鱼,生长在中央地带牛首山的劳河中。② 它的形状像鲫鱼。③ 它能飞。④ 人吃了它能治痔疮。④

9. 朏 朏

① 它是一种野兽,生长在中央地带的霍山上。② 它的形状像狸猫,白尾,脖子上有长毛。③ 人养它能解除忧愁。⑤

10. 雕 棠

① 它是一种树,生长在中央地带的阴山上,此山产磨刀石和各种花纹的石头。② 它的叶子像榆树叶,是方形的,果实如红豆。③ 人吃了它

---

① [晋]郭璞《山海经》,方韬译注,北京:中华书局,2013,第135页。
② [晋]郭璞《山海经》,方韬译注,北京:中华书局,2013,第135页。
③ [晋]郭璞《山海经》,方韬译注,北京:中华书局,2013,第136—137页。
④ [晋]郭璞《山海经》,方韬译注,北京:中华书局,2013,第136—137页。
⑤ [晋]郭璞《山海经》,方韬译注,北京:中华书局,2013,第137页。

的果实能治耳聋。①

11. 荣　草

① 它是一种草,生长在中央地带的鼓镫山上,此山产赤铜。② 它的叶子像柳树叶,根茎像鸡蛋。③ 人吃了它能治中风病。②

12. 中次一山的山神

① 中央第一系列群山的山神是历儿山。② 它统辖从甘枣山到鼓镫山的 15 座山。③ 它的祠祭仪式分两个等级。④ 祭祀历儿山是最高等级,祭品用猪、牛、羊的太牢级别,在祭品的四周用吉玉围成一圈。⑤祭祀其他 13 座山是次一等级,祭品用一只羊,四周用藻珪围成一圈。藻珪,即藻玉,下端方形,上端尖形,中间穿孔,置入金银。祭毕,将藻珪埋入地下。不用祭米。③

13. 鸣　蛇

① 它是一种蛇,生长在中央地带鲜山的鲜河中,此山产金玉,无草木。② 它的形状像普通的蛇一样,但有 4 只翅膀。③ 它的叫声像敲击磬发生的声音。④ 它在哪里出现,哪里就有大旱灾。④

14. 化　蛇

① 它是一种蛇,生长在中央地带阳山的阳河中,此山无草木,遍地是石头。② 它像蛇一样爬行,有鸟的翅膀,人面,豺身。③ 它的叫声像骂人。④ 它在哪里出现,哪里就有洪水。⑤

---

① ［晋］郭璞《山海经》,方韬译注,北京：中华书局,2013,第 137—138 页。
② ［晋］郭璞《山海经》,方韬译注,北京：中华书局,2013,第 138 页。
③ ［晋］郭璞《山海经》,方韬译注,北京：中华书局,2013,第 138—139 页。
④ ［晋］郭璞《山海经》,方韬译注,北京：中华书局,2013,第 140 页。
⑤ ［晋］郭璞《山海经》,方韬译注,北京：中华书局,2013,第 140 页。

15. 中 山 蠪 蛭

① 它是一种野兽,生长在中央地带的昆吾山上,山上产赤金。② 它的形状像猪,头上有角。③ 它的叫声像人在大哭。④ 人吃了它不做噩梦。①

16. 马　　腹

① 它是一种野兽,生长在中央地带的蔓渠山上,山上产金玉,山下多竹丛。② 它长着老虎的身体、人的脸。③ 它的叫声像婴儿啼哭。④ 它吃人。②

17. 济 山 的 山 神

① 它们是济山一带群山的山神,人面鸟身。② 它们统辖从辉诸山到蔓渠山的9座山。③ 它们的祠祭仪式是,祭品用毛,一块吉玉,把祭品投到山谷里。不用祭米。③

18. 天 神 熏 池

① 天神熏池的居所在中央地带的敖岸山上,山南产美玉,山北产赭石和黄金。② 这座山里到处都能发现美玉。④

19. 夫　　诸

① 它是一种野兽,生长在中央地带的敖岸山上,山南产美玉,山北产赭石和黄金。② 它的形状像白鹿,头上有4只角。③ 它在哪里出现,哪里就发洪水。⑤

---

① [晋]郭璞《山海经》,方韬译注,北京:中华书局,2013,第141页。
② [晋]郭璞《山海经》,方韬译注,北京:中华书局,2013,第142页。
③ [晋]郭璞《山海经》,方韬译注,北京:中华书局,2013,第142页。
④ [晋]郭璞《山海经》,方韬译注,北京:中华书局,2013,第142—143页。
⑤ [晋]郭璞《山海经》,方韬译注,北京:中华书局,2013,第142—143页。

20. 鲧化黄熊

① 大禹的父亲鲧治水失败,在羽渚化身为熊。② 羽渚在青要山的南边。③ 青要山是天帝的密都。[1]

21. 山神武罗

① 山神武罗掌管中央的青要山,替天帝看守这座密都。② 她的身材纤细,人面,细牙,身有豹斑,双耳挂金银耳环。③ 她说话的声音像玉石相撞发出的好听的声音。④ 女子适合在青要山居住。[2]

22. 鴢

① 它是一种鸟,生长在中央地带的青要山上。② 它的形状像野鸭,浅红的眼睛,深红的尾巴,身体是青色的。③ 人吃了它能多子多孙。[3]

23. 荀草

① 它是一种草,生长在中央地带的青要山上。② 它的形状像兰草,茎干方形,开黄花,结红果。③ 人吃了它能美容。[4]

24. 騩山飞鱼

① 它是一种鱼,生长在中央地带騩山的正回河里,此山产枣,山北产玉。② 它的形状像小猪。③ 人吃了它不怕打雷,还能防御兵器。[5]

25. 吉神泰逢

① 吉神泰逢镇守中央地带的和山,此山无草木,产美玉。② 他的样

---

[1] [晋]郭璞《山海经》,方韬译注,北京:中华书局,2013,第143—144页。
[2] [晋]郭璞《山海经》,方韬译注,北京:中华书局,2013,第143—144页。
[3] [晋]郭璞《山海经》,方韬译注,北京:中华书局,2013,第143—144页。
[4] [晋]郭璞《山海经》,方韬译注,北京:中华书局,2013,第143—144页。
[5] [晋]郭璞《山海经》,方韬译注,北京:中华书局,2013,第144—145页。

子像人,虎尾。③ 他住在贫山向阳的地方。④ 他出入有亮光。⑤ 他能喷云吐雾。①

26. 贫山的山神

① 它们是贫山的山神。② 它们统辖从敖岸山到和山的5座山。③ 它们的祠祭仪式分两种。④ 祭祀泰逢、熏池和武罗3位山神,祭品用杀好的公羊,祭玉用吉玉。⑤ 祭祀其他2位山神,祭品用公鸡,祭毕,埋入地下,祭米用稻米。②

27. 犀 渠

① 它是一种野兽,生长在中央地带的厘山上,山阳产玉,山北产蒐草。② 它的形状像牛,身体是青黑色的。③ 它的叫声像婴儿啼哭。④ 它吃人。③

28. 厘山的山神

① 它们是厘山山系的山神,人面兽神。② 它们统辖从鹿蹄山到玄扈山的9座山。③ 它们的祠祭仪式是,祭品用白鸡,用彩色丝帛把鸡包起来,不用祭米。④

29. 𫛢 鸟

① 它是一种鸟,生长在中央地带的首山上,山阳产玉,山北有峡谷。② 它的形状像猫头鹰,3只眼,有耳。③ 它的叫声像鹿鸣。④ 人吃了它可以治湿气病。⑤

---

① [晋] 郭璞《山海经》,方韬译注,北京:中华书局,2013,第145—146页。
② [晋] 郭璞《山海经》,方韬译注,北京:中华书局,2013,第146页。
③ [晋] 郭璞《山海经》,方韬译注,北京:中华书局,2013,第147—148页。
④ [晋] 郭璞《山海经》,方韬译注,北京:中华书局,2013,第150—151页。
⑤ [晋] 郭璞《山海经》,方韬译注,北京:中华书局,2013,第151页。

30. 薄山的山神

① 它们是薄山山系的山神。② 它们统辖从苟林山到阳虚山的16座山。③ 它们的祠祭仪式分3种。④ 升山是诸山的宗主,祭品用猪、牛、羊,行太牢礼;祭器用上等吉玉。⑤ 首山是神灵的居所,祭品用黑猪、牛、羊,行太牢礼;祭器用一块璧玉,祭米用稻米;祭祀时手持盾牌起舞,按节奏击鼓。⑥ 尸水山是通天梯,祭品用肥美的牲畜,将黑狗供在上面,将母鸡供在下面,并进献母羊血;祭器用上等吉玉;祭品用彩色丝帛包起来,请山神享用。①

31. 中次六山的山神和虫神

① 它是中次六山山系第一座山的山神,叫骄虫,此山叫平逢山。② 它的样子像人,有两个头。③ 它也是螫虫的虫神,蜜蜂一类的昆虫在此山筑巢。④ 它的祠祭仪式是,祭品用公鸡,禳灾,但不杀鸡。②

32. 鸰 鹉

① 它是一种鸟,生长在中央地带的厘山上,山北产玉,山的西面有峡谷。② 它的形状像野鸡,羽毛是火红色的,嘴是青色的,有长尾巴。③ 它的叫声是它的名字。④ 人吃了它能不做噩梦。③

33. 儵辟鱼

① 它是一种鱼,生长在中央地带橐山的橐水里,山南产玉,山北产铁。② 它的形状像蛙,白嘴。③ 它的叫声像猫头鹰。④ 人吃了它能治白癣。④

34. 夸父山

① 它是夸父山,山上遍布棕树、楠树和竹丛,山南产玉,山北产铁。

---

① [晋]郭璞《山海经》,方韬译注,北京:中华书局,2013,第155—156页。
② [晋]郭璞《山海经》,方韬译注,北京:中华书局,2013,第156—157页。
③ [晋]郭璞《山海经》,方韬译注,北京:中华书局,2013,第157—158页。
④ [晋]郭璞《山海经》,方韬译注,北京:中华书局,2013,第161页。

② 它的山北有一片树林叫桃林。③ 它的桃林方圆300里。④ 桃林里有很多马。①

35. 蓇 蓉

① 它是一种草,生长在中央地带的阳华山上,山南产金玉,山北产石青和雄黄。② 它的形状像楸木;果实像瓜,味道酸甜。③ 人吃了它的果实能治疟疾。②

36. 缟羝山系的山神

① 它是缟羝山系的山神。② 它统辖从平逢山到阳华山的14座山。③ 它的祠祭是,祭祀该山系中最大的山岳,祭祀时间是每年六月,其他仪式与其他山神的祭仪相同。④ 祭祀山神后天下太平。③

37. 神仙下棋

① 它是神仙帝台的棋子,是中央地带休与山的一种石子。② 它的形状像鹌鹑蛋,五颜六色,还有斑纹。③ 它是祈祷百神的祭器。④ 人佩戴它能防御邪毒。④

38. 䔞 草

① 它是一种草,生长在中央地带的姑媱山上。② 天帝的女儿女尸死在这座山上,她死后变成这种草。③ 它的叶子浓密地长在一起,黄花,果实如菟丝子。④ 人吃了它能美容,更加妩媚动人。⑤

---

① [晋]郭璞《山海经》,方韬译注,北京:中华书局,2013,第162页。
② [晋]郭璞《山海经》,方韬译注,北京:中华书局,2013,第163页。
③ [晋]郭璞《山海经》,方韬译注,北京:中华书局,2013,第163—164页。
④ [晋]郭璞《山海经》,方韬译注,北京:中华书局,2013,第164页。
⑤ [晋]郭璞《山海经》,方韬译注,北京:中华书局,2013,第165页。

39. 黄　棘

① 它是一种树,生长在中央地带的苦山上。② 它开黄花,叶圆,果实像兰草的果子。③ 女人服用它的果实会不孕。①

40. 无　条

① 它是一种草,生长在中央地带的苦山上。② 它的叶子是圆的,没有茎干,开红花,无果。③ 人吃了它不长肉瘤。②

41. 神人天愚

① 神人天愚的居所在堵山,位于中央地带的东面。② 此山经常刮怪风、下怪雨。③

42. 天　楄

① 它是一种树,生长在中央地带的堵山上,山上经常刮怪风、下怪雨。② 它的树干是方的。③ 人吃了它不噎食。④

43. 蒙　木

① 它是一种树,生长在中央地带的放皋山上。② 它的树叶像槐树叶,黄花,无果。③ 人吃了它头脑清醒。⑤

44. 牛　伤

① 它是一种草,生长在中央地带的大苦山上,此山产玉。② 它的叶子像榆树叶,根茎有青色的斑纹。③ 人吃了它不得昏厥症,还能防御兵器。⑥

---

① [晋]郭璞《山海经》,方韬译注,北京:中华书局,2013,第165—166页。
② [晋]郭璞《山海经》,方韬译注,北京:中华书局,2013,第165—166页。
③ [晋]郭璞《山海经》,方韬译注,北京:中华书局,2013,第166页。
④ [晋]郭璞《山海经》,方韬译注,北京:中华书局,2013,第166页。
⑤ [晋]郭璞《山海经》,方韬译注,北京:中华书局,2013,第166页。
⑥ [晋]郭璞《山海经》,方韬译注,北京:中华书局,2013,第167页。

45. 三 足 龟

① 它是一种乌龟,生长在中央地带大苦山的狂水中,此山产玉。② 它有 3 只脚。③ 人吃了它的肉不得大病,还能治疗痈肿。①

46. 嘉 荣

① 它是一种草,生长在中央地带的半石山上。② 它破土就开花,叶子和花都是红色的,开花后果实就落了。③ 人吃了它不怕打雷。②

47. 鮐 鱼

① 它是一种鱼,生长在中央地带半石山的来需水中。② 它的形状像鲫鱼,身上长着黑色的斑纹。③ 人吃了它不困。③

48. 鰧 鱼

① 它是一种鱼,生长在中央地带半石山的合水中。② 它的形状像鳜鱼,红尾,身上长着青色的斑纹。③ 人吃了它不得痈肿病,还能治痔疮。④

49. 帝 休

① 它是一种树,生长在中央地带的少室山中。② 它的叶子像杨树叶,开黄花,结黑色的果实。③ 人吃了它不发脾气。⑤

50. 鯑 鱼

① 它是一种鱼,生长在中央地带少室山的休水里。② 它的形状像猕猴,长公鸡的爪子,有白色的脚,相对而生。③ 人吃了它的肉不得疑心

---

① [晋] 郭璞《山海经》,方韬译注,北京:中华书局,2013,第 167—168 页。
② [晋] 郭璞《山海经》,方韬译注,北京:中华书局,2013,第 168 页。
③ [晋] 郭璞《山海经》,方韬译注,北京:中华书局,2013,第 168 页。
④ [晋] 郭璞《山海经》,方韬译注,北京:中华书局,2013,第 168 页。
⑤ [晋] 郭璞《山海经》,方韬译注,北京:中华书局,2013,第 169 页。

病,还能防御兵器。①

51. 栯　木

① 它是一种树,生长在中央地带的泰室山上。② 它的树叶像梨树叶,有红色的纹理。③ 人吃了它不生妒忌。②

52. 泰室山蓋草

① 它是一种草,生长在中央地带的泰室山上。② 它的形状像术草,白花,黑果,果子像野葡萄。③ 人吃了它眼睛不昏花。③

53. 帝　屋

① 它是一种树,生长在中央地带的讲山上,此山产玉,遍布拓树和柏树。② 它的树叶像花椒叶,树身上有倒刺,结红果。③ 它能避凶气。④

54. 亢　木

① 它是一种树,生长在中央地带的浮戏山上。② 它的树叶像臭椿树叶,结红果。③ 人吃了它不昏迷。⑤

55. 茼　草

① 它是一种草,生长在中央地带的少陉山上。② 它的叶子像葵菜叶,茎是红色的,开白花,结出的果子如野葡萄。③ 人吃了它能变聪慧。⑥

56. 蓟　柏

① 它是一种树,生长在中央地带的敏山上。② 它的形状像荆树,白

---

① [晋]郭璞《山海经》,方韬译注,北京:中华书局,2013,第169页。
② [晋]郭璞《山海经》,方韬译注,北京:中华书局,2013,第169—170页。
③ [晋]郭璞《山海经》,方韬译注,北京:中华书局,2013,第169—170页。
④ [晋]郭璞《山海经》,方韬译注,北京:中华书局,2013,第170页。
⑤ [晋]郭璞《山海经》,方韬译注,北京:中华书局,2013,第171页。
⑥ [晋]郭璞《山海经》,方韬译注,北京:中华书局,2013,第171页。

花,红果。③ 人吃了它不怕冷。①

57. 蓣 草

① 它是一种草,生长在中央地带的大騩山上,山阴产铁和美玉。② 它的形状像蓍草,长着绒毛,开青花,结白果。③ 人吃了它能延年益寿,还能治疗腹痛。②

58. 苦山的山神

① 它们是苦山山系的山神。② 它们统辖从休与山到大騩山的19座山。③ 它们的祠祭仪式分两种。④ 有16位山神是人面猪身,祭品用纯色羊1只,祭玉用藻玉,祭毕,埋入地下。⑤ 苦山、少室山和太室山是诸山的宗主,它们的山神都有人的脸,长3个脑袋;祭品用黑猪、牛、羊,行太牢礼;祭器用上等吉玉。③

59. 天神蛊围

① 天神蛊围的居所在中央地带的骄山上,山上产玉石,遍布松柏。② 他的形貌像人,长着羊角、虎爪。③ 他在滩水和漳水一带活动。④ 他出入有亮光。④

60. 天神计蒙

① 天神计蒙的居所在中央地带的光山上,山上产玉石,山下多流水。② 他长着人的身体,龙的脑袋。③ 他在漳水的深潭里游玩。④ 他出入有暴风骤雨。⑤

---

① [晋]郭璞《山海经》,方韬译注,北京:中华书局,2013,第172—173页。
② [晋]郭璞《山海经》,方韬译注,北京:中华书局,2013,第173页。
③ [晋]郭璞《山海经》,方韬译注,北京:中华书局,2013,第173—174页。
④ [晋]郭璞《山海经》,方韬译注,北京:中华书局,2013,第175页。
⑤ [晋]郭璞《山海经》,方韬译注,北京:中华书局,2013,第177页。

61. 天神涉蠱

① 天神涉蠱的居所在中央地带的岐山上,山南产赤金,山北产白色的珉石。② 他长着人的身体,方脸。③ 他有3只脚。①

62. 荆山的山神

① 它们是荆山山系的山神,人面鸟身。② 它们统辖从景山到琴鼓山的23座山。③ 它们的祠祭仪式是,祭品用1只公鸡,祭毕,埋入地下;祭玉用藻玉,祭米用稻米。②

63. 窃 脂

① 它是一种鸟,生长在中央地带的峓山上。② 它的形状像鸦,有红色的身体,白色的脑袋。③ 人养它能够防御火灾。③

64. 高粱山之草

① 它是一种草,生长在中央地带的高粱山上,山上产垩土,山下产磨刀石。② 它的形状像葵菜,红花,白花萼,结果。③ 马吃了它能跑得更快。④

65. 狚 狼

① 它是一种野兽,生长在中央地带的蛇山上,山上产黄金,山下产垩土。② 它的形状像狐狸,白尾,长耳。③ 它在哪里出现,哪里就有战事。⑤

66. 熊穴神人

① 神人的居所是中央地带的熊山。② 熊山上有洞穴,叫熊穴,是熊

---

① [晋]郭璞《山海经》,方韬译注,北京:中华书局,2013,第177—178页。
② [晋]郭璞《山海经》,方韬译注,北京:中华书局,2013,第182—183页。
③ [晋]郭璞《山海经》,方韬译注,北京:中华书局,2013,第185页。
④ [晋]郭璞《山海经》,方韬译注,北京:中华书局,2013,第185—186页。
⑤ [晋]郭璞《山海经》,方韬译注,北京:中华书局,2013,第186页。

的巢穴。③ 他在熊穴出入。④ 熊穴夏天开门，冬天关门。⑤ 熊穴冬天开门就有战争。①

67. 岷山的山神

① 它们是岷山一带群山的山神，龙首马身。② 它们统辖从女几山到贾超山的16座山。③ 它们的祠祭仪式分3种。④ 它们的一般祠祭仪式是，祭品用公鸡，祭毕，埋入地下，祭米用稻米。⑤ 它们的宗主山是文山、勾稜山、风雨山和骐山，祭品用美酒、猪和羊，祭玉用吉玉。⑥ 它们的天帝是熊山，祭品用美酒、猪、牛和羊，执太牢之礼；祭玉用玉璧；祭祀时手持盾牌舞蹈禳灾，祈福时持美玉、戴礼帽。②

68. 跂　踵

① 它是一种鸟，生长在中央地带的复州山上，山南多黄金，山上长檀木。② 它的形状像猫头鹰，一足，猪尾。③ 它的叫声像人在弹奏琴瑟。④ 它在哪里出现，哪里就有大瘟疫。③

69. 首阳山的山神

① 它们是首阳山一带群山的山神，人首龙身。② 它们统辖从首阳山到丙山的9座山。③ 它们的祠祭仪式分3种。④ 它们的一般祠祭仪式是，祭品用公鸡，祭毕，埋入地下，祭米用5种米。⑤ 它们的宗主山是堵山，祭品用美酒、猪和羊，祭玉用1块玉璧，祭毕，埋入地下。⑥ 它们的天帝是骐山，祭品用美酒、猪、牛和羊，执太牢之礼；祭玉用玉璧；祭祀时巫、祝2人跳傩舞，祭玉用1块玉璧。④

---

① ［晋］郭璞《山海经》，方韬译注，北京：中华书局，2013，第189页。
② ［晋］郭璞《山海经》，方韬译注，北京：中华书局，2013，第190—191页。
③ ［晋］郭璞《山海经》，方韬译注，北京：中华书局，2013，第192页。
④ ［晋］郭璞《山海经》，方韬译注，北京：中华书局，2013，第193—194页。

70. 天神耕父

① 天神耕父的居所是中央地带的丰山。② 山上有9口钟,在霜降时发出钟鸣的和声。③ 他经常在清泠山谷一带巡游。④ 他出入时有亮光。⑤ 他在哪里出现,哪里就要衰败。①

71. 雍 和

① 它是一种野兽,生长在中央地带的丰山上。② 它的形状像猿猴,红眼,红嘴,黄身。③ 它在哪里出现,哪里就有大恐慌。②

72. 鸡谷草

① 它是一种草,生长在中央地带的兔床山上,山南产铁。② 它的根茎形状像鸡蛋,味道酸甜。③ 人吃了它对身体健康有益。③

73. 青 耕

① 它是一种鸟,生长在中央地带的堇理山上,山北产黄金,山上遍布松柏和梓树。② 它的形状像喜鹊,白嘴,白眼,白尾,身体是青色的。③ 它的叫声就是它的名字。④ 人养它能预防瘟疫。④

74. 獜

① 它是一种野兽,生长在中央地带的依轱山上,山上多树。② 它的形状像狗,虎爪,身上有鳞甲。③ 它善跳跃。④ 人吃了它能预防中风。⑤

75. 帝台之浆

① 它是天神帝台饮用的水,出于中央地带的高前山。② 它的水清

---

① [晋]郭璞《山海经》,方韬译注,北京:中华书局,2013,第196页。
② [晋]郭璞《山海经》,方韬译注,北京:中华书局,2013,第196页。
③ [晋]郭璞《山海经》,方韬译注,北京:中华书局,2013,第196—197页。
④ [晋]郭璞《山海经》,方韬译注,北京:中华书局,2013,第198—199页。
⑤ [晋]郭璞《山海经》,方韬译注,北京:中华书局,2013,第199页。

凉、清澈。③ 人喝了它不得心绞痛。①

76. 三足鳖

① 它是一种鱼类,生长在中央地带从山的从水中。② 它有3只脚、1条分权的尾巴。③ 人吃了它不昏迷。②

77. 猴

① 它是一种野兽,生长在中央地带的乐马山中。② 它的形状像刺猬,身体是火红色的。③ 它在哪里出现,哪里就有大瘟疫。③

78. 狙如

① 它是一种野兽,生长在中央地带的倚帝山上,山上产玉,山下产金。② 它的形状像鼠,白耳,白嘴。③ 它在哪里出现,哪里就有大战事。④

79. 狻即

① 它是一种野兽,生长在中央地带的鲜山上,此山多草木,山南产金,山北产铁。② 它的形状像狗,白尾,红嘴,红眼。③ 它在哪里出现,哪里就有火灾。⑤

80. 梁渠

① 它是一种野兽,生长在中央地带的历石山上,山上有牡荆树和枸杞树,山南产金,山北产磨刀石。② 它的形状像野猫,白头,虎爪。③ 它在哪里出现,哪里就有大战事。⑥

---

① [晋]郭璞《山海经》,方韬译注,北京:中华书局,2013,第200页。
② [晋]郭璞《山海经》,方韬译注,北京:中华书局,2013,第200页。
③ [晋]郭璞《山海经》,方韬译注,北京:中华书局,2013,第201—202页。
④ [晋]郭璞《山海经》,方韬译注,北京:中华书局,2013,第203—204页。
⑤ [晋]郭璞《山海经》,方韬译注,北京:中华书局,2013,第206页。
⑥ [晋]郭璞《山海经》,方韬译注,北京:中华书局,2013,第208页。

81. 䭂 䳜

① 它是一种鸟,生长在中央地带的丑阳山上。② 它的形状像乌鸦,红爪。③ 人养它可以预防火灾。①

82. 闻 獜

① 它是一种野兽,生长在中央地带的几山上。② 它的形状像猪,黄身,白头,白尾。③ 它在哪里出现,哪里就有风灾。②

83. 荆山的山神

① 它们是荆山一带群山的山神,人首猪身。② 它们统辖从翼望山到几山的48座山。③ 它们的祠祭仪式分3种。④ 它们的一般祠祭仪式是,祭品用公鸡,祭毕,埋入地下;祭玉用一块珪,祭米用五谷。⑤ 它们的宗主山是堵山和玉山,祭品用猪和羊,祭毕,要将两牲倒埋地下;祭玉用吉玉。⑥ 它们的天帝是禾山,祭品用猪、牛和羊,执太牢之礼,祭毕,埋入地下,而且要倒埋,此三牲不全时,也可以祭祀;祭玉用玉璧。③

84. 桂 竹

① 它是一种竹子,生长在中央地带的云山上,此山无草木,山上产黄金,山下产玉。② 它有毒。③ 人被它刺到会死。④

85. 天神于儿

① 天神于儿的居所在中央地带的夫夫山上,此山多桑树,山上产黄金,山下产石青和雄黄。② 他长着人的身体,手里握着两条蛇。③ 他经

---

① [晋]郭璞《山海经》,方韬译注,北京:中华书局,2013,第209页。
② [晋]郭璞《山海经》,方韬译注,北京:中华书局,2013,第210页。
③ [晋]郭璞《山海经》,方韬译注,北京:中华书局,2013,第210—211页。
④ [晋]郭璞《山海经》,方韬译注,北京:中华书局,2013,第211—212页。

常在长江的深水里巡游。④ 他出入时有亮光。①

86. 帝之二女

① 天帝的两个女儿在中央地带的洞庭山上,此山多果树,山上产黄金,山下产银和铁。② 从澧江和沅江吹来的风在湘江汇合。③ 她们经常在江水深处游玩。④ 她们出入时有暴风骤雨。②

87. 人蛇怪神

① 很多怪神住在中央地带的洞庭山上,此山多果树,山上产黄金,山下产银和铁。② 他们的形貌像人。③ 他们身上缠着两条蛇,手里握着两条蛇。④ 他们周围还有很多怪鸟。③

88. 蜼

① 它是一种野兽,生长在中央地带的即公山上,此山多桑树,山上产黄金,山下产玉。② 它的形状像乌龟,白身,红头。③ 人养它能预防火灾。④

89. 洞庭山的山神

① 它们是洞庭山一带群山的山神,龙首鸟身。② 它们统辖从篇遇山到荣余山的15座山。③ 它们的祠祭仪式分3种。④ 它们的一般祠祭仪式是,祭品用公鸡1只,母猪1头,宰杀;祭米用稻米。⑤ 它们的宗主山是夫夫山、即公山、尧山和阳帝山,祭品用美酒、猪和羊,祭玉用1块吉玉,祭毕,埋入地下。⑥ 它们的天帝是洞庭山和荣余山,这是天神的居所,祭品

---

① [晋]郭璞《山海经》,方韬译注,北京:中华书局,2013,第213页。
② [晋]郭璞《山海经》,方韬译注,北京:中华书局,2013,第213—214页。
③ [晋]郭璞《山海经》,方韬译注,北京:中华书局,2013,第213—214页。
④ [晋]郭璞《山海经》,方韬译注,北京:中华书局,2013,第214—215页。

用美酒、猪、牛和羊,执太牢之礼;祭玉用珪和玉璧各15块,用五彩颜色描绘。①

90. 封于太山、禅于梁父

① 大禹说,他游历了天下东南西北中各方的5 370座山。② 他把它们记载在《五藏山经》中。③ 山是划分疆土、耕耘树谷、举行战事和打造兵器的标志。④ 山是国家得失用度的来源。⑤ 帝王在泰山封禅祭天。⑥ 帝王在梁父山封禅祭地。⑦ 山是帝王兴衰的见证。②

卷六 海外南经

1. 世界有六合四海

① 大地承载世界。② 世界有东西南北上下6个方向。③ 世界有四海。④ 世界有日月星辰。⑤ 世界用四季纪年,由太岁星管理。⑥ 世界万物由神灵化育,万物形态各异,生命周期有长有短。⑦ 圣人通天绝地,掌握世界的知识。③

2. 结胸国

① 它是结胸国。② 它位于西南方。③ 它的国人都长着鸡胸一样的胸骨。④

3. 比翼鸟

① 它是一种鸟,生长在南山的东面。② 它的羽毛青红相间。③ 它需要两只鸟的翅膀合在一起才能飞翔。⑤

---

① [晋]郭璞《山海经》,方韬译注,北京:中华书局,2013,第217—218页。
② [晋]郭璞《山海经》,方韬译注,北京:中华书局,2013,第218—219页。
③ [晋]郭璞《山海经》,方韬译注,北京:中华书局,2013,第220—221页。
④ [晋]郭璞《山海经》,方韬译注,北京:中华书局,2013,第221页。
⑤ [晋]郭璞《山海经》,方韬译注,北京:中华书局,2013,第222页。

4. 羽民国

① 它是一个国家,位于南山的东南面。② 它的国人都有长头,也有人说那里的国人都长着大长脸。③ 它的国人身生羽毛。①

5. 神人二八

① 他是神人,叫"二八"。② 他住在羽民国的东面,为天帝守夜。③ 他的手臂是连在一起的。④ 当地人的脸很小,肩膀是红的。②

6. 毕方鸟

① 它是一种鸟,住在东面;也有人说在神人二八的东面。② 它只有一只脚。③

7. 谨头国

① 它是一国,位于东面;也有人说在毕方的东面。② 它的国人在脸上都长了翅膀。③ 它的国人的嘴是鸟嘴。④ 它的国人以捕鱼为生。④

8. 厌火国

① 它是一国,位于南面;也有人说在谨头国的东面。② 它的国人长了野兽的身体,全身都是黑色的。③ 它的国人能从嘴里吐火。⑤

9. 三珠树

① 它是一种树,生长厌火国的北面,面临赤水。② 它的形状像柏树,也有人说像彗星。③ 它的树叶都是珍珠。⑥

---

① [晋]郭璞《山海经》,方韬译注,北京:中华书局,2013,第222页。
② [晋]郭璞《山海经》,方韬译注,北京:中华书局,2013,第222—223页。
③ [晋]郭璞《山海经》,方韬译注,北京:中华书局,2013,第223页。
④ [晋]郭璞《山海经》,方韬译注,北京:中华书局,2013,第223页。
⑤ [晋]郭璞《山海经》,方韬译注,北京:中华书局,2013,第223页。
⑥ [晋]郭璞《山海经》,方韬译注,北京:中华书局,2013,第224页。

10. 三 苗 国

① 它是一国,位于赤水的东面。② 它的国人结队行走。①

11. 载 国

① 它是一国,位于东面。② 它的国人皮肤是黄的。③ 它的国人擅长射箭。④ 它的国人用弓箭射蛇。②

12. 贯 胸 国

① 它是一国,位于东面。② 它的国人在胸脯上有一个洞。③

13. 交 胫 国

① 它是一国,位于东面。② 它的国人的两个小腿是交叉的。④

14. 不 死 民

① 它是一国,位于东面。② 它的国人肤色黝黑。③ 它的国人长生不死。⑤

15. 反 舌 国

① 它是一国,位于东面。② 它的国人的舌头是反长的,舌尖朝里,舌根朝外。⑥

16. 羿 战 凿 齿

① 他是天神后羿。② 他在昆仑山以东的寿华郊野向凿齿开战。③ 他手持盾牌。④ 凿齿手持刀戈。⑤ 他将凿齿杀死。⑦

---

① [晋]郭璞《山海经》,方韬译注,北京:中华书局,2013,第 224 页。
② [晋]郭璞《山海经》,方韬译注,北京:中华书局,2013,第 224—225 页。
③ [晋]郭璞《山海经》,方韬译注,北京:中华书局,2013,第 225 页。
④ [晋]郭璞《山海经》,方韬译注,北京:中华书局,2013,第 225 页。
⑤ [晋]郭璞《山海经》,方韬译注,北京:中华书局,2013,第 225 页。
⑥ [晋]郭璞《山海经》,方韬译注,北京:中华书局,2013,第 226 页。
⑦ [晋]郭璞《山海经》,方韬译注,北京:中华书局,2013,第 226 页。

17. 三 首 国

① 它是一国,位于东面。② 它的国人有 1 个身体,3 个脑袋。①

18. 长 臂 国

① 它是一国,位于东面。② 它的国人都有很长的手臂。③ 它的国人以捕鱼为生。④ 它的国人用手捉鱼,两手各捉一鱼。②

19. 尧葬于阳而喾葬于阴

① 它是东方的山脉,叫狄山。② 它的山南安葬帝尧。③ 它的山北安葬帝喾。④ 它的山中还安葬了虞舜和周文王。⑤ 它的山上还生长其他神兽或怪兽,包括熊、罴、花纹虎、长尾猿、豹子、离朱(三足乌)、虞交,以及状如牛肝,有眼,割肉能重新生长出来的视肉兽。③

20. 南 方 祝 融

① 它是天神,叫祝融,住在南方。② 它的脸是人脸。③ 它的身体是野兽。④ 它的坐骑是两条龙。④

卷七 海外西经

1. 夏 启

① 他是大禹的儿子,叫夏启,住在大运山的北面。② 他在大乐野观看乐舞《九代》。③ 他的坐骑是两条龙。④ 他的幡盖有 3 层,是云做的。⑤ 他的左手持仪仗,叫翳。⑥ 他的右手持礼器,为玉环和玉璜。⑤

---

① [晋]郭璞《山海经》,方韬译注,北京:中华书局,2013,第 227 页。
② [晋]郭璞《山海经》,方韬译注,北京:中华书局,2013,第 227 页。
③ [晋]郭璞《山海经》,方韬译注,北京:中华书局,2013,第 227—228 页。
④ [晋]郭璞《山海经》,方韬译注,北京:中华书局,2013,第 228 页。
⑤ [晋]郭璞《山海经》,方韬译注,北京:中华书局,2013,第 230 页。

2. 三身国

① 它是一国,位于夏后启的北面。② 它的国人都有1个脑袋,3个身子。①

3. 一臂国

① 它是一国,位于三身国的北面。② 它的国人都有1条手臂、1只眼睛、1个鼻孔。③ 它的国家的马是黄色的,也是1只眼睛、1只手,马身有斑纹。②

4. 奇肱国

① 它是一国,位于一臂国的北面。② 它的国人都有1条手臂、3只眼睛。③ 它的国人的眼睛有阴阳。④ 它的国人骑身上有斑纹的马。⑤ 它的国家有一种鸟,双头,身体是红黄色的,总是依偎在人的身旁。③

5. 刑天舞干戚

① 他是天神刑天,与天帝争夺帝位。② 他被天帝杀死。③ 他的头被砍下,埋入常羊山。④ 他用乳头当眼睛,用肚脐当嘴,一手持盾,一手挥斧,继续作战。④

6. 女祭与女薎

① 她们是两个女巫,住在刑天的北面,两条河的中间。② 她们一个叫"祭",一个叫"薎"。③ 女祭手持祭器用的俎。④ 女薎手持祭器用的小酒杯。⑤

---

① [晋]郭璞《山海经》,方韬译注,北京:中华书局,2013,第230—231页。
② [晋]郭璞《山海经》,方韬译注,北京:中华书局,2013,第231页。
③ [晋]郭璞《山海经》,方韬译注,北京:中华书局,2013,第231页。
④ [晋]郭璞《山海经》,方韬译注,北京:中华书局,2013,第231—232页。
⑤ [晋]郭璞《山海经》,方韬译注,北京:中华书局,2013,第232页。

7. 鸶鸟和䳐鸟

① 它们是两种鸟,生长在女祭的北面。② 它们的羽毛是青黄混色的。③ 它们飞过哪个国家,哪个国家就要灭亡。①

8. 女丑之尸

① 女丑的尸身在丈夫国的北面。② 她是被10个太阳烤死的。③ 她用右手挡住了脸。④ 她的尸身在山顶上,天上有10个太阳。②

9. 巫 咸 国

① 它是一国,在女丑的北面。② 它的国人左手握一条青蛇,右手握一条红蛇。③ 它的国内有登葆山,是通天梯,巫师们从这里上下往来,交通天地。③

10. 轩 辕 国

① 它是一国,位于穷山旁,女子国的北面。② 它的国人都是人面蛇身。③ 它的国人有尾巴,盘在头上。④ 它的国人都长寿,最少活到800岁。④

11. 穷 山 国

① 它是一国,位于轩辕国的北面。② 它的国人不敢向西方射箭,因为那里有黄帝的领地轩辕丘。③ 轩辕丘在轩辕国的北面。④ 轩辕丘是方形的,有四条蛇围成一圈,守护着它。⑤

12. 沃　野

① 它是一国,位于轩辕丘的北面。② 它的国人吃凤凰的蛋,饮天降

---

① [晋]郭璞《山海经》,方韬译注,北京:中华书局,2013,第232—233页。
② [晋]郭璞《山海经》,方韬译注,北京:中华书局,2013,第233页。
③ [晋]郭璞《山海经》,方韬译注,北京:中华书局,2013,第233页。
④ [晋]郭璞《山海经》,方韬译注,北京:中华书局,2013,第234页。
⑤ [晋]郭璞《山海经》,方韬译注,北京:中华书局,2013,第234—235页。

的甘露,心想事成。③ 它的国中凤凰自由地欢唱和舞蹈,百兽和谐相处。④ 它的国人吃凤凰蛋时用双手捧食,两只鸟在前方引路。①

13. 龙　　鱼

① 它是一种鱼,住在沃野的北面。② 它在水中和山中可以两栖。③ 它的形状像鲤鱼。④ 它是神人的坐骑,神人乘坐它遨游九州大地。②

14. 白民国

① 它是一国,位于龙鱼的北面。② 它的国人皮肤白皙。③ 它的国人身披长发。④ 它的国中有一种野兽叫乘黄,背部有角,骑上此兽就能活2 000年。③

15. 肃慎国

① 它是一国,位于白民国的北面。② 它的国中有雒棠树。③ 在圣人出现的时候,人们就拿这种树皮做衣裳。④

16. 长股国

① 它是一国,位于雒棠树的北面。② 它的国人都披长发。③ 有人也说它是长脚国。⑤

17. 蓐　　收

① 他是西方之神。② 他的左耳挂一条蛇。③ 他的坐骑是两条龙。⑥

---

① [晋]郭璞《山海经》,方韬译注,北京:中华书局,2013,第235页。
② [晋]郭璞《山海经》,方韬译注,北京:中华书局,2013,第235—236页。
③ [晋]郭璞《山海经》,方韬译注,北京:中华书局,2013,第236页。
④ [晋]郭璞《山海经》,方韬译注,北京:中华书局,2013,第236页。
⑤ [晋]郭璞《山海经》,方韬译注,北京:中华书局,2013,第236—237页。
⑥ [晋]郭璞《山海经》,方韬译注,北京:中华书局,2013,第237页。

卷八 海外北经

1. 无启之国

① 它是一国,位于长股国的东面。② 它的国人不生育。①

2. 烛 阴

① 他是钟山之神,住在无启国的东面。② 他长着人的脸,蛇的身体,通体都是红色的。③ 他的身体有1 000里长。④ 他睁开眼睛是白天,闭上眼睛是黑夜。⑤ 他吹气是冬天,呼气是夏天。⑥ 他不吃不喝不呼吸,再一呼吸就形成了风。②

3. 一目国

① 它是一国,位于钟山的东面。② 它的国人只有一只眼睛,长在脸的正中间。③

4. 柔利国

① 它是一国,位于一目国的东面。② 它的国人只有一只手、一只脚。③ 它的国人的膝盖是反长的,朝后。④ 它的国人的脚背比脚尖低。④

5. 大禹杀相柳氏

① 相柳氏是共工的臣子。② 他有9头,每个头都是人面。③ 他的身体是青色的,是蛇身。④ 他在9座山上觅食,所到之处,变成沼泽和溪。⑤

6. 大禹杀相柳氏

① 大禹杀死相柳氏,相柳氏血流之处,土地腥臭,无法播种五谷。

---

① [晋]郭璞《山海经》,方韬译注,北京:中华书局,2013,第239页。
② [晋]郭璞《山海经》,方韬译注,北京:中华书局,2013,第239页。
③ [晋]郭璞《山海经》,方韬译注,北京:中华书局,2013,第239页。
④ [晋]郭璞《山海经》,方韬译注,北京:中华书局,2013,第240页。
⑤ [晋]郭璞《山海经》,方韬译注,北京:中华书局,2013,第240—241页。

② 大禹把这里的腥土挖走,填上别的土。③ 他挖了3次,填了3次,终于把这里治理好了。④ 他用挖出的土建造众帝之台,此台位于昆仑山的北面,柔利国的东面。①

7. 共 工 台

① 共工台是一个方形的土台,位于相柳氏的东面。② 它是共工威灵的象征。③ 它的四角有4条蛇把守,蛇身上有虎斑似的斑纹,蛇的脸面向南方。④ 人们畏惧共工的威力,不敢向共工台的方向射箭。②

8. 深 目 国

① 它是一国,位于相柳氏的东面。② 它的国人眉骨很高,双眼深陷。③ 它的国人总是举起一只手。③

9. 无 肠 国

① 它是一国,位于深目国的东面。② 它的国人身材高大。③ 它的国人没有肠子。④

10. 聂 耳 国

① 它是一国,位于无肠国的东面。② 它坐落在海外岛屿上,能看见各种奇形怪状的海产。③ 它的东面有两只老虎。④ 它的国人双耳奇大,用两手托着。⑤ 它的国人能驱赶两只老虎,虎身上有花纹。⑤

11. 夸 父 追 日

① 夸父追赶太阳,快要追上了。② 他口渴,喝河水止渴。③ 他喝干

---

① [晋]郭璞《山海经》,方韬译注,北京:中华书局,2013,第240—241页。
② [晋]郭璞《山海经》,方韬译注,北京:中华书局,2013,第240—241页。
③ [晋]郭璞《山海经》,方韬译注,北京:中华书局,2013,第241页。
④ [晋]郭璞《山海经》,方韬译注,北京:中华书局,2013,第241页。
⑤ [晋]郭璞《山海经》,方韬译注,北京:中华书局,2013,第241—242页。

了渭河和泾河的水,还不解渴。④ 他又去北边的大泽喝水,中途渴死。⑤ 他的手杖弃落后化为桃林。①

12. 夸父国

① 它是一国,位于聂耳国的东面。② 它的国人身体高大。③ 它的国人右手握青蛇,左手握黄蛇。④ 它的国土的东部有邓林,只有两棵树。②

13. 拘瘿国

① 它是一国,位于禹所积石山的东面。② 它的国人有一只手托着脖子上的瘤子。③

14. 跂踵国

① 它是一国,位于拘瘿国的东面。② 它的国人走路时,双脚不着地。③ 它的国人据说脚长反了,脚尖朝后,脚跟朝前。④

15. 欧丝野

① 它是一国,位于大踵国的东面。② 它的国人中有一女子跪在地上,靠着桑树吐丝。⑤

16. 颛顼葬于务隅山

① 它是一座山。② 颛顼帝葬在山的南面。② 他的9个嫔妃葬在山的北面。③ 据说此山上还有其他神兽或怪兽,包括熊、罴、花纹虎、长尾

---

① [晋]郭璞《山海经》,方韬译注,北京:中华书局,2013,第242页。
② [晋]郭璞《山海经》,方韬译注,北京:中华书局,2013,第242—243页。
③ [晋]郭璞《山海经》,方韬译注,北京:中华书局,2013,第243页。
④ [晋]郭璞《山海经》,方韬译注,北京:中华书局,2013,第244页。
⑤ [晋]郭璞《山海经》,方韬译注,北京:中华书局,2013,第244页。

猿、离朱(三足乌)和状如牛肝,有眼,割肉能重新生长出来的视肉兽。①

17. 北方禺疆

① 他是北方神,叫禺疆。② 他人面鸟身。③ 他的双耳挂着两条青蛇。④ 他的脚下踩着两条青蛇。②

卷九 海外东经

1. 大人国

① 它是一国,位于嗟丘国的北面。② 它的国人都是大人,身体巨大。③ 它的国人用撑竿划船。③

2. 奢比尸

① 它是一国,位于大人国的北面。② 它的国人中长着人的面孔、野兽的身体。③ 它的国人耳朵奇大,双耳挂着两条青蛇。④

3. 君子国

① 它是一国,位于奢比尸国的北面。② 它的国人穿衣帽,腰佩剑,吃野兽。③ 它的国人的身边有两只花纹虎。④ 它的国人谦谦礼让,从不争斗。⑤ 它的国中有熏花草,早开晚谢。⑤

4. 䖝䖝国

① 它是一国,位于君子国的北面。② 它的国人长两个脑袋。⑥

---

① [晋]郭璞《山海经》,方韬译注,北京:中华书局,2013,第245页。
② [晋]郭璞《山海经》,方韬译注,北京:中华书局,2013,第246页。
③ [晋]郭璞《山海经》,方韬译注,北京:中华书局,2013,第248页。
④ [晋]郭璞《山海经》,方韬译注,北京:中华书局,2013,第248页。
⑤ [晋]郭璞《山海经》,方韬译注,北京:中华书局,2013,第249页。
⑥ [晋]郭璞《山海经》,方韬译注,北京:中华书局,2013,第249页。

5.水神天吴

① 他是天神,叫天吴,为水伯,住在北方两条河的中间。② 他的样子是野兽。③ 他有8个头,每个头上都有人脸。④ 他有8只脚、8条尾巴。⑤ 他的背部是青黄混合的颜色。①

6.青丘国

① 它是一国,位于天吴的北面。② 它的国人吃五谷杂粮。③ 它的国人穿丝帛。④ 它的国中有九尾狐,这种狐狸有9条尾巴、4只脚。②

7.黑齿国

① 它是一国,位于天吴的北面。② 它的国人牙齿是黑的。③ 它的国人食用稻米时也吃蛇肉,一条是青蛇,一条是红蛇。③

8.十日沐汤

① 汤谷位于黑齿国的下面。② 汤谷里有1棵扶桑树。③ 汤谷是10个太阳洗澡的地方。④

9.十日居扶桑

① 在大海中有1棵高大的扶桑树。② 扶桑树是10个太阳的居所。③ 9个太阳住在下面的树枝上,1个太阳住在上面的树枝上。⑤

10.雨师妾

① 它是一国,位于汤谷的北面。② 它的国人皮肤是黑色的。③ 它

---

① [晋]郭璞《山海经》,方韬译注,北京:中华书局,2013,第249—250页。
② [晋]郭璞《山海经》,方韬译注,北京:中华书局,2013,第250页。
③ [晋]郭璞《山海经》,方韬译注,北京:中华书局,2013,第251页。
④ [晋]郭璞《山海经》,方韬译注,北京:中华书局,2013,第251页。
⑤ [晋]郭璞《山海经》,方韬译注,北京:中华书局,2013,第251页。

的国人双手握着两条蛇。④ 它的国人双耳穿着两条蛇,左耳穿的是青蛇,右耳穿的是红蛇。①

11. 玄股国

① 它是一国,位于雨师妾国的北面。② 它的国人大腿是黑色的。③ 它的国人穿鱼皮缝制的衣服。④ 它的国人吃海鸥鸟。⑤ 它的国人的左右身边有两只鸟。②

12. 毛民国

① 它是一国,位于玄股国的北面。② 它的国人全身长着长毛。③

13. 劳民国

① 它是一国,位于毛民国的北面。② 它的国人的皮肤是黑色的。③ 它的国人吃野果和草莓。④ 它的国人身边有一只鸟,此鸟有两个头。④

14. 句芒国

① 他是东方之神,叫句芒。② 他人首鸟身。③ 他的坐骑是两条龙。⑤

卷十 海内南经

1. 枭阳国

它是一国,位于北朐的西面。② 它的国人长着人的脸,嘴唇很长,皮肤是黑色的。③ 它的国人全身长着长毛。④ 它的国人脚是反长的,脚跟

---

① [晋]郭璞《山海经》,方韬译注,北京:中华书局,2013,第251—252页。
② [晋]郭璞《山海经》,方韬译注,北京:中华书局,2013,第252页。
③ [晋]郭璞《山海经》,方韬译注,北京:中华书局,2013,第252页。
④ [晋]郭璞《山海经》,方韬译注,北京:中华书局,2013,第252—253页。
⑤ [晋]郭璞《山海经》,方韬译注,北京:中华书局,2013,第253页。

朝前,脚尖朝后。⑤ 它的国人一见人就笑。⑥ 它的国人左手拿竹筒。①

2. 苍梧山

① 它是一座山,叫苍梧山。② 它的山南安葬帝舜。③ 它的山北安葬帝舜的儿子帝丹朱。②

3. 狌狌知人名

① 它是一种野兽,生长在苍梧山的西面。② 它的形状像猪,人首。③ 它知道人的名字。③

4. 巴地神

① 他是主管巴地的神,叫孟涂,住在丹山的西面。② 他是夏启的臣子。③ 他接受巴地人的诉讼。④ 他看见告状人的衣服上有血,就将其扣押起来。⑤ 他这样判案就没有冤案。⑥ 他有好生之德。④

5. 窫 窳

① 他是天神,被贰负臣杀害。② 他住在弱水中,位于狌狌的西面。③ 他的形貌像狐,长着龙头。⑤

6. 建 木

① 它是一种树,生长在弱水岸上。② 它的形状像牛,树干像刺榆,树叶像罗网,果实像栾树的果子。③ 它的树皮像帽子上的红缨带,也像黄色的蛇皮。④ 拉它一下,就有皮掉下来。⑥

---

① [晋]郭璞《山海经》,方韬译注,北京:中华书局,2013,第256页。
② [晋]郭璞《山海经》,方韬译注,北京:中华书局,2013,第256—257页。
③ [晋]郭璞《山海经》,方韬译注,北京:中华书局,2013,第257页。
④ [晋]郭璞《山海经》,方韬译注,北京:中华书局,2013,第258页。
⑤ [晋]郭璞《山海经》,方韬译注,北京:中华书局,2013,第258页。
⑥ [晋]郭璞《山海经》,方韬译注,北京:中华书局,2013,第258—259页。

7. 氐人国

① 它是一国,位于建木西。② 它的国人长着人的脸、鱼的身子。③ 它的国人没有脚。①

8. 蛇吞象

① 它是一种蛇,在犀牛所在地的西面。② 它的颜色是青、黄、红、黑混合的。③ 它能吞下大象,吞吃3年后吐出象骨。④ 有德君子吃了巴蛇,能预防心绞痛和腹痛。②

卷十一 海内西经

1. 后稷之葬

① 后稷的葬地,在氐人国的西面。② 那里有山水环抱。③

2. 海内昆仑山

① 昆仑山是天帝在下界的都城,位于西北方。② 它的山顶有一棵巨大的稻谷,高五寻、宽五围,像一棵大树。③ 它的每个方向都有9眼井,每眼井都有玉石围栏。④ 它的每个方向都有9道门,每道门都有开明神兽守护,天神在那里聚会。⑤ 它的八方山岩之间、赤水岸边,是天神聚所。⑥ 它的八方山岩只有羿等仁德之人才能登临。④

3. 昆仑南渊

① 昆仑山的南边有一个深渊,深三百仞。② 开明兽站立在昆仑山上,脸朝东。③ 它有九头,每个头都有像人一样的脸。④ 它的形貌像

---

① [晋]郭璞《山海经》,方韬译注,北京:中华书局,2013,第259页。
② [晋]郭璞《山海经》,方韬译注,北京:中华书局,2013,第259页。
③ [晋]郭璞《山海经》,方韬译注,北京:中华书局,2013,第262页。
④ [晋]郭璞《山海经》,方韬译注,北京:中华书局,2013,第264页。

老虎。①

4. 凤凰与鸾鸟
① 它们是凤凰和鸾鸟。② 它们头上缠着蛇,脚下踩着蛇,胸前挂着蛇。②

5. 不 死 药
① 它是一种药,叫不死药。② 它被巫师们捧在手里,要救活窫窳。③ 窫窳人首蛇身,被贰负臣谋害。④ 巫师们有巫彭、巫抵、巫阳、巫履、巫凡和巫相,都是神医。③

6. 服 常 树
① 它是一种神树。② 它的树上有一个人,长有3个脑袋,在观察附近的琅玕树。③ 琅玕树也是一种神树,其树叶是珠玉,为凤凰所食。④

7. 蛇 巫 山
① 它是一座山,叫蛇巫山。② 在它的山顶上,有人手捧酒杯站立,面向东方。⑤

8. 西王母梯几戴胜
① 西王母的居所在昆仑山的北面。② 她凭倚在桌案上,头戴玉胜。③ 她的南面有3只青鸟,为她觅取食物。⑥

---

① [晋]郭璞《山海经》,方韬译注,北京:中华书局,2013,第266页。
② [晋]郭璞《山海经》,方韬译注,北京:中华书局,2013,第266页。
③ [晋]郭璞《山海经》,方韬译注,北京:中华书局,2013,第267页。
④ [晋]郭璞《山海经》,方韬译注,北京:中华书局,2013,第267页。
⑤ [晋]郭璞《山海经》,方韬译注,北京:中华书局,2013,第268页。
⑥ [晋]郭璞《山海经》,方韬译注,北京:中华书局,2013,第268页。

卷十二 海内北经

1. 贰负之臣

① 他是共工的臣子,叫贰负。② 他与危合谋杀害了窫窳。③ 他被天帝拘禁在疏属山中,右脚戴上了刑具,双手被反绑,捆在大树上。④ 疏属山在开题国的西北。①

2. 大行伯

① 他叫大行伯,手里拿着戈。② 他的东面有犬封国。③ 贰负的尸体在大行伯的东面。②

3. 犬封国

① 它是一国,也叫犬戎国。② 它的国人长得都像狗。③ 它的国人中有一女子,跪地向人进献酒食。④ 它的国中有马,白身,身上有花纹,脖子上有红鬃毛,眼睛像黄金,名叫吉量。⑤ 人骑上这匹马能活1 000岁。③

4. 鬼国

① 它是一国,在贰负尸体的北面。② 它的国人都是人脸,脸上只长了一只眼。③ 它的国人又据说是人面蛇身。④

5. 蜪犬

① 它是一种野兽。② 它的形状像狗,身体是青色的。③ 它吃人从人的头部开始。⑤

---

① [晋]郭璞《山海经》,方韬译注,北京:中华书局,2013,第270页。
② [晋]郭璞《山海经》,方韬译注,北京:中华书局,2013,第270页。
③ [晋]郭璞《山海经》,方韬译注,北京:中华书局,2013,第270—271页。
④ [晋]郭璞《山海经》,方韬译注,北京:中华书局,2013,第271页。
⑤ [晋]郭璞《山海经》,方韬译注,北京:中华书局,2013,第271页。

6. 穷奇状如虎

① 它是一种野兽,生长在蜪犬的北面。② 它的形状像虎,身上有翅膀。③ 它吃人从人的头部开始,被吃的人披头散发。①

7. 蛴

① 它是一种野兽,生长在穷奇的东面。② 它有人的身体,身上有老虎的斑纹。③ 它的小腿肌肉发达。②

8. 阘 非

① 它是一种野兽,也据说是一种野人。② 它有人的面孔、野兽的身体。③ 它全身是青色的。③

9. 据 比 尸

① 它是一种野兽。② 它的形貌像人。③ 它被折断了脖子,披散着头发。④ 它少了一只手。④

10. 环 狗

① 它是一种野兽。② 它有野兽的头,人的身体。③ 它又据说形状像刺猬,或说像狗,黄身。⑤

11. 戎

① 它的形貌是人。② 它长着人的头。③ 它头上有3只角。⑥

---

① [晋]郭璞《山海经》,方韬译注,北京:中华书局,2013,第271—272页。
② [晋]郭璞《山海经》,方韬译注,北京:中华书局,2013,第272—273页。
③ [晋]郭璞《山海经》,方韬译注,北京:中华书局,2013,第273页。
④ [晋]郭璞《山海经》,方韬译注,北京:中华书局,2013,第273页。
⑤ [晋]郭璞《山海经》,方韬译注,北京:中华书局,2013,第273—274页。
⑥ [晋]郭璞《山海经》,方韬译注,北京:中华书局,2013,第274页。

12. 驺 吾

① 它是一种珍奇的野兽,生长在林氏国。② 它的形貌像虎,身上有5种斑纹。③ 它的尾巴比身体长。④ 人以它为坐骑,能日行千里。①

13. 河神冰夷

① 河神冰夷的居所在从极渊,有三百仞深。② 他经常住在这里。③ 他有人的面孔。④ 他的坐骑是两条龙。②

14. 舜 妻

① 帝舜的妻子叫登比氏,生了两个女儿,一个叫宵明,一个叫烛光。② 她俩住在黄河岸边的大沼泽里。③ 她俩的灵光能照亮方圆百里。③

卷十三 海内东经

1. 陵 鱼

① 它是一种鱼,生长在海中。② 它是鱼身、人面。③ 它有手和脚。④

2. 蓬 莱 山

① 它是一座山,叫蓬莱山。② 它在大海中。⑤

3. 大人之市

① 它是海市蜃楼。② 它在大海中。③ 它那里人形巨大。⑥

---

① [晋]郭璞《山海经》,方韬译注,北京:中华书局,2013,第274页。
② [晋]郭璞《山海经》,方韬译注,北京:中华书局,2013,第275页。
③ [晋]郭璞《山海经》,方韬译注,北京:中华书局,2013,第276—277页。
④ [晋]郭璞《山海经》,方韬译注,北京:中华书局,2013,第281页。
⑤ [晋]郭璞《山海经》,方韬译注,北京:中华书局,2013,第282页。
⑥ [晋]郭璞《山海经》,方韬译注,北京:中华书局,2013,第282页。

4. 雷 神

① 他是雷神,他的居所在雷泽,在吴地的西面。② 他有人首龙身。③ 他敲打肚子就是打雷。①

卷十四 大荒东经

1. 少昊之国

① 少昊在东海之外的大沟壑建国。② 他在那里将颛顼抚养成人。③ 颛顼少年练过的琴瑟丢在那里。②

2. 羲和浴日

① 羲和国位于东南海之外,甘水之间。② 它的国中有一位女子,名叫羲和。③ 她是帝俊的妻子。④ 她生了10个太阳。⑤ 她在甘渊中给太阳洗澡。③

3. 日月所出

① 它是一座山,叫大言。② 它位于东海之外,大荒之中。③ 它是太阳和月亮升起的地方。④

4. 大人之国

① 它是一国,位于波谷山。② 它的国中有大人的集市,叫大人堂。③ 有一个大人蹲在堂上,张开两臂。⑤

5. 小 人 国

① 它是一国。② 它的国人被称为"靖人"。⑥

---

① [晋]郭璞《山海经》,方韬译注,北京:中华书局,2013,第283页。
② [晋]郭璞《山海经》,方韬译注,北京:中华书局,2013,第286页。
③ [晋]郭璞《山海经》,方韬译注,北京:中华书局,2013,第286页。
④ [晋]郭璞《山海经》,方韬译注,北京:中华书局,2013,第286—287页。
⑤ [晋]郭璞《山海经》,方韬译注,北京:中华书局,2013,第287页。
⑥ [晋]郭璞《山海经》,方韬译注,北京:中华书局,2013,第287页。

文献与口头

6. 梨䰠尸

① 他是天神梨䰠尸。② 他人首兽身。①

7. 中容国

① 它是一国,叫中容国,帝俊有个儿子叫中容。② 它的国人吃兽肉和树上的野果。③ 它的国人能驱使4种动物。②

8. 帝俊生晏龙

① 它是一国,叫司幽国。② 帝俊生儿子晏龙。③ 晏龙生儿子司幽。④ 司幽生儿子思士,未娶妻;生女儿思女,未出嫁。⑤ 它的国人吃黍粮和兽肉。⑥ 它的国人能驱使4种动物。③

9. 日月所出

① 它是一座山,叫明星。② 它位于大荒之中。③ 它是太阳和月亮升起的地方。④

10. 帝俊生帝鸿

① 它是一国,叫白民国。② 帝俊生儿子帝鸿。③ 帝鸿生儿子白民。④ 白民的国人姓销。⑤ 它的国人吃黍粮。⑥ 它的国人能驱使4种动物。⑤

11. 青丘国

① 它是一国,叫青丘国。② 它的国中产一种狐狸。③ 这种狐狸有9条尾巴。⑥

---

① [晋]郭璞《山海经》,方韬译注,北京:中华书局,2013,第287页。
② [晋]郭璞《山海经》,方韬译注,北京:中华书局,2013,第288—289页。
③ [晋]郭璞《山海经》,方韬译注,北京:中华书局,2013,第288—289页。
④ [晋]郭璞《山海经》,方韬译注,北京:中华书局,2013,第289页。
⑤ [晋]郭璞《山海经》,方韬译注,北京:中华书局,2013,第290页。
⑥ [晋]郭璞《山海经》,方韬译注,北京:中华书局,2013,第290页。

12. 神人天吴

① 神人天吴有8个脑袋,每个脑袋上都有1张人脸。② 他的身体是老虎。③ 他有10条尾巴。①

13. 日月所出

① 它们是一群山,叫鞠陵于天、东极和离瞀。② 它们位于大荒之中。③ 它们是太阳和月亮升起的地方。④ 它们的山上住着天神折丹,主管东方大地的刮风和停风,东方人称他为折,从东方吹来的风叫俊。②

14. 海 神

① 他是东海的海神,住在东海的岛屿上,叫禺䝞。② 他人首鸟身,双耳挂两黄蛇,双脚踩两黄蛇。③ 黄帝生禺䝞。④ 禺䝞生禺京。⑤ 禺京住北海,是北海的海神。③

15. 王 亥

① 他是因民国的人,国人姓勾,吃黍粮。② 他双手抓鸟,正在吃鸟头。③ 他把一群牛交给有易和河伯照看。④ 他被有易杀害,牛群被有易私吞。⑤ 他的后人来报仇,河伯袒护有易,放其逃走。⑥ 逃走的人建立了摇民国。⑦ 又传说帝舜生戏,戏生摇民。④

16. 海内两神

① 她们是海内的两个神。② 她们中间有一个叫女丑。③ 女丑有一只巨大的海蟹。⑤

---

① [晋]郭璞《山海经》,方韬译注,北京:中华书局,2013,第291页。
② [晋]郭璞《山海经》,方韬译注,北京:中华书局,2013,第291页。
③ [晋]郭璞《山海经》,方韬译注,北京:中华书局,2013,第292页。
④ [晋]郭璞《山海经》,方韬译注,北京:中华书局,2013,第292—293页。
⑤ [晋]郭璞《山海经》,方韬译注,北京:中华书局,2013,第293页。

17. 汤谷上有扶木

① 它是一座山,位于大荒之中,山上有一棵扶桑树,高三百里,树叶像芥菜叶。② 它是一个山谷,叫温源谷或汤谷,谷中有一棵扶桑树。③ 一个太阳回到汤谷,另一个太阳就升到树上,准备出发去照亮天下。④ 三足乌驮着所有的太阳。①

18. 奢 比 谷

① 他是天神奢比谷。② 他有人首、狗耳、兽身。③ 他的双耳挂着两条青色的蛇。②

19. 帝 俊 下 友

① 它们是一群五彩鸟,身上长着五彩的羽毛。② 它们为帝俊守护在下界的两个祭坛。③ 它们相对起舞。④ 帝俊从天上下来与它们交友。③

20. 日 月 所 生

① 它是一座山,名叫猗天苏门,位于大荒之中。② 它是太阳和月亮升起的地方。③ 它的附近有壎民国。④

21. 日 月 所 出

① 它是一座山,名叫鏊明俊疾,位于东荒之中。② 它是太阳和月亮升起的地方。③ 它的附近有中容国。⑤

---

① [晋]郭璞《山海经》,方韬译注,北京:中华书局,2013,第293—294页。
② [晋]郭璞《山海经》,方韬译注,北京:中华书局,2013,第294页。
③ [晋]郭璞《山海经》,方韬译注,北京:中华书局,2013,第294页。
④ [晋]郭璞《山海经》,方韬译注,北京:中华书局,2013,第295页。
⑤ [晋]郭璞《山海经》,方韬译注,北京:中华书局,2013,第295页。

22. 女和月母国

① 它是一国,名叫女和月母。② 他是天神鹓,在大地的东北角司职,专门管理太阳和月亮在这里的运行,让它们按秩序升起和降落,掌握它们在天上运行时间的长短。①

23. 应 龙

① 应龙的居所在凶犁土丘山,此山位于大荒的东北角。② 他帮助黄帝杀死蚩尤和夸父。③ 他用尽了神力,不能再回到天上。④ 他不能在天上行云布雨,于是人间便出现旱灾。⑤ 人们在旱灾来临时,扮成应龙,向上天求雨,天上能下大雨。②

24. 夔一足

① 夔的居所在流波山,此山位于东海深处7 000里。② 他有野兽的身体,青色,形状像牛,头上无角,独腿。③ 他出入东海时披风戴雨。④ 他发射的光芒如太阳和月亮。⑤ 他的叫声像打雷。⑥ 他的皮被黄帝用来制鼓,蒙鼓皮;再用雷兽的骨棒敲击这面鼓,鼓的响声能传到500里以外的地方,惊天动地,威震天下。③

卷十五 大荒南经

1. 苍梧之野

① 它叫苍梧野,位于赤水的东岸。② 它是安葬帝舜和叔均的地方。③ 它的山野里有虎、豹、熊、罴、视肉、三足乌、两头蛇、乌鸦、鹞鹰和花纹贝壳。④

---

① [晋]郭璞《山海经》,方韬译注,北京:中华书局,2013,第296页。
② [晋]郭璞《山海经》,方韬译注,北京:中华书局,2013,第296—297页。
③ [晋]郭璞《山海经》,方韬译注,北京:中华书局,2013,第297页。
④ [晋]郭璞《山海经》,方韬译注,北京:中华书局,2013,第299页。

2. 不庭山

① 它是一座山,位于大荒之中,在荣水的终点处。② 它的国人长着3个身体。③ 它的国人是帝俊的妻子娥皇所生。④ 它的国人姓姚,吃黍粮,能驱使4种鸟。⑤ 它的南面有个深渊叫从渊,是帝舜沐浴的地方。①

3. 季禺国

① 它是一国,位于成山附近,甘水的终点。② 它的国人身上都长着羽毛。③ 它的国人是颛顼帝的后代。④ 它的附近还有卵民国,国人产卵,人从卵中出生。②

4. 不死国

① 它是一国,叫不死国。② 它的国人姓阿。③ 它的国人吃不死树。③

5. 南海渚

① 天神不廷胡余的居所在南海的岛屿上。② 他长着人的脸。③ 他的耳朵上挂着两条青蛇,脚下踩着两条红蛇。④

6. 因因乎

① 天神因因乎的居所在大地的南极。② 他主管大地南极的刮风和停风。③ 南方人叫他因,从南方吹来的风叫民。⑤

7. 季厘国

① 它是一国,位于襄山和重阴山附近。② 帝俊生季厘,所以叫季厘

---

① [晋]郭璞《山海经》,方韬译注,北京:中华书局,2013,第300页。
② [晋]郭璞《山海经》,方韬译注,北京:中华书局,2013,第300—301页。
③ [晋]郭璞《山海经》,方韬译注,北京:中华书局,2013,第302页。
④ [晋]郭璞《山海经》,方韬译注,北京:中华书局,2013,第302页。
⑤ [晋]郭璞《山海经》,方韬译注,北京:中华书局,2013,第302—303页。

国。③ 有人在吃兽肉,他的名字叫季厘。①

8. 载民国

① 它是一国,是帝舜之子无淫的居所。② 它的国人姓盼,吃黍粮。③ 它的国人是无淫乱的后代。④ 它的国人不耕织而丰衣足食。⑤ 它的国中有能歌善舞的凤凰。⑥ 它的国中百兽和谐相处。⑦ 它的国中是各种农作物汇聚的地方。②

9. 羿杀凿齿

① 后羿是天神。② 凿齿是神人。③ 后羿杀了凿齿。③

10. 枫 木

① 它是一座山,叫宋山。② 它的山上有育蛇,身体是红色的。③ 它的山上有枫树。④ 蚩尤丢弃的镣铐刑具变成了枫树。④

11. 焦侥之国

① 它是一国,叫焦侥国。② 它是小矮人国。③ 它的国人身长3尺,都是小矮人。④ 它的国人姓几,吃上等粮食。⑤

12. 禹攻云雨

① 它是两座山,叫歼涂山和云雨山,皆位于大荒之中。② 大禹治水时,曾来云雨山伐木,发现山上有栾树,此树黄干,红枝,青叶。③ 诸帝到这里采药。⑥

---

① [晋]郭璞《山海经》,方韬译注,北京:中华书局,2013,第303页。
② [晋]郭璞《山海经》,方韬译注,北京:中华书局,2013,第303—304页。
③ [晋]郭璞《山海经》,方韬译注,北京:中华书局,2013,第304页。
④ [晋]郭璞《山海经》,方韬译注,北京:中华书局,2013,第305页。
⑤ [晋]郭璞《山海经》,方韬译注,北京:中华书局,2013,第305页。
⑥ [晋]郭璞《山海经》,方韬译注,北京:中华书局,2013,第305—306页。

13. 伯服国

① 它是一国,叫伯服国。② 它的国人是颛顼的后代。③ 它的国人吃黍食。①

14. 张 弘

① 他是渔民,每天出海捕鱼。② 海里有张弘国。③ 它的国人以鱼为食。④ 它的国人能驱使4种动物。②

15. 驩头国

① 它是一国,位于大荒之中。② 它的国人中有一人,鸟嘴,有翅膀,在海上捕鱼。③ 它的国人都长着人一样的脸,鸟嘴,有翅膀,吃海鱼,把翅膀当腿,在地下行走。④ 它的国人能将枸杞和杨树叶等几种原材料做成食物吃。⑤ 鲧的妻子士敬生儿子炎融,炎融生驩头。③

16. 岳 山

① 它是一座山,位于大荒之中。② 它安葬了帝尧、帝俊、帝喾和帝舜。③ 它的山上有虎、豹、熊、罴、三足乌、两头蛇、视肉等。④

17. 菌 人

① 它是一种小矮人,名叫菌人。② 它的国人身材矮小。⑤

卷十六 大荒西经

1. 不周山

① 它是一座山,位于西北海之外,大荒的角落。② 它山体没有合拢,

---

① [晋] 郭璞《山海经》,方韬译注,北京:中华书局,2013,第305—306页。
② [晋] 郭璞《山海经》,方韬译注,北京:中华书局,2013,第305—306页。
③ [晋] 郭璞《山海经》,方韬译注,北京:中华书局,2013,第307页。
④ [晋] 郭璞《山海经》,方韬译注,北京:中华书局,2013,第307—308页。
⑤ [晋] 郭璞《山海经》,方韬译注,北京:中华书局,2013,第308—309页。

故叫不周。③ 它的山体被共工撞击。④ 它的守护神是两只黄兽。①

2. 禹攻共工国山

① 它是一座山,位于西北海之外,大荒的角落。② 它的附近有寒暑水。③ 它在寒暑水的东面。②

3. 淑 士 国

① 它是一国,叫淑士,位于大荒之中。② 它的建国国君是颛顼的儿子。③ 它的国人是颛顼的后人。③

4. 女 娲 之 肠

① 他们是10个神人,由女娲的肠子化成,叫女娲之肠。② 他们的居所是一片原野,叫栗广。③ 他们像肠子一样在道路上排列居住。④

5. 天 神 石 夷

① 他是天神石夷,西方人也称作夷。② 他的居所在大地的西北角。③ 他掌管太阳和月亮在西北的升沉时间和昼夜的长短。⑤

6. 后稷之孙播百谷

① 它是一国,叫西周国,位于大荒之中。② 它的国人姓姬,吃谷物。③ 它的国人耕田,有耕人叫叔均。④ 叔均是后稷的侄孙;其父是后稷的弟弟,叫台玺;其伯祖是帝俊,帝俊生后稷。⑤ 后稷把天上的谷种带到人间。⑥ 叔均代替父辈和后稷在人间播种百谷,开始耕田种庄稼。⑥

---

① [晋]郭璞《山海经》,方韬译注,北京:中华书局,2013,第310—311页。
② [晋]郭璞《山海经》,方韬译注,北京:中华书局,2013,第311页。
③ [晋]郭璞《山海经》,方韬译注,北京:中华书局,2013,第311页。
④ [晋]郭璞《山海经》,方韬译注,北京:中华书局,2013,第311页。
⑤ [晋]郭璞《山海经》,方韬译注,北京:中华书局,2013,第311—312页。
⑥ [晋]郭璞《山海经》,方韬译注,北京:中华书局,2013,第312—313页。

7. 日月出入

① 它是一座山,叫方山,位于大荒之中。② 它的山上有青树,叫柜格松。③ 这棵大树是太阳和月亮升沉的地方。①

8. 黄帝的重孙北狄国

① 它是一国,叫北狄,位于大荒之中。② 它的国人是黄帝的重孙。③ 它的国人的父亲是黄帝的孙子,叫始均。④ 它的国人是始均的后代。②

9. 乐神太子长琴

① 乐神太子长琴的居所是榣山,位于大荒之中。② 他始创音乐。③ 他的父亲是祝融,祖父是老童,曾祖父是颛顼。③

10. 日月所入

① 它是一座山,叫丰沮玉门,位于大荒之中。② 它是太阳和月亮落山的地方。④

11. 十巫升降

① 它是一座山,叫灵山,位于大荒之中。② 它是10种巫师上天下地的通天梯。③ 它运送的巫师有:巫咸、巫即、巫盼、巫彭、巫姑、巫真、巫礼、巫抵、巫谢、巫罗。⑤

12. 百药爰在

① 它是一座山,叫灵山,位于大荒之中。② 它是众巫上天下地的通

---

① [晋] 郭璞《山海经》,方韬译注,北京:中华书局,2013,第313页。
② [晋] 郭璞《山海经》,方韬译注,北京:中华书局,2013,第313—314页。
③ [晋] 郭璞《山海经》,方韬译注,北京:中华书局,2013,第314页。
④ [晋] 郭璞《山海经》,方韬译注,北京:中华书局,2013,第315页。
⑤ [晋] 郭璞《山海经》,方韬译注,北京:中华书局,2013,第315页。

天梯。③ 它的山上有世间所有的草药。①

13. 沃 民

① 它是一群山,有西王母山、壑山和海山,位于大荒之中。② 它的附近有沃野,沃野有沃民国。③ 它的国人吃凤凰蛋,喝天降甘露。④ 它的国中出产所有国人想要的东西,到处是珍禽异兽、珍稀草木、珍贵矿产。⑤ 它的国中凤鸟自由舞蹈,鸾鸟自在歌唱,百兽和谐相处。②

14. 轩 辕 台

① 它是一座山丘,叫轩辕台,位于大荒之中。② 它藏有黄帝的威灵。③ 人们被轩辕台所威慑,不敢向西方射箭。③

15. 日 月 所 入

① 它是一座山,叫龙山,位于大荒之中。② 它是太阳和月亮落山的地方。④

16. 女 丑 之 尸

① 她叫女丑之尸,位于大荒之中。② 她的衣服是青色的,她用袖子遮脸。⑤

17. 百 乐 歌 舞

① 它是一座山,叫𣅀州山,位于大荒之中。② 它的山上有五彩鸟,身上长着五彩缤纷的羽毛。③ 它是天下所有歌舞乐曲发源的地方。⑥

---

① [晋]郭璞《山海经》,方韬译注,北京:中华书局,2013,第315页。
② [晋]郭璞《山海经》,方韬译注,北京:中华书局,2013,第315—316页。
③ [晋]郭璞《山海经》,方韬译注,北京:中华书局,2013,第316页。
④ [晋]郭璞《山海经》,方韬译注,北京:中华书局,2013,第316页。
⑤ [晋]郭璞《山海经》,方韬译注,北京:中华书局,2013,第317页。
⑥ [晋]郭璞《山海经》,方韬译注,北京:中华书局,2013,第318页。

18. 居江山之南为吉

① 它是一国,叫轩辕国,位于大荒之中。② 它的国人把在江河山水的南边定居视为吉利。③ 它的国人中短寿者也能活到800岁。①

19. 天神弇兹

① 天神弇兹的居所在西海的岛屿上,位于大荒之中。② 他人首鸟身。③ 他的双耳挂着两条青蛇,双脚踩着两条红蛇。②

20. 日月所入

① 它是一座山峰,叫吴姖天门山,是日月山的主峰,位于大荒之中。② 它是太阳和月亮落山的地方。③

21. 天 枢

① 它是一座山,叫日月山,位于大荒之中。② 它是上天下地的枢纽。③ 它是通天梯。④

22. 天 神 嘘

① 天神嘘的居所是日月山,位于大荒之中。② 他长着人的脸,没有手臂。③ 他的双脚反举到头上,头脚相连。⑤

23. 重黎托天地

① 天神重和黎的居所是日月山,位于大荒之中。② 他们是颛顼的两个孙子,其父叫老童。③ 颛顼给重下达的使命是,将天托起来,向上举。

---

① [晋]郭璞《山海经》,方韬译注,北京:中华书局,2013,第318页。
② [晋]郭璞《山海经》,方韬译注,北京:中华书局,2013,第319页。
③ [晋]郭璞《山海经》,方韬译注,北京:中华书局,2013,第319页。
④ [晋]郭璞《山海经》,方韬译注,北京:中华书局,2013,第319页。
⑤ [晋]郭璞《山海经》,方韬译注,北京:中华书局,2013,第319页。

④ 颛顼给黎下达的使命是,将地按下去,并来到地下居住。①

24. 天神噎

① 天神噎的居所是日月山,位于大荒之中。② 他是颛顼的重孙,其父叫黎。③ 他的父亲在地下生了他。④ 他在大地的西部司职,主管太阳和月亮在这里的升沉和日月星在天上的运行秩序。②

25. 反　臂

① 他叫天虞,住在大荒之中。② 他的手臂是反长的,生后背上。③

26. 常羲浴月

① 她叫常羲,是帝俊的妻,住在大荒之中。② 她生了12个月亮。③ 她给月亮洗澡。④

27. 玄丹山

① 它是一座山,叫玄丹山。位于大荒之中。② 它的山上有五彩鸟,鸟有五彩缤纷的羽毛。③ 它的山上有青鸟和黄鸟等鸟类。④ 哪里出现这些鸟,哪里的国家就要灭亡。⑤

28. 日月所入

① 它是一座山,叫鏖鏊钜山,位于大荒之中。② 它是太阳和月亮落山的地方。⑥

---

① [晋]郭璞《山海经》,方韬译注,北京:中华书局,2013,第319—320页。
② [晋]郭璞《山海经》,方韬译注,北京:中华书局,2013,第320页。
③ [晋]郭璞《山海经》,方韬译注,北京:中华书局,2013,第320页。
④ [晋]郭璞《山海经》,方韬译注,北京:中华书局,2013,第320页。
⑤ [晋]郭璞《山海经》,方韬译注,北京:中华书局,2013,第320页。
⑥ [晋]郭璞《山海经》,方韬译注,北京:中华书局,2013,第321页。

文献与口头

29. 天　　狗

① 它是一种野兽,叫天犬,住在金门山上,此山位于大荒之中。② 它的身体是红色的。③ 它在哪里降落,哪里就有战事。①

30. 昆仑丘之物产

① 它是一座大山,叫昆仑丘,即昆仑山,位于西海的南边,流沙岸边。② 它的前面有黑水,后面有赤水。③ 它是天下物产汇聚的地方。④ 它是神的居所,此神人首虎身,身体上有白花纹,有白尾。②

31. 昆仑丘之神

① 它是一座大山,叫昆仑丘,即昆仑山,位于西海的南边,流沙岸边。② 它的前面有黑水,后面有赤水。③ 它是神的居所,此神人首虎身,身体上有白花纹,有白尾。③

32. 昆仑山之西王母

① 它是一座大山,叫昆仑丘,即昆仑山,位于西海的南边,流沙岸边。② 它是西王母的居所。③ 西王母头戴玉胜,虎牙,豹尾,住在山洞中。④

33. 昆仑山之火焰山

① 它是一座大山,叫昆仑丘,即昆仑山,位于西海的南边,流沙岸边。② 它被深渊环绕,深渊由弱水汇聚而成。③ 深渊的外面是炎火山。④ 把东西扔到炎火山上会燃烧起来。⑤

---

① ［晋］郭璞《山海经》,方韬译注,北京:中华书局,2013,第321页。
② ［晋］郭璞《山海经》,方韬译注,北京:中华书局,2013,第322页。
③ ［晋］郭璞《山海经》,方韬译注,北京:中华书局,2013,第322页。
④ ［晋］郭璞《山海经》,方韬译注,北京:中华书局,2013,第322页。
⑤ ［晋］郭璞《山海经》,方韬译注,北京:中华书局,2013,第322页。

34. 日 月 所 入

① 它是一座山,叫常阳山,位于大荒之中。② 它是太阳和月亮落山的地方。①

35. 寿 麻

① 它是一国,位于大荒之中。② 它的国人叫寿麻,是南岳的外孙女,其母叫季格,其外祖母叫女虔,其外祖父是南岳。③ 它的国中极为炎热,外人不能进去。④ 寿麻站在太阳下面没有影子。⑤ 寿麻向四面高喊没有回声。②

36. 夏 耕 尸

① 他叫夏耕尸,无头,手拿盾与戈,站在那里。② 他就是夏桀,被成汤打败。③ 他站起来后,发现自己没有了脑袋。④ 他为了躲避罪咎,逃到巫山。③

37. 日 月 所 入

① 它是一座山,叫大荒山,位于大荒之中。② 它是太阳和月亮落山的地方。④

38. 有 人 三 面

① 它是一座山,叫大荒山,位于大荒之中。② 它的山上住着颛顼的后代。③ 他们的头上有三面,每面各有一张脸。④ 他们只有一只胳膊。⑤ 有三面的人是不死之人。⑤

---

① [晋]郭璞《山海经》,方韬译注,北京:中华书局,2013,第 322 页。
② [晋]郭璞《山海经》,方韬译注,北京:中华书局,2013,第 323 页。
③ [晋]郭璞《山海经》,方韬译注,北京:中华书局,2013,第 323—324 页。
④ [晋]郭璞《山海经》,方韬译注,北京:中华书局,2013,第 325 页。
⑤ [晋]郭璞《山海经》,方韬译注,北京:中华书局,2013,第 324—325 页。

39. 夏启得《九歌》

① 天神夏启是大禹之子。② 他的居所在西南海之外,赤水之南,流沙之西。③ 他3次被天帝邀请,3次到天庭做客,得到了天帝的《九歌》和《九辩》。④ 他返回人间后,始唱《九招》,唱歌的地点是高两千仞的天穆野。①

40. 天神灵恝

① 天神灵恝是炎帝之孙。② 他的后代叫氐人。③ 氐人能自由地上天下地。④ 氐人有氐人国。②

41. 鱼 妇

① 它是一种鱼,半个身子是湿的,半个身子是干枯的,叫鱼妇。② 它是颛顼把生命寄托在鱼里化成的。③ 北风吹来,吹出了地下的泉水。④ 蛇在这时化成鱼,即鱼妇。⑤ 颛顼在这时把生命放到鱼妇的身体里。⑥ 颛顼死而复生。③

卷十七 大荒北经

1. 附禺山

① 它是一座山,位于东北海之外,大荒之中,黄河流经处。② 它的山上安葬了颛顼帝及其9个嫔妃,有他们的各种陪葬品。③ 它的山上有虎、豹、熊、罴、燕子、黄蛇、视肉、青鸟、黄鸟等各种珍禽异兽。④ 它的山上有瑶碧玉等各种美玉。⑤ 它的山上有帝俊的竹林,竹子大到可以造船。⑥ 它的山上有3棵大桑树,高达百仞。⑦ 它山上有深潭,叫沈渊,是颛顼帝沐浴的地方。④

---

① [晋]郭璞《山海经》,方韬译注,北京:中华书局,2013,第325页。
② [晋]郭璞《山海经》,方韬译注,北京:中华书局,2013,第325—326页。
③ [晋]郭璞《山海经》,方韬译注,北京:中华书局,2013,第326页。
④ [晋]郭璞《山海经》,方韬译注,北京:中华书局,2013,第327—328页。

2. 毛民国

① 它是一国,叫毛民国,位于大荒之中。② 它的国人是大禹的后代。③ 它的国人姓依,吃黍粮。④ 它的国人能驱使4种鸟。①

3. 天神禺强

① 天神禺强的居所在北海之中的岛屿上。② 他人首鸟身。③ 他的双耳挂两条青蛇,双脚踩两条红蛇。②

4. 天神九凤

① 天神九凤的居所在北极的天柜山上。② 他人首鸟身。③ 他有9个脑袋。③

5. 天神强良

① 天神强良的居所在北极的天柜山上。② 他虎首人身。③ 他的嘴里叼着蛇,手里握着蛇。④

6. 夸父追日

① 天神夸父的居所在成都载天山上,大荒之中。② 他的父亲叫信,祖父是后土。③ 他的双耳挂着两条黄蛇,双手握着两条黄蛇。④ 他自不量力,要去追赶太阳的影子。⑤ 他的目的地是禺谷。⑥ 他在路上感到口渴,去饮黄河水,不解渴;又去饮大泽水,结果半路渴死。⑤

7. 应龙杀夸父

① 天神夸父的居所在成都载天山上,大荒之中。② 应龙先杀蚩尤,

---

① [晋]郭璞《山海经》,方韬译注,北京:中华书局,2013,第331页。
② [晋]郭璞《山海经》,方韬译注,北京:中华书局,2013,第332页。
③ [晋]郭璞《山海经》,方韬译注,北京:中华书局,2013,第332页。
④ [晋]郭璞《山海经》,方韬译注,北京:中华书局,2013,第332页。
⑤ [晋]郭璞《山海经》,方韬译注,北京:中华书局,2013,第332—333页。

文献与口头

再杀夸父。③ 他的神力用尽,无法回到天庭。④ 他去南方居住,故南方多雨。⑤ 他的目的地是禺谷。①

8. 无肠国

① 它是一国,叫无肠国,位于大荒之北。② 它的国人是无臂国人的后代。③ 它的国人姓任,吃鱼。②

9. 大禹杀相繇

① 相繇是共工的臣子。② 他人首,蛇身,9头,把身体盘成一团。③ 他在9座山上觅食,所停留和呕吐之处,变成大沼泽,沼泽的气味熏天,辛辣苦涩的味道都有,连野兽都不能在此生存。④ 大禹治水时来到这里,在堵水时,将他杀死。⑤ 他的血流之处,土地腥臭,五谷不能生长,还经常发水灾。⑥ 大禹填塞这里的土地,填了3次,塌了3次,最后把这里挖成大池。⑦ 诸帝用大禹挖出的土建造了几座高台,这些高台位于昆仑山的北面。③

10. 黄帝战蚩尤

① 黄帝在冀州郊外攻打蚩尤。② 蚩尤制造了各种兵器,黄帝命应龙应战。③ 应龙蓄水迎战,蚩尤派风伯雨师上阵应对。④ 黄帝命旱魃出战,止住了大雨。⑤ 黄帝将蚩尤杀死。④

11. 天女旱魃

① 她是黄帝属下的天女,名叫魃,也称黄帝女魃。② 她的衣服是青色的。③ 在黄帝攻打蚩尤的战役中,她制止了蚩尤兴起的大风雨,黄帝

---

① [晋]郭璞《山海经》,方韬译注,北京:中华书局,2013,第332—333页。
② [晋]郭璞《山海经》,方韬译注,北京:中华书局,2013,第333页。
③ [晋]郭璞《山海经》,方韬译注,北京:中华书局,2013,第333—334页。
④ [晋]郭璞《山海经》,方韬译注,北京:中华书局,2013,第335页。

获胜。④ 她的神力用尽,无法回到天庭,留在人间。⑤ 她居住在哪里,哪里就有旱灾。⑥ 她的行迹传到黄帝的耳朵里,黄帝将她安置在赤水的北岸,让叔均做农神,管理农田土地。⑦ 她走到哪里,哪里就有旱灾,哪里的人们就驱赶她。⑧ 人们禳除旱灾的祷词是:"神北行!"意思是请求她向北方走,不要停留在南方。⑨ 人们在祷告前,要先疏浚河渠的通道,预备降雨时蓄水。①

12. 犬戎族

① 犬戎族的居所是融父山,位于大荒之中。② 他们是白犬的后代,白犬一公一母。③ 他们是黄帝的第六代孙,其父是白犬,白犬之父是弄明,弄明之父是融吾,融吾之父是苗龙,苗龙之父是黄帝。④ 他们吃肉。②

13. 犬戎国

① 它是一国,叫犬戎,位于大荒之北。② 它的国人都是人首兽身。③ 它的国人的名字叫犬戎。③

14. 苗 民

① 苗民是颛顼的后代,住在西北海外,黑水之北。② 他们的身上都有翅膀。③ 他们吃肉。④

15. 牛黎国

① 它是一国,叫牛黎国,位于大荒之北。② 它的国人是儋耳国人的后代。③ 它的国人都没有骨头。⑤

---

① [晋]郭璞《山海经》,方韬译注,北京:中华书局,2013,第335页。
② [晋]郭璞《山海经》,方韬译注,北京:中华书局,2013,第336页。
③ [晋]郭璞《山海经》,方韬译注,北京:中华书局,2013,第337—338页。
④ [晋]郭璞《山海经》,方韬译注,北京:中华书局,2013,第338页。
⑤ [晋]郭璞《山海经》,方韬译注,北京:中华书局,2013,第338页。

16. 烛　龙

① 天神烛龙的居所在章尾山上,此山位于西北海外,赤水之北。② 他人首蛇身。③ 他的身体长达千里,全身红色。④ 他的眼睛是立着长的,眼皮在中间。⑤ 他闭上眼睛是黑夜,睁开眼睛是白天。⑥ 他不吃,不喝,不眠,不休。⑦ 他只是餐风饮雨。⑧ 他能照耀极为黑暗的地方。①

卷十八　海内经

1. 朝　鲜

① 它是一国,叫朝鲜。② 它位于东海之内,北海一角。②

2. 天　毒

① 它是一国,叫天毒,即天竺、印度。② 它的国人住在海边上。③ 它的国人生性慈爱,怜悯人类。③

3. 帝妻嫘祖

① 嫘祖,即雷祖,是黄帝的妻子,住在流沙之东,黑水之西。② 她生了儿子昌意。③ 昌意从天上来到人间,住在若水,生了韩流。④ 韩流娶妻阿女,生颛顼帝。⑤ 韩流人首猪嘴,猪蹄,小脑袋,小耳朵,罗圈腿,身体是麒麟。④

4. 不死山

① 它是一座山,位于在流沙之东,黑水之间。② 它的名字叫不

---

① ［晋］郭璞《山海经》,方韬译注,北京:中华书局,2013,第338—339页。
② ［晋］郭璞《山海经》,方韬译注,北京:中华书局,2013,第340—341页。
③ ［晋］郭璞《山海经》,方韬译注,北京:中华书局,2013,第340—341页。
④ ［晋］郭璞《山海经》,方韬译注,北京:中华书局,2013,第342页。

死山。①

5. 仙人柏子高

① 它是一座山,名叫肇山。位于华山的东面。② 它是通天梯。③ 仙人柏子高由此山上天下地,由此山升入天界。②

6. 都广之野

① 它是一片原野,叫都广之野,西南的黑水流经这里。② 它是天和地的中心。③ 它是安葬后稷的地方。④ 它是神女素女的居所。⑤ 它生长百谷,冬夏两季都能播种,草木冬夏都不死。⑥ 它是各种物产汇集的地方。⑦ 它是鸾鸟歌唱、凤鸟舞蹈、灵寿树开花、百兽安居的地方。③

7. 盐 长 国

① 它是一国,位于大荒之北。② 它的国人的脑袋像鸟头。③ 它的国人叫鸟民。④

8. 建 木

① 它是9座山,叫九丘,周围有河水环绕,② 它的山上有神树,叫建木。③ 它的树叶是青色的,树干是紫色的,花朵是黑色的,果实是黄色的。④ 它的树高有百仞。⑤ 它的树干不长树枝。⑥ 它的树冠由盘桓弯曲的枝桠合拢而成。⑦ 它的树根盘根错节。⑧ 它是黄帝制造的通天梯,太昊从这里上天下地。⑤

---

① [晋]郭璞《山海经》,方韬译注,北京:中华书局,2013,第342页。
② [晋]郭璞《山海经》,方韬译注,北京:中华书局,2013,第342—343页。
③ [晋]郭璞《山海经》,方韬译注,北京:中华书局,2013,第343页。
④ [晋]郭璞《山海经》,方韬译注,北京:中华书局,2013,第344页。
⑤ [晋]郭璞《山海经》,方韬译注,北京:中华书局,2013,第344—345页。

文献与口头

9. 西南有巴国

① 它是一国,叫巴国,位于西南方向。② 它的国人是太昊的后代。③ 太昊生咸鸟,咸鸟生乘厘,乘厘生后照,后照生巴人。①

10. 蛇吞象

① 它是一国,叫朱卷国。② 它的国中有一种大蛇。③ 这种蛇的蛇身是黑色的,蛇头是青色的。④ 这种蛇能吞吃大象。②

11. 赣巨人

① 他是传说中的怪人,叫赣巨人。② 他有人的脸面,长嘴唇。③ 他见人就笑,笑时嘴唇能遮住脸。④ 他的脚尖朝后,脚跟朝前。⑤ 他见人靠近就逃跑。③

12. 黑 人

① 他是传说中的黑人。② 他有虎首、鸟爪。③ 他两手握蛇。④ 他正要吃蛇。④

13. 天神延维

① 天神延维的居所是苗民国。② 他人首蛇身,左右各有一头。③ 他的衣服是紫色的,帽子是红色的。④ 君主得到他,以厚礼祭祀,可以得天下。⑤

14. 鸾凤之鸟

① 鸾鸟自由地歌唱。② 凤鸟自由地舞蹈。③ 凤鸟的头上有"德"字

---

① [晋]郭璞《山海经》,方韬译注,北京:中华书局,2013,第345页。
② [晋]郭璞《山海经》,方韬译注,北京:中华书局,2013,第346页。
③ [晋]郭璞《山海经》,方韬译注,北京:中华书局,2013,第346—347页。
④ [晋]郭璞《山海经》,方韬译注,北京:中华书局,2013,第347页。
⑤ [晋]郭璞《山海经》,方韬译注,北京:中华书局,2013,第347—348页。

花纹,翅膀上有"顺"字花纹,背上有"义"字花纹,胸脯上有"仁"字花纹。④ 凤鸟出现在哪里,哪里就天下太平。①

15. 九嶷山

① 它是一座山,是南方的山丘,位于苍梧丘和苍梧渊之间。② 它位于长沙零陵界内。③ 它是安葬帝舜的地方。②

16. 相顾之尸

① 相顾之尸,位于北海之内。② 它是一具被反绑的尸身。③ 它的身上戴着刑具。④ 它的身上戴着谋反的兵器。③

17. 氐羌人

① 他们是一族,叫氐羌。② 他们是伯夷父的孙辈,伯夷父生西岳,西岳生先龙,先龙生氐羌。④ 他们姓乞。④

18. 幽都山

① 它是一座山,位于北海之内,是黑水的发源地。② 它的山上有黑鸟、黑蛇、黑虎、黑狐。⑤

19. 大幽国

① 它是一国,位于幽都山附近。幽都山位于北海之内,是黑水的发源地。② 它的国人的小腿都是红色的。⑥

---

① [晋]郭璞《山海经》,方韬译注,北京:中华书局,2013,第348页。
② [晋]郭璞《山海经》,方韬译注,北京:中华书局,2013,第349页。
③ [晋]郭璞《山海经》,方韬译注,北京:中华书局,2013,第349—350页。
④ [晋]郭璞《山海经》,方韬译注,北京:中华书局,2013,第350页。
⑤ [晋]郭璞《山海经》,方韬译注,北京:中华书局,2013,第350页。
⑥ [晋]郭璞《山海经》,方韬译注,北京:中华书局,2013,第350页。

20. 钉灵国

① 它是一国,位于海内。② 它的国人在小腿上长毛。③ 它的国人有马蹄,善于快跑。①

21. 箭、钟和乐律的发明

① 他们是兄弟三人,大哥叫鼓,二哥叫延,三哥叫殳。② 他们是炎帝的后代。③ 他们是阿女缘妇怀孕三年所生。④ 大哥鼓和二哥延发明了钟、乐曲和音律,三哥殳发明了箭。②

22. 鲧

① 鲧是黄帝的孙子,也叫白马。② 鲧的父亲是骆明,祖父是黄帝。③

23. 番禺造船

① 番禺是帝俊的曾孙。② 他发明了船。③ 他的父亲是淫梁,祖父是禺号,曾祖是帝俊。④

24. 吉光造木车

① 吉光是番禺的孙子。② 他第一个用木头造车,发明了车。③ 他的父亲是奚仲,祖父是番禺。⑤

25. 般造弓箭

① 般是少皞的儿子,少皞即金天氏。② 他发明了弓箭。⑥

---

① [晋]郭璞《山海经》,方韬译注,北京:中华书局,2013,第350—351页。
② [晋]郭璞《山海经》,方韬译注,北京:中华书局,2013,第351页。
③ [晋]郭璞《山海经》,方韬译注,北京:中华书局,2013,第351页。
④ [晋]郭璞《山海经》,方韬译注,北京:中华书局,2013,第351页。
⑤ [晋]郭璞《山海经》,方韬译注,北京:中华书局,2013,第351页。
⑥ [晋]郭璞《山海经》,方韬译注,北京:中华书局,2013,第352页。

26. 帝俊赐羿彤弓

①它是帝俊的弓箭。弓是红色的,箭是白色的。②帝俊把它赐给后羿,派遣后羿到下界帮助各国人民。③后羿用它解救人间的疾苦。①

27. 晏龙造琴瑟

①晏龙是帝俊的儿子。②他发明了两种乐器,一种是琴,一种是瑟。②

28. 八子作歌舞

①他们是帝俊的8个儿子。②他们发明了歌曲和舞蹈。③

29. 巧倕创工艺

①巧倕是帝俊的孙子,也叫义均。②他的父亲是三身,祖父是帝俊。③他向人间传授了各种手工艺。④

30. 后稷播百谷、叔均创牛耕

①姜嫄是大母神,创建了最早的国家,生后稷。②后稷播种百谷。③后稷的孙子叔均发明牛耕。④鲧禹父子规划国土,治理九州。⑤

31. 炎帝子孙

①炎帝的妻子是听䘸,来自赤水氏。②炎帝生炎居,为第二代。③炎居生节并,为第三代。④节并生戏器,为第四代。⑤戏器生祝融,为第五代;祝融从天界下到人间一个叫江水的地方居住。⑥祝融生共

---

① [晋]郭璞《山海经》,方韬译注,北京:中华书局,2013,第352页。
② [晋]郭璞《山海经》,方韬译注,北京:中华书局,2013,第352页。
③ [晋]郭璞《山海经》,方韬译注,北京:中华书局,2013,第352—353页。
④ [晋]郭璞《山海经》,方韬译注,北京:中华书局,2013,第353页。
⑤ [晋]郭璞《山海经》,方韬译注,北京:中华书局,2013,第353页。

工,为第六代。⑦ 共工生术器和后土,为第七代;术器的头是方的,恢复了祖先的土地,在长江居住。⑧ 后土生噎鸣,为第八代;噎鸣为后土之妻怀孕12个月所生。①

32. 鲧禹治水

① 洪水来临,铺天盖地。② 鲧盗来天帝的息壤,堵住洪水。③ 息壤是神土,随用随长,但未能堵住洪水。④ 鲧违背帝命使用息壤,并且治水失败,经天帝下令,被祝融处死在羽山郊外。⑤ 鲧从肚子里生儿子禹。⑥ 禹接受帝命治水,止住了洪水,重新规划了土地,安定了九州。②

---

① 〔晋〕郭璞《山海经》,方韬译注,北京:中华书局,2013,第353—354页。
② 〔晋〕郭璞《山海经》,方韬译注,北京:中华书局,2013,第354页。

三、《荆楚岁时记》故事类型

前　言

以往对《荆楚岁时记》的研究不少,但有两种不尽如人意的倾向:一是把它看作史学史料,选择考索古籍版本和史籍钩沉的方法进行讨论;二是把它看作民俗史料,选择时间民俗的视角进行讨论。这两种倾向的共同点都是把原著拆开来,按学者的业务范围,选取学者自己熟悉的一部分资料,放弃另一部分不熟悉的资料,这样做的问题是留下了较为重要的研究空白。《荆楚岁时记》原著是按中国农历的月历顺序、以每月之中的风俗日常活动事件为单元,补入其他典籍的神怪故事记载,形成一种百科知识式的记述志。以上两种倾向都是以往研究的主流,却把这种整体结构忽略了,也都把其中的文献故事部分放弃了。这部书和迄今为止这部书的研究,恰恰告诉我们一种现象,就是用现代学科的方法给中国历史文献分类,有许多不符合现代定义的地方。《荆楚岁时记》是被公认为我国第一部岁时笔记文献的,不过很少有人谈它的整体结构,大概是因为难以纳入现代分类,然而由此带来的研究局限也是显而易见的。进一步说,它的最难处理的资料部分就是神怪故事,按现代标准衡量,将之纳入历史研究,历史就不纯正;将之纳入民俗研究,民俗就混入了文学,被批评为想象。从民俗学角度,观察和研究《荆楚岁时记》中的故事类型,可以解决这个问题。本书首次将《荆楚岁时记》作为我国岁时故事的代表作进行研究,正是民俗学者进行的新尝试。

一、《荆楚岁时记》故事类型的使用版本、编制原则和方法

本书使用的是姜彦稚辑校的《荆楚岁时记》版本[①]。限于研究重点,

---

① ［梁］宗懔《荆楚岁时记》,收入"风土丛书",姜彦稚辑校,长沙:岳麓书社,1986。

本书不做史料校勘研究。我们选择姜本的理由是该书校勘精良,同时校注者不仅提供宗懔原著中的月令史料和神怪故事两部分,还编了一份《荆楚岁时记》"岁时活动"索引①,符合本书的研究目标。

工作方法如下:

首先,建立索引标题。按阴历月令十二月排列次序编定一级目录。另使用了校注者编辑的《索引》中的"岁时活动"部分,将其中的节点词语和岁时活动词语抽取出来②,按月别简化排序,编为二级目录。同时对原著个别误订之处做了修改和调整,如原著将二月的立春习俗误订在一月之中,将"立春日"及其条下"戴彩燕"至"秋千"等7个词语编在"正月初七"之后,这显然是不合适的③,兹将之纳入二月,放在"二月八日"之前。原校勘者《索引》中已开列岁时活动词语而原著并未引用故事者,我们就不再使用该《索引》词语。通过建立索引目录,希望为读者查阅、核对原著、了解原著岁时与故事的整体结构形态,以及使用本书的故事类型索引,都能提供方便。

其次,建立故事类型标题。以原著已收录的神怪故事为底本,在索引标题下,逐月编写故事类型。每月编写故事类型的数量,根据原著所引故事文献数量而定,还要根据每个故事文献中所包含的故事类型实际认定,两者结合。

再次,故事篇名与编号。本书故事篇名,由笔者根据"中心角色"原则自拟,故事篇名即故事类型标题。故事类型编号,在索引标题下编号,采用两种形式,即月别编号和全书打通编号,以方便学者选择研究。

最后,出处原则。已编制故事类型均标明原著出处,出处列于故事类

---

① [梁]宗懔《荆楚岁时记》,收入"风土丛书",姜彦稚辑校,长沙:岳麓书社,1986,《索引》,第103—115页。

② [梁]宗懔《荆楚岁时记》,收入"风土丛书",姜彦稚辑校,长沙:岳麓书社,1986,《索引》,第103—105页。

③ [梁]宗懔《荆楚岁时记》,收入"风土丛书",姜彦稚辑校,长沙:岳麓书社,1986,第12—14页。另见该书《索引》第103—104页,校注者依原著将"立春"及其条下7个词语编在"正月初七"之后,这显然也不合适,故在故事类型目录中没有使用这种排列。

型之下,以便下一步开展拓展研究。

一　月

正月一日放爆竹、燃草、造桃板著户、五熏炼形、贴画鸡、贴门神、令如愿

1. 山　臊

① 它是一种野矮人,身高只有一尺多,住在西方山中,叫山臊。② 它只有一只脚。③ 它见人不害怕,不躲避;但人侵犯它时,它会让人得寒热症。④ 把竹子放入火中,发出爆裂声,能将它吓跑。⑤ 人们在庭院中燃放爆竹、烧草,驱赶它。①

2. 桃　板

① 它是一种树,能聚五行之精华,叫桃树。② 它能震慑邪祟。③ 它能制服各种鬼魅。④ 人们用它制成桃木板,钉在门口,称仙木,用来镇鬼避邪。②

3. 绛囊丸药

① 它是一种丸药,用柏子仁、麻仁、细辛、干姜、附子制成。② 它被一书生佩戴身上,鬼魅躲避。③ 刘生正月赶集,见到书生身边的这种情况,十分好奇,上前打探秘密。④ 书生说,临行前,家师给了一粒丸药,用红布包上,系在胳膊上,自己就能防御邪恶之气。⑤ 刘生向书生借用这粒丸药,回到家里,果然鬼魅都逃走了。⑥ 人们在正月初一时都佩戴这种丸药。③

---

① [梁] 宗懔《荆楚岁时记》,收入"风土丛书",姜彦稚辑校,长沙:岳麓书社,1986,第1页。
② [梁] 宗懔《荆楚岁时记》,收入"风土丛书",姜彦稚辑校,长沙:岳麓书社,1986,第2页。
③ [梁] 宗懔《荆楚岁时记》,收入"风土丛书",姜彦稚辑校,长沙:岳麓书社,1986,第3页。

文献与口头

4. 门户挂鸡

① 它是一种家禽,俗名叫土鸡。② 它原来是桃都山上的金鸡,站在大桃树上,破晓鸣叫。③ 在它下面站着神荼、郁垒二神,手持苇索,捆绑鬼魅,并将其杀死。④ 人们在除夕和初一的早上,将杀好的鸡、苇索和桃符放在一起,悬于门上,驱疫赶鬼。①

5. 门　　神

① 他们是兄弟二人,一个叫荼,一个叫垒。② 他们住在度朔山上,桃树下。③ 他们用苇索捆绑鬼魅,投给老虎吃掉。④ 县官除夕夜画桃人,手持苇索,再画一只老虎,贴在门上,遵循古老的风俗驱疫。②

6. 如　　愿

① 她是彭泽湖龙宫的婢女,叫如愿。② 她与主人青湖君住在湖中。③ 主人邀请一商人到龙宫做客,并表示可以赠送商人任何需要的东西,商人受人指点,回答说:"只要如愿。"④ 主人很不情愿,但话已出口,无奈将她送出。⑤ 她原来是一宝物,商人向她要什么有什么,商人变成大富翁。⑥ 有一年初一,她起晚了,商人就用手杖打她,她钻入粪堆消失。⑦ 商人由大富翁变成穷人。⑧ 北方人有初一夜持杖打粪堆的习俗;也有人在木杖脚上系铜钱,在粪堆上来回晃;还有人用细绳系木偶,扔到粪堆上。这些都是在模仿如愿的故事。③

正月七日戴头鬓

---

① ［梁］宗懔《荆楚岁时记》,收入"风土丛书",姜彦稚辑校,长沙:岳麓书社,1986,第6页。
② ［梁］宗懔《荆楚岁时记》,收入"风土丛书",姜彦稚辑校,长沙:岳麓书社,1986,第6—7页。
③ ［梁］宗懔《荆楚岁时记》,收入"风土丛书",姜彦稚辑校,长沙:岳麓书社,1986,第8—9页。

7. 西王母戴胜

① 西王母戴胜。② 正月初七是人日，人们模仿西王母的故事，戴头鬓，赠送华胜。①

正月十五日祭蚕神、祠门户、祭蚕神、迎紫姑

8. 蚕 神

① 她是蚕神，正月十五时，自天降落，来到陈姓人家。② 人们祭祀蚕神和这间蚕房，当年能获桑蚕百倍的丰收。③ 人们在这一天做豆粥，粥上点几滴油，或者用豆糕盛油，插上筷子，放在大门口接蚕神。②

9. 张 夜 祭 蚕

① 吴县人张夜正月十五半夜起床，看见她站在屋里的东南角上。② 她告诉张夜，这间屋子是蚕房，她是这里的蚕神。③ 她嘱张夜，明年此日做白粥，粥上点油膏，祭祀蚕神，将得到百倍的桑蚕丰收。④ 她在张夜照办后，履行神谕，果然次年张夜蚕业兴旺。⑤ 人们还有祭蚕驱鼠的习俗。当日做好白粥后，上面盖上肉，边吃边念咒语："登高糜，挟鼠脑，欲来不来，待我三蚕老。"③

10. 紫 姑 神

① 她是大户人家的妾，因被大妻嫉妒，正月十五死去，化为厕神，叫紫姑神。② 她每年正月十五从厕所边或猪栏边走出，迎接她的时候，感觉到她的分量，就是她来了。③ 一男子不信，亲自去迎紫姑神，果然看见

---

① ［梁］宗懔《荆楚岁时记》，收入"风土丛书"，姜彦稚辑校，长沙：岳麓书社，1986，第9—10页。
② ［梁］宗懔《荆楚岁时记》，收入"风土丛书"，姜彦稚辑校，长沙：岳麓书社，1986，第15—16页。
③ ［梁］宗懔《荆楚岁时记》，收入"风土丛书"，姜彦稚辑校，长沙：岳麓书社，1986，第15—16页。

她穿堂行走。④ 又传说她是帝喾女儿的化身。⑤ 人们还有祭蚕驱鼠的习俗。当日做好白粥后，上面盖上肉，边吃边念咒语："登高糜、挟鼠脑，欲来不来，待我三蚕老。"①

正月夜禳逐鬼鸟

11. 获　鸟

① 它是一种鸟，叫获，又叫天帝女，或叫隐飞鸟、夜行游女、钩星。② 它的羽毛是天神的衣服。③ 它穿上羽毛衣是鸟，脱下羽毛是女子。④ 它喜欢养别人家的女孩。⑤ 它夜间飞来，在婴儿身上用血做标记，婴儿遂得癫痫病。⑤ 正月夜来临的时候，人们关灯熄烛，捶床打门，驱赶它，害怕它把婴儿带走。②

正月末日夜芦苣火照井厕

12. 照　井　厕

① 它们是一群鬼魅。② 它们在正月的最后一天到井里和厕所里玩耍。③ 它们害怕火光。④ 人们当夜用芦苣点火照井和厕所，它们就会离开。③

正月晦日送穷

13. 送　穷　鬼

① 他癖好吃稀粥，穿破衣服。② 新衣服到了他手上，马上就成破衣

---

① ［梁］宗懔《荆楚岁时记》，收入"风土丛书"，姜彦稚辑校，长沙：岳麓书社，1986，第17—18页。

② ［梁］宗懔《荆楚岁时记》，收入"风土丛书"，姜彦稚辑校，长沙：岳麓书社，1986，第19—20页。

③ ［梁］宗懔《荆楚岁时记》，收入"风土丛书"，姜彦稚辑校，长沙：岳麓书社，1986，第20页。

服。③ 他在好衣服上面用火烧个洞,让它变成破衣服。④ 他在宫中时人送外号"穷子"。⑤ 他在正月晦日死于陋巷中。⑥ 人们在这一天做稀饭、丢破衣服,在巷里祭祀,叫"送穷鬼"。①

二　月

立春日施钩、打毬球、秋千

14. 施钩之戏

① 他是公输子,到楚国游玩。② 他与人玩划船的游戏,船退用钩拽,船进用力拉。③ 打秋千的游戏就是模仿施钩而来的。②

15. 踢蹴鞠

① 它是一种古代踢球游戏,由黄帝创造。② 它原来是用在排兵布阵上。③ 有人说起源于战国。③

16. 打秋千

① 它是一种游戏,楚国叫"施钩"。② 它在春天时玩耍。③ 人们在高大的木架上栓绳索,男女穿着鲜艳的衣服,坐在或站立在上面,有人推拉游荡。④ 它是北方山戎国人的游戏,玩得轻盈高飘。⑤ 据说是齐桓公攻打山戎国时发现了这种游戏,然后把它带到中原。④

二月八日行城事

---

① [梁]宗懔《荆楚岁时记》,收入"风土丛书",姜彦稚辑校,长沙:岳麓书社,1986,第21页。
② [梁]宗懔《荆楚岁时记》,收入"风土丛书",姜彦稚辑校,长沙:岳麓书社,1986,第13页。
③ [梁]宗懔《荆楚岁时记》,收入"风土丛书",姜彦稚辑校,长沙:岳麓书社,1986,第14页。
④ [梁]宗懔《荆楚岁时记》,收入"风土丛书",姜彦稚辑校,长沙:岳麓书社,1986,第14页。

17. 佛祖生日

① 他们是佛教信徒。② 他们在二月八日佛诞日斋戒,乘车拜庙、趋往灯会。③ 他们手持香花,绕城一周,模仿佛祖出家绕城的路线,以资朝拜,称"行城事"。①

18. 太子成佛

① 他是王室的太子,在二月八日这一天出家。② 他受到诸天神的保护,身放光明。③ 他的狮子要求跟他一起出家。④ 他的车马悄悄离开王室,马的四足被诸天捧着,天神为他打幡伞,城北门自动打开,天明之际,他已远远离城而去。②

三 月

三月三日流杯曲水之饮、作龙舌䉽

19. 三 日 曲 水

① 晋武帝问臣子,三日曲水是什么意思?有臣子回答说,有人三月生三女,三日俱亡,于是人们相约去河中洗澡,禊祓祈福。武帝不爱听,认为这个说法不吉利。② 另一臣子回答说,周公美治,曾有杯酒泛流水的美誉。③ 另一臣子又回答说,秦昭王曾在三月上巳节摆酒河畔,见东方走来一金人,对他说,秦国能称霸天下,是因为建了曲水祠。周公与秦王相沿袭,都迎来了盛世。武帝听罢此说大悦,赏对方五十斤黄金。③

---

① [梁]宗懔《荆楚岁时记》,收入"风土丛书",姜彦稚辑校,长沙:岳麓书社,1986,第21页。

② [梁]宗懔《荆楚岁时记》,收入"风土丛书",姜彦稚辑校,长沙:岳麓书社,1986,第22页。

③ [梁]宗懔《荆楚岁时记》,收入"风土丛书",姜彦稚辑校,长沙:岳麓书社,1986,第26—27页。

寒食禁火三日

20. 介子推

① 他是晋文公的大臣,与晋文公一起逃到外乡。② 他割下自己大腿上的肉,进献晋文公。③ 他在晋文公恢复王位后留居乡野。④ 他拒绝了晋文公的邀请,坚不出山。⑤ 他做龙蛇之歌,表达隐退之心。⑥ 他在晋文公放火烧山逼他赴命朝官的时候,抱树不逃,被烧死。⑦ 晋文公悼念他,下令在寒食节期间不得举火,实行全国哀悼。①

四 月

候获谷鸟

21. 获 谷

① 它是一种鸟,叫获谷。② 农民看见它,便知四月的气候。③ 它的叫声是它的名字。④ 它鸣叫后,农民扶犁开耕。②

四月八日迎八字之佛、乞子

22. 荆 楚 迎 佛

① 这是荆楚人相沿已久的习俗。② 他们在四月八日当天,在金城迎八字之佛。③ 他们为佛祖举幡设乐,称为法乐。③

23. 九 子 母 神

① 这是荆楚人相沿已久的习俗。② 他们在四月八日当天,在长沙市

---

① [梁]宗懔《荆楚岁时记》,收入"风土丛书",姜彦稚辑校,长沙:岳麓书社,1986,第23页。
② [梁]宗懔《荆楚岁时记》,收入"风土丛书",姜彦稚辑校,长沙:岳麓书社,1986,第29页。
③ [梁]宗懔《荆楚岁时记》,收入"风土丛书",姜彦稚辑校,长沙:岳麓书社,1986,第31页。

阁下祭祀九子母神。③ 他们中间没有子嗣的人,向九子母神祈子,并供养薄饼。④ 九子母神经常显灵。①

五 月

24. 小儿失之

① 有新野人家姓庾。② 他曾在五月在室外晒睡席和晾睡床。③ 他猛然看见睡席上出现一个小孩,眨眼又不见了。④ 他的儿子跟着夭折了。⑤ 他从此不敢在五月晒席晾床。②

五月五日竞渡、采杂药、系五彩线

25. 赛龙舟

① 人们每年五月初五龙赛舟。② 人们是为了纪念爱国诗人屈原。③ 人们为他的投江而伤心,拼命地划船去追他,要把他追回来。④ 这种船又轻又快,人称飞凫、水军或水马。⑤ 吴地人说,赛龙舟是为了纪念伍子胥,与屈原无关。⑥ 人们还有当日采杂药的习俗,用来防御瘴疠之气。③

26. 妇人染练

① 仲夏之后,蚕破茧,开始出丝,女子专事丝织。② 她们将丝弦染成五彩线,给亲友系在臂上,防御瘟病和战事。③ 她们将精美的丝品互相馈赠。④ 她们绣出日月、星辰、鸟兽等图案的绣品,进献给尊者。⑤ 她们

---

① [梁]宗懔《荆楚岁时记》,收入"风土丛书",姜彦稚辑校,长沙:岳麓书社,1986,第31页。
② [梁]宗懔《荆楚岁时记》,收入"风土丛书",姜彦稚辑校,长沙:岳麓书社,1986,第32页。
③ [梁]宗懔《荆楚岁时记》,收入"风土丛书",姜彦稚辑校,长沙:岳麓书社,1986,第36—37页。

的丝织物多种多样,有长命缕、续命缕、辟兵缯、五色丝和朱索等。①

夏至节食粽

27. 筒　粽

① 这是夏至节的习俗。② 人们用新竹笋制成竹筒,内中盛米,制成筒粽。③ 人们用楝树叶插头,将五彩丝投入江中,用来防御水患。④ 女子手臂系五彩丝线,称长命缕。②

六　月

六月伏日作汤饼

28. 汤　饼

① 他叫何晏,脸色特别好。② 他在伏天食汤饼,脸色明亮白皙。③ 他用手巾擦汗,面色依然皎白。④ 他不靠涂脂擦粉,而是靠吃汤饼,保持好肤色。⑤ 他的秘方被众人了解,人们都在六月入伏食汤饼。⑦ 据说这个风俗魏代就有了。③

七　月

七月七日夜乞巧、守夜

29. 七七天河会

① 每年七月七日是七夕节,传说牛郎织女在天河上相会。② 前晚下

---

① ［梁］宗懔《荆楚岁时记》,收入"风土丛书",姜彦稚辑校,长沙:岳麓书社,1986,第38页。
② ［梁］宗懔《荆楚岁时记》,收入"风土丛书",姜彦稚辑校,长沙:岳麓书社,1986,第40页。
③ ［梁］宗懔《荆楚岁时记》,收入"风土丛书",姜彦稚辑校,长沙:岳麓书社,1986,第41页。

雨,称为洒泪雨,那是牛郎织女的眼泪。⑤ 当晚下雨,称为洗车雨。④ 当晚女人结彩线,在庭院中穿七孔针,乞巧。⑤ 当晚人们皆看织女。⑥ 当晚洒扫庭堂,露天设宴,陈时令瓜果,布撒香粉,祭祀牛郎织女。⑦ 当晚人们守夜,向在二星神许愿,如银河中有白气,或者有五色光,见者跪拜,可以得福。①

七月十五日供诸佛

30. 目连救母

① 七月十五日,目连见到亡母。② 他看到母亲在地狱中沦为饿鬼。③ 他用钵盛好饭送给母亲吃。④ 饭未入口,变成火炭,母亲无法食用。⑤ 他惊讶不已,返回向佛诉说。⑥ 他终于明白这是对母亲罪孽的报应。⑦ 他遵照佛法,行禅定意,供养七代父母罹难者,积十方大德,终使母亲解脱饿鬼之苦。②

八 月

八月十四日点天灸、为眼明囊

31. 华山采药

① 弘农邓绍进华山采药。② 他看见一个小孩,手拿五彩香囊,搜集叶子上的露水,装在香囊里,好像装了一袋珍珠。③ 他问小孩搜集露水的用途。④ 他得知仙人赤松用这种露水明目。⑤ 人们模仿这习俗,在八月一日做明目袋,装柏树露,相互赠送,认为可以治疗眼疾。③

---

① [梁]宗懔《荆楚岁时记》,收入"风土丛书",姜彦稚辑校,长沙:岳麓书社,1986,第42—45页。
② [梁]宗懔《荆楚岁时记》,收入"风土丛书",姜彦稚辑校,长沙:岳麓书社,1986,第46页。
③ [梁]宗懔《荆楚岁时记》,收入"风土丛书",姜彦稚辑校,长沙:岳麓书社,1986,第47页。

九 月

九月九日茱萸囊系臂、登山饮菊酒

32. 仙人费长房

① 某汝南人向费长房学道。② 费长房告诉他,他的家乡汝南将有大灾。③ 他按费长房的办法,举家臂系茱萸囊,登山饮菊花酒,消除了灾祸。④ 他晚上返回家乡时,只见鸡犬牛马皆得瘟疫暴死。⑤ 人们从此于九月九日登高饮酒,妇女带茱萸囊,防御灾难。①

十 月

十月朔日为黍臛

33. 秦岁首

① 人们在十月朔到来时吃五谷饭。② 人们先吃饱,再搓成饭团,玩游戏。③ 人们说,这是秦时一年开首的时间。④ 北方人此日吃麻粥、豆饭,尝新米。②

十一月

冬至日作赤豆粥

34. 共工氏有不才子

① 他是天神共工的儿子,在冬至日死去,变为厉鬼。② 他惧怕红豆。③ 人们在冬至日煮红豆粥,禳除厉鬼。③

---

① [梁]宗懔《荆楚岁时记》,收入"风土丛书",姜彦稚辑校,长沙:岳麓书社,1986,第49页。
② [梁]宗懔《荆楚岁时记》,收入"风土丛书",姜彦稚辑校,长沙:岳麓书社,1986,第50页。
③ [梁]宗懔《荆楚岁时记》,收入"风土丛书",姜彦稚辑校,长沙:岳麓书社,1986,第52页。

十二月

十二月八日驱疫、沐浴、祭灶神

35. 王平子驱傩

① 他叫王平子,在腊八日,率军阵,驱赶瘟疫。② 人们相仿他,腊八演傩戏,禳灾祈福。①

36. 金刚力士驱傩

① 金刚力士是佛家之神。② 腊八日,村人扮演金刚力士,击细腰鼓,沐浴,禳除灾厄。③ 谚语说:"腊鼓鸣,春草生。"②

37. 颛顼三子

① 传说颛顼有三个儿子,死后,进入人居室,惊吓小孩。② 腊八日,宫廷传火炬送瘟疫,最后把火炬丢到洛河里。③ 谚语说:"腊鼓鸣,春草生。"③

38. 灶神祝融

① 他是灶神,一家之主。② 传说他是颛顼的儿子,名叫祝融。③ 他原来是天上的火神,民间把他奉为灶神。④

39. 灶神苏利

① 他是灶神,一家之主。② 他娶王姓妻,名抟颊,是灶神奶奶。⑤

---

① [梁]宗懔《荆楚岁时记》,收入"风土丛书",姜彦稚辑校,长沙:岳麓书社,1986,第53页。
② [梁]宗懔《荆楚岁时记》,收入"风土丛书",姜彦稚辑校,长沙:岳麓书社,1986,第53—54页。
③ [梁]宗懔《荆楚岁时记》,收入"风土丛书",姜彦稚辑校,长沙:岳麓书社,1986,第53—54页。
④ [梁]宗懔《荆楚岁时记》,收入"风土丛书",姜彦稚辑校,长沙:岳麓书社,1986,第55页。
⑤ [梁]宗懔《荆楚岁时记》,收入"风土丛书",姜彦稚辑校,长沙:岳麓书社,1986,第55页。

40. 黄犬祭灶

① 他是汉阴人,在腊日见到灶神。② 他用黄狗祭灶神,说是黄羊。③ 他家世代受到灶神的庇荫。①

十二月留宿岁饭

41. 去故纳新

① 人们在岁尾提前做好各种年饭,留作过年用。② 人们过年时相聚饮宴,食用这些食物,称送岁。③ 人们在初十二日将没吃完的食物丢在街上,称去故纳新、除贫取富。④ 人们传说要留宿岁饭,等到惊蛰打雷时,扔到屋角,可以将雷赶走。⑤ 孔子认为,腊月祭祀,是一年中最重要的节日活动。②

---

① [梁]宗懔《荆楚岁时记》,收入"风土丛书",姜彦稚辑校,长沙:岳麓书社,1986,第55页。
② [梁]宗懔《荆楚岁时记》,收入"风土丛书",姜彦稚辑校,长沙:岳麓书社,1986,第57—58页。

后　记

本课题的研究，由教育部人文社会科学重点研究基地北京师范大学民俗典籍文字研究中心提供了工作平台，北京师范大学跨文化研究院提供了多种支持，在此一并表示感谢！

本书所研究的"文献与口头"的关系问题，是一个在国际民俗学界遇到的普遍问题，但要在中国落地，难度还不小。这不是资源问题，中国的文献资源和口头资源都很丰富；而是理论增势问题，即怎样从理论上，使用中国资源，做出扎实而有分量的研究，同时能融入国际元素，拿出跨文化民俗学的新成果，为自我文化展现民俗学的新价值，也为国际同行提供中国民俗学研究的新经验。这些都是需要时间的，至少，"远望"与"深耕"，一个也不能少。为此，写这本书的时间比较长，修改的过程也很艰苦，可谓有探索就有风险。但这次工作对我本人和团队成员来说，都是很有收获的。几年来，出入馆阁中的经典、沉思丝竹里的故事、踏访田野中的风俗、填写中西故事的数据，都让我们感到世界之大、学海之深，每每流连忘返。然而既然是项目就要"收队"，真到了"收队"的时候，又感到很多工作才刚刚开始。目前这本书，正是处于这一阶段上的一种成果。为了它，已经走了很长的路，但还要继续走很长的路。

本书的故事类型编制与书稿撰写分工如下：

《列子》《山海经》《荆楚岁时记》《大唐西域记》：董晓萍。

《水浒传》,初稿执笔人:罗珊。

《搜神记》,初稿执笔人:徐令缘。

《淮南子》,初稿执笔人:高磊。

《晏子春秋》,初稿执笔人:司悦。

全书修改、定稿与通稿:董晓萍。

本项目在执行过程中对研究方向和课题组做过几次调整,有些已进行的研究或写完的稿件,根据调整后的结构体例,没有收入本书。当然任何工作都不会白做,在条件成熟的时候,那些被暂时放下的头绪可能正是重新起步的开头。

本项研究同步开展的其他3项工作,即田野调查、数据库与海外汉学资料搜集,具体分工如下:

(1) 田野调查。学术指导与调查大纲编写:董晓萍。个案调查部分:《山海经》《淮南子》与《搜神记》,董晓萍、高磊、刘修远、徐令缘。/《列子》与《大唐西域记》,董晓萍、古丽巴哈尔·胡吉西。/《荆楚岁时记》,刘倩。/《水浒传》,董晓萍、高磊、刘修远、邵玥。

(2) 数据库。理论方案与专题研究:董晓萍。数据库辅导:赖彦斌。故事类型数据编制与专题研究撰写部分:《山海经》《左传》与《大唐西域记》,董晓萍。/《淮南子》,高磊。/《水浒传》,罗珊。/《晏子春秋》,司悦。

(3) 海外汉学文献搜集。俄罗斯莫斯科与圣彼得堡国家图书馆,董晓萍。/法国国家图书馆,罗珊、董晓萍、金丝燕、罗栖霞。

衷心感谢上海大学出版社编辑农雪玲女士为编辑此书所付出的巨大劳动,我虽然从未在出版社工作过,但也能体会到编辑工作中的千辛万苦。

董晓萍
2018年12月1日